18. Juli 1816: Vor der Westküste Afrikas entdeckt der Kapitän der Argus ein etwa zwanzig Meter langes Floß. Was er darauf sieht, lässt ihm das Blut in den Adern gefrieren: hohle Augen, ausgedörrte Lippen, Haare, starr vor Salz, verbrannte Haut voller Wunden und Blasen … Die ausgemergelten, nackten Gestalten sind die letzten 15 von ursprünglich 147 Menschen, die nach dem Untergang der Fregatte Medusa zwei Wochen auf offener See überlebt haben. Da es in den Rettungsbooten zu wenige Plätze gab, wurden sie einfach ausgesetzt. Diese historisch belegte Geschichte bildet die Folie für Franzobels epochalen Roman, der in den Kern des Menschlichen zielt. Wie hoch ist der Preis des Überlebens?

Franzobel, geboren 1967 in Vöcklabruck, ist einer der populärsten und polarisierendsten österreichischen Schriftsteller. Sein Werk wurde vielfach ausgezeichnet. Mit seinem Roman »Das Floß der Medusa« stand er auf der Shortlist für den Deutschen Buchpreis, und er erhielt den Bayerischen Buchpreis.

Franzobel

DAS FLOSS DER MEDUSA

Roman
nach einer wahren
Begebenheit

btb

Sollte diese Publikation Links auf Webseiten Dritter enthalten,
so übernehmen wir für deren Inhalte keine Haftung, da wir uns
diese nicht zu eigen machen, sondern lediglich auf deren Stand
zum Zeitpunkt der Erstveröffentlichung verweisen.

FSC
www.fsc.org

MIX
Papier aus verantwor-
tungsvollen Quellen
FSC® C014496

Verlagsgruppe Random House FSC® N001967

1. Auflage
Genehmigte Taschenbuchausgabe Februar 2019,
btb Verlag in der Verlagsgruppe Random House GmbH,
Neumarkter Str. 28, 81673 München
Copyright © der Originalausgabe 2017 by Paul Zsolnay Verlag, Wien
Covergestaltung: semper smile, München
nach einem Entwurf von Anzinger und Rasp, München unter
Verwendung eines Motivs: Das Floß der Medusa von Théodore
Gericault, Foto © akg-images
Druck und Einband: GGP Media GmbH, Pößneck
SL · Herstellung: sc
Printed in Germany
ISBN 978-3-442-71719-4

www.btb-verlag.de
www.facebook.com/btbverlag

Water, water, every where,
And all the boards did shrink;
Water, water, every where,
Nor any drop to drink.

Samuel Taylor Coleridge

Wenn der Mensch diesen Grund erreicht hat,
ist ihm nichts mehr begreiflich zu machen; seine
Instinkte werden die eines Raubtieres, und man
muss sich darauf gefasst machen, sich gegen ihn
verteidigen zu müssen, wie man sich gegen ein
beleidigtes wildes Tier verteidigen würde.

Alexandre Dumas

Ein fetter Morgen

Dreimal neun ist Donnerstag, und der 18. Juli des Jahres 1816 war ein herrlicher Donnerstag. Kein Wölkchen trübte den azurblauen Himmel, die Sonne blendete, und selbst die Luft, sonst dunstig, war klar wie ein Kristall. Etwa dreißig Seemeilen vor der Küste Westafrikas glitt die Brigg Argus durch die glatte See. Tümmler und Delphine sprangen neben ihr her, Möwen umkreisten das Kielwasser, zogen Bögen, hoben und senkten sich, berührten mit den Federspitzen fast das Wasser. Die Bewegungen an Bord griffen so harmonisch ineinander wie bei einem komplizierten Räderwerk. Keine Anstrengung war zu spüren.

Dann geriet ein Sandkorn ins Getriebe. Es war elf Uhr vormittags, die Argus war einige Meilen über Nouakchott, mittlerweile Hauptstadt von Mauretanien, ungefähr auf Höhe von Portendick, da meldete der Toppsmatrose zwei Strich Steuerbord ein seltsames Objekt. Niemand ahnte, was das bedeutete. Am wenigsten wir, doch werden wir es bald erfahren.

Was für ein Objekt? Der Kapitän, Léon Parnajon, zog an seiner Pfeife, ließ sich das Fernrohr reichen und konnte nichts entdecken – weder ein Schiff noch eine Insel. Treibgut? Erst Minuten später geriet etwas in die kleine Fernrohrwelt, sah der Kommandant eine schwimmende Plattform mit einem Zelt darauf. Mauren? Berber? Andere Kameltreiber? Eine abgetriebene Behausung der Wüstenbewohner? Geflohene Sklaven? Es kam zu jener Zeit ständig vor, dass Schwarze ihre Aufseher überwältigten und absurd anmutende Fluchtversuche unternahmen. Als der Kapitän noch nach einer Erklärung suchte, sah er eine taumelnde Gestalt. Sie stellte sich an den Rand der Plattform, bog den Kopf nach hinten und … ja, kein Zweifel, der Mann urinierte – so, wie es aussah, in die Hand und … ja, *das gibt's doch nicht*, er trank das Zeug. Sobald der Pisskopp aufblickte und die Segel der Argus sah, begann er wild zu hüpfen und zu winken. Jetzt kletterte er gar auf den Mast, schwenkte ein Tuch.

Immer mit der Ruhe, Pisskopp. Wir haben dich bereits gesehen.

Der Kerl konnte sich nicht lange halten, glitt den Mast hinunter und verschwand im Zelt. Jetzt kamen andere heraus, winkten ebenfalls. Als sie sahen, dass die Argus näher kam, sie entdeckt waren, fielen sie einander um den Hals, umarmten sich.

Nein, das sind keine geflohenen Sklaven. Keine Darkies. Vielleicht Schiffbrüchige? Von der Medusa? Unmöglich! Die Medusa ist vor zwei Wochen gestrandet, jetzt kann man mit Glück Überlebende an der Küste finden, vielleicht das Wrack.

Eine halbe Stunde später hatte die Argus das seltsame Gefährt erreicht. Offensichtlich ein Floß. Oder die Zugbrücke einer Burg? Jedenfalls hatte das Vehikel, da hatte sich der Kapitän nicht getäuscht, einen kleinen Mast und ein Sonnenzelt. Der Schiffsjunge zählte dreizehn, vierzehn, fünfzehn ausgemergelte Gestalten. Die meisten waren nackt, trugen aber Stiefel, die an den dünnen Beinen komisch wirkten – wie Kinderfüße in zu großen Schuhen. Wandelnde Skelette! Einer hatte eine Flachsperücke auf, gelbe Uniformjacke und einen Säbel umgebunden. Sein Dreispitz wies ihn als Angehörigen der Armee aus. Franzosen? Oder Piraten? Nur fünf konnten sich auf ihren Beinen halten, die anderen lagen oder kauerten. Man ließ das Beiboot zu Wasser und ruderte zu ihnen hin.

– Seid vorsichtig, rief Parnajon. Vielleicht ist es eine Falle. Vielleicht ...

Nein, keine Falle. Als man nahe genug war, sah man hohle Augen, das Gestrüpp stacheliger Bärte, ausgedörrte Lippen, trocken wie Pergamentpapier. Verbrannte Schultern, abgeschälte Haut, alles voller Wunden, Blasen. Nein, das waren keine Sklaven, keine Berber und auch keine Piraten, sondern Europäer. *Pissköpp!* Aber was für welche! Skelette mit hervorstehenden Brustkörben, harfenförmigen Beckenknochen und fladenartigen, nur noch aus Hautlappen bestehenden Arschbacken. Ihr Haupthaar, starr vom Salz, glich alten Polstersesselfüllungen. Und die Augen? Düster verschleiert, wahnsinnig. Was waren das für welche? Wandelnde Leichen? Was hatten die erlebt? Wir wissen es noch nicht, aber gemach, wir werden es erfahren.

Ein jämmerliches Bild. Totengesichter, kraftlose dünne Arme, zerschlissene Kleider, Fetzen. Ein erbärmlicher, abstoßender Anblick. *Dagegen sieht sogar das Lumpengesindel von Paris noch nobel aus.* Der Kapitän, selbst nur eine Randfigur in unserer Geschichte, ließ sie an Bord bringen und befahl, ihnen Fleischbrühe und Wein zu reichen. Außerdem Cognac mit verrührten Eiern.

Kapitän Parnajon wie alle anderen an Bord der Argus wussten, diese ausgemergelten Gestalten, diese wandelnden Leichen waren die Schiffbrüchigen, die Überlebenden des Floßes der Medusa. Die Totgeglaubten, die letzten fünfzehn von ursprünglich hundertsiebenundvierzig Menschen, die dreizehn Tage auf diesem Floß überlebt hatten. *Dreizehn Tage!* Er zog an seiner Pfeife und sah auf die dilettantische Bretterkonstruktion, auf das zeltähnliche Segel. *Unglaublich, wie sich dieses Ding so lange über Wasser halten konnte.* Was er dann sah, ließ ihm das Blut gefrieren, es war ein Fuß, der zwischen zwei Brettern steckte, abgeschlagen oberhalb des Knöchels. Das Fleisch war graugelb, aufgedunsen, die ganze Form verschwommen, schwammig, doch der Fuß war zu erkennen. Und Parnajon, wir können seinen Namen bald wieder vergessen, sah noch etwas, kleine graue Streifen, die an Seilen hingen. Getrockneter Fisch? Alter Frühstücksspeck? Nein, der Kapitän wusste, das war Menschenfleisch! Wie sonst hätten diese fünfzehn fast zwei Wochen überleben können? Die Pissköpp hatten nicht nur ihren Urin getrunken, sondern sich auch gegenseitig aufgefressen. Parnajon, von dessen Existenz wir ohne diese Überlebenden nichts mehr wüssten, verschluckte sich am Pfeifenrauch und hustete. Ob er ahnte, dass es dieser Tag war, dieses Floß, diese grauen Fleischstreifen, die ihm eine Randnotiz in den Geschichtsbüchern sicherten? Einen Platz bei den Fußnoten im Buch Unsterblichkeit.

Kannibalismus war unter Seeleuten nichts völlig Abwegiges, solange die Regeln eingehalten wurden. Sogar die allerheiligste katholische Kirche duldete den Verzehr von Menschenfleisch in Extremsituationen. Aber fünfzehn Überlebende von hundertsiebenundvierzig? Waren hier die Regeln eingehalten worden? Oder hatte man nur eine Regel gekannt, die des Stärkeren? Hatte man sich gegenseitig abgeschlachtet und dann aufgefressen?

Kaum waren die Geretteten an Bord, fielen welche auf die Knie und dankten Gott dem Herrn. Einer umarmte den Schiffsjungen, ein anderer den Kapitän, der ihn aber eingedenk der Urinszene leicht angeekelt auf Distanz hielt. Vier waren so schwach, dass sie getragen werden mussten, und ein anderer schrie etwas von seinem Geldbeutel, der noch an Bord des Floßes sei: *Mein Geld! Meine Papiere!* Nur mit Mühe konnte er davon abgehalten werden, ins Wasser zu springen. Ein Nächster bestellte Champagner, Austern, Langusten, Meringue-Kuchen und eine Serviette.

– Sagen Sie der Musikkapelle, sie darf ruhig lauter spielen. Und bitten Sie die Damen, sich zu gedulden. Ich werde bald mit ihnen tanzen. Kein Zweifel, er hatte den Verstand verloren. Ein weiterer, es war der Geologe Alexandre Corréard, auf den wir noch zurückkommen werden, meinte trocken:

– Meine Herren, ich bin außer mir, Sie kommen um ganze zehn Minuten zu spät. Nennen Sie das Pünktlichkeit? Schlamperei! Wenn das in Mode kommt … Er versuchte zu lächeln, und als niemand auf den Scherz, den er sich tagelang zurechtgelegt hatte, reagierte, brach er zusammen.

Es waren Scheintote mit stumpfen Augen. Augen, die zu viel gesehen hatten. Nur einer stach hervor, wirkte kräftiger, gesünder: der mit der gelben Uniformjacke, der Flachsperücke und dem Dreispitz, den er nun an seine Brust drückte. Er hatte einen dichten, stacheligen Bart, ein fleischiges, rosafarbenes Gesicht und stechend blaue Augen. Sah man genauer hin, erkannte man, dass auf seiner zerschlissenen Uniformjacke die Knöpfe fehlten und das Leder seiner Stiefel zerbissen war, mit Salzkrusten geädert.

– Jean Baptist Henri Savigny, Zweiter Schiffsarzt der Medusa. Mit einer tiefen Verbeugung stellte er sich vor, nicht nur Kapitän Parnajon, auch uns, der Welt. Dann holte er tief Luft und sagte mit erstaunlich kräftiger Stimme:

– Die Welt muss wissen, und sie wird erfahren, was wir erlebt haben … Wir sind am Leben, weil es unsere Pflicht gewesen ist zu überleben, der Menschheit unser Schicksal darzulegen … Er sprach von der Strandung der Medusa auf der Arguin-Sandbank, von Rettungsbooten, die sie verlassen hatten, einer Meuterei. Wie ein Wasserfall sprudelten die Wörter aus ihm heraus. Gekapptes Tau, Stürme, ein Schmetterling, fliegende Fische, Haie, eine zweite Meuterei, zerschlagene Wasserfässer, Weinrationen und so weiter.

– Sie müssen Josephine verständigen, meine Verlobte. Sagen Sie ihr, ich lebe, und sie soll Limonade machen. Eine große kalte Limonade. Ein Fass voll Limonade. Zwölf Scheffel! Und ein Cassoulet mit einer Gans. Ragout. Tarte Tatin – nein, die wird erst achtzig Jahre später erfunden werden, also Apfelkuchen. Crème brûlée, Profiteroles, Gefrorenes …

Erst als Parnajon die Hände hob und ihm bedeutete, er solle sich das für später aufbewahren, spürte auch er, wie ihm die Sinne schwanden. Er bat den Kapitän, einen Zug von der Pfeife nehmen zu dürfen, »darauf freue ich mich seit zwei Wochen«, dann, der Schiffsführer gab sie ihm widerwillig, sank er zusammen, musste gestützt werden, sprach aber immer noch von Josephine:

– Sie ist nicht schön, und ihre Intelligenz lässt zu wünschen übrig, sie ist außergewöhnlich gewöhnlich, keine Prinzessin, aber ich liebe sie. Ich …

– Was haben Sie gegessen?, wollte der Kapitän wissen. Er fixierte den Geretteten mit seinem Blick, nahm die Pfeife wieder an sich, wischte sie ab.

– Gegessen? Savigny blickte in den Himmel, lachte. Einen unwiderstehlichen Kuhschwanz mit Kalbsbäckchen in Terrine und Käse überbacken, Schweineknie mit Linsen, Milzschnitten, geschmorte Nieren, Brot mit dem Mark von Ochsen, Gänseleber, gefüllte Karpfen, Birnenkuchen … Er sah zu Parnajon, folgte seinem Blick, sah die grauen Fleischstreifen am Floß und wusste, was der Kapitän der Argus dachte. Es würde schwierig werden, der zivilisierten Welt zu erklären, was auf dem Floß geschehen war. Würde das jemand verstehen? Oder war es ein Skandal, der mit allen Mitteln vertuscht werden musste? Eine Sache, die die Welt niemals erfahren durfte?

Diese ausgemergelten Gestalten hätten keinen weiteren Tag auf See überlebt, und obwohl Parnajon glücklich war, fünfzehn Menschen vor dem Tod gerettet zu haben, mischten sich dunkle Ahnungen in sein Hochgefühl. Waren das arme, vom Schicksal misshandelte Geschöpfe, oder wilde, entmenschlichte Bestien, Pissköpp!, die er an Bord geholt hatte, um sie der Zivilisation zurückzugeben? War bei denen, wie sein alter Lehrer immer gesagt hatte, dreimal neun Donnerstag?

Etwas ist eigenartig, die großen Katastrophen geschehen oft im Verborgenen. Wie bei den Konzentrationslagern, Völkermorden, Foltergefängnissen oder Tragödien um die Flüchtlingsschiffe im Mittelmeer bekam die Öffentlichkeit auch vom Unglück der Fregatte Medusa zunächst nichts mit. Erst im September 1816 gelangte der Fall in die Zeitungen, zuerst in die französischen, bald darauf in die der Welt. Die nach Sensationen gierende Öffentlichkeit stürzte sich darauf, und es gab den Bericht der Überlebenden in der *Lemberger Zeitung* wie in der *Gazeta Lwowska*, in den *Steyermärkischen Intelligenzblättern* ebenso wie in der *Augsburger Allgemeinen*, im *El Mercurio*, der *Times*, dem *Norske Intelligenz-Sedler*, im *Sankt-Petersburgskie Vedomosti* wie in hundert anderen.

Davor aber dauerte es auf den Tag genau zwei Monate, bis zum 18. September 1816, bevor der französische Marineminister General Bouchage, der Name bedeutet Verstopfung, an König Ludwig XVIII. schreiben konnte: »Ich erspare Eurer Majestät die Schilderung der entsetzlichen, von Hunger und Verzweiflung verursachten Szenen, die sich auf diesem Floß abgespielt haben. Und ich erspare Eurer erhabenen Durchlaucht auch die Beschreibung der Gräuel, die in den dreizehn Tagen der Verlassenheit begangen worden sind. Dagegen bedaure ich nach wie vor zutiefst, dass die Journalisten Geschehnisse enthüllt haben, die besser für alle Zeiten der Menschheit hätten verborgen bleiben sollen.«

Drei Jahre später äußerte sich der alte gichtkranke König, ein feister, quallenartig aufgedunsener Mensch mit weißem Haar und einer Vorliebe für große Orden und helle Schuhe, Hoffnung der Royalisten, selbst zu diesem, wie er ihn nannte, Vorfall. Anlässlich der Eröffnung des Pariser Kunstsalons 1819 sagte er zu einem jungen Maler, der in einem übermenschlichen Kraftakt die Geschehnisse auf eine riesige Leinwand gebannt hatte: »Herr Géricault, Ihr Schiffbruch da, das ist nichts für uns!« Der fette Herrscher machte noch eine abfällige Geste, dann trottete er mitsamt seiner Entourage behäbig weiter, während der junge Maler, der für sein Bild mit Überlebenden gesprochen und sich aus den anatomischen Instituten Leichen ins Atelier hatte bringen lassen, zerstört zurückblieb. Dass sein Bild Berühmtheit erlangen und noch zweihundert Jahre später im Louvre hängen sollte, in einem Hauptsaal gegenüber Jacques-Louis Davids »Krönung Napoleons«, konnte er nicht ahnen.

Noch einmal hundertsiebzig Jahre später gab es den Plan, die Geschichte zu verfilmen, aber die Welt wollte von diesem »Vorfall« immer noch nichts wissen. Der Hurrikan Hugo vor Guadeloupe zerstörte den Nachbau der Medusa, und dem iranisch-französischen Filmemacher Iradj Azimi wurden so viele Prügel in den Weg gelegt, dass er darüber fast zerbrochen wäre. Letztlich musste er sich vor dem Kulturministerium in Paris die Pulsadern aufschneiden, um 1998, fast zehn Jahre nach seiner Entstehung, den Film »Le Radeau de La Méduse«, der sich nicht durchsetzen sollte, endlich in die Kinos zu bringen.

Aber was sind das für Geschehnisse, die der Menschheit für alle Zeit verborgen bleiben sollten? Was ist das für eine scheinbar mit einem Fluch behaftete Geschichte, die hinter diesen fünfzehn ausgemergelten Gestalten steht? Ist sie etwas für uns? Ein Versuch, den Menschen vor Gott zu rechtfertigen? Etwas Erhabenes? Erhebendes? Niederschmetterndes? Nun, das werden wir noch sehen. In jedem Fall ist dieser »Vorfall« etwas, das am französischen, ja, am europäischen Nationalstolz kratzt, weil er Abgründe des Menschen offenbart, zeigt, was mit dieser Spezies alles möglich ist. Nichts für frankophile, Rotwein trinkende, Käse degustierende Modefuzzis. Gut, die Sache liegt mittlerweile mehr als zweihundert Jahre zurück. Wir können es uns also bequem machen und uns versichern, wir sind anders, bei uns kommt sowas nicht vor. Doch ist das wirklich so?

Der Schlammmann

Genau davor habe ich Angst, knarzte eine raue Stimme. Genau davor. Seit Tagen ahne ich so etwas. Seit Tagen habe ich es im Urin ... Aber nicht mit mir!

Es war der 22. September 1816, vier Tage, nachdem der französische Marineminister namens Verstopfung seinem aufgequollenen König den besagten Brief übergeben hatte. Der Schiffsarzt Savigny, der mit dem gelben Uniformrock und der Flachsperücke, hatte in den zwei Monaten seit seiner Rettung dreißig Kilo zugelegt, war mittlerweile nach Frankreich zurückgekehrt und hatte dort erfahren, dass die Admiralität an seiner Geschichte kein Interesse hatte. Im Gegenteil, man wollte die Angelegenheit unter den Teppich kehren. Dem Schiffsarzt wurde mitgeteilt, er habe in der Marine keine Zukunft und brauche auf keine Entschädigung zu hoffen.

– Es ist im staatlichen Interesse, sich nicht über das auszulassen, was Sie gesehen haben. Am besten, Sie verkriechen sich und lassen nichts mehr von sich hören. *Man hängt mich zum Trocknen an die Luft, behandelt mich wie einen lausigen, wurmzerfressenen Bittsteller.* Aber das war nicht nach dem Geschmack des Henri Savigny, dafür hatte er sich uns nicht vorgestellt. Er wollte es hinausschreien, die ganze Welt an seinem Schicksal teilhaben lassen. Er hatte doch nicht dreizehn Tage lang die Hölle überlebt, um dann zu schweigen. Wenn da nur nicht dieser unsägliche Appetit gewesen wäre, dieser Drang, alles in sich hineinzustopfen: Eintöpfe, Fleisch, Kartoffeln, Brot, Käse, Bohnen, Butter schleckte er mit den Fingern, Kuchen, Pasteten mit dem Löffel, Pudding, Melasse. Und natürlich Limonade. Er fraß wie ein Verrückter, trank wie ein Wasserbüffel.

– Du wirst noch platzen, sagte Josephine.

– Das verstehst du nicht. Du hast nicht dreizehn Tage lang dem Tod ins Aug gesehen. Er wartete darauf, dass sich jemand bei ihm meldete, jemand, der seinen durch eine Indiskretion an eine Zeitung gelangten Bericht gelesen hatte, jemand, der ihm zu dem verhalf, was ihm unbestreitbar zustand, zu Ruhm und Anerkennung. Aber nichts geschah. Niemand interessierte sich für ihn. Seine Geschichte war zu abenteuerlich, zu verstörend, haarsträubend.

Die Mehrheit der Geretteten befand sich noch im Senegal, untergebracht in einem Hospital in Saint-Louis, in einem großen feuchten Raum mit alten Matratzen, löchrigen Moskitonetzen und einem roten Lehmboden, aus dem ständig neues Ungeziefer quoll – stechende, beißende Flug- und Krabbelmonster, jedes einzelne Exemplar ein perfider Meister im Nervtöten.

Fünf von den Geretteten hatten den Sommer nicht überlebt, und auch die meisten anderen dämmerten dahin, hatten Halluzinationen oder das, was man heute als posttraumatische Belastungsstörung bezeichnen würde: Aggression, Suizidversuche, Depression. Außer dem Schiffsarzt hatten nur der ständig betende, in religiösen Wahn verfallene Leutnant Coudein und der Vollmatrose Hosea Thomas, bei dem sich erste Anzeichen einer Katatonie zeigten, die Rückfahrt nach Frankreich angetreten. Während der dreiwöchigen Seereise wechselten sie mit Savigny kein Wort. In Brest gingen sie an Land. Coudein wollte unverzüglich zu Papst Pius VII., um die Heiligsprechung eines toten Schiffsjungen zu erwirken, und Hosea machte sich auf den Weg, ein Versprechen einzulösen – ein Versprechen, das er auf dem Floß gegeben hatte. Für den Schiffsarzt hatte er nur wenige Worte übrig:

– Ich will Sie nie mehr wiedersehen. Nie mehr. Will ich.

Während Savigny den Drang zu reden hatte, unaufhörlich von den dreizehn Tagen auf dem Floß erzählte, wollte Hosea davon nichts mehr wissen. Er, ein Mensch mit kräftiger Konstitution, hatte seit ihrer Rettung kaum gesprochen, saß meist nur da, machte ein vertrottelt grinsendes Gesicht und schwieg. Auch er aß viel, rauchte und trank, als ob er sich vernichten wollte. Aber er sagte nichts. Wenn ihn auf der Fahrt nach Brest andere gefragt hatten, wie das auf dem Floß gewesen sei, schüttelte er nur den Kopf und brummte:

– Das willst du gar nicht wissen, willst du nicht.

An dieser Stelle müssen wir, um Hosea Thomas hinterherzukommen, einen kleinen Sprung in das Herz Frankreichs machen, nach Limoges: Ein kalter Sonntagmorgen im September – zwei Monate nach der Katastrophe, von der die Welt noch nicht viel wusste. Auf einer Straße am Stadtrand hielt ein Ochsengespann, um einen Liegenden nicht zu überrollen.

– Brrr, machte der Kutscher. Ein kleiner, feister, rotgesichtiger Mensch mit glänzender Haut, ein eingefettetes Osterei auf zwei Beinen. Er schüttelte den Kopf, strich sich über die Wülste im Nacken und brummte: Nicht mit mir. Genau davor habe ich Angst. Genau davor ... Mit so etwas fängt alles an, der Jüngste Tag ...

Die kühle Luft roch bereits nach Winter, und die hohen Wolkentürme versprachen Regen. Dabei hatte es den ganzen Sommer über nur geschüttet. Regen seit April.

Die Hähne hatten schon gekräht, das Gezwitscher der Spatzen und das Gegurre der Tauben war nicht zu überhören, doch die Menschen machten sich einen fetten Morgen, schliefen noch. Der dicke Kutscher, ein Bauer aus dem nahen Dorf Pressac, hatte den vergangenen Tag am Markt zugebracht und nachts den halben Erlös seiner Ernte gleich wieder verzecht. Ernte? Außer ein paar zu klein geratenen Kohlköpfen und lächerlichen Rüben hatte dieser vermaledeite Sommer nichts gebracht. Die Kürbisse waren kaum größer als Kinderfäuste, das Getreide war auf Kniehöhe verfault. Die Kartoffeln hatten Walnussgröße, und selbst die Hühnereier waren in der Dimension von Knabenhoden. Dieser verdammte Regen! Drecksommer! Nicht mit mir!

Nun plagte den Presssack Sodbrennen – vom mit Schwarzpulver und Cayennepfeffer verschnittenen Branntwein, aber auch vom schlechten Gewissen gegenüber seiner Frau. *Diese Krautstauden! Gewürznelke!* Als er nun den quer über die Straße liegenden Menschen sah, hingestreckt wie ein erlegtes Wildschwein, stieß er Flüche aus.

– Weg da, Unglückswurm, grauslicher. Mit so etwas fängt alles an, aber damit brauchst du gar nicht anfangen. Mit sowas musst du mir nicht kommen. Mir nicht!

Wahrscheinlich wäre er selbst gerne so gelegen, friedlich schlafend, ohne Sodbrennen und der Gewissheit eines nahen Ehestreits. Dabei war die Straße matschig, manchenorts so sehr, dass die Ochsen stecken blieben.

– Genau davor habe ich Angst, vor solchen Kellerasseln, die den Jüngsten Tag einläuten. Aber damit brauchst du mir nicht kommen.

Da der Liegende nicht reagierte, dafür aber Fensterläden aufgingen und sich Köpfe herausschraubten, die »Ruhe«, »Sonntag ist. Wir wollen schlafen« und »Das sage ich Hochwürden« keiften, stieg der feiste Bauer vom Bock, stapfte durch den Matsch und stieß den Betrunkenen unsanft in die Seite. Nicht etwa mit seinen fetten Füßen, die auf der verschlammten Straße schmatzende Geräusche erzeugt hatten, sondern mit einem Stock, an dessen Spitze ein geschmiedeter Nagel steckte. Ein Stock, den er sonst den Ochsen, wenn sie nicht spurten, in die Bäuche stieß – gut genug auch für das Rindvieh, das da mitten auf der Straße lag.

– Aufstehen, Kerl! Sonst reiß ich dir die Ohren ab! Eine Straße ist kein Hurenbett. *Straße? Ein versumpfter Weg!* Schlaf deinen Rausch woanders aus. Heute ist Sonntag, und Gott liebt nur eines, nämlich Ordnung. Oder bist du hin? Nein! Nicht bei mir. Du atmest. Also hoch mit dir. Was ist? Bist du taub, du Saustallkreatur?

Weil der Mensch noch immer keine Regung zeigte, zog der Bauer, von der allgemeinen Aufmerksamkeit erregt, eine Schau ab. Er führte sich auf wie ein Prediger zu Pestzeiten, beklagte sein Schicksal, die schlechte Ernte, machte große Gesten. Schließlich aber packte er seine Rute aus, um diesem menschlichen Ochsen zu zeigen, was er von solchen Straßensperren hielt. Einen Moment lang musste er sich entspannen, aber dann gab seine Blase nach und ihren Inhalt frei.

Kaum hatte der dünne, warme Strahl den Kopf des Daliegenden erfasst, kaum floss der dampfende Agrarier-Urin wie das Gift in Hamlets Vaters Ohr, kam Regung in den Leib. Schon wurde die Nase hochgezogen, kam ein Glucksen aus dem Mund und öffneten sich Augen, dann rieb er sich den Bauch und gab ein grässliches Gestöhn von sich. Der Bauer musste lachen, so sehr, dass sich der Schließmuskel seiner Harnröhre verkrampfte. Auch aus den Fenstern der umliegenden Häuser kam Gelächter. Als sich der Geweckte aber hochrappelte, sein langes, verfilztes und nun auch nasses Haar aus der Stirn strich und sich mit seinen Fingern erst über die nasse Wange fuhr, sie dann abschleckte, trat eine beängstigende Stille ein. Der Bauer hatte schon allerhand erlebt, eigenhändig Schweine erschlagen, Kälber aus Kühen gezogen, Gänsen den Kopf abgedreht, aber so etwas war ihm noch nie passiert: zwei verrückte Augen, die sich ihm wie glühende Schwerter in die Haut brannten.

Er beeilte sich, seinen kleinen Freudenspender einzupacken und auf den Karren, fürwahr keine Limousine, sondern ein robustes Gefährt, mit dem sich Kohlen transportieren ließen, zu springen.

– Nicht mit mir! Hüha! Hüha!

Der Fremde starrte mit unbewegter Miene auf die rosafarbenen Nüstern der Ochsen, aus denen warmer Atem kam, auf den nagelbesetzten Stock, der einer Walfängerharpune glich, den Bauern, seine mit Dreckspritzern übersäten Stiefel.

– Vorwärts! Hüha!

Brust und Oberschenkel des Geweckten waren mit Schlamm bedeckt, an seinem Körper klebten Erdkrumen, kleine Klumpen getrockneten Matsches fielen zu Boden – ein Golem. Da fielen dem Bauern die Tätowierungen dieses Hünen auf, erkannte er eine Schlange, die sich um einen Anker wand, und einen Dolch, der eine Schriftrolle durchbohrte: »Davy Jones sein Liebling«, stand darauf. Der Bauer hörte den schweren Atem dieses Fremden und bekam es mit der Angst zu tun. *Solche wie den müsste man einsperren, enthaupten. Schade, dass es das Vierteilen nicht mehr gibt.* Er umfasste mit seinen kurzen, zu Klauen verkrümmten Fingern die Zügel, schrie und pikste seine Tiere. »Hüha! Vorwärts! Nelson! Napoleon!« Er hatte tatsächlich seine Ochsen nach diesen Persönlichkeiten benannt. Doch Nelson und Napoleon reagierten nicht – der eine war wie tot und der andere im Exil. An den Rändern ihrer großen schwarzen Augen saßen Fliegen, und ihr warmer Atem roch nach Heu und Stall und Kuhgedärm.

Der Geweckte rührte sich noch immer nicht. Sein langer, mit Schlammkrusten verklebter, sandfarbener Bart verlieh ihm etwas Furchterregendes. Vor allem aber war es dieser Blick, der einem Schauer über den Rücken jagte. Der Blick eines Besessenen, eines Menschen, der geradewegs aus der Hölle kam. Es war Hosea Thomas, Vollmatrose der Medusa, wir kennen ihn bereits, einer der Geretteten, einer der fünfzehn Überlebenden. Nur hatte er nicht seinen Hut gezogen und sich bei seiner Vorstellung auch nicht verbeugt, im Gegenteil, er hatte seine Rettung völlig regungslos, mit tiefsitzender Gleichgültigkeit hingenommen.

– Savigny, du Zecke, sagte er jetzt, da er den Bauern ansah, mit tonloser Stimme. Du wirst büßen für das, was du uns angetan hast. Ich werde dich vernichten, Flachsperücke, Kurpfuscher. Da setzte Regen ein, prasselten fette Wassertropfen vom Himmel, wurde über alles ein grauer Dunstvorhang gezogen.

Savigny selbst war nicht einmal in der Nähe dieses Schauspiels. Er befand sich in Paris und hatte sich vor dem Marineminister zu verantworten. *Das soll einer der Überlebenden sein? Warum ist der so dick wie Ludwig XVIII.? Hat der alle Leichen alleine gefressen?*

Hosea aber hatte auf dem Weg nach Limoges nicht nur die meisten seiner klaviertastengroßen Zähne, sondern auch den Verstand eingebüßt. Nicht, dass der Vollmatrose, Sprössling von Austernzüchtern der Île-d'Aix, jemals besonders intelligent gewesen wäre, aber nun tobten Stürme in seinem Kopf. Es war, als hätte sich sein ohnehin nur mittelmäßig ausgeprägter Geist wie ein Schalentier verschlossen, als würde sein Verstand unter Wasser gehalten und dürfte immer nur für Augenblicke auftauchen. Nun stand er da mit starrem Blick, grunzte und stieß einen schrillen, kollernden Schrei aus, der klang, als würde ein Schwein geschlachtet.

– Nichts für ungut, murmelte der feiste Bauer, aber ich bin nicht die Sabine oder wer auch immer, und mitten auf der Straße schläft man nicht … Das gehört sich nicht, nicht bei mir … Genau vor so etwas habe ich Angst, das ist ein Zeichen … Die Welt geht unter … Das ist, wie wenn man unter einer Leiter durchgeht, wie eine schwarze Katze, oder … An irgendwas muss es ja liegen, dass wir heuer keinen Sommer hatten … Er mühte sich, seine Ochsen in Bewegung zu setzen. Doch Nelson und Napoleon waren erstarrt, als wäre ihnen der Teufel mit glühenden Gabeln in die Eingeweide gefahren. Schließlich besannen sie sich ihrer bovinen Bestimmung und trotteten davon.

Hosea Thomas stand wie angewurzelt auf der lehmigen Straße. Schlammig braunes Wasser lief über sein Gesicht, löste die Krumen im Bart, tropfte auf die Brust, lief weiter über Bauch und Beine.

Er mochte um die dreißig sein, seine Wangen waren eingefallen und das Gebiss löchrig, aber seine Statur war mächtig. Breite Schultern, Muskeln und ein dicker, von blauen Adern durchzogener Hals. Seine Kleidung war zerschlissen und für dieses nasskalte Wetter viel zu leicht. Fleckiges Leinenhemd und schmutzstarre Hose – beide wie in Milchkaffee getunkt. Jetzt, da ihm der Regen den Dreck vom Körper spülte, sah man, seine Füße waren nackt und voller Abschürfungen, die Haut gegerbt. Am rechten Schulterblatt, wo sein Hemd zerrissen war, prangte ein mit Asche tätowierter Jesus, der ihn vor dem Auspeitschen bewahren sollte. Wäre der Bauer geblieben, er hätte hören können, wie die aufgesprungenen Lippen »Viktor, Viktor« murmelten. In Hoseas Kopf irrlichterten Bilder vom Floß, von der azurblauen See und vom Senegal. Er sah Eingeborene mit samtig dunkler Haut, bunt gekleidete Frauen, den Kapitän der Medusa und immer wieder Leichen, zerschnittene Körper, tranchiert wie filet de boeuf, und Savigny, der von verschiedenen, mit Urin gefüllten Blechtassen kostete und dabei wie ein Sommelier Grimassen schnitt.

Ein Verrückter, dachte eine junge Magd, der nicht gefiel, wie Hoseas Augen hin und her zuckten. Ein Idiot, war eine Alte überzeugt, die ihren Nachttopf entleerte und ihn dann mit Regenwasser spülte. Ein Trottel, brummte ein Mann, der es eilig hatte, Gemüseabfälle zum Hühnerstall zu bringen. Ein Landstreicher, dachten alle drei, einer, den man einsperren oder besser noch gleich enthaupten müsste. *Schade, dass es das Schleifen, Rädern und Verbrennen nicht mehr gibt. So eine ordentliche Hinrichtung ist nämlich ein Spektakel. Wenn der Henker mit glühenden Zangen kommt und dem Delinquenten die Brustwarzen abzwickt …*

Hosea aber schien von diesen Menschen, diesen blasierten Kleinbürgern, keine Notiz zu nehmen, ebenso wenig von den Kindern, die ihn trotz des Regens mit Kieselsteinen bewarfen, aber davonliefen, sobald er sich umdrehte. Er stand den ganzen Vormittag nur da, blickte ins Narrenkästchen und murmelte immer wieder »Viktor, Viktor. Musst durchhalten, die Schiffe sind schon unterwegs.« Die meisten, die sich trotz dieses Sauwetters auf die Straße wagten, hielten ihn für einen übergeschnappten Soldaten, den die Kriegswirren hierher gespült hatten, und der nun immer noch vom Sieg phantasierte. Wer hätte auch die Katastrophe ahnen können, der dieser bärtige Schlammmensch entronnen war, eine Katastrophe, die sich zwei Monate davor im Atlantik vor der Küste Westafrikas ereignet hatte, und von der die meisten noch nichts wussten – auch wir nicht.

Gegen Mittag läuteten Glocken.

– Sechs Glasen, acht Glasen. Hundswache, murmelte Hosea.

Wenig später kam ein Hochzeitszug. Ausgelassene Sänger und Musikanten mit Lauten, Dudelsäcken, Geigen und Schalmeien, denen der Regen nichts anzuhaben schien. Weiber küssten ihn spöttisch und stellten naserümpfend fest, dass er sich seit Wochen nicht gewaschen hatte – und daran war nicht nur der Urin des Bauern schuld. Sogar die Bettler und Invaliden, die ihn zum Hochzeitsmahl mitnehmen wollten, weil es auch eine Ausspeisung für die Ärmsten gab – Gerstenbrei, Kraut und fettes Fleisch –, ließen, da er keine Regung zeigte, wieder von ihm ab.

– Komm mit, Bursche, zischte ein zahnloses Weib, es gibt Bier, Branntwein und Birnen. Sie entblößte ihre Brust:

– Gute Liebe. Na komm, beweg deine Spazierhölzer. Er aber zeigte keine Regung, stand nur da, starrte ins Nichts und brüllte unverständliche Sätze, in denen die Wörter »Sandbank«, »Medusa«, »Floß« und »William Shakespeare« vorkamen.

Das Jahr 1816 war schrecklich. Der Sommer war nicht, wie es im Lied heißt, mit Zimt gekommen, sondern überhaupt nicht. Ein Jahr voller Hungersnöte und Katastrophen, ein Jahr, in dem chiliastische Sekten Konjunktur hatten, die das Weltenende verkündeten, die Wiederkehr des Erlösers und das Abschlachten aller Sünder. Man sprach von einer Strafe Gottes, den apokalyptischen Reitern und vom Ende aller Tage, weil die wahre Ursache nicht zu erkennen war. Ja, dieser Sauwetter-Sommer hatte einen Grund: In Indonesien war im April 1815 der Vulkan Tambora ausgebrochen (oder eher explodiert) und hatte umliegende Inseln mit einer meterhohen Ascheschicht bedeckt. Daraufhin war ein Tsunami über den Pazifik gefegt und hatte ganze Landstriche weggewaschen. In der Atmosphäre blieb eine gigantische Aschewolke zurück, die langsam über die Erde trieb und sich ein Jahr später über Europa legte. Darum ging 1816 in die Geschichte ein als das Jahr ohne Sommer. Regen von März bis November. Heute würde man so etwas dem globalen Klimawandel anrechnen und sich auf ein monatelanges Flugverbot einstellen, damals aber schob man es auf die Gottlosen, die Sünder, die den König stürzen wollten.

Dazu kamen die Folgen jahrelanger Kriege. Napoleon befand sich seit fast einem Jahr auf St. Helena, und die Regenten und ihre Diplomaten tanzten in Wien, aßen Tafelspitz mit Spinat, Erdäpfelschmarren und Linzer Schnitten. Die Städte Europas aber waren voller Invaliden, Bettler, Deserteure und Kriegstraumatisierter. Ehemalige Kürassiere und Karabiniers, die zerfetzte Fahnen von Wagram oder Austerlitz umhängen hatten, Infanteristen und Artilleristen, die immer nur murmelten, »Napoleon, das ist ein großer Mann! Er kommt zurück!«, Ulanen, Kosaken, Kroaten, Dalmatiner, Preußen, Elsässer, Österreicher: Sattler, Schuster, Feldköche, die stotterten oder wie Zweijährige grinsten. Manchen fehlte ein Bein, ein Arm, anderen eine Gesichtshälfte, einige zitterten, hatten Anfälle. Niedrige Aggressionshemmung, hohe Gewaltbereitschaft. Die, die ein Stadtrecht besaßen, wurden im Armenhaus untergebracht, alle anderen aber ausgewiesen. Wenn einer randalierte, wurde er in Eisen gelegt, an den Pranger gestellt, zur Galeere verurteilt und manchmal auch geköpft. So wäre es unter normalen Umständen auch Hosea Thomas ergangen. Arretiert oder der Stadt verwiesen. Man hätte ihn auch für einen Spion oder Deserteur halten, foltern und erschießen können.

Heute aber war nichts normal, befand sich Limoges doch im Ausnahmezustand, weil die Tochter eines reichen Kornhändlers den Bund fürs Leben einging und ein großes Hochzeitsfest ausrichtete. Selbstverständlich waren auch der Stadtrichter und alle anderen Honoratioren dabei, weshalb Hosea, der sich den Gendarmen nicht widersetzte, einem jungen Arzt namens Jacques Schulze vorgeführt wurde.

Regen trommelte aufs Fensterbrett, die nicht eingehängten Fensterläden wurden vom Wind bewegt und quietschten. Im Arztzimmer hingen Schautafeln über den Blutkreislauf, und in einem Eck stand ein Skelett. Schulze, ein Elsässer, war gerade dabei, den Schädel eines Mörders zu vermessen, als ihm der Bärtige gebracht wurde. Sobald Hosea den Arzt sah, setzten Krämpfe ein, begann er zu schreien und auf den Mediziner loszugehen. Die Gendarmen waren von diesem plötzlichen Gemütswandel derart überrascht, dass sie nur zusahen, wie der Hüne über den Arzt herfiel und ihn würgte. Schulze ließ den Totenschädel fallen, der sogleich zu Bruch ging. Die Polizisten erlebten, bevor sie sich besannen, einen kurzen Moment der Genugtuung, ein befriedigendes Gefühl, wie es sich immer einstellt, wenn jemand auf die Obrigkeit losgeht. Doch bis sie den Wütenden bändigen konnten, war der Kopf des Mediziners schon rötlich blau wie ein Neugeborenes. Sie stießen Hosea Thomas die Gewehrkolben in die Nieren und zerrten an seinen Händen, aber der Schlammmann hatte sich bereits in Schulze festgekrallt. Und hätte nicht der Arzt selbst ein Glas mit einem konservierten Hydrocephalus zu fassen gekriegt und dieses dem Rasenden gegen den Schädel gedonnert, er hätte bald keine Gelegenheit mehr gehabt, von Elsässer Flammküchli zu träumen und über den Zusammenhang zwischen Anatomie und Charakter nachzudenken. So aber konnten die Gendarmen, rotgesichtige Bauernburschen, ihm noch ein paarmal in den Bauch schlagen. Einer hob ihn sogar an, um ihm mit dem Knie gegen das Gesicht zu treten.

– Arschloch!

Der benommene Patient wurde gefesselt und mit kaltem Wasser übergossen. Aber erst als ihm der Arzt Kampfer unter die Nase hielt, kam er wieder zu sich, knurrte, sah sich bösartig um und fiel im nächsten Moment erneut in einen lethargischen Zustand. Seine Augen rollten, und aus dem Mund kam Blut.

– Sollen wir ihn in Eisen legen oder … ihn von hinten? Ein Gendarm formte seine Hand zu einer Pistole. Auf der Flucht erschossen.

– Nichts davon. Ausziehen und reinigen, krächzte Schulze mit einer Stimme irgendwo zwischen Falsett und Krähenschrei. Die Ordnungshüter murrten. Lieber wären sie zur Hochzeit gegangen, als diesen Landstreicher anzufassen.

– Der hat sicher Läuse, Milben, Krätze. Warum sich unnötige Arbeit machen, wenn er sowieso …

– Ruhe. Er hat nichts getan. Der Arzt griff sich an den Hals, spürte Würgemale, ein Kratzen in der Kehle und schüttelte den Kopf. Ja, der Stadtrichter würde ihn auspeitschen lassen oder Schlimmeres, aber er war Arzt.

Schulze war klar, der Fremde war ein Seemann. Er wusste, was das tätowierte Schwein auf dem einen und das Huhn auf dem anderen Schienbein bedeuteten – Schutz vor dem Ertrinken. Auch die Narben an den Waden und Oberschenkeln waren typisch für Matrosen, eine Berufskrankheit vom ständigen Auf- und Abentern. Außerdem fiel ihm eine verschorfte Stelle an der linken Schulter auf, die eine Krankenschwester zurückschrecken und etwas von Teufelskralle murmeln ließ. 1816 hatte sich die Aufklärung noch nicht durchgesetzt, glaubten viele an Hexen und Wetterzauber, an dunkle Mächte, Amulette und den bösen Blick. Unter den Galgen und Guillotinen grub man nach Alraunen, und den Haaren von Gehängten oder Geköpften schrieb man schützende Wirkung zu, ihre Penisse hielt man für ein probates Mittel gegen Unfruchtbarkeit.

Schulze aber war Humanist, vermutete das Organ der menschlichen Seele im Gehirn – nämlich (cartesianisch) in der Zirbeldrüse. Er war sich nicht sicher, ob es sich hier um einen Simulanten handelte, oder ob tatsächlich eine vollständige Gemütszerrüttung vorlag. Auf der Hinterbacke entdeckte er eine große, frisch verheilte Bisswunde, die zweifelsfrei von einem Menschen stammte. War er unter Kannibalen gewesen?

– Reden Sie, Mann. Wie heißen Sie? Wo kommen Sie her?

Aber Hosea saß nur da, stumm wie ein Rettich, und stierte ins Narrenkästchen. Manchmal murmelte er »Viktor, Viktor!«. Sonst war nichts aus ihm herauszubekommen. Man durchsuchte die Taschen seiner Hose und fand ein Messer ohne Spitze, drei verschrumpelte Kastanien, einen Tabakbeutel sowie ein Büchlein, in dem jemand mit ungelenker Schrift Fremdwörter gekritzelt und durchgestrichen hatte: Intention, Admira, Phobie, heterogen, Thorax, somatisch …

Und Viktor? War das der vielbeschworene Sieg? Aber wenn so der Sieg aussah, konnte man darauf verzichten. Ein Leben ohne Verstand?

– Verlorene Liebesmüh, bemerkte ein Gendarm. Ist wie bei Nüssen: Die mit der dicksten Schale sind meistens hohl.

– Sie sind nicht gefragt. Schulze sah den Ordnungshüter böse an und entschied, den Verrückten ins Armenspital bringen zu lassen, weil er hoffte, ihn irgendwann für Experimente heranziehen zu können.

Im Spital wurde Hosea geschoren und rasiert, gebadet und

in ein frisches Leinenhemd gesteckt. Die Insassen waren in einer großen Säulenhalle untergebracht und schliefen auf dem mit Stroh ausgelegten Boden. Wimmern und Wehklagen bildeten einen dicht gewobenen Geräuschteppich, außerdem stank es nach Eiter, Fäkalien und Kampfer. Die Schwestern des Karmeliterordens taten zwar alles, wozu sie fähig waren, fütterten die Patienten mit dünnen Suppen, wechselten ihre Verbände, reinigten sie und beteten, was das Zeug hielt, aber eine medizinische Versorgung konnten sie nicht leisten. Ärzte ließen sich nicht blicken. Die Armenhäusler waren es nicht wert, dass man hier jemanden zur Ader ließ oder schröpfte, sie waren es nicht wert, Medikamente zu bekommen – allenfalls zerstampfte Kreide.

Einzig der vom Forscherdrang beseelte, an der Phrenologie interessierte Schulze sah in ihnen Objekte seiner Wissenschaft. Als er sich Wochen später nach dem Bärtigen erkundigte, bekam er zu hören, sein Zustand sei unverändert. Noch immer zeigte er keine Reaktion, noch immer blickte er ins Leere, war außer »Viktor, Viktor« nichts aus ihm herauszubekommen. Nur einmal, als die Schwester Oberin zur Zerstreuung der Kranken aus der Zeitung vorgelesen hatte, war er schreiend aufgesprungen und wie toll herumgerannt. Es hieß, er hätte wie am Spieß gebrüllt und sei nur mit Mühe zu bändigen gewesen.

Schulze ging zu dem Patienten, der mit seiner Stoppelglatze und dem glattrasierten Gesicht aussah wie ein Sträfling. Der Arzt blickte ihm in Augen, Mund und Ohren, klopfte mit einem kleinen Hammer gegen seine Knie, keine Reaktion, und ließ sich Zeitungen bringen. Nun befahl er, den Viktor, wie er ihn nannte, festzubinden, was dieser widerstandslos geschehen ließ. Aber der Patient zeigte keine Reaktion, als ihm von einer Reise des Königs nach Metz vorgelesen wurde, der sich »im erwünschtesten Zustand seiner Gesundheit« befand. Keine Reaktion auch bei der Mitteilung, dass ein Grundbuchverwalter eine Sternwarte erbaut und die Sonnenzeittafel neu berechnet hatte. Der junge Arzt las weiter, doch der Geschorene schien unberührt, ließ den Schwall an Nachrichten völlig gleichgültig über sich ergehen. Selbst bei den Spielplänen der diversen Bühnen, die gerade Händels Oratorium »Joseph und seine Brüder«, Rousseaus »Pygmalion« und Shakespeares »Sturm« zum Besten gaben, rührte er sich nicht.

– Wahrscheinlich besteht zwischen dem Anfall und der Zeitung kein Zusammenhang, verkündete Schulze. Oder wissen Sie noch, was Sie damals vorgelesen haben.

– Und ob ich das weiß, machte die Schwester Oberin ein schnippisches Gesicht und brachte die entsprechende Zeitung. Sie hatte keine Mühe, in dem nur aus zwei Bögen bestehenden Blatt jene Stelle zu finden, die die Reaktion ausgelöst hatte. Ich denke …

– Was Sie denken, interessiert mich nicht, brummte der junge Arzt und begann zu lesen: »Das *Journal des Débats* vom 8. September teilt über die Rettung der fünfzehn Personen aus dem Schiffbruche der französischen Fregatte Medusa folgende schauderhafte Erzählung eines Augenzeugen (des Schiffschirurgen Savigny) mit, der mit vierzehn seiner Unglücksgefährten dem augenscheinlichen Tode gleichsam durch ein Wunder entronnen ist. Die Erzählung hebt von dem Augenblicke an, wo die Medusa gescheitert war und die Mannschaft auf die Rettungsboote und auf ein in Eile aus den Masten und Segelstangen zusammengefügtes Floß verteilt werden musste …«

Da haben wir sie also, unsere Geschichte! Aus Hosea kam ein Schrei, der das Armenspital fast zum Einsturz brachte. Seine Augen drehten sich ins Innere des Kopfes. Schulze fasste mit beiden Händen seinen kahlrasierten Schädel, sah den Mann an und sagte:

– Was hat das zu bedeuten? Erzähl mir, was du weißt.

Aber der Patient, dessen Augen weit aufgerissen waren, schwieg. Was in seinem Kopf vorging, konnte der Arzt nicht einmal erahnen.

– Ich denke, der viele Regen dieses Jahr ist ein Vorbote auf das Strafgericht Gottes, sagte die Schwester Oberin. Und an diesem Sünder hat er ein Exempel statuiert.

– Und ich sage Ihnen, was Sie denken, interessiert mich nicht. Schulze warf ihr einen bösen Blick zu.

– Pff! Die Schwester verdrehte die Augen. Eingebildeter Idiot. *Dann brauchst du auch nicht zu wissen, dass man den da morgen vor den Stadtrichter führt. Wird ihn wahrscheinlich verurteilen. Landstreicherei, Spionage … Die Leute lieben es, wenn sie den Aufbau eines Podestes sehen, die Handwerker frühmorgens hämmern, um die Guillotine aufzubauen … Sie mögen es, fallenden Köpfen zuzusehen, aufzukreischen, wenn eine Blutfontäne aus dem Körper schießt.*

Drei Stunden sprach Schulze auf den Fremden ein, doch dieser zeigte keine Reaktion. Erst als der Arzt entnervt hinausging und dabei pfiff, rührte sich in Hosea Thomas etwas.

– Nicht pfeifen, sagte er mit gehauchter Stimme. Pfeifen lockt schlechte Winde an. Das aber hörte Schulze nicht mehr. Auch nicht, was die Schwester Oberin ihm hinterherschickte. Doch bevor wir uns um Hoseas weiteres Schicksal kümmern können, machen wir erst einmal drei Schritte zurück, nach Rochefort zum Auslaufen der Medusa, womit wir endlich, von hinten kommend, ganz am Anfang der Geschichte stehen.

Keine Ratten

Die Charente brachte milchkaffebraunes Wasser nach Rochefort – nicht verwandt oder verschwägert mit dem für seine Blauschimmelkäsehöhlen bekannten Roquefort zwischen Pyrenäen und Zentralmassiv. In Rochefort an der Atlantikküste lebten damals zwanzigtausend Menschen. Die langgestreckte Hafenanlage war bestimmt von der Kaserne, den königlichen Seilereien und zwei Windmühlen, die kleine, mit Pflügen ausgestattete Boote durch die Docks zogen, um den Schlamm aus den Fahrrinnen zu entfernen. Außerdem gab es die herrschaftliche Residenz der Hafenkommandantur, den mit einer Platanenallee durchschnittenen Volksgarten, eine Werft mit Sägewerken, Gießereien, Werkstätten, ein von der Gattin des Hafenkommandanten angelegtes Labyrinth aus Buchsbaumsträuchern sowie das Gefängnis für die Bagnards, wie man Zuchthäusler damals nannte.

Rochefort-sur-Mer, eine am Reißbrett entworfene Kleinstadt, fünfzehn Kilometer vor der Atlantikmündung gelegen, hatte sich an das 1666 gegründete Arsenal gepflanzt. Während das rechte Ufer von der Hafenanlage dominiert war, von Docks und aufgebockten Schiffsrümpfen, ja, sogar einen kleinen Triumphbogen hatte man errichtet, war das linke Ufer unbefestigtes Ödland. Auf dem schmalen Treppelweg schleppten Zuchthäusler Schiffe, die es mit der Flut nicht bis in den Hafen geschafft hatten, stromaufwärts. Da es keine Galeeren mehr gab, wurden die je zwei und zwei zusammengeschmiedeten Bagnards zu den schwersten und gefährlichsten Arbeiten auf der Werft herangezogen.

Kreischende Möwen jagten nach Abfällen, und auf der Medusa, einem schlanken Schiff von siebenundvierzig Meter Länge, herrschte die nervöse Aufregung eines nahen Abschieds. Wir kennen diese aufgekratzte Stimmung von Flughäfen, nur dass man damals keine Sicherheitskontrollen passieren musste. Die einen waren erregt und überdreht, andere hatten Reiseangst, verkrochen sich in Gebeten. Von all den Menschen an Bord, letztlich sollten es vierhundert sein, wollen wir uns zuerst die Picards ansehen. Familie Picard, ein Name, dem man auf dem Friedhof von Rochefort oft begegnete und der sogar in einem der bunten Kirchenfenster prangte.

– Charlotte! Wo bleibst du? Das Schiff wird ohne dich fahren. Beeil dich! Charles Picard, Notar und Besitzer einer Baumwollpflanzung in Afrika, ein Mann mit langem, schmalem Gesicht, zwiebelschalenfarbener Haut und zu früh ergrautem Haar, trug einen weißen Leinenanzug samt Strohhut. In seinem zufriedenen Gesicht steckte eine glimmende Zigarre. Endlich ging es los. Afrika! Im Unterdeck waren sicher verstaut mehrere Ballen Leinwand und einige Mehl- und Weinfässer, deren ordnungsgemäße Verladung er selbst überwacht hatte. Außerdem trug er eine kleine Ledertasche, in der neben Manuskripten auch zwei kleine Goldbarren steckten, mit denen er die Seinen zwei, drei Jahre durchzubringen hoffte – zumindest so lange, bis seine Plantagen, die er vor sechzehn Jahren erworben, aber vor sieben Jahren verlassen hatte, wieder etwas abwarfen. Gut, seine junge Frau Adelaïde machte ein missmutiges Gesicht, aber der Senegal, war Picard überzeugt, würde ihr gefallen. Der zu erwartende Reichtum! Eine Villa, Kutsche, Hausangestellte! Wir werden Zucker auf den Honig streuen! Die Zukunft lag in der Baumwolle, nicht mehr in der Leinenweberei.

– Laura! Charles! Was ist mit euch? Die beiden kichernden Kinder neckten ein Huhn im Holzkäfig. Als sie die Stimme ihres Vaters hörten, warfen sie sich verschwörerische Blicke zu. Laura war sechs und der kleine Charles nur ein Jahr jünger. Das Mädchen lächelte unschuldig. Sie beherrschte alle Tricks, während Charles junior ein stiller, verträumter Junge war, der nur hin und wieder die Ergebnisse einfacher Additionen verkündete:

– Zwei plus drei ist fünf!

Und dann gab es noch Gustavus, den Säugling, der gerade »buste«, also gierig an Adelaïdes Brust nuckelte. Charles Picard wollte nicht auch seine zweite Frau in Frankreich zurücklassen. Weil, was kam dabei heraus? Der Tod. Tuberkulose stand im Totenschein seiner ersten Frau, aber Charles war sich sicher, sie war nicht an der Lungenschwindsucht gestorben, nicht daran, dass ihre Töchter zu oft »gebust« hatten, sondern an Kummer und Einsamkeit. Charlotte und Caroline, die eine achtzehn, die andere siebzehn, waren seiner ersten Frau, ihrer Mutter, wie aus dem Gesicht geschnitten. Picard bemerkte die Blicke der Matrosen und Soldaten, die in seine aufblühenden Töchter krochen wie Wespen in Blütenkelche – auch sie wollten »busen«, aber mit m. Der Notar hatte immer gewusst, dieser Moment würde einmal kommen, nur dass er so bald da sein würde, überraschte ihn. Er lächelte ohne Ironie, verspürte keine Genugtuung. Im Gegenteil, es war ein bitteres Lächeln, dieses Aufblühen seiner Töchter machte ihm Angst, mehr Angst als die bevorstehende Reise. Aber die jungen, vor animalischer Vitalität strotzenden Männer brauchten sich nichts einzubilden, seine Töchter waren keine schnelle Beute. Außerdem war da noch, und damit wären die Picards komplett, Alphonse Fleury, der verwaiste fünfjährige Neffe des Notars, ein Kind, das seine Eltern nie gesehen hatte. Still und kränkelnd, das Gesicht immer mit Nasenschleim und Essensresten verschmiert – und dabei ungemein intelligent. Während Charles junior, sechs plus zwei ist acht, noch keinen geraden Satz herausbrachte, und auch Laura Sachen sagte wie »Wir haben dader ein Loch gegrieben«, kamen aus Alphonse Sätze wie: »Wenn wir sterben, sind wir dann wieder dort, wo wir schon vor der Geburt gewesen sind? Warum leben wir dann überhaupt? Und wenn meine Eltern so großartig sind, dass sie der liebe Gott bei sich haben muss, dann ist das ziemlich selbstsüchtig von dem …« Seine Mutter war im Kindbett gestorben, und der Vater, Picards Bruder, hatte unter Napoleon gedient, war aus Russland nicht zurückgekommen. Alphonsens blaue, von Hängelidern gedeckte Augen wirkten melancholisch, und jeder, der ihn sah, spürte unweigerlich den Drang, ihm den Kopf zu streicheln. Armer Waise.

– Charlotte! Wo bleibst du? Das Schiff legt ab.

Endlich kam das rothaarige Mädchen über den Holzsteg gelaufen. Sie hatte Mohnblumen gepflückt – im Garten der Hafenkommandantur. Da lachte Picard. *Wer weiß, wie lange es dauert, bis sie wieder Mohnblumen pflücken können wird.*

– Hier, riech, hielt sie ihm die hellroten, an Krepppapier erinnernden Blütenblätter vor die Nase. Und die Kerne? Sahen aus wie kleine Seeigel. Die grünen Blätter waren fein gezackt und stachelig. Außerdem tropfte aus den Stängeln eine butterfarbige Milch. *Ob die gut für die Haut ist?*

– Riecht nach Mohn!

– Was machst du, Charles Picard? Rauchen! Kümmere dich lieber um eine Kajüte! Wo sollen wir schlafen? Etwa hier? Auf dem Schiffsboden? Inmitten all dieser … ungewaschenen Gesellen? Das ist unhygienisch … schon wegen der Kinder! Adelaïde rümpfte die Nase. Hier geht es zu wie bei der Eröffnung eines Gratispuffs. Ich verlange, dass uns eine Kabine zugewiesen wird. Man kann doch nicht erwarten, dass ich und Gustavus …

– Beruhige dich, brummte Picard. Man wird sich schon kümmern.

– Wie soll ich mich beruhigen, wenn wir kein Bett haben? Adelaïde war unleidlich. Ständig fand sie einen Grund zu nörgeln. Sie hatte noch immer diese großen wässrigen Augen, die er liebte, eine milchweiße Haut und den schön geformten Mund, der neuerdings von bitteren Zügen umrahmt wurde. Doch alles wurde von ihrem ständigen Gezeter überdeckt: »Wo ist die Haube für Gustavus? Ich habe dir gesagt, du sollst sie mitnehmen! Hast du sie vergessen? Willst du, dass der Kleine einen Sonnenstich bekommt? An sowas kann man sterben! Nein, ich übertreibe nicht! Und wenn ihm schlecht wird … Wirst du ihn saubermachen, wenn er sich übergibt?«

Picard, ein eleganter, schlanker Mann mit feinen Zügen, zuckte mit den Achseln. Sollte die Regierung, so nannte er seine Frau, vor ihm sterben, würde sie ihn noch aus dem Grab heraus herumkommandieren: »Hast du die Türe zugemacht? Schließ das Fenster, oder sollen wir ein steifes Genick bekommen? Wie kannst du den Kindern Melasse geben? Damit ihnen mit zehn die Zähne ausfallen? Sollen sie einmal so ein schlechtes Gebiss haben wie du …« Ihre Gehässigkeit war wie ein Kettenhund, der bis zum Anschlag zog und ihn ständig ankläffte. Picard verbarg seine Enttäuschung darüber, keine Kabine bekommen zu haben. Adelaïde hatte recht, hier inmitten all dieser groben Burschen war kein Platz für eine achtköpfige Familie – schon gar nicht für vier Kleinkinder. Die Matrosen waren raue Burschen, und erst die Soldaten? Ein Kolonialregiment –

rekrutiert aus Sträflingen und Gestrandeten. Bestimmt hatten nicht wenige das Brandzeichen der Galeerensträflinge auf dem Rücken, die Lilie samt den Buchstaben GAL. Picard sah einen großen fetten Asiaten, der sich Tscha-Tscha nannte und seine Haare wie ein Büschel Schilfgras auf dem Kopf trug, einen kleinen Genuesen mit Glupschaugen namens Pampanini, der dauernd fluchte, Schwarze, einen Juden namens Kimmelblatt, eine dunkelhäutige Marketenderin und einen Pockennarbigen, der ihn mit »Kmm!« zu sich lockte, dann sein Hemd aufknöpfte und ihm lachend eine auf den Bauch tätowierte Dame präsentierte, keine hingepfuschte Arbeit eines Amateurs, sondern das Werk eines Künstlers aus Guadeloupe oder Martinique – eine Dame, die dem Betrachter ihr Hinterteil entgegenreckte, mächtige Arschbacken mit dem Bauchnabel in der Mitte. Der Pockennarbige blies sein Abdomen auf, bis der Nabel sich herausstülpte.

– Hat Hämorrhoiden, brüllte ein anderer Matrose. Hahaha.

Grobe Menschen. Derbe Witze. Picard schüttelte den Kopf. Inmitten dieser kraftstrotzenden Muskelmassen kam er sich vor wie ein Waschlappen. Egal. Wahrscheinlich würde man ihnen, war er überzeugt, über kurz oder lang die Kadettenmesse anbieten. Französische Offiziere waren Gentlemen, die nicht dulden würden, dass eine achtköpfige Familie am Kanonendeck schlief. Dabei waren sie selbst schuld. Sie hätten sich früher einschiffen müssen, nun war es zu spät. Aber Adelaïde hatte darauf bestanden, bis zum Tag der Abfahrt in der kleinen Herberge zu bleiben, das Schiff nicht zu betreten, bevor es losging. Die Picards waren der Brigg Argus zugewiesen gewesen, wir erinnern uns an Kapitän Parnajon, aber Adelaïde, dieses störrische Wesen, wollte die Reise nur mit dem größten Schiff der Flotte, der Medusa, unternehmen. Das war sicherer.

Warum sonst fuhr der künftige Gouverneur von Saint-Louis auf diesem Schiff? Der reist doch auch mit Frau und Tochter! Wird schon wissen, warum.

– Wir haben es nicht notwendig, auf dieser Nussschale zu fahren! Die Argus kommt für uns nicht in Frage, hatte sie gedonnert. Wenn du uns nicht einen Platz auf der Medusa besorgst, fahren wir nicht mit. Adelaïde war sechsundzwanzig Jahre alt, kaum älter als Charlotte und Caroline, aber während seine Töchter verträumte elfengleiche Wesen waren, hatte Picards Frau etwas Herrisches, Unnachgiebiges, etwas, das den Notar manchmal zweifeln ließ, ob es richtig war, sie, die Regierung, in den Senegal mitzunehmen. Sie war hübsch, und er liebte sie noch immer, aber wenn sie ihr hysterisches Gesicht aufsetzte, glich ihre Nase einem Tomahawk und ihr Mund einer Pechschleuder: »Charlie, tu dies, Charlie, tu das!« Sie verstand es, die letzte Silbe in »Charlie!« zu einem derart schrillen Laut zu formen, dass es in den Ohren schmerzte. Außerdem hasste er diesen Kosenamen. Er war ein Charles, kein Charlie, den er mit dem schmächtigen schüchternen Jungen verband, der er vielleicht einmal gewesen war.

Also war er, Charles, dem Kommandanten der Flotte, einem eitlen Menschen namens Hugues Duroy de Chaumareys, so lange in den Ohren gelegen, bis man ihnen diesen Schiffswechsel genehmigte. Jeden Tag war er in der Kapitänskajüte gewesen und hatte ihn bedrängt, aber erst gestern, nach der Sonntagsmesse, war es ihm gelungen, das Plazet zu erwirken. Während der Predigt waren Picard die Gedenktafeln für ertrunkene Seeleute aufgefallen, die in der kleinen, dem heiligen Louis gewidmeten Steinkirche von Rochefort hingen. Er hatte sie schon oft gesehen, jedoch nie beachtet. Auch die Devotionalien, Schiffsmodelle und Spendenkörbe für Seemannswitwen sah er plötzlich mit anderen Augen. Bilder von Schiffskatastrophen, den Altar des heiligen Nikolaus und, nach der Messe, den kleinen Friedhof, wo auf jedem dritten Grabstein stand: Ist auf See geblieben. Das Meer hat ihn behalten ... Da hatte Picard seiner Regierung recht gegeben, vielleicht war es wirklich sicherer, die Reise auf der größeren und schnelleren Medusa zu machen. Es war zwar absurd, denn sie segelten zu einer ungefährlichen Zeit eine harmlose Strecke. Die schweren Stürme kamen erst im August, und weder Kap Hoorn, der Ärmelkanal noch die arktischen Meere lagen vor ihnen, nicht einmal die nördliche Biskaya, die manchmal einem brodelnden Hexenkessel glich. Es war nur eine ruhige Strecke entlang der Küste Richtung Afrika. Aber die See war weiblich, unberechenbar, konnte wie seine Frau von einem Moment auf den nächsten die Stimmung wechseln, aus der friedlichsten Ruhe ins Toben kommen, Charliiie brüllen.

– Kabine kann ich Ihnen keine geben, mein lieber Freund, hatte der Kapitän, ein kleiner Mann mit großer Nase, weiß gepudertem Gesicht und dick aufgetragenem Rouge gesagt. Er trug seidene Kniehosen, einen blauen Frackrock mit ausgestopften Schulterpolstern, Schnallenschuhe mit roten Absätzen, und der gestärkte Hemdkragen reichte ihm bis zu den Ohren. Außerdem quoll aus seiner Brust eine riesige, kunstvoll gebundene Halsschleife. *Ein affektierter Geck!*

– Ihre Jacke ist völlig inakzeptabel, blickte er Picard herablassend an. Wenn Sie das nächste Mal in Paris sind, gehen Sie zu Staub oder wenigstens zu Hörl am Boulevard Montmartre. Davon abgesehen werden Sie samt Ihrer Familie mit dem Zwischendeck vorliebnehmen müssen, dort, wo die Mannschaft schläft. In Hängematten. Nicht einmal, wenn ich wollte, könnte ich Ihnen etwas anderes offerieren. Die Kabinen im Heck sind vergeben. Es sei denn, mein guter Richeford hier wünscht zu tauschen.

Der angesprochene Antoine Richeford lächelte. Ein riesenhafter Mensch mit Glatze, großem Mund und einem breiten, unrasierten Kinn. An seinen Lippen klebten Spuren von Rotwein, seine Stummelzähne waren braun. Ein Kerl mit der Konstitution eines Fleischhauers, vielleicht gar nicht unsympathisch, aber er erweckte den Anschein, als würde er sich über Picard lustig machen. Der Kapitän selbst, Hugues Duroy de Chaumareys, war dagegen mickrig. Schon sein Name war verunglückt. Ein Albtraum. Kein Jean Marais, sondern ein Chaumareys. Den müsste man ablegen, wenn man in die Marine eintrat. Und dann noch ein dümmliches Gesicht, hervorquellende Augen. *Und diese Nase, ein Pfrnak!* Selbst mit seinem Kapitänshut reichte er nur bis an das Kinn dieses Antoine Richeford. Dazu dick gepudert, Lidstriche, Lippenstift, Rouge. *Und dem sollte man sich anvertrauen? Bestimmt hat der Knilch Erfahrung, hat alle Weltmeere bereist. Aber Respektspersonen sehen anders aus. Auch ein Charlie auf seine Art.*

Der Knilch, äh, Kapitän, sah in seinem wattierten dunkelblauen Frack – unter der gigantischen Halsschleife versteckten sich zwei protzige Orden – wie verkleidet aus. *Ein Faschingsgeneral!* Selbst seine bemüht gewählte Sprache hatte ein Parfüm, roch nach Daunenbett mit seidenen Überzügen, nach mit Rosenwasser gefüllten Flakons. Ständig streute er lateinische Zitate ein, und Wörter wie superb oder Verdammung (manchmal auch damnatio), aber Erfahrung? Weltmeere bereist? Er hatte noch nie ein Schiff befehligt, geschweige denn eine ganze Flotte, kannte gerade einmal die nautischen Grundbegriffe, wie man mit einem Sextanten die Sonne schoss und daraus den Breitengrad errechnete, aber schon bei den einfachsten Segelmanövern geriet er ins Schwimmen, die Berechnung der geografischen Länge durch die Monddistanz hatte er nie verstanden – und etwas von dieser Unerfahrenheit war auch seinem teigigen, zweiundfünfzigjährigen Gesicht anzusehen, in dem die große Nase wie eine überdimensionale Zitrone prangte – als trüge er eine Sonnenuhr mitten im Gesicht. Zuletzt war er Zolloffizier in Bellac gewesen, einem kleinen Ort im Limousin, fünfundvierzig Kilometer nördlich von Limoges, wo wir drei Monate später Hosea Thomas wiederfinden werden. Aber was hatte ein Hugues Duroy de Chaumareys in diesem Kaff anderes zu tun gehabt, als Schwarzbrenner zu verfolgen? Schnapsbrenner, Revolutionäre, Anarchisten, Bonapartisten, das war für ihn, den Königstreuen, alles eins: Gesindel! In Bellac gab es so etwas nicht (abgesehen von den Schnapsbrennern). Es war ein gemütliches, kleinstädtisches Leben gewesen – inmitten von hinterwäldlerischen Banausen, Rüpeln, die sich in ihre Taschentücher schnäuzten, anstatt sie zu parfümieren, deren einziger Stolz ihre Messer waren und die sich stundenlang darüber unterhalten konnten, wie sie den Dorn dieser Messer einem Schaf, das zu viel frisches Gras gefressen und daher einen aufgetriebenen Magen hatte, in den Bauch rammten, um die Luft herauszulassen. *Man stöpselt das Loch mit einem kleinen Zweiglein zu. Einmal hat einer eine Flöte hineingesteckt und so den Dudelsack erfunden.*

Aber ein Hugues Duroy de Chaumareys? Hätte nicht etwas in ihm beharrlich nach Macht und Anerkennung geschrien, er würde immer noch in Bellac sitzen, sich über Wildbret, Wein und Käse freuen, den Erzählungen von den geblähten Schafen lauschen … Dann hätte sich diese Geschichte nie ereignet, hätten die Picards es nie bereut, auf den Schiffswechsel gedrängt zu haben, hätte Kapitän Parnajon nie ein Floß gesichtet, Géricault kein Bild gemalt, Azimi keinen Film gedreht, und auch Hosea Thomas wäre in keinem Armenspital gelandet. Aber nein, er, Hugo, wie man ihn als Kind genannt hatte, musste Briefe an das Ministerium schreiben, unermüdlich auf sich aufmerksam machen, auf seine Verdienste um die Monarchie, seine Treue zu den Bourbonen, weil etwas in ihm sagte, du bist zu kurz gekommen im Leben, du hast mehr verdient, dein Onkel war Generalleutnant der Marine. Ein Hugues Duroy de Chaumareys ist zu Höherem berufen als zum Zolloffizier in Bellac! Denk an deinen Onkel Louis Guillouet. Also hatte er Brief um Brief an das Ministerium geschickt, an die Admiralität, an Menschen, von denen er wusste, dass sie mit dem Minister namens Verstopfung Umgang pflegten, sogar an seine Mätressen – so lange, bis es dem zu dumm geworden war.

Und jetzt war dieser intrigante Knilch mit dem teigigen, viel zu dick geschminkten Gesicht doch tatsächlich Befehlshaber einer Flotte, er, der seit Jahrzehnten nicht zur See gefahren war und ganz genau wusste, dass man ihn nur eingesetzt hatte, weil er immer königstreu gewesen war, einer, der sich vom englischen Exil aus an der Konterrevolution beteiligt hatte, zumindest mit Briefen. Tatsächlich hatte er eher die Schneider in der Bond Street unterstützt, sich bei Paynter in der Fleet Street Parkalinhandschuhe machen lassen, Hüte in der St. James Street, sich zwischen Pall Mall, Piccadilly, Rotten Row und Vauxhall herumgetrieben, die Pferderennbahn besucht oder im Tipperary unweit der Temple Bar Whist gespielt. Einer, der sich stets geweigert hatte, die abscheulichen Torheiten der Demokratie zu dulden, die in seinen Augen ein verheerender Irrtum war. Und nicht zuletzt auch deshalb, weil er der Neffe seines Onkels war. Louis Guillouet!

Jetzt war Hugo, ein feiger und zögerlicher, aber eitler Mensch, der nichts Großes an sich hatte (außer der Nase), Flottenkommandant. *Und das mit weiß gepudertem Gesicht, Lippenstift, Rouge und Wimperntusche!* Die Admiralität hatte ihn eindringlich vor den Sandbänken an der Westküste Afrikas gewarnt, sie hatte ihn auf die auflandigen Winde hingewiesen, ihm die Namen der Schiffe genannt, die dort in den letzten Jahren gekentert waren. 1784 war die Les Deux Amies bei Cap Blanc auf Grund gelaufen, der Kapitän hatte sich aus Angst vor Kannibalen in den Mund geschossen. 1788 die Herkules bei Kap Boujdour, 1791 ein portugiesischer Frachter, 1792 die Elvira, zwei Jahre später eine amerikanische Brigg namens Liberty. 1795 die Korvette Libussa, ein Jahr danach die Gudrun. Fünfzig Schiffbrüche in dreißig Jahren! Seit er das wusste, war Hugo ängstlich, träumte schlecht und hatte das Gefühl, mit diesem Kommando heillos überfordert zu sein. Schon aufmüpfige Passagiere wie diese Picards, *kinderreiche Brut!*, die mit ihrer ständigen Nörgelei seine Autorität untergruben, waren ihm ein Gräuel. Und er war weich geworden, hatte diesen Schiffswechsel genehmigt. Jetzt wusste jeder, er war schwach und biegsam.

So hasste der Knilch diese Leute, dieses Schiff und diese Reise von Anfang an. Am meisten aber verabscheute er seine Offiziere, junge Streber, die Reynaud, Espiaux und Lapeyrère hießen. Alle drei hatten unter Napoleon gedient, bedeutsame Schlachten mitgemacht, und waren ihm, dem Royalisten, keine Stütze, sondern feindlich gesinnt. *Verdorbene Charaktere! Keinen Sinn für Mode oder Exklusivität!* Sie belauerten ihn. Diese jungen Männer glaubten nicht an die gottgegebene Vormachtstellung des Adels, wahrscheinlich beteten sie nicht einmal zu Gott. *Atheisten, die die Existenz der Seele leugnen und den Adel als das Wesen aller Dinge ablehnen. Dabei ist doch die Ordnung schon in der Natur festgelegt: Die einen herrschen, während die anderen zur Sklaverei bestimmt sind.* Dafür hatten diese jungen Offiziere Flausen im Kopf. Republik? Demokratie? Herrschaft des Volkes? Aber das Volk war ein Kind – unmäßig, brutal und nicht an morgen denkend. Das Volk brauchte Disziplin – keine Freiheit!

Doch sehen wir uns, bevor wir das Urteil des Kapitäns übernehmen, diese Offiziere erst einmal an: Der Erste, Reynaud, war ein gedrungener, aber kräftiger Mann mit hervortretenden Backen, breiter Nase und Bauchansatz, ein durch und durch ehrgeiziger Mensch, der sich beim Sprechen beinahe selbst überholte, ein Polterer mit der Statur eines Jahrmarktringers, ein junger Lino Ventura. Dagegen war der Zweite, Espiaux, ein Schönling und Feingeist. Großgewachsen, ebenmäßiges Gesicht wie Alain Delon, dunkle Augen, langes lockiges Haar – mit einem Hang zur Poesie. Ein Idealist und Frauenversteher! Den Dritten, Lapeyrère, konnte man am wenigsten einordnen. *Völlig undurchschaubar dieser Knabe, schweigsam wie eine Kartoffel.* Alle drei hatten nicht mehr gesagt als notwendig, dem Kapitän aber mit jeder Geste zu verstehen gegeben, dass sie gegen ihn waren, alles unternehmen würden, um ihn zu blamieren. Mit diesen drei Offizieren, so viel war sicher, würde die Reise ein Horror werden.

Hugo hatte überlegt, das Kommando zurückzulegen, sich wieder zu seiner Zollstelle in Bellac zu begeben, zurück zu den Schnapsbrennern, Schafaufstechern, Dudelsackerfindern. Er hatte den Brief an das Ministerium schon skizziert, aber dann war Toni gekommen, sein Jugendfreund Antoine Richeford, ein Mensch voller Witz und Anekdoten, einer, der Wärme ausstrahlte und ihm Sicherheit verlieh. Außerdem besaß er seemännische Erfahrung. Dieser Toni, Royalist wie er, der die vergangenen zehn Jahre in englischer Kriegsgefangenschaft verbracht hatte, besaß ein warmes Wesen. Wenn man mit ihm das Schiff bestaunte, konnte man glauben, es mit einem Weltwunder zu tun zu haben. Er geriet über die Belegnägel ebenso ins Schwärmen wie über die Zeisinge, Püttings und Reffbändsel, er wusste, aus welchem Holz die Masten waren, kanadisches Ahorn, kannte die Seilmacher in Rochefort, den Schmied, der die Schiffsglocke gegossen und die Anker geschmiedet hatte, konnte sich stundenlang über die Güte der Kanonen und die Eleganz der Medusa auslassen, sprach von vollendeten Linien, der elegant geschwungenen Verschanzung bis zur Wasserlinie. Das polierte Holz in der Kapitänsmesse verglich er mit einer Pfirsichhaut, die Segel mit den Kleidungsstücken einer Comtesse, und wenn er über die Galionsfigur sprach, war es, als rede er über die Heilige Jungfrau. Mit einem Wort, in Richefords Gegenwart fühlte man sich behaglich. Er wusste zu jedem Wein und jedem Käse eine Geschichte zu erzählen, und obwohl er mit seinem kahlen Kopf, den braunen Stummelzähnen und der breiten Nase nun wirklich keine Schönheit war, fand er selbst bei Frauen Anklang. In jedem Bauernmädchen sah er eine Prinzessin, jeder Kellnerin gab er das Gefühl, sie sei das bezauberndste Geschöpf auf Erden. Wir ahnen es bereits, dieser Toni war ein Hochstapler, sympathisch, aber immer alles auf eine Karte setzend, einer, der den Augenblick genoss, nicht an morgen dachte, und mit seiner jovialen Art alle in die Katastrophe führte.

Dieser Windbeutel genoss das Leben in Rochefort. Er mochte die Gasthäuser mit den maurischen Kacheln, die Krebs-Eintöpfe, Fischsuppen und Meeresschnecken. Er liebte die langen kühlen Juni-Abende, die ihn zum Trinken animierten. Bordeaux! Entre-deux-Mers! Am meisten aber gefiel es ihm, irgendwelchen Mädchen die an der Pier vertaute Flotte zu zeigen, seine Schiffe – oder, wie er es ausdrückte: seine Mädels.

Sollte Hollywood einmal darangehen, diese Geschichte zu verfilmen, wäre wohl Gérard Depardieu die Idealbesetzung für diesen Antoine Richeford. Als Kapitän wäre ein Schauspieler vom Schlag eines Philip Seymour Hoffman perfekt, und Mads Mikkelsen könnte Gouverneur Schmaltz spielen oder Alexandre Corréard? Emma Stone und Emma Watson als Picard-Töchter, die junge Brigitte Bardot für … Aber das sollen sich die Casting-Agenturen selbst überlegen.

Hugo de Chaumareys war froh, dass es nun losging. Auflandige Winde hatten die Flotte tagelang festgehalten, aber nun pfiff der Südost durch das Takelwerk, konnte die Reise beginnen. Endlich! Je eher es losging, desto früher war die Sache auch zu Ende. Mit dem Meer, Tidenhub 115 Zentimeter, war auch der Pegel der Charente gestiegen, und ihr feuchter, nach Schlick riechender Atem legte sich auf alle Schleimhäute und drang durch Mark und Bein. Wie der Pulsschlag eines gigantischen Lebewesens klatschten die kleinen Wellen unablässig gegen die Quaimauern.

Der 17. Juni 1816 war ein Montag. Kein Wölkchen trübte das satte Blau des Himmels, nur am Horizont lag ein feiner Dunstschleier. Endlich! Den ganzen März hatte es geregnet, im April war es so kalt gewesen, dass die Rinden der Bäume geplatzt waren, im Mai hatte es geschneit und dann wochenlang geschüttet. Doch nun war das Wetter besser. Der Holunder hatte nicht geblüht, die Kirschblüten waren vom Wind verblasen worden, und während der Marillenblüte hatte es gehagelt. Nun aber wurde alles gut. Nun war es vorbei mit sumpfigen Straßen und schlammbespritzten Strümpfen, vorbei mit diesem ewigen Matsch, in dem die Kutschen stecken blieben, vorbei mit dem Dauerregen – zumindest für diejenigen, die nach Afrika segelten.

Ganz Rochefort war auf den Beinen, um die Flotte zu verabschieden, die mit der Flut um sieben Uhr morgens auslaufen würde. Am Pier herrschte ein enormes Gedränge. *Eröffnung eines Gratispuffs!* Da waren Händler mit Zuckerstangen oder Bratwürsten, Porträtzeichner, Räucherfischverkäufer mit Bauchläden, Marktweiber, Schaulustige, leichte Mädchen, die ihr Herz an Soldaten oder Matrosen verloren hatten, Mütter, Väter und Geschwister.

So kennen wir jetzt also die Picards, den Kapitän und seinen Freund Richeford, drei Offiziere. Aber wo waren Hosea Thomas und Savigny? An der Mole stand in vollem Ornat der Bischof, las eine Messe, predigte von Jonas, den ein großer Fisch verschlungen hatte, und wünschte der Unternehmung gutes Gelingen und Gottes Beistand. Da waren sie also nicht. Doch, da, hundert Meter abseits saß auf einem eisernen Poller der dreiundzwanzigjährige Henri Savigny – eine der Hauptfiguren unserer Geschichte, der später alles niederschreiben sollte. Flachsperücke, Dreispitz. Seine Medikamente und medizinischen Instrumente waren im vorderen Bereich des Zwischendecks verstaut, wo man ein kleines Lazarett eingerichtet hatte. Diese Reise noch, versprach er Josephine, seiner Verlobten, die sich an ihn klammerte wie ein Kleinkind, dann werde ich aus der Armee ausscheiden, mich niederlassen und eine Praxis eröffnen ... oder zumindest hier im Spital arbeiten. Diese Reise noch, dann werden wir heiraten.

– Das ist nicht wahr, schluchzte das Mädchen. Das hast du schon zu oft versprochen.

Er betrachtete Josephine, deren Gesicht verquollen war. Auf ihren Wangen glänzten Tränen, und Savigny widerstand der

Versuchung, sie ihr abzuwischen. Diese Josephine würde eine passable Arzthelferin abgeben und ihm eine gute Mutter seiner Kinder sein, aber Henri Savigny hatte nicht nur ein angenehmes Wesen, immer einen Scherz auf den Lippen und das ehrliche Bestreben, den Menschen zu helfen, er war auch getrieben. Ehrgeiz! Nur war Savignys Ehrgeiz ein anderer als der des Ersten Offiziers Reynaud oder des Kapitäns de Chaumareys. Er wollte kein Krankenhaus leiten und auch kein Schiff befehligen, er wollte keine Orden angesteckt bekommen oder steif auf Empfängen herumsitzen, gefüllte Wildschweine essen und nicht furzen dürfen, er wollte nichts weniger als Unsterblichkeit. Noch in zweihundert Jahren sollte man seinen Namen kennen – was ihm auch gelingen würde, wenn auch anders, als er es gedacht hatte. Was wissen wir von ihm? Er war beharrlich, fleißig, kein Genie, aber willensstark. Als die renommierte Universität Montpellier ihn abgelehnt hatte, war er so lange mit gestohlenen Leichenteilen zu Professor Broussonnet gegangen, bis dieser ihn aufnahm. Zwar wurden im Anatomietheater zu Montpellier seit dem 14. Jahrhundert Tote seziert, bedurfte es also zu Beginn des 19. Jahrhunderts keiner Anstrengung, um an Leichen heranzukommen, aber diese konsequente, fast fanatisch zu nennende Beharrlichkeit hatte sogar Professor Broussonnet beeindruckt.

So hatte es Savigny immer gemacht, er war beharrlich geblieben, hatte immer gewusst, was er wollte, und dann auch alles dafür unternommen. Einerseits war er ein brauchbarer Arzt geworden, einer, der sich auch um Arme kümmerte, andererseits wollte er sein Leben nicht mit Gichtkranken, Bronchialleiden, Inkontinenz und Ähnlichem verbringen. Da ihm Montpellier, da nützte aller Wille nichts, von der aufdringlichen Tochter eines reichen Tuchhändlers, einer Margaux, verleidet worden war, hatte er sich zurück in seinen Heimatdistrikt begeben, war er nach Rochefort gegangen und an der einzigen Fakultät für maritime Medizin Schiffsarzt geworden. Da wurde einem Matrosen ein Bein abgerissen oder stürzte einer von der Rah und brach sich den Schädel, so dass man ihm den Kopf aufsägen musste. Dann konnte der Arzt in den Räumen zwischen den Hirnwindungen Blutungen diagnostizieren, Frakturen des Stirnbeins, eine Erweichung des Gehirngewebes bei den Frontallappen und so weiter. Jedes Mal, wenn Savigny eine Leiche öffnete, empfand er eine seltsame Erregung, etwas, das ihm zurief: »Vorwärts, weiter, du bist dem Geheimnis des Lebens auf der Spur.« So war dieser Jean Baptist Henri Savigny vor allem eines: neugierig! Nicht so zynisch wie Corréard, aber auch nicht so empathielos wie Griffon, zwei, die wir später kennenlernen werden. Nicht so ängstlich oder eitel wie der Kapitän, kein Hochstapler wie Richeford, aber auch nicht so naiv wie Hosea Thomas. Neugierig, etwas rechthaberisch und den Idealen der Revolution verpflichtet. Er glaubte an das Gute im Menschen, an Freiheit, Gleichheit, Brüderlichkeit und an den Fortschritt, aber nicht an das, was die Pfaffen predigten, nicht an das Vorrecht des Adels oder an selbstverschuldete Armut. Savigny war, sprechen wir es ruhig aus, ein Idealist, einer, der die Welt verbessern wollte.

– Ich habe das Gefühl, du hast etwas gegen mich. Aber was? Josephine strich sich ihr langes schwarzes Haar aus dem verweinten Gesicht. Sie war einem hysterischen Anfall nahe. Aber Savigny wusste, das Mädchen war zu beherrscht, keine, die »Charliiie!« kreischte. Sie würde auf ihn warten, ganz egal, wie viele Reisen er noch unternehmen würde. Und es würden viele sein.

Der Bischof tauchte einen silbernen Knochen ins Weihwasser und segnete damit der Reihe nach die Brigg Argus, das Proviantschiff Loire, die Korvette Echo und zum Schluss das größte und mächtigste Schiff, die Fregatte Medusa, auf der sich vierhundert Menschen, zwei Schweine, eine Ziege, Dutzende Hühner, Tausende Mehlwürmer, ein paar verirrte Spatzen, Spinnen, Käfer und anderes Kleingetier befanden, aber keine Ratten. Man hätte das ganze Schiff absuchen können, ohne auch nur einen einzigen dieser langschwänzigen Nager zu finden – und das lag nicht etwa an den Kammerjägern, die vor der Beladung die Frachträume inspiziert hatten, sondern an den Tieren selbst, die, so als spürten sie ein Schlangennest, die Medusa mieden. Die Ratten hatten ein Gespür für Katastrophen – so wie Kraniche oder Schwalben für einen milden Winter. Das Schiff ächzte, und seine Balken knarrten. Gleich einem gutmütigen Riesen lag es am Quai. Ein Riese, der die Menschen warnen wollte. Doch niemand hörte auf das Schiff.

Der Bischof schlug ein Kreuz über die vergoldete Galionsfigur, eine barbusige Frau mit Vogelnestfrisur und Fischschwanz. *Im Namen des Herrn und seiner allerchristlichsten Majestät.* Einige sahen es als schlechtes Omen an, dass dem Ministranten, rotbackig wie ein Posaunenengel, ausgerechnet jetzt, während der Segnung des Hauptschiffes, der silberne, mit Weihwasser gefüllte Kübel aus der Hand glitt und das geweihte Nass über den Boden und von dort in die schlammige Charente lief.

– Kann nicht mal eine Mugg halten, der Tölpel.

Einige lachten, aber die meisten kümmerten sich nicht darum. Sie wollten nicht die Welt umsegeln oder die Nordwestpassage finden, sondern nur in den Senegal, um diese verlorengegangene westafrikanische Kolonie wieder in Besitz zu nehmen. Sie wollten dort ein Kaufhaus eröffnen wie die drei Lafitte-Schwestern, Francine, Germaine und Ghislaine, die Hafenkommandantur übernehmen wie Richeford, Forschungsaufträge erfüllen wie Adolphe Kummer, Mitglied der Philanthropischen Gesellschaft von Kap Verde, mit Baumwollplantagen reich werden wie Picard, einen Schatz finden wie Alphonse oder einen Märchenprinzen wie Charlotte und Caroline. Die meisten aber waren Söldner und auf Abenteuer, leichte Mädchen und eine Karriere in den Kolonien aus.

Niemand dachte, dass diese Reise in einem Desaster enden könnte. Niemandem kam es in den Sinn, das Schiff nach Ratten abzusuchen und ihr Fehlen als böses Omen anzusehen. Niemand deutete das jammernde Geknarze der Medusa als Flehen – ein Flehen, das die Menschen bat, diese Reise zu verschieben, hierzubleiben.

Der Ministrant, nun bleich wie Mehl, beeilte sich, den silbernen Kübel aufzuheben, und der Bischof spritzte ein paar Tropfen Weihwasser gegen die bauchig gewölbte, geteerte Wand des Schiffes.

– Genau heute vor einem Jahr, jauchzte Richeford, haben Blücher und Wellington Napoleon besiegt. Waterloo! Er ballte die Faust und reckte sie empor. Das ist ein gutes Vorzeichen. Die drei Offiziere – der Ehrgeizling, der Frauenversteher und der Schweiger – bissen sich vor Ärger auf die Lippen. De Chaumareys aber vertraute den Worten seines Freundes. Ein gutes Omen, das war es, woran er glauben wollte. Er war nicht abergläubisch wie die Matrosen, die sich Schweine und Hühner auf die Füße tätowieren ließen, beim Anblick überkreuzter Messer einen Streit befürchteten, sich weigerten, an einem Freitag auszulaufen, nichts Grünes an Bord duldeten und es vermieden, auf dem Schiff zu pfeifen, aber ein gutes Omen, das konnte nicht schaden.

Das Horn wurde geblasen, und Savigny musste sich beeilen, an Bord zu kommen. Er küsste seine Verlobte ein letztes Mal, hetzte den Holzsteg hinauf und stieß an Bord mit Charlotte Picard zusammen, die gerade an ihren Mohnblumen roch. Natürlich wusste der Zweite Schiffsarzt um die berauschende Wirkung, die der Saft der Mohnkapsel besitzt. Eine Opiumsüchtige? Er sah in das sommersprossige Gesicht der Rothaarigen. Nein. Bestimmt nicht.

Josephine unterdrückte ihre Tränen, winkte, und sämtliche nicht für die Reise bestimmten Personen wurden freundlich aufgefordert, das Schiff zu verlassen. Nicht alle kamen dieser Bitte nach, aber ein paar harsche Worte reichten, sie von Bord zu scheuchen. »Wer nicht eingetragen ist, wird später über Bord geschmissen!« Also rannten noch ein paar Dirnen, Soldatenbräute und Händler über den Holzsteg, bevor er weggezogen wurde und jemand »Leinen los!« rief. Nun gab es kein Zurück mehr. Der Anker wurde gelichtet, wobei die an der Trosse hängenden Wasserpflanzen sichtbar wurden. Wasser tropfte aus dem dicken Seil wie Schweiß. Die um die Poller gelegten Seile wurden eingeholt, und ein Offizier rief:

– Klar bei Vorleine!

Wind griff in die wenigen gesetzten Segel, die noch steif und voller Falten waren. Vor allem war es die Charente, dieser milchkaffeebraune Fluss, der das Schiff langsam in Bewegung setzte, drehte und dem Rudergänger allerhand zu tun gab, damit man nicht mit dem Heck voran Richtung Atlantik trieb.

Die Medusa war eine elegante Lady: dunkelblauer Rumpf mit breitem, goldgelbem Streifen. Keine Kiste wie die englischen Kriegsschiffe mit ihren drei Kanonendecks, keine lange Hopfenstaude wie manch andere Fregatte, keine pompöse Provinzlerin, sondern ein attraktives, leicht zu segelndes Mädchen – ein Werk des genialen Schiffskonstrukteurs Jacques-Noël Sané.

Die Blasmusik von Rochefort spielte einen Marsch, während sich die Medusa beinahe um die eigene Achse drehte, aquitanische Dudelsackklänge überschlugen sich, und Tränen flossen. Taschentücher wurden geschwenkt, die kleinen Besatzungen der festgezurrten Fischerboote hatten sich erhoben, um ihre Hüte und Kappen zu schwenken, und Josephine ließ ihren Gefühlen freien Lauf.

– Henri, komm zurück! Diese Reise ... dieses Schiff, es ist verflucht, ich hab's geträumt. Komm zurück! Aber der Schiffsarzt hörte sie nicht mehr. Und wenn, dann hätte er nichts darauf gegeben.

Guter Wind

Während die vier mit Wimpeln und Fahnen geschmückten Schiffe langsam durch die letzten drei Kurven der Charente manövrierten, die Rochefort vom Atlantik trennten, drängten sich die meisten Passagiere an der Verschanzung, um einen letzten Blick auf die weißen Sandsteinhäuser mit ihren spröden Ziegeldächern zu erhaschen, um sich noch ein letztes Mal mit dem Anblick von Wiesen und Bäumen vollzusaugen. Die Riedgräser waren braun, bei den Bäumen handelte es sich um bemooste Eiben, verkrüppelte Pechkiefern, efeuumrankte Zedern, Zypressen, arthritische Zwergeichen und Pappeln, in denen die Misteln Orgien feierten.

Wer wusste, wie lange es dauern würde, bis sie nach Frankreich zurückkehrten? Manche nie mehr. Wer wusste, wie sich die Welt, ihre Welt, bis dahin verändern würde? Vielleicht war der greise, aufgequollene Ludwig XVIII. dann schon tot? Kehrte der Weltgeist zu Pferde, wie der deutsche Philosoph Hegel Napoleon genannt hatte, noch einmal zurück? Oder kamen die Jakobiner wieder an die Macht und setzten ihr Köpferollen fort? Girondisten? Montagnards? Sansculotten? Oder würde Marie Antoinette von den Toten auferstehen und Kuchen verteilen?

Sie glitten an den Trockendocks vorbei, sahen aufgebockte Schiffsrümpfe, Arbeiter, die dabei waren, die Planken mit Kohlenteer zu streichen, andere fuhren mit langen Fackeln über einen aufgebockten Schiffsrumpf. Die Männer auf den Werften unterbrachen ihre Tätigkeiten, um zu grüßen. Große Segel waren da ausgebreitet, mächtige Anker, gestapelte Kanonenrohre,

Lafetten und kleine Rettungsboote standen herum. Man sah Feuerstellen für den Kohlenteer, ausgebreitete Fischernetze, aufgehäufte Korkbojen. Im Segelmacherschuppen wurde genäht, auf der Reeperbahn Tauwerk hergestellt, und in den Werften war man gerade dabei, lange Baumstämme zu zersägen. All diese Arbeiten wurden nun unterbrochen, um der Flotte einen Abschiedsgruß zu schenken. Sogar die Zuchthäusler auf dem Treppelweg schwenkten ihre in Ketten gelegten Hände.

Auf dem Vordeck der Medusa hielten sich die wenigen Matrosen auf, die nicht in den Wanten hingen, auf den Fußpferden standen, um Segel zu setzen, oder Schoten und Gordings bedienten. Den meisten sah man die Exzesse der vergangenen Tage an. *Saurer Morgen, wüster Schädel.* Ihre Augen waren glasig, sie wirkten teilnahmslos, benommen. Andere hatten den Tatterich, das große Zittern. Wie alle Seeleute hatten auch sie geglaubt, beim Landgang das Versäumte wettmachen und sich einen Vorrat für eine lange, entbehrungsreiche Fahrt antrinken zu müssen. Jetzt verfluchten sie den Alkohol und schworen bei Neptun, nie wieder so viel Rum zu kentern, wie sie das Saufen nannten. Nie wieder die Besanschote anzuholen. Bei manchen wusste man nicht recht, war der breitbeinig schwankende Gang auf jahrelanges Leben an Bord oder auf den Alkohol der letzten Tage zurückzuführen.

– Marssegel und Bramsegel vierkant brassen, war zu hören. Achterrah aufholen. Leinen einholen und aufschießen. Lauter Ausdrücke, die die Landratten an eine seltsame Fremdsprache denken ließen, bei der man zwar die Wörter, nicht aber deren Bedeutung verstand.

Savigny war in seinem Lazarett und überprüfte die Medikamentenkiste. Chinin zum Fiebersenken, Pfeilwurz, Rizinusöl

und Magnesiumkarbonat als Abführmittel, Quecksilberprä-
parate, Silbernitrat zur Behandlung von Gonorrhö, Bilsen-
kraut zur Schmerzlinderung, Brom, Opium, Belladonna oder
Tollkirsche, Hirschhornsalz … Leintücher, Spucknäpfe, Kopf-
kissen, Bruchbänder, Bettschüsseln, Sägen, Zangen, Schaber,
Scheren, Schröpfgläser … Alles da. Eine typische Übersprungshandlung, um keine traurige Winkgestalt zu sehen, keine Josephine.

Die Soldaten eines zweitrangigen Bataillons standen zwi-
schen den Kanonen des Oberdecks. Hühner gackerten in ihren
Käfigen, und die beiden Schweine (Madame Pompadour und
Blücher) grunzten, als ob sie Frankreich Lebewohl sagen woll-
ten – in ihrem säuischen Idiom. Überall an Deck lagen Seile,
Kabel, Trossen, und Picard, aufgeschreckt von einem schrillen
Charliiie-Ruf, kam es vor, als würde er in einem großen Spa-
ghetti-Teller stehen.

– Platz da! Zur Seite!, schrien Matrosen, die mit Schoten
und Belegnägeln hantierten.

Die Söldner hatten ihre Tornister und Bajonettgewehre abgestellt, die Gamaschen ihrer Stiefel gelockert. Sie rauchten
und sahen wehmütig zum Achterdeck, auf dem die Haupt-
männer und wichtigen Passagiere flanierten. Beidseitig führ-
ten geschwungene Treppen hinauf auf das erhöhte Deck, wo
die betuchten Goldknöpfe von einer dunkelblauen, mit goldenen Hähnen und Lorbeerkränzen geschmückten Balustrade
abgeschirmt waren. Die Damen hielten Sonnenschirme in der
Hand, die Herren schwenkten Hüte. Manche pressten andäch-
tig ihre Perücken an die Brust. So hatte jeder seine eigene Art,
der Heimat Lebewohl zu sagen.

Beim großen, mit Messing beschlagenen Steuerrad stand
Julien-Désiré Schmaltz, der künftige Gouverneur von Saint-

Louis. Ein strenger Mann mit breitem Kinn, gerader, leicht nach unten gebogener Nase, unruhigen braunen Augen, buschigen Brauen und langen Koteletten. Er trug eine weinrote Samtjacke mit hohem, goldbesticktem Kragen, daneben glänzten Epauletten wie goldene Podeste. Eine seidene Kniebundhose, weiße Strümpfe und Schnallenschuhe mit hohen Absätzen. Auf seiner Seidenweste prangten gestickte Lilien, das Symbol des Königs. Dazu eine weiße Perücke, die seine hohe Stirn bedeckte. Er hatte alle seine Orden, unter anderem das Große Verdienstkreuz und den Elefantenorden Dänemarks, angelegt. Das, war er überzeugt, würde Eindruck machen – sowohl auf der Medusa als auch im Senegal, wo ihn primitive Negervölker, streitlustige Beduinen, schachernde Libanesen und trotzige Engländer erwarteten.

Dieser Schmaltz wagte nicht, sich ein Lächeln zu gönnen, es hätte seine Zufriedenheit verraten können, seinen Stolz, bald Regent des Senegal zu sein – zwar nur eine mäßig bedeutende Kolonie, aber immerhin. Ihn umwölkte nicht nur die Aura der Macht, er war unstrittig der wichtigste Mensch an Bord, er verkörperte auch etwas anderes, etwas, das seine nervösen Hände und Augen verrieten: Ungeduld. Er konnte es kaum erwarten, nach Saint-Louis zu gelangen und sein Gouverneursamt anzutreten. Während der Tage, in denen die Flotte wegen der auflandigen Winde Rochefort nicht verlassen hatte können, wäre er beinahe wahnsinnig geworden. »Jetzt aber Beeilung«, murmelte er. »Wir haben keine Zeit mehr zu verlieren.«

– Geht das nicht schneller? Warum lassen Sie nicht alle Segel setzen?, fragte er den diensthabenden Offizier. Ich reise im Auftrag seiner Majestät und dulde keine weitere Verzögerung. Man erwartet mich!

Joseph Reynaud, der Ehrgeizling mit dem Lino-Ventura-

Aussehen, zeigte keine Reaktion. Der kleine, etwas korpulente Mann mit den ausgeprägten Backen und dem spitzen Mund schenkte dem Gouverneur keine Beachtung. Er hatte unter Napoleon gedient, die Schlacht bei Trafalgar mitgemacht. Ein Hypertoniker, einer mit Wutausbrüchen und leicht autistischen Zügen, einer, dessen Gedanken nur um ihn selbst und seine Karriere kreisten. Nun war er nicht Kapitän geworden, sondern bloß Erster Offizier, weil ihm der royalistisch gesinnte, ideologisch verstopfte Marineminister diesen alten Adeligen, de Chaumareys, vor die Nase gesetzt hatte, einen gepuderten Modenarren mit wattiertem Rock, pompöser Halsschleife und Gehstock, der vom Navigieren eines Schiffes so viel verstand wie ein Elefant vom Nägelschneiden, einer, der mit (noch dazu oft fehlerhaften) lateinischen Zitaten um sich warf, ständig Dinge wie »cum granum salis« oder »ius pirimum nocte« sagte. *Aber sonst? Ein Nichtskönner! Ein weicher Mensch, geschminkte Nudel mit Perücke! Und warum? Weil sein Onkel der berühmte Louis Guillouet d'Orvilliers war? Protektionskind! Günstling!* Reynaud war schlecht gelaunt, die Bemerkungen des Passagiers schienen an ihm abzuprallen. Und wenn er zehnmal der künftige Gouverneur war, hatte er an Bord nichts zu bestellen. Genaugenommen hatte er hier auch nichts verloren. *Was beugt sich der über die Seekarten und tut so, als würde er davon etwas verstehen. Soll sich auf den Teil des Achterdecks verziehen, der für die Passagiere vorgesehen ist.* Aber Reynaud blieb stumm, tat so, als hätte er nichts gehört.

– Ihr Mangel an Höflichkeit macht Ihnen keine Ehre, brummte Schmaltz. Er machte ein Gesicht, als wollte er sagen, ich weiß, was du denkst, du Knilch, und du weißt, dass ich es weiß.

Hinten am Achtersteven lehnte Reine, Schmaltz' kleine

Frau, die mit ihren dünnen Beinchen und einem massiven, aus Riesenbrüsten und Speckfalten bestehenden Oberkörper aussah wie eine Wachtel. Eine düstere, verlebte Schönheit. Kaum vorstellbar, dass der großgewachsene und attraktive Schmaltz dieser aus dem Leim gegangenen Frau einmal verfallen war, ihr so lange nachgelaufen war, bis sie seinem Drängen nachgegeben hatte. Nun machte sie ein gelangweiltes Gesicht, das eigentlich nur eines zum Ausdruck brachte: Es ist unter meiner Würde, mich für so etwas zu interessen – für das Meer, die Arbeiten an Bord, die Gespräche der anderen Passagiere.

Schmaltz war vor allem eines: unzufrieden. Er hatte eine glänzende Karriere hingelegt, alles war ihm zugefallen, er war reich, geehrt, hatte Affären, und doch sagte etwas in ihm, dass das nicht alles sein konnte, es im Leben noch etwas anderes geben musste. Er besaß keinen Ehrgeiz wie der Kapitän und seine Offiziere, auch fehlten ihm Savignys Ideale, Corréards Zynismus oder Griffons Kälte, die zwei kommen später, aber er war auch nicht in der Lage, das Leben zu genießen wie der Lukulliker Richeford. Er stand nicht unter der Knute seiner Frau wie (Charliiie) Picard, und trotzdem war Schmaltz vor allem eines: unglücklich. Seit sich sein Vater vierzigjährig das Leben genommen hatte, fürchtete er, das gleiche Schicksal zu erleiden. Und obwohl er die vierzig mühelos überschritten und einen Selbstmord nie ernsthaft in Erwägung gezogen hatte, war diese Traurigkeit nie von ihm gewichen, dieses Grundgefühl, sein Leben sei irgendwie sinnlos, ohne Wert. Vielleicht ging er deshalb in den Senegal?

Und Reine, die Wachtel? In der einen Hand hielt sie den Parasol, in der anderen ein Puderdöschen. Sie war die künftige erste Frau des Senegal, und ihre Hauptsorgen galten ihrer Garderobe, ob man in Afrika Perücke tragen konnte. Es hieß, das Klima sei zu tropisch, wegen der großen Hitze bekäme man Ausschläge. Aber sollte sie vielleicht die Haare offen tragen wie eine Bürgerliche? Unmöglich. Unter ihrer Würde! Sie dachte an ihr kurz geschorenes Haar. Seit Jahren hatte sie sich in der Öffentlichkeit nicht mehr ohne Perücke gezeigt. Also war sie fest entschlossen, auch in Afrika nicht darauf zu verzichten.

Doch nicht sie war es, die die Blicke der Matrosen anzog, sondern Arétée, ihre Tochter, deren aufblühende Erscheinung einen Glanz und eine Reinheit ausstrahlte, wie sie die meisten Seeleute noch nie gesehen hatten. Eine bemerkenswerte Schönheit – auch sie war dem Gouverneur, dem das Glück wirklich hinterherlief wie ein treuer Hund, zugefallen.

– Befehlen Sie den Männern, ihren Speichelfluss zu zügeln. Haben wohl noch nie eine junge Dame gesehen, sagte Schmaltz, *ich weiß, was du denkst,* zu Reynaud, der noch immer stumm blieb. Aus den Augenwinkeln hatte auch der Erste Offizier die hübsche Gouverneurstochter beobachtet, sich kaum von ihr lösen können. Jede einzelne Faser seines Körpers war auf diese schlanke Gestalt fixiert, auf die zarten Kurven ihres Nackens, die korrekte Haltung, ihre perfekten Proportionen.

Picards Töchter waren bäuerliche Schönheiten, unschuldig wie ein Glas Milch, Mohnblumenpflückerinnen, Ariensängerinnen, aber Arétée glänzte wie ein Marzipantörtchen – jedermann hatte Lust, in sie hineinzubeißen. Obwohl die Geschmaltzene bei jedem albernen Witz, den Espiaux machte, glucksende Geräusche von sich gab, hatte sie etwas Hochnäsiges, Geziertes. Unsicherheit?

– Pech und Schwefel. Das bringt Unglück, murmelte Hosea Thomas, eben jener Hosea, der sich drei Monate später ohne Verstand im Armenspital zu Limoges wiederfinden sollte. Da war er endlich! Es hat lange gedauert, ihn wiederzufinden – wobei er genaugenommen zu diesem Zeitpunkt noch gar nicht verlorengegangen war. Oder doch? Jedenfalls zündete er sich nun, da die Schiffe die Flussmündung erreicht hatten und in den offenen Atlantik steuerten, mit seinen vom Aufentern und Anholen der Leinen schwieligen Händen eine Pfeife an, küsste eine Münze, warf sie ins Wasser und brummte:

– Für'n guten Wind, für'n guten.

Hosea war ein gestandener Seebär mit dicker angelsächsischer Haut, aschblondem, gelocktem Haar und dem gutmütigen Gesichtsausdruck eines Berner Sennenhundes. Unter seinem flachen, geteerten Hut blitzte ein Ohrring, eine Vorsichtsmaßname gegen Rheumatismus, und sein gestreiftes Hemd war fleckig wie das Tischtuch nach einem Kindergeburtstag. *Die reinste Speisekarte!* Einer, der von den Ankerklüsen nach achtern kommen wollte, wie man in der Seemannssprache die Karriere nannte. Ein in sich ruhender, gelassener Mensch mit der angenehmen Ausstrahlung jener Leute, die an schwere körperliche Arbeit gewöhnt waren. Er interessierte sich für Bücher, hatte Linnés »Lappländische Reise« ebenso gelesen wie die »Betrachtungen eines Menschenfreundes«, und außerdem sammelte er Wörter, Fremdwörter, mit denen er irgendwann zu beeindrucken hoffte, und die er jetzt mit ungelenker Schrift in sein kleines Büchlein kritzelte: Illuminieren, Cerberus, Paria …

Seit seinem sechsten Lebensjahr fuhr Hosea zur See, erst Pulveraffe, Schiffsjunge, dann Leichtmatrose, nun Vollmatrose. Später, war er überzeugt, einmal Toppsmatrose, Steuermann, dann Kapitän eines Handelsschiffes und dann vielleicht sogar … Mit der Medusa war er schon in Djakarta gewesen, davor hatte er Gefechte gegen die Engländer mitgemacht, *Bohnen-*

köpfe, die er beim Arsch nicht leiden konnte. An jenem 17. Juni waren in seinem Mund noch alle klaviertastengroßen Zähne, mit denen er Austern knacken konnte. Auf seiner Schulter saß ein grüner Papagei mit rotem Kopf, der unablässig am Hals seines Herrn knabberte.

Die schönste Frau eines Schiffes, sagte Hosea, muss die Galionsfigur sein.

– Figur sein, wiederholte der Papagei.

– Weiber aus Fleisch und Blut haben an Bord nichts verloren. Bringen Unglück. War immer so. Das Meer duldet keine andere Buhlschaft neben sich. Weiber, Pfaffen und Tote haben auf Schiffen nichts zu suchen. Hosea kraulte seine in der Sonne glitzernden Bartstoppeln, zog an der Meerschaumpfeife, schob sich seinen geteerten Hut in die Stirn und machte ein mürrisches Gesicht. Er schien das ernst zu meinen. Seine Oberarme waren dick wie Baumstämme, und seine kräftigen, von blaugrünen Adern durchzogenen Unterarme glänzten von einem Flaum rötlich blonder Haare – zart wie verblühter Löwenzahn. Sähe man nur diesen Flaum, man hätte Lust, ihn anzublasen. Aber darunter und dahinter war noch dieser Seemann, kraftstrotzend wie Arnold Schwarzenegger voll im Saft. Auch Viktor, ja, es gibt ihn wirklich!, Viktor also, der zufällig in seiner Nähe stand, war von diesem Kraftpaket beeindruckt.

– Unglück, wiederholte der Papagei.

– Aberglaube, rutschte Viktor raus.

– Wie? Hast du was gesagt, du Milchgesicht?

– Ich? Nein. Viktor sah zu dem Seemann auf, verfing sich in seinem Teppich wild wuchernder Brusthaare und spürte ein flaues Gefühl im Bauch. Er war ein zwanzigjähriger Bursche mit dünnen Ärmchen und den Fingern eines Klavierspielers. Auf das Schiff war er nur gekommen, weil ein Kombüsenjunge getürmt war. Von der Prophezeiung einer Zigeunerin hatte der gebrüllt, davon, dass die Medusa dem Untergang geweiht sei, der Teufel mitführe und ihn keine zehn Pferde mehr an Bord dieses Unglücksschiffes brächten. Bevor er mit diesem Unsinn die Mannschaft irre machte, entschied man, auf seine Dienste zu verzichten und stattdessen einen von den jungen Kerlen zu nehmen, die sich im Hafen herumtrieben und auf Arbeit hofften. Viktor Aisen hatte ein angenehmes Lächeln, gerade Zähne mit großen Zwischenräumen, dichtes, lockiges Haar, eine etwas zu breite Nase, ausgeprägte Backenknochen und verträumte Augen – ein junger Arthur Rimbaud. Er lebte vor allem in seiner Phantasie, wo er Drachen zur Strecke brachte, Prinzessinnen befreite, unterdrückte Völker von Despoten erlöste, Schlachten entschied. *Leider lebe ich in keiner großen Zeit. Zu anderen Epochen gab es Kriege, Katastrophen, zumindest ein Erdbeben wie das in Lissabon vor sechzig Jahren* – bei dem die Kirchen einstürzten und die Bordelle stehen blieben, was nicht wenige Philosophen vom Unfug der Theodizee heilte. *Früher konnte man Kontinente entdecken oder sich in Schlachten beweisen, wir aber haben das Pech, in einer nichtssagenden, unheroischen Zeit zu leben.*

Obwohl er noch nie zur See gefahren war, aber danach fragte keiner, und außerdem an Aquaphobie litt, wurde er als Kombüsenjunge angeheuert. Damals gab es keine arbeitsrechtlichen Bestimmungen, keine Sicherheitsvorschriften, keine Gewerkschaft … Als man ihn fragte, wie alt er sei, sagte er siebzehn, dabei war er zwanzig, zu alt für einen Kombüsenjungen! Er stammte aus gutbürgerlichem Hause, sein Vater war Richter, und dieser Beruf war auch für Viktor vorgesehen gewesen. Aber eines Tages wollte er sich nicht länger mit Pythagoras, Platon und den Punischen Kriegen beschäftigen, hatte er die Nase voll von Gerundium und Geometrie, von Ablativ und Algebra, Vokativ und Vokabeln, war er davongerannt, weil er etwas sehen wollte von der Welt, etwas, das nicht in Büchern stand. Viktor wollte Abenteuer erleben – und nicht im gleichförmigen Ablauf vorhersehbarer Ereignisse dahinvegetieren. Er wollte nicht länger seine Nase in Bücher stecken, um irgendwelche betagte, impotente Professoren zufriedenzustellen, die ihn mit Privatunterricht auf die Universität vorbereiten sollten, damit er später einmal die aburteilen konnte, die kein Geld hatten. Für ihn war die bürgerliche Gesellschaft ein verkommenes Produkt aus Scheinheiligkeit, Nepotismus und Korruption. Menschen ohne Ideale, nur daran interessiert, ihren Nachwuchs großzuziehen, damit der einmal die eigenen Pfründe übernehmen konnte. Lächerlich. Viktor träumte von der großen Freiheit, von wahrhaftigen Gefühlen – und natürlich auch von dem, was Mädchen zwischen den Beinen hatten. Ein Phantast! Ein Träumer! Nun war er auf der Medusa, diesem hölzernen Weib, stand neben Hosea Thomas und war verwundert über den Aberglauben dieser Seeleute.

– Wirst sehen, brummte der Matrose. Davy wird uns alle holen.

– Alle holen, krächzte der Papagei.

– Davy? Wer ist Davy? Ein Sänger in einem Nachtklub?

– Wirst du sehen, wenn es so weit ist, lachte Hosea und sang: Davy Jones' Esel hat n Loch unterm Steiß, und wenn du glaubst, da kommt Geld raus, ist es doch nur Scha…ei…benkleister. Ja, Davy Jones' Esel hat n Loch unterm Steiß … Ist wohl deine erste Ausfahrt? Hosea zog an seiner Pfeife und betrachtete den Jungen, der ihm irgendwie gefiel, weil er etwas Besseres war, aus einer Gesellschaftsschicht stammte, zu der auch er gerne gehört hätte. Hosea nahm Viktors Hände, die sich schlapp anfühlten wie welke Salatblätter, drückte zu und lachte. Dann klopfte er ihm auf die Schulter, so fest, dass der Junge beinahe über Bord flog.

– Irgendwann fängt jeder an, ließ sich Viktor nichts von dem Schmerz anmerken, den ihm Händedruck und Schlag verursacht hatten.

– Weich gekreuzten Messern aus, weil die bedeuten Streit, lass nie ein Brot verkehrt herum liegen, sonst gibt es ein Schiffsunglück, und wirf nie, unter keinen Umständen Salz über Bord. Niemals! Geh auf kein umbenanntes Schiff und pass auf, dass du nicht getauft wirst.

– Wieso? Ich bin doch längst …

– Haha, der Seemann klopfte dem Jüngling nochmals auf die Schulter – wieder so fest, dass es ihn fast umwarf. Weißt wohl nicht, wie Jungfische getauft werden? Weißt du nicht? Man zwingt sie, die unterste Rah hinauszuklettern, bis zur Nock, und von dort ins Wasser zu springen. Zwingt man sie.

– Wie? Und wenn man sich weigert?

– Weigern gibt's nicht. Aber keine Angst, sie ertrinken nicht. Am Tau, das man ihnen um den Bauch gebunden hat, zieht man sie wieder raus, zieht man sie. Einmal ist einem das Tau raufgerutscht und hat ihn stranguliert, aber die meisten kommen mit Abschürfungen davon.

– Das kann nicht gesund sein. Viktor sah ins Wasser, das er fürchtete, dachte, da friert einem ja der Schwanz ab. Sollte das die große Zeit sein? Oder erlaubte sich dieser Matrose einen Scherz mit ihm? Er hatte schon gehört, dass man Schiffsjungen nach unten schickte, um das Kielschwein zu füttern. Oder sie sollten einen Schlüssel zum Aufziehen des Kompasses holen … Aber nein, dieser Seemann schien es ernst zu meinen.

– Hat man Sie auch getauft?

– Das hätte mal einer probieren sollen, hätte man. Hosea hob den Arm und spannte seinen Bizeps. Das war ein Gerät!

Viktor bekam große Augen. War das die Freiheit, von der er geträumt hatte? Worauf hatte er sich da nur eingelassen?

– Glotz nicht dauernd diese Gouverneurstochter an, oder willst sie fressen, die ist nichts für dich, stieß ihm Hosea in die Rippen.

– Willst sie fressen?, wiederholte der Papagei.

– Lassen Sie mich, sagte Viktor. Bis eben noch war heute der beste Tag seines Lebens, erst die Heuer auf der Medusa und dann der Anblick dieser Schönheit, die, zumindest bildete er sich das ein, auch ihn beobachtete. Nicht beharrlich, aber sobald er zu ihr hinüberblickte, wandte sie die Augen ab. Wenn nur nicht diese Taufe wäre, die so gar nicht in das Bild seiner Träume passte. Er sah zur untersten Rah hinauf, dieser bestimmt zwanzig Meter langen Stange, die sich in einer Höhe von acht oder zehn Metern befand. Schon der Gedanke, dort oben bis zur Nock hinauszuklettern, bereitete ihm Schweißausbrüche. Bei den Seeleuten, die da in der Takelage kletterten, sah es einfach aus, als würden verspielte Äffchen herumtollen, aber Viktor wusste, er würde schon an der Saling, der kleinen Plattform am Ende des Untermastes, den Halt verlieren. Er war nicht schwindelfrei.

Seit seiner Flucht von zu Hause hatte er einiges erlebt. Aber eine Taufe? Gleich zu Beginn waren ihm von einem Gastwirt alle Ersparnisse gestohlen worden. Als er tags darauf zur Polizei ging, stellte sich heraus, dass ihn der Wirt bereits als Zechpreller angezeigt hatte. Natürlich hätte er sich ausweisen können, aber dann wäre eine Meldung an sein Elternhaus gegangen und man hätte ihn, das Advokatenbubi, zurückgebracht. Zurück ins Landhaus seiner Eltern mit seinen dicken, aus Stein gemauerten Wänden, zurück zu seinen Lehrern mit ihrem Pythagoras, zurück zum Hausknecht, der Katzenkinder entsorgte, zurück in ein vorgezeichnetes Leben. Das wusste der betrügerische Wirt, dem sich Viktor redselig anvertraut hatte. Da nahm er lieber die zwanzig Stockstreiche und die zwei Stunden Pranger hin. Wer glaubt, Manieren und zarte Hände würden einen schützen, ist schief gewickelt. Der Richter hatte ihn für einen Hochstapler gehalten, den es schon wegen seiner Jugend besonders hart zu bestrafen galt, während der räuberische Wirt belobigt wurde. Viktor, brutal aus seiner Traumwelt gerissen, schloss sich daraufhin Leinwebern an, aber immer, wenn die in ihren Zunfthäusern unterkamen, musste er sich eine Scheune suchen. In Nantes geriet er in die Fänge von Werbern, die ihn betrunken machten. Er entkam dem Militär mit Müh und Not. In La Rochelle lernte er einen Matrosen kennen, der ihm von den Herrlichkeiten Afrikas vorschwärmte. Da wuchsen angeblich Nüsse auf den Bäumen, groß wie Köpfe, mit süßer Milch drin. Es gab längliche gelbe Früchte, die wie Erdbeertorte schmeckten, Schmalznudeln wuchsen auf den Bäumen, und die Fische konnte man aus dem Wasser klauben wie anderswo Kastanien vom Boden. Außerdem Langusten, tellergroße Krebse, so viel man wollte. Früchte vom Affenbrotbaum, wie immer die auch schmeckten, Schildkröten mit weißem Fleisch so weich wie Joghurt. Endlose Strände, Palmen, Sonnenuntergänge, beeindruckender als jede Oper. Und erst die Mädchen, barbusig, schwarze Haut wie Brombeeren und nur mit Blättern bekleidet, die nichts sehnlicher wünschten, als einem weißen Jüngling zu dienen. Schwarze Muschis! Afrika war ein Paradies. Niemand musste dort arbeiten, hatte der Seemann geschwärmt, niemand hungerte oder fror, man lag den ganzen Tag in der Sonne, ließ sich von den Einheimi-

schen gebratene Fische, kandierte Hühner und Früchte bringen ... Er selbst würde sofort hinfahren, wenn er nur ein Schiff
bekäme, hatte er Viktor den Mund wässrig gemacht. Und mit
jedem Glas Wein, das er dem Seemann spendierte, wurden die
Früchte größer und die Mädchen freizügiger.

So reifte in Viktor der Entschluss, trotz seiner Phobie in
Brest auf ein Schiff zu gehen, das nach Afrika fuhr.

– Wenn du nach Afrika willst, musst du nach Rochefort,
lallte der Seemann noch, bevor er betrunken zusammenbrach.

Jetzt, nur drei Tage später, stand Viktor Aisen hier am vorderen Deck neben Hosea Thomas, strich über die Eisenringe
des Fockmastes und die Belegnägel im Mastgarten. Er sah
Möwen, die mit weit gespreizten Flügeln kleinen fliegenden
Robben glichen. Nur vom Wind getrieben, gewannen sie an
Höhe, um sich gleich darauf im Sturzflug ins Wasser zu bohren,
nach Fischen zu tauchen. Dann schwammen sie eine Weile, bevor sie spitze Kinderschreie ausstießen und sich wieder in die
Luft erhoben. Eine dieser Möwen setzte sich auf das Schanzkleid, sie hatte dunkle Flügelspitzen, am Kopf einen schwarzen
Fleck und Kohleaugen mit gelbem Rand. Sie sah Viktor neugierig an, wurde aber gleich verscheucht. Ein Matrose, der gerade vom Fockmast herunterrutschte, hatte sie beinah gestreift.

Viktor sah zu, wie sie davonflog. Dann betrachtete er die
Passagiere der Medusa. Gutgekleidete Herren mit hohen Hüten. Beamte, die entschlossen waren, den Senegal gewinnbrin-
gend zu verwalten. Feine Damen. Handwerker, Offiziere, Leutnants, ein Priester namens Maiwetter, der unterwegs war, um
die Wilden zu missionieren.

– Bringt Unglück, sagte Hosea Thomas und entblößte seine
Zähne. Denk an Jonas. Pfaffen gehören an Land. Viktor lächelte, aber nicht über diesen Unsinn, sondern weil er eine Sympa-

thie spürte, merkte, dass Hosea in ihm zwar ein reiches Söhnchen sah, aber er auch Respekt vor seiner Bildung hatte.

– Du bist belesen, verstehst etwas von Musik und Kunst, sagte der Matrose beinahe schüchtern. Kannst du mir Bücher empfehlen? Kannst du? Weil, weißt du, wenn ich einmal Kapitän bin, wird man mich zu Abendessen einladen, und dann möchte ich nicht als Dummkopf dastehen, möchte ich nicht.

– Fangen Sie mit »Don Quichote« an, sagte Viktor. Dann den »Tristram Shandy«, damit werden Sie beeindrucken.

– »Don Quichote«, »Tristram Shandy«, wiederholte Hosea. Und was ist mit Linnés »Lappländischer Reise«? Ich hab damit begonnen, aber nichts verstanden. Auch mit der »Jungfrau« von Voltaire habe ich begonnen …

Viktor beobachtete inzwischen Picards Töchter, die mit ihren kleinen Geschwistern spielten. Dann sah er jemanden, der mit einem seltsamen Gerät hantierte.

– Adolphe Kummer, ein Forscher, der hofft, neue Käfer zu entdecken. Hosea war Viktors Blick gefolgt. Diese Sorte kenne ich, damals in Djakarta waren etliche von diesen Vögeln mit an Bord. Du wirst sehen, im Senegal vermessen sie die Darkies, fangen Fledermäuse und sammeln Pflanzen, denen sie dann ihre Namen geben.

– Namen geben, wiederholte der Papagei. Groß- und Focksegel aufgeien.

– William Shakespeare! Still! Der Vogel bekam einen Klaps auf den Schnabel, schüttelte daraufhin den Kopf und streckte seine kleine graue Zunge raus.

– William Shakespeare?

– Warum denn nicht? Der Vogel ist vielleicht schon hundert Jahre alt.

Viktor sah, wie sich die unbefestigte Flussmündung verbreiterte und das Schiff aufs offene Meer hinausfuhr. Das heißt, so offen war das Meer gar nicht, vor ihnen lag die Île-d'Aix, unter ihnen die Île d'Oléron und über ihnen die Île de Ré. Das Wasser war grün, und die kleinen Wellen schlugen unaufhörlich gegen die Bordwand. Am Ufer waren Kinder, die beim Anblick der Schiffe wie Soldaten salutierten. Sie hatten kleine Leinensäcke, in die sie gefangene Krabben steckten.

– Großtopp aufbrassen, schrie der Erste Offizier. Großstengestagsegel fieren.

Matrosen kletterten die Wanten rauf und machten sich an der Takelage zu schaffen. Da war ein unglaubliches Durcheinander von gespannten Seilen, und doch schien alles seinen Platz zu haben, als ob mehrere Spinnen ihre Netze ineinander gebaut hätten. Die Wörter »Vorbramsegel«, »Gaffel«, »Fock« und »Großrah« waren zu vernehmen. »Baumschot«, »Bugspriet«, »Besanmast«, »Klüver« und noch viele andere Begriffe, mit denen Viktor wenig anzufangen wusste.

– Fieren, schrie einer. Brassen. Einscheren. Umlegen. Großschot los.

Noch waren längst nicht alle Segel gesetzt, glich das Schiff einem halb angezogenen Menschen, da wurde es vor der kleinen Île-d'Aix beigedreht, damit die Lotsen die Medusa verlassen und in ihr kleines Boot steigen konnten. Ähnlich wie Newcastle oder Hamburg war das Arsenal Rochefort strategisch günstig im Hinterland gelegen, wo es vor den Gezeiten ebenso geschützt war wie vor Feinden. Außerdem bot die kleine Bucht an der Ostseite der Île-d'Aix, die im Französischen wie Exil ausgesprochen wird, Schutz vor Unwettern, die in der Biskaya oft überraschend aufzogen.

Viktor blickte den Lotsen versonnen nach, sah ihre Ruderschläge, mit denen sie sich langsam der Insel näherten. Für einen Augenblick beneidete er sie. Dann drehte er sich um und blickte auf den offenen Atlantik. Das Wasser war eine unendliche, sich bewegende Masse, die beständig hin und her wogte, aber nichts von der Grausamkeit erahnen ließ, zu der sie fähig war. Nichts war zu spüren von der unbarmherzigen Gewalt, die in dieser verspielten, glitzernden Fläche wohnte. Er sah Mauerreste mitten im Meer. Was war das? Eine versunkene Stadt? Eine Kirche Neptuns? Nein, man hatte zwischen La Rochelle und der Île-d'Aix versucht, auf einer Sandbank eine Befestigungsanlage zu errichten, das Fort Boyard, aber die Fundamente waren immer wieder eingebrochen, so dass nun nur noch kümmerliche Überreste von diesem irrwitzigen Versuch zeugten.

Mittlerweile waren fast alle Segel gesetzt, und das Schiff nahm Fahrt auf. Es lag gut im Wind und glitt über das Wasser wie ein geübter Schlittschuhläufer übers Eis. Die Küste entfernte sich mehr und mehr, schrumpfte zu einem dünnen Strich, das Lotsenboot war bald nur noch ein kleiner Punkt, fast nicht mehr zu sehen. Viktor fühlte, nun gab es kein Zurück mehr, nun versank seine Heimat, Frankreich, Europa und alles, was seine Welt gewesen war, für immer in der Erinnerung. Nun wurden seine Träume Wirklichkeit. Er dachte an seine Eltern und Schwestern, an Apfelkuchen und warme Milch. Plötzlich hatte er große Lust darauf. Süßsäuerlicher Apfelkuchen aus Mürbteig. Ein Anflug von Wehmut erfasste ihn. Er würde die nächsten drei, vier Wochen auf diesem Schiff verbringen und es später mit diesen Menschen im Senegal zu tun bekommen. Es waren abgestumpfte Gesichter, besonders den Soldaten sah man an, dass sie das Leben nur als Abfolge von Befehlen begriffen. Sie hatten ihre Wünsche und Träume am Kasernentor abgegeben und sie gegen sinnlose Befehle, stundenlange Märsche und tödliche Langeweile eingetauscht. Da war dieser hünenhafte Asiate namens Tscha-Tscha, ein Baum von Mensch mit dicken Wulstlippen, breiter Nase und einer Frisur, die an einen Rübenstrunk erinnerte – sein ganzes Gesicht war wie eingedrückt. Daneben Pampanini, der kleine dicke glupschäugige Genuese mit krausem Haar, der keinen Satz herausbrachte, ohne italienische Flüche anzuhängen, denen meist Heilige folgten. »Stronzo. Puta. Beim heiligen Ambrosius, alle Bienen sollen ihn am Hintern stechen.« Ein Geschützmeister namens Tourtade inspizierte die Kanonen, indem er seine Arme bis zum Ellbogen hineinsteckte. Bevor er die Mündungen wieder zustöpselte, prüfte er die Seile, mit denen die Lafetten festgezurrt waren, streichelte die Rohre und nannte seine Schatzis mit Kosenamen wie »Jungfernspieß«, »Schwarzer Spatz« oder »Alte Sau«. Der Jude Kimmelblatt trug einen roten Fez und erzählte Witze: »Kommt der Grin zum Rabbi und sagt, Rabbi, was soll ich tun, meine Frau betrigt mich mit meinem Geschäftsführer …« Außerdem »Neger« mit schwarzblauen Gesichtern, einer hatte sogar eine Frau, ein üppiges Wesen in buntem Stoff und Uniformjacke, die sie als Marketenderin auswies.

Auch die Matrosen, man erkannte sie nicht nur an ihren weißen Leinenhemden, sondern auch am breitbeinigen Gang, waren raue Burschen mit wenigen Zähnen und gegerbten Gesichtern, die nur für den einen Moment des Tages lebten, an dem der Rum ausgeschenkt wurde. Jeder hatte Kautabak im Mund und spuckte unablässig braunen Schleim. Eine schreckliche Ahnung stieg in Viktors Hirn, der Gedanke, in einen wilden barbarischen Haufen hineingeraten zu sein, sich freiwillig auf ein schwimmendes Gefängnis begeben zu haben. Überall schwitzende, fluchende Menschen. Ständig wurde man angerempelt, schob einen jemand beiseite. Und rundherum nur

Wasser, jenes unheimliche Element, das er am meisten fürchtete.

– Habe ich die Couch verkauft, sagte Kimmelblatt, und ein paar lachten.

Viktor hatte schon viel gesehen, Menschen, die alles taten, um zu überleben, ihre eigenen Kinder verkauften oder sich für ein warmes Essen prostituierten. Er kannte die Augen der jungen Kätzchen, wenn sie dem Hausknecht übergeben wurden. Ein Ritual, das sich zweimal jährlich wiederholte. Und er kannte auch den Blick dieses Hausknechts, seine kleinen gleichgültigen Augen, wenn er die Kätzchen in Empfang nahm, als wären sie alte Schuhe, die man nur entsorgen konnte. Den Matrosen fehlte das Abgestumpfte dieses Hausknechts, aber es fehlte ihnen auch das Mitleiderregende der Kätzchen. In ihren Augen lag etwas Lauerndes, Raubtierhaftes. Sie waren Wölfe aus verschiedenen Rudeln, in einen Käfig gepfercht, wohl wissend, dass die folgenden Hierarchiekämpfe ihren sozialen Rang für immer (oder wenigstens für die Ewigkeit der nächsten Wochen) bestimmen würden.

Das Deck schwankte im Takt der Wellen, es roch nach Muschelfleisch, und die Möwen stießen spitze Schreie aus. Da fiel Viktors Blick wieder auf Arétée, die faszinierende Gouverneurstochter – ihr Anblick sprengte ihm fast die Schädeldecke weg. Das Mädchen hatte hängende Augenlider und einen Schlafzimmerblick. Seit sie an Bord war, hatte sie ihre Lippen kein einziges Mal geöffnet, außer um glucksendes Gekicher herauszulassen. Jetzt stand sie an der Balustrade und strich über die vergoldete Verzierung. In ihrem Gesicht lag ein Anflug von Traurigkeit – geerbt vom Vater? Viktor bemerkte das nicht. Für ihn war dieses Mädchen ein Glücksbringer, etwas, das die Synapsen seines Gehirns völlig lahmlegte. Solange ein solches Wesen an Bord war, stand die Unternehmung unter einem guten Stern. Wahrhaftig, heute war ein besonderer Tag, den man im Kalender rot anstreichen musste. Heute, am 17. Juni 1816, hatte er dieses unwahrscheinliche Wesen zum ersten Mal gesehen. Sein Blick war wie eine Angelschnur, die sich in einem Pullover verhakt hatte und beständig daran zerrte. Wahrscheinlich spürte sie das und entzog sich, indem sie hinter den mächtigen, mit Eisenreifen umspannten Besanmast trat. Da fiel Viktors Aufmerksamkeit auf das zerzauste, angegraute Haar dieses Forschers, der lustige Augen hatte und scheinbar mit sich selber sprach. Daneben war noch jemand, ein fleischiges Gesicht mit wachem Blick. Gelber Uniformrock, Dreispitz. Wer war das? Ein Offiziersanwärter? Der Mensch schritt die Mannschaft ab, kniff dem einen in die Backen, sah dem nächsten in den Mund, begutachtete beim Dritten die Augen, klopfte dem Vierten an die Schläfe, forderte den Fünften auf, die Zuge rauszustrecken.

– Savigny, der Zweite Schiffsarzt, brummte Hosea Thomas. Dem kommst du besser nicht unter die Augen, sonst liegst du unterm Messer.

– Liegst du unterm Messer, wiederholte William Shakespeare.

– Dem müsste man eine Glocke wie einem Leprakranken umhängen, damit man ihm nicht in die Arme läuft. Müsste man.

Tatsächlich war Savigny nun, da von der Reede und Josephine nichts mehr zu sehen war, dazu übergegangen, die Mannschaft zu inspizieren. Er fragte die Matrosen nach überhöhter Temperatur, befahl jedem, sich bei den ersten Anzeichen der venerischen Krankheit sofort zu melden, und wies sie auf den beim Niedergang hängenden Glaskasten hin, in dem eine Liste mit Ärzten in verschiedensten Hafenstädten hing, die kostenlos die Syphilis behandelten. Außerdem solle niemand die ihm zugedachte Ration Zitronensaft auslassen, dank den Engländern wusste man um die gute Wirkung im Kampf gegen Skorbut. Die »Limejuicer« hatten mit Zitronensaft immer ihr Messing poliert und waren auf die gesundheitsfördernde Wirkung eher zufällig gestoßen.

– Und wenn es irgendwelchen Tachinierern einfallen sollte, eine Tabaklösung zu trinken, um mit Magenkrämpfen in den Sanitätsraum zu kommen, dann gnade ihnen Gott.

Savigny hatte ein rundliches Gesicht, volle Lippen und rote Backen. Er glich mehr einem Wirt oder Weinbauern als einem Arzt. Und doch ging eine Aura von ihm aus, die Strahlkraft eines Idealisten, während sein Gehilfe, ein glatzköpfiger Mensch mit vorgetriebenem Bauch und stumpfen Augen, völlig desinteressiert wirkte.

– Der Arzt schaut freundlich aus, befand Viktor.

– Das täuscht, Hector. Das täuscht.

– Viktor! Mein Name ist Viktor.

– Ärzte machen keinen Unterschied, ob sie Tiere oder Menschen behandeln, ging Hosea darauf nicht ein. Wenn er es für richtig hält, Hector, bindet er dich fest und schneidet dir ein Bein ab. Oder warum, glaubst du, gibt es so viele Holzbeine? Ich war dabei, als man dem Narbengesicht, er deutete auf den hässlichen, kahlrasierten Menschen voller Pockennarben (der Mann also, von dem Picard bereits den Bauch gesehen hat), den Kopf aufgeschnitten hat, um ihm eine Kugel herauszuoperieren. Man hat die Schädelplatte abgehoben – das darunter hat ausgesehen wie ein kaltes Cassoulet.

– Cassoulet, bestätigte William Shakespeare. Wie Bohnengulasch.

– Vielleicht ist das, was wir für denken halten, nichts anderes als verkochte Zwiebel mit Bohnen. Wenn man einen Schädel aufschneidet …

– So etwas wird der Kapitän nicht zulassen, sagte Viktor, der bleich geworden war und keine große Lust auf das Innenleben eines Kopfes hatte. Reichte es nicht, dass man ihn taufen wollte, musste man auch noch den Kopf aufschneiden? Aber wo war eigentlich der Kommandant?

– Hat nicht geruht zu erscheinen. Hosea lachte. Wahrscheinlich Durchfall, sitzt in seiner Offizierstoilette und kackt sich die Seele auf die Seidenstrümpfe. Ein schöner Kapitän. Hast du ihn gesehen, diesen Hugues Duroy de Chaumareys? Hosea sprach die einzelnen Silben dieses langen Namens gedehnt und leicht verächtlich aus. Ein verkleideter Narr mit Halsschleife, Puffärmeln und roten Ohren, was ein sicheres Zeichen für Verdauungsstörung ist. Angeblich hat er seit zwanzig Jahren kein Schiff befehligt, dieser Hugo. In Rochefort hat man erzählt, er sei ein Königstreuer, einer, der bei Ausbruch der Revolution nach England ins Exil geflohen ist. Ein Intrigant, der siebenundzwanzig Jahre lang gewartet hat, bis die Royalisten wieder an die Macht kommen. Und nun, da sich die Revolution und Napoleon erledigt haben, da Frankreich wieder von einem Bourbonen regiert wird, hat er die Beamten des Königs so lange mit Bittbriefen und Gesuchen bombardiert, bis man ihm das Kommando dieser Flotte übertragen hat. Kein gutes Omen. Der wird sich nicht durchsetzen, wird er nicht. Weißt du, warum? Weil er keine Eier hat. So einer kann sich stundenlang im Spiegel bewundern, aber er kann kein Schiff führen, kann er nicht. Der kann sich Strategien überlegen, Briefe schreiben und Intrigen spinnen, aber Verantwortung? Der ist eitel und weich wie gekochtes Obst, ist er.

– Aber es gibt Offiziere, die das Schiff sicher führen können?

– Hast du sie gesehen? Hast du? Jakobiner! In Seeschlachten gestählt! Denen sind glühende Kanonenkugeln um die Ohren gesaust. Die werden sich von einem Zöllner, der seit seiner Kindheit nichts anderes gelernt hat, als vor dem Spiegel zu posieren, sich zu pudern und die Perücke gerade zu richten … die werden sich von so einem Weichling nichts befehlen lassen. Wirst sehen, das gibt Ärger, gibt es. Davy reibt sich schon die Hände.

Tatsächlich saß Hugues Duroy de Chaumareys in der Offizierstoilette und kämpfte mit seinen Därmen. Immer, wenn er eine Reise antrat, zwang ihn sein Körper zu einer Entleerung. Das war seit langem so, selbst die Emigration nach England hätte er seinerzeit, 1793, als man den König köpfte, dem das Ausland dann nicht wie erhofft zu Hilfe eilte, wegen dieser Reisekrankheit fast verpasst. Jetzt aber, da er ein Schiff befehligen sollte, war es besonders schlimm. Niemand wusste, was das bedeutete, man fühlte ein Umrühren in den Eingeweiden. Jedes Mal, wenn er dachte, er wäre fertig, kam ein neuer Schwall, kam ihm das, was er gestern mit Richeford im Roten Krebs gegessen hatte, hinten raus. Die Austern, die Seezunge und das Dessert, alles bahnte sich nun seinen Weg durch den kleinen Körper mit der großen Nase und den roten Ohren – so als ob es die Reise nicht mitmachen wollte. Ausgerechnet jetzt. Er hatte sich diesen Moment oft ausgemalt, hatte sich als schneidiger Kapitän auf der Brücke stehen sehen, beneidet und bewundert. Doch nun, als es endlich so weit war, hatte das Wörtchen »schneidig« eine andere Bedeutung: Leibschmerzen. Nun musste er seinem Ersten Offizier, dem Ehrgeizling, den Platz auf der Brücke überlassen. Dabei war ihm dieser Reynaud durch und durch unsympathisch. Gut, dass zumindest Richeford da war, ihn zu vertreten. Und wirklich stand Antoine Richeford neben Reynaud und murmelte Kommandos. Ein unbegreifliches Lächeln war seit Tagen nicht aus seinem Gesicht gewichen. Da weder der Erste Offizier noch der Gouverneur wussten, wer dieser Glatzkopf war, beachteten sie ihn nicht.

– De Chaumareys? Das klingt nach Albtraum, sagte Hosea.

– Albtraum, wiederholte der Papagei.

– Macht mir nichts, sagte Viktor trotzig. In drei Wochen sind wir im Senegal, und dann werde ich … Doch bevor er sich selbst darüber im Klaren werden konnte, was er in Afrika eigentlich vorhatte, außer sich von barbusigen Einheimischen gebratene Hühnchen servieren zu lassen, wurde er von einer kräftigen Hand am Ohr gezerrt, so stark, dass er glaubte, sein Gesicht würde auseinandergerissen.

– Bischt du der Kombüschenjunge, zischte ihn eine laute Stimme an. Bischt du esch, oder nicht?

– Viktor Aisen, bin erst heute Morgen … Doch bevor Viktor dazu kam, den Satz zu beenden, hatte er schon eine Ohrfeige bekommen, so kräftig, dass er glaubte, sein Kopf würde davonfliegen.

– Denkscht wohl, dasch ischt eine Vergnügungschreische, Hector.

– Viktor! Ich … Doch ehe er weitersprechen konnte, fing er schon die nächste. *Aua. Was? Jetzt hast du deine große Zeit.*

– Denkscht, du bischt zum Schpasch da, Hector? Schteht an Deck rum wie auf Sommerfrische, anschtatt in die Kombüsche zu kommen. Glaubscht, wenn die Kombüsche nicht zum Prophet kommt … Doch bevor ihm die starke Hand noch so ein Ding verpassen konnte, hatte sich Hosea Thomas dazwischen gestellt. Der Matrose verschränkte seine starken Arme

und machte ein Gesicht wie eine Burg, bei der soeben die Zugbrücke hochgezogen worden war.

– Sachte. Der Junge ist noch grün, ist er.

– Grün, bekräftigte der Papagei. Ist er.

– Na und? Ich war auch mal grün. An Bord scholl nichtsch
Grünesch schein. Der grobschlächtige Kerl, der Viktor so hart
angegangen war, hatte wieder seine Hand gespannt wie ein
Katapult – kam aber mit seinem Geschütz an Thomas nicht
vorbei. Sein Gesicht war feist und hagebuttenrot, dazu schwarze, verschwitzte Locken. Vor allem aber klaffte unterhalb der
Nase ein zigarrendickes Loch, das seine Vorderzähne zeigte,
eine Hasenscharte. Daher die Zischlaute. *Ein Arschloch mitten
im Gesicht. Visage!* Seine Statur war mehr breit als hoch. Ein
runder Bauch wölbte sich stolz vor, und aus seinem offenen
Hemd kamen büschelweise Brusthaare, aber nicht sandfarben
wie die von Hosea, sondern schwarz wie Lakritze. Eine ver-
dreckte Schürze umgebunden und eine Hose, wie sie Köche in
feinen Restaurants trugen – nur war diese hier schmuddelig bis
zum Gehtnichtmehr. Mit den Essensresten, die darauf eingetrocknet waren, hätte man eine Großfamilie zwei Wochen lang
ernähren können. Wäre Hosea Thomas (feste Burg) nicht gewesen, er hätte Viktor wahrscheinlich totgeschlagen.

Viktor sah die gespaltene Oberlippe, die direkt aus der breiten Nase zu kommen schien. Darunter gelbe Zähne, braunes
Zahnfleisch. Wer war dieses bösartige, entstellte Ungeheuer,
fuhr es durch seinen Kopf. Was wollte der von ihm?

– Darf ich vorstellen, klopfte Hosea seine Pfeife in den
Handteller, das ist Kukuruz Maiskolben, der Smutje, ist er.

– Smutje, wiederholte der Papagei.

– Gott schickt die Lebensmittel, aber der Teufel schickt die
Köche. Sein Name ist Isaac Gaines, ein Schotte, aber alle an

Bord nennen ihn Kukuruz Maiskolben, weil das seine Spezialität ist … oder weil sein Mund so aussieht. Der Schiffskoch murrte etwas wie, dein Vogel wird im Kochtopf landen, dann, Hosea ließ ihn gewähren, zerrte er Viktor, der gerade noch nach seinem Seesack greifen konnte, in Richtung Kombüse. Es ging über das Oberdeck, wo sich ihnen Charlotte Picard in den Weg stellte. Das rothaarige Mädchen hielt ihren Strauß Mohnblumen in der Hand und lächelte. Wortlos überreichte sie Viktor eine Blume, der sich bedanken wollte, aber da war Charlotte schon beiseitegeschoben worden. Das Einzige, was er noch hören konnte, war die helle Stimme von Charles junior, der inbrünstig verkündete:

– Vier plus eins ist fünf.

In den Eingeweiden
der Medusa

Ueber steile Holztreppen ging es hinab, hinunter in eine von Lichtschwertern gespickte Dämmrigkeit. Viktor würgte gleich beim ersten Atemzug. Es roch nach kaltem Schweiß, feuchter Wäsche und modrigem Kartoffelkeller. *Warum kommt so ein Gestank in keinen Träumen vor? Ist das der Geruch der großen Zeit?* Dann ging es durch das Zwischendeck, schmale, dunkle Gänge, *hau dir an den Balken nicht die Rübe an*, weiter durch die Eingeweide der Medusa, in eine enge, mit Ziegelsteinen ausgelegte Kammer, in deren Mitte ein Ofen mit großen Töpfen stand, die mit Haken und Schlingerleisten gesichert waren. Daneben Fässer, auf denen mit Kreide »Essig«, »Öl«, »Pökelfleisch« oder »Kabeljau« geschrieben stand.

– Wasch willscht du mit dem Zeug? Gaines leerte Viktors Seesack aus.

– Sie! Das ist mein Besitz, war Viktor trotzig. Aber da hatte er schon die nächste Ohrfeige gefangen, die ihn beinahe umgehauen hätte.

– Scho, dein Beschitz, Hector. Dasch beweische mal, grinste der Schiffskoch. Jetzt, wo dir kein Scheemann hilft. Wo ischt denn dein Beschützer? Nicht einmal schein Papagei ischt da.

– Bitte, das gibt Ihnen nicht das Recht, mein Eigentum … Ich werde mich beschweren, ich …

– Scho, beschweren will er schich? Der Smutje grinste sein fürchterliches Hasenscharten-Maiskolbengrinsen. Und ehe sichs Viktor versah, schneller als er Kukuruz sagen konnte, wurde er auch schon am Handgelenk gepackt und in Richtung

Ofen gezerrt. Da er nicht wusste, wie ihm geschah, konnte er nicht glauben, wie dieser kräftige Mensch mit dem entstellten Mund seine Hand gleich einem Stempel auf die heiße Herdplatte drückte. Viktor konnte es zuerst nicht fassen, stemmte sich dann dagegen, aber es nützte nichts. *Himmel!* Er wollte schreien, doch aus seinem Mund kam kein Ton. Dafür hörte er es zischen und sah, wie seine Hand rauchte. *Ist das Wirklichkeit? Träume ich?* Es dauerte, bis der Schmerz seinen Kopf erreichte, bis er wie eine Flüssigkeit all seine Kapillarröhren hochstieg, alles anfüllte und überflutete, jeden anderen, klaren Gedanken überschwemmte, das klare Bild der Gouverneurstochter einfach wegspülte. Doch selbst jetzt war er nicht fähig zu schreien. Obwohl er das Gefühl hatte, seine Augen würden aus den Höhlen hüpfen und das Hirn wollte zerplatzen, blieb Viktor stumm. Alle Nervenbahnen in seinem Kopf waren wie mit siedend heißer Flüssigkeit ausgewaschen, in seiner Kehle steckte ein Schrei, doch er biss sich auf die Zähne und sah den Schiffskoch, dieses Monster, mit großen hervorgetriebenen Augen an. *Arschloch – mitten im Gesicht.* Der Drecksack grinste nur.

– Beschweren will er schich. Warum? Weil in einer Kombüsche ein Ofen schteht. Musscht aufpasschen, Hector, schonscht fällscht du dasch nächschte Mal mit deinem hübschen Geschicht darauf. Glaubscht vielleicht, dasch hier ischt ein Mädchenpenschionat. Hier, schiehscht du dasch? Er zog das rechte Hosenbein hoch, und jetzt sah Viktor, woher das seltsam pochende Geräusch gekommen war, das ihn die letzten Minuten begleitet, das er für ein fernes Hämmern gehalten hatte: ein Holzfuß. Da, wo andere ein Schienbein hatten, war bei der Hasenscharte ein runder, an den Stumpf gebundener Stecken mit angeschraubtem Holzschuh.

Viktor betrachtete zuerst diese Prothese, dann seine Handfläche, die einem gebratenen Kotelett glich. Die Haut war grau wie altes Holz. Außerdem roch es nach gebratenem Fleisch, aber nicht wie in einem Restaurant, eher wie in einer billigen Auskocherei. Er war starr vor Entsetzen, fand einen Krug mit Wasser, in den er seine Hand steckte. Es zischte und dampfte.

Der Schiffskoch wühlte in Viktors Sachen, schmiss eine alte Hose durch die Kombüse, ein Hemd hinterher, von einer Jacke riss er die Messingknöpfe ab, dann griff er nach einem Buch, las »Daniel Defoe: Robinschon Cruschoe«, klemmte es unter seine Achsel, fand ein zweites, die Bibel, schmiss es an die Wand.

– Dasch kannschte behalten. Religion ischt etwasch für Leute, die keinen Alkohol vertragen. Wieder flogen Kleider durch die Luft. Wieder griff er nach einem Buch.

– Das nicht, stammelte Viktor. Das ist … Aber da hatte es der Schiffskoch schon geöffnet und darin gelesen. Er hob den Blick, sah den Jungen misstrauisch an, bevor er zischte:

– Tagebuchschreiben ischt nicht. Dasch wird eingezogen.

– Aber … wer bestimmt das?

– Ich. Weil ich dasch Geschetz bin, dein Geschetz. Ausscherdem kannscht du mit deiner Hand schowiescho nicht schreiben. Und jetzt mach Ordnung, Früchtchen, aber plötzlich. Bevor sich Viktor hochrappeln konnte, hatte er auch schon einen Tritt bekommen. In seinen Träumen war Viktor jeder Herausforderung gewachsen, gab es keine Gefahr, der er nicht trotzte. *Große Zeit!* Und jetzt? Ein kümmerliches Häufchen Elend! In den Fängen eines Wahnsinnigen! Wie konnten sich die Geschicke nur so vollkommen gegen ihn verschwören? Er beeilte sich, seine angeschwollene Hand aus dem Emailkrug zu bekommen, die verstreuten Sachen in dem Seesack zu verstauen.

– Und du, komm her und hilf mir. Gleich kommen die Schweinchen.

– Schweinchen? Welche Schweinchen? Jetzt erst sah Viktor, dass am hinteren Ende der Kombüse ein weiterer Junge dabei war, Zwiebeln zu schneiden. Ziemlich dick, der Knabe, fettig glänzende Haut, schwarzes Haar, Sommersprossen und Zähne so gelb wie Maiskörner – das schien hier Mode zu sein. Müsste man ihn als Tier darstellen, fiele einem nur das Schwein ein. Aber der Koch hatte »die Schweinchen« gesagt. Gab es mehr davon? Das Gesicht des Jungen sah verheult aus, außerdem hatte er den bösen Blick der Dicken, etwas Lauerndes, Gemeines, etwas, das sich für Tausende Schmähungen rächen wollte. Gemeinsam mit dem Koch wuchtete er zwei große Fässer zum Eingang. Während Viktor noch überlegte, wo er seinen Seesack unterbringen könnte, wurde er am Ohr gerissen, hochgezerrt.

– Du machscht jetzt Esschenschauschgabe, verschtanden. Jedesch Schweinchen bekommt zehn Schtück. Der Koch, *den hat wirklich der Teufel geschickt*, deutete auf die Kiste mit Schiffszwieback, zehn!, ein Schtück Pökelfleisch, scho grossch, und zwei Krüge Wein. Aber passch auf, dassch keinesch zweimal kommt. Bevor Viktor verstand, worum es ging, wurde auch schon eine Glocke geläutet, stürmten Matrosen und Soldaten mit Holztellern und Krügen auf ihn zu. Das also waren die Schweinchen. So nannte man die Essensholer.

– Beeilung, mach mal hinne, nicht so faul, wurde gebrüllt.

– Was gibt es denn Gutes? Karo einfach mit Affenfett?

Niemals hätte er sich einen solchen Lärm und ein derartiges Gedränge vorstellen können. Obwohl ihn die Hand schmerzte, das salzige Fleisch auf der Wunde brannte und er das Gefühl hatte, die geblähte Haut löse sich von den Knochen, kam Viktor nicht dazu, auch nur einen Moment innezuhalten, wurden doch ständig neue Teller hingehalten, die es mit Fleisch und Schiffszwieback zu füllen galt.

– Geht das nicht schneller, riefen welche. Mach mal, Junge, sonst wirst du eingesalzen.

Wenn Viktor auch nur einen Augenblick lang unachtsam war, schlug ihm einer den Holzteller auf den Kopf, griff ein anderer in die Zwiebackkiste, bediente der Nächste sich beim Wein. Die Matrosen und Soldaten machten derbe Sprüche, die aber nicht Viktors Taufe, sondern seine Entjungferung betrafen, zumindest deutete er die Wörter »Fagottist«, »Fenchel« und »Hinterlader« so. *Schöne Schwulität!* Freundlich waren nur die Passagiere. Sie, die eigene Messen zugeteilt bekommen und mit der Mannschaftsverpflegung vorliebnehmen mussten, hatten sich noch einen Rest an Höflichkeit bewahrt. Es waren Kummer, der Forscher, und Picard, der Notar, die das Essen für die Passagiere ausfassten. Der bärtige Wissenschaftler hatte eine lustige Nase und eine sanfte Stimme. Die Karikatur eines Juden, nur dass er nicht mehr an die Thora glaubte, keine Gebetsschnüre um die Hüfte und auch keinen Schtreimel trug, sich um den Sabbat wenig scherte, stattdessen an die Wissenschaft glaubte, an Fakten und nicht an das Goldene Tor in Jerusalem. Eben erzählte er das Ende eines Witzes:

– »Aber Rabbi«, sagte der Fleischhauer, »das ist eine Blutwurst.« »Na, habe ich Sie gefragt, wie der Fisch heißt?«

Picard lächelte milde. Der Notar war von dem ständigen Gezeter seiner Frau mürbe. »Charliiie! Kannst du uns nichts Besseres besorgen? Warum haben wir kein Kindermädchen? Charliiie! Wie kannst du zulassen, dass sich die Kleinen über die Reling beugen? Springst du hinterher, wenn eines ins Wasser fällt?« Ständig fand sie einen Grund, an ihm herumzunörgeln. Und wenn Picard sich verteidigte, »Was du Reling nennst, Adelaïde, heißt Schanzkleid. Eine Reling ist ein Geländer!«, war sie eingeschnappt und drohte, umzukehren. *Weiber! Mach dies, hol das.* Sein Neffe Alphonse, der viel aufgeweckter war als Laura und Charles junior, hielt Picards Hand. Der Kleine sang ein Lied, das ihm einer der Matrosen beigebracht hatte:

– Zu hunderfünfzigst fuhren sie aus, ein Einziger kam wieder nach Haus ...

Auch Savigny stellte sich an. Er teilte sich mit seinem Gehilfen François, einem faulen und gefräßigen Menschen, Unteroffizieren und dem Ersten Schiffsarzt, er selbst war ja nur der Zweite, eine Messe. Als er das fette graue Fleisch mit der gelben Speckschwarte sah, meinte er lachend:

– Na, da leben wir ja wieder.

Der Strom der Schweinchen riss nicht ab. Es gab an Bord dreißig, fünfunddreißig Messen, einfache Bretter, die auf Kisten lagen, an denen jeweils zehn, zwölf Menschen saßen. Sie waren auf das Kanonendeck und das Unterdeck verteilt, in denen nun ein ungeheures Gedränge herrschte.

Auch bei der Essensausgabe ging es drunter und drüber. Ständig kamen neue Gesichter, scharfgeschnittene und feiste, die einen schrien, andere beschwerten sich. »Affenfraß!« Viktor sah schiefe Zähne, tätowierte Hände, misstrauische Augen. *Daran gewöhnst du dich. Du wirst dich daran gewöhnen. Du musst, denk an Afrika.* Einmal blickte ihn Hosea Thomas an, der Papagei William Shakespeare sagte etwas wie:

– Seife! Hat man schon Seife aus dir gemacht?

Viktor wollte ihnen ein besonders großes Stück Fleisch geben, aber das Gedränge war zu heftig. Der Kombüsenjunge arbeitete wie in Trance, bis er sogar auf seine schmerzende Hand vergaß. Er sah, wie das Fleisch in dem Fass weniger wurde, wie sich die Kiste mit dem Schiffszwieback allmählich leerte. *Daran gewöhnst du dich. Du musst.* Er sah Gesichter voller Narben, Tätowierte, manche mit einem Eisenhaken statt einer

Hand, andere hatten Augenklappen oder eingedepschte Nasen. Als ihm der Pockennarbige, dem man eine Kugel aus dem Kopf herausoperiert hatte, gegenüberstand, und er verlegen in die Kiste mit dem Schiffszwieback sah, kroch da gerade eine fette buttergelbe Made über das harte Brot. Viktor spürte Magensäure in der Kehle, Übelkeit an den Gaumen pochen. Als er wieder zum Narbengesicht schaute, musste er entsetzt mit ansehen, wie der sich die Made in den Mund stopfte und zufrieden schmatzte. Der Pockennarbige grunzte. *Scheinbar hat man dem nicht nur eine Kugel, sondern auch den Ekel herausoperiert.* Da, wo andere Menschen Ohren hatten, waren bei ihm nur Löcher. Seine spitzen Zähne sahen aus wie die Zacken einer Säge. Außerdem, schien es, konnte er kaum sprechen.

Das alles geschah für Viktor wie im Halbschlaf, waren doch bereits die Nächsten da, die ihm Holzteller auf die Brust schlugen und vom Fleisch kosteten.

– Schmeckt wie der Kopf der Marie Antoinette.

Die Essensausgabe dauerte keine halbe Stunde, aber Viktor kam sie vor wie eine Ewigkeit. Und das würde sich nun täglich wiederholen? *Die Träume hatten anders ausgesehen. Das war nicht abgemacht. Betrug!* Die Prozedur hatte zumindest einen Vorteil: Es gab anschließend kein Geschirr zu waschen. Nur für die Offiziere und die reichen Passagiere wurde gekocht; die Matrosen, Soldaten und gewöhnlichen Passagiere mussten sich mit Schiffszwieback und kaltem Pökelfleisch begnügen. Beides war von grauer Farbe, der runde Zwieback hart wie gepresste Erde, *Kuhfladen!*, das Fleisch von schleimiger gallertartiger Konsistenz mit gestocktem gelbem Fettrand. Wenn man nicht die groben Salzkörner wegwischte, bekam man schon vom Hinsehen Sodbrennen.

Und diesen Fraß gab es jetzt drei Wochen lang? Viktor erinnerte sich, dass ihm im Hafen jemand gesagt hatte, für Küchenjungen wäre die Verpflegung nicht so schlecht. Da kämen Seeleute, die einen Fisch geangelt hätten und ihn für das Abbraten mit dem Koch oder Kombüsenjungen teilten. Auch fiele hin und wieder von den Gerichten für die hohen Herrschaften etwas ab. Und jetzt? Er war zwischen schrecklichen Menschen gelandet – lieblose, rohe Burschen. Kaltherzig, derb und auf dem kulturellen Stand von Zuckerrüben. Schweinchen!

Isaac Gaines, der während der Essensausgabe an seinen Töpfen hantiert hatte, stolzierte wie eine Krähe um den Ofen. Er benahm sich wie ein Dirigent, der ein großes Orchester führte, nur dass seine Celli, Geigen, Bratschen und Bläser Töpfe waren. Er rührte um, kostete laut schlürfend mal von diesem, mal von jenem.

– Auschgezeichnet. Genial! Gainesch, da musscht du dich schelber loben.

Als vier livrierte Burschen kamen, das Essen für den Kapitän und seine Gäste zu holen, ließ er es sich nicht nehmen, sie zu begleiten. Der Smutje spuckte in die Hände, rieb sie an einem alten Fetzen trocken, entledigte sich seiner fleckigen Schürze, knöpfte seine Bluse bis oben zu, wobei er mit dem widerspenstigen Brusthaar kämpfte, wischte Schweißtropfen von der gespaltenen Lippe und fuhr sich durchs ölige Haar. Er war so aufgeregt, dass seine Hände zitterten. Trotzdem leerte er noch einen Kübel Essigwasser aus, warf Viktor und dem anderen Jungen einen Bimsstein vor die Füße und befahl ihnen zu schrubben.

– Wehe, ihr kommt auf Gedanken!

Kaum war der widerliche Tyrann, dieser scheußlichste Vertreter des Menschengeschlechts, bei der Türe draußen, kaum war nur noch das Tock-tock-tock seines Holzfußes zu hören, atmete Viktor auf. Es war unerträglich, aber er hatte ein, zwei Stunden mit diesem Monster überlebt. Noch ein paar Stunden, und der Tag war zu Ende, noch ein paar Tage, und der Senegal kam näher …

Da ging der andere Küchenjunge, sein Gesicht glänzte wie ein eingefettetes Backblech, zu einem Regal, nahm Tabak heraus und begann sich eine Pfeife zu stopfen. Er hatte sie noch nicht entzündet, als Viktor, den der Essig an der verbrannten Hand schmerzte, mit dem Schrubben innehielt und dem anderen Jungen einen freundlichen Blick zuwarf.

– Mein Name ist Viktor, alle sagen Hector, ich denke wir sollten …

Aber da war der Dicke mit dem Bürstenhaarschnitt (Marke Gartenschere) schon auf ihn zugestürzt und hatte ihm einen Tritt versetzt.

– Mir sollten gar nichts!

Viktor war noch perplex über diese unfreundliche Begrüßung, als ihm der feiste Junge, er war höchstens siebzehn, auch schon den Kopf in einen Eimer mit Salzwasser drückte und sich auf seinen Hals kniete. *Was? Spinnt der?* Viktor wurde schwarz vor den Augen, er schluckte, spürte ein Brennen in der Kehle und glaubte zu ersticken. Die Dunkelheit in ihm war wie ein sich ausbreitender Ölfleck auf dem Wasser, langsam sickerte der Schmerz in ihn, breitete sich aus. Die Lungen stachen, und sein Kopf war wie aufgeblasen. So musste den Kätzchen im Leinensack zumute sein, wenn der Hausknecht sie übernahm. Viktor fühlte, wie alles hinter einer dunklen Schicht verschwand, und als er meinte, es sei vorbei, als schon sein bisheriges Leben vor ihm ablief, ließ die niederhaltende Kraft plötzlich nach. Er schnellte hoch, rang nach Luft. Seine Augen brannten, Rotz lief ihm aus der Nase, und er musste niesen.

– Damit das klar ist, Söhnchen, der Bürstenhaarschnitt zündete sich seine Pfeife an, mir ham hier das Sagen. Wenn du aufmuckst, wern mir andere Saiten aufziehen. Verstanden? Und als Viktor, der noch immer nieste, nicht gleich reagierte, spürte er schon einen Tritt im Bauch.

– Verstanden?

– J-, j-, ja.

– Das wollen mir dir auch raten. Ham mir uns verstanden?

Die Stimme des Fettsacks klang erstaunlich kindlich, so als ob ihr der Stimmbruch noch bevorstünde, was ihn so bösartig und unheimlich erscheinen ließ wie das Monster in einer Stephen-King-Verfilmung.

– Ich …

– Du redst nur, wenn mir es dir erlauben. Viktor spürte den nächsten Tritt im Magen – mit einer derartigen Wucht, dass er kurz davor war, sich zu übergeben. Der Schmerz ließ ihn sogar die verbrannte Hand vergessen. Wo war er hineingeraten? Die Hölle selbst konnte nicht schlimmer sein. Das waren keine Menschen, sondern wilde, bösartige Kreaturen, Teufel, die nur einen Spaß kannten, andere zu quälen. *Daran gewöhnst du dich. Du musst. Aber daran will ich mich gar nicht gewöhnen. Jeder weitere Tag, den ich hier verbringen muss, ist zu viel. Das war anders ausgemacht. Hier gibt es keine Prinzessinnen zu retten, keine Heldentaten zu vollbringen, nur spatzenhirnige Despoten!* Es erging ihm wie den Kätzchen, wenn sie mitsamt dem Sack gegen eine Wand geschlagen wurden. Einmal war Viktor dem Hausknecht gefolgt und hatte gesehen, was dieses Entsorgen bedeutete. Die kleinen Tiere mit den großen Augen wurden zu Brei geschlagen. Der Hausknecht hielt den Leinensack wie einen Teppichklopfer und schlug ihn mit aller Wucht gegen einen Steinzaun. So lange, bis das Miauen in ein Wimmern überging und zum Schluss gar nichts mehr zu hören war, dann ging er pfeifend zurück zum Gehöft und warf den Sack, aus dem eine dunkle Flüssigkeit tropfte, in die Jauchegrube, wo er eine Weile von der dickflüssigen Oberfläche getragen wurde, bevor er geräuschlos versank. Und sein Vater, der Richter, ließ dieses Kätzchenentsorgen nicht nur zu, nein, er befahl es sogar.

Aber Viktor war kein Kätzchen, er würde sich so etwas nicht gefallen lassen. Er würde sich nicht zu Brei schlagen lassen, um dann tonlos verschluckt zu werden. So laut der Schmerz auch in ihm brüllte, gab es etwas, das lauter war und alles übertönte, der Ruf nach Rache. Er wand sich am Boden, stöhnte, aber den anderen Jungen, sein Name war Jerome Clutterbucket, kümmerte das nicht. Er saß da mit überkreuzten Beinen, feist und selbstsicher, stopfte getrockneten Fisch und Schiffszwieback in sich hinein, spülte mit einem Becher Wein nach und befahl:

– Los, weiterschrubben! Sonst ziehen mir andere Saiten auf.

Viktor wagte nicht zu widersprechen, er wagte nicht einmal zu denken. Diese Kombüse war wie der Kätzchensack, dunkel, stickig und nahe am Tod. *Hat man schon Seife aus dir gemacht?* Und dann war da noch ein Satz von Hosea Thomas, der ihn gefragt hatte, wovor er davonlaufe, weil alle Jungen wie er immer vor irgendwas davonliefen. Vor einer Frau? Den Eltern? Toten Kätzchen? Aber rannte er davon? Oder lief er etwas hinterher? Einem Wunsch seines Vaters? Zu Hause hingen überall Bilder von Schiffen und Seelandschaften. Obwohl sein Vater nie das Meer gesehen hatte, liebte er es sehr.

– Wenn du fertig bist, riss ihn der dicke Jerome aus seinen Gedanken, gehst du an Deck, Töpfe säubern. Steuerbord hinterm Bug, bei der vordersten Kanone ham mir ein Fass mit

Asche. Clutterbuckets weiße Haut glänzte, und in seinen kleinen, bösen Augen lag Verachtung.

Obwohl auch dieser Befehl mit Arbeit verbunden war, erschien er Viktor wie ein erster warmer Sonnenstrahl nach einem langen, kalten Winter. Er würde diese stinkend heiße Hölle hier verlassen, zurück an Deck gehen, frische Luft atmen, vielleicht sogar einen Blick auf die Gouverneurstochter erhaschen oder die Rothaarige mit ihren Mohnblumen wiedersehen – und keine Seife sein. Wenn er erst an Deck war, würde er sich verstecken, nie mehr in diese gottverdammte Kombüsenhölle zurückkehren. *Keine Seife werden!* Er wollte sich beim Kapitän beschweren, der bestimmt ein Einsehen haben und gegen diese Art der Behandlung einschreiten würde. Der Kapitän, vielleicht ein Hosenscheißer mit einem weißen Pudel am Kopf, aber das würde er nicht dulden, diesen Koch und den fetten Bürstenhaarschnitt in die Schranken weisen. Und wenn nicht der Kapitän, so würde es der Gouverneur Schmaltz nicht dulden, wie hier mit Viktor Aisen umgegangen wurde, denn das war unmenschlich, einer französischen Fregatte unwürdig. Sie lebten schließlich nicht mehr im Mittelalter, sondern im 19. Jahrhundert, in einer vielleicht mittelmäßigen, aber immerhin doch neuen Zeit.

Und wie er sich so in dieser Phantasie verlor, kam plötzlich der andere, der Hauptteufel. Viktor zuckte – tock, tock, tock –, aber diesmal bekam er keinen Tritt, sondern unerwartete Hilfe: Clutterbucket kniete sich neben ihn und begann nun ebenfalls – tock, tock, tock – zu schrubben.

– Wer ischt dasch gewäschen, war die brüllende Stimme des Kochs zu vernehmen, der schlechter Laune war. Wahrscheinlich war seinem Essen kein Erfolg beschieden.

– Wer wagt esch, meinen Tabak zu rauchen? Blitz? Du? *Blitz?*

Ob er ihn so nennt, weil er nicht der Schnellste ist? So wie man zu Glatzen Lockenköpfchen oder zu Kleingewachsenen Langer sagt? Der Smutje hatte die noch glosende Pfeife in der Hand, und während Viktor überlegte, ob er Clutterbucket, der es zweifellos verdient hätte, verraten solle, hörte er auch schon:

– Der da.

Der sommersprossige Dickwanst zeigte mit dem verfetteten Finger auf Viktor, und bevor er dazu kam, sich zu verteidigen, wurde er auch schon von dem Koch getreten und geschlagen.

– Du glaubscht wohl, hier regnet esch Butter aufsch Brot? Glaubscht du dasch?

– Aber … Viktor wollte sagen, dass man doch nur an seinem Atem riechen müsse, um seine Unschuld festzustellen. Wer roch denn nach Tabak? Er oder der andere, dieser Blitz? Doch bevor er nur ein einziges Wort herausbrachte, zerbrach etwas an seinem Kopf – ein Geräusch, wie wenn Glas bricht, tief in ihm drinnen. *Also doch Seife.* Dann wurde es finster, als hätte man das Licht in ihm gelöscht.

Als Viktor wieder zu sich kam, schwankte alles. Es war, als würde das Blut in seinem Körper hin- und herlaufen, mal in die eine, dann wieder in die andere Körperhälfte, als wollte es ihn aufschaukeln. Außerdem war da weit entfernter Lärm, sehr weit entfernt. Und in der Nase ein Geruch nach verbranntem Fleisch – seinem eigenen. Er öffnete die Augen, brauchte, bis sie sich an das Licht gewöhnten, und sah, erst verschwommen, dann erschreckend klar: Koch und Küchenjungen direkt über sich. Sie brüllten:

– Nicht schlappmachen, Hector. Musscht vorschichtig mit deiner Geschundheit schein, wir brauchen dich noch. Jetzt aber Schlussch mit dem Schpasch. *Spaß?* Die Hasenscharte zerrte ihn hoch und schlug ihm ein paarmal ins Gesicht:

– Töpfe schrubben! Wo die Asche ischt, weisscht du ja. Und wenn du fertig bischt, kommt das Geschirr ausch der Kapitänschmessche.

Viktor stand auf wackeligen Beinen, sein Blut schaukelte noch immer. Er fühlte einen dumpfen Schmerz im Kopf, Stiche im Bauch und ungeheure, unsägliche Wut. *Der Schlag soll euch treffen, gottloses Gesindel.* Tock, tock, tock. Da wurden ihm große Töpfe in die Hand gedrückt: fünf ineinander gestellte Bottiche, die ihm jede Sicht nahmen. Dennoch, *nichts wie weg hier,* tastete er sich vorwärts, hörte noch, wie ihm der Smutje nachrief:

– Nimm den Kopf unter den Arsch, da geht schich'sch leichter.

Arschgeige! Der Herrgott wird dich strafen. Viktor war kein Kerzenschlucker, keiner, der jede Woche an den Füßen irgendwelcher Heiligenstatuen lutschte, aber doch hatte er geglaubt, von einer unsichtbaren Macht, die er Gott nannte, beschützt zu sein. *Wahrscheinlich ist das alles eine Prüfung.*

Er zwängte sich an Soldaten vorbei, die mit Filztüchern ihre Gewehre reinigten, fand die enge Treppe und tapste hoch. Oben angekommen, er spürte bereits den köstlichen Geruch der See, wurde er geschubst, verlor das Gleichgewicht und fiel mitsamt den Töpfen den steilen Niedergang hinab. *Verflucht!* Wie durch ein Wunder hatte er sich nichts gebrochen. Er hörte Gelächter, glucksende Schnarchlaute, »das ist ja mal ein Spaß«, sah feiste, grinsende Gesichter und wurde von einem Matrosen angeschnauzt:

– Mach nicht so'n Lärm. Wenn das nochmal vorkommt …

Das Genick hätte er sich brechen können, aber, da hatte sein

Gott vielleicht ja doch geholfen, nur das Knie schmerzte. Die Schiffsglocke schlug ein paarmal, aber Viktor hörte nicht, wie oft. War es drei Uhr nachmittags oder schon sieben? Er hatte jedes Zeitgefühl verloren. Ihm kam es vor, als wäre er seit einer Ewigkeit und drei Tagen auf dem Schiff, dabei waren es erst ein paar Stunden. Wieder rappelte er sich hoch, wischte sich mit dem Handrücken ein paar Tränen ab, dachte an Gott, wie konnte der das zulassen?, sammelte die Töpfe ein und wagte einen neuerlichen Anlauf. Diesmal gelang es, er tapste hoch, holte tief Luft, frische, würzige, nach Schlick und Seetang riechende Luft, und spürte mehr als je zuvor die Bedeutung des Wortes »Freiheit«. F R E I H E I T! Sie bemächtigte sich jeder seiner Zellen. F R E I H E I T! Es gab sie also noch, die Welt jenseits der Kombüse, jenseits der Hasenscharten-Tyrannei, jenseits von »mir ham, mir sind« und Schschsch-Gezische.

An Deck herrschte eine steife Brise. Wind schlug ihm ins Gesicht, und er hatte Mühe, nicht gleich wieder hinzufallen. Am Himmel hingen fette Wolken, und die Dämmerung hüllte alles in ein fahles Licht. Nur vereinzelt stach ein Lichtstrahl durch die dunkle Himmelsdecke und stand wie ein strahlendes Schwert am Horizont. Das Meer war wild bewegt, dasselbe Wasser, das in Rochefort in sanften Wellen die Holzpfähle der Mole sanft umspült und an der Küste nett geplätschert hatte, schlug nun zornig gegen die Bordwand. Viktor erblickte Lichter in der Ferne. Zwei Augen? Nein, das mussten die Echo und die Argus sein. *Die Begleitschiffe liegen ziemlich weit zurück, aber die Schiffsführung wird schon wissen, was zu tun ist.* Ein Offiziersanwärter schrie »Bramsegel reffen«, Matrosen bedienten die Geitaue, kletterten die Wanten hoch, standen auf den Fußpferden der Rahen, rutschten Seile hinunter oder liefen übers Deck, um Taue zu verzurren. Alles mit einer spielerischen Sicherheit. Sie hatten einen anderen Gang als die Soldaten, breitbeiniger, als wäre ein Bein kürzer als das andere – Gämsen in einer Felswand, während die Passagiere und Soldaten mit den Armen rudern oder sich irgendwo festkrallen mussten.

Am Schanzkleid lehnte der Forscher Adolphe Kummer. Viktor erkannte ihn an seinem grünen Rock. *Ist grün nicht verboten? Wieso muss der etwas Grünes tragen? Will er das Schiff gefährden?* Der Wissenschaftler sah gebannt ins Meer. Nein, jetzt, da er sich umdrehte, sah man, er übergab sich. Sein Gesicht war grüner als sein Rock, grün wie Schimmelkäse. *Das hat er nun davon.*

– Da füttert jemand Fische, lachte ein Matrose.

– Immer schön mit dem Wind, Professorchen, sagte ein anderer. Sonst kommt alles zurück.

Picard stand daneben und versuchte Kummer kleine Pillen in den Mund zu schieben. Knoblauchzehen!

– Nehmen Sie! Knoblauch ist das einzige Mittel gegen die Kinetose. Ich habe meinen Töchtern davon gegeben, sogar den Kindern. Und sind sie seekrank? Glauben Sie mir, Knoblauch ist das Beste … Charlotte und Caroline weigern sich zwar, sagen, mit so einer Knoblauchgosche, so reden die jetzt auf See, werden sie zum Gespött der Leute … Auch Adelaïde, die Regierung, sagt, ich kann mir den Knoblauch sonst wohin schieben, aber meiner Frau ist momentan ohnehin nichts recht, die beschwert sich sogar darüber, dass das Schiff schaukelt und das Wasser nass ist …

– Der Schiffsarzt hat mir das gegeben. Gut gegen Nausea. Kummer hielt mit zittrigen Händen ein kleines Fläschchen hoch. Opiumtinktur!

– Aber hilft das? Nein! Picard ließ nicht locker. Das Einzige, was hilft, ist Knoblauch. Hilft gegen alles. Nur nicht gegen das Gezeter einer Frau. Wenn die Regierung meint … Aber da hatte sich Kummer längst wieder dem Meer zugewandt, entfuhren ihm schreckliche Geräusche. Grunzen und Röcheln.

Viktor fand das Fass mit Asche und begann die Töpfe auszureiben. An seiner Handfläche hatte sich eine riesige Blase gebildet, die nun platzte. Eine farblose Flüssigkeit kam heraus, es brannte. Am liebsten hätte er die Töpfe in das Meer geschmissen. Nein, noch lieber wäre er selbst hineingesprungen in diese große dunkle Fläche, die das Schiff zum Schaukeln brachte und von der ein Geruch nach Tod aufstieg. Auf diesem Kahn herrschte nichts als rohe Gewalt. Ein Höllenschiff, auf dem das Leben eines vernünftigen Menschen ein Albtraum war. Menschlichkeit, Moral und Würde? All das schien hier nicht zu existieren. Die letzten Stunden waren die schrecklichsten, die er je erlebt hatte, schrecklicher als die Stockstreiche und der Pranger, schrecklicher als die Erkenntnis, dass der Hausknecht Kätzchen ermordete, schrecklicher als die Schule, Pythagoras und die Punischen Kriege. Und doch waren sie nur ein kleiner Vorgeschmack auf das, was kommen sollte. Viktor Aisen war verzweifelt. Wie sollte er in dieser Hölle die nächsten Tage oder auch nur Stunden überleben? War dies der Ort, für den er alles aufgegeben hatte? Ein Ort für Heldentaten und Prinzessinnen? Hatte er dafür sein Elternhaus verlassen, das alte Gehöft mit der großen Linde und den Holzbänken, den Holunderbüschen und Kirschbäumen? Bestimmt würde die Köchin nun gebackene Holunderblüten machen, und bald wäre alles erfüllt vom köstlichen Geruch gekochter Marillen – compote d'abricots. *Nein, denn die waren heuer ja am Baum verfault. Klein wie Hagebutten.* Aber dieses Schiff? *Medusa? Schlangennest.* War es das, wonach sich sein Vater gesehnt hatte?

Neben Viktor stand ein »Negersoldat«, der seiner Frau die Kanone erklärte. Er streichelte über die mit Eisen beschlagenen Lafettenräder und klopfte auf das Kanonenrohr.

– Da ist der Tod eingesperrt.

Die Gesichter der beiden glänzten tiefschwarz – Schokolade mit einem Kakaoanteil von neunundneunzig Prozent. Große Augen. Die Münder waren fleischig rot und erinnerten an kandierte Weichseln auf einer Kirschtorte. Das »Negerweib« hatte einen Haarwulst am Kopf, eine Art Schwertflosse, um die sich kleine Zöpfchen rankten, während das Haar des Mannes an Zuckerwatte, Stahlwolle oder einen Haufen Spinnenbeine denken ließ. Beide hatten breite Nasen, perlweiße Zähne und wulstige Wangen. Sie spielten mit der Kanone, setzten sich auf den Lauf, ritten wie auf einem Steckenpferd und lachten. Kindliche Gemüter diese Darkies. Sie schnatterten in ihrer afrikanischen Sprache, die sich für Viktor wie ein Gemisch aus lauter kurzen Schreien anhörte. Er konnte nur die Namen Joseph und Marie-Zaïde verstehen. *Zaïde? Wie der Roman von Madame Lafayette? Wie das Singspiel von Mozart?* Als sie ihn sahen, hielten sie inne. Der Schwarze blickte ihn misstrauisch an, dann zeigte er auf Viktor und sagte:

– Gottes Hand wird dieses Schiff treffen. Er wird die Medusa heimsuchen und alles rächen. Nichts wird ungesühnt bleiben. Das ist ein Totenschiff, das rieche ich.

– Oder Gott schläft, ergänzte seine Frau. Beide lachten.

Viktor tat, als hätte er nichts verstanden, stürzte sich auf seine Töpfe und dachte an zu Hause, das Gehöft, wo jetzt bestimmt das Abendessen serviert wurde. Er sah das silberne Besteck, die gläserne Weinkaraffe, Porzellanteller und vor allem seine Eltern, die steif dasaßen, als hätten sie einen Besenstiel verschluckt, kleine Happen zu sich nahmen und über Politik sprachen, über Napoleon, den Engländer (Limejuicer), den Russen (Borschtschzuzler) und den Preußen (Kartoffelkopf). Zu Hause! Da gab es Manieren und Etikette, Tischgebete und Servietten, keine schwankenden Böden, keine Maden, keine prügelnden Sadisten. Er sah Benoit, den alten Diener, und Margarete, die Köchin, die so gute Krebsstrudel fabrizierte. Oder Indian mit gefülltem Kropf, gedünstete Tauben in Sardellensoße, gebackene Kälberfüße, faschierte Eier, Baumwollnudeln. Und als Nachspeise gebackene Kirschen oder Pomeranzenkoch. Viktor lief das Wasser im Mund zusammen. Wenn er dagegen an den harten Schiffszwieback und das graue Fleisch mit dem dicken gelben Fettrand dachte, wurden seine Augen feucht. Er sah den mächtigen Salon mit seinen Gobelins, antiken Statuen und Ölgemälden mit Schiffen drauf, die ausladende Treppe im Vorzimmer und sein Zimmer mit Ritterbüchern und Landkarten. Ein wohlbehütetes Heim, das er einer Laune wegen verlassen hatte. Schon oft, wenn ihn die Wanzen plagten oder er nichts anderes zu essen bekam als Mehlsuppe und hartes Brot, hatte er seinen Entschluss bereut, aber wenn er dann an die Eintönigkeit dieses Lebens dachte, daran, was man dort mit jungen Kätzchen machte, war er froh, es gewagt zu haben. Jetzt aber, als ihm der Garten mit seinen Holunderbüschen in den Sinn kam, das Nierenkoch und die gezuckerte Apfelsulz der Köchin, er an den Pferdestall und die eleganten Kutschen seines Vaters dachte, rote Räder, aufklappbare Trittflächen … vor allem aber an seine Mutter, die ihn mehr liebte als sich selbst, liefen kleine Tränen seine Backen runter.

Als er sich mit dem Hemdsärmel trockenwischte, sah er eine Möwe. Die von heute Vormittag? Oder waren die schwarzen Flecken an ihrer Stirn gerade in Mode bei den Seevögeln? Viktor griff in seine Tasche, fand etwas Schiffszwieback, brach ein

Stück ab und warf es in die Höhe. Das Tier flog auf, schnappte sich den Brocken und flog davon. Wie gerne würde Viktor mit dem Vogel tauschen. Sich einfach in die Lüfte erheben und davonfliegen.

– Der Mond schaut aus wie alter Parmesan. Findest du nicht? Viktor sah einen kleinen Jungen. Es war Alphonse Fleury, Picards verwaister fünfjähriger Neffe, dem Rotz aus der Nase tropfte.

Mein Vater hat Parmesan immer Schwiegermutterferse genannt, dachte Viktor und betrachtete den kleinen kränklichen Knaben, dessen glattes, kastanienbraunes Haar wie ein Helm auf seinem bleichen Kopf saß. Der Bursche hatte etwas Aufgewecktes.

– Erzählst du mir eine Geschichte?

– Was soll ich dir erzählen?

– Eine schreckliche, böse Geschichte, damit sich die Krankheit fürchtet und verschwindet. Etwas mit Skandal.

– Später.

– Später ist Zeitverschwendigung plus vier.

– Was?

Ohne zu antworten lief der Fünfjährige davon, fand seinen Onkel, der gerade dabei war, anderen Seekranken die heilende Wirkung von Knoblauch einzureden und das entfernte, aber stets wiederkehrende »Charliiie! Charliiie!« zu ignorieren.

Viktor hätte dem Kind gern etwas erzählt, aber er war zu sehr mit sich selbst beschäftigt. Er sah das feiste Grinsen des Kochs, das Loch mitten im Gesicht, die schiefen gelben Maiskörner und das braune Zahnfleisch. Und er sah das schmierige Lachen des Kombüsenjungen. Gaines und Clutterbucket, zwei Menschen, die beschlossen hatten, ihm jede Würde zu nehmen, zwei Kreaturen, für die er nur ein unwürdiges Stück

Scheiße war. Gott strafe sie dafür. Doch so lange konnte man nicht warten. Mit dieser Tyrannei musste Schluss sein, und zwar bald. Er würde in die Kapitänsmesse gehen und sich beschweren. Gerechtigkeit würde er fordern, ein Mindestmaß an Anstand und Respekt. Er hatte nichts gegen harte Arbeit, aber was er verlangen konnte, war Achtung und anständige Behandlung. Viktor klopfte sich auf die Brust und spürte einen kleinen Knubbel. Die Mohnblume! Ihre Blätter waren welk, und auch das grüne Blatt am Stängel war verschrumpelt. Aber sie roch noch angenehm.

Als er wieder hochblickte, sah er die rothaarige Charlotte. Erst dachte er, sie wäre eine Erscheinung, aber nein, sie stand tatsächlich an das Schanzkleid gelehnt und lächelte.

– Hast du Alphonse gesehen? Einen kleinen Jungen mit Helmfrisur. Er spricht recht viel und riecht nach Knoblauch.

– Der ist da entlang. Viktor zeigte Richtung Achterdeck.

– Wie heißt du?

– Viktor, aber alle hier nennen mich Hector.

– Gefällt dir Hector nicht? Ich heiße Charlotte. Mein Vater behauptet zwar, nach meiner Mutter, aber ich glaube, in Wahrheit hat er mich nach Charlotte Corday benannt.

– Charlotte Corday?

– Die den Revolutionsführer Jean Paul Marat erstochen hat. Sie wurde dafür geköpft, und sogar der Henker hat ihrem abgeschlagenen Kopf noch ein paar Ohrfeigen verpasst. Nach so jemandem benennt man doch kein Kind, oder? Sie verdrehte die Augen nach oben, was so viel hieß wie unmöglich.

Viktor sah sie fragend an. *Charlotte ist ein schöner Name.* Er konnte nicht glauben, dass dieses Wesen mit ihm sprach. Gut, Schönheit war sie keine, aber weiblich. Langes rötliches Haar und ein paar Sommersprossen auf der Nase. Eine Mischung aus Burgfräulein und Bauernhof, aber noch bevor Viktor etwas sagen konnte, winkte sie ihm schon und ging.

– Danke für die Blume, rief er ihr nach. Sie drehte sich noch einmal um und lächelte.

Es gab also auch ein Leben außerhalb der Kombüse, ein Leben jenseits der fliegenhirnigen Folterknechte mit ihrem Mir-ham-mir-sind und Schschsch-Gezische. Ein Leben, für das es sich zu kämpfen lohnte. *Die können einen anderen zu Seife machen! Kampf! Auf zum Kapitän!* So ließ er seine Töpfe stehen und lief Richtung Achterdeck. Niemand, nicht einmal der Zweite Offizier mit dem Alain-Delon-Gesicht, der gerade halblaut ein Gedicht rezitierte, schien sich daran zu stören. Nicht einmal, als Viktor durch die reichverzierte hölzerne Schwingtür ging, wurde er aufgehalten. Die Treppen hier waren pompöser, aber trotzdem eng. Die polierten Planken hatten dieselbe Farbe wie das Fleisch von Honigmelonen. Unten angekommen, traf er auf einen Schiffsjungen, der ihm schon an Deck aufgefallen war, weil er sich besonders leichtfüßig in den Wanten bewegt hatte. Ein zäher, rothaariger Bursche mit eingedepschter Nase, vorspringendem Kinn und Pickeln auf der Stirn.

– Wohin des Weges, Fremder, versperrte er ihm den Weg.

– Zum Kapitän. Ich will mich beschweren.

– Ha, der war gut, lachte der junge Rotschopf und streckte ihm die Hand entgegen. Ich bin O'Hooley, Schiffsjunge. Die meisten nennen mich Hupf, andere auch Blue wegen der Haare. Hab dich bei der Essensausgabe gesehen. Bin gerade Schweinchen. Jungfernfahrt?

– Ich? Nein! Viktor dachte an die Taufe, von der ihm Hosea Thomas erzählt hatte, und log: Bin schon zweimal im Pazifik gewesen.

– Wahrscheinlich in Eierland und auf den Nasenbohrerinseln? O'Hooley rümpfte die Nase und klopfte Viktor auf die Schulter. Dann verschränkte er die Arme, musterte ihn von oben bis unten und meinte:

– Man sieht sich, wenn man nicht zu Davy muss. Er lachte. Es war ein angenehmes, herzliches Lachen. Ein Kinderlachen aus dem drahtigen Körper eines beinahe Erwachsenen.

– Davy? Was bedeutet das?

– Du kennst Davy Jones nicht? Erfährst du früh genug. O'Hooley schnitt eine Grimasse und rannte davon.

– He! Warte! Hupf! Blue! Sag mir noch … Doch der Schiffsjunge war weg.

Viktor landete in einem schmalen Gang und sah am Ende eine prächtige Tür, auf der ein goldener Hahn prangte. Dahinter musste die Kapitänsmesse sein. Laute Stimmen waren zu vernehmen. Ohne lang zu überlegen trat er ein. Das, was er nun zu Gesicht bekam, übertraf alle Erwartungen.

Und auch wir, die wir vorerst genug gesehen haben von den dreckigen Innereien des Schiffes, dürfen gespannt sein, wie es im Achterdeck, dort, wo sich der Kapitän aufhielt, und wohin auch Gaines Töpfe gewandert waren, zuging.

Der Fluch

Stellen wir uns kurz vor, wir wären eine Fliege, die vom verschwitzten O'Hooley zum mit Küchendünsten umwölkten
Viktor gewechselt ist, um mit ihm in die Kapitänsmesse zu ge-
langen. Dann würden wir uns jetzt auf die von Lakaien getra-
genen Teller mit Bratensaftresten stürzen. Von dort ginge es
weiter zur Käseplatte an dem langen Tisch: Roquefort aus der
Auvergne, Camembert aus der Normandie, Ziegenkäse aus der
Bretagne, Beaufort, Reblochon, Mont d'Or und andere Sorten,
die nach Zuschpeln und Schmatzen klangen, nach vergorener
Milch und alten Socken rochen. Aber wir hätten kein Auge für
Chaumareys, den Kapitän, oder seinen Freund Richeford. Die
Offiziere und parfümierten Passagiere wären uns ebenso egal
wie der Cellospieler, der stoisch seinen Bogen über die Saiten
gleiten ließ.

Auch in der Kapitänsmesse war es eng, aber verglichen mit
dem Gedränge am Zwischendeck gerdezu weiträumig. Genau
in dem Moment, als Viktor eintrat, erfasste eine große Welle
das Schiff, rutschten Weinkaraffen, Bleikristallgläser, Käsetel-
ler und neunarmige Kerzenständer über den Tisch. Dutzende
Hände griffen danach und konnten einen Scherbenhaufen gerade noch verhindern. Auch Viktor musste einen Ausfallschritt
machen, fing sich aber, ohne hinzufallen.

Kaum waren die Gegenstände wieder abgestellt, rutschten
sie schon in die andere Richtung. Viktor stolperte aufs Neue.
Der Kapitän ließ sich von diesen Schwankungen nicht aus der
Fassung bringen. Er hatte seine Nervosität überwunden, war
bester Laune und stopfte sich Käse in den Mund. Nicht nur alle

Offiziere, sondern auch die meisten Leutnants waren eingeladen worden. Selbst Savigny saß schweigsam an einem Tischende. Der Arzt hatte bereits im Zwischendeck Platz genommen gehabt und vom kalten, fetten Pökelfleisch gekostet, als man ihn aufforderte, mitzukommen. »Der Kapitän«, meinte der Erste Schiffsarzt, »lädt uns zum Dinner. Da müssen wir uns blicken lassen.«

Nun kaute Savigny lustlos an einem Stück Camembert, betrachtete diesen dick geschminkten Chaumareys und dachte, der Typ ist eitel, gefährlich eitel, während der Gouverneur vor allem eines ist, ungeduldig und unglücklich. *Kein Wunder, er steht unter dem Regiment eines launenhaften Weibes. Wahrscheinlich hat er was am Magen, während der Kapitän …? Die roten Ohren lassen auf Verdauungsprobleme schließen. Vielleicht ein Reizdarm?* Aber wer ist dieser wichtigtuerische Glatzkopf mit den Rotweinlippen, dieser Richeford? Ein aufgeblasener Gockel, ein Dampfplauderer, das verstand sogar der in nautischen Dingen völlig unbedarfte Savigny.

Tatsächlich war Antoine Richeford gerade dabei, den Kurs zu erklären und über die zu erwartenden Winde zu sprechen. Er schwadronierte vom Passat in den Rossbreiten, als ob sie gute Freunde wären. Dann stand er auf, beugte sich vor, streckte die Arme von sich, hob ein Bein, ließ einen fahren und lachte.

– Wir haben die Winde unter Kontrolle! Aber was ist mit den Untiefen und Sandbänken? Er sprach von Walschulen, riesigen Körpern, dreimal so groß wie ihr Schiff, von gefährlichen Strömungen, Strudeln, der Kabbelsee, von Riesenkraken, die mit ihren Saugnäpfen ganze Fischerboote ansaugten und auf den finsteren Meeresgrund hinunterzogen, ebenso wie von durchsichtigen Tiefseefischen.

– Aber keine Angst, meine Damen, er lächelte Richtung

Arétée und Reine, wenn diese Viecher an die Wasseroberfläche kommen, platzen sie wie Seifenblasen. Ich selbst habe diese Reise schon oft hinter mich gebracht, und ich versichere Sie, alles in meiner Macht Stehende zu tun, Sie sicher nach Saint-Louis zu bringen. Darauf lohnt es sich zu trinken. Er hob sein Glas und trank.

Blödsinn, dachte Reynaud (Lino Ventura). Dieser aufgeplusterte Mensch redete nur Unsinn. Walschulen? Strudel? Warum nicht gleich der fliegende Holländer und Leviathan? Der Erste Offizier bemühte sich zu lächeln, spürte aber, wie sich sein Gesicht verkrampfte. Er musste den Kapitän nur ansehen, kam ihm schon die Galle hoch. Diese lächerliche, protzige Ahnungslosigkeit! *Einer, der den Weibern die Pfoten schleckt. Zöllner! Einen Pfrnak, groß wie eine Zitrone. Käsegesicht! Popanz!* Warum bildete der Knilch sich ein, ein Schiff führen zu müssen?

De Chaumareys hatte ebenso eine weiße Perücke auf wie Schmaltz, der noch immer seine Orden trug, noch immer dieses ungeduldige und misstrauische Gesicht hatte, wie wenn er in ärmlichen Verhältnissen aufgewachsen, als Kind von seinen Eltern verlassen oder sonst schwer enttäuscht worden wäre. Auch Reine, die wachtelförmige Frau des Gouverneurs, trug einen weißgelockten hohen Haarbausch, der wie ein von einem Konditor hingetupftes Baiser aussah, eine Mischung aus russischer Pelzmütze und Hundedecke im barocken Stil, um der guten alten Zeit zu huldigen. Nicht so ihre hübsche Tochter Arétée, der das kastanienbraune Haar offen ins Gesicht fiel. Ihre Augen klebten an Espiaux. Der Zweite Offizier, wir erinnern uns an sein Alain-Delon-Gesicht, beschränkte sich auf Höflichkeiten. Er verachtete alle Lilien, wie er die Kaisertreuen nannte, träumte von der Republik, von Freiheit und hehren

Idealen. Also misstraute er allen Perückenköpfen, die während der zweiten Restauration wieder an die Macht gekommen waren – auch dem Gouverneur und seiner Tochter, deren Zuneigung ihm zu offensichtlich war. *Eine Frau, die sich vor der Eroberung ergibt, ist wie eine Stadt, die vor der Belagerung kapituliert, uninteressant.*

Dann saß da noch Leutnant Lapeyrère, der unscheinbare, undurchsichtige Dritte Offizier. Ein nachdenklicher Mensch mit dunklem, krausem Haar und Pockennarben im Gesicht. Daneben die Leutnants der Kolonialtruppen: Dupont, Lheureux, Lozach, Anglas de Praviel und Clairet. Alle fünf in ihren Uniformen mit dem schlecht geschnittenen blauen Frackrock, alle miteinander steif und leicht verklemmt. Keiner älter als dreißig Jahre. Der Kräftigste war Lheureux, etwas dümmlich, aber selbstzufrieden. Ein Kalb! Auch die anderen schienen nicht die Hellsten zu sein: Clairet hatte dünnes blondes Haar und Akne, Lozach stotterte, Dupont war ein langer schlaksiger Mensch, der dauernd nickte, und Anglas, ein unberechenbarer Choleriker, sah mit seinem krausen Backenbart aus wie ein durchgeknallter russischer Aristokrat. Das also war die Führung der Kolonialarmee? Lächerlich junge Bürschchen! Allesamt nach Milchschweiß riechend. Auch der Missionar Jean-Pierre Maiwetter, mit stolzgeschwellter Brust, und die beiden Schiffsärzte, Savigny und Bertoni, ein korrekter, aber langweiliger Mensch, waren junge Hupfer, Savigny gar erst dreiundzwanzig. Nur Chaumareys, Richeford und Schmaltz waren um dreißig Jahre älter.

Richeford, der Hochstapler, hatte sich eben über die Freidenker lustig gemacht, die »Jedem das Seine« und ähnlichen Blödsinn verkündeten. Dabei war doch leicht einzusehen, dass es eine göttliche Ordnung gab, ein Volk wie das der Franzosen einen König und einen Adel brauchte. Jedem das Seine? Suum cuique! Ja, es konnte schon jeder das Seine bekommen, wenn er unbedingt wollte.

– Für diese Fälle, bemerkte der Gouverneur, habe ich die Luise mit.

– Luise? Wo haben Sie sie denn versteckt? Warum isst sie nicht mit uns?

– Eine Guillotine, rief die Wachtel, während ihr Mann zufrieden brummte.

– Eine Guillotine? Richeford gefror das Lachen. Für einen Moment war er wie ein ertapptes Kind.

– Wieso gar nicht? Die Gouverneurin, das war nicht unter ihrer Würde, schnipste mit den Fingern. Wenn es nicht anders geht?

– Genau! Wenn es nicht anders geht! Richeford grinste. Er hatte sich wieder im Griff, und der Gedanke, dass er es sein könnte, den so eine Luise um einen Kopf kürzer machte, war erfolgreich verdrängt.

– Außerdem ist es eine barmherzige Tötungsart.

– Und es geht schnell! Gouverneur Schmaltz hackte seine Handfläche durch die Luft und lächelte. Seine Augen funkelten, und für einen Moment wich ihm die Traurigkeit aus dem Gesicht.

Auch der Kapitän rieb sich vor Glück den Bauch. Es war eine kluge Entscheidung gewesen, Toni auf das Schiff zu holen, ihm die Reise in den Senegal mit dem Posten des Hafenmeisters in Saint-Louis schmackhaft zu machen. Dieser Antoine Richeford war überzeugt von dem, was er sagte. Seine selbstsichere, alles beherrschende Erscheinung ließ keine Zweifel an der Schiffsführung aufkommen. So konnte nichts passieren. *Mit so einem Toni braucht man keine Guillotine.*

– Auf den König, seine allerchristlichste Majestät. Alle erhoben sich und ihre Gläser.

– Auf den König!

– Und was meinen die Offiziere? Haben nicht einige von Ihnen, meine Herren, unter diesem korsischen Arschgesicht gedient? Richeford grinste. Manche von Ihnen haben bestimmt die Marseillaise gesungen und vor Bonaparte gekatzbuckelt. Andere haben Unsinn gefordert, wie den, dass es an der Zeit wäre, die Standesunterschiede aufzuheben. Den Adel abzuschaffen! Und? Was ist von Napoleon geblieben? Die Erfindung der Konservendose! Hunde sind nach ihm benannt! Zeigt nicht die Tatsache, dass Sie jetzt hier sind und mit einem royalistisch gesinnten Kommandanten dem allerchristlichsten König dienen, Ihre Schwäche? Chaumareys sah bei diesen Worten an die Decke und grinste. *Gute Entscheidung, Toni mitzunehmen. Der zeigt es diesen kratzbürstigen Offizieren.*

Tatsächlich wollte Reynaud, der Erste Offizier, aufspringen und dem Glatzkopf für diese Frechheit in die Rotweinlippen schlagen, sein ganzer Lino-Ventura-Körper war kurz davor zu platzen, doch er beherrschte sich. Auch Espiaux fühlte, wie er rot anlief und am ganzen Körper zitterte. Diese Reden schmeckten genauso wie der Käse – nach alten Socken. Richeford aber suhlte sich in seinem Triumph, hob neuerlich das Glas und stieß wieder auf den König an, wobei er darauf achtete, dass jeder der Offiziere sein »Auf den König! Auf Ludwig XVIII.!« mitsprach. Reynauds Kopf wäre fast geplatzt, und Espiaux hatte schon Speichel im Mund gesammelt, um ihn auszuspeien, riss sich aber zusammen. Hatte dieser Richeford nicht recht? Waren sie nicht immer jedem gefolgt, der ihnen Aufstiegsmöglichkeiten versprochen hatte? Und es stimmte, zuerst hatten sie die Marseillaise gesungen, unter Napoleon »Le Chant du Départ«, und nun wieder den alten Kaisermarsch.

Es lag eine ungeheure Spannung in der Luft, die Viktor aber nicht wahrnahm. Er war geblendet von all der Pracht, dem polierten Messing, dem samtartig schimmernden Boden, den funkelnden Bleikristallgläsern, vor allem aber von der glitzernden See und der tiefstehenden Sonne, die durch die großen Heckfenster hereinblinzelte. Und dann hatte er noch die Tochter des Gouverneurs entdeckt. Sie war noch hübscher als am Morgen. Da war dieser große Mund unter einem zierlichen Näschen. Kastanienbraune Korkenzieherlocken. Ihre Augen hatten den gelangweilten Blick einer feinen Dame, und Viktor wagte kaum, sie anzusehen. Aber jetzt entdeckte er etwas, das ihm am Morgen nicht aufgefallen war, etwas, das sich trotz der tiefstehenden Sonne nicht verleugnen ließ: ein Feuermal mitten im Gesicht, einen Blutschwamm, der sich vom rechten Auge über die Wange fast bis zum Kinn zog – ein Mal so groß wie Afrika auf der Erdkugel. Man sah ihren Versuch, diese Entstellung mit Puder zu überdecken, aber die vergangenen Stunden, das gedrängte Dinner in der überhitzten Kapitänsmesse, waren dem Talgpulver abträglich gewesen. Nun war der Makel entblößt. Eine große fleischfarbene Fläche.

Erstaunlicherweise empfand Viktor beim Anblick dieser brustwarzenroten Gesichtshälfte eine leichte Freude. Am liebsten wäre er laut brüllend in die Luft gesprungen. Durch diesen Blutschwamm kam ihm die Unnahbare ein Stückchen entgegen, wurde sie greifbarer, menschlicher.

Wegen dieser bezaubernden Gouverneurstochter waren Gaines und Clutterbucket völlig in Vergessenheit geraten. Kein »Ham-mir-san-mir« und kein »Schschsch« mehr. Und als sie wenige Augenblicke später wieder auftauchten, Viktor überlegte, wie er sich Gehör verschaffen und womit er beginnen sollte, drückte ihm ein livrierter Lakai schmutzige Teller in die Hand. *Was soll das? Bitte, das ist ein Missverständnis …*

– Auf die Medusa, brüllte Richeford. Wer von euch Banausen weiß um die Geschichte dieser mythologischen Gestalt?

– Ist das die, die ihre Kinder aufgefressen hat? Die Wachtel verdrehte die Augen.

– Ihr meint Medea, Gnädigste. Nein, Medusa, hat keine Kinder schnabuliert. Also, wer kennt ihre Geschichte? Ich, wollte Viktor schreien, blieb aber stumm.

– Niemand? Habe ich mir gedacht. Richeford schnalzte mit der Zunge. Also passt auf, ihr Strohnasen: Medusa war eine Gorgonin, das sind griechische Riesen … ein wunderschönes Mädchen von wohlgeformtem Wuchs, genau wie unser Schiff. Sie war ähnlich bezaubernd wie unsere Tochter des Gouverneurs. Richeford blickte zu Arétée, die daraufhin errötete, sogar ihr Blutschwamm leuchtete. Medusa war so reizend, dass ihr nicht nur die Fischer und Bauern hinterher waren, die Winzer, Olivenpflücker und Ölpresser, sondern auch der Gott des Meeres, der bei den alten Griechen Neptun … nein, Poseidon hieß. Und dieser geile Lustmolch hat sie so lange umspült mit Komplimenten, bis sie nachgegeben hat, das dumme Ding. Unsere Medusa – er klopfte gegen einen Deckenbalken –, unsere Medusa ist standhaft, aber ein Mädchen von einundzwanzig Jahren? Wieder blickte er zu Arétée, die vor Scham am liebsten im Boden versunken wäre.

– Und dieser Poseidon, ein Grieche, Tänzer, Lebemensch, na, ihr wisst schon … ein Charmebolzen, Priapist … Leider hat die eulenäugige Athene, diese eifersüchtige Urschel, davon Wind gekriegt und daraufhin die arme Medusa in ein grauenvolles Wesen verwandelt.

– Tststs, wie würdelos. Reine rümpfte ihre Nase.

– Haare wie Rattenschwänze, glühend gelbe Augen. Riche-ford schnitt eine Grimasse. Krähenfüße, Schuppenpanzer, einen Mundgeruch wie die Abwasserkanäle von Paris. Sie muss so hässlich gewesen sein, dass jeder, der sie gesehen hat, sofort versteinert ist. Nun kann es viel bedeuten, wenn ein Mann versteinert. Er blickte in seinen Schoß und lächelte. Aber ich denke mal, diese Erstarrung war nicht angenehm … Was lernen wir daraus? Schönheit ist vergänglich. Aus hübschen Mädchen werden … Er wollte Wachteln sagen, verkniff es sich gerade noch.

– Darum genießen wir den Augenblick! Auf den Augenblick! Auf die Medusa! Alle hoben ihr Glas und tranken, nur Chaumareys applaudierte gedankenverloren. War da nicht noch etwas? Wurde der Medusa am Ende nicht der Kopf abgeschlagen? Gab es nicht eine List? Etwas mit einem Spiegelbild? Und war dieses Haupt der Medusa nicht er, der Kapitän? Sollte auch er irgendwann enthauptet werden, um zu verbluten?

– Der Mensch, bemerkte der Missionar, ein steifer, blonder Mann, sein Name war, wir haben ihn nicht vergessen, Jean-Pierre Maiwetter, braucht einen Anreiz. Oder glauben Sie, ich würde auch nur einen Ministranten finden, wenn ich ihn nicht mit ein paar Centimes belohnen könnte?

– Centimes? Also daran werde ich mich nie gewöhnen, warf die Wachtel ein. Wie würdelos. Wenn man wie ich mit Louisdor und Livre, Sou und Liard aufgewachsen ist …

– Der Mensch ist ein auf den eigenen Vorteil bedachtes Wesen. Maiwetter nahm einen Schluck Wein und blickte in die Runde. Seit die Brüder Montgolfier mit ihren Luftschiffen den Himmel erobert haben, seit die Revolution sich an den Klöstern vergangen hat, ist die Reinheit des Glaubens beschmutzt.

Aber es gibt keine höhere Wahrheit, kein anderes Prinzip, das sich aus sich selbst heraus erklärt, als Gott! Sobald wir Gott zur Privatsache erklären, unterwerfen wir uns einer neuen Macht, dem Geld. Daher müssen wir tapfer sein und für die rechte Sache kämpfen … Der Kapitän nickte, auch Richeford und der Gouverneur pflichteten ihm bei. Die Wachtel applaudierte, und die jungen Truppenleutnants äußerten Zustimmung. Anders die Offiziere. Der ehrgeizige Reynaud blieb ebenso unbewegt wie Espiaux. Jede ihrer Gesten sollte Missfallen ausdrücken. Sie wollten so lange gegen de Chaumareys ankämpfen, bis dieser verweichlichte Mensch einsah, dass er fehl am Platze war. Sie hassten ihn, hatten ihn schon gehasst, bevor sie seine Bekanntschaft gemacht hatten, bevor er in seiner vergoldeten Sänfte zum Schiff gekommen war und die ordnungsgemäße Verladung seiner Schiffskisten beaufsichtig hatte. Statt sich um das Schiff zu kümmern, war es ihm nur um seine Samtröcke, Seidenstrümpfe und Korsetts gegangen. Er hatte von seinen Westen aus scharlachroter Seide geschwärmt, seinen Schuhen aus Maroquinleder und den Chevreaulederhandschuhen. Von den Herrenausstattern in London, die selbst jene in Paris noch übertrafen, von den Hosen bei Hudson and Story, den Jacken bei Willis in der St. James Street, den Hutmachern auf der Bond Street … Und so jemand sollte etwas Besseres sein? Höher von Geburt? *Wenn man ihm seine Titel und die Kleidung nimmt, schaut er aus wie ein Bierbrauer oder Maulwurffänger.*

Sie hatten ihn gehasst, weil er ihnen von der Politik vor die Nase gesetzt worden war, er das alte, verdammte Regime verkörperte. *Perückenträger.* Und dieser gepuderte Gockel tat nichts, um ihren Hass zu mindern, im Gegenteil, er bestätigte all ihre Vorurteile. Eingebildet, eitel und weich wie eine gekochte Nudel, außerdem lehnte er es ab, mit der Mannschaft zu sprechen, hatte in Rochefort darauf verzichtet, Vorräte und Ausrüstung zu überprüfen, sich nicht von der sachgemäßen Sicherung der Ladung überzeugt – dabei wusste jeder Anfänger, welche Gefahr auf hoher See von einer ins Rutschen kommenden Ladung ausging. *Cum granum salis? Eo ipso. Blödsinn!* Für Reynaud und Espiaux wäre es kein Fehler gewesen, wenn man diesen affektierten de Chaumareys beizeiten geköpft hätte, wobei der Erste dem regungslos zugesehen hätte, während dem Zweiten Tränen gekommen wären. Was Reynaud zu wenig hatte, war bei Espiaux, hier unterschied er sich von Alain Delon, im Übermaß vorhanden: Empathie. Aber Chaumareys brauchte ihm nicht leidzutun, den hatte die Revolution nämlich übersehen – beziehungsweise war er ihr entwischt. Freilich kannten sie nicht die wahren Gründe für sein Verhalten, das eines Kapitäns unwürdig war. Er hatte Angst – oft so sehr, dass sein Schweiß wie bei einem schwer Zuckerkranken nach Aceton stank.

Seit ihm das Kommando dieser Flotte übertragen worden, Chaumareys praktisch am Ziel seines Lebens war, fürchtete er, alles wieder zu verlieren. Schuld war ein bretonisches Bauernmädchen: Sophie de Kerdu.

Es war vor dreiundzwanzig Jahren gewesen, am 21. Januar 1793, oder wie die Jakobiner sagten: zweites Jahr der Republik, Regenmonat. Das Schafott hatte soeben Ludwig XVI. von der Last seines Kopfes befreit. Der verfettete Bourbonenschädel wurde aufgespießt und jubelnd dem geifernden Pöbel präsentiert. Der König von Frankreich! Direkter Nachkomme des Sonnenkönigs! Geköpft, aufgespießt, verhöhnt. Danach war es nicht, wie von Chaumareys und anderen Adeligen erwartet, zu einem Eingreifen des Auslands gekommen, um die Monarchie wiederherzustellen, sondern alle Dämme waren gebrochen.

Freiheit? Gleichheit? Brüderlichkeit? Wie sah sie aus, die neue Zeit? Marodierende Horden zogen durch das Land, und sogar in der Provinz, wo man sich bis dahin um das Geschrei der Revolution wenig geschert, weil man andere Sorgen hatte, den Kartoffelkäfer etwa und die Kohlmotte, wurden nun plötzlich Gutsbesitzer gelyncht und ihre Familien vertrieben. Chateaus wurden geplündert, Höfe abgefackelt, Klöster devastiert. Prächtige Gemälde wurden zerstochen, Skulpturen und Möbel zerhauen, Kleider verbrannt. Banausen! Barbaren! – oder, wie es 1794 der Bischof von Blois bezeichnet hatte: Vandalismus!

Also war auch Chaumareys gezwungen, von seinem Gut in Vars-sur-Roseix im Zentralmassiv zu fliehen. Er gab sich mal als Verfasser von Revolutionsschriften, dann wieder als Delegierter oder Landvermesser aus und kam trotz Straßensperren unbehelligt bis in die Bretagne, von wo aus er nach England übersetzen wollte. Nun waren aber auch andere Adelige auf diese Idee gekommen, wurden die Häfen streng bewacht, machte jeder Fremde sich verdächtig. Schon das bloße Herumspazieren war gefährlich. Jeder, der sich nicht ausweisen konnte, wurde, sofern man ihn nicht an Ort und Stelle massakrierte, arretiert und wanderte auf die Guillotine. Auch Chaumareys, eitel wie ein Pfau, geriet schnell in Verdacht. Ein Bursche, dessen Augen wie die Zinken eines Bratenspießes glänzten, packte ihn.

– Seht euch den an, diese weichen Händchen, dieses Doppelkinn, schrie das Miststück. Sicher ein Blaublütler. Knüpft ihn auf! Der Strick! Der Strick! Chaumareys war starr vor Schreck, seine Gedanken verwirrten sich zu einem Kuddelmuddel, ein einziges Gefühl füllte ihn aus: Todesangst. Sofort war er umringt von geifernden Mündern, kleinen gierigen Augen, begann sich der Augenblick zu dehnen, einzudrehen zu einem Strick, 'nem Strick. Wäre nicht dieses Mädchen gekommen und mutig dazwischengegangen, hätte nicht Sophie de Kerdu gesagt: »Lasst ihn aus. Den kenne ich, das ist einer von uns«, man hätte ihn ohne weitere Umstände an der nächsten Laterne aufgeknüpft.

So aber schnappte ihn die junge resolute Frau, der das harte Landleben ins Gesicht geschrieben stand, und zog ihn fort. Ihre tiefliegenden kleinen Augen sahen ängstlich aus, der Mund hing leicht nach unten, auch das Becken war zu breit, trotzdem konnte man ihr einen gewissen Reiz nicht absprechen. Blondes, leicht gewelltes Haar, das, wenn sie es hochsteckte, ihrer milchweißen, nur im Gesicht geröteten Haut einen damenhaften Glanz verlieh. Außerdem umwölkte sie ein sanfter Hauch von Pferdemist.

Nicht jeder, der in einem Stall zur Welt gekommen ist, ist entweder ein Messias oder eine Sau. Diese resche, von der Arbeit abgehärtete Sophie de Kerdu, Tochter eines Bauern, hatte ein weiches, biegsames Gemüt voll romantischer Anwandlungen, und wenn sie schüchtern lächelte, kleine Zähne hinter dünnen Lippen blitzten, bekam ihr draller, kräftiger Körper etwas Verführerisches. Sie träumte von höfischen Tanzveranstaltungen, von einem Chevalier oder Marquis, der mit ihr das anstellte, was Choderlos de Laclos in seinen »Gefährlichen Liebschaften« beschrieben hatte.

Zwar entsprach Hugo keineswegs diesen romantischen Vorstellungen, klein und mit großer Nase war er alles andere denn ein Vicomte de Valmont, aber sie mochte ihn, sein blaues Blut, sein geziertes Gehabe, die Erzählungen, er trug ziemlich dick auf, von den Gärten und Ballsälen in Versailles, von Menuetten und Quadrillen, Hofschneidern, Perückenmachern und Spinetten. Nur zu gern nahm ihm diese tumbe Bauerndirn das

Eheversprechen ab und sah auch ein, dass sie ihm zur einstweiligen Flucht verhelfen müsse, bis der ärgste Sturm der Revolution über das Land gefegt war und die Lage sich beruhigt hatte.

Also hatte ihn damals vor dreiundzwanzig Jahren diese naive Seele als Fischhändlerin verkleidet und ihm so zur Flucht verholfen, die wegen seines Reizdarms fast gescheitert wäre. Er schwor bei seiner Ehre, bald zurückzukehren, um sie zu heiraten, die Vergnügungen des Hofes mit ihr zu teilen – ein Versprechen, das er niemals einzulösen gedachte. Niemals! Mit so einer Sophie konnte sich ein Hugo vergnügen, mit so einer konnte er Erfahrungen sammeln. Aber ein de Chaumareys konnte doch nicht seinen guten Namen in derartige Niederungen sinken lassen und einen bretonischen Bauerntrampel heiraten. Unmöglich.

Bestimmt hatte sie ihn verflucht, diese Tochter der Scholle Frankreichs, ihm alle Hexen und Teufel der Bretagne geschickt. Und nun, da er etwas erreicht hatte, war er überzeugt, würde ihm dieser Fluch alles wieder nehmen. Wenige Tage nach seiner Ernennung zum Flottenkommandanten, was in allen Zeitungen vermeldet wurde, erhielt er einen Brief von Sophies Vater. Eine einzige Unverschämtheit. Zuerst, stand in dem Schreiben, sei das Mädchen voller Hoffnung gewesen, hätte es fest an die Einhaltung des Eheversprechens geglaubt. »Kein Abwesender war jemals gegenwärtiger als Sie, Monsieur!« Allmählich aber, nachdem jahrelang keine Nachricht gekommen sei, und auch sie einsehen musste, dass der werte Herr de Chaumareys entweder längst tot oder ein wortbrüchiger Halunke sei, schlug diese Hoffnung um in Verbitterung. *Was konnte er für die Dummheit dieses armen, wunderlichen Dings? Was nahm sich dieser dreiste Briefschreiber heraus? Gab ihm eine zufällige verwandtschaftliche Beziehung das Recht, einen*

Chaumareys mit so etwas zu langweilen? War es Hugos Schuld, dass dieses Sumpfgewächs die Zeichen nicht zu deuten wusste, Gefallen daran fand, sich zu quälen? Nur weil sie seine Zwangslage ausgenützt hatte und ihn aus purer Berechnung vor dem Strick, dem Strick gerettet hatte, war er doch zu nichts verpflichtet. Schließlich, behauptete der impertinente Brief, sei sie, die einst so lebenslustige Sophie, trübsinnig geworden. Sie habe die Sprache verloren und sich ganz in sich zurückgezogen. *Na und? Was geht mich das an?* Vor wenigen Wochen nun sei sie vom Dach des Rathauses gestürzt. Es kostete viele Mühen und auch Silbermünzen, so der Schreiber weiter, den Pfarrer davon zu überzeugen, dass das ein Unfall gewesen war. Sonst wäre die arme Sophie nicht auf dem Friedhof begraben, sondern außerhalb verscharrt worden, unterhalb der Traufen des Kirchendachs, wo die Totgeburten und Selbstmörder lagen.

Tot war sie also, aber ihr Fluch, war Chaumareys überzeugt, ihr Fluch war nach wie vor lebendig und umschwirrte ihn wie die Fliege den Käse. Er hatte Angst vor Unterleibstyphus, Brand, Schwindsucht, dem Sumpffieber oder einer anderen Pestilenz. Jeden Moment konnte das Leben aus den Fugen geraten, kentern und zerbrechen. Am gefährlichsten war, wenn man nichts spürte, einem nichts wehtat, dann tauchten wie aus dem Nichts geltungssüchtige Geschwüre oder eitle Gebrechen auf, die in einem lauerten, nur auf eine Gelegenheit warteten, um sich in den Vordergrund zu drängen und loszubrüllen: »Jetzt bist du dran. Jetzt ist es aus mit dir. Vorbei! Jetzt gehört uns alle Aufmerksamkeit!« Dass dieser Fluch der Sophie de Kerdu ihn nicht mit Krankheit strafen sollte, sondern mit einem langen, qualvollen Leben voller Selbstvorwürfe, konnte Chaumareys damals nicht ahnen. Damals, am Abend des 17. Juni 1816, hatte er vor allem Angst, etwas falsch zu machen, Angst zu scheitern. Er spürte den Widerwillen seiner Offiziere, das Misstrauen der Mannschaft, selbst Gouverneur Schmaltz blieb distanziert. Einzig Richeford, sein alter Jugendfreund, hielt zu ihm.

– Auf den König! Wieder sprangen alle auf und erhoben ihre Gläser.

– Auf Ludwig XVIII.!

– Und auf Ludwig XVII., der sich irgendwo versteckt hält.

– Und auf Ludwig XVI., den die Bestien enthauptet haben! Der Pöbel war dabei so laut, dass man nicht einmal die letzten Worte des Königs verstehen konnte – dabei hat der Bourbone bestimmt ein Bonmot zum Besten gegeben.

– Und auf den Kapitän! Das war wieder der rotweinlippige Richeford. Auf Hugues de Chaumareys, ihm wird die Ehre zuteil, Euer Gnaden – er sah zu Schmaltz und seiner Frau – nach Saint-Louis bringen zu dürfen.

– Auf den Kapitän!

Sogar die Offiziere bewegten ihre Lippen. De Chaumareys war peinlich berührt, seine Ohren glühten.

– Und auf das Volk!

– Und auf das … Was? Wie? Volk? Schweigen. Von wem kam diese Frechheit? Wer nahm sich das heraus? Das war eine Unverschämtheit, fast Meuterei. Chaumareys erstarrte. Und Richeford? Warum sagte er nichts? Auf das Volk? Wer hatte das gewagt? Impertinent! Es war von Bergbauingenieur Alexandre Corréard gekommen, der im Auftrag der Kolonialgesellschaft in den Senegal reiste, um das Landesinnere nach Bodenschätzen abzusuchen.

Corréard wird in unserer Geschichte noch eine Rolle spielen, weshalb wir ihn eingehender betrachten wollen: Zuerst einmal fällt auf, er war ein großgewachsener junger Mann mit dichtem braunem Haar und starkem Bartwuchs. Ein Zyniker, der sich über alles lustig machte. Dabei stammte er aus einfachsten Verhältnissen, hatte sich zum Geologen hochgearbeitet, war aber ohne Ideale, ohne Werte. Für ihn war das Leben nur eine chaotische Abfolge von Zufälligkeiten, bestimmt von Lebewesen, die einzig ihren Trieben und animalischen Instinkten folgten. Religion oder Moral, war er überzeugt, dienten nur dem einen Zweck, die Reichen und Wohlhabenden zu schützen. Alexandre Corréard war kein Idealist, im Gegenteil, er hatte sich vor allem aus Selbstgefälligkeit für den Senegal entschieden, weil er dort mit einem gemütlichen Leben rechnete.

Er wusste, die Negervölker wurden seit Jahrhunderten unterdrückt, ohne jemals dagegen revoltiert zu haben. Und wenn doch einmal welche Widerstand wagten, wurde ein Exempel statuiert, wurden sie mit Steinen beschwert ins Meer geschmissen. Diese stumpfsinnigen Darkies würden ihm, dem Zyniker, mit Freude dienen.

Aber jetzt? Was war ihm da bloß aus dem Mund gerutscht? Auf das Volk? Das war ungeheuerlich. Er spürte, wie sämtliche Blicke auf ihm ruhten.

– Auf das Volk, wiederholte er … damit es den König hochleben lassen kann! Jetzt lachten alle, die einen, weil sie die Autorität des Königs gewahrt wussten, die anderen, weil sie die Ironie verstanden. Auch Corréard lachte. *Auf die Bourbonen, von denen irgendwann nur die Benennung der Vanille übrig bleiben wird.*

Maiwetter, der Missionar der episkopalen Kirche, sprach nun davon, dass man den Menschen zu Gott hinüberziehen müsse. Auch die animistischen »Neger« würden sich nicht wegen der wunderbaren christlichen Liebe und Transzendenz von ihren Heidengöttern abwenden, sondern nur wegen der damit verbundenen Vorteile. Ja, er sagte Neger, damals war das Wort noch unverfänglich, aber er sprach es so herablassend aus, dass man meinen konnte, er rede über Tiere.

– Wir Missionare dürfen keine Hosenscheißer sein. Wir müssen uns dem Unglauben tapfer in den Weg stellen. Wir sind Gotteskrieger.

Wahrscheinlich, dachte Savigny, bist auch du der Kirche nur beigetreten, weil man dir goldene Monstranzen und Hostien aus Marzipan versprochen hat, die du vor lauter Edelmut nicht ablehnen konntest. Er ahnte, dieser Jean-Pierre war nach Afrika strafversetzt worden, weil er sich etwas zuschulden hatte kommen lassen. Ein Schwuler? Kinderschänder? Das waren damals Kavaliersdelikte. Nein, der musste mehr auf dem Kerbholz haben.

Savigny wollte sagen, dass man den Menschen beibringen müsse, etwas für die Gemeinschaft zu tun, weil sonst die Welt über kurz oder lang zugrunde ginge. Er war überzeugt, der Mensch müsse selbstlos handeln, um die Gesellschaft vorwärtszubringen. Ein wahrer Edelmann war der, der auch die Welt veredelte. Wenn jeder nur auf sein eigenes Wohl bedacht war, konnte es kein gutes Ende nehmen.

– Je restriktiver eine Religion, flüsterte er, desto erfolgreicher ist sie.

Wieder wurde das Schiff von einer Welle erfasst, lief alles Geschirr über den Tisch. Viktor fielen ein paar Teller aus der Hand, die krachend zu Bruch gingen. Er war die ganze Zeit unbemerkt dagestanden – wie die Fliege, die immer noch am Käse saß – und hatte gewartet, sein Anliegen vorzubringen. Nun, da er mit dem schrillen Lärm in den Fokus geraten war, jedes Augenpaar im Raum auf ihn gerichtet war, brachte er keinen Ton heraus. Dafür spürte er, wie ihm das Blut zu Kopf stieg und die Schweißdrüsen unter seinen Achseln zu arbeiten begannen.

– Was fällt diesem Trottel ein, schrie Richeford. Glaubt er, wir haben die Frachträume voller Porzellan? Glaubt er, es ist ein Gebot der Höflichkeit, mit seinem Lärm unsere Unterhaltung zu stören? Das verdient die Katze. Vier Packungen.

– Warum schmeißt ihr ihn nicht ins Meer, warf Corréard zynisch ein.

– Vier Packungen würde er auf einem anderen Schiff erhalten, ergänzte Savigny, der am schnellsten reagierte, aber unter einem weitblickenden Kapitän wie dem unseren, er lächelte, wollen wir es bei einer Verwarnung belassen. Der Zweite Schiffsarzt sprang auf, fasste Viktors verbrannte Hand und hielt die Wunde in die Höhe. Obwohl dieser Junge schwer verletzt ist, hat er weitergearbeitet, ohne den Schiffsarzt aufzusuchen. Er muss verarztet werden. Sofort!

Savigny packte Viktor und zerrte ihn hinaus, bevor jemand reagieren konnte. Die Fliege folgte ihnen.

– Aber? Ich wollte … Viktor wusste nicht, wie ihm geschah.

– Du kannst mir dankbar sein, flüsterte Savigny. Das kannst du wollen … Ich habe dich vor achtundvierzig Schlägen mit der neunschwänzigen Katze bewahrt.

– Ja?

– Ja! Der Freund des Kapitäns wird sich ein anderes Opfer suchen, um seine Macht zu demonstrieren. Und nun komm.

Sie gingen, soweit das schwankende Schiff es zuließ, bis an die Spitze des Zwischendecks, wo eine Art Sanitätsraum eingerichtet war. Medikamente, Zangen, Schaber und ein Operationstisch. Viktor fiel der Pockennarbige ein, der aufgeschnittene Kopf. Wie hatte Hosea Thomas gesagt? Dieser Arzt sollte ein Glöckchen tragen wie die Aussätzigen, damit man ihm nicht in die offenen, sezierwilligen Arme lief. Aber so schlimm war es nicht. Savigny strich Hirschhornsalbe auf Viktors verbrannte Hand und wickelte einen Verband herum. Du bist drei Tage krankgeschrieben.

– Wenn ich das dem Koch erzähle, bringt er mich um.

– Dann lernt er die Katze kennen.

– Davon habe ich dann nichts mehr.

Ehe Savigny antworten konnte, wurden sie von einem Schrei gestört. Zwei Matrosen brachten einen humpelnden Leutnant mit schmerzverzerrtem Gesicht. An seinem Schienbein klaffte eine Fleischwunde.

– Schnell, Doktor, brüllte einer. Leutnant Coudein hat sich den Fuß in einer Tür geklemmt. Seine Wade ist platt wie eine Flunder. *Wieso sitzt der nicht beim Käse? Hatte scheinbar Wache.*

Sofort machte sich Savigny daran, den Verwundeten, der der Ohnmacht nahe war, zu behandeln. Er hielt ihm Kampfer unter die Nase und begann die blutende Wunde, aus der ein weißer Knochen ragte, zu untersuchen.

– Lieber Gott, stöhnte Coudein, huilf mir. Lieber Gott …

– Nur eine kleine Unannehmlichkeit, murmelte der Doktor. Deswegen brauchen wir nicht gleich den lieben Gott bemühen.

– Es geht mich ja nichts an, blickte der Leutnant erst zur Wunde, dann zu Savigny, aber wenn Sie mir das Bein abschneiden, wuill ich dabei beten … das macht mir schöne Fuiß – Coudein stammte aus einem Dorf in den Vogesen und sprach daher einen Ui-Dialekt.

– Keine Sorge, sagte der Schiffsarzt und machte sich an den heraushängenden Fleischfetzen zu schaffen.

Viktor musste sich beim Anblick der Wunde beinahe übergeben. Er hörte noch, wie Savigny sagte, es sei nicht mehr als ein Kratzer und der Leutnant hätte Glück gehabt. Dann stahl er sich davon, lief durch das Unterdeck, in dem es von Menschen nur so wimmelte, hörte die zeternde Frau Picard, Charliiie!, die eine Kabine verlangte und ihren Mann beschimpfte, das Baby, warum wurde es auch nicht »gebust«?, quengelte, und der kleine Junge verkündete:

– Drei plus drei ist sechs.

Der Asiate Tscha-Tscha kramte in einem Seesack und sagte etwas von Schiethuus Kofikan und Proppentrecker.

– Es et mal. Ik maat en Märig han. Was war das? Sprach der schlitzäugige Rübenstrunk tatsächlich Dänisch? Oder Friesisch?

Es stank erbärmlich. Eine Mischung aus Schweiß, Verdauung und Kanal.

Das Schiff schaukelte nun heftiger, dennoch schaffte es Viktor, an Deck zu kommen. Draußen war es dunkel und roch es nach frischer, kalter Luft. Der Wissenschaftler Kummer lehnte noch immer am Schanzkleid und fütterte die Fische. Matrosen kletterten in der Takelage, und von vorne kam ein leiser, lieblicher Gesang. Es klang nach Engelschor, aber bald erkannte Viktor Männerstimmen. Als er näher kam, sah er einen Trupp Matrosen. Was er erst für eine Chorübung gehalten hatte, entpuppte sich als Strafgericht. Über das backbordseitige Ankerspill war ein Mensch gebunden, der seine Ration empfing. Ration? Rum vielleicht? Oder wie Cimon die Brust seiner Tochter? Nein! Verprügelt wurde er, und der Gesang übertönte das Gestöhn. Sein zerschlagenes Gesicht war noch nicht geschwollen und hatte auch noch nicht jenen bläulich violetten Farbton angenommen, den es die nächsten Tage haben würde, aber die Augenbrauen bluteten, und die Lippen waren aufgeplatzt. Der Gesang der Kerle handelte vom Binden eines Jungfernkranzes, den sie ihm flechten wollten:

»Wir winden dir den Jungfernkranz mit veilchenblauer Sa-eide. Wir führen dich zu Spiel und Tanz, zu Glück und Liebes-freu-eude!« So heißt es im »Freischütz«, der erst ein Jahr später geschaffen werden sollte, aber die volkstümliche Vorlage gab es schon.

– Das wird dir eine Lehre sein, schrie ein Seemann und schlug in das blutig breiige Gesicht des Angebundenen, aus dem nur Stöhnen kam.

– … mit veilchenblauer Sa-eide.

– Du wirst nicht mehr stehlen, sagte ein anderer und schlug ebenfalls zu. Auch ein Dritter schlug, emotionslos, als würde er irgendeine unangenehme Arbeit verrichten. Die Geräusche er-innerten an das Zerstampfen von Kartoffeln.

– Schöner grüner Jungfernkranz! Veilchenblaue Sa-eide!

Viktor sah die von der Schlägerei erhitzten Gesichter. Die-selben Fratzen, die auf den Latrinen im Bug hockten und mit unverschämten Mienen grinsten, dieselben, die bei den Mahl-zeiten Pökelfleisch in sich hineinstopften und bei der Rum-ausgabe »Lang lebe der König!« riefen. Aber der König wusste nicht, was hier vorging. Angewidert von diesen rauen Sitten stahl Viktor sich vorbei.

– Veilchenblaue Sa-eide!

Dieser erste Tag auf dem Schiff erschien ihm länger als alles, was er bisher erlebt hatte. Es kam ihm vor, als hätte es keine Zeit davor gegeben, kein Aufwachsen bei den Eltern, keine Kind-heit, keinen Pythagoras und keine Punischen Kriege. Nicht einmal tote Kätzchen in der Jauchegrube. Sein ganzes Leben war nun dieses Schiff, auf dem eine eigene Zeit herrschte. Eine eigene Moral. Alles, was auf dem Festland galt, alle Regeln und Gesetze, schienen außer Kraft gesetzt.

Viktor spürte Harndrang. Und obwohl er sich davor fürch-tete, kannte er die Stelle der Erleichterung. Vorne am Bug. Da stand aber Picard und hielt zwei Matrosen davon ab, über die Brüstung zu klettern.

– Nicht, solange meine Tochter … Es dauerte ein paar Minuten, in denen Viktor fürchtete, er würde platzen. Sollte er zum Schanzkleid gehen oder in einen der Töpfe urinieren? Das Schiff schaukelte, und jeder kleine Ausfallschritt schmerzte im Bauch – ihm war, als hätte er einen Igel in der Blase. Endlich tauchte eine durchnässte Charlotte auf, hob das Kleid und kletterte mithilfe ihres Vaters zurück an Deck. Das Mohnblumenmädchen war bleich wie ein Gespenst; sogar ihr rötliches Haar war farblos. Sah sie Viktor nicht, wollte sie ihn nicht sehen, oder war sie einfach nur müde von der frischen Seeluft? Jedenfalls schritt sie schnell davon. Ihr Vater hatte Mühe, ihr zu folgen. Kaum waren die Picards verschwunden, kletterten die Matrosen über den Vordersteven. Viktor hinterher. Der Igel versetzte ihm hundert kleine Stiche in die Blase, und er hatte das Gefühl, er sei bis oben hin mit Harn gefüllt. Am Bug ging ein ordentlicher Fahrtwind, ein feiner Sprühregen benetzte sein Gesicht, und Viktor hatte Mühe, sich an der kleinen Brüstung unterhalb des Bugspriets festzuhalten. Unter ihm war die barbusige Galionsfigur, deren Kopf die Spitze der Brüstung bildete. Das Schiff schaukelte auf und ab, hob sich, klatschte ins Wasser und ließ die Gischt hochspritzen. Das war der Abort? Ein dahinrasendes Plumpsklo ohne Seitenwände! Gut, dass er keinen Durchfall hatte. Es gehörte nämlich einiges Geschick dazu, sich auf diesem schaukelnden, nassen Balkon zu erleichtern. Die Matrosen waren das gewohnt, Viktor aber ekelte sich vor den Holzbalken, wollte gar nicht wissen, woher die Spritzer und Schlieren stammten.

Zurück an Deck, sah er die Möwe wieder, die stumm auf einer Kanone saß. Er griff in seine Tasche, holte den Schiffszwieback hervor, warf ein Stück in Richtung Vogel, steckte sich selbst etwas in den Mund und fühlte mehligen, an eingeschlafene Füße erinnernden Geschmack.

– Du könntest danke sagen, plärrte er zur Möwe, da traf ihn was am Fuß, ein Topf. Wasser schwamm darin. Ein Topf? Wo waren die anderen? Auch wenn er krankgeschrieben war, musste er sie zurück in die Kombüse bringen. Viktor blickte sich um, sah einen weiteren, ein dritter hatte sich zwischen den Rädern einer Kanone verklemmt, und ein vierter fand sich unter einem Hühnerstall. Die größte Überraschung aber war im fünften, der wie ein Pendel beim Großmast hin- und herrutschte: Jemand hatte ihn als Nachttopf benutzt. *Kein Wunder bei diesem Abort.* Auf einer kleinen Wasserpfütze schwamm eine lange braune Wurst. Viktor blickte angeekelt hoch und sah das grinsende Gesicht dieses riesigen Asiaten mit der Rübenstrunkfrisur und der fliehenden Stirn, Tscha-Tscha. Ein monströser Mensch. »Ik gratliari di tö Bèrensdai!« *Was? Ich hab doch nicht Geburtstag.* Instinktiv wusste Viktor, dieses Geschenk stammte von dem. Egal. Er ging zum Schanzkleid, dort, wo Kummer stand, und kippte den Topfinhalt ins Meer.

Als er gleich darauf mitsamt den Töpfen zurück in die Kombüse ging, stellte ihm jemand ein Bein. *Verdammt! Das ist doch …* Viktor rappelte sich hoch und sah den bösen Blick des dicken Jerome Clutterbucket. *Das Schweinchen, dieser Blitz.*

– Wo treibst du dich immer herum, Hector? Ham mir Ferien gemacht? Ham mir uns abgeseilt? Der Koch verlangt nach dir, ist ganz schön stinkig. Clutterbucket sprach nicht nur wie ein Bauer, er machte auch beim Sprechen keinen Punkt und beendete jeden seiner Sätze mit einem Tritt gegen Viktors Schienbein.

– Schau mir net so dämlich. Ist ein gutes Training. Mach dich auf was gefasst. Der Koch wird dir totprügeln und dann Suppe für die Fische aus dir kochen. Der kleine Fettsack reichte ihm die Hand, rammte ihm aber im nächsten Moment den Ellbogen in den Magen, was ein grunzendes Geräusch zur Folge hatte.

Viktor blieb der Mund offen. Er sah einen kleinen weißen Punkt vor seinen Augen tanzen, stellte schnaubend seine Töpfe ab und sah zu, wie der andere, dieser kleine Ham-mir-san-mir-Teufel, nun wieder gegen seine Schienbeine trat. Er kam sich vor wie ein Hund, der von einem kleinen Pinscher angebellt wurde.

– Jetzt kommt es darauf an, alles auf ebenem Kiel zu halten.

– Was?

– Warn mir schon mal in Dänemark? Viktor imitierte diesen Dicken. Warn mir?

– Wie? Jerome Clutterbucket verstand nicht, was dieser Grünschnabel meinte.

Da senkte Viktor seinen Kopf, trat so nahe vor Clutterbucket, dass er dessen Atem riechen konnte, der erstaunlicherweise an frische Erdbeeren erinnerte, und hob dann, Rock'n'Roll, ruckartig den Kopf, so dass sein Hinterhaupt mit voller Wucht gegen das Kinn der lästigen Wanze stieß, die daraufhin einfach umfiel. Jeromes schwerer, unförmiger Körper machte ein sattes, dumpfes Geräusch, als er auf den Brettern landete.

– Dänischer Kuss nennt sich das. Viktor lächelte, nahm seine Töpfe und ging weiter Richtung Kombüse, zurück in den würgenden, an feuchte Unterhosen erinnernden Geruch des Zwischendecks. Der fette Clutterbucket winselte etwas von Rache und »ham mir Vergeltung«. Viktor aber nahm das gar nicht wahr, zwängte sich durch Menschenmassen, die alle mit irgendwas beschäftigt waren. Soldaten hatten begonnen, ihre

Hängematten aufzuhängen, andere reinigten ihre Waffen. Leutnants, nämlich die fünf Koryphäen, denen wir schon in der Kapitänsmesse begegnet sind, sahen nach, ob bei ihrer Einheit alles in Ordnung war, und die drei Lafitte-Schwestern flirteten mit Matrosen.

An Francine und Germaine Lafitte hatte die Schöpfung keine Wunderdinge vollbracht, sie waren klein, hatten üppige Gesäße, und unter ihren krausen blonden Locken verbargen sich rötliche Gesichter mit kaum auszumachenden Augen, einer spitzen Nase und trockener Haut. Diese beiden herben Schönheiten wirkten wie Pollenallergiker im Frühjahr. Außerdem waren da ihre schrillen Stimmen, die sich überall hineinbohrten. Nur die Jüngste, Ghislaine, besaß eine gewisse Anmut. Obwohl auch bei ihr die birnenförmige Figur ihrer Schwestern angelegt war, besaß sie den Reiz der aufblühenden Bereitschaft zur Befruchtung. Und eben diese Fruchtbarkeit wurde von ihren Schwestern beschützt wie ein Heiligtum. Auf dem Festland waren Francine und Germaine unbeachtet geblieben. Außer einem Maurergehilfen, einem Stallknecht oder anderen nicht standesgemäßen Kerlen hatte sich nie einer an sie herangewagt. Dabei waren diese Lafitte-Schwestern tüchtige Weiber, die sich vor keiner Arbeit scheuten. So hatten sie die Senkgrube ihres Plumpsklos ausgehoben, ein Bretterhäuschen darauf installiert, Pferde beschlagen, Kälber aus Kühen gezogen und Schweine geschlachtet. Kräftige Walküren! Trotzdem hatten ihnen alle abgeraten, in Afrika ein Kaufhaus zu eröffnen. Zu gefährlich! … Eine Verrücktheit! … Aber die Lafitte-Schwestern waren dickköpfig. Also hatten sie, wie es vorgeschrieben war, in der Zeitung ihre Auswanderung annonciert. Kein Gläubiger hatte sich gemeldet, nichts stand ihnen im Weg. Und jetzt, nach nur einem Tag auf See, genossen sie die Aufmerksamkeit, die an Bord allen weiblichen Wesen (von der Galionsfigur über die hübsche Gouverneurstochter bis zur Bordziege) zuteilwurde. Hier pfiff man ihnen nach und machte Komplimente. Herrlich! Wie wunderbar würde es erst in Afrika werden, wo sich die Darkies danach verzehrten, einer weißen Frau die Füße zu schlecken. Aber wer sang denn da? Das war keine veilchenblaue Sa-eide, kein Jungfernkranz. Diesmal ging es um Rum und das Leben.

Schon von weitem konnte Viktor den singenden Koch hören. Je näher er der Kombüse kam, desto lauter wurde es.

– Der Rum hat Mutter in'n Wahnschinn getrieben, der Rum hat Vater ruiniert, am Rum schind Bruder und Schweschter krepiert, und Rum, schonscht ischt mir gar nichtsch passchiert, ischt mein Leben … Rum!

Der Smutje war sturzbetrunken, hielt eine Flasche in der Hand und krächzte:

– Rum ischt mein Leben. Mein Leben ischt Rum.

Viktor stellte die Töpfe ab, hielt dem verdutzten Koch die verbundene Hand hin und sagte:

– Drei Tage Krankenstand.

– Ko-ommt gar ni-icht in Frau-age, Ha-ector, lallte der Maiskolben und machte die typisch ruckartigen Bewegungen eines Betrunkenen. Er sah den Küchenjungen mit glasigen Augen an, als ob sein Verstand nicht erfassen könnte, was jetzt los war. Selbst sein hervorquellendes schwarzes Brusthaar schien damit nicht einverstanden. Er stampfte mit seinem Holzfuß auf den Boden. Tock, tock, tock. Viktor ließ sich davon nicht beeindrucken, ging zu einem Regal, fand (allerdings im Kohlenkübel) sein Tagebuch und daneben seinen Seesack, wollte eben beides nehmen, als ihn von hinten etwas niederstreckte. Er musste für einige Augenblicke das Bewusstsein verloren haben. Als er wieder zu sich kam, merkte er, wie ihn der Koch zum Ofen schleppte. Tock, tock, tock.

– Wer ni-icht a-arbeiten wi-ill, braucht au-auch kei-eine Hände, Ha-ector, lallte der Koch. Er hatte mit seinen Klauen Viktors Handgelenk gepackt und wollte die Hand wie einen Stempel auf den Ofen drücken. Viktor spürte schon die Hitze, als sich etwas in ihm regte: Widerstand. Auch wenn man ihn dafür umbrachte, hatte er nicht vor, hier das Opferlamm zu geben. Wie war Hoseas Antwort, als er ihn nach der Taufe gefragt hatte? Das soll mal einer versuchen! Und auch Viktor hatte nun genug von dieser Kombüsenjungen-Inauguration. Er roch bereits das angesengte Fleisch, sein Fleisch, als er dem Koch mit aller Kraft gegen das Standbein trat – Gott sei Dank traf er nicht das hölzerne. Isaac Gaines sah ihn einen Moment lang fassungslos an. Aus seiner Hasenscharte kam ein Schnauben wie bei einem Hengst, den man in die Eier gezwickt hatte. Verwirrt, wutentbrannt. Dann fiel er, sturzbetrunken wie er war, fiel einfach Richtung Ofen. Seine linke Hand griff nach der Schlingerleiste, aber das Gesicht plumpste langsam gegen die erhitzte Platte, blieb in der Luft in einer seltsamen Verrenkung hängen. Trotzdem ließ er Viktors Handgelenk nicht los, wahrscheinlich dauerte es zu lange, bis die Befehle seines Gehirns bei den dazugehörigen Nervenbahnen ankamen. Oder war sein Schaltzentrum lahmgelegt vom Alkohol? Jedenfalls schien es keine neuronale Verbindung mehr zwischen Hirn und Hand zu geben. Erst als der Kombüsenjunge mit seiner verbundenen Hand das widerliche, in der Luft hängende Gesicht des Kochs nach unten auf die heiße Herdplatte drückte, es zischte und ein Schrei aus der Hasenscharte kam, ließ Gaines los. Der langgedehnte Schrei klang fast freudig – eine Mischung aus Orgasmus, Geburt, Tod und Schnellkochtopf.

Viktor schulterte den Seesack und wollte flüchten, da griff das fauchende Sch-zischende Kukuruzmonster noch einmal nach ihm. Er hatte sich wieder aufgerichtet, fixierte ihn mit dunklen, fremdartigen Augen und schrie: »Schaukerl! Ich bring dich um, du!« Für einen Moment glich Gaines' Gesicht dem der Gouverneurstochter, nur dass es kein Feuermal hatte, keinen Blutschwamm, sondern eine riesige Landkarte. Man konnte sehen, dass sich Wasser darin bildete, die ganze Fratze langsam aufquoll wie ein Ballon der Brüder Montgolfier.

– Du bischt tot, stammelte der Koch. Tot. Dein Leben ischt rum. Dann ließ er plötzlich locker, sank zusammen, zuckte noch einmal, weil sein Hinterteil die Herdplatte berührte, landete auf dem Boden. Wie ein Oktopus sah er mit seiner riesigen Gesichtsblase nun aus, ein Elefantenmensch.

Viktor riss sich los, sprang, drehte sich noch einmal um – *Lebt der noch? Nein, nicht hinsehen?* –, rannte zurück zum Zwischendeck, das ihm wie ein düsteres, nur von wenigen Öllampen erhelltes Kirchenschiff erschien. Es glich einer Brutstätte für Insekten, wo riesenhafte Wesen in Kokons eingesponnen waren und hin- und herschaukelten. Es waren bestimmt zweihundert Hängematten, die hier gleichförmig pendelten. Viktor musste darunter durchkriechen, fand schließlich seine eigene, die in der Bordwand steckte, auch zwei Haken waren da.

– Ruhe! Pass doch auf.

Kaum lag er in dieser ungewohnten Bettstatt, kaum begann er in einen dämmrigen Zustand einzutauchen, hörte er auch schon knarzende Planken, das Knarren eines Mastes und die donnernde See. Er hörte Flüstern, Schnarchen und das Ächzen des Rumpfes, der in der Sprache eines Halskranken »Kehrt um, ehe es zu spät ist« krächzte. Die Rufe der diensthabenden Mannschaft erklangen wie aus weiter Ferne, dafür war das

Schlagen und Aufbauschen der Segel, wenn der Wind in sie hineinfuhr, ganz nah. Viktor spürte, wie sich eine Schwere in ihm ausbreitete, eine Schwere, die ihn irgendwo hineinzog, raus aus dieser Welt. Da, er wollte sich schon fallen lassen in die Schlucht der Träume, wurde er zurückgehalten. Jemand musste noch einmal aufs Klo. »He, pass auf! Kannst du dir das nicht früher überlegen. Nimm einen Stiefel«, war zu hören. Auch das Wimmern des Verprügelten tauchte auf. Er klagte über veilchenblaue Sa-eide, nein, Schmerzen, verlangte nach seiner Mama und schwor, nie wieder zu stehlen. Wenig später machte es einen Plumps, dem ein leises Fluchen folgte. Jemand lachte, andere mahnten zur Ruhe. Später würde Viktor erfahren, was da los gewesen war. Man hatte zum Scherz die Halterung einer Hängematte gelockert, so dass der arme Schläfer mit Karacho zu Boden rumpelte. Dann kam die Schwere wieder, diesmal zog sie ihn hinein zu sich.

Hatte er fünf Stunden geschlafen oder nur zwanzig Minuten? Jedenfalls wachte Viktor auf, weil ihn jemand streichelte. Zuerst glaubte er, er wäre zu Hause bei seiner Mama, dann spürte er eine raue Männerhand und roch etwas Säuerliches. Essig? Aceton? Wer schwitzte wie ein schwer Zuckerkranker? Nein, Urin. Als Viktor schreien wollte, wurde ihm der Mund zugepresst. Außerdem spürte er etwas Spitzes an der Kehle. Was dann geschah, hätte er lieber nur geträumt. Er spürte, wie sich jemand an ihm zu schaffen machte, sich jäh etwas in seinen Hinterausgang bohrte, einen Schmerz, der sein ganzes Rückenmark entlang hinauf bis zu den Zähnen lief. Er fühlte einen großen verschwitzten Kerl über sich, spürte, wie er dabei war, in ihn einzudringen, als eine feste Ratterstimme zu hören war. Es war ein Leutnant, Lozach, der Sto-, Sto-, Stotterer, der jemanden suchte. Das war Viktors Glück.

Fleisch

Aufstehen, alle raus, aber flott, das Schiff geht unter!

Was? Als Henri Savigny nach einer traumlosen Nacht erwachte, wurde wild gebrüllt. Er fuhr hoch, zog Rock und Stiefel an, lief, so schnell er konnte, den schmalen Niedergang hinauf. Es war erst vier Uhr früh und die dunkle Nacht bloß von einem schwachen Hauch am Horizont erhellt, doch das Deck war übervoll. War etwas passiert? Auf Grund gelaufen? Sank das Schiff? Nein, der Schrei, der ihn geweckt hatte, so viel begriff er bald, war ein Scherz gewesen. Die Kolonialtruppe exerzierte. Mehr als zweihundert Mann standen in voller Montur am Vorderdeck und bewegten sich auf Kommando. »Stillgestanden«, »Präsentiert«, »Links um« und andere sinnlos erscheinende Befehle wurden von den Leutnants Dupont, Lozach, Lheureux, Anglas und dem pickeligen Clairet gebrüllt, wobei die Kommandos Lozachs, des Stotterers, meist wie ein Echo nachhallten. Anglas, das war der mit dem Aussehen eines russischen Grafen, brüllte am schrillsten.

Savigny, Schweiß stand ihm auf der Stirn, und seine Hände zitterten, stolperte über einen knieenden Matrosen. Das Mitteldeck war voll davon, und alle klammerten sich an ihr Gebetbuch. In diesen Gebetbüchern stand kein Vaterunser oder Ave Maria, sie waren voller Löcher: Bimssteine. Jemand hatte Meerwasser ausgeschüttet, und nun musste mit diesem »Gebetbuch« geschrubbt werden – immer quer zur Faser, damit die Substanz nicht aus den Jahresringen gerieben wurde. Bestimmt dreißig Seemänner knieten da und schoben den Bimsstein vor und zurück. Die frische Morgenbrise strich um ihre verschwitzten Körper. Sie schrubbten kraftvoll und gleichmäßig. Die Szene erinnerte an an eine Mischung aus Morgengymnastik und dem Gebet in einer Moschee. *Das ist notwendig, damit das Deck nicht austrocknet.* Als die Soldaten einfach durchmarschierten, um am Achterdeck in Gefechtsstellung zu gehen, die langen Gewehre anzulegen und auf einen fiktiven Feind zu zielen, fluchten die »betenden« Matrosen. Auch die Marineoffiziere waren nicht erfreut, die Truppen auf dem Achterdeck zu sehen.

– Was ist, wenn ein Passagier kommt?

– Um diese Zeit?

– Der Radau weckt das ganze Schiff. Außerdem haben Sie da hinten nichts verloren.

– Kümmern Sie sich um Ihre eigenen Leute.

Diese Deckschrubberei ist so nützlich wie ein Kropf, dachte Savigny. Dadurch dringt nur unnötige Feuchtigkeit in die Räume, die Luft wird schlecht, und es bilden sich krankheitsbringende Miasmen. Er hatte schon entsprechende Eingaben beim Marineministerium gemacht, die aber sämtlich unbeantwortet geblieben waren. Die Leute mussten beschäftigt werden, es ging um Disziplin, außerdem hielt das Schrubben mit Meerwasser das leicht konkav gewölbte Deck sauber, verhinderte, dass sich Algen daran festsetzten.

Mit dem Sonnenaufgang wurde zweimal geglast. Es war fünf Uhr morgens, ein Dunstschleier lag gespenstisch über der grauen See, und den Schiffsarzt fröstelte. Da erschien der Kapitän mit schlecht sitzender Perücke und verkündete, dass nach dem Frühstück alle anzutreten hätten, um eine Bestrafung zu bezeugen. Ein Mann würde ausgepeitscht werden, weil er es gewagt hatte, an Bord zu fluchen.

Was? Savigny kratzte sich am Kopf. Gut, Seeleute waren

abergläubisch, verbrannten bei einer Flaute einen Besen, warfen ihre Mützen über Bord, nagelten eine Haifischflosse an den Bugspriet oder opferten Neptun ihren Bart. Er konnte sich auch erinnern, wie man vor der Ausreise Wein über das Deck gegossen oder nachher Münzen »für'n guten Wind« über Bord geworfen hatte. Aber Auspeitschen? Wegen Fluchens? *Himmel, Arsch und Holunderstrauch! Das ist hart. Wahrscheinlich ist der eitle Gockel noch besoffen. Fett wie die russische Erde.*

Es handle sich, so Chaumareys weiter, um ausnehmend gotteslästerliche Flüche, und da der Flotte eine gefährliche Reise bevorstünde, bei der man auf Gottes Gnade angewiesen sei, könne man so etwas nicht ungesühnt lassen. Außerdem hatte jemand den Alkohol des Kompasses getrunken, jenes bisschen Flüssigkeit, auf der die Windrose schwamm. Und da dieses Schwein in flagranti nicht mehr zu erwischen war, musste nun besonders rigoros durchgegriffen werden.

Der Kapitän hatte einen roten Kopf, und seine Stimme klang gepresst. Richeford hatte ihn überzeugt, dass seine Autorität gewahrt bleiben müsse und darum diese Bestrafung absolut unabdingbar sei. Hugo war unschlüssig gewesen, er verabscheute Gewalt, aber sein großer, glatzköpfiger Freund mit den Rotweinkrusten an den Lippen hatte darauf bestanden, ein Exempel zu statuieren.

– Unser gutes Herz ist eine Schwäche, und die Peitsche das einzige Argument, das die verstehen.

Eine Stunde später standen sämtliche Matrosen und Soldaten auf dem Mitteldeck und mussten mit ansehen, wie ein kräftiger Kerl an den backbordseitigen Wanten festgebunden wurde. Wulstige Delta- und Trapezmuskeln wölbten sich auf seinem Rücken. Die aufgehende Sonne stand zirka in Höhe seines Kopfes, und für Viktor sah es aus, als würde der Festgebundene von einem Heiligenschein illuminiert. Er fühlte sich an sein eigenes Prangerstehen erinnert, an das Halseisen, das Schild, das man ihm damals um den Hals gehängt hatte: Ich bin ein Dieb.

Da es sich um einen Soldaten handelte, wurde die Bestrafung von einem Leutnant der Kolonialtruppen vollzogen. Lozach, Anglas de Praviel, Dupont, Lheureux und der pickelige Clairet hatten gelost. Da Anglas den kürzesten Halm gezogen hatte, war er auserwählt, die Streiche auszuführen. Ein Schiffsjunge reichte ihm den roten Sergebeutel mit der neunschwänzigen Katze. Anglas nahm sie in Empfang wie ein Priester bei der Messe die Monstranz, streifte den Stoff ab, strich über den Holzknüppel und spielte mit den weichen Lederstriemen, an deren Enden jeweils ein kleiner fester Knoten war. Sein Lächeln war nur schwer zu deuten. War es zynisch, lüstern, oder überspielte er damit die Nervosität, selbst im Mittelpunkt zu stehen? Auch die Truppe kannte schwere Strafen, aber das hier erschien selbst den Leutnants als zu hart. Einzig Dupont, der lange Schlaks, lobte die Maßnahme und strich die Genialität der Admiralität heraus. Der pickelige Clairet sah ihn strafend an. War das ein Scherz? Genialität? Nein, Dupont machte keine Scherze, der war wirklich so ein Schleimer.

Wenig später waren sämtliche Soldaten und Seeleute, auch diejenigen mit Freiwache, angetreten, um dem Schauspiel beizuwohnen. Auch der Koch und sein fetter Adlatus waren zu sehen. Der eine ein Scho-etwasch-lassch-ich-mir-doch-nicht-entgehen-Gesicht, der andere ein Da-ham-mir-Spaß-Lächeln. Sie standen etwas abseits und starrten erwartungsfroh zum Festgebundenen. Die meisten Passagiere schliefen noch. Ein paar aber waren von dem Lärm geweckt worden und sammelten sich neugierig an der Brüstung am Achterdeck. Nur Alphonse,

der fünfjährige Neffe Picards, lief durch die Reihen der stramm-
stehenden Soldaten und zeigte ihnen sein hölzernes Segelboot.

– Schön, gell. Hat mir Onkel Charles geschenkt … Er wusste
nicht, was hier gleich passieren würde, und seine Cousine –
war es Caroline oder Charlotte?, die beiden sahen einander
zum Verwechseln ähnlich – hatte Mühe, ihn wegzuziehen.

Der Himmel war blassgrau, und über dem Schiff segelten
Möwen, als der Kapitän mit einem leichten Nicken das Kommando gab. Sofort zischte die neunschwänzige Katze durch die
Luft und traf den braungebrannten Rücken. In Anglas' Gesicht
stand nicht die geringste Regung, nur in seinem Backenbart
hingen ein paar Wassertröpfchen. Er schlug zu mit der Gleichgültigkeit eines Menschen, der seine Pflicht erfüllt – und dabei
doch mit aller Kraft.

Der festgebundene Mann hieß Prust, stammte aus Mähren,
war gelernter Leinenweber und hatte sich von Werbern über-
rumpeln lassen. Nun hing er an den Wanten und musste den
schneidenden Schmerz ertragen, die Demütigung. Anfangs
dachte er, es sei gar nicht so schlimm – vielleicht so, wie wenn
man mit dem Rücken voran ins Wasser fällt. Aber schon beim
vierten oder fünften Schlag platzte seine Haut, und es kam ihm
vor, als hätten Holzknechte eine große Säge angesetzt, die sie
über seinen Rücken rissen.

– Je schwächer der Kapitän, desto härter die Strafen, flüsterte Hosea Thomas. Er sprach leise, damit William Shakespeare, der auf seiner Schulter saß, nichts nachplapperte.

Hatte Viktor die Nähe dieses Seemanns gesucht, war es jetzt
Thomas, der sich neben den Kombüsenjungen gestellt hatte,
oder hatte der Zufall seine unergründlichen Fäden hier im
Spiel?

– Und alles wegen ein paar Flüchen? Dabei heißt es doch, gut geflucht ist halb gebetet.

– Das Beste daran ist, murmelte Hosea ohne Viktor anzusehen, dass der arme Kerl da wahrscheinlich nicht einmal der Flucher ist, wahrscheinlich nicht. Die Frau des Gouverneurs, diese dicke Henne, soll gestern Abend übers Deck flaniert sein, soll sie. Irgendjemand hat geflucht, hat er, sie konnte nicht mal sagen, wer. *Ist unter ihrer Würde!* Also hat man ihr ein paar Kerle vorgeführt, und diese dumme Pute, *dieses geltungsgeile Nichts*, hat mit ihrem fetten Finger einfach einen ausgewählt, hat sie.

Prust, der die ersten Schläge stumm ertragen hatte, schrie jetzt jedes Mal, wenn ihm die Peitsche in den Rücken fuhr.

– Zwölf, sagte Richeford. Er, der auf dem Schiff keine offizielle Funktion bekleidete, nichts war als der Freund des Kapitäns, stand nun neben Anglas und verkündete stolz die jeweilige Zahl.

– Fünfzehn. Blut spritzte in die Gesichter der Leutnants. Schmaltz und seine Frau, die Urheberin des Schauspiels, standen abseits. Keine Spur von ihrer Tochter. Auch die anderen Passagiere hielten sichere Distanz, betrachteten die Auspeitschung aber mit einer Mischung aus Lust und Abscheu. Egal, ob am Achterdeck, wo Kummer, der noch bleich, aber erholt die Szenerie mit einem geradezu wissenschaftlichen Interesse verfolgte, oder in einer Kabine wie bei Arétée, die gerade ihr Feuermal mit Puder überdeckte, überall waren die Schreie des Gepeitschten zu vernehmen. Jedem bohrten sich die gepressten spitzen Stöße so sehr in den Magen, dass sie kurz die Luft anhielten. Jeder zählte im Geiste mit, wiederholte die von Richeford gebrüllten Zahlen.

– Zweiundzwanzig.

Das ist also aus Freiheit, Gleichheit und Brüderlichkeit geworden, dachte Corréard, der Zyniker. *Ich dreh durch.* Die Oberen ließen die Unteren gnadenlos auspeitschen, um ihre Macht zu sichern, um dem Gesetz Genüge zu tun; einem Gesetz, das immer gegen die kleinen Leute gemacht war und unbeugsam vollzogen wurde. Gut, die Revolution war nicht besser gewesen, hatte im Sinne der Gleichheit die Guillotine eingeführt – nur hießen dann die Menschen, denen man die Köpfe abschlug, nicht mehr Herr, sondern Bürger. Davor wurden Ketzer auf dem Scheiterhaufen verbrannt, Staatsverbrecher geviertelt, Mörder gerädert, Diebe gehängt, Falschmünzer bei lebendigem Leib gesotten und Adelige enthauptet. Besonders schweren Fällen hat man die Gedärme bei lebendigem Leib herausgezogen. Hochverrätern wurden auch die Eier abgeschnitten. Dank der Revolution waren alle gleich, konnte nun jeder das Privileg des viel vernünftigeren Kopfabschlagens für sich in Anspruch nehmen. Das hieß Fortschritt! Verdienst der Revolution! *Ich dreh durch.* Die Livres und Louidors wurden durch den Franc ersetzt, die Woche hatte zehn Tage und hieß Decade, die Monate wurden in Weinmonat, Nebelmonat, Reifmonat, Schneemonat und so weiter umbenannt, und die Tage hießen plötzlich Primidi, Duodi, Tridi … Triumph des Dezimalsystems, aber die Leute weigerten sich, in Metern, Kilos oder Francs zu denken, sie weigerten sich, ihre alten Maßeinheiten aufzugeben. Sie waren so sehr von der gottgegebenen Zahl zwölf überzeugt, von den zwölf Sternzeichen, den zwölf Aposteln, zwölf Stämmen Israels, dem Zwölffingerdarm, dass sie die an Fingern und Zehen orientierte Zehn für Blasphemie hielten. Für Corréard war diese ganze Revolution genauso unsinnig wie die Monarchie. Er glaubte weder an das eine noch an das andere, weder an Gut noch an Böse.

Diejenigen, die die Vernunft als höchsten Wert verkündeten, waren ihm nicht weniger suspekt als die Gottgläubigen. Lauter Opportunisten. Zu Zeiten Christi wurden sie Kreuzhersteller und jetzt eben Revolutionäre, oder Konterrevolutionäre, je nachdem, was gerade nützlich war. Devastierende Subjekte. *Ich dreh durch.*

Die Zähne der Säge gruben sich tief in Prusts Fleisch. Eine Mischung aus Blut und Wundsekret lief über seinen Rücken. Sein Gesicht, zu Beginn dieser Veranstaltung das eines jungen Mannes, schien um Jahrzehnte gealtert. Die Augen waren stumpf und hervorgetreten.

– Achtundzwanzig. Sein Rücken war aufgeplatzt wie ein Pfirsich, den jemand gegen ein Drahtgitter geschleudert hatte. Keinem der Männer war besonders wohl. Alle hatten selbst schon einmal schlimme Schimpfwörter gebraucht, sogar der Missionar. Nur Reine Schmaltz empfand Genugtuung. Sie dachte an den Blutschwamm ihrer Tochter, der wieder gewachsen war, bis über das Auge reichte, den Mundwinkel berührte. Noch war er dunkelrosa und konnte als irgendwie interessant durchgehen, aber bald würde er leberrot und dunkelviolett werden, dann wäre ihre Arétée entstellt, ein Monster. Sie hasste dieses Fleisch, das ihre Tochter so verunstaltete, ihr eigenes, das von ihrem Mann nicht mehr begehrt wurde. So war es nicht der Soldat Prust, der bestraft wurde, sondern das Fleisch, dieses verfluchte.

– Neunundzwanzig.

– Stopp! Savigny hob die Hand, und Anglas – in seinem Backenbart hingen kleine blutige Hautfetzen – ließ die Peitsche sinken. Der Zweite Schiffsarzt war beauftragt, die Bestrafung zu überwachen, zu überprüfen, ob sich der Geist des Delinquenten auch nicht durch eine Ohnmacht entzog. Er reichte

Prust eine Holzkelle voll mit Wasser. Der Ausgepeitschte reagierte nicht.

– Alles in Ordnung?, fragte Savigny. Die glasigen Augen des
Angebundenen sahen ihn an, als ob er gefragt worden wäre,
wie er mit seiner Frisur zufrieden sei, dann spuckte er ihm ins
Gesicht:

– Froschfresser!

Es war ein blutiger, übelriechender Schleim. Savigny wischte
sich das Gesicht, kämpfte mit seiner Zunge, die wie ein toter
Fisch in seinem Mund lag, trat zurück, und Anglas hob die
neunschwänzige Katze, während Richeford wieder in seinen
Zählrhythmus fiel, der sich wie leichte Erdstöße in die Mägen
der Passagiere grub und in Reine Schmaltz' Kehle ein wohli-
ges Kitzeln auslöste. Ein Lächeln huschte über ihren Mund, das
war nicht unter ihrer Würde.

Viktor sah den Schiffsjungen O'Hooley, Hupf, der erstaunlicherweise genauso blödsinnig grinste wie die Gouverneurs-
henne. Seine roten Haare glitzerten in der Sonne, und auf der
Stirn leuchteten gelbe Talgpatzen – groß wie überreife Ribiseln.
Dann sah er den Missionar, der neben Madame Schmaltz stand
und ein ernstes Gesicht machte. Man hatte seinem Gott geläs-
tert, und das rechtfertigte jede Bestrafung. Aber auch er hatte
schon geflucht, hatte seinen Herrn einen Scheißgott genannt,
einen Saufschädel und Hirnparasiten. Daneben der Gouverneur, mit weißer Perücke, aber unrasiert und sich nervös im
traurigen Gesicht kratzend.

– Vierunddreißig. Die Säge hatte sich bis zu den Knochen
durchgefressen. Anglas schlug immer noch, so fest er konnte,
ohne eine Miene zu verziehen. *Macht dem das Spaß? Das ist
mehr als Ich-führe-nur-Befehle-aus. Dem gefällt das, kommt ihm
doch der Saft schon bei den Augen raus.* Selbst den Schiffsoffi-

zieren Reynaud und Lapeyrère, die Matrosen und einfache Soldaten für Menschen dritter Klasse hielten, schien diese Szene unangenehm – zumal der verhasste Kapitän dahintersteckte. Am schlimmsten aber war es um Espiaux bestellt, der litt bei jedem Peitschenhieb, als würde er ihm selbst versetzt. Mit jedem Schlag zuckte und verkrampfte sich sein ganzer Körper, sein Alain-Delon-Gesicht, weil er die Ungerechtigkeit der Welt spürte.

Chaumareys war von dem Schauspiel nicht minder angeekelt. Richeford hatte gesagt, es sei notwendig, um Macht zu demonstrieren, um zu zeigen, wer an Bord das Sagen hatte. Also hatte der Kapitän zugestimmt, aber nun, da kleine Hautfetzen an den Lederriemen hängen blieben, durch die Luft flogen und auf den Dreispitzen der Offiziere landeten, widerte ihn diese Veranstaltung an. Er dachte an Sophie de Kerdu und sah dieses rachsüchtige Bauernmädchen lachen. *Das hast du jetzt davon, Hugo, und das ist erst der Anfang. Du wirst den Tag noch verfluchen, an dem du das Kommando übernommen hast.*

– Vierzig, schrie Richeford. Prust brüllte wie am Spieß, und die Möwen antworteten. Die Vögel saßen auf der Takelage und schienen nur darauf zu warten, dass einmal ein besonders großer Hautfetzen durch die Luft flog. Wahrscheinlich hielten ihre kleinen Vogelgehirne die Szene für eine Fütterung, eine besonders raffinierte Art der Nahrungsmittelzubereitung.

Eine unheimliche Stille lag über dem Schiff, bis wieder die Peitsche durch die Luft pfiff, um auf das offene Fleisch zu klatschen und einen entsetzlichen Schrei auszulösen. Aaahhhhhhhh – als ob sich die Seele ganz Mährens (und Böhmens gleich dazu) einen letzten Laut abpresste. Ein Schrei, der in den Eingeweiden rüttelte. Einundvierzig. Da ließ der Delinquent seinen Kopf, der sich bislang nach oben gereckt hatte, zur Seite fallen. Kein Zweifel, Mähren war verloren, Prust hatte kein Bewusstsein mehr. Er war geflohen, hatte sich in sich selbst versteckt. Savigny müsste abbrechen.

– Warum bricht der Arzt nicht ab? Ein leises Murren ging durch die Soldaten. Prust ist ohnmächtig. Einen Bewusstlosen auszupeitschen war sinnlos. Aber was tat dieser Arzt? Savigny schaute ihm in die Augen, legte sein Ohr an Prusts Mund, hörte einen Fluch, der wie ein Reflex aus diesem leblosen Körper kam: »Mit einem Kaktus müsste man dich ficken, Franzarsch«, und gab Anglas das Zeichen fortzufahren. Sieben Streiche noch, und er hatte seine vier Packungen erhalten.

Das ist besser, dachte Savigny, besser als wenn die Strafe ausgesetzt wird und er zu einem späteren Zeitpunkt die Reststrafe erhält, die die dann verheilten Wunden wieder aufreißt. Gut, manchmal werden diese Reststrafen auch erlassen. Aber was, wenn nicht?

– Fünfundvierzig. Jeder der Anwesenden (außer Reine) schien nun Mitleid mit dem Ohnmächtigen zu haben. *Und das alles wegen Fluchens?* Sogar O'Hooley lächelte nicht mehr, presste die Lippen aufeinander und zog ein ernstes Gesicht. Das ist doch sinnlos, wurde in Hunderten Hirnen gedacht. Sinnlos! Auch der Missionar blickte flehentlich zum Kapitän, der aber unbeteiligt zu Boden starrte, als ob es dort ein spannendes Schachspiel zu bestaunen gäbe. Nur Richeford hatte einen freudig erregten Ausdruck im Gesicht. Für ihn wurde nicht das Fleisch geschlagen, das Arétée verunstaltete oder nicht mehr so straff wie früher war, für ihn wurde mit jedem Schlag seine Macht gefestigt.

Achtundvierzig! Anglas hatte seine Messe zu Ende gelesen, pickte sich die blutigen Hautfetzen aus dem Backenbart und überreichte die neunschwänzige Katze dem Ministranten, also dem Schiffsjungen Leon, den, wie es damals üblich war, alle Moses nannten. Der hielt die Peitsche in einen Kübel Salzwasser, rieb die Striemen sauber und murmelte:

– Jetzt hast du deinen Auftritt gehabt, Katze. Noch einmal brauchen wir dich nicht. Dann rieb er sie an seinem Hemd trocken und steckte sie wieder in den roten Sergebeutel.

– Und da bleibst du jetzt!

Zwei kräftige Burschen schütteten den Kübelinhalt über den zerpflügten Rücken Prusts, banden seine Fesseln los und stützten ihn. Savigny trat hinzu, zog seine Augenlider hoch und sah in eine Leere, eine unendliche, unbelebte Weite. Er fühlte den Puls, doch vergeblich. Kein Pochen!

– Schnell, legt ihn auf den Boden. Auf den Boden mit ihm! Schnell! Der Arzt begann das Herz zu massieren, fühlte noch einmal den Puls, begann gegen seine Brust zu drücken, gab ihm Ohrfeigen, presste ihm seine Lippen auf den Mund, blies Luft hinein, richtete sich auf und schüttelte dann leicht den Kopf.

– He, gib mir das Bajonett. Schnell! Schon stach Savigny die Bajonettspitze in Prusts Fußsohle. Ohne Reaktion. Er hielt sein Ohr an die Nase des am Boden Liegenden. Nichts.

Kein Zweifel, Prust war tot. Tot! Die Messe war zu Ende, doch diesmal gab es keine Auferstehung. Niemand sagte es, doch jeder spürte es. Tot. Er war noch nicht kalt, aber in diesem Fleisch war kein Leben mehr. Selbst die Kinder am Achterdeck unterbrachen kurz ihr Spiel. Maiwetter sprang zu Prust und sprach einen Segensspruch, irgendwas mit »tapfer sein«, ja, er nahm dem Toten sogar die Beichte ab (wie immer ihm das auch gelang) und verlieh ihm die Sterbesakramente. Eine kurze, aber unheimliche Stille folgte, die sofort von allen möglichen Kommandos zerrissen wurde.

– Hart Backbord. Alle Mann an die Segel. Aufentern. Außenklüver setzen.

– Zweites Bataillon der Kolonialtruppe angetreten! Stillgestanden!

– Es ist mir in meinem ganzen Leben noch nicht vorgekommen, dass einer an achtundvierzig Schlägen stirbt, stampfte Richeford gegen den Boden. In meinem ganzen Leben nicht. Und schuld ist der Arzt, wieso hat er nicht abgebrochen? Der hätte das doch sehen müssen ... Der Kapitän sah verlegen zu Boden, im Schachspiel schien noch nichts entschieden, und murmelte etwas von Auguration, Fluch und Bauernweib. Wie gern hätte er jetzt in die Hände geklatscht und mit einem guten Wein auf die Reise angestoßen, aber das wäre wohl als pietätlos empfunden worden. Reynaud und Espiaux waren rot vor Zorn. Der Erste (Lino Ventura) wäre am liebsten zu dem leblosen Körper hingetreten, um ihm zu sagen, er solle gefälligst aufstehen und dem Kapitän die Meinung geigen. Der Zweite (Alain Delon) hätte gerne an einer Frauenbrust geweint.

– Der stirbt nur, um uns zu demütigen. Richeford rieb sich nervös die Hände. Aber Undank ist die größte Sünde. Wir hatten Kosten, Aufwand, um ihm seine gerechte Strafe zukommen zu lassen. Und er? Statt dankbar zu sein, stirbt er. Mistkerl.

Hosea Thomas ging zu dem Toten, hob ihn hoch, presste Prusts Kopf gegen seine Schulter.

– Guten Tag, krächzte William Shakespeare. Groß- und Focksegel aufgeien. Klar zum Halsen.

Hosea versuchte Prust auf die Beine zu stellen, aber seine Hände griffen in blutiges Fleisch und glitten ab.

– Guten Tag.

Viktor konnte sich nicht vorstellen, was als Nächstes kommen würde. War Prust tot? Was war er für ein Mensch gewesen? Hatte er Eltern? Eine Frau? Kinder, die um ihn weinten? Wie war er als Tscheche in die Armee gekommen? War er auch davongerannt? Vor allem aber, warum hatte der Schiffsarzt nicht eingegriffen? Warum hatte dieser Mensch, der sich rühmte, ein aufgeklärter Humanist zu sein, nicht abgebrochen?

Savigny war ohne Schuldgefühl und ohne Wut, ja, es umspielte sogar der Hauch eines Lächelns seinen Mund. Er ging zum Kapitän, verkündete den Tod und bat, den Leichnam untersuchen zu dürfen.

– Untersuchen? *Wozu? Was fällt diesem Zweiten Schiffsarzt ein? Der ist mir schon gestern unangenehm aufgefallen. Und jetzt? Untersuchen? Wozu?* Chaumareys sah von seinem imaginierten Schachspiel auf und warf einen flehentlichen Blick zu Richeford, der mit den Achseln zuckte. Schach! Dann blickte er zu dem Toten, der noch immer an Hosea Thomas Schulter lehnte. Schachmatt! Als der Kapitän sah, dass ein Soldat hinzustürzte, Prust eine Jacke über den zerfurchten Rücken legte und hysterisch schrie, »Peter ist empfindlich, ich mache mir Sorgen, dass er friert, er holt sich doch so schnell eine Erkältung«, murmelte er:

– Meinetwegen, zerlegen Sie ihn halt.

– Außerdem, sagte Savigny, möchte ich bitten, mir den Küchenjungen für ein paar Tage als Gehilfen zu gewähren. Er hat eine verbrannte Hand und ist somit ohnehin zu nichts zu gebrauchen.

– Tja, ich weiß nicht, murmelte Chaumareys unentschlossen, ob er so etwas gewähren konnte. Aber da wurde er auch schon von Schmaltz gepackt, der seine buschigen Brauen zusammenzog und lautstark auf ihn einredete:

– Wir müssen uns beeilen. Wir verlieren Zeit. Diese dumme Auspeitschung hat uns Fahrt gekostet. Wir können es uns nicht leisten … Man erwartet uns.

Was heißt dumme Auspeitschung? Wer hat ihn denn fluchen gehört?

– Wann wird der Tote der See übergeben?, fragte ein Matrose. Wieso soll der Doktor die Leiche untersuchen? Tote müssen über Bord! Tote bringen Unglück!

– Phh, machte der Kapitän und schritt von dannen – das heißt, er rannte den Anforderungen seines Reizdarms hinterher.

Mittlerweile hatten Hosea und Viktor, der mit seiner neuen Stellung nicht unzufrieden war, den Toten in das Lazarett gebracht. Der Soldat, der Prust die Jacke übergeworfen hatte, war ihnen gefolgt:

– Peter ist so empfindlich, schon ein leichter Luftzug genügt, und er holt sich einen Schnupfen …

Savigny schickte ihn fort, doch der Soldat blieb einfach stehen und redete weiter von Peters labiler Gesundheit, seiner Anfälligkeit für Luftzug, Föhn und kaltes Wasser. Erst als der Arzt ihn anschrie, Prust sei tot, tot!, schien er zu begreifen und zog ab – nicht ohne sein Lamento fortzusetzen.

Der Arzt blickte ihm nach und schüttelte den Kopf. Spinner! Dann bat er Viktor, die Tasche mit den Instrumenten bereitzustellen. Als sich sein neuer Gehilfe nicht rührte, blickte er in sein bleiches Gesicht und meinte mit ruhiger Stimme:

– Ist nur die Hülle, Bursche. Das, was diesen Menschen ausgemacht hat, ist schon fort. Verstehst du? Sein Geist ist wie ein Schmetterling davongeflogen. Zurückgeblieben ist nur der Kokon.

Als sich Viktor immer noch nicht bewegte, holte er die Tasche selbst, breitete ein paar Instrumente aus, die er alle namentlich benannte, und begann mit der Sektion.

– Wegen Fluchen, murmelte Hosea.

– Fluchen, wiederholte William Shakespeare.

– Um die Ruhe an Bord zu gewährleisten, sagte Savigny, ohne von seinen Sägen, Schabern und Messern aufzusehen. Es hätte auch einen anderen treffen können. Er schnitt dem Toten die Haut auf, klappte sie zurück, zersägte, was ziemlich laut war, das Brustbein, legte Organe und Gedärme frei, sezierte das Herz, begutachtete Blutgefäße, blies hinein.

Hosea sah verlegen zu Boden, druckste herum, und Viktor musste sich bei all diesen Verrichtungen zusammenreißen, hinunterwürgen, was ihm in der Kehle stand. Der Geruch des frischen Fleisches war ekelhaft. Schlimmer war der Anblick: ein tranchierter Mensch. Schon Savignys Hände in den grau-marmorierten Gedärmen waren grotesk, und als er in eine ausgeblasene Ader sah, war es fast zum Lachen, sobald der Doktor aber dem Toten einen seltsamen Zirkel an den Scheitel setzte, damit Kreise zog, das Haupthaar löste, den Knochen ritzte, *der schneidet das wie Glas*, mit einem leichten Knacken die Schädeldecke wegbrach und das Gehirn inspizierte, sehnte Viktor sich zurück zum Küchendienst. Was war schlimmer? Ein wahnsinniger Smutje oder ein obduktionsgeiler Schiffsarzt? *Aber es hätte auch einen anderen treffen können. Wen denn? Mich!*

– Entschuldigung … Können Sie mir sagen, was Insunitis bedeutet? Können Sie? Hosea machte ein verlegenes Gesicht.

– Insunitis, wiederholte der Papagei.

– Keine Ahnung. Der Schiffsarzt stocherte mit einer kleinen Spachtel zwischen Prusts Gehirnwindungen. Insunitis? Nie gehört … Er sprach, ohne aufzublicken, schabte kleine blaue Äderchen von der grauen, an einen halbleeren, zusammengepressten Fahrradschlauch erinnernden Masse names Hirn. Einen Fahrradschlauch kannte Savigny natürlich nicht, also dachte er eher an Gedärme eines Säuglings oder an das Werk eines göttlichen Konditors, der diese Masse mit einem Spritzbeutel in den Schädel gedrückt hatte.

– Meinst du vielleicht Sinusitis?

– Das meine ich. Hosea holte sein kleines Buch heraus und schrieb mit ungelenker Schrift S-i-n-u-s-i-t-i-s rein.

– Nebenhöhlenentzündung, sagte der Arzt. Hatte der hier aber nicht.

Der kräftige Matrose mit dem sandfarbenen Haar bedankte sich und ging, »Sinusitis – Nebenhöhlenentzündung« murmelnd.

– Aufgeien, krächzte der Papagei, und Savigny schüttelte den Kopf. *Sachen gibt's. Jetzt wollen schon Matrosen ihren Wortschatz erweitern.* Er hatte dem Gehirn ein ganzes Netz von feinen blauen Adern abgezogen und machte sich nun in den wulstigen grauen Windungen zu schaffen.

– Was wollen Sie da finden, rutschte es Viktor heraus.

– Vielleicht tschechische Wörter, lächelte Savigny, ohne von seiner Arbeit aufzusehen. Bisher kenne ich nur »Wessely«, das ist der Glückliche.

– Wenn es das ist, können Sie sich die Schnipselei sparen, meinte Viktor. Wir hatten einmal eine Köchin …

– So? Ihr hattet eine Köchin? Ich habe gleich gesehen, du bist was Besseres.

– Ja. Nein. Viktor war verlegen. *Was Besseres? Wie meint er das?* Die Köchin war aus Kutná Hora, Kuttenberg, hat mir ein paar tschechische Wörter beigebracht: »Suchy« ist der Süße, »Prohaska« der Spaziergänger, »Most« die Brücke, »Swoboda« die Freiheit, »Holub« die Taube … Er sah die große Blutlache am Boden und dachte an Margarete, an ihre Palatschinken, Pofesen und Serviettenknödel. Er hatte die Anwesenheit der

Leiche mittlerweile akzeptiert, selbst die schabenden und schmatzenden Geräusche störten ihn nicht mehr.

Als Savigny mit seiner Inspektion endlich fertig war, sagte er erfreut:

– Er müsste konserviert werden.

– In einer Büchse? Aber wozu?

– In Rum! So wie man 1805 den toten Lord Nelson in einem vollen Rumfass von der Schlacht bei Trafalgar zurück nach England gebracht hat, so müsste man auch diesen Peter Prust nach Frankreich bringen.

– Wieso? Viktor drückte den Fetzen, mit dem er den Boden aufgewischt hatte, über einem Eimer aus. Rote Flüssigkeit kam heraus. Was hatte er? Sinusitis?

– Nichts! Keine Krankheit, keine Anomalie, er hatte absolut nichts. Seine Organe waren einwandfrei, aber während des Auspeitschens hat er einen Gehirnschlag erlitten. Hier. Siehst du das Gerinnsel? Er zeigte auf eine kleine rote Stelle, die aussah wie eine zerdrückte Ribisel. Das war glatter Mord.

Mord? Andere meinen, dachte Viktor, der Schiffsarzt hätte einschreiten müssen. Sie denken, auch der Schiffsarzt wäre schuld.

Da erschien ein kleiner dicker Matrose, es war Aurelio Pampanini, der Genuese, und forderte, nicht ohne jeden seiner Sätze mit einem Schimpfwort und einem Heiligen zu garnieren, die Herausgabe der Leiche.

– Tote dürfen nicht an Bord bleiben, bringen Unglück. Pech, Schwefel und Hühnerdarm, meinte er, sonst holt uns alle Davy Jones. Der heilige Ambrosius hat schon Hummeln im Arsch. Der heilige Aloisius ist schon stinkig wie die Pest. Dieser ist schon viel zu lange hier. Der Kapitän hat es befohlen.

Der Kapitän? Savigny wusste, dass die Matrosen darauf

drängten, den Toten endlich in einen Sack einzunähen, weil es Brauch war, den Männern, die diese Arbeit verrichteten, so viel Rum zu geben, wie sie wollten. Dagegen kam er nicht an. Er erhob sich, stützte seine Hände in die Hüften, hob sein Kinn und meinte:

– Gut, in einer Stunde könnt ihr ihn holen.

Inzwischen war es Nachmittag geworden. Die Sonne stand schon tief im Westen, als man den toten, wieder notdürftig zusammengeflickten Prust in die Werkstatt des Segelmachers trug und auf einen Tisch legte. Das war der einzig geeignete Raum, denn man konnte die Leiche ja schlecht am Zwischendeck inmitten der Picards und Lafitte-Schwestern einnähen. Der bärtige Segelmacher, er hieß Cousserolle, was an Kasserolle erinnert, aber »großer Löffel« bedeutet, suchte ein Stück bester Leinwand, und aus der Kombüse kamen drei Krüge Rum. Die sechs Matrosen, die sich für diese Arbeit gemeldet hatten, der glupschäugige Genuese Pampanini war einer von ihnen, nähten im Schein einer schwachen Öllampe die ganze Nacht. Dabei ging es weniger um das Nähen, mehr um den Rum und die sich dadurch freisetzenden Geschichten. Sie schwadronierten von gebrochenen Masten, Seeleuten, die von den Rahen fielen, Gefechten, glühenden Kanonenkugeln, die Köpfe vom Leib rissen, Ertrunkenen, die wiederkamen, und anderen Schauergeschichten, die meist damit endeten, dass Davy Jones die Seinen zu sich holte. Zwischendurch Pampaninis Anrufungen irgendwelcher Heiliger:

– Heiliger Erasmus, Schutzheiliger der Seeleute, bitte für uns. Heiliger Tobias, Schutzheiliger der Totengräber, heiliger Vinzenz, Patron der Senfmacher, heiliger Kamillus, Schutzheiliger der Sanitäter, bittet für uns. Heiliger Laurenzius …

– Heilige Petersilie, ergänzte ein anderer, und alle lachten. Nur Pampanini strich sich sein schwarzes Haar zurück und rollte mit den Augen.

Unter Prusts Kopf kam ein kleines Kissen, um seine Beine wurden Stangen gewickelt, die dem Kokon aus Leinen und Stoff Stabilität gaben. Am nächsten Morgen, als alle Näher heillos betrunken waren, wurde der letzte Nadelstich, so wie es Brauch war, durch das Septum nasi getrieben, die Nasenscheidewand des Toten.

– Heiliger Cyriak, schenke ihm Ruhe und Frieden, tat Pampanini diesen Stich und bohrte sich dabei die Nadel in den Finger. Stronzo! Verdammte Schweinerei.

Mit den ersten Sonnenstrahlen, es begann der dritte Tag an Bord, erschien Cousserolle, der Segelmacher, mit seinem Gehilfen und trug das schwere weiße Paket an Deck, wo es auf zwei Lukendeckel kam. Da lag es nun, anklagend, unheimlich, und jeder, der es sah, musste unweigerlich an Prusts markdurchdringende Schreie denken. Jetzt hatte es sich ausgebrüllt und ausgeflucht, war nur noch dieser lange weiße Stoffballen von ihm übrig.

Die Schiffsflagge stand auf Halbmast, die Glocke wurde gedämpft geschlagen, und an Deck versammelten sich alle Matrosen und Soldaten. Manche kauten noch am Schiffszwieback, andere hatten Pfriem oder Teeblätter im Mund.

– Was gibt es denn? Steht wieder eine Bestrafung an?

– Pst. Da kommt der Pfarrer mit der Bibel.

– Und da liegt der arme Tote. Hat man ihm Salz, Brot und ein paar Münzen mitgegeben? Für eine gute Reise, damit er es bei Davy gut hat.

– Aber warum ist das Paket so lang? Ist der Tote über Nacht gewachsen?

– Versicherung! Damit er untergeht, hat man zu seinen Füßen zwei Kanonenkugeln mit eingewickelt.

Wäre er ein Seemann gewesen, hätte man ihm auch geweihte Heimaterde mitgegeben, die jeder Matrose zuunterst in seiner Seekiste dabeihatte. Aber Prust war nur ein einfacher Soldat, und die ließen sich vor ihren Kasernierungen keine Heimaterde weihen – schon gar nicht, wenn sie aus Mitteleuropa stammten und von Werbern gedungen worden waren.

– Ich weiß, dass mein Erlöser lebt. Der Missionar Maiwetter sprach ein paar bedeutsame Worte, mahnte, auch an die Zeit zu denken, in der keine Ozeane mehr sein würden, keine Wälder, Berge, Seen, aber auch kein Wind und keine Zeit, nur noch der warme Atem Gottes.

Das Schiff hob und senkte sich, die Soldaten präsentierten Musketen, und die Offiziersanwärter hatten ihre Säbel gezogen, die sie wie Taufkerzen vor sich hielten. Viktor war der Zweite an Bord, der wusste, dass diesem Paket etwas Wesentliches fehlte, etwas, das nun in Alkohol lag und einmal mehr tschechische Wörter gewusst hatte als »Swoboda« und »Prohaska«. Savigny hatte dem Toten das Gehirn aus dem Schädel gehoben, den entstandenen Hohlraum mit einem alten Öllappen gefüllt, weil er in der Eile nichts Besseres gefunden hatte, dann die Schädeldecke wieder aufgesetzt und die Kopfhaut zugenäht.

– So werde ich in meinem Fleisch dennoch Gott sehen. Und meine Augen werden ihn schauen und andere nicht, verkündete der Missionar. *Und was wird der Öllappen dabei denken?* Als auch Hauptmann Lozach nach Worten rang, etwas von Pfli-, Pfli-, Pflichterfüllung und Va-, Va-, Vaterland sagte, begannen die anwesenden Soldaten und Matrosen die Kaiserhymne zu singen, wurden die Lukendeckel angehoben und der in bestes Leinen eingenähte Peter Prust mit den Füßen voran über das steuerbordseitige Schanzkleid, die Seite der Ehrbezeugungen, geschmissen. Geschmissen? Von wegen! Das Paket, so als ob es sich weigerte, in die kalte See zu fallen, rührte sich nicht. Erst als zwei Matrosen anschoben, rutschte es über das Schanzkleid und fiel ins gräulich blaue Meer. Der Aufprall war kaum zu hören.

– Herr, lasse mich mein Ende wissen, nimm die Heimsuchung von mir, die Schuld. Verzeih meine Verfehlungen, meine sündigen Gedanken …

– Blick ihm nicht nach, flüsterte Hosea. Einem Toten darf man nicht nachsehen, das bringt Unglück.

– Unglück, wiederholte William Shakespeare. Aufgeien.

Aberglaube, dachte Viktor.

– Hoffentlich hat man genügend Gewicht hineingetan, weil ein auftauchender Toter bringt Unheil.

Aberglaube!

Tatsächlich sah ihm niemand nach, nur einer, O'Hooley, der gerade auf der Saling stand, konnte sich nicht dagegen wehren, dem untergehenden Sack zuzusehen, mit anzuschauen, wie die verpackten sterblichen Überreste von Peter Prust mitsamt dem Öllappen im Kopf für immer auf den Meeresgrund sanken, um dort zu verrotten oder von Fischen, Weichtieren, Stachelhäutern und anderen Viechern aufgefressen zu werden. Als der Leichnam nach einer Weile wieder auftauchte, so als ob Prust sich noch einmal beschweren wollte, und es war, als würde er O'Hooley rufen, Hupf, folge mir, Blue, lass mich nicht allein, wäre der rothaarige Junge vor lauter Schreck fast von der Saling gefallen.

An Bord wurden, wie es Brauch war, Prusts Kleider und Habseligkeiten versteigert, damit es nichts mehr gab, was einem

Toten gehörte. Uniform, Muskete, Stiefel, eine Bibel auf Tschechisch, ein Jagdmesser, Knoblauchzöpfe und ein großer Beutel voll mit Sonnenblumenkernen. Der Erlös gehörte seinen Hinterbliebenen. Da niemand wusste, ob er welche hatte, wurde er für einen Fonds zugunsten verwundeter Soldaten und Seeleute bestimmt. Somit waren sie alle als Nutznießer vorgesehen, konnten den Betrag auch gleich aufteilen, beim Proviantmeister ein Fässchen Rum kaufen und auf den guten Peter trinken.

– Prust! Machs gut, Alter.

Der gespreizte Adler

In den nächsten Tagen geschah wenig Bemerkenswertes. Der Himmel war wie ausgewaschen, und die meisten Passagiere und Soldaten hatten sich an das ständige Schaukeln des Schiffes gewöhnt – zumindest versuchten sie sich das einzureden. Immer noch kreisten Möwen um das Kielwasser, und auch die Brigg Argus, das Proviantschiff Loire und die Korvette Echo waren am Horizont zu sehen, wenn auch nur als kleine Punkte. Chaumareys wollte die Fahrt verlangsamen, damit die Flotte beisammenblieb, aber Schmaltz meinte, das könne er nicht billigen.

– Charliiie, hallte es durchs Zwischendeck, und Reine Schmaltz rümpfte die Nase, was so viel bedeutete wie: Leute gibt's. Niemand dachte mehr an Peter Prust, an seine Schreie und den Stoffsarg, der im Meer gelandet war.

Savigny unterwies Viktor in der Handhabung medizinischer Instrumente und lehrte ihn das Tabakkauen. Der Junge gefiel ihm, weil er selbst gerne so gewesen wäre – unbeschwert, naiv und trotz der Demütigungen, die er in der Kombüse zweifellos erlitten hatte, voller Optimismus.

– Am wichtigsten beim Umgang mit Kranken ist es, den eigenen Speichel nicht zu schlucken. Darum muss man Tabak kauen, um dann auszuspeien, demonstrierte Savigny. Die Luft in der Umgebung von Kranken ist voller Miasmen.

– Miasmen?

– Dünste, die Krankheiten wie die Pest oder die Cholera übertragen.

Der Tabak schmeckte bitter *wie alter Urin* und färbte Viktors

Speichel braun. Auch seine Zähne und das Zahnfleisch bekamen eine Tönung, aber allemal besser, als krank zu werden.

– Darf ich etwas fragen? Viktor sah zum Schiffsarzt, hielt aber seinem Blick nicht stand. Savigny, er hatte den festen Blick jahrelang geübt, zog die Augenbrauen hoch.

– Willst du auch wissen, was Insunitis bedeutet?

– Nein. Mich interessiert, wer dieser Davy Jones ist, von dem hier alle reden? Jeder, den ich frage, sagt, das werde ich noch früh genug erfahren.

– Davy Jones? Savigny musste lachen. Aberglaube! Seemannsgarn! Eine Erfindung der Engländer … Leider haben wir den Unfug übernommen … Zu einer weiteren Erklärung war er nicht bereit.

Da in der Sanitätsstation nicht viel zu tun war, sich bis auf ein paar Durchfallerkrankte und eitrige Zähne alle wohl befanden, und er folglich nichts tun konnte, als dem Doktor Schröpfgläser zu reichen, blieb Viktor Zeit, das Schiff zu erkunden.

– Steh aber nirgendwo blöd herum, warnte ihn Savigny. Die Offiziere mögen es nämlich nicht, wenn jemand untätig herumlungert.

Viktor spie den Kautabak aus, verbeugte sich und rannte los – direkt dem Ersten Offizier in die Arme.

– Ist Savigny da? Reynauds Backen wölbten sich.

– Ja, nickte Viktor, lief weiter und hörte gerade noch, wie der Zweite Schiffsarzt den Offizier begrüßte.

– Was kann ich für Sie tun? Bluthochdruck?

– Nun, druckste Reynaud herum, ich wollte Sie fragen, ob Sie gerne Erster Schiffsarzt wären?

– Wie ist das zu verstehen? Savigny kratzte sich an seiner Flachsperücke.

– Sie haben doch bestimmt bemerkt, dass unser Kapitän völlig ungeeignet ist, das Schiff zu führen?

– Wegen der Auspeitschung?

– Vor allem wegen seines Führungsstils. Er hat keine Ahnung.

– Ich fürchte, ich verstehe nicht.

– Er wird, Reynaud flüsterte, Fehler machen, Fehler, die auch Sie bemerken werden – und ich hoffe, dann ist es nicht zu spät. Er ist eine Gefahr für das Schiff.

– Und?

– Für die Passagiere wäre es besser, wenn jemand anderer die Leitung des Schiffes übernähme …

– Sie?

– Ja, zum Beispiel ich.

Savigny wusste genau, worauf der Erste Offizier hinauswollte.

– Ich soll den Kapitän für unzurechnungsfähig erklären? Warum kommen Sie damit zu mir und nicht zum Ersten Schiffsarzt, zu Bertoni?

– Weil der ein Idiot ist. Außerdem, was soll ich dem anbieten?

– Und Sie denken, mit mir geht so ein Kuhhandel? Aufstieg zum Ersten Schiffsarzt? Savigny blickte den Offizier entgeistert an. Aber es liegen nicht die geringsten Anzeichen einer geistigen Zerrüttung vor. Ich gebe zu, der Kapitän ist eitel und ängstlich, vielleicht hat er einen Reizdarm, zumindest seine roten Ohren lassen darauf schließen, aber das berechtigt mich nicht …

– Sie haben recht, klopfte Reynaud ihm auf die Schulter. Es war voreilig von mir. Aber Sie werden sehen, bald haben wir Gründe genug.

An Deck herrschte heilloses Durcheinander. Die Hühnerkäfige und Hasenställe zwischen den Kanonen waren seit der Abfahrt nicht gesäubert worden. Eine angebundene Ziege, die auf den Namen Monti (für Montesquieu) hörte, und zwei Schweine (Madame Pompadour und Blücher) verbreiteten die Aura eines Bauernhofes. Außerdem hockten überall Soldaten. Manche spielten Karten, andere flickten Wäsche oder rasierten sich, indem sie Bajonette als Spiegel benutzten. Der Pockennarbige spielte Schach, und ein anderer sang:

– Ja, in Afrika, da ist es wunderbar.

– Hhch, machte der Pockennarbige, als er seinem Gegner Schach bot. Hhch! Offensichtlich hatte man ihm nicht nur den Kopf aufgeklappt und die Ohren abgeschnitten, sondern auch die Zunge aus dem Maul gerissen. Er knöpfte sein Hemd auf, entblößte die Hinterbacken der tätowierten Frau, blies seinen Bauch auf, damit sich der Nabel herausstülpte, und grinste.

– Hmmmrrhhdn! *Hämorrhoiden?* Das hatte bei Leuten wie Picard funktioniert; seinen Schachpartner aber beeindruckte das nicht im Geringsten. Der sprang auf, ließ seinerseits die Hose runter, bückte sich. Da war auf der linken Arschbacke eine tätowierte Katze zu bestaunen, die nach einem Wurm schnappte, nein, es war ein tätowierter Mäuseschwanz, der zweifellos aus seinem Anus kam … An der Arschrosette war sogar das Hinterteil der Maus zu sehen … *Wie konnte man sich dort nur tätowieren lassen?*

Viktor sah zu, dass er weiterkam. Er zwängte sich vorbei an Matrosen, die Taue mit Fäden umwickelten, vorbei an Laura und Charles junior, »vier plus vier ist acht«, vorbei am Missionar, der ein ernstes Gesicht machte. Da hörte er ein Flüstern, eine tiefe Stimme, die zu ihm sprach. Von den Soldaten, die sich die Sonne auf den Bauch scheinen ließen, kam sie nicht.

Die besprachen Motive für Tätowierungen oder erzählten sich Weibergschichten. Sie kam auch nicht von Espiaux, der vom Achterdeck aus die Soldaten beobachtete.

– Das ist kein Zustand, beschwerte sich der Zweite. Hier geht es zu wie in einem Gefangenenlager. Meine Leute haben kaum noch Platz zu arbeiten.

– Wa-, was so-, so-, sollen wir tun, stotterte Leutnant Lozach. Wir kö-, kö-, können sie doch nicht den, den ga-, ga-, ganzen Tag lang exerzieren lassen. Mehr als eine Kanonenübung pro Tag ma-, ma-, machen mir die Kerle nicht.

Bevor Viktor den Niedergang hinunterstieg, sah er ausgebleichte Blutspritzer am Großsegel, die letzten Zeugnisse von Prust. Kam das Flüstern von ihm, vom toten Prust? Es war eine ruhige und zugleich unheimliche Stimme. Er konnte nicht verstehen, was sie sagte. War das eine unbekannte Sprache? Oder brachte er die Bedeutung der Laute nicht zusammen?

Auf dem Zwischendeck herrschten chaotische Zustände. Nur dass dort die Luft viel schlechter war. *Miasmen?* Eine Wolke schrecklichen Gestanks arbeitete sich hier in das Gehirn hinauf. Zwar waren die Stückpforten offen, doch gegen die nächtlichen Ausdünstungen Hunderter Körper konnten diese kleinen Löcher nicht viel ausrichten. Dazu kam der Geruch der Bilge, des Brackwassers, das im Unterteil des Schiffsrumpfes vor sich hin faulte und wegen der für die Stabilität des Schiffes erforderlichen Steine nur ungenügend abgepumpt werden konnte. Die Augen mussten sich an das Halbdunkel erst gewöhnen, dann sah man die Rippen des Schiffsbauches, sogenannte Spanten, darunter all die Seesäcke und Schiffskisten, die zu den Mahlzeiten als Tischbeine verwendet wurden. Dazwischen lagen Menschen. Manche aßen etwas, andere dösten stumpfsinnig dahin. Obwohl es auch jetzt eng war, konnte man sich kaum vorstellen, wie es hier nachts aussah. Dreihundert Hängematten! Keiner konnte sich rühren, ohne einen anderen zu stoßen – und alle schaukelten im selben Takt. Ein säuerlicher Geruch fuhr in Viktors Nase. Bäh! Er sah einen Stiefel, der als Kotzkübel benutzt worden war, trat dagegen und hörte wieder diese Flüsterstimme. Diesmal verstand er sie sogar:

– Kehrt um, ehe es zu spät ist. Diese Reise führt euch in den Tod.

Vor den Laderäumen und der Pulverkammer, die man wegen der elektrostatischen Ladung nur barfuß betreten durfte, standen Wächter. Weiters gab es eine kleine Tischlerei.

– Das ist ein Schneckenbohrer, kein Spiralbohrer, herrschte ein Zimmermann seinen Gehilfen an. Ich brauche aber einen Schlangenbohrer, verstehst du! Schlangenbohrer!

Viktor ging weiter, sah den offen stehenden Kohlenbunker. *Dunkel wie in einem Walfischbauch, dunkel wie das Loch, in dem sich die tätowierte Maus verkroch.* Strichlisten an der Tür und Haken an der Wand zeigten, diese Kammer diente als Gefängnis. Weiter vorne kam das Kabelgatt, ein Raum mit Ersatzsegeln und Tauen, in dem der Kalfaterer seine Hanfschnüre und Wergvorräte verstaut hatte. Dann gab es noch das Proviantlager und eine kleine Schatzkammer, gesichert mit einem schweren Schloss, in der sich, wie es hieß, Kisten mit Golddukaten befanden.

– Ihr fahrt in den sicheren Tod, flüsterte die Stimme. Verhungern werdet ihr, verhungern und ersaufen!

Wo kam das her? Aus seinem Kopf? Viktor schlug sich gegen die Ohren, *nützt nichts*, rannte weiter, machte, damit er nicht seinen Freunden Gaines und Clutterbucket begegnete, um die Kombüse einen großen Bogen, gelangte in den hinteren Teil des Schiffes. Da waren die Räume für die Erste-Klasse-Passagiere und Offiziere, die Kapitänskajüte sowie die Offizierslatrinen. Viktor wusste, dass ihm nichts geschehen konnte, solange er sich nur bewegte und nicht stehen blieb. Rein zufällig hörte er Wortfetzen. Diesmal nicht von der Flüsterstimme, sondern hinter einer Tür. Ein Streit. Die Stimmen gehörten dem Zweiten Schiffsoffizier Espiaux, *War der nicht eben noch an Deck gewesen?*, und Leutnant Maudet. Der eine mokierte sich über die Unfähigkeit des Kapitäns, der den Navigationskünsten seines Freundes Richeford mehr vertraute als den Offizieren. Der andere wollte davon nichts wissen.

– Wenn das so weitergeht, kommen wir niemals in Saint-Louis an. Sofern wir uns nicht vorher verfahren, werden wir auf der Arguin-Sandbank stranden.

– Solche Gedanken kann ich mir nicht gestatten.

– Der Kapitän ist ein Zöllner und sein Freund ein Hochstapler. Unter normalen Umständen müssten wir das Marineministerium informieren, aber die haben diesen Nichtskönner eingesetzt.

Viktor legte sein Ohr an die Tür, als ihn von hinten eine Stimme packte.

– Und? Interessant?

Viktor zuckte zusammen und erbleichte.

– Pass auf, dass du nicht festklebst, fuhr die Stimme fort. Soll ich dich annageln lassen?

Annageln? Ja, an Bord kam sowas vor. Da wurden Matrosen an den Händen oder der Wange am Masten festgenagelt. Viktor spürte, wie ihm das Blut in den Kopf schoss und dort pochte. *Annageln?* Er drehte sich um und sah einen Zwerg. Der Schiffsjunge! *Moses! Der Ministrant bei der Auspeitschung.* Ein Bürschchen mit brünettem Lockenkopf. Viktor konnte sich erinnern, wie dieser Knirps, sein Name war Leon de Palm, bei der Abfahrt geweint hatte, nicht mitfahren wollte. Nun schien er sich eingelebt zu haben. *Aber annageln?*

– Ich, stammelte Viktor, nicht sicher, ob er diesen Knaben fürchten musste oder nicht, bin hier nur …

– Schimpfen sie wieder auf den Kapitän? Die Offiziere meinen, er ist unfähig, hat keine Eier – ein seltsames Wort aus dem Mund eines Zwölfjährigen. Aber pst! Ich habe nichts gesagt. Jetzt geh mir aus dem Weg. Da, genau in diesem Augenblick, trat der Kapitän aus seiner Kajüte. Gepudert und geschminkt, ein Geist! Moses erstarrte. Hatte er zu laut gesprochen, Chaumareys etwas gehört? Was war sein letzter Satz gewesen? Der Kapitän sah die beiden Schiffsjungen, den großgewachsenen Viktor und den kleinen Leon, die wie angewurzelt dastanden, doch er beachtete sie nicht. Ein eigentümlich starrer Ausdruck lag in seinen Augen, und doch war da auch etwas Sehnsüchtiges, Träumerisches. Viktor fiel die großporige rote Nase auf, eine riesige Erdbeere. Er dachte an die zerbrochenen Teller, die Katze, vier Packungen, und hielt den Atem an. Von Espiaux und Maudet war nichts zu hören. Sogar die Flüsterstimme war jetzt ruhig.

Der Kapitän ging Richtung Toilette. Mit seinen Schnallenschuhen, Seidenstrümpfen und dem zugekniffenen Arsch wirkte er ein bisschen lächerlich. Am liebsten hätte er sich den ganzen Tag in den Latrinen eingeschlossen. Da war die feindliche Stimmung seiner Offiziere, die Mannschaft nahm ihn nicht ernst, dazu der Gouverneur, der ständig auf raschere Fahrt drängte. Aber wie denn? Der Westwind zwang zum Kreuzen. Sogar diese Schiffsjungen sahen ihn geringschätzig an. Es war nur ein kurzer Augenblick gewesen, aber lang genug, um Respektlosigkeit zu erkennen. Chaumareys wusste, dieser Aufgabe war er nicht gewachsen, ihm, dem Zöllner, fehlte jegliche Erfahrung. Wie war er nur auf die blödsinnige Idee gekommen, ein Schiff führen zu wollen? Dazu Sophie, ihr Fluch. Ach wäre er doch in Bellac geblieben. Andererseits vertrat er hier den König, war er an Bord eine Art Gott, nur seine Meinung zählte. Wenn er doch nur eine hätte … und nicht diesen Durchfall. Seit der Abreise plagte ihn die wässrig braune Suppe, die aus seinem Hintern schoss. Er hatte Bauchschmerzen, und sein Anus brannte. Das sind die Nerven, sagte er sich selbst, die Nerven … suum cuique … Verdammung … doch es nützte nichts.

Viktor und Leon hatten beim Erscheinen des Kapitäns eine stramme Haltung angenommen und salutiert. Nun, da Chaumareys in Richtung Latrinen verschwunden war, ging Moses zu seinen Offizieren, Stiefel wichsen, Pfeife stopfen und dergleichen. Viktor, völlig verwirrt von der Nähe des Kapitäns, *der ist ja gepudert und parfümiert wie ein Harem*, lief zurück aufs Deck. Oben angekommen, verschnaufte er, da erschien die Möwe, setzte sich auf eine Webleine und schrie. Er warf Zwieback in die Luft, den sie problemlos fing.

– Ob du mich begleitest? Fliegst du auch in'n Senegal? Soll ein Paradies sein … Auch für Möwen? Weiß ich nicht.

Die See war ruhig, und das Schiff glitt geschmeidig durch die Wellen. Keine Flüsterstimme war zu hören. Plötzlich durchflutete ihn Glücksgefühl, fühlte er sich wie der Herrscher über alle Weltmeere, direkter Nachfahre von Kolumbus, Magellan, Cook, Vasco da Gama und wie sie alle hießen. Es war doch richtig gewesen, von zu Hause abzuhauen, sich nach Rochefort durchzuschlagen, am Ufer der Charente zu warten. Allein dieser glückliche Moment entschädigte für alles. Der Himmel! Das Meer! Was für eine machtvolle, elementare, überwältigende Kraft, die ihm zu Füßen lag! Ihm allein! Was für eine herrliche, würzig frische Luft. Er fühlte sich eins mit dieser Welt, eins mit dem Himmel, der Sonne, dem Wind, eins mit allem, glaubte, den Sinn des Lebens zu erahnen, Gott.

Da packte ihn etwas, riss ihn in die Höhe und trug ihn tock, tock, tock zum Schanzkleid.

– Hector! Ärschchen! Wenn du nicht schofort wieder deine Arbeit antrittscht, werfe ich dich eigenhändig über Bord. Es war ein zerrissenes, von einer hässlichen Brandblase entstelltes Gesicht: der Schiffskoch, der ihn zornig anfauchte.

– Lassen Sie mich los, brüllte Viktor. Sie haben kein Recht … Ich bin jetzt Gehilfe des Schiffsarztes. Ich bin …

– Haifischfutter bischt du, wennscht du dich nicht schofort in die Kombüsche scherscht, ich die Schweinchen noch einmal schelbscht füttern mussch.

Viktor kannte diesen Ton, diese Art des Redens, die Entschlossenheit. Er spürte, diesem Verrückten war es ernst. Der wollte sich nicht mit Präliminarien aufhalten, ihn tock, tock, tock tatsächlich über Bord werfen. Verzweifelt suchte er nach Hilfe, klammerte sich an ein gespanntes Tau, erwischte einen Block, aber Gaines war kräftiger, drückte ihn so fest, dass er loslassen musste.

– Ich werde dir zeigen, wasch ich von Drückebergern halte, keuchte der Koch. Werde ich. Tock, tock, tock.

– Schmeiß ihn rein, schrie ein Matrose. Lass ihn baden gehen. Es hatten sich ein paar Seeleute und Soldaten um sie geschart, die den Koch anfeuerten, ja, ihm sogar halfen. Viktor sah die graue Wassermasse unter sich, den weißen Schaum der Wellen und merkte, die elementare Kraft hatte sich gegen ihn gewendet. Er musste an Peter Prust denken, fühlte, wie Angst und Verzweiflung, angetrieben von einem wild pochenden Herzen, ihn durchströmten. Gleich würde auch er in diesen

Wassermassen verschwinden. Diese Teufel würden ihn hineinwerfen und sagen, er sei über Bord gegangen. Niemand würde sich darum scheren. Niemand.

– Bringt mir einen Wischmopp. Ich gebe ihm Gelegenheit, schich meinesch Vertrauensch alsch würdig zu erweischen.

– Hier ham mir was. Clutterbucket reichte ihm einen hölzernen Belegnagel und grinste. Viktor sah das glücklich glänzende Gesicht eines Dicken, der endlich was zu futtern kriegt.

Irgendjemand riss ihm die Hose hinunter. *Nein! Was fällt euch ein! Ihr Schweine!* Der Koch legte ihn über eine Kanone. Viktor spürte das warme Metall an seinen Testikeln, sah kleine Rostblätter. Scheinbar hatte der Koch es aufgegeben, ihn ins Wasser werfen zu wollen. Dafür zog er eine Speckschwarte hervor und begann damit, das Ende des Belegnagels, das ist ein langer, dicker Holzstift, einzuschmieren. *Was hat dieser Verrückte vor?* Tock, tock, tock. Dazu das Herz: Pochpochpoch. Viktor wehrte sich mit Leibeskräften, doch jemand versetzte ihm Fausthiebe, so dass sein Bewusstsein beinah aus dem Körper kippte. *Was um Himmels willen wollen die? Binden sie mir einen Jungfernkranz mit veilchenblauer Sa-eide? Ich hab doch nichts gestohlen.* Er hörte, wie jemand angehumpelt kam und hustete. Es war der bröckelige Bronchialhusten von Coudein, wir erinnern uns an seinen eingeklemmten Unterschenkel, seine Ui-Sprache. Einen Augenblick lang war es still.

– Schie schollten Ihre Nasche da nicht reinschtecken, Monschieur, sagte der Koch, und Viktor spürte, wie der Leutnant kurz überlegte, die Uis im Kopf drehte, wendete und umstülpte. Was kam dabei heraus? Er hustete und ging weiter. Viktor war schockiert? Warum half der nicht? Er musste ihn doch erkannt haben. *He, ich war in der Sanitätsabteilung, als du mit deinem zerschlagenen Haxen angehumpelt gekommen bist. Ich habe dem*

Doktor assistiert ... zumindest fast ... Ist das der Dank? Kaum war Coudein außer Reichweite, setzte das Gegröle wieder ein. Jemand presste Viktor einen Becher an die Lippen, sein Kopf wurde zurückgerissen, und etwas Warmes erfüllte seine Kehle. Warm, nein, es brannte. Das war Rum!

– Trink ma schön, Schatzi.

– Dem werd ich esch zeigen, schrie der Koch. Er hielt Viktor den eingefetteten Holzstift vor die Augen und zeigte sein abscheuliches Maiskolbengrinsen. *Jetzt wird schich weischen, wasch diesche kleine Nutte wert ischt ...*

Viktor schrie, halbtot vor Angst. Da presste sich eine große Hand auf seinen Mund und drückte ihm die Finger in das Wangenfleisch. Jemand riss an seinen Füßen, auch an den Armen hatte man ihn gepackt. Jetzt war es aus. Der Jungfernkranz. Die veilchenblaue Sa-eide.

– Was ist hier los? Sofort aufhören. Schluss! Das war Reynaud. Der Erste hatte seine Arme verschränkt und wippte mit dem Fuß. Ein Murren war zu hören. »Spaßverderber!« Der Smutje ließ Viktor leise fluchend los, warf ihm einen bösen Blick zu, der dich-kriege-ich-schon-noch bedeutete, und verschwand. Tock, tock, tock. Auch die anderen zerstreuten sich.

– Was ist geschehen? Reynaud packte Viktor, der wie ein Halbtoter auf der Kanone hing, zog ihn hoch und blickte ihn mit ernster Miene an. Der Schiffsjunge wollte seine Hose anziehen, sich bedanken, spürte aber bald den festen Griff des kleinen, aber kräftigen Offiziers, der immer noch auf eine Antwort wartete.

– Nun?

Viktor wusste, der Erste wollte Namen hören. Namen, die er dann bestrafen konnte. Er wusste aber auch, dass sich diese Namen später schrecklich rächen würden. Wenn er jetzt jemanden verriet, würde der ihn später umbringen. Reynaud wusste das wahrscheinlich auch, hörte aber nicht auf, ihn streng anzusehen. Seine zusammengepressten Lippen verrieten Entschlossenheit und Energie. Außerdem hatte ihn die Unterredung mit Savigny wütend gemacht. Der Kapitän, sein Freund, dieser »Toni«, das Marineministerium, alles das brachte ihn in Rage.

– Und? Was war hier los?

– Ich weiß nicht, stammelte Viktor. Ich muss hingefallen sein …

– So, er weiß es nicht? Er muss hingefallen sein? Auf die Kanone? Na, vielleicht fällt es ihm wieder ein, flötete der Lino-Ventura-Verschnitt mit verdächtig sanfter Stimme. Vielleicht kommen ihm sogar ein paar Namen in den Sinn?

– Jetzt passen Sie mal auf, pochpochpoch, richtete sich Viktor auf. Ich weiß ganz genau, was Sie von mir wollen, aber ich sage nichts. Und Sie wissen auch, wieso.

– So, er sagt also nichts? Ein abscheuliches Lächeln lag in Reynauds Gesicht.

– Nein, schüttelte Viktor den Kopf.

– Und damit hältst du dich wohl für tapfer? Reynaud sprach immer noch mit sanfter Stimme. Ich werde dir sagen, was du bist, jetzt wurde er lauter: ein Idiot!

Pochpochpoch.

– Vierundzwanzig Stunden in die Wanten! … Na, was ist? Gespreizter Adler! Der Erste schrie mit rotem Kopf, und zwei Matrosen kamen angetrabt.

Gespreizter Adler? Wanten? Was bedeutet das? Und ehe Viktor begriff, war er auch schon gepackt und die Wanten hochgetragen, wo er festgebunden wurde. Die Matrosen rissen ihm mit allez hopp die Beine und die Arme auseinander und banden Seile um seine Handgelenke, Knöchel, die sie mit dem Seilgitter verknoteten. Palstek. Schotstek. Achter.

Wie ein menschliches X hing er nun da, ein Andreaskreuz im Gitternetz der Wanten, der Beginn eines absurden Viergewinnt-Spiels. Unbeweglich, gleich einer Fliege im Spinnennetz, die merkte, all ihre Fluchtversuche waren vergeblich. Wie Prangerstehen, nur in sechs, acht Meter Höhe. Außerdem halbnackt, lag doch seine Hose immer noch neben der Kanone.

Anfangs genoss er es, dem Treiben an Deck zuzusehen, den promenierenden Passagieren und exerzierenden Soldaten, die ein Karree bildeten, marschierten – völlig skurril, bot doch das Schiff viel zu wenig Platz. Dann stellten sie sich in zwei Reihen auf, die vorderen gingen mit einem Knie zu Boden, der Kommandant brüllte »Legt an. Feuer!«, und alle taten so, als würden sie die Sonne vom Firmament herunter schießen. Anschließend sprangen sie hoch, marschierten am Stand, wiederholten das Prozedere und stachen *en garde* schließlich einem unsichtbaren Feind die Bajonettspitzen in den Leib. *Touché!*

Kaum war dieses merkwürdige Spektakel zu Ende, kamen die Lafitte-Schwestern. Francine, Germaine und Ghislaine. Andere Frauen in ihrem Alter waren längst verheiratet, aber diese hier? Sitzengeblieben auf ihren dicken Gesäßen, von denen, wenn sie sich erhoben, olfaktorische Wellen ausgingen! Mixturen aus säuerlichem Milchfleisch, Regelblut und trockenem Scheidensaft. Jetzt hofften sie auf Afrika, stolzierten sie mit weit ausladenden Schritten übers Deck, als ob sie alles und jeden in die Öffnung zwischen ihren Beinen hineinbekommen, alles krural umarmen wollten. Und er sah und hörte Caroline Picard, die mit ihrer klaren Sopranstimme eine Arie sang. *Was ist mit der? Glaubt sie, in Afrika gibt es ein Opernhaus?*

Hin und wieder blickte einer zu ihm hoch und feixte. *Arsch-gesicht!* Nach einer Weile bekam er ein Ziehen zwischen den Beinen, bald drauf schmerzten die Arme. Wie auf einer Streck-bank! Dann wieder hätte er sein Leben dafür gegeben, sich am Hinterkopf kratzen zu dürfen. Und als ob es damit der Demü-tigungen nicht genug wäre, kam auch der Igel in der Blase wie-der, bohrte seine Stacheln in ihn rein. Viktor beobachtete den Himmel, der sich zugezogen hatte, sah ein barockes Bühnen-bild, wo geschäumte Nocken über einen grauen Gobelin trie-ben. Manche Ränder waren weiß erleuchtet, dazwischen Ge-rinnsel und hin und wieder wässrig blaue Flecken. Dahinter ausgedünnte weiße Striche, als ob einem göttlichen Maler die Farbe ausgegangen wäre. Da war ein Reiter auf einem dicken Pferd, *was für ein fetter Gaul mit Speckrollen bis zum Boden*, wenig später glich das cumulustöse Gebilde einer Schildkröte, *nein, es ist ein Mensch, hingekauert, in sich selbst verknotet und verzweifelt: Hiob!*

Als es dämmerte, fielen ein paar wütende Tropfen vom Him-mel, und Viktor, aus dem Igel war ein Stachelschwein geworden und zum Bugspriet konnte er jetzt schlecht gehen, ließ seiner Blase freien Lauf. Sofort verschwanden alle Stacheln aus seiner zum Nadelkissen degradierten Blase. Mindestens eine Stunde lang, er konnte es am Glasen der Schiffsglocke hören, kam aber beim Zählen durcheinander, prasselte der Regen nieder. Was-ser lief ihm über das Gesicht, und auf sein entblößtes Hinter-teil trommelten die Tropfen ihr Crescendo. Nur gut, dass ihn seine Mutter jetzt nicht sehen konnte. Er hörte ihre Stimme. »Kind, du wirst dich erkälten. Du bist ja mitten in der Zug-luft.« ... Plötzlich glich sie diesem Freund von Prust. Am Hori-zont funkelten Lichter. Das Festland? Frankreich? Oder bereits Spanien? Portugal? Oder Inseln? Leuchtfeuer? Der Pockennarbige, dieser hässlichste aller Menschen, kam zu ihm hoch und grinste mit seinen spitzen Zähnen. Was hatte der vor? Würde er ihm den tätowierten Frauenhintern zeigen? Ihn mit seinen zugespitzten Zähnen beißen? Hatte ihn Viktors nackter Arsch gereizt? Nein, er flüsterte ihm »Chst ncht rchrckn« ins Ohr und hielt ihm eine Flasche an die Lippen. Was da drin war? Urin? Salzwasser? Solchen Gesellen waren deftige Scherze zuzutrauen. Der Pockennarbige lächelte auf eine Art, die besagte: Trink! Und Viktor, dem alles egal war, trank. Da! Ein süßer Schlag polterte seine Speiseröhre hinab, trampelte in seinen Magen, führte einen Stepptanz auf. Rum! Eine wohlige Wärme breitete sich aus, erfüllte Viktors Zellen, ließ sie glühen. Für einen kurzen Moment vergaß er die Schmerzen in den Handgelenken, die Höhe, Zugluft, alles. Für einen Augenblick war er wieder Kind, lag in seinem Bett und bekam von seiner Mutter warme Honigmilch. Der Pockennarbige nickte. Für Viktor war das die schönste Geste, die größtmögliche Zärtlichkeit, die auf Erden möglich war. Wer hätte das gedacht? Sogar der Pockennarbige, der lächelnd wieder hinunterkletterte, erschien ihm plötzlich schön. Seine lange Oberlippe und die hohe Stirn, die hängenden Backen und die großen blauen Augen, alles an ihm wirkte plötzlich gütig, herzlich, menschlich.

Kurz darauf war die Flüsterstimme wieder da:

– Das Schiff wird untergehen, nie sein Ziel erreichen. Ihr müsst umkehren, ehe es zu spät ist. Ich sehe Leichen, nichts als Leichen … Jetzt erkannte Viktor, wer diese Worte sprach. Es war die Medusa selbst, ihr Knarren und Ächzen formte diese Sätze, die vor einem Unglück warnten. Er musste die Schiffsführung informieren, musste sagen … Oder bildete er sich das alles ein?

– Was muss ich tun? Wem soll ich etwas sagen, schrie er.

Wem? Dem Ersten Offizier? Dem Kapitän? Da blickten welche zu ihm hoch und dachten: Armer Junge, hängt erst ein paar Stunden und hat schon Halluzinationen.

Bald war sein Geist nicht mehr in diesem festgebundenen Körper, schwebte wie eine Möwe und empfand nichts mehr. Alles still. Kein Schmerz und keine Flüsterstimme. Die Natur in ihm, die stundenlang gegen diese Ungerechtigkeit rebelliert hatte, war beruhigt, ja, beinahe besänftigt. Er sah sich selbst als Kind, wie er durch sein Dorf rannte, stundenlang dem Schmied zusah, fasziniert war vom glühenden Eisen, das sich so leicht formen ließ, den Schlägen auf den Amboss, wie er mit größeren Buben versuchte, Rußblätter zu rauchen, wovon ihnen schlecht wurde. Und er sah den Maulwurffänger mit seiner Beute, einem Bündel kleiner schwarzer Tierchen, den Krautschneider, der im Herbst kam, um Unmengen Krautköpfe zu hobeln, und dabei anhand des Vogelfluges und der Insekten die Zukunft deutete. Ihm hatte er immer ein abenteuerliches Leben prophezeit, aber dass er einmal in den Wanten eines Schiffes hängen würde, hatte nicht einmal der Krautschneider gesehen.

Als man ihn am nächsten Tag losband, trugen ihn die Füße nicht. Seine Oberschenkel brannten, und man musste ihn zum Deck hinuntertragen, wo er kaum stehen konnte. Jemand warf ihm seine Hose zu, und er musste sich setzen, um sie anziehen zu können. Sogar im Sitzen fiel er hin. Die Arme gingen nicht zusammen, standen von ihm ab wie bei einer Vogelscheuche. Er drückte sie mit Gewalt nach unten, musste dabei lachen, aber es war Schmerz. Dann rappelte er sich hoch, fühlte sich hilflos wie ein neugeborenes Reh, knickte ein, fiel hin und erhielt die eindeutige Bestätigung dafür, dass das, was er für einen Traum gehalten hatte, Wirklichkeit gewesen war.

– Ich habe dir doch gesagt, du sollst nicht herumstehen. Savigny versetzte ihm einen freundschaftlichen Schlag auf den Hinterkopf. Alles in Ordnung?

– Was muss ich tun, damit ich wieder etwas fühlen kann?

Savigny tätschelte ihm die Wange. Viktor aber zitterte am ganzen Körper. Obwohl alle von Anfang an darauf gewartet hatten, dass er schlappmachen würde, hatte er es überstanden. Und, das Wichtigste, er hatte niemanden verraten. Niemanden.

Kleine Fische

Drei Tage später hatten sie den äußersten Punkt der spanischen Küste passiert.

– Finisterre!, schrie der Junge auf der Saling, und für die meisten war klar, nun lag Europa hinter ihnen, ging es schnurstracks nach Afrika, in eine fremde Welt, von der die meisten so gut wie gar nichts wussten – außer dass sie dort die Herren waren. Riesige Felder hatte man ihnen versprochen, blühende Wiesen, Früchte so groß wie Kuhköpfe, Unmengen Fische, Schweine, Ziegen. Aber sooft jemand Picard fragte, der als einer der wenigen schon dort gewesen war, wich der Notar aus, wiegte seinen gebräunten, grauhaarigen Kopf und speiste die Neugierigen mit Floskeln ab. »Man darf nicht alles glauben. So großartig ist es nicht.« Sollten die Auswanderer vielleicht windigen Geschäftemachern aufgesessen sein? Erwarteten sie in Afrika keine ungeahnten Reichtümer, sondern Myriaden blutgieriger Insekten, die Fieberkrankheiten übertrugen? Kriegslüsterne Eingeborene mit Giftpfeilen? Behaarte Spinnen? Tollwütige Hunde? Ausgehungerte Krokodile? Die Lafitte-Schwestern, jede einzelne für sich, hatten ihre Zweifel, die sie jedoch vor den anderen verbargen.

Der Himmel war blau, das Meer glänzte wie eine Pfauenfeder, und die Stimmung an Bord war, abgesehen von diesen Zweifelschwaden, heiter. Niemand dachte mehr an Prust.

– Kann man Wolken essen, fragte der fünfjährige Alphonse.

– Nein, die sind zu weit weg.

– Und wenn sie runterfallen?

Die Tätigkeiten am Schiff hatten sich eingespielt und eine

beruhigende Routine bekommen. Selbst die Passagiere zählten die Schläge der Schiffsglocke und unterteilten danach ihren Tag: Viermal geglast, fünfmal, achtmal.

Die Leutnants der Kolonialtruppe, Dupont, Lozach, Lheureux, der Eitertiegel Clairet und allen voran Anglas machten den Picard-Töchtern den Hof. Sie hatten ihre Koje für die achtköpfige Familie geräumt und erwarteten nun Gegenleistungen. Charlotte und Caroline fühlten sich geschmeichelt. Ständig wurden sie von diesen jungen uniformierten Kerlen umschwänzelt – eine äußerst treffende Bezeichnung. Die jungen Leutnants ließen sich nicht einmal vom Knoblauch aufhalten, den Picard seiner ganzen Sippschaft verabreichte. Dauernd machten sie den rothaarigen Mädchen Komplimente, verglichen ihre Sommersprossen mit dem Sternenhimmel, ihre grünen Augen mit moosbewachsenen Pfählen voller Muscheln. Erstaunlich, worauf die Burschen alles kamen. Gut, der eine stotterte, der andere war voller Pickel, Dupont hatte blaue Flecken, weil er sich wegen seiner Größe ständig an Spanten oder Balken anschlug, außerdem war er ein Schleimer, der vom Kapitän und seinen Offizieren schwärmte, und Anglas Backenbart war wie ein riesiges ekelhaftes Staubgeflecht.

– Die jungen Herren stehen ziemlich unter Druck. Zappeln herum, als hätten sie Ameisen in der Hose, ants in the pants, zischte Adelaïde, die auf ihre Stieftöchter eifersüchtig war. Sie rächte sich, indem sie ihren Mann bei jeder Gelegenheit demütigte. So schrie sie, laut genug, dass es alle hören konnten:

– Du hast Mundgeruch. Sogar dein Schweiß stinkt nach Knoblauch. Charliiie! Sei ein Vorbild für die Kinder. Wo willst du hin? Bleib da, wenn ich mit dir rede. Hör mir zu!

Von den Mohnblumen waren nur noch Kapseln übrig, dafür sang Caroline nun öfter eine Arie, was heftigst akklamiert wurde. Ihre Stimme war klar wie ein Gebirgsbach und ohne Nähe zum Vibrato. Einmal erfreute sie die Leutnants mit Anekdoten über ihre Gesangslehrer. Da war die dicke Madame Olga, die darauf bestanden hatte, während der Singpausen die Zunge herauszustrecken und Chhrrr zu machen, woraus sich ein richtiggehender Tick entwickelte. Selbst während der kürzesten Gesangspausen, hatte diese Olga ihren Schülern eingetrichtert, musste man sich vom Publikum wegdrehen, die Zunge herausstrecken und Chhrrr machen.

– Chhrrr, lachten die Leutnants. Clairet so sehr, dass man Angst hatte, seine Pickel sprängen auf. Lozach stotterte, Anglas verdrehte die Augen, und Dupont meinte, so eine wunderbar natürliche Stimme wie die Carolines wäre sogar reizvoll, wenn sie Chhrrr machte.

– Oder Monsieur Hulet, führte die Rothaarige weiter aus. Monsieur Hulet, der immer sagte: »Entspann den kleinen Finger, Mädchen. Du hast einen ganz verkrampften kleinen Finger. Das überträgt sich auf die Stimmbänder. Ich spüre es. Noch einmal. Entspann den kleinen Finger. Lass locker. Ja, viel besser. Viel, viel besser. Merkst du den Unterschied.« Und wenn man darauf sagte, »Nein, merke ich nicht«, dann brummte er: »Du hast nicht aufgepasst.«

– Haha, lachte Dupont und wackelte mit seinen Fingern.

– Am schlimmsten war die alte Grimaldi, die wollte, dass man beim Singen die Nasenflügel fest zusammenpresste. Sie demonstrierte es, was ziemlich seltsam aussah.

– Lauter Wahnsinnige. Wir sollten den nächsten Krieg gegen die Gesangslehrer führen.

– Auf den Kampf gegen die Gesangslehrer! Caroline hatte eine burschikose Ausstrahlung, war völlig unbeleckt, auch dieser Ausdruck trifft es ziemlich gut, und war sich ihrer weiblichen Reize nicht im Mindesten bewusst. Gerade das machte sie attraktiv. Vielleicht, dachte Kummer, der bärtige Wissenschaftler, Mitglied der Philanthropischen Gesellschaft von Kap Verde, Teilnehmer an zahlreichen kartografischen Expeditionen, vielleicht sind nicht die Juden das auserwählte Volk, sondern die Rothaarigen? Die O'Hooleys und Picard-Töchter, die O'Sullivans, Mahonys, Kelleys? Es soll ja sogar Rothaarige in Neu-Holland und Polynesien geben. Fasziniert betrachtete er das Haar der Sängerin – wie ein Glas Whisky in der Sonne.

Niemand dachte mehr ans Exerzieren, dazu wäre in Afrika Zeit genug. Caroline und Charlotte kicherten, *recht gewöhnlich für Auserwählte*, während sich die jungen Leutnants aufplusterten wie Truthähne, sich gegenseitig mit kleinen Spitzen demütigten und um die Gunst dieser strahlenden, milchweißen Geschöpfe buhlten.

Ein Balzverhalten wie bei den Tieren, dachte Kummer. Er hatte seine Seekrankheit überwunden, beobachtete das Meer, die Möwen und das Imponiergehabe der jungen Leutnants. Während Savigny die Zeit damit verbrachte, im Sanitätsbereich das in Alkohol eingelegte Hirn zu filetieren – vielleicht fanden sich darin ja noch ein paar tschechische Wörter? Hrdlicka? Holub oder Trtilek? –, verbrachte Kummer möglichst viel Zeit an Deck.

– Das Meer ist ein ewiges Gedicht, finden Sie nicht? Kummer blickte in die graue Masse, die zäh aussah wie Quecksilber. Corréard, der neben ihm stand, lachte.

– Ich glaube eher, die See ist prosaisch und zu allem fähig. Wenn man ein paar Monate auf so einem Schiff verbringt, bekommt man bestimmt verschieden lange Beine wie die Bergziegen.

– Ach, Sie. Sie sind ein zynischer Bastard, für den das Glas immer halbleer ist. Es gibt wohl nichts, das vor Ihren Witzen sicher ist.

– Das ist nicht wahr, verteidigte sich der Geologe mit gespieltem Pathos. Mir geht es um verborgene Zusammenhänge, um Gefühle. Im Grunde meines Herzens bin ich ein sehr sensibler Mensch. Corréard drehte die Augen Richtung Himmel. Ein schwärmender Romantiker!

Das war sogar dem Wind zu viel. Eine Böe fuhr in die Segel, dass die leicht nach hinten geneigten Masten knarzten.

– Haben Sie das gehört? Ich dreh durch.

Es war früher Nachmittag, die Mittagsmahlzeit war gerade zu Ende, als jemand Haie sichtete.

– Haie! Ein ganzes Rudel!

– Ist das auch ein verborgener Zusammenhang?, fragte Kummer.

– Vielleicht. Corréard zuckte mit den Achseln. Er hatte noch nie einen Hai gesehen – und damals war die Gattung auch noch nicht von Steven Spielberg gesellschaftlich devastiert.

Sofort drängten die Passagiere zum Heck des Schiffes, beugten sich über den Achtersteven. Die drei Lafitte-Schwestern waren erregt und stießen spitze Schreie aus:

– Haie! Haie! Ich werde wahnsinnig.

Reine Schmaltz kämpfte gegen die spontane Regung an, »provinziell« zu sagen, und Arétée hatte ihr spitznasiges, unbekümmertes Lächeln aufgesetzt. Wie hübsch sie war, viel hübscher noch als die beiden Picards.

Die Fische sprangen in die Luft, ließen ihre Flossen gegen das Wasser klatschen und fiepsten. Was für eine unbeschwerte Lebensfreude. Es war, als brüllten sie, »Hurra, hier sind wir!« Glückliche Kreaturen, dachte Arétée, bekommen kein Feuermal im Gesicht, und wenn, dann fällt es keinem auf.

– Da, seht euch den an! Wie der springt! Charlotte und Caroline jubelten, und auch ihr Vater schien beim Anblick dieser Fische sämtliche Charliiie-Peitschenhiebe zu vergessen. Die Kinder wurden hochgehoben, jauchzten. Selbst der Missionar hatte einen Glanz in den Augen, als würde er Jesus sehen, wie er übers Wasser ging.

Nur Reine Schmaltz, die Wachtel, hatte für solche Schaulust wenig übrig. Dieses junge, sensationslüsterne Fleisch, Abschaum, dachte sie, benahm sich provinziell, während ihre Tochter gezeichnet war. Noch fiel es niemandem auf, aber die Gouverneurin wusste, dieser Blutschwamm würde Arétée immer mehr entstellen. Noch hielt man ihn für einen dunklen Fleck auf einer weißen Katze, aber es war ein unheimlicher Schatten, der größer, dunkler werden und irgendwann alles überlagern würde.

– Es ist ungeheuerlich, keifte sie, dass dieser Pöbel hier herauf darf. Können die denn nicht am Mittelschiff bleiben?

– Dafür bin ich nicht zuständig, brummte Reynaud, während der Gouverneur hoffte, dass niemand auf die Idee kam, Fahrt aus dem Schiff zu nehmen.

– Und wofür sind Sie zuständig? Vielleicht um den Regenwolken die Honneurs zu machen? … Reynaud sah sie entgeistert an, brachte aber keinen Ton heraus. Da hob die Wachtel ihr Kinn und meinte:

– Na, Sie haben das Reden auch nicht gerade erfunden.

– Ich … Reynaud war sprachlos.

– Das sind Delphine, verkündete Kummer mit herablassendem Ton. Und tatsächlich erkannten nun auch die anderen, diese quietschenden, tollenden Tiere waren viel zu verspielt für Haie.

– Habe ich doch gleich gesagt. Eine Delphinschule.

– Mir sind die langen Nasen auch seltsam vorgekommen.

– Wusste ich sofort!

Es war ein grandioses Schauspiel, das die Tiere da vollführten. Ein wilder, ausgelassener Tanz zu Ehren der Schöpfung. Ein paar Leutnants machten witzige Bemerkungen, um bei den Rothaarigen zu punkten, während die Soldaten und Matrosen an den Delphinen kein Interesse hatten und höchstens dachten, diese Viecher brächten Abwechslung auf den Speisezettel – gerade recht, um ihre unergründlichen Mägen zu sättigen.

Nur O'Hooley, der Einzige, der dem versinkenden Prust-Paket nachgesehen hatte, sprang neugierig zu einer Stückpforte im Zwischendeck. Das Schiff hatte Stückpforten, also Klappen in der Bordwand, für vierundvierzig Kanonen, aber nur achtundzwanzig Achtzehnpfünder, zwölf Karronaden und vier Drehbrassen waren an Bord, um die Medusa gegebenenfalls gegen Piraten zu verteidigen. Doch die Zeiten des Schiffekaperns und der Bukaniere waren vorbei. Es gab keinen William Kidd und keinen Blackbeard mehr, keinen Störtebeker und auch keine Mary Read. Ihre Zeiten waren ebenso vorüber wie die Seescharmützel mit den Limejuicern oder spanischen Manuels. Seit Waterloo herrschte Frieden, also mussten ein paar Kanonen reichen.

Hupf O'Hooley, dieser knochige, nur aus spitzen Winkeln, entblößtem Zahnfleisch, Sommersprossen und rotem Haar bestehende Junge, hatte gerade Freiwache gehabt, war in seiner Hängematte gelegen und hatte geträumt, aus einer Seeschlacht als großer Held hervorzugehen. Eben hatte er eine ganze Flotte vor den Engländern gerettet, drei Piratenschiffe niedergemacht und war zum jüngsten Kapitän aller Zeiten befördert worden, als ihn das Geschrei der Passagiere weckte. Neugierig sprang er zu einer Stückpforte, klappte sie hoch und schaute hinaus. Er konnte nur erahnen, was da am Heck des Schiffes vorging, also beugte er sich weit nach vor mit seinem dünnen sehnigen Körper, grinste und … bekam von hinten einen Tritt.

Clutterbucket wollte nicht, dass O'Hooley ins Wasser fiel, ehrlich nicht, er wollte ihm nur einen Streich spielen, ihn erschrecken. *Ham mir wollen Spaß.* Wer konnte denn ahnen, dass dieser dumme Dauergrinser gleich den Halt verlieren und ins Wasser stürzen würde. Der fette Kombüsenjunge sah, wie der rothaarige Hupf die Bordwand entlangrutschte, mit den Armen ruderte, sich überschlug, im Wasser eintauchte, unterging. *Verdammte Scheiße! Ham mir nicht gewollt.*

– Mann über Bord, war zu hören. Mann über Bord! Jerome Clutterbucket zog seinen feisten Schädel aus der Stückpforte zurück. *Verdammte Scheiße ham mir da gebaut!* Er konnte sehen, wie der rothaarige Blue wieder auftauchte, blödsinnig grinste, immer noch, Richtung Schiff sah und … Erkannte er, wer ihn geschubst hatte? Jerome strich das Hemd glatt, kratzte seinen Bürstenhaarschnitt und schaute sich im Zwischendeck um. Niemand zu sehen. Doch! Da war ein Augenpaar. Clutterbucket spürte es. Kurz darauf sah er Viktor, der in einer Hängematte lag und ihn anstarrte. Der Fette wollte etwas sagen, er öffnete den Mund, doch kein Wort kam heraus. Sein Blick war feindselig und besagte in etwa, na warte nur, Hector, du bekommst schon noch den Belegnagel in den Arsch.

Währenddessen wurden die Schreie aufgeregter. O'Hooley konnte ein Seil greifen, das ihm jemand zugeworfen hatte. *Lass es nicht los, Hupf, halt dich daran fest. Denk an deine Mutter, die eines Tages einfach fortgegangen ist, ohne zu sagen, wohin, weshalb du in ein Waisenheim gekommen bist, später auf ein Schiff.* Eine Weile sah es so aus, als könne er sich daran halten, aber das Schiff hatte zu viel Fahrt, sechs Knoten, also etwa zehn Kilometer pro Stunde (Faustformel: Knoten mal zwei minus zwanzig Prozent), trotzdem war das Kielwasser zu wild, drückte ihn zu lange unter Wasser, als dass er sich länger als ein paar Minuten hätte halten können.

– Segel reffen! Schiff beidrehen, wurde befohlen.

– Kommt nicht in Frage, brüllte Schmaltz. Die Matrosen an den Schoten hielten inne.

– Aber wir müssen, Monsieur … Da ertrinkt ein Mensch. Es war Espiaux, der Zweite Offizier, der, ohne zu wissen, um wen es sich handelte, voller Mitleid war.

– Wir müssen rechtzeitig in Saint-Louis sein, das ist alles, was wir müssen. Und diese Reise nimmt allmählich einen ungünstigen Verlauf. Der Gouverneur hatte die Stimme erhoben. Seine mit Orden besetzte Brust hob und senkte sich.

– Aber? Das … Bedenken Sie, der Mann im Wasser hat vielleicht Kinder …

– Setzt ein Flaggensignal, damit eines der nachfolgenden Schiffe ihn aufnimmt. Soll ihn doch die Argus (Kapitän Parnajon) oder die Echo aus dem Wasser fischen. Wir müssen so schnell wie möglich nach Saint-Louis. Man erwartet mich! Für Schmaltz, seine Augenbrauen wirken noch buschiger als sonst, war dieser über Bord Gegangene genauso wichtig wie die Delphine, die sich im Kielwasser tummelten, nämlich überhaupt nicht.

– Die Argus und die Echo sind zu weit hinter uns, als dass sie das Flaggensignal sehen könnten.

– Dann feuert eine Kanone ab, damit sie aufmerksam werden.

– Eine Kanone abfeuern, wurde befohlen, aber da keine geladen war, man den Geschützmeister nicht finden konnte und die Pulverkammer verschlossen war, blieb es still. Der immer noch irrwitzig lachende O'Hooley wurde kleiner. Sein entblößtes Zahnfleisch, die grünen Augen, Sommersprossen und das kupferrote Haar in der Farbe von Cognacflecken auf einem weißen Tischtuch – das alles war bald nur noch ein kleiner Punkt. Jetzt träumte er nicht mehr, eine ganze Flotte zu retten, belobigt zu werden, jetzt brannte ihn das geschluckte Wasser in der Nase. Jemand warf eine Markierungsboje über Bord, einen mit kleiner Fahne ausgestatteten Korkreifen. Bestimmt würde er sie erreichen. *Schwimm, Hupf! Streng dich an!*

– Das genügt, meinte Schmaltz, damit wird man ihn sehen.

– Hier geht es um ein Menschenleben, widersprach Espiaux. Wir wissen noch nicht einmal, um wen es sich handelt. Vielleicht Ihre Frau? Oder Ihre Tochter? Zumindest müssen wir Segel reffen und ein Rettungsboot zu Wasser lassen.

– Das werden Sie nicht bestimmen. Wo ist der Kapitän? Einen Moment lang ging Schmaltz die Möglichkeit durch den Kopf, es könnte sich bei diesem ertrinkenden Körper tatsächlich um seine Frau handeln. Was für ein angenehmer Gedanke! Ein sardonisches Lächeln zeichnete sich in sein Gesicht. Er sah sich als bemitleidenswerter Witwer von Gespielinnen umschwärmt, sah sich in die glückliche Lage versetzt, eine neue Frau zu wählen. Was für eine Vorstellung, kein Gekeife mehr, kein Streit, kein Vorwurf, provinziell und würdelos zu sein.

Dann sah er sie, die kleine, mit einer dicken Fettschicht überzogene Frau, wie sie mit ihrer gluckenhaften Gestalt über das Mitteldeck watschelte. Sie hatte sich selbst Spaziergänge verordnet, und ganz egal, was immer auch passierte, sie hielt sich eisern an diesen Vorsatz. *Schade!*

Auch Chaumareys hatte mitbekommen, dass etwas passiert war. War es schon so weit? Der Fluch der Sophie? Einige brüllten, »Er ertrinkt, er ertrinkt«. Andere suchten ihre Freunde.

Savigny, der wegen des Gebrülls nach oben geeilt war, bedauerte die verlorene Leiche, und Corréard meinte:

– Der wird es noch weit bringen, wenn er schon jetzt an Land geht.

Kaum war der Kapitän an Deck, wurde er auch schon von Schmaltz und Espiaux bestürmt.

– Ich werde Sie zur Verantwortung ziehen, wenn wir noch mehr Zeit verlieren. Der Gouverneur war aufgebracht. Auch wenn irgendein Hornochs über Bord geht und ertrinkt, dürfen wir nicht zu spät in Saint-Louis eintreffen.

– Ich bringe Sie vor ein Kriegsgericht, wenn Sie nicht befehlen, ein Rettungsboot zu wassern, drohte der Zweite Offizier. Hier geht es um ein Menschenleben.

Hmm. Der Kapitän spürte, wie es in seinen Gedärmen gluckste. Einerseits der Gouverneur mit dem traurigen Gesicht, *bestimmt hat man den als Kind geschlagen*, andererseits dieser Schönling mit dem Weltschmerz.

Was würde Onkel Louis tun? Wo ist Richeford?

– Also gut, sagte er mit zögerlicher Stimme. Gleichzeitig verbeugte er sich vor Schmaltz. Es tut mir leid, aber wir müssen ein Boot zu Wasser lassen. Espiaux, geben Sie entsprechende Befehle.

– Marssegel einholen! Beidrehen! Die Jolle ausschwingen und fieren!

Sofort setzten sich die auf den luvseitigen Wanten stehenden Matrosen wieder in Bewegung, enterten auf, erklommen die Saling, balancierten auf den Fußpferden und zogen die schweren Segel hoch. Aber Segelschiffe haben keine Bremsen. Bis die Medusa gestoppt wurde, war von O'Hooley nicht mehr viel zu sehen. Wenn man sich anstrengte, konnte man am Horizont noch einen, immer wieder zwischen den Wellen auftauchenden Punkt ausmachen, die Rettungsboje. Die Gewohn-heit wollte es, dass sich die Augen auch dann nicht davon lösen konnten, als sie längst schon nichts mehr sahen.

Die an einem Galgen hängende Jolle wurde abgedeckt, »Passt auf die Persenning auf!«, und ins Wasser gelassen. *Warum geht das nicht schneller?* Drei Mann stiegen hinein, und zwei von ihnen ruderten.

– Pullt, Männer, pullt, bis euch die Leber platzt, pullt, dass die Schwarte kracht, brüllte der dritte.

Die zwei Ruderer legten sich tüchtig in die Riemen, wurden aber sofort abgetrieben, ohne vorwärts zu kommen. Neben ihnen schwammen Delphine, hüpften freudig aus dem Wasser. Dachten wahrscheinlich, die Jolle gälte ihnen.

– Das ist sinnlos, rümpfte Chaumareys die Nase. Die Strömung ist zu stark, sie kommen nicht dagegen an.

– Der Zeitverlust, schimpfte Schmaltz. Unverzeihlich! Aber das wird Folgen haben. Ich werde eine Eingabe veranlassen. Machen Sie sich schon auf was gefasst.

Chaumareys gab den Befehl, das Rettungsboot zurück an Bord zu holen. Er blickte in den Horizont und murmelte:

– Bestimmt wird ihn eines der nachkommenden Schiffe finden. Hoffentlich … vielleicht … wenn er Glück hat … großes Glück … sehr großes Glück. Als er erfuhr, dass es sich bei dem Ertrinkenden um den Schiffsjungen O'Hooley handelte, war er beruhigt, hatte er doch befürchtet, jemand könnte seinen Freund Richeford ins Wasser gestoßen haben. O'Hooley? Er hatte diesen Namen schon einmal gehört. Aber wann? O'Hooley? Klang irisch. St. Patrick's Day, Thomas Moore, Arthur Guinness und wie die puddingköpfigen Paddys alle hießen. Chaumareys ging in seine Kajüte, schenkte sich ein Glas Wein (Schwarzer Prügel) gegen die Traurigkeit ein und blickte durch die großen Heckfenster ins Meer. Eine unendlich weite, tobende Masse voll mit schrecklichen Tieren, Schlangen mit Hundeköpfen, Haien, fledermausartigen Fischen, schlammfarbigen Wesen, aus denen böse Augen leuchteten, drachenartigen Geschöpfen, Riesenmuscheln. Die würden sich über O'Hooley hermachen, ihren eigenen St. Patrick's Day erleben. Auch wenn er nur den Namen kannte, war die Sache ärgerlich. Sie würde eine Untersuchung des Marineministeriums nach sich ziehen. Der Minister mit dem Namen Verstopfung, das genaue Gegenteil von ihm, würde ihn befragen, keine große Sache, aber doch unangenehm, ein kleiner irischer Schatten, der jetzt schon über der Unternehmung stand.

Da kam Richeford mit einem Teller, auf dem eine faustgroße Kugel lag, und lachte.

– Schau mal, Hugo, ein Seeigel. Hat man mir gegeben, war an der Rettungsleine, die man dem Blödmann zugeworfen hat. Magst du probieren?

Seeigel? Chaumareys schüttelte den Kopf und sah zu, wie sein Freund eine schleimige Masse aus dem dünnen Kalkgehäuse löffelte. *Isst man das roh? Sieht aus wie ein ungekochtes Ei.*

– Was ist das Gegenteil von hochschwanger? Richeford gab schlürfende Geräusche von sich. Und als der Kapitän nicht reagierte, sagte er: Niederträchtig!

Chaumareys lächelte gequält. Niederträchtig? Da fiel ihm etwas ein, ging er zu seinem Sekretär, stellte Tinte, Feder und Streusandbüchse zur Seite, öffnete eine Lade des Mahagonischränkchens und holte einen Brief hervor. Adressiert an Jonathan »Hupf« O'Hooley. Der Kapitän öffnete das billige Kuvert und las den mit krakeliger Schrift verfassten Brief, den er eigentlich noch in Rochefort übergeben hätte sollen. Er stammte von O'Hooleys Mutter: »Lieber Hupf, mein über alles geliebter

Schatz, ich hab endlich eine Anstellung gefunden. Bald kann ich dich zu mir holen. Es wird dir hier in Limoges gefallen. Mein Herr ist Richter und auch seine Familie ...« Chaumareys erstarrte. Da trat Richeford, der mit seinem Seeigel fertig war, zu ihm hin, nahm ihm den Brief aus der Hand und las.

– Tsstsstss. Der Glatzkopf schüttelte sein Haupt. Nur keine Sentimentalitäten, Hugo. Er zerknüllte das Papier und warf es mitsamt der Seeigelschale bei einem Heckfenster hinaus:

– Vielleicht bekommt er ihn ja noch.

Der Sturm

Die Medusa segelte gut am Wind, war stabil, steif und schnell. Eine Dame, die ihre Röcke anhob und rannte. *Wie hoch die Masten aufragen, und wie gewaltig sich die Segel bauschen.* Wer hätte ahnen können, dass es nach wenigen Tagen schon zwei Tote gab? Kollateralschaden würde man das heute nennen, schlechte Sicherheitsvorkehrungen, andere Verhältnisse, aber auch 1816 waren das zwei Tote zu viel. Null komma fünf Prozent Mortabilität.

– Ihr fahrt in euren Untergang, flüsterte Mama Medusa. Seht die Zeichen, Zeichen. Doch niemand hörte es – und die, die es hörten, wollten davon gar nichts wissen.

Je weiter südlich sie kamen, desto wärmer wurde es, und auch die Feuchtigkeit unter Deck, man hätte es nicht für möglich gehalten, nahm beständig zu. Die Tage wurden kürzer, und die Sonne brannte gnadenlos. Hier war nichts zu spüren von den Folgen des Vulkanausbruchs in Indonesien, vom Jahr ohne Sommer, hier war es so heiß und schwül, dass man sich schon am Vormittag nach dem kühlen Abend sehnte. Am Mitteldeck war als Schattenspender ein Segel aufgespannt worden, und die Damen promenierten nur noch mit Schirm, *weil verbrannte Haut ist so etwas von ordinär.* Matrosen, braun wie Karamell, präsentierten ihre tätowierten Oberkörper. Das weibliche Hinterteil auf dem Bauch des Pockennarbigen haben wir bereits gesehen. Ein anderer hatte einen feixenden Bajazzo mit seiner Brustwarze als Nase. Außerdem gab es eine Kompassrose um den Nabel oder einen flötenspielenden Fakir – man kann sich denken, welche Schlange der zum Stehen brachte.

Savigny warnte Viktor vor einem Hitzeschlag »bei zu viel Sonnenexposition«. In der Sanitätsabteilung hingen zusammengebundene Tabakblätter von der Decke, Schröpfgläser standen herum, Medikamente und kleine Schnitzereien aus Elfenbein oder Walfischzähnen, die man dem Doktor für eine Heilung oder Zahnbehandlung geschenkt hatte.

Da kam Maiwetter, *Jean-Pierre, schwuler Name*, und bat um eine vertrauliche Unterredung. Er war ein großer, kräftiger Mensch mit semmelblondem Haar, sah aber bleich und vertrocknet aus. Viktor wurde hinausgeschickt, konnte hinter den gespannten Leintüchern aber hören, worum es ging: na klar, um Tapferkeit und Heldenmut. Nein, von Verstopfung war die Rede. Vom Minister? Auch nicht. Viktor verstand etwas von hartnäckig und seit der Abreise. Doch nicht der Missionar, dieser Jean-Pierre, war von der Hartleibigkeit betroffen, sondern ein Soldat namens Menachim Kimmelblatt, der Jude mit dem roten Fez.

– Sie wissen, was wir von den Juden halten? Sie sind gierige Wucherer, feige, und wenn sie könnten, würden sie die Ozeane aussaufen, um den Meeresgrund zu verschachern. Sogar die Luft würden sie verkaufen, die Sterne vom christlichen Himmel … Dieser hier scheint so geizig, dass er nichts loslassen kann, nicht einmal seine eigene Ausscheidung, aber trotzdem ist er ein Mensch, dem geholfen werden muss.

– Rizinusöl?

– Hat er getrunken.

– Essig?

– Auch Dörrobst, Salzwasser und saure Ziegenmilch.

Dann hilft nur mehr ein Klistier, verkündete Savigny.

– Sehen Sie … Klistier … Das fürchtet er wie der Teufel das Weihwasser. Genügt es nicht, ihn zu schröpfen?

– Klistier, wiederholte der Schiffsarzt. Sofort! Sonst kann ich für nichts garantieren. Der Missionar ging, um Kimmelblatt zu suchen, und Savigny befahl Viktor, der noch immer hinter den Leintüchern stand, einen Eimer mit frischem Salzwasser zu bringen. Außerdem drückte er ihm eine kleine Metallspritze mit Holzgriff in die Hand und sagte:

– Reinige auch das Klistier.

Viktor zog den Stössel aus dem Zylinder, wischte ihn mit einem Tuch, steckte ihn wieder hinein und schob ihn vor, was ein schmatzendes Geräusch ergab – wie wenn ein Kind Tuba spielt. Er schob den Stößel mehrmals hin und her und freute sich an den unreinen Tönen, wie eine Blasmusikkapelle beim Instrumentestimmen. Als er die kleine runde Spitze in den Mund nehmen wollte, um dem Instrument weitere Geräusche zu entlocken, sah ihn der Arzt verwundert an:

– Weißt du überhaupt, wofür man das verwendet? Savigny machte eine eindeutige Bewegung Richtung Hinterteil und lachte. Viktor, jetzt konnte er sich erinnern, schon einmal von so einem Klistier gehört zu haben, spürte, wie ihm eine Welle an Übelkeit hochstieg. Grauenhaft!

Es war der Morgen des 26. Juni, neun Tage nach der Abreise aus Rochefort. Madeira hätte längst gesichtet werden sollen, war aber nicht zu sehen. Chaumareys und Richeford, der eine mit Perücke, der andere mit einem alten Dreispitz, standen gespannt auf der Brücke und warteten auf eine entsprechende Meldung. Aber die Burschen auf der obersten Rah blieben stumm.

– Seht ihr keine Küste? Seid ihr blind? Habt ihr die Syphilis, ihr Hurenböcke, schrie Richeford immer wieder hinauf, aber die Jungen antworteten stets mit:

– Kein Land in Sicht!

Die Sonne, die gerade noch ein roter Feuerball gewesen war, stieg höher, wurde greller. Auch die Temperatur kletterte unerbittlich in die Höhe. Aber Madeira ließ sich genauso wenig blicken wie Kimmelblatt in der Sanitätsabteilung.

– Wenn unsere Berechnungen stimmen, hätten wir mittags Funchal anlaufen müssen, brummte Chaumareys, nahm das Fernrohr zur Hand und legte es auf seine Zitronennase. Nichts zu sehen. *Wo bleibt dieses Madeira? Wir werden doch nicht vom Kurs abgekommen sein? Und die Argus? Auch von den übrigen Schiffen der Flotte ist nichts zu sehen. Warum? Rundherum nur Meer.* Kurz kam er sich verloren vor.

– Besser so, sagte Richeford. Funchal ist ein gefährlicher Hafen voller Untiefen und Riffe. Wir haben dort nichts verloren.

– Die Frau des Gouverneurs, diese Reine, *Königin?*, besteht darauf, in Funchal an Land zu gehen. Sie hält einen kleinen Einkaufsbummel für lebenswichtig.

– Die hat auf gar nichts zu bestehen. Was will die Wachtel dort? Madeirawein?

– Man sollte sie cum granum salis dennoch bei Laune halten. Schon wegen ihrem Mann. Dieser Schmaltz will eine Eingabe verfassen … beim Ministerium!

– Der sieht doch kaum zwischen seinen Augenbrauen durch.

– Er hört auf seine Frau.

Tatsächlich hatte Reine Schmaltz, sehr zum Ärger ihres Mannes, so lange insistiert, Funchal anzulaufen, bis der Gouverneur nachgegeben hatte. *Ach, wäre sie doch über Bord gegangen.* Sie wollte frisches Obst und Gemüse, weil ein Pariser Arzt gemeint hatte, Früchte seien gut für Arétées Feuermal. Vor allem aber wollte Reine eines: baden! Sie konnte nicht be-

greifen, worauf sie sich da eingelassen hatte, Reisen ohne Badewanne? Nicht auszuhalten! Unwürdig! Nichts war so schlimm
wie der Gedanke an Krätzmilben und Ausschläge. Dazu die
Nähe all dieser verschwitzten Kreaturen. Sollte sich die Frau
des Gouverneurs vielleicht mit einem Kübel kalten Wassers
waschen, wie es die Seeleute zweimal in der Woche taten? Mit
einem einzigen Kübel erst die Kleidung und dann zehn Männer! Da wurde der Dreck nur neu verteilt! Das war vulgär!

Wie zum Hohn bekamen sie und Arétée täglich eine Schüs-
sel warmen Wassers, aber das war lächerlich! Sie brauchte eine
Badewanne! Süßwasser! Nur Land war nicht in Sicht. Bloß
Wasser. Wasser ringsherum.

– Seht ihr was?

– Kein Land in Sicht.

Was sollte das bedeuten? Wo war Madeira? Richeford und
Chaumareys blickten sich fragend an. Hatten sie das Eiland
verfehlt? Der Kapitän war sich nicht sicher, was zu tun war.
Sollte er westwärts oder ostwärts suchen? Oder weiter Richtung Süden fahren? Er musste eine Entscheidung treffen. Bloß
welche? Wie würde Onkel Louis Guillouet reagieren? Der
würde nicht zaudern, eine Lösung wissen, aber Onkel Louis
war seit zwanzig Jahren tot.

– Hast du eine Münze, Hugo?, fragte Richeford.

– Wozu? Willst du eine Münze entscheiden lassen, wohin
wir fahren? Nein, du willst sie ins Wasser werfen. Für einen guten Wind?

– Ich will was kaufen.

– Kaufen? Was denn? Chaumareys kramte in seinen Taschen, wurde fündig und holte ein paar Francs hervor. Richeford nahm die kleinste, aber wertvollste, eine Zwanzig-Franc-
Goldmünze, ging zum Mast und nagelte sie daran fest.

– Wer als Erstes Land sieht, brüllte er, bekommt die Marianne.

Ein Oho ging durch die Mannschaft. Manche aber murrten:

– Ist keinen Bisquit mehr wert. Früher, als es noch den Louisdor gegeben hat, war ein Zwanziger gutes Geld. Aber für die Marianne (so hieß das Zwanzig-Franc-Stück, weil darauf die Freiheitsheldin abgebildet war) kannst du dich nicht mal anständig besaufen. Und doch kletterten gleich einige in die Masten, sahen aber nichts.

Reynaud und Espiaux schwiegen, machten aber selbstzufriedene Gesichter. Ob sie wussten, wo Madeira lag? Sie sagten nichts, zuckten nur mit den Achseln und bissen sich auf die Lippen. Die Passagiere liefen aufgescheucht herum. Wo war denn nun das Land? Wo war Funchal? Den ganzen Tag über herrschte eine nervöse Stimmung. Obwohl die Soldaten nun wieder ständig exerzierten und Schießübungen veranstalteten, man dauernd das »Legt an« und »Feuer« der Leutnants hörte, die Matrosen mit ihrem »Gebetbuch« das Deck schrubbten, *immer quer zur Maserung*, obwohl sechs Männer dazu abkommandiert worden waren, die Bilge abzupumpen, der Zimmerer die Schäden an der Galionsfigur ausbesserte, der Kalfaterer unermüdlich Werg in Fugen klopfte und mit Tran begoss, und auch sonst allerlei Arbeiten verrichtet wurden, spürten alle, etwas stimmte nicht, etwas lief hier aus dem Ruder.

Nur die Schwarzen waren heiter. Trotz der Uniformen wirkten sie wie Kinder, besonders dann, wenn ihre perlweißen Zähne aus den samtig dunklen Gesichtern glitzerten. Sie fühlten, ihr Heimatkontinent kam näher, was jede Menge Glückshormone freisetzte. Vor allem Marie-Zaïde, die Marketenderin, das ist die mit dem Haarwulst, ihr Mann Joseph und der Soldat Jean-Charles waren von der Nähe Afrikas berauscht. Sie kicherten unentwegt, schnitten Grimassen, lachten. Bald waren sie nicht mehr die Materialisierung irgendwelcher Negertypen aus einem Völkerkundebuch: Zulu, Massai, Guanchen, Himba, Kaffern, Buschmänner, Darfurneger, Abessinier oder Niamniam, die allesamt mit Baströckchen, Speer und Schild dargestellt wurden, bald waren sie daheim. Sie waren in Frankreich aufgewachsen, in französische Schulen gegangen und mit dem Savoir-vivre vertraut, aber Afrika überlagerte alles.

Zu Beginn der Reise hatten sie sich übereinander lustig gemacht, weil die Marketenderin und ihr Mann Katholiken waren, der Soldat Jean-Charles, der eigentlich Mawlid oder Maouloud hieß, was man mit Doudou abkürzte, aber Moslem. Sie hatten gestritten, wer der wahre Gott sei, ob Jesus Christus recht hatte oder Mohammed, die Bibel oder der Koran das wahre Buch der Bücher sei.

– Ihr dürft kein Schwein essen!

– Dafür ist es keine Sünde, wenn ich zu einer Dirne gehe. Wir schließen eine Ehe auf Zeit. Im Islam ist es leicht, sich zu scheiden. Man sagt einfach, geh weg. Und im Paradies erwarten mich zweiundsiebzig Jungfrauen. Jean-Charles hatte seinen Daumen zwischen Zeige- und Ringfinger gesteckt, bewegt und gelacht.

– Und was willst du mit den zweiundsiebzig Gören? Besser wäre es, erfahrene Weiber würden auf dich warten.

– Jungfrauen haben zumindest keine Syphilis.

– Von Geschlechtskrankheiten zu Zeiten Mohammeds ist nichts bekannt.

So waren ihre Gespräche abgelaufen. Nun, da Afrika näher kam, schien das alles keine Bedeutung mehr zu besitzen. Es war, als würden sie sich ihrer animistischen Wurzeln besinnen. Nur noch ein Gedanke beherrschte sie: Heimkehren und ihre

Dörfer wiedersehen, heim zur roten Erde Afrikas, heim zu ihren Sippen, Leuten und zu ihrer Sprache: Wolof.

– Kein gutes Zeichen, brummte Hosea, der in seiner Hängematte lag, den geteerten flachen Hut tief ins Gesicht gezogen, und an seinem Tabaksbeutel, gefertigt aus den Schwimmhäuten eines Albatrosses, herumfummelte.

– Zeichen, wiederholte William Shakespeare, der Papagei.

– Darf ich fragen, warum, murmelte Viktor, der losgeschickt worden war, den an Obstipation leidenden Kimmelblatt zu suchen. So hatte Savigny sich ausgedrückt: Obstipation. *Ich dachte, er hätte Verstopfung?* Viktor hatte sich zuletzt immer in der Nähe von Savigny oder Hosea Thomas aufgehalten, um nicht noch einmal dem verrückten Sch-Sch-Schiffskoch zu begegnen. Immer wenn er das Tock-tock-tock hörte, zuckte er zusammen und versteckte sich.

– Nein, du darfst nicht fragen … Hosea stopfte seine Meerschaumpfeife, in die eine Seejungfrau geschnitzt war. Also schön. Madeira verpasst. Die Reise steht unter keinem guten Stern, weil ein Jonas an Bord ist. Der Matrose machte ein ernstes Gesicht. Viktor forschte darin, fand aber nicht die geringsten Anzeichen von Ironie.

– Ein Jonas? *Der und sein Aberglaube, demnächst wird er noch seinen Polster mit Vogelblut tränken, damit er gute Träume hat.*

– Es gibt immer einen, der das Unglück anzieht. Ein Schiff ist entweder gesund oder krank. Dieses hier ist krank. Davy Jones reibt sich die Hände. Du wirst sehen … Es gibt nicht wenige an Bord, die das Gefühl haben, nicht mehr zurückzukehren, nie mehr zurückzukehren. Unfälle passieren, aber wir sind erst neun Tage unterwegs und haben schon zwei Tote. Zuerst Prust und dann der Schiffsjunge, diese Karotte.

– O'Hooley.

– Ja, was Irisches. Ein Paddy.

Zwei Mordopfer, dachte Viktor. Er hatte niemandem, nicht einmal Hosea, von dem erzählt, was er im Zwischendeck gesehen hatte. Nicht weil er den fetten Jerome schützen wollte, sondern weil ihm der Erfolg einer solchen Anschuldigung so unwahrscheinlich vorkam wie Leben auf dem Mond. Es würde sein wie die Sache mit dem Wirt. Clutterbucket würde alles bestreiten, »ham mir nichts gemacht«, Gaines würde ihn decken, »schicher«, und am Ende wäre es Viktor selbst, der in Verdacht geriete und am Pranger stünde.

– Zwei Tote, wiederholte William Shakespeare.

– Glauben Sie, ich bin der Jonas?

– Ich glaube gar nichts.

– Gar nichts, wiederholte William Shakespeare. Groß- und Focksegel aufgeien.

– Dann sind Sie wie Savigny, sagte Viktor. Der Doktor glaubt auch an nichts. Ich habe ihn gefragt, was er empfindet, wenn er Tote aufschneidet. Und? Was hat er gesagt? Neugierde. Er glaubt nicht an Gott, nicht, dass der Mensch von Adam und Eva abstammt, sondern vom Affen.

– Vom Affen? Warum nicht gleich vom Papagei?

– Warum nicht gleich, wiederholte der Vogel.

– Er glaubt nicht an göttliche Vorsehung, nicht an Sünde und Vergebung, sondern an etwas, das er Vernunft nennt.

– Vernunft? Was soll das sein, Hector? Der Matrose sah ihn an, als ob er soeben erfahren hätte, dass die Erde ein riesengroßer Kuchen war und nur noch nie jemand auf den Gedanken gekommen war, davon zu essen.

– Savigny spricht andauernd von Vernunft.

– Mag sein. Hosea entzündete einen Fidibus und damit seine Pfeife. Aber bei aller Vernunft, mir ist er unheimlich, dein Dok-

tor. Ich meine, er weiß vielleicht, was Insunitis … Moment …
wie heißt das noch einmal … Er holte sein schlaues Buch hervor … Sinusitis ist, aber wenn man an nichts glaubt …

Viktor sagte nichts, aber er wusste, was Hosea meinte. Dieser Savigny war zwar intelligent, konnte vom Gehirn oder der
Niere sprechen wie Priester von der Weltschöpfung, wusste
alles Mögliche über die Entstehung von Geschwülsten, über
Blutbahnen, Salzablagerungen und so weiter, hatte eigene The-
orien über die Gesellschaft, erklärte die Autoritätshörigkeit der
Menschen, die sie nach einem Gott oder König schreien ließ,
mit der Angst. Aber daneben hatte er etwas Unheimliches, etwas, das einem das Gefühl gab, er hätte vielleicht Spaß daran,
andere zu quälen. Und war nicht auch sein Nichteinschreiten
bei Prusts Auspeitschung unmenschlich gewesen? Oder war
das auch vernünftig?

– Er hat gemeint, man solle Prusts Leiche in ein Rumfass legen so wie Kapitän Nelson …

– Die Limejuicer, diese Furzköpfe, machen das tatsächlich. Hosea stieß eine große Rauchwolke aus, die herb und zugleich süßlich schmeckte. Ich war dabei, als wir vor Gibraltar
ein feindliches Kriegsschiff aufbrachten, war ich, drei Reihen
Stückpforten, aber unbeweglich wie ein alter Bauernkasten …

– Alter Bauernkasten, wiederholte William Shakespeare.

– Wir betraten das zerschossene Schiff und sahen all die
Verwundeten und Leichen, sahen wir. Ein Junge mit einem
Loch im Hals bat um Wasser. Ich gab es ihm, doch trat es beim
Adamsapfel wieder aus. Er hat mir, bevor er starb, noch sei-
nen Namen und den seiner Eltern zugeflüstert, hat er, dazu
seine Heimatstadt, irgendwas mit Läster, Leicester, Gloucester,
Worcester … ich war zu betrunken, um mir das zu merken.
Bereue ich bis heute. Schrecklich, überall abgetrennte Glied-

maßen und eingeschlagene Köpfe, aus denen Hirn herausquoll. Manche zuckten noch.

– Furzköpfe, krächzte William Shakespeare.

– In der Kapitänskajüte fanden wir ein Fass mit Rum, nur schwamm etwas darin. Sah aus wie Suppennudeln. Erst dachten wir, es wäre etwas Essbares, vielleicht eine chinesische Ginsengwurzel, bei den Bohnenköpfen weiß man nie … aber es war keine Wurzel, war es nicht, sondern ein Haarschopf … der tote Kapitän. Aufgedunsen wie Bisquit in Milch. Wir hoben ihn heraus und sahen, er trug Galauniform. Verstehst du? Die haben ihren Kapitän in Rum eingelegt wie in eine Bowle, haben sie. Kapitänsbowle. Vielleicht wollten sie damit am Heiligen Abend anstoßen … Ein paar von uns rissen ihm die Orden von der Brust, andere trieben mit ihm Späße. Es hat nicht viel gefehlt, und wir hätten das Gesöff getrunken.

– Sicher ein besonderes Geschmackserlebnis. Egal. Viktor musste weiter, Kimmelblatt suchen.

– Vergiss den Jonas nicht, rief ihm der Matrose nach.

Viktor hob die Hand zum Gruß. *Jonas? Aberglaube! Kapitänsbowle? Was erzählte der? Macht er sich lustig über mich? Keine Zeit, darüber nachzudenken. Wo ist dieser Kimmelblatt?* Der Jude war weder im Zwischendeck noch vorne beim Bug, weder im Kabelgatt noch beim Segelmacher, nicht beim Schiffszimmerer und auch nicht in der Waffenkammer. Viktor schlich durch das ganze Schiff und fragte Soldaten und Matrosen. Schließlich fand er in den untersten Laderäumen, dort, wo es am scheußlichsten nach Bilge stank, eine jammernde Gestalt unter einem roten Fez. Runder käsebleicher Kopf, nasses schwarzes Haar. *Schaut aus wie eine Made, die noch nie das Sonnenlicht gesehen hat.*

– Bist du der Soldat Kimmelblatt?

Der bleiche Mann hielt sich den Bauch und nickte.

– Mich schickt der Schiffsarzt. Du sollst mitkommen.

– Schiffsarzt? Niemals, hauchte Kimmelblatt mit letzter Kraft. Schleich dich, Goi. Hab Schlamassel schon genug, muss mir nicht auch noch anfangen ein Techtelmechtel mit einem Salbader.

– Savigny … Der Schiffsarzt sagt, wenn du nicht mitkommst, wirst du an deiner eigenen Scheiße krepieren.

– Schmonzes. Erzähl mir kein Geschichtelach, du kleiner Chochmes. Der Jude sprach jetzt mit tonloser Stimme. Ein Sterbenskranker in den letzten Zügen, trotzdem stur: Ein Menachim Kimmelblatt ist nicht meschugge. Sitz ich da wie der Jude auf dem Misthaufen, wie Hiob. Mein Herr straft mich, weil ich zum Militär gegangen bin. Mein Herr kann mich weiter strafen, aber ich werde mir von einem Goi nichts in den Arsch schieben lassen, weil so etwas nicht koscher ist, basta.

– Also ich an deiner Stelle, sagte Viktor, würde zum Doktor gehen. So ein Klistier ist nicht so schlimm. *In den Arsch schieben? Ich Idiot hab das beinah in den Mund genommen und hineingeblasen.* Zumindest allemal besser, als an der eigenen Scheiße durchzudrehen.

– Habe ich Tabletten von der Faulbaumrinde geschluckt. Haben sie was genutzt? Nichts. Hab ich Knoblauch gegessen von einem Herrn Gesetzverdreher namens Picard, der immer ist zusammengezuckt, sobald er hört »Charliiie«. Nichts. Hab ich Turnübungen gemacht, meiner Scheiße eine Rutsch gelegt. Nichts. Rizinus. Nichts.

– Wenn du nicht zum Doktor gehst, wirst du platzen. *Jämmerlich krepieren und in Rum eingelegt werden.*

– Meinst du? Ist nicht koscher. Aber wehe, wenn du Kimmelblatt belügst, dann gibt es Zores und Mores.

Der fischbauchbleiche Soldat stand auf und ließ sich von Viktor führen. Er hatte einen enorm geblähten Bauch, *schaut aus wie ein Esel, der sich überfressen hat.* (Ein Ballon für die Hirtenmesser in Bellac. Pffft. Flöten rein. Ein Dudelsack.) Dazu rachitische Beine, als ob er acht Tage auf einem Pferd gesessen wäre. Er ging gebückt und machte den Eindruck, jeder Schritt würde ihn entsetzlich schmerzen, trotzdem lamentierte er unentwegt:

– Man geiht, man geiht, man geiht. Das haben früher im Stetl die Juden gesagt, damit ihnen keiner den Nachttopf über den Schädel leert.

So quälten sie sich durch den Bauch des Schiffes.

– Man geiht, man geiht, man geiht. Bin ich ein Sephardi und kein Aschkenasi wie der Mosche Teitelbaum. Man geiht, man geiht, man geiht.

Ein schmutzig verwaschener Lichtstreifen über den Wellenkämmen, eine dunkelgraue Nebelwand, das war der Horizont. Es dämmerte bereits, als der Mann auf der Saling Land meldete. Endlich! Die Marianne war an den Mann gebracht. Man ging vor Anker, ließ die Segel reffen und hoffte, am nächsten Tag Funchal anlaufen zu können, doch bald darauf schlug das Wetter um. In der Ferne blitzte es bereits.

– Abwettern! Anker einholen! Wir lenzen vor Topp und Takel.

Der Sturm neigte zur Begrüßung leicht den Kopf, hielt die Wange hin und tat so, als wollte er nur einen Kuss. Dann küsste er selbst, ließ den Wind heulen, stürmisch, und zog, damit niemand zusehen konnte, den Himmel mit einem Wolkenvorhang zu. Als Nächstes stürzte er sich wie ein Rasender auf sie, packte das ganze Schiff mit Wind und Wellen, liebestoll ließ er es tuschen. Bingo! Bald regnete es so heftig, als wären die Wassertropfen kleine, von Milliarden Gewehren abgefeuerte Geschoße. Was für ein Salut! Blitze zeichneten ein leuchtendes Geäder, und Donner krachten erbarmungslos. Dazu, was für ein eifersüchtiges Rasen, Schläge gegen die Bordwand. Was sonst ein sanftes Klopfen war, klang nun nach Türzuschlagen, Hauseinsturz – als würden die Elemente »Charliiie!« schreien. *Buchen soll man suchen und Eichen weichen, aber hier ist nichts, was Schutz bietet, nur das Schiff.* Bald waren die Kaventsmänner, die Riesenwellen, hoch wie Bäume, Berge. Bald gehörte man voll und ganz dem zornigen Wüterich. Die Medusa wurde wild herumgeschaukelt, Passagiere kreischten, und der Koch schrie »Scheissche! Arschlöcher!«, weil seine Töpfe über die Schlingereisen gesprungen waren und ihr Inhalt nun in der Kombüse lag. Auch Kimmelblatt, der bereits mit entblößtem Hinterteil und einem Stock zwischen den Zähnen auf die Operation wartete, rutschte mitsamt dem OP-Tisch hin und her. Savigny hielt das Klistier, und Viktor gelang es kaum, den Kübel so zu drehen, dass er nicht alles Salzwasser verschüttete.

– Wir müssen warten, bis das Wetter sich beruhigt hat, meinte Savigny.

– Mein Herr will nicht, dass ein Goi dem Kimmelblatt ins Arschloch sieht, zischte der Soldat durch sein Stöckchen. Ist nicht koscher! Man geiht, man geiht, man geiht.

– So, will er nicht? Aber vielleicht will er ja, dass dir die Scheiße bei den Ohren rausspritzt, du dummer Sack. Kaum hatte der Schiffsarzt das gesagt, rutschte auch schon der OP-Tisch mitsamt dem Kimmelblatt nach Backbord, musste Savigny einen Sprung machen, um nicht umgeworfen zu werden. Er landete auf Viktor, stieß ihm den Kübel aus der Hand.

– Idiot! Was stehst du da, du Ofenrohr?!

Das Schiff schwang sich von einem unmöglichen Winkel in den nächsten, Wasser gurgelte durchs Speigatt, blieb wie ein Tümpel stehen, um gleich darauf in die andere Richtung geschleudert zu werden. Jeder, der nicht an Deck sein musste, verkroch sich irgendwo und sah, wie alles, was nicht angebunden war, wild herumrutschte. Bretter und Seekisten sausten durch das Zwischendeck, die kleinen Kinder wurden einfach umgehauen, purzelten herum, schrien.

– Charliiie! So unternimm etwas.

Die Schweine und die Ziege oinkten, quietschten, schrien, auch die Hühner gackerten wie verrückt, was aber im Tosen der Wellen kaum zu hören war. »Wir kentern! Es ist aus!« Die Lafitte-Schwestern brüllten, und Maiwetter betete:

– Gott im Himmel, jetzt und in dieser Stunde … Und jeder dachte, es sei aus. Mortabilität hundert Prozent.

Wasser stürzte vom Deck durchs Einstiegsluk in Güssen den Niedergang herab. Brackiges Wasser lief über den Boden, schwemmte Wollsocken und zerbrochenes Geschirr mit. Die Schiffsglocke schlug von selbst an, ein klagender, unheimlicher Ton wie von Geisterhand. Und Mama Medusa flüsterte:

– Leichen, nichts als Leichen. Schädel, die am Meeresgrund verbleichen, Namen, zum aus Listen Streichen, Schicksale. Wollt ihr ihnen gleichen? Nein? Dann kehrt um, kehrt um, sonst könnt die Hand ihr ihnen reichen und Davy Jones erweichen. Seht die Zeichen, nichts als Zeichen.

Ein unwahrscheinliches Durcheinander. Chaumareys dachte an den Fluch, Schmaltz fürchtete um sein Leben, *dann kommt er wenigstens im Himmel nicht zu spät*, sogar die Offiziere waren bleich. Nur Hosea lag in seiner Hängematte und schlief wie ein Baumstamm. Manchmal öffnete er die Augen und flüsterte:

– Das ist Davy Jones, der da läutet. Jetzt kommt er, uns zu holen.

Drei Stunden gehörte man dem Sturm, trieb man hilflos vor Madeira, schlugen Wellen über die Verschanzung. Manchmal lag das Schiff so schief, dass die Großrah in das Wasser tippte, mancher dachte, jetzt ist es passiert, jetzt kommt die alte Dame nicht mehr hoch. »Wir kentern!« Drei Stunden, in denen Frau Schmaltz den bleichen Kapitän anjammerte, es doch zu wagen. Es schien ihr, die seit Tagen von einem Bad träumte, nichts auszumachen, dass sich ihr Hut in einen Wassergraben verwandelt hatte, von dem ein Katarakt herunterstürzte. Der Regen peitschte ihr ins Gesicht, ganze Sturzbäche liefen an ihr herab, aber der Wachtel schien es egal zu sein. Während ein paar Matrosen Segel einholten, alle anderen Passagiere und Soldaten zusammengekauert im Zwischendeck waren, das wie ein Dampfbad vernebelt war, stand die kleine Frau mit dem großen Hut auf der Brücke und brüllte unentwegt Richtung Kapitän:

– Laufen Sie den Hafen an! Ich will sofort nach Funchal. Ich muss, ich will mich baden!

– Sollen wir alle baden gehen? Sehen Sie denn nicht, dass es nicht geht, rief der Kapitän. Doch seine Worte wurden vom Wind zurück in seinen Mund gedrückt. Chaumareys hatte die Augen zugekniffen, kleine Seen standen auf seiner Perücke, sein Puder rann aus dem Gesicht. Ein Rinnsal lief von seinem Hut, und er hatte Mühe, nicht über Bord zu gehen. Auch Richeford schüttelte den Kopf. Der Glatzkopf deutete auf das Mitteldeck, das immer wieder von Brechern unter Wasser gesetzt wurde, aber der Frau des Gouverneurs war das egal.

– Sie müssen es versuchen, schrie Reine. Ich bestehe darauf! Ich habe ein Recht!

– Wollen Sie untergehen?

– Sie sind ein Feigling. Jawohl! Ein Skandal in Person! Ich werde das dem Marineministerium mitteilen.

Feigling? Ja, sie hat ja recht. Was wohl Onkel Louis von mir dächte? Der war kein Feigling.

– Wir müssen auf besseres Wetter warten. Jetzt würde die Brandung uns zermalmen.

– Ich will aber! Ich muss! Ich werde! Alles andere ist unerhört. Eine Intrige! Die kleine Frau war wie von Sinnen. Als sie endlich aufgab, musste man ihr versprechen, Teneriffa anzulaufen.

Zweieinhalb Tage später, es war der 29. Juni, streckte und dehnte sich das Meer – unschuldig wie ein junger Hund, der gerade eine Polstergarnitur zerfetzt hat. Der Sturm hatte sich zurückgezogen, und man erreichte Teneriffa. *Alles nach Plan.* Der Himmel war noch immer ein grauer Vorhang, durch den nur ab und zu ein heller Lichtkorridor zum Vorschein kam, aber wenigstens der Regen hatte nachgelassen. Unfruchtbare schwarze Felsen erhoben sich drohend um Santa Cruz, dahinter schwermütige Wälder, ein paar weißgekalkte Häuser, weißer als die Türme von La Rochelle. Die Brandung donnerte und schäumte. Richeford meinte, der Hafen sei gefährlich, zu gefährlich, um ihn anzulaufen, er kenne dieses heimtückische Gewässer.

– Alles voller Untiefen und Riffe. Dagegen ist sogar das Hurenviertel von Paris ein sicheres Pflaster.

Als Reine Schmaltz das hörte, wurde sie halb wahnsinnig, stürzte sich auf Richeford und trommelte gegen seine Brust.

– Man hat es uns versprochen. Hat man. Es ist unwürdig … Ich dulde es nicht … provinziell …

Also befahl der Kapitän, die Jolle zu wassern, um vier Leutnants in den Hafen zu schicken, frisches Obst und Gemüse zu besorgen.

– Und ich? Das Bad?

– Zu gefährlich! Aus Richefords Lächeln sprach Verachtung.

– Das … Reine Schmaltz rang nach Atem. Ich … unwürdig … Sie schien jeden Moment zu explodieren, dampfte aber ab.

– Ich möchte auch an Land. Die Flora und Fauna wären eine Untersuchung wert, meinte Kummer mit seiner weichen Stimme. Ist es wirklich so gefährlich?

– Keineswegs, brummte Reynaud mit verschränkten Armen. Der Hafen von Santa Cruz ist völlig harmlos. Es ist lächerlich, was dieser Richeford da verzapft.

Da blickte ihn der Kommandant böse an und keifte:

– Wollen Sie meutern? Sie wissen, Monsieur, was darauf steht.

– Ich? Nein, brummte der Erste Offizier. *Meutern? Nein, diese Frucht ist noch nicht reif, auch wenn ihr Inneres schon fault.*

– Dann halten Sie den Mund, wenn Sie nichts zu sagen haben. Richeford ist ein guter und erfahrener Seemann, ihm ist als Lotsen zu gehorchen. Der kleine geschminkte Kapitän sprach mit fester, tiefer Stimme, so hatte man ihn noch nie gehört. Richeford genießt mein uneingeschränktes Vertrauen.

Da plusterte sich Toni auf, und Reynaud, der kleine Ehrgeizling mit dem kantigen Lino-Ventura-Gesicht, war froh, dass bald darauf achtmal geglast und er abgelöst wurde. *Diese Demütigung, diese Dilettanten. Eine Farce.* Er sah sich um, ob er an irgendeinem Hohlkopf seine Wut auslassen konnte, entdeckte aber keinen. *Weißt du, was sich gerade ereignet hat? Begreifst du, was gerade passiert ist? Degradiert! Der Alte hat mir*

diesen Alkoholiker vor die Nase gesetzt, diesen Rotweinpippler.
»*Richeford ist ein guter und erfahrener Seemann, ihm ist als Lotsen zu gehorchen.*« Pha! Lächerlich.

Kimmelblatt lag, nachdem er sich zwei Tage lang versteckt hatte, wieder im Sanitätsverschlag. Seine weiße Haut hatte einen leichten Grünstich, und er war vor Schmerzen halb verrückt. Gepfählt, von der eigenen Scheiße aufgespießt. *Es geiht, es geiht, es geiht – nicht mehr.* So, nämlich mit einem Bauch voller Steine, musste sich der Wolf im Märchen mit den sieben Geißlein gefühlt haben.

Savigny hantierte mit dem Klistier. Der Patient stöhnte und fieberte. Seit Stunden hatte er nichts mehr gesagt, und wäre nicht ab und zu ein gehauchtes »Kennen Sie den … Ein alter Chassidi geht zum Rabbi …« aus ihm herausgekommen, man hätte ihn für tot halten können. Nun aber zog der Schiffsarzt die Zinnspritze auf und drückte die metallische Spitze, die Viktor fast in den Mund genommen hätte, vorbei an zwei behaarten *glutei maximi … Wieso sind Arschbacken behaart? Fehler der Evolution …* mitten hinein in Kimmelblatts entblößtes Rektum. Dann drückte er langsam, wie ein Konditor, der eine Torte beschriftet, den hölzernen Griff bis zum Anschlag. Jetzt war die Zeit der Witzemacherei vorbei.

– M-e-n-a-c-h-i-m! Nicht koscher! Nicht koscher!

Das Prozedere wiederholte sich dreimal, ohne dass sich in Kimmelblatt etwas rührte. Sein Blick erinnerte an einen Hund, der einem Esser zusieht, aber sein Bauch war der einer farblosen Schlange, die einen Elefanten verschlungen hat. Einen Elefanten samt Saint-Exupéry und kleinem Prinzen und Flugzeug. Dann hörte man ein Glucksen in diesem aufgeblähten Leib, der wie ein Vulkan kurz vorm Ausbruch stand, und wenig später, kein Geräusch, doch der Körper explodierte wie der indonesische Vulkan Tambora, schoss eine braune Fontäne aus ihm heraus, spuckte dieser kleine muskulöse Hintern eine jaucheartige mit Brocken angereicherte Flüssigkeit, ein Fäkalgeysir, um eine Klimakatastrophe anzurichten. Kimmelblatt begleitete seinen Ausbruch bald mit allerlei Geräuschen, die nicht mehr menschlich klangen, und Viktor, er hatte hinter einem Hocker Deckung gesucht, kaute wie verzweifelt Pfriem. *Keine Miasmen schlucken! Bloß keine Miasmen schlucken!* Nur Savigny, er hatte beim Kopfende Stellung bezogen und betrachtete den Vorgang wie ein Sprengmeister, lächelte vergnügt.

– So ein Klistier weckt Tote auf.

– Das ist die Rache Jehovas, stöhnte Kimmelblatt. Seine aufrichtige Wahrheit. Rabbi Teitelbaum hat recht gehabt … Die Gojim schlachten uns … Er schien selbst nicht zu wissen, was sich da in seinem Rücken abspielte, hörte aber die nicht enden wollende Fontäne. Es geiht, es geiht, es geiht.

Inzwischen war das Beiboot von Santa Cruz zurück, und Richeford gab Befehle. Er ließ Segel setzten, lavierte herum und erklärte, er habe die Medusa vor dem sicheren Schiffbruch gerettet, er habe schon oft die Küsten Afrikas befahren, niemand sei geeigneter als er, den Weg nach Saint-Louis zu finden.

Es war ein Machtwechsel, unspektakulär, unblutig, aber für die kommenden Ereignisse entscheidend. Nicht mehr die Offiziere Reynaud, Espiaux und Lapeyrère – dieser Dritte Offizier war so unergründlich schweigsam, dass wir ihn leicht vergessen –, nicht diese drei hatten nun das Sagen, sondern ein unbedarfter Laie, ein aufgeblasener Wichtigtuer namens Richeford. Nicht nur, dass er seit Finisterre mit einem lächerlichen Kapitänshut herumlief – niemand wusste, wo er den ausgegraben hatte –, nicht nur, dass er sich nicht darum scherte, was man über ihn redete, und ständig schlüpfrige Geschichten erzählte, um die Offiziere, diese, wie er sie nannte, mittelmäßigen, auf Anstand bedachten Streber, zu ärgern, und sich benahm, wie es ihm passte, nun führte dieser Egomane auch noch das Kommando. Und zwar ziemlich irre:

– Großrah fieren, Royal setzen, das Ruder drei Strich Backbord.

Ein Machtwechsel, der von wenigen bemerkt wurde. Den Seeleuten war egal, wer die Kommandos erteilte, die ihnen der Toppsmatrose übermittelte, und die Soldaten kümmerten sich ohnehin einen Dreck darum – alles, was sie am Achterdeck interessierte, waren die Damen, also eigentlich nur der kleinbusige Gazellenkörper Arétées. Lediglich die Marineoffiziere und Leutnants (Maudet und Coudein) murrten. Reichte nicht ein unfähiger Kapitän? Mussten sie sich jetzt auch noch von einem Dilettanten kommandieren lassen?

– Es geht mich ja nichts an, doch sollten wir nicht die Stagsegel setzen?

Aber was konnten sie dagegen tun? Jeder Ungehorsam würde sie teuer zu stehen kommen. Nichts war in der Seegesetzgebung so abgesichert wie die Macht des Kapitäns. Wenn ihn nicht der Schiffsarzt für unzurechnungsfähig erklärte, womit kaum zu rechnen war, kam man gegen ihn nicht an.

Er bringt uns alle in Gefahr, dachte Reynaud. Hat kein Gespür, merkt nicht, wann das Wetter umschlägt, kann kein Schiff führen. Aber soll ich wegen dieses Spinners meine Karriere riskieren? Der Erste Offizier machte ein missmutiges Gesicht. Selbst als das Fallreep herabgelassen wurde, um die Landgänger wieder an Bord zu nehmen, ein Matrose Späße machte, war ihm kein Lächeln zu entlocken. Ob er noch einmal mit dem Schiffsarzt reden sollte?

Die Picard- und Lafitte-Schwestern stürzten sich auf das frische Obst, das in zwei großen Bastkörben gebracht wurde. Die Soldaten hörten fasziniert den Geschichten der Landgänger zu, die vom Palast der Inquisition berichteten und von freizügigen Weibern, die sie zum Beischlaf animieren wollten. *Idioten! Bekommen Syphilis!* Nur Schmaltz war darauf bedacht, alle zur Eile anzutreiben, die verlorene Zeit wieder einzuholen.

Als Reynaud den Sanitätsverschlag betrat, schnipselte Savigny gerade an Prusts Hirn herum.

– Was kann ich für Sie tun?

– Sie wissen, weshalb ich hier bin, blies der Erste Offizier seine Brust auf.

– Zahnschmerzen?

– Machen Sie sich nicht lustig über mich. Ich halte Sie für einen intelligenten Menschen … Haben Sie die Landungsmanöver mitgekriegt? Dilettantisch.

– Aber deshalb kann ich niemanden entmündigen.

– Und die Rettung des über Bord gegangenen Schiffsjungen? Bei einem guten Kapitän würde der noch leben.

– Mag schon sein, sinnierte Savigny.

– Wenn der Kapitän und sein komischer Freund so weitermachen, wird es bald noch mehr Tote geben. Und Sie – Reynaud bohrte seinen Zeigefinger in des Doktors Brust – Sie sind der Einzige, der das verhindern kann. Ich erwarte nichts weiter von Ihnen, als dass Sie Verantwortung übernehmen.

– Das kann ich nicht, sagte Savigny.

– Wären Sie nicht gerne Erster Schiffsarzt? Nur ein paar Visiten, eine Kajüte am Achterdeck, ein viel höheres Salär … sogar das Essen …

– Ich habe Prinzipien, mein Herr.

– Prinzipien? Haben Sie sich angesteckt? Mit Prinzipien werden Sie es nicht weit bringen. Der Offizier stampfte gegen den Boden. Wegen ihren Prinzipien werden wir noch auf Grund laufen, aber Hauptsache, Sie haben ein reines Gewissen … Er schüttelte den Kopf und ging.

Mama Neptun

Kaum hatte man Teneriffa hinter sich gelassen, begann eine seltsame Geheimniskrämerei. Immer wieder sah man tuschelnde Matrosen, hörte man Gemurmel, leise wie ein Gebirgsbach. Besonders der Schiffszimmerer Rabarousse, ein Mann mit dickem Kinn, als wäre ein Pfirsich hineingerutscht, einem schwarzen Haarzopf und dem seltsamen Vornamen Peristil, der ständig mit den Fingern knackte, und Oberleutnant Chaudière, den wegen seines Schielens alle Silber nannten, taten sich hervor. *Klar, die hecken etwas aus. Aber was? Eine Meuterei?* Von Verkleidungen, Musik, Waffen und Schaum war da die Rede. Manchmal konnte man »Neger«, »Indianer« oder Ähnliches verstehen. Allen fiel auf, da braute sich etwas zusammen. Allen, nur einem nicht, dem Kapitän. Chaumareys war damit beschäftigt, Briefe zu schreiben und sorgsam zu versiegeln. Briefe an Freunde, Bekannte und Ämter, in denen er die Reise als überaus erfolgreich darstellte. Er hielt sich an die Diktion Richefords, sprach von Untiefen, gefährlichen Brandungen, stellte die Unwetter noch gewaltiger dar, als sie waren – »seit Noah seine Arche betreten hat, war kein Schiff einem solchen Gewitter ausgesetzt wie wir vor Madeira« –, und stilisierte sich selbst als unerschrockenen Helden, der die Medusa todesverachtend vor dem Untergang bewahrt hatte. Onkel Louis wäre stolz auf mich! Dabei zitterte seine halsschleifenartige Schrift, die voller Schnörkel war.

Jetzt saß er in einem Polsterstuhl und ließ sich stauben. Der Diener hielt ihm eine Messingschale an den Hals und puderte das Gesicht, die riesige, großporige Nase. Chaumareys' Augen waren geschlossen, und er dachte an Versailles, an eine üppige Tafel mit Ministern und Hofräten, ja, sogar dem König selbst. Und alle hingen sie an seinen Lippen, wenn er von der Fahrt nach Afrika berichtete, von den Stürmen vor Madeira und Teneriffa, den Berbern, Mauren und wilden Negervölkern. Kannibalen! Er würde etwas übertreiben müssen, um die Zuhörer zu fesseln. Aber letztlich, so viel war sicher, würden alle aufspringen und begeistert applaudieren. Sogar Onkel Louis würde sich in seinem Grab verbeugen. Diener in purpurroten Strümpfen, roten Schuhen und schwarzen Gewändern würden ihm Köstlichkeiten reichen, und er, der Herr des Abends, König von Afrika, würde milde lächeln. *Nur nicht überheblich sein.* Noch aber sprang niemand auf, flüsterte keiner, der hat Mut und Esprit, noch saß ihm nur Richeford gegenüber, Toni, *mit seinem alten Dreispitz schaut er aus wie ein Piratenkapitän*, der eine Zigarre rauchte und über seine künftige Tätigkeit als Hafenmeister sinnierte.

– Hafenmeister ist einer, der die Anlegestellen der Boote bestimmt, überwacht, ob beim Löschen und Beladen der Schiffe alles seine Ordnung hat, jemand, der von den Geschenken der Kapitäne lebt, die ihm ein kleines Handgeld aufdrängen, damit er ihnen einen guten Platz zuweist, sie nicht schikaniert. Eine ehrenwerte Tätigkeit, gewiss, aber nichts für einen Tatmenschen wie mich. Du musst zugeben, Hugo, dass Frankreich viel verlorengeht, wenn so ein fähiger Mann wie ich als Hafenmeister versauert … wo ich Schiffe lenken könnte, ganze Flotten. Eine Sünde ist es, so ein Talent wie das meinige derart profan zu vergeuden. Du musst mir versprechen, dich in Frankreich für mich einzusetzen. *In Versailles?* Du hast selbst gesehen, ohne meine Navigationskünste wären wir bei Teneriffa auf Grund gelaufen.

– Ich werde mich für dich verwenden, brummte der Kapitän. Er hatte eine fürchterliche Ahnung, die er verdrängen wollte und die doch immer wieder auftauchte: Toni, sein alter Freund Antoine Richeford, seine einzige Unterstützung an Bord, könnte ihm unsympathisch sein. Ein aufgeblasener Wichtigtuer, einer, der im Grunde nicht viel mehr von der Seefahrt verstand als der Schiffskoch ... ein Scharlatan ... Nein, daran war nicht einmal zu denken. Er hatte sich entschieden, ihn zu unterstützen, dabei blieb es. Dieser Mann war eine Tatsache, eine Naturgewalt: groß, kräftig, markantes Kinn, anscheinend ausgestattet mit der Willensstärke Napoleons. Dabei aber tiefe Stirnfalten und einen überaus breiten Mund, der ihm etwas Vulgäres verlieh. Hugues de Chaumareys ahnte zwar, dass sich hinter dieser Fassade ein schwacher kindlicher Charakter verbarg, ein Angeber, Schwätzer, aber was sollte er tun? Er war diesem Richeford ausgeliefert. Die Umstände hatten ihn in seine Fänge getrieben, um nicht allein zu sein im Kampf gegen Reynaud, Espiaux und den Dritten, diesen Schweiger. Das waren Republikaner, Revolutionäre, Freidenker! Wenigstens die ersten beiden. Männer, die den Umsturz wollten. Kein Wunder, dass es hier so brandig roch.

Brandig? Das Meer war ein gleichförmiges wogendes Feld, das der Bug des Schiffes unablässig pflügte. Rund um die Medusa war nur Wasser, keine Spur von einem Vulkan oder sonst einer Ursache für brandigen Geruch. Wo kam das her? Von Richefords Zigarre? Nein, die roch süßlicher. Egal, die Besatzung würde sich schon darum kümmern, gab er sich wieder seinen Träumen hin, den mit üppigen Perücken und freizügigen Kleidern aufgerüsteten Mademoiselles in Versailles, die an seinen Lippen hingen, nach jedem seiner Worte gierten.

Viktor säuberte den Sanitätsverschlag, wusch die Bodenbretter, schrubbte den Tisch, kratzte verzweifelt alle Maserungen des Holzes aus, als würde es sich dabei um Gehirnwindungen handeln, als wollte er die letzten Erinnerungen an diesen ekelhaften Kimmelblatt-Geysir wegscheuern. Ihm war, als ob er ein Schlachtfeld reinigte. Die kleinen Rillen und Astlöcher waren jetzt seine Welt, worüber er ganz auf Savigny, Hosea, Gaines und Clutterbucket vergaß. Sogar die Tatsache, dass er sich auf einem Schiff befand, war aus seinem Bewusstsein gerückt.

Währenddessen stand Jerome Clutterbucket, sein Gesicht war jung und alt zugleich, beim Schanzkleid und blickte in das schiefergraue Wasser. Wenn man nahe zu ihm hingegangen wäre, hätte man hören können, dass er redete. Er sprach mit O'Hooley.

– Du weißt, Blue, mir ham dich nicht absichtlich ins Wasser gestoßen, du weißt, Karottenkopf, mir wolltn nur Spaß ham. Mir wärn ja nie auf den Gedanken gekommen. Ein normaler Mensch passt durch so ein Geschützloch gar nicht durch, aber du, Hupf, weil du so dünn warst … warum musstest du so dünn sein … Hupfi … hättest du doch mehr gegessen, du Spargelhering … bist selber schuld …

Da kam Pampanini angerannt und schrie:

– Es brennt! Feuer! Porca puttana! Die Kombüse brennt! Heiliger Florian!

Die Kombüse? Clutterbucket, Blitz genannt, schnappte sich einen Eimer Wasser und lief, so schnell er konnte, was nicht besonders beeindruckend war, da seine fetten Oberschenkel aneinander rieben, seine Füße o-beinig waren und er wenig Atem hatte. Trotzdem hechtete er die Leiter runter, stolperte durchs Zwischendeck, verschüttete den halben Eimer.

– Stupido, blickte ihm der Italiener nach.

Als Clutterbucket ankam, war da, wo vorher die Kombüse gewesen war, Qualm. Rauch, so dick, dass man ihn wie Butter schneiden konnte, Qualm, der in den Augen brannte. Sofort schüttete er seinen Eimer aus, woraufhin es aber nicht, wie er erwartet hatte, zischte. Stattdessen hörte er ein Fluchen. Es war tock, tock, tock der Koch, der mit nassem Kopf herauskam und ihm eine Ohrfeige verpasste. Gaines sah noch verlotterter aus als sonst. Feuchtes schwarzes Haar klebte an seinem Schädel, die eine Gesichtshälfte war von der aufgeplatzten Brandblase entstellt, darunter die entblößten, von Fleischlappen umrahmten Zähne.

– Es brennt! Es brennt, schrie der Schiffsjunge, der ganz durcheinander war. Und als Gaines nur fauchte, fügte er hinzu: Feuer!

– Scho? Ich werde dir zeigen, wo esch brennt, verpasste ihm der Koch die nächste Klatsche.

Jetzt sah auch Clutterbucket, etwas schwer von Begriff, der Brand war längst gelöscht.

– Was'n los? Ich dachte, mir ham Feuer …

– Jemand hat eine Kischte Schiffschzwieback auf den Ofen geschtellt. Jemand, den ich kenne! Gaines hielt ein verkohltes Gerippe in die Höhe, fauchte. Es roch nach kaltem Rauch, und der Smutje musste mit Tüchern schwenken, um den beißenden Qualm hinaus zu bekommen.

– Ich …

– Willscht du, dassch wir abbrennen? Luvpisscher!

– Ich …

– Wo warscht du überhaupt?

– Ich …

– Geh an Deck und hol ein Huhn.

– Jawohl. Ein Huhn.

Als Clutterbucket zurück an Deck kam, es war bei acht Glasen, also genau mittags, sah er am Heck, da wo um diese Zeit
für gewöhnlich Offiziere standen, um mit ihren Sextanten
die Sonne zu schießen, eine seltsame Gestalt mit langen, aus
Schiffstauen geflochtenen Haaren, angeklebtem Bart und Dreizack in der Hand. Was für eine Kreatur! Hatte O'Hooley sie geschickt? Wollte diese Vogelscheuche auch die Sonne schießen?
Ohne Sextant? Das Wesen schnaubte und rollte mit den Augen.
Muskulöser Körper, nackt bis auf einen Lendenschurz aus …
ja, tatsächlich: Muscheln. Ein Geist? Neptun in voller Montur?
Nein, es war, man erkannte ihn am Silberblick, Oberleutnant
Chaudière. *Spaßvogel!* Er winkte mit den Armen, und plötzlich kamen von allen Ecken und Enden andere hervor. Zuerst der Schiffszimmerer und Bootsmann Peristil Rabarousse,
ebenfalls verkleidet, hohe Stiefel, zerrissener Frackrock, Dreispitz. *Schaut lustig aus.* Er stellte einen Eimer voller Schaum ab
und knackte mit den Fingern, was sich anhörte, als ob er Hüh-
nerknochen bräche. Es folgten mit großen Schritten, als wollten sie Ballerinen imitieren, halbnackte Matrosen. Die meisten
eingeschmiert mit Ruß, schwarz wie »Neger«, einer in der Ver-
kleidung eines Teufels, ein anderer als Tod, dazu die schwarze
Maketenderin, Joseph, ihr Mann, den man zu einer Art Seejungfrau drapiert hatte. Außerdem Piraten, Hulahula-Mäd-
chen und drei Schicksalsgöttinnen. Ein ganzes Tableau an Fratzen – wie die Gesellen in diesem Hieronymus-Bosch-Bild vom
Kreuz tragenden Christus. Alle bewaffnet mit Rasseln, Tröten
oder in Papier gewickelten Kämmen – und nun begannen sie
zu lärmen. Ein Geplärr und Getröte und Gescheppper setzte
ein, dass man dachte, die Ohren würden einem explodieren.
Weltuntergangsmusik. Neptun Chaudière Silberblick selbst
tanzte wie Satyr mit einem affektiert lächerlichen Hüftschwung

und sang mit Falsettstimme etwas von Liebe und Küssen und Flammen im Herzen.

– Jesusmaria. Porca miseria, war der Italiener zu hören.

Was hatte dieses Grüppchen vor, das jetzt in einer feierlichen Prozession *Fronleichnam in der Hölle* über das Achterdeck defilierte?

Clutterbuckets Haare waren bis in die Spitzen elektrisiert. *Was ham mir da?* Er vergaß das Huhn und hoffte auf einen großen Spaß. Als zwei weitere Bottiche gebracht wurden, auf einem stand groß »Pisse«, auf dem anderen »Kaviar«, schnalzte er vor Vergnügen mit der Zunge. Das versprach ein Gaudium. *Das schaun mir sich an.* Alle Verkleideten hatten einen irren, fast mordlüsternen Blick, wie ihn Generäle vor einer Schlacht haben. Dazu dieser ohrenbetäubende Lärm, Weltuntergangsmusik, was an einen wilden Stammestanz erinnerte. Neptun, dreckig grinsend, schritt mit seinem wiegenden Hüftschritt voran, der Rest, nicht weniger grinsend, wiegend, hinterdrein.

Da kam der Wissenschaftler Kummer angeschlendert. Nichtsahnend. Das Mitglied der Philanthropischen Gesellschaft von Kap Verde strich sein langes wirres Haar aus der Stirn, sah die Verkleideten, die Höllenprozession, neugierig an und dachte an einen volkstümlichen Brauch, an Karneval im Juni, ethnografische Erkenntnisse. *Wie blöd er winkt.* Bald merkte er, so lustig war das nicht, die Atmosphäre hatte etwas Bedrohliches. Eine unsagbare Spannung lag in der Luft, als sollte ein Tier geschlachtet werden. Oder ein Mensch?

Plötzlich, der Silberblick hatte die Hand erhoben, war es ruhig.

– Monsieur Kummer, waren Sie schon einmal so weit südlich, flötete Rabarousse, das Pfirsichkinn, mit verdächtig süßer Stimme. Haben Sie das Tiefwasserseefahrerpatent?

– Tiefwas-? See-? Ich. So weit südlich? Nein, nicht dass ich … Kummer lächelte verlegen.

– Dann befehle ich, der Klabautermann, hob Rabarousse nun mit kräftiger Stimme an, dem Volk der Himmelsscheide und des Südmeeres, ja, dem gesamten Neptunvolk, diese arme Seele hier zu retten. Taufe! Sofort setzte das Geplärre und Getröte wieder ein.

– Taufe! Taufe!

Wir kennen solche volkstümlichen Bräuche, Faschingsumzüge, Krampusläufe und andere rituelle Feste, die meist willkommener Anlass für ein Besäufnis sind und in einem blödsinnigen Wolle-ma-sie-reinlasse-Helau gipfeln. Aber das, was sich hier auf der Medusa ankündigte, war kein auf zeremonielle Rudimente verstümmelter Initiationsritus, es war etwas Animalisches, etwas aus der Zeit, bevor das Christentum die Welt mit seinen Werten überzogen hatte. Eine Gegentaufe.

Der Klabautermann hob Schaum aus seinem Eimer und warf ihn auf den Wissenschaftler. *Was? Wieso?* Im selben Augenblick stürzten sich alle mit dem Schlachtruf »Taufe!« auf den armen Kummer, der nicht wusste, wie ihm geschah. Jerome Clutterbucket grinste seltsam erregt. Es war dieselbe Freude, die er spürte, als O'Hooley ins Wasser fiel.

Man hielt den Wissenschaftler, der sich nur zum Schein wehrte, fest, begoss ihn mit Wasser, lachte. Er, der das für einen harmlosen Spaß hielt, lachte mit. Diese Heiterkeit war verwirrend, spornte die außer Rand und Band Geratenen noch weiter an. Als man ihm jedoch die Hose hinunterzog und Mama Neptun, ein mit üppigem Busen ausgestopfter Matrose, seinen beschnittenen Penis lobte, »da hat sich der Rabbi angestrengt«, ihm dann aber an die Nüsse fasste und zukniff, fest wie ein Nussknacker, so dass dem armen Kummer der stechende Schmerz bis unter die Zähne, nein, weiter, bis in den Schädel fuhr, verging es ihm.

– Ist er gesund? Nur Gesunde dürfen in die Gemeinschaft der Tiefwasserseeleute aufgenommen werden.

– Alles in Ordnung, sagte ein anderer und pinselte rote Farbe auf den kümmerlichen Hintern.

Kummer bemühte sich, gute Miene zum bösen Spiel zu machen. Er rang sich, so schwer es auch fiel, ein Lächeln ab. Als man aber begann, ihm ekelhaft schmeckendes Bilgewasser einzuflößen, *sind die verrückt, mein Magen ist noch angegriffen von der Seekrankheit*, ihn mit Schaum einseifte und ihm obendrein einen Strick um den Leib band, war es genug. Er hätte gerne den Überlegenen gespielt, den Distanzierten, doch nun stieg ein Scham- und Wutgemisch in ihm hoch. *Diese Demütigung!*

– Aufhören! Seid ihr wahnsinnig, schrie der Gelehrte. Loslassen.

– Äquatortaufe, riefen alle und machten immer noch ihren Höllenlärm.

– Aufhören! Wollt ihr die Inquisition wiederauferstehen lassen? Ich werde mich beschweren. Ich bin Passagier, Mitglied der Philanthropischen Gesellschaft … Ich zeige euch an … Ich … Das werdet ihr mir büßen. Saubande!

– Äquatortaufe, kreischte Mama Neptun mit verstellter Stimme und parodierte einen weiblichen Gang, indem sie übertrieben mit dem Becken und der Brust wackelte. Alle lachten.

– Äquatortaufe, lachte Rabarousse, umfasste seine Finger, ließ sie knacken. Wer noch nie den Äquator passiert hat, muss gereinigt werden, um vor Neptun hintreten zu können.

– Das … ist ein Irrtum … Wir passieren den Äquator gar nicht, quietschte Kummer mit einer Stimme so hoch, wie wenn man auf einem Grashalm pfeift.

– Aber den Wendekreis des Krebses, feixte der Teufel, den passieren wir. Dabei rieb er dem armen Gelehrten so viel Schaum ins Gesicht, dass er kaum noch atmen konnte. Clutterbucket, der das aus sicherer Distanz beobachtete, strahlte. *Ham mir Spaß.*

– Aufhören. Loslassen. Was fällt euch ein? Ihr … Primaten! Troglodyten! Der Wissenschaftler verschluckte sich, war rot vor Zorn und Scham:

– Au-, Aufhören!

Die Verkleideten dachten nicht daran. Sie packten ihn noch fester, kitzelten ihn und lachten heimtückisch.

– Ich, der Geist der toten Seeleute, sagte der Tod, darf dir, du Landratte und Milchtrinker, den großen Neptun ankündigen.

– Moment! So kann er Neptun nicht unter die Augen treten. Oder nennst du das da Kopf zwischen den Schultern? Schaut wie ein toter Iltis aus. Wollen wir mal sehen, was sein Blut für eine Farbe hat.

– Ich, schrie Kummer, der nun Angst bekam, werde mich … Aber da hatte man ihm schon das Messer angesetzt.

– Was wirst du? Dich beschweren? Die mit Ruß geschwärzten »Neger« hielten seinen Kopf, und ein anderer begann mit schnellen Strichen, als hätte er es bei im Akkord arbeitenden Schafscherern gelernt, Kummers Haar und Bart zu rasieren, so dass der arme Wissenschaftler bald keine üppige Mähne und auch keinen Rauschebart mehr hatte, sondern mit seinem kleinen kahlen Köpfchen einem nackten Lamm glich. Gut, dass er sich nicht selber sehen konnte, denn so schamhaft, nackt und schutzsuchend, wie er sich fühlte, sah er nun auch aus.

– Jede arme Seele, die es wagt, ungetauft in meine Gefilde einzudringen, ist verloren, verkündete Chaudière alias Neptun mit mächtiger Stimme, wobei sein rechtes Auge auf Kummer lag, das linke aber in die Ferne blickte. Wenn ihr ungetauft seid, seid ihr verloren. Und jetzt Musik! Er fasste den Pockennarbigen, zwang ihn in die Knie, flößte ihm Rum ein und befahl ihm zu singen.

– Gll schncht ncht, schll bnscht … kam eine seltsam traurige Melodie aus dem zungenlosen Mund.

– Na, das ist ein Spaß, mischte sich der Missionar Maiwetter ein. Ist das ein Spaß? Deftig, aber lustig. Nur ob das gottgefällig ist? Ihr fordert den Himmel heraus … das ist tapfer … Aber bevor er mehr sagen konnte, dieser Jean-Pierre, war auch er selbst in einer Schwulität, eingeseift und mit einem Strick gefesselt. Freilich gab es bei ihm nur einen Kurzhaarschnitt wegzurasieren.

– Aufhören. Das … Ihr versündigt euch. Ich … Geht man so mit Hochwürden um? *Wo war jetzt seine Tapferkeit? Sein Heldenmut?*

– Hochwürden? Der volle Pisse-Kübel wurde ihm über den Kopf gestülpt, was für einige Erheiterung sorgte. Am lautesten lachte Clutterbucket. *Bringt ja doch nur Unglück, so ein Priester.*

– Barbaren, sagte Schmaltz, der die Szene vom Achterdeck aus verfolgte. Sogar der Priester? … Auch die Leutnants und Offiziere, die diese Bräuche kannten, schüttelten angewidert ihre Köpfe. Niemand wollte zugeben, dass es ihn amüsierte. De Chaumareys, der frisch gepudert an Deck erschienen war, bekam eine Gänsehaut. Dieses Treiben da unten auf dem Mitteldeck gab ihm eine Ahnung von dem, was sich bei der Revolution ereignet hatte. So, war er überzeugt, würden sie sich immer aufführen, wenn sie könnten, diese pöbelhaften, verkrätzten Unterschichtmenschen.

Inzwischen hatte Gaines, *klar war der mit von der Partie*, Madame Pompadour gebracht. Das Schwein quiekte störrisch.

Jemand überreichte eine Metallschüssel, und Peristil Rabarousse verbeugte sich mit einem »Freut mich, Ihre Bekanntschaft zu machen, Gnädigste, lassen Sie mich meine tiefste Verehrung zum Ausdruck bringen«, und schon stieß er dem Tier ein Messer ins Genick. Während ihn die Schweinsäuglein entsetzt anstarrten, der mächtige Allesfresserkörper zuckte und die paarhufigen Beine zitterten wie bei einem Stromschlag, schoss (ähnlich dem Kimmelblatt'schen Fäkalgeysir) ein Schwall Blut in die Schüssel. Es mochte zwei, drei Minuten dauern, bis der Schweinekörper leergepumpt war, aber Kummer und dem Missionar erschienen sie wie eine Ewigkeit. Die Gesichter der Schweineschlächter glichen Wahnsinnigen – erst recht, als nun alle von dieser rotbraunen Flüssigkeit tranken. Dann wurde die Schüssel dem Smutje übergeben, der damit grinsend in die Kombüse lief.

– Dasch gibt ein feinesch Schüppchen. Ein Blutschüppchen.

Der Fingerknacker warf seinen schwarzen Haarzopf zurück und begann den Schweinekörper zu zerteilen. Als Erstes schnitt er den Bauch auf, griff bis zum Ellbogen hinein und holte Herz, *zuckte es?,* und Leber heraus, die sofort sehr eindringlich untersucht wurden.

– Die Zukunft, verkündete Mama Neptun, ist rosig! Fette Zeiten sehe ich kommen. Fette Zeiten!

– Und viele Schweinereien! Gelächter.

Es folgten einige Meter bläulich marmorierter Gedärme – jemand nahm sie und drückte wie aus einer Farbtube Kot heraus. Mit großer Geschicklichkeit zerteilte Rabarousse den Kadaver in Schinken, Bauchstreifen und Lenden. Es war, als würde er mit seinem langen Messer tanzen, nur dass dabei ständig Fleischteile abfielen. Als er dann den abgetrennten Schädel dieser schweinernen Pompadour nahm und mit lauten

Schmatzgeräuschen den mit Borsten umsäumten Rüssel auf die Lippen der Täuflinge tupfte, brach jubelndes Gelächter aus. Am lautesten gickste neuerlich Jerome. *Ham mir ein Spaß.*

– Dies ist mein Reich, und mein Wille geschehe, verkündete Neptun. Und eine Taufe verlangt nach Opfern und heiligem Wasser. Also werft die Sünder ins Meer, damit sie den Fischen Nahrung sind. Die Anwesenden, mittlerweile hatte sich eine stattliche Anzahl an Passagieren und Soldaten eingefunden, feixten.

– Ins Meer! Ins Meer! Ins Meer!

Auch Viktor, angelockt vom Lärm, war zu sehen. Doch der Junge verhielt sich still. Er sah den lachenden Clutterbucket und fühlte eine Mischung aus Angst und Wut.

Man hob Kummer und Maiwetter hoch und trug die zu Tode Verängstigten zum Vordeck, wo man sie auf Monti, die Schiffsziege, setzte, die über diese Last keineswegs erfreut war. *Gewaltenteilung? Lastenteilung!* Aber das war immer noch ein besseres Schicksal als das der Madame Pompadour.

– Lobet und preiset euren Schöpfer. Und jetzt ins Wasser mit den beiden, befahl Neptun.

– Nein, bettelten Kummer und Maiwetter. Bitte nicht. Wir werden ertrinken. Wir können nicht schwimmen. Wir …

– Nun, ein kleiner Obolus vielleicht, Neptun sprach beinahe mütterlich, könnte uns dazu bewegen, ausnahmsweise ein Auge zuzudrücken. *Das sagt gerade dieser schielende Geselle?* Dasselbe gilt für die anderen Ungetauften. Aber bevor ich euch das Privileg erteile, uns so viel zu spendieren, wie wir vertragen können, salbe ich euch mit dem Allerheiligsten. Er spuckte ihnen ins Gesicht und verrieb den Speichel. Ihr seid so schändlich, wie ich herrlich bin. Verdammt seid ihr, vergesst das nicht. Verdammt in alle Ewigkeit. Die Menge johlte, aber nicht lange, denn schon gingen der Teufel und die Seejungfrau mit einem Hut durch die Schaulustigen und achteten peinlich genau darauf, dass jeder genug hineinwarf.

Die Lafitte-Schwestern gaben lachend ein paar Münzen her, Corréard setzte ein ironisches Lächeln auf, und Picard zahlte für seine Familie.

– Lasst euch nur nicht lumpen, zischte Rabarousse, schließlich wollt ihr alle Neptuns Segen.

– Wie viel? Kummer stand Verzweiflung im Gesicht, und auch der Missionar hatte vor Angst geweitete Augen.

Der Teufel griff in ihre Taschen, holte ein paar Mariannen raus.

– Das sollte reichen! Neptun schlug ihnen seinen Dreizack an den Kopf. Doch bevor wir euch freigeben, küsst das Himmelstor.

– Was? Welches Himmelstor?

Nun kam der Auftritt von Marie-Zaïde, die mit einem ausladenden Hüftschwung tanzte. Soldaten klatschten in die Hände, manche skandierten:

– Himmelstor! Himmelstor!

Alle anderen tröteten, rasselten, kreischten oder pfiffen ihren Kamm. Die üppigen Brüste der Marketenderin wippten wie Brotteig, während ihr Becken kreiste. Die Gesänge wurden lauter und der Tanz ekstatischer.

– Himmelstor! Himmelstor!

– He! Hee! Hee!, schrien die Schwarzen. Alle! He! Hee! Hee! Das Klatschen der Hände wurde zu einem rhythmischen Knallen, und das Gesicht der Marie-Zaïde verwandelte sich immer mehr in eine einzige schwitzende Masse, in dessen Mitte ein großes Grinsen leuchtete. He! Hee! Hee! Die Menge johlte, als sie ihren Rock lüftete, für einen kurzen Moment der Welt ihren großen schwarzen Arsch zeigte, der in seiner dunklen Prall-heit an zwei Tintenfischköpfe erinnerte. He! Hee! Hee! Sie tanzte immer wilder, hob kurz ihren Rock, lachte, machte Ver-renkungen wie Josephine Baker hundert Jahre später, wandte sich schließlich Kummer und Maiwetter zu, ließ ihre üppigen Teig-Brüste vor den beiden wackeln, und grinste, als Raba-rousse die schaumverschmierten Gesichter in den dunklen Spalt unterhalb des Brustbeins drückte. Doch es kam noch dicker, Marie-Zaïde, nun ganz in ihrer Rolle als schwarze Voodoo-Priesterin, He! Hee! Hee!, drehte sich um, hob den Rock und präsentierte ihren Ofen. Heiß! Die Menge kreischte. He! Hee! Hee! Rabarousse aber drückte Maiwetter zu Boden, der gleich in die Knie ging und, so schnell konnte der Missi-onar gar nicht schauen, seinen eingeseiften Kopf zwischen den üppigen schwarzen Backen wiederfand, von denen jede größer als ein Kürbis war.

– Rein in den Ofen! Hochwürden!

– Himmelstor! Himmelstor!

Jean-Pierre Maiwetter, jetzt war er wirklich in einer Schwu-lität, dachte, sterben zu müssen, murmelte etwas von Satan, Sündenpfuhl, Babylon, Versuchung und Jetzt-heißt-es-tapfer-sein. Dabei atmete er ein, machte Bekanntschaft mit dunklem, ambrosischem Geschmack. Ganz aufgebacken kam er wieder raus. *Rote Ohren wie der Kapitän.*

Die Szene wiederholte sich mit Kummer, nur dass sich die Schwarze diesmal auch nach vorne beugte und unter dem Ge-lächter der Menge einen fahren ließ. Furzteufel noch einmal! *Na, das ist doch mal ein Forschungsgegenstand.* Danach hüpfte sie wie wahnsinnig herum. He! Hee! Hee! Eine Erfahrung, die für das Mitglied der Philanthropischen Gesellschaft von Kap Verde ziemlich wertlos war, zumindest aus wissenschaftlicher

Sicht. Die Seejungfrau überreichte Neptun die Kollekte und der befahl mit Silberblick: Wein!

Man rollte ein Fass heran und schenkte allen ein, die sich eine Mugg oder sonst etwas organisierten. Ein Lied wurde angestimmt: »He hoo, hee ho he. Einmal hatte ich eine Irin, die war fett, hat mich sekkiert. Jetzt habe ich eine Spanierin, die mich richtig ausradiert. He hoo, hee ho he.«

Kummer und Maiwetter waren außer sich. Puls auf hundertachtzig. Als man sie aber abgeschrubbt und ihnen Wein gegeben hatte, besserte sich ihre Laune. Was für Bräuche, dachte Kummer und fuhr sich über das rasierte, mit kleinen Schnitten zerkratzte Haupt. Auch Marie-Zaïde, deren wilder Tanz ihnen unheimlich gewesen war, hatte sich beruhigt. Sie ging zu ihren kahlrasierten Opfern, küsste sie und sagte mit dunkler Stimme etwas Afrikanisches. Kleine, runde, wie hingespuckt klingende Wörter. Sobald sich Kummer wieder gefasst hatte, faselte er etwas von Brauchtum und ethnografischer Tradition, und er fand es schade, dass niemand ins Wasser geworfen worden war. Nach dem zweiten Becher Wein wollte er sogar etwas zahlen, wenn man »nur so fürs Spektakel« jemanden fände, der sich ins Wasser werfen ließe.

– Einen Helden, bekräftigte Maiwetter. Einen, der sich taufen lässt.

– Finden wir, lachte Rabarousse. Finden wir.

– Den da, nehmt doch den, schrie Clutterbucket und zeigte auf Viktor, der sich während der ganzen Szene ruhig verhalten hatte. *Dieser fette Bürstenhaarschnitt! Hat einen Menschen getötet und tut so, als ob nichts geschehen wäre. Schreit jetzt auch noch, dieser dicke Kerl, dieser aus Resten und Abfällen gemachte Mensch, dieser …*

– Ja, genau, schrien andere. Schnappt ihn euch. He! Hee!

Hee! Geplärr. Weltuntergangsmusik. *Nein! Bitte! Ich … Ach wäre ich doch bloß bei der Bodenreinigung geblieben …* Hektisch durchstöberte Viktor sein Gehirn. Was war die richtige Strategie? Welche Argumente? Da hatten seine Beine die Sache in die Hand genommen, und er rannte. *So habe ich mir die heldenhafte Zeit nicht vorgestellt.* Er kroch unter einem Hühnerkäfig durch, *sie wollen mich taufen*, sprang über eine Kanone, über Montesquieu, die Ziege, *von der Rah werfen*, auf das Schanzkleid, *mich!*, kletterte außen über Wanten, *wenn man Pech hat, wird man stranguliert*, spürte Hände, die nach ihm griffen, Hände? Pranken!, *weg da*, sprang, stürzte den Niedergang hinab ins Zwischendeck, kroch durch Hängematten, rannte ein paar Menschen um. »Charliiie!« *Gebt die Kinder weg! Zur Seite.* Zu Hause würden sie jetzt Ribiseln pflücken, aus denen die Köchin Margarete Marmelade machte, während sie tschechische Kinderlieder sang. Und er war hier auf diesem Schiff, wo es weit und breit keine Ribiseln gab, nur geschlachtete Schweine und Verrückte. *Und die Ribiseln im Hirn von Prust.* Viktor keuchte, rannte um sein Leben. Immer wieder spürte er Atem und Hände, sah er in Fratzen, Hieronymus-Bosch-Gesichter, aber jedes Mal, wenn jemand nach ihm griff, wand er sich verzweifelt und in Todesangst geschickt heraus.

Endlich, noch bevor sein Hirn eine Strategie gefunden hatte, erreichte er die Sanitätsstation, wo Savigny gerade dabei war, das Bein von Coudein zu verbinden.

– Na, lachte der Arzt, wieder einmal dumm herumgestanden?

– Ich … Nein. Na ja.

Der Leutnant hustete und sagte was mit guit und Bluit. Viktor sah, wie seine Verfolger mürrisch abzogen. Er hörte sein Herz rasen, Schweiß rann ihm über das Gesicht, und ihm war zumute wie jemandem, der dem Tod gerade noch einmal von der Schaufel gesprungen ist.

Savigny nickte und sagte etwas zu Coudein, das Viktor nicht verstand. Er war wie weggetreten, träumte davon, seine Eltern wiederzusehen, den alten Hof, die kleinen Fenster, die Ribiselsträucher mit schwarzen Beeren groß wie Weintrauben, Margarete, den Hausdiener …

– Und wie wäre es mit dem? Das war nun Hosea, der an Deck den strampelnden kleinen fetten Clutterbucket in die Höhe hielt.

– Nein. Loslassen, schrie der Küchenjunge. Davon ham mir nichts gesagt.

– Mit dem, wiederholte William Shakespeare. Groß- und Focksegel aufgeien.

Jeromes Körper fühlte sich wie Pudding an. So schnell konnte er gar nicht schauen, war er schon mit einem Strick gefesselt und zum Schanzkleid getragen. Nun war nichts Strahlendes mehr an ihm, durchgeprügelt sah er aus. Er spürte das vorbeirauschende Wasser unter sich, eine unheimliche graue Masse.

– Neiiiin! Bitte. Ham mir uns nicht verdient. Ham mir nicht.

– Das Meer, es ist nicht mehr, rezitierte Neptun. Nichts ist mehr. Nur Meer. Mare, More, the sea, la mer. Davy Jones wird abwischen alle Tränen, und der Tod wird nicht mehr sein. Nur Davy Jones.

Clutterbucket – sollte er nicht ein Huhn holen? –, jetzt schrie er wie kurz zuvor Madame Pompadour, aber es nützte nichts, er fiel. Das Wasser war hart, *ein Brett, ein Sargdeckel*, aber warm. Da seine Arme an den Leib geschnürt waren, ging er sofort unter und glaubte zu ertrinken. Schluss mit lustig. *Was wird Gaines sagen, wenn ich ihm kein Huhn bringe? Hupf?*

Bist du hier? Mir kommen jetzt. Mir sind schon da. Man zog ihn hoch, sprach einen Segensspruch, »Fürchte dich nicht, der, durch den das Meer entstanden ist, hat alle Macht«, und ließ ihn wieder fallen.

– Porca miseria, sagte Pampanini. Heiliger Petrus! Kummer strahlte und feuerte die Matrosen an den Seilen an.

– Na, Hochwürden, das ist ein Anblick, den man auch nicht alle Tage hat.

– Jessas, hauchte der Missionar.

Die Szene wiederholte sich dreimal, dann zog man den fetten, völlig verstörten Clutterbucket, der etwas von Hupf und Huhn faselte, an Bord, wo er sich schüttelte wie ein Hund. *Das ham mir notwendig gehabt.*

William Shakespeare sagte »Guten Tag«.

Das Wort mit S

Die Nacht auf den 2. Juli war sternenklar, der Wind kam aus Nordwest. Beim Steuerrad stand der Kapitän und war glücklich. Zum ersten Mal seit Wochen stimmte die Verdauung. Nun machte die Reise Spaß. Mit halb geschlossenen Augen blickte er prüfend das Schiff entlang, streichelte mit beiden Händen, sie waren kalt und klamm, das Steuerrad, Eiche, fuhr über die glänzenden Messingbeschläge und lächelte. Noch zwei, drei Tage, und sie waren in Saint-Louis. Alles war gutgegangen, kein Fluch eines bretonischen Bauernmädchens hatte sie bremsen können. Wenn man von den beiden Toten absah, *ein Tscheche und ein Ire, Unfälle, nicht der Rede wert*, hatte das Schicksal sie begünstigt. Chaumareys blickte in den Sternenhimmel, der etwas verdreht war, und hatte ein angenehmes Kribbeln in der Kehle, ein wohlig warmes Gefühl im Bauch. *Herrlich.* Im Nordwesten stand Kassiopeia und im Westen Herkules, daneben der rot glühende Mars, und darüber die Milchstraße erinnerte an Kinderatem auf einer Fensterscheibe.

Irgendwann kam Reynaud, der Ehrgeizling mit der Lino-Ventura-Fresse. Festen Schrittes kam er angestapft und meinte, die Korvette Echo sei nicht mehr zu sehen, hätte wohl einen anderen Kurs gewählt. Er habe Zunder abgebrannt, aber vergeblich auf Antwort gewartet. Jetzt seien nicht nur die Brigg Argus und das Proviantschiff Loire aus dem Flottenverband verschwunden, sondern auch die Echo. *Ich hab die seit Madeira nicht … Na und? Wer braucht die schon?* Außerdem erlaube er sich, darauf hinzuweisen, dass man sehr weit östlich segle, was angesichts der Arguin-Sandbank gefährlich sei. Der Erste Offizier sprach ohne die geringste Regung, machte beim Sprechen den Mund kaum auf, aber man sah ihm an, innerlich kochte er. Eine Spur von Frechheit lag in seinem Gesicht.

Chaumareys nickte. *Er erlaube sich, darauf hinzuweisen? Parvenü! Zu weit östlich? Wichtigtuer! Der wird im Reisebericht nicht gut wegkommen ... Zu weit östlich? Was bedeutet das?* Er biss sich daran fest wie an einem Knochen. *Zu weit östlich? Arguin-Sandbank?* Diese Worte setzten eine kleine Eruption in ihm in Gang. Er hasste diese Offiziere, bedauerte aber gleichzeitig, keinen Chronometer mit an Bord zu haben. Die Erfindung des seetauglichen Chronometers durch den englischen Tischler John Harrison lag erst fünf Jahrzehnte zurück. *Der einzige Chronometer der Flotte ist an Bord der Echo, und die ist nicht zu sehen. Den Breitengrad kann man durch die Länge des Tages berechnen, aber der Längengrad bleibt ohne Chronometer vage ... Zu weit östlich?*

– Der Kurs wird nicht geändert. *Arguin-Sandbank?* Der Kapitän wies diese Frechheit mit einer Handbewegung zurück und lächelte selbstsicher. Erstmals fühlte er sich diesem Offizier überlegen. *Wer ist das schon? Ein kleiner aufgeplusterter Karrierist!* Als er aber Reynauds ungläubiges Kopfschütteln sah, kamen seine Albträume zurück, Visionen, in denen das Schiff auf Grund lief und alle ertranken. Sollte der Fluch der Sophie de Kerdu ...? *Blödsinn! Alles ist gut! Aber Vorsicht ist besser als Scherben.* Der Kapitän befahl dem Toppsmatrosen, jede halbe Stunde zu loten. Das würde zwar dem Gouverneur nicht gefallen, aber besser eine kleine Zeitverzögerung als unnötiges Risiko.

– Du bist ja bleich wie ein Leichentuch, alter Freund. Richeford war bester Laune, hatte eine Weinflasche und eine Zigarre in der Hand und seinen lächerlichen Kapitänshut auf. Etwas Sinnliches, fast Vulgäres ging von ihm aus.

– Ich habe ein seltsames Gefühl. Grüblerische Züge lagen um den Mund des Kapitäns.

– Gefühl? Ahnungen?

– Reynaud sagt, wir segeln zu weit östlich.

– Und davon lässt du dir den Appetit verderben? Nur weil deine Offiziere Republikaner sind?

– Republikaner? Hast du Reynauds Tabakdose gesehen? Eine Guillotine ist darauf abgebidet. À la Sanson! Du weißt, das ist der Henker, der Ludwig XVI. enthauptet hat.

– Na und? Bedächtig nahm Richeford die Zigarre aus dem Mund, räusperte sich wie einer, der zu einer gewichtigen Erklärung ansetzt, und verkündete:

– Wir werden Saint-Louis sicher erreichen, deine Republikaner vor vollendete Tatsachen stellen und ihnen dann erlauben, Beifall zu spenden. Am besten, du gehst zu Bett, du siehst wirklich entsetzlich aus.

Chaumareys gähnte. Konnte er Richeford vertrauen? Wie gut kannte er ihn überhaupt? War er nicht doch ein Scharlatan? Ein ahnungsloser Wichtigtuer? Ohne etwas zu sagen, ging der Kapitän in seine Kajüte, ließ sich von dem Schiffsjungen Moses (Leon de Palm) aus den Schnallenschuhen und der Kleidung helfen, schickte ihn fort und legte sich in seine Koje. Er hatte Angst, die Lampe auszumachen, Angst vor Albträumen.

Richeford gab ein paar seltsame Befehle (Klarmachen zum Halsen, Außenklüver setzen), trank die Flasche leer, warf sie über Bord und zog sich dann ebenfalls zurück. Am Steuerruder stand Reynaud. Er war voller Zorn auf den Kapitän, auf die politischen Verhältnisse, die so einen Dilettanten zu seinem Vorgesetzten gemacht hatten, der einem vertrottelten Alkoholiker vertraute. Diese Aristokratie war eine ängstliche alte Tante, eine abgemagerte Erscheinung, die bereits im Sterben lag und trotzdem alle herumkommandierte. Und jetzt hatte sie noch einmal die Macht an sich gerissen, wollte fressen, was sie bekommen konnte. Aber bald würde sie krepieren … Bald? Reynaud hatte den Tiefpunkt im Leben eines Offiziers in der französischen Marine erreicht, einen Punkt, an dem er spürte, dass nichts mehr weiterging. »Achtung, Sackgasse!« prangte groß in seinem Kopf.

Plötzlich stand jemand hinter ihm. Die Aristokratie? Reynaud zuckte. Dann sah er, es war Arétée Schmaltz. Stumm blickte sie zu den Sternen. Sogar im geisterhaft gelblichen Dämmerlicht war sie schön. Ihr braunes Haar mit den Korkenzieherlocken umrahmte das spitze Gesicht, ihre vollen Lippen glänzten, dazu die großen Augen, blau wie Gletschereis. Der Blutschwamm fiel im verwaschenen Licht des Halbmondes nicht auf. Sie war bezaubernd. Ihr Iris-Duft stieg in Reynauds Nase, weiter in Bronchien und Lunge, um von dort all seine Zellen zu betören. Dieses Mädchen war zarter und reiner als ein Porzellanservice, zerbrechlicher als ungekochte Nudeln, und in ihren Bewegungen sanft wie ein Eichhörnchen im Schnee. Aber sie war die Tochter des Gouverneurs – kaum auszudenken, dass auch sie in ein paar Jahren eine Wachtel wie ihre Mutter sein würde. Eine eitle, eingebildete Monarchistin! Noch war sie eine köstliche Auster, aber bald würde auch sie eine verschrumpelte Kartoffel sein mit Keratin-Austrieben an der Oberlippe und am Kinn.

– Was denken Sie, wenn Sie den Nachthimmel betrachten. Glauben Sie, dort oben gibt es Leben? Menschen, die so sind wie wir? Es heißt, jeder Stern ist eine Sonne. Und um manche kreisen Planeten, auf denen vielleicht Menschen wohnen.

Männer und Frauen wie wir, die einen Ozean überqueren. Und irgendwo da draußen auf einem fernen Meer stehen auf einem Schiff wie dem unseren ein Mann und eine Frau, die sich in die Augen blicken. Reynauds Verlangen, diese elfenhafte Erscheinung zu beschützen, seine Hand um sie zu legen, war so groß, dass er es kaum aushalten konnte.

Die Gouverneurstochter schwieg. Sie dachte an Paris, diese mondäne Metropole, an ihre Freundinnen, Sommerfeste und daran, dass sie so bald wie möglich zurückwollte. Dieser Erste Offizier hatte etwas Gedrungenes, breite Nase, viereckiger Kopf. Nichts Romantisches wie Espiaux, sein Sprechen war ein Bellen, es war, als kämen ihm keine Wörter, sondern kleine Kugeln aus dem Mund, und trotzdem war ihr seine Nähe angenehm.

– Sie sind so gesprächig wie ein Schwarm toter Makrelen. Reynaud lachte verlegen. Arétée zeigte ihm nur ihre nichtentstellte Gesichtshälfte, die mit dem Blutschwamm war von langem Haar bedeckt.

– Die Neger sollen Medizinmänner haben, die Weiße in Schwarze verwandeln. Und umgekehrt. Sie atmete mehr, als dass sie sprach. Reynaud wusste, worauf sie hinauswollte, aber er hatte keine Ahnung, wozu diese Afrikaner fähig waren. Vielleicht konnten sie das Feuermal wegzaubern, vielleicht auch nicht.

– Frieren Sie? Nehmen Sie meinen Mantel. Er zog seinen Offiziersrock aus und hängte ihn über ihre Schulter, wobei seine Fingerspitzen sie leicht berührten, er ein sanftes Kribbeln spürte. Es war frisch geworden, aber ihre Körper glühten von der Hitze des Tages. Beide blickten sich in die Augen, sahen den Sternenhimmel, der sich darin spiegelte, und erlebten etwas, das sie beide nicht erwartet hätten, nicht gebrauchen konnten: einen Flash.

Um fünf Uhr morgens des 2. Juli, ein Dienstag, das Salutieren und Deckschrubben war bereits erledigt, erwachte ein schweißgebadeter Chaumareys. Durch die Heckfenster kam gleißend rotes Licht. Das Meer war eine ölig schimmernde, quecksilbrige Masse.

In seinen Albträumen war der Kapitän durch die Jahre gestürzt wie in einen tiefen Brunnenschacht. Vorbei an seiner wohlbehüteten aristokratischen Jugend, an der Revolution, Sophie, dem schlechten Essen in der englischen Emigration: geschmackloses Gemüse, ungewürztes Fleisch … Vorbei an der Zolldienststelle in Bellac, ein imposantes Palais, an Bittbriefen, Eingaben, Schafaufstechern … Am Ende war die Medusa gestanden, gekentert, gesunken, geborsten, und er hatte hinabtauchen müssen, um die Passagiere zu retten. Es war kalt. Monster bevölkerten den Meeresboden, umsäumten einen Thron aus fein ziselierter, pfeffer- und salzfarbener Möwenscheiße. Darauf saß eine königliche, aber rachitische Gestalt, der Tod. Ein von Fäulnis und Verwesung durchsetzter Gestank. Trotzdem schwamm er darauf zu, sah, die Krone dieses Königs war aus Knochen, und statt der Edelsteine funkelten Augäpfel darin. Überall Priapswürmer, Hakenrüssler, Korsetttierchen. Das Zepter bestand aus einem Totenkopf – und der Mantel, nein, nicht aus Purpur, Organe waren es. Deutlich konnte er das Geäder kleiner Blutgefäße sehen. Dazu ein Charivari aus lauter Zähnen. Jetzt erkannte er auch das Gesicht: Sophie! Ihr von Würmern zerfressener Mund flüsterte: »Jetzt, Hugo, jetzt hab ich dich! Du kommst mir nicht mehr aus. Jetzt wirst du mein Gemahl!«

Als er die Augen auftat, hatte Chaumareys das Gefühl zu ersticken. Er wälzte sich aus dem Bett und sah sich im Spiegel. Ein Gespenst! Sein weiches Gesicht war zerknittert wie ein zerknüllter Brief, ein gescheiterter Entwurf, das war er auch, aber die Augen? Gelbgerändert und hervorquellend, als hätte ihm jemand eine glühende Gabel in den Arsch gerammt. Entsetzlich.

Der Kapitän zog sich an, seidene Kniebundhose, Stutzen, Hemd, Weste, Rock und Halstuch in der Größe einer Karfiolrose (Krawatte à la Blumenkohl). Schnallenschuhe. Dann setzte er seine Perücke auf, klingelte Moses, damit der den Lakai holte. Eine Stunde später war er gestaubt, mit Lippenstift und Lidstrichen versehen, und glich wieder einem zivilisierten Menschen.

Nun erst eilte er an Deck und sah sofort die mürrischen Gesichter seiner Offiziere. *Der Schönling, der Ehrgeizige und der Undurchschaubare.* In ihren Augen lag Verachtung. Besser, er wich ihnen aus. Auch die Leutnants waren viel zu beschäftigt, ihn zu beachten. War denn niemand …? Da! Am Steuerruder stand Richeford, der gute alte Toni. Mit seinen braunen Stummelzähnen lächelte er ihn an, dass ihm warm wurde.

– Gut geruht? Der künftige Hafenmeister von Saint-Louis strahlte. Wunderbarer Tag. Es verspricht, heiß zu werden, aber wir haben genug Wein an Bord. Bordeaux, Entre-deux-Mers, Malvasier.

– Ja? Chaumareys' Stimme krächzte. Hat man Cap Blanc gesichtet?

– Jawohl. Man hat. Richeford salutierte mit einem breiten Grinsen im Gesicht.

– Das war nur Wasserdampf, widersprach Espiaux, der ihnen am nächsten stand und Seekarten studierte. Wir haben von Cap Blanc nichts gesehen. Nichts!

– Was fällt dem ein, lachte Toni. Der Zweite Offizier ist ein Querulant. Oder er trinkt zu viel. Jedenfalls lege ich meine Hand dafür ins Feuer, dass wir an Cap Blanc vorbei sind.

– Dann verbrennen Sie sich, fauchte Espiaux. Er strich sich sein langes Haar aus dem Alain-Delon-Gesicht, sah ihn feindselig an und zischte: Schwindler!

– Noch ein Wort, und der Kapitän lässt Sie in den Arrest stecken.

Der Zweite Offizier brodelte, er deutete mit seinem Finger auf die Karte, sah flehend zum Kapitän, wollte etwas sagen, schluckte es aber hinunter und ging kopfschüttelnd davon.

– Bist du dir sicher, Toni, dass wir Cap Blanc passiert haben?

– Misstraust du mir?

– Nein, aber ich habe schlecht geschlafen. Ich habe geträumt, wir sinken … *Dazu eine seltsam traurige, in Moll verzerrte Musik.*

– Wenn es dich beruhigt, Hugo, loten wir.

– Ja. Vielleicht? Ich weiß nicht. Ich.

– Ich habe vor einer Stunde loten lassen. 136 Faden.

– Ja? Dann ist es gut.

– Na und ob es gut ist, grinste Richeford. Wir können also nun Richtung Südost segeln. Direkt nach Saint-Louis.

– Ist das nicht zu früh? Ich meine … Sind wir nicht zu weit östlich? Sollten wir nicht … Ist das nicht ein unnötiges Risiko? *Immer noch diese Musik, ein beunruhigendes Geplätscher.*

– Wir sind ungefährdet, weil wir Cap Blanc passiert haben.

Der Kapitän war unsicher, etwas in ihm zögerte, doch wagte er es nicht, seinem Freund zu widersprechen. Toni würde wissen, was zu tun war. Chaumareys ging zurück in seine Kajüte und spielte lustlos mit dem Frühstück, das ihm Isaac-tock-tock-tock-Gaines zubereitet hatte. Weißbrot mit Speck, Eiern und einer gelben Soße, eine frühe Form von Eggs Benedict. Aber der Kapitän hatte keinen Hunger. Er war schlechter Laune, ging zu seinem Arbeitstisch und studierte die kleinen

Bleistiftkreuze, die er seit der Abreise immer mittags in der Seekarte eingetragen hatte – sahen aus wie Noten eines verrückten Neutöners. Aber alles hatte seine Richtigkeit, nur dass die sonst so präzise Karte um Afrika immer ungenauer wurde. Er hatte noch andere Karten von der Nordwestküste, aber die waren alle fünfzig, sechzig Jahre alt und nicht zuverlässig. *Unbrauchbar! Eine Schande! Aber Onkel Louis musste ja gegen die Furzköpfe Seeschlachten führen, statt sich um brauchbare Karten zu kümmern ...* Egal, auf Richeford war Verlass. Hatte er nicht gesagt, die Route schon oft befahren zu haben? Dieser Toni strahlte eine Sicherheit aus, dass es ein Vergnügen war. Wenn nur nicht dieses Gefühl wäre, diese Ahnungen und die Musik.

Um zehn Uhr kam Reynaud in die Kapitänsmesse und verbeugte sich. Chaumareys blickte ihn herablassend an. *Was denn? Sind wir noch immer zu weit östlich?* Der Erste war sein genaues Gegenteil, strotzend vor Tatendrang und Energie, selbstsicher, von sich eingenommen und obendrein, aber das merkte der Kapitän noch nicht, verliebt. Er war ihm in allem überlegen, aber dennoch sein Untergebener. *Der hatte eben keinen Onkel bei der Marine. Wahrscheinlich waren seine Vorfahren Bauern in der Camargue, Viehhüter in der Normandie oder die Lakaien eines unbedeutenden Grafen in der Charente.*

– Sie wissen, sagte Reynaud, ich kann Sie nicht ausstehen.

Chaumareys schluckte. *Was nimmt sich der heraus? Sprössling eines Stallmeisters! Trägt eine Uniform von irgendeinem Provinzschneider, hat gegen die Engländer gekämpft, statt die Vorzüge ihrer Schneider zu würdigen, trinkt zum Käse Bier ... und glaubt, hier den Mund aufmachen zu müssen!*

– Nicht, weil Sie ein Royalist sind, darüber könnte ich hinwegsehen, sondern weil Sie keine Ahnung vom Navigieren haben. Ich sage Ihnen ganz offen, mich würde ein Scheitern Ihrer

Mission freuen. *Zumindest ist er ehrlich. Ich werde ihn beim Ministerium unmöglich machen, dann wird er Grund haben, mich zu hassen.* Trotzdem kann ich nicht zulassen, dass Sie das Leben der Passagiere aufs Spiel setzen. Insbesondere Mademoiselle Schmaltz ... *Arétée? Dieses junge Ding? Darauf läuft es also raus.* Wir haben nicht einmal genügend Rettungsboote. Ich rate daher dringend, sofort den Kurs zu ändern und nach Westen abzudrehen, um nicht auf die Arguin-Bank aufzulaufen.

Du bist doch selber aufgelaufen. Wirst dir doch nicht einbilden, von Mademoiselle Schmaltz auch nur bemerkt zu werden, du Tölpel.

Chaumareys sah ihn erstaunt an, lächelte. Er dachte an seine Albträume und an Toni. Wer war ihm wohlgesonnen und wer nicht? Wer war liebestoll und wer besonnen? Aber hatte man ihn nicht auch im Ministerium vor den Sandbänken gewarnt? *Wie viele Schiffe waren dort auf Grund gelaufen? Dreißig? Fünfzig? Achtzig? Aber dieser aufgeblasene Bauer? Dieser Sprössling von Schafhirten? Streber!* Der Kapitän wog das Für und Wider ab, bevor er sagte:

– Kennen Sie Beethoven?

– Wie? Was soll das sein? Reynaud hatte einen Mauleselblick.

– Ein Komponist. Seit Stunden habe ich sein drittes Klavierkonzert im Ohr. Dieses Geplätscher, aus dem plötzlich ein Bach wird, ein Wasserfall, ein Eispalast ... Würde sogar Ihnen gefallen, seine »Eroica« hat er für Napoleon geschrieben. Der Kapitän blickte auf und sah in ein milde lächelndes Gesicht, wie man es für Demenzkranke bereithält.

– Jedenfalls habe ich meine Pflicht erfüllt und Sie informiert. Der Offizier war völlig verwirrt. *Musik? Beethofwer? Jetzt dreht er durch.*

– Ich danke Ihnen für Ihre Offenheit, Reynaud, aber ich weiß, was zu tun ist – und jetzt verschwinden Sie. *Schon in Saint-Louis werde ich ein Memorandum über dich verfassen, eines, das verhindert, dass du jemals ein Schiff befehligen wirst.*

Der Offizier biss die Zähne aufeinander, seine Backen plusterten sich auf, und der Kopf war kurz davor zu zerspringen. Er ballte die Fäuste hinter seinem Rücken, schnaubte, sagte aber nichts und ging.

Verdammung, dachte Chaumareys. Wichtigtuer. Ehrgeizling. Banause. Er hatte plötzlich Schmerzen in der Brust, legte sich in seine Koje und döste. Vom Deck kamen die gedämpften Stimmen der Kommandos. Jede halbe Stunde war die Glocke des Glasens zu vernehmen.

Gegen Mittag erschien der Zweite Offizier Espiaux. *Was will denn der? Zweifellos ein schöner Mensch. Olivefarbene Haut, lockige Haare, eine etwas zu kleine Nase. Aber ein Idiot.*

– Was kann ich für Sie tun, brummte Chaumareys. Ich höre Ihnen zu … Was ihn aber nicht daran hinderte, mit der Gabel und dem kalten Eidotter auf dem Teller zu zeichnen.

Auch der Zweite war überzeugt, dass man sich am Rand der Arguin-Sandbank befinde, und wollte unbedingt nach Westen abdrehen:

– Sie müssen nur ins Wasser sehen, es hat eine andere Farbe. Wenn wir nicht sofort den Kurs ändern, geschieht ein Unglück.

So? Ein Unglück? Das größte Unglück sind Menschen wie du, Schönlinge!

– Darf ich Sie etwas fragen? Chaumareys zog die Augenbrauen hoch und sagte, ohne eine Antwort abzuwarten: Verstehen Sie etwas von Malerei?

– Nun, Espiaux hatte denselben Mauleselblick wie zuvor

Reynaud, ich weiß nicht, was die Wasserfarbe mit Malerei zu tun haben sollte?

– So? Wissen Sie nicht? Diese modernen Maler sind lauter unbegabte Schmierfinken, das hat es damit zu tun. David hat keinen Ausdruck, keine Kontraste. Fragonard ist Kitsch, Boucher obszön und Goya? Ein spanischer Paria! Wissen Sie auch, warum? Weil die Revolution sie verseucht hat, die Politik. Verseucht! Dagegen Watteau, Zoffany, Vouet, das waren Meister, von denen man noch in vierhundert Jahren reden wird.

– Nun, ich fürchte, ich verstehe nicht … Der Zweite Offizier blickte ziemlich ratlos.

– Ein Gleichnis, mein Lieber. Der Zustand der Malerei und jener an Bord sind irgendwie pars pro toto.

– Jedenfalls müssen wir den Kurs ändern. Espiaux hatte sich wieder gefangen.

– So? Den Kurs wollen Sie ändern?

– Nun, das Wasser … Es ist grün!

– Ist das alles? Dann kann ich Sie beruhigen, die Wasserfarbe kommt von den Saharawinden, das ist bekannt. Chaumareys hatte auf dem Teller ein Gesicht gezeichnet, jetzt machte er ihm Zähne. *Na, das ist Kunst! Dagegen ist die Vigée-Lebrun eine Dilettantin.*

– Aber … Denken Sie an die vielen Menschen, die meisten haben Familie, Kinder. Für Sie als adeliger Monarchist sind das nur Menschen zweiter Klasse, Halbaffen, Vierfüßler, aber Menschen sind es trotzdem.

Nun, da er so sein Werk betrachtete, bekam Chaumareys ein ungutes Gefühl und versprach, darüber nachzudenken. *Was würdest du jetzt machen, Onkel Louis? Als Generalleutnant der Marine wüsstest du natürlich, was zu tun ist. Aber ich? Der Zöllner? Soll ich nachgeben? Den Ratschlägen dieser Offiziere*

(Kunstbanausen) folgen? Das Gesicht verlieren? Er betrachtete seine Zeichnung, einen gelben Jolly Roger, und erschrak. Kaum war Espiaux wieder draußen, beugte sich der Kapitän über die Karten, waren die Schmerzen in der Brust wieder da. Ein heraufdräuender Infarkt? Erste Anzeichen einer Myokarditis? Schweiß stand auf seiner Stirn, und seine Hände zitterten. Um sich zu beruhigen, schenkte er sich ein Glas Cognac ein.

Wenig später wurde von diesem verdreckten Koch mit dem Maiskolbengesicht, *eine Zumutung!,* das Mittagessen serviert. *Was hat der nur mit seiner rechten Gesichtshälfte angestellt? Die Haut sieht aus wie ein alter Fetzen, eine geplatzte Fischblase.* Gaines heuchelte Enttäuschung darüber, dass der Kapitän sein Frühstück kaum angerührt hatte. Dann sah er den Jolly Roger, musste sich beherrschen, nicht den Kopf zu schütteln und dem Drang nachzugeben, Tschtschtsch zu zischen. Dabei freute er sich auf die Reste dieses Frühstücks, die er gleich selbst verputzen würde. *Hasenscharte!*

– Dasch Mittagesschen wird Ihnen beschtimmt schmecken: Hühnchen in Rotweinschosche! Der Koch stellte einen großen Silberteller ab und lud das Frühstück auf. Ausscherdem brauche ich einen zweiten Küchenjungen! Diescher Hector treibt schich nur beim Schiffscharzt rum. Schie müsschen …

Richeford kam herein, nahm zum Entsetzen des Kochs das Eierspeckbrot und verschlang es.

– Was stehen Sie hier herum, verscheuchte er Gaines. Huschhusch.

– Reynaud und Espiaux verlangen eine Kursänderung nach Westen, murmelte der Kapitän, der noch immer appetitlos war. Auch der Cognac schmeckte ihm nicht, trotzdem trank er ihn.

– Feiglinge! Richeford biss in eine Hühnerbrust und schmatzte. Wenn es nach denen ginge, wären wir längst auf Grund gelaufen. Die haben eine Verschwörung gegen uns beschlossen, Hugo. Verstehst du, denen geht es um Macht. Die wollen, dass wir nach ihrer Pfeife tanzen …

– Und wenn sie recht haben? Wenn wir wirklich zu weit östlich sind?

– Ich sage dir eines: Das Schlimmste, was uns passieren kann, ist, dass der Vogel kalt wird. Magst du das Huhn nicht? Darf ich? Er griff nach einer Brust und verschlang sie. Antoine Richeford, ein Hochstapler, der nicht einmal das Steuermannspatent besaß, nur einmal als Passagier in Ostindien gewesen war, hatte die Führung über das Schiff übernommen – und genoss es. Er aß wie ein Schwein, schmatzte, schlürfte, wischte seine fettigen Hände in das Tischtuch, rülpste und lachte. De Chaumareys wusste tief in seinem Innersten, er war einem Scharlatan aufgesessen, aber etwas in ihm weigerte sich, das einzusehen. Toni war sein einziger Verbündeter, sein Freund. Aber egal, wie sehr er auch versuchte, den Gedanken zu vertreiben, er hörte dieses Wort so deutlich, als spräche jemand anderer in seinem Kopf: Scharlatan. Er wusste es mit jeder Faser seines Körpers, sein Freund war ein Hochstapler, ein Dampfplauderer, ein nur im Augenblick lebender Egoist, ein Spieler. Aber was sollte der Kapitän tun? Einen Streit riskieren? Seinen letzten Verbündeten brüskieren?

Gemeinsam tranken sie die Flasche Cognac aus, und mit dem Alkohol besserte sich Chaumareys' Laune. Richeford erzählte ordinäre Witze, und der Kapitän fühlte eine wohlige Wärme. Was konnte passieren? *Sandbank? Lächerlich.* Und wenn das Schiff unterging, das Leben war herrlich. Sie hatten sich beide hingelegt, lachten und dösten ein.

Als sie um zwei Uhr wieder an Deck gingen, die Augen noch verklebt, trafen sie auf einen aufgebrachten Leutnant Maudet, der ebenfalls nach Westen abdrehen wollte.

– Das Wasser ist seltsam hellgrün, Kapitän. Hier gibt es Untiefen.

– Na und, beharrte Chaumareys. Hellgrün wird die nächste Modefarbe … vielleicht für Kniehosen … das wäre frisch … Er sah Soldaten, die Angeln ausgeworfen hatten. Tatsächlich, das Wasser hatte eine blaugrüne Färbung angenommen. Irgendetwas lag in der Luft, alle schienen es zu merken, waren von einer seltsamen Unruhe erfasst, nur Richeford war die Ruhe selbst, rauchte, trank und sagte mit leichtem Zungenschlag, so laut, dass es alle hören konnten:

– Denk daran, Hugo, die wollen nur ihre Macht demonstrieren. Wenn wir jetzt klein beigeben, haben sie gewonnen, diese Umstürzler. Der Kapitän war in einem Gewirr aus Ängsten, Schuld- und Glücksgefühlen gefangen, wusste nicht so recht, was überwog.

Als nun aber Charles Picard, *trägt noch immer seine abgewetzte Leinenjacke, habe ich ihm nicht gesagt, er soll in Paris zu Staub gehen?,* auf den Kapitän zustürmte und eine sofortige Kursänderung verlangte, wurde Chaumareys wieder etwas mulmig.

– Wir steuern auf die Sandbank zu, schrie Picard. Ich weiß das, ich habe diese Reise nach Saint-Louis schon dreimal hinter mich gebracht. Ich …

– Genau, weil dreimal neun ist Donnerstag und dreimal Sieben feiner Sand, ergänzte der kleine Junge, der ihn begleitete.

– Und sind Sie dabei jemals auf Grund gelaufen? Richeford lächelte. Ein Charliiie lag ihm auf der Zunge, doch er unterdrückte es.

– Nein, das nicht. Sonst stünde ich jetzt wohl nicht hier. Aber ich … Sehen Sie das Wasser, wie grün es ist … Picard wusste nicht, was er sagen sollte. Waren die wahnsinnig? Beide rochen nach Alkohol. Hatten sich alle gegen ihn verschworen? Reichte es nicht, dass seine Frau ihm die Hölle bereitete mit ihrem ständigen Gezeter, musste auch noch ein Unglück geschehen?

– Na also, mein Herr, klopfte ihm Richeford auf die schmale Schulter, wir kennen unser Geschäft. Kümmern Sie sich um Ihre Angelegenheit, das ist schwer genug – er formte mit einer Hand eine schnatternde Ente, imitierte »Babababababa« eine keppelnde Frau, lachte –, und nun halten Sie den Mund. Es ist nämlich völlig unnötig, dass Sie eine eigene Meinung haben. Ich habe die Arguin-Sandbank zweimal passiert, bin auf dem Roten Meer gesegelt, mir müssen Sie nichts erzählen. Ich weiß schon, was zu tun ist. Richeford grinste und flüsterte in Richtung Kapitän:

– Gedungen, den hat man gedungen. Mit solchen Leuten kann man nichts anfangen. Am besten ist, sie einfach zu ignorieren.

Der Kapitän sah seinen Freund an und wusste nicht, ob er sich auf ihn verlassen konnte. Zweimal hatte er die Arguin-Sandbank passiert? Gestern waren es noch dreimal gewesen.

– Aber ich bin mir sicher … Picard wollte sich nicht so schnell geschlagen geben. War er gerade beleidigt worden? Gedemütigt? Seit er mit Adelaïde verheiratet war, hatte er für diese Dinge kein Gefühl mehr. Seine Frau nahm all seine Argumente, kaum waren sie heraußen, drehte sie um und stopfte sie ihm so lange in den Mund, bis ihm die Luft wegblieb. Ganz egal, was er sagte, Adelaïde drehte es so lange, bis es gegen ihn gerichtet war.

– Genau, ergänzte Alphonse.

– Schau mal einer an, beugte sich Richeford zu ihm hinunter. Du bist doch ein kluges Kind, oder?

– Ja? Der Junge senkte vor Verlegenheit den Blick. Ich weiß zum Beispiel schon, wer einen Lorbeerkranz getragen hat.

– So? Wer denn?

– Na, Napoleon, als er Amerika entdeckt hat.

– Sehr gut. Richeford strich ihm über die Pagenkopffrisur und flüsterte: Dann sag deinem Papi mal, er braucht sich keine Sorgen machen.

– Charles ist mein Onkel, widersprach Alphonse.

– Ich bin mir sicher, kam nun aus Picard.

– Sie sind sich also sicher? Richefords Lachen entblößte seine braunen Stummelzähne. Aber wer sind Sie? Außerdem befassen sich der Kapitän und mehrere Offiziere mit der Navigation.

Und alle haben zu einer Kursänderung geraten, dachte Chaumareys.

Picard war wie erschlagen. Er hatte recht, wusste, dass er recht hatte, aber wie bei seiner Frau konnte er sich nicht durchsetzen. Ungläubig schüttelte er den Kopf, nahm seinen Neffen bei der Hand und schlich davon.

– Aber dreimal neun ist Donnerstag und dreimal Sieben feiner Sand.

In der Zwischenzeit zogen Soldaten eine Art Kabeljau an Bord und schlugen ihn mit einem Belegnagel tot. Der Fisch zappelte und schnappte ein paarmal ins Leere, bevor sein Geist entwich. Das Meer hatte eine andere Wasserfärbung, Flussgras schwamm darin. Die Passagiere waren unruhig, und selbst der kleine Alphonse, er hatte die Demütigung seines Onkels nicht verstanden, aber gespürt, weinte, weil er an das Wort mit S denken musste.

– Wir müssen den Kurs ändern, brüllte Espiaux. Sofort!

– Was haben Sie gesagt? Richefords Stimme war eine einzige Provokation.

– Den Kurs ändern! Sofort!

– Ihnen ist hoffentlich klar, was Sie erwartet, wenn wir nach Rochefort zurückkehren? Korrektionsanstalt! Richeford lächelte ihn an. Hier befiehlt nur einer, der Kapitän.

– Ein Stümper, schrie Espiaux, sehen Sie denn nicht, wo wir sind? Wenn wir nicht auf der Stelle …

– Was erlaubt er sich, eine solche Schweinerei vor den Ohren eines Kapitäns von Frankreich … einem Stellvertreter des Königs? Und Sie wollen ein Offizier der französischen Marine sein? Ein Nichtskönner sind Sie, ein aufgeblasener Wichtigtuer. Espiaux konnte nicht verstehen, wie ihm geschah. Er deutete auf das grüne Wasser, murmelte etwas von sechs Faden Tiefe und Irrsinn. Sie wurden von einem Wahnsinnigen gelenkt.

Richeford aber war sich seiner Sache sicher. Er stellte sich an die kleine Brüstung und verkündete:

– Wir besegeln sicheres Gewässer. Es besteht nicht der geringste Anlass zu Besorgnis. Verlassen Sie sich nur auf mich. Ich bin der geborene Navigator. So stand er da wie Napoleon persönlich, als er seine Soldaten auf den Sieg bei Waterloo einschwor.

Während also die meisten von einer unbestimmten Unruhe erfasst waren, genossen wenige andere wie etwa die Lafitte-Schwestern den Tag. Verglichen mit Arétée, die der schaumgeborenen Venus von Boticelli glich, und den wie von Cranach gemalten Picard-Töchtern, waren Francine, Germaine und Ghislaine Lafitte eher feiste Gestalten aus einem Brueghel-Bild – mit Figuren wie Kanonenöfen und verhärmten Zügen um die Münder. Aber da sich die Welt auf das Schiff beschränkte, das Verhältnis der Geschlechter völlig unausgewogen war und somit das Prinzip von Angebot und Nachfrage regierte, wurden auch sie, es trifft es immer noch am besten: umschwänzelt. Priapos ließ den Männern die Säfte derart steigen, dass sogar Ziegenhintern und Astlöcher in Gefahr gerieten, als Lustobjekte missbraucht zu werden. Doch die Lafitte-Schwestern genossen das. Sie sorgten dafür, dass jeder mitbekam, sie waren da und sie waren weiblich.

Das Licht hatte sich verändert. Alles schien schattenlos und klar. Die Menschen schwitzten. Der Gesang von Caroline Picard vermengte sich mit den Geräuschen des Schiffes, mit dem Knarzen der Masten, dem Ächzen der Spanten und dem Wind in den Segeln. Flüsterte Mama Medusa wieder? Oder schrie sie schon?

Die Matrosen hatten vormittags Waschtag gehabt, so dass das Schiff jetzt einer Wäscheanstalt glich – als hätte sich das Spanische Viertel aus Neapel losgerissen, um übers Meer zu fahren. Überall hingen tropfende Hemden und Hosen – auf den Wanten, den Gordings, den Ankerspills, ja sogar den Fußpferden. Überall nasse Wäsche.

Missionar Maiwetter stand kahlköpfig am Achterdeck und unterhielt sich mit seinem Gott. Eine einseitige Unterhaltung. Er bat ihn um Kraft für den Schwarzen Kontinent, keine Angst zu haben vor den Kannibalen und anderen Schwulitäten. »Du hast ja auch keine Angst, mein Alter, wenn man dich bei der heiligen Kommunion verzehrt. Ich glaube an die Richtigkeit all deiner Wege, aber wenn ich an diese Menschenfresser denke, und du weißt, ich bin tapfer, bekomme ich weiche Knie.« Er hatte während der napoleonischen Kriege als Militärseelsorger Tausende Einsegnungen gemacht, die Äquatortaufe überlebt, nun konnte ihm nichts mehr geschehen.

Auch Arétée Schmaltz, die nur drei Meter entfernt an der Brüstung lehnte, hatte Angst. Nicht vor Afrika, sondern davor, dass Reynaud ihr Feuermal übersehen haben könnte und sich wieder von ihr abwandte. Aber? Hatte sie da nicht etwas Wesentliches übersehen? Er hatte sich ihr ja noch gar nicht zugewandt, und doch waren sich beide sicher, füreinander bestimmt zu sein. In diesem einen magisch knisternden Moment waren sie bereit gewesen, einander zu erkennen.

Oder war das nur ein Missverständnis? Hatte er den Blutschwamm für einen Schatten gehalten? … Egal, wohin sie sah, sie dachte nur an ihn. Und schon dieser Gedanke zauberte ein Lächeln auf ihr Gesicht. Dabei war diese Liebe, nennen wir die Sache ruhig beim Namen, L-I-E-B-E, dabei war diese oft mit Bestimmung und Romantik verwechselte Hormonausschüttung gar nicht vorgesehen. Das war so, als ob Kate Winslet sich auf der Titanic nicht für Leonardo DiCaprio entschieden hätte, sondern für einen gar nicht mitspielenden Lino Ventura. Die Helden dieser Geschichte waren doch andere, Viktor, Savigny, vielleicht sogar Espiaux, da konnte doch nicht die schönste, wenn auch nicht ganz makellose Frau an Bord … Doch lassen wir ihr das Vergnügen.

Unter der Brüstung genossen die Lafittes ihr Beinahe-Monopol auf Weiblichkeit. Sie kicherten und tollten mit Matrosen herum. Daneben verfütterte Clutterbucket Küchenabfälle an Blücher, das Schwein. Arétée sah ihn zwar, doch blickte sie durch ihn hindurch. Der Dicke hatte ein Küchenmesser in der Hose, das seit Tagen auf seine Bestimmung wartete – auf Viktor. Aber der hatte sich in letzter Zeit kaum blicken lassen. Er wusste schon, warum, *weil, was ham mir für den? Die Rache für die Taufe, für das viermalige Ins-Wasser-Schmeißen, das ham mir.* Clutterbucket war sich sicher, irgendwann würde seine

Stunde kommen, würde dieser Hector unvorsichtig werden, und dann wäre er da, ihn von hinten zu umarmen und ihm die kurze, aber scharfe Klinge in den Bauch zu rammen.

Viktor ahnte die Gefahr. Seit der Äquatortaufe war er nicht von Savignys Seite gewichen, hatte sich Erklärungen über die diversen Stadien der Syphilis angehört und sich Hirnregionen erläutern lassen. Sogar Savignys Lamento über die verpasste Revolution hatte er ertragen.

– Stell dir vor, Hector, welche Möglichkeiten es da gegeben hat, wie leicht es damals war, an Leichen heranzukommen. Angeblich zeigen guillotinierte Köpfe eine Reaktion. Sie folgen mit den Augen einem Finger oder versuchen etwas zu sagen. Ohne Stimmbänder kommt natürlich nichts heraus. Aber denk dir, was ein begabter Lippenleser hier erfahren könnte. Und erst die aufgestellten kopflosen Körper, die noch gehen. Jawohl, sie gehen! Das ist erwiesen! Manche glauben, es handelt sich um bloße Muskelkontradiktionen wie beim Lazarus-Syndrom, wenn sich Tote aufrichten. Ich bin überzeugt, der Geist ist da, solange das Hirn mit Blut versorgt wird. Weißt du, was das für die Seele – sofern es sie denn gibt, was ich stark bezweifle – heißt? Sie erlischt, sobald die Blutzufuhr gestoppt ist! Dann bleibt nur noch ein goldenes Nichtserl mit einem silbernen Schwänzlein …

– Ein Nixerl? Wieso eine Nixe?

– Ein Nichtserl, ein Nichts.

Viktor hatte ein mulmiges Gefühl. Auch wenn sich nichts Ungewöhnliches ereignet hatte, war er beunruhigt. Hoffentlich kam Savigny nicht auf die Idee, auch mit ihm ein Experiment durchzuführen. Immer, wenn er von Leichen sprach, bekam er einen merkwürdigen Glanz in den Augen, wirkte er seltsam erregt.

Jetzt spazierte Viktor Aisen allein übers Deck und sah den Matrosen beim Fischen zu. Man hatte die Bugverschanzung geteilt: Backbord standen die Fischer, und Steuerbord, die Seite der Ehrbezeugungen, war den Notdürften vorbehalten. Vorne der Galionsinspektor, einen langen Besen in der Hand, bemüht, die angekoteten Bretter sauber zu bekommen.

Nachdem Viktor dem Erschlagen von ein paar Fischen zugesehen hatte, ließ er sich von Monti, der Schiffsziege, beschnüffeln. Er betrachtete die Picard-Kinder, wie sie gerade Hühner neckten, »zwei plus fünf ist sieben!«, den Geschützmeister Tourtade, der eine Kanone putzte und auf die defäkierenden Möwen schimpfte. Wäre er ein Gärtner, würde er sich freuen, ist doch Möwenkot ein teurer und begehrter Dünger.

Viktor hatte auf Clutterbucket und Gaines beinahe vergessen, die Kombüse so gut es ging verdrängt. Er verstand nichts vom Geschwafel mancher Matrosen, die beunruhigt auf das grüne Wasser zeigten, hielt die Aufgeregtheit Picards für eine Laune, kümmerte sich nicht um die aufgebrachten Offiziere, das Geschrei beim Steuerrad. Er war glücklich, genoss die frische Luft, *keine Miasmen*, bis er zwischen zwei aufgehängten Hemden Clutterbucket erblickte. *Der Bürstenhaarschnitt! Blitz! Dieser Fettkloß in Kleidern!* Ein feistes Grinsen! Etwas blitzte in seiner Hand. Und bevor Viktor begriff, wie ihm geschah, stürzte sich der fette Kombüsenjunge schon auf ihn. Seine Hand war ausgefahren, bereit zuzustechen. Jetzt wusste Viktor, was los war. Der kleine Fleischklumpen sprang ihm entgegen. »Jetzt ham mir sich!« Jetzt war es aus. Viktors Blut gerann, flockte aus und stockte. Die Zeit stand still. »Jetzt ham mir sich!« Gleich war er tot, aufgeschlitzt, ein goldenes Nichtserl mit einem silbernen Schwänzlein. Sein Leben lief vor ihm ab, das Ribiselpflücken, Marmeladekochen mit Margarete, Fallenstellen, Fischen, Vogelnesterplündern, Pythagoras, der Wirt, die Erzählungen des Matrosen, Rochefort, die Mohnblume der Rothaarigen …

Nein, denn genau im Moment des Zustechens war ein Stoß zu spüren, so als ob das Schiff nicht zulassen wollte, dass Viktor etwas geschah. Ein Stoß, der Clutterbucket aus dem Gleichgewicht brachte, er bekam Schlagseite, stolperte, und stach daneben. Schwein gehabt. Blücher grunzte.

In Sand gesetzt

Auf dem blauen Wasser schwimmt ein Krokodil, hat so lange Haxen wie ein Besenstiel. Es war die Stimme des fünfjährigen Alphonse, die als einzige zu hören war. Alle anderen hielten den Atem an.

Was war das für ein Stoß? Ein Ruck, der allen durch Mark und Bein gefahren war. Dazu ein dumpfes Geräusch – wie ein weit entferntes Artilleriegeschütz. Aber es war näher, fast im Fleisch. Ein Knochenbruch? W a s   w a r   l o s? Ein Erdbeben? Hatte ein Wal das Schiff gestreift? Eine Riesenschildkröte oder gar Neptun? Nein, da war ein schlurfendes Geräusch, das allen in den Solarplexus schlug, der Kiel hatte Grund gerochen und war wie ein Trüffelschwein hineingerüsselt. Jesusmaria! Die tonnenschwere Medusa, dieses schlanke, elegante Schiff … in den Sand gesetzt, als wollte sie sich ausruhen. Eine Glocke läutete, und für einen Augenblick ahnten alle, was es hieß, verlassen, verloren und ausgesetzt zu sein.

– Was hat da gehebt, sagte Laura, und Alphonse sang noch immer:

– Auf dem blauen Wasser schwimmt ein Krokodil, hat so lange Haxen wie ein Besenstiel.

Es war Dienstag, der 2. Juli des Jahres 1816, 15 Uhr. Kein Zweifel, das Schiff war auf die Arguin-Sandbank aufgelaufen. Ein gewaltiger Ruck. Eine Faust stieß vom Kiel bis zur Mastspitze durch alle Mägen, Brüste, Kehlen. Menschen und Dinge machten Bekanntschaft mit dem Gesetz der Trägheit, flogen nach vorne, die einen schafften einen Ausfallschritt, andere fielen oder rutschten, bis sie irgendwo anstießen. Noch einmal. Und noch einmal, begleitet von diesem bösartigen schleifenden Bremsgeräusch – und plötzlich war das stete Pflügen durch das Wasser jäh zu Ende. Plötzlich stand alles, war die horizontale Bewegung jäh gestoppt. Man spürte, wie der Sand am Rumpf rieb, wie sich das Schiff befreien wollte, sein Holz um Hilfe schrie, doch es half nichts, die Medusa hatte sich festgefahren. Sogar die Masten rebellierten, knacksten, drohten zu brechen, dann gaben sie auf, schwangen zurück, pendelten aus. Alle an Bord, sogar Alphonse, hielten nun die Luft an, erstarrten wie Feldmäuse, wenn ein Raubvogel über ihnen kreiste, Flugzeugpassagiere, wenn die Turbinen stotterten. Es war, als hätte die Medusa ihr grausiges Spiegelbild gesehen und wäre versteinert. Niemand rührte sich, nur die aufgehängte Wäsche flatterte im Wind. Die Glocke bimmelte noch immer, eine unendlich scheinende Minute lang, bis sie verklang.

Ein paar Augenblicke herrschte eine beängstigende Stille, wie sie sich bei Katastrophen immer breitmacht, alles zudeckt. Die Menschen standen unter Schock, warteten, was noch passierte. Drohte das Schiff auseinanderzubrechen? Drang Wasser ein? Wurde man von der See verschluckt? Vierhundert Zentralnervensysteme standen unter Schock, vierhundert Blutkreisläufe standen still, vierhundert Schockgefrorene. Die Wörter wuchsen, wurden größer, zu groß, um sie aufzuschreiben. Obwohl das alles höchstens zwei, drei Minuten dauerte, kam es den Menschen vor wie eine Ewigkeit.

– Charliiie, war Adelaïdes schrille Stimme zu hören. Was hast du gemacht? Andere, die noch nicht recht wussten, was da gerade passierte, machten Huhhh und Ooohh.

Na bitte, da haben wir's, dachten Espiaux und Reynaud. Wir hatten recht. Wir! Aber recht haben war hier nur der Trostpreis. Auch ihre Nerven schienen eingefroren, ja, selbst die

Bahnen, auf denen Gedanken und Befehle durch den Körper liefen, waren verstopft. Sie wussten, gleich würde Wasser eindringen, Panik ausbrechen, das Schiff zerbersten und … Es gab zu wenig Rettungsboote!

Nein. Nichts geschah. Kein Wassereinbruch. Nur die Medusa bewegte sich nicht mehr. Die alte Dame hatte sich einfach in den Sand gehockt wie eine Glucke. Was brütete sie aus? Leinen raspelten ab, ruckten, fielen schlaff aufs Deck.

Richeford war der Erste, der sich fing und schrie:

– Aufgeien! Auftuchen! Die Männer ans Marssegel! Ans Bramsegel. Setzt alles, was wir haben. Die Boote ins Wasser lassen. Loten.

Gleichzeitig hob wie auf Kommando ein Geschrei an. Frauen brüllten in Todesangst, »so eine Scheiße!«, manche hysterisch, »so eine gottverdammte Scheiße!«, dass die Befehle kaum zu hören waren. Anderen zauberte die Katastrophe ein blödsinniges Lächeln ins Gesicht – sie grinsten, als ob sie alles das nichts anginge. Doch auch dieses Geschrei, da es absolut nichts bewirkte, hörte wieder auf. Nun liefen die Menschen ratlos herum, verstopften auf dem schmalen Niedergang den Weg ins Freie, drängten rücksichtslos und schlugen panisch um sich.

– Scheiße!

– Was ist los? Ist was passiert?

– Nichts Ernstes, meine Dame. Nichts, worüber Sie sich sorgen müssten. Sie werden sehen, gleich geht es weiter.

– Segel einholen, schrie Reynaud. Sofort alles Tuch herunter, sonst brechen die Masten.

– Auf keinen Fall, wiedersprach Richeford. Wir müssen hier heraus. Alle Segel setzen!

Leutnant Lozach gab Caroline Picard, die zufällig neben

257

ihm stand und mitten in ihrer Arie verstummt war, eine schallende Ohrfeige.

– Da-, da-, da-, das ha-, haben Sie nun da-, davon.

Am Achterdeck umringte man den Kapitän, der erbleicht war, aber nichts sagte, nur gleichgültig und apathisch dreinsah wie ein mumifizierter Heiliger. Sein Gesicht war erloschen, betäubt von all dem Lärm. Nur ein einziges Wort stand groß in seinem Kopf: Sophie. Jetzt hat sie sich gerächt, diese nachtragende Bauernziege. Jetzt hat sie ihm in die Eier getreten mit der Wucht einer Abrissbirne … Aus! Er wartete auf den Schock im Magen, der durch die Gedärme fuhr, darauf, dass Millionen kleiner Würmer sich durch sein Hirn fraßen, sich ihm Riesenschlangen um die Kehle legten, sein Herz aus dem Rippenkäfig sprang, ein schmerzhafter Blitz einschlug, doch nichts, zu seiner Überraschung stand er immer noch am Achterdeck, fühlte den Boden unter sich und atmete. Nur das Gehirn war wie gelähmt, konnte das, was seine Augen sahen, nicht verarbeiten.

Etwas Überfüllteres als das Deck der Medusa, auf dem es nur so wimmelte, war kaum vorstellbar – es wurlte wie in einem aufgewühlten Ameisenhaufen. Der Kapitän war bleicher als sein Puder, nur die Ohren waren rot wie ein Hahnenkamm. Sophie! Toni? Wie konnte das geschehen? Wie? Ganz egal, was passiert war, formte sich ein erster Gedanke in ihm, es musste vertuscht werden. Das Marineministerium durfte davon nichts erfahren. *Was würde Onkel Louis sagen? Was der Minister namens Verstopfung? Der König? Die Mademoiselles in Versailles?* Aber konnte man ein Ereignis dieser Größenordnung vertuschen? Seine große Erdbeernase glitzerte wie Granit in der Sonne, und die Ohren schienen jeden Moment zu explodieren. Er ging, ja, tatsächlich, seine Beine bewegten sich, zitternd zwar, doch sie folgten seinem Willen, er ging also zum heckseitigen Schanzkleid und starrte ins Meer. Eine friedliche Masse mit kleinen Wellen. Die Gänsehaut eines Riesen. Aber etwas fehlte. Das Gequirlte, Aufgeschäumte, Versprudelte. Die Ausscheidung! Wo war das Kielwasser, die Spur, die das Schiff seit Rochefort gezogen hatte? Wo?

– Ruhe! Keine Panik. Alles in Ordnung, hauchte seine belegte Stimme. *Scheiße! Was für ein preisgekröntes Seeross bin ich doch!* Er war den Tränen nahe.

Drang schon Wasser ein? Hatten sie noch eine Gnadenfrist, bevor das Schiff auseinanderbrechen und vom Meer verschluckt werden würde? Oder war alles in Ordnung? Vertuschen, dachte er. Sophie! Sie war ein hübsches Mädchen, blond mit einem roten, teigigen Gesicht. *Bauerntrampel!* Und die Stimme in ihm schrie: Scharlatan! Dein Toni ist ein Blender, ein Ahnungsloser. Bist ihm reingefallen! Und du kannst dich nicht erinnern, ihn vorher schon einmal gesehen zu haben. Bestimmt hat er sich alles ausgedacht. Gemeinsame Schulzeit, Jugend? Alles erfunden! Wo war er jetzt? Toni? Da stand er ja, die Augen eines gehetzten Wildes.

Espiaux, Maudet und Picard umringten Richeford. Sie waren kurz davor, ihn zu verprügeln. Verprügeln? Aufknüpfen müsste man diesen Kerl, der bis auf die verfaulten Stummelzähne rot angelaufen war. Wusste er bereits, dass ihm ein unverzeihlicher Fehler unterlaufen war? Konnte er die Katastrophe, in die er die Medusa mit seinem selbstgerechten Gehabe manövriert hatte, auch nur annähernd abschätzen?

– Und?, schrie Picard. Wer versteht jetzt etwas von seinem Geschäft. Ich habe es von Anfang an gewusst. Von Anfang an.

– Es ist nichts passiert, beruhigte Richeford mit heiserer Stimme. Nichts! Gleich sind wir wieder frei. Eine kleine Unpässlichkeit … Sein Blick war der eines Verurteilten vor seinem

Henker, wenn er glühenden Zangen, Rädern und dem Richt-
schwert entgegenschaut. Ihm war, als stürze sein ganzes Lügen-
gebäude in sich zusammen. Er, Antoine Richeford, hatte sich
sein Leben lang mit Gaunereien durchgeschlagen. Mal hatte er
sich als Marquis ausgegeben, mal als römischer Nuntius oder
als vertriebener griechischer Prinz, zur Zeit der Revolution war
er Jakobiner. Er hatte als fahrender Händler Wundermedizin
verkauft, Schlamm aus dem Schwarzen Meer, ein Allheilmit-
tel, als Reliquienhändler Kreuzsplitter oder die Tränen Marias,
die besonders bei Potenzproblemen helfen sollten. Den Jakobi-
nern hatte er Pläne für Waffen eingeredet, die es gar nicht gab,
den nach England geflohenen Aristokraten hatte er die Rück-
erstattung ihrer Besitztümer versprochen, den Kirchenleuten
ihre Klöster. Es war ihm gelungen, einer chiliastischen Sekte,
die fest mit dem Weltuntergang rechnete, eine Insel in Dal-
matien anzudrehen, und einem Grafen ein Land in Südame-
rika, in dem angeblich Diamanten auf den Bäumen wuchsen.
All diesen leichtgläubigen Idioten war er Unsummen schuldig.
Ständig hatte er sie hingehalten, mehr Geld gefordert, um ver-
meintliche Mittelsmänner bezahlen und Verwalter bestechen
zu können. Dass er sich nach Afrika absetzen wollte, wussten seine Gläubiger nicht. Warum er aber seinen angeblichen
Jugendfreund, den Kapitän, bezirzt hatte, sich für ihn bei der
Marine einzusetzen, wusste nur er. Außerdem die Frauen!
Affären! Kinder! Eheversprechen! Er war ein echter Lebens-
künstler, ein unsteter, doch erfolgreicher Betrüger, immer auf
der Flucht. Und jetzt drohte sein Untergang, weil er übermü-
tig geworden war. Aber, und das überraschte ihn selbst, er hatte
keine Angst. *Wenn mich Gott jetzt zu sich holt, ist es in Ordnung. Vielleicht komme ich an einen schönen Ort oder gar ins
Paradies? Natürlich ist es schade, wollte ich doch noch den einen*

oder anderen unvergesslichen Moment erleben, aber wenn es meine Bestimmung ist, jetzt abzutreten … Selbst in diesem Moment dachte er nur an sich.

– Eine kleine Unpässlichkeit? Wir sitzen fest, Sie Narr. Auf Grund gelaufen! Picard hüpfte auf und ab, als ob er seine Feststellung beweisen wollte. Noch nie hatte man diesen beherrschten Mann so aufgebracht gesehen. Er hatte gute Lust, diesem Richeford eine reinzuwürgen, ihm eine volle Windel von Gustavus aufzusetzen, ihm das zu einem Brennstrahl gebündelte Iiiii Tausender Charliiies ins Ohr zu rammen.

– Wir haben Sie gewarnt, brüllte Reynaud. Aber Sie? Sie geistig Unterstandsloser wollten nicht hören. Ein Hirn wie ein hohler Kohlrabi! Noch dazu sind wir im denkbar ungünstigsten Augenblick havariert, bei Hochwasser einer Springflut. Kommt Ebbe, sitzen wir komplett im Sand. Verstehen Sie das überhaupt? Bald kippt das Schiff, und dann gnade uns Gott. Der Kopf des Ersten Offiziers war purpurrot. Er war völlig außer sich.

– Sind wir leeseitig dicht? Überprüft die Stückpforten! Wenn auch noch Wasser eindringt, sind wir verloren.

– Nur keine Panik, es ist alles nicht so schlimm. Richeford, der nun aussah wie eine Bratwurst am Grill, kurz vorm Platzen, rang um Fassung. *Niemand weiß um mein Vorleben. Nur ein kleiner Unfall. Alles halb so wild.* Er ging herum, als ob er einen Ausweg suchte, drehte dabei seinen Kopf zur Seite. Es gab keinen Grund, das alles komisch zu finden, aber genau das war der Auslöser. Die aufgescheuchten Menschen, die Todesangst in den Gesichtern, die Verzweiflung, der zornige kleine Offizier, der immer noch hüpfende Picard. Das alles war zum Brüllen komisch. Plötzlich blieb er stehen und schrie:

– Wir müssen Segel abschlagen, die Bramstengen und die

Toppmasten herunterholen. Er hatte Mühe, sich das Lachen zu verkneifen. Sehen Sie, wie sich die Masten biegen. Wenn Sie eine Ahnung hätten, wüssten Sie …

– Sind Sie verrückt? Der Erste rang um Atem. Wir müssen erst einmal die Lage beurteilen, sehen, dass sich alles beruhigt.

– Segel abschlagen. Bramstengen und Toppmasten herunterholen, wiederholte Richeford. Und räumt die Wäsche weg!

– Zur Seite, weg da, macht Platz, riefen Matrosen. Schon fielen Segel auf das Deck, das bald aussah wie ein orientalischer Tuchbasar. Reynaud griff sich an den Kopf. *Die sind verrückt, zerlegen gleich das ganze Schiff.* Der Erste schüttelte ungläubig den Kopf. *Sie folgen dieser Bratwurst? Verrückt! Wo ist die Gouverneurstochter? Sieht sie mich an?* Was war mit Espiaux und Lapeyrère? Auch sie standen nur da und verzogen die Gesichter.

Die oberen Stengen und Rahen von sechs, acht Metern Länge und einem Durchmesser von dreißig Zentimetern wurden mit Seilen vertaut und mittels Taljen langsam heruntergelassen. Faszinierend, wie die auf den Masten hängenden Seeleute diese schweren Pflöcke aus ihrer Verankerung, den sogenannten Eselshäuptern, lösten und abseilten. Kaum waren die obersten Stengen und Rahen an Deck, sah man, dass es sich nicht um bloße Pfähle handelte, sondern um komplizierte mehrlagige Konstruktionen, die von Metallringen zusammengehalten wurden. Bald ragten nur noch verstümmelte, halbbekleidete Masten aus dem Schiff.

– Was ist los? Wieso geht es nicht weiter? Warum sieht es hier so aus? Wird etwas repariert? Wir müssen nach Saint-Louis. Das kam von Gouverneur Schmaltz, der eben das Deck betreten hatte und die ganze Schiffsführung versammelt vorfand. Schweigend und unbewegt wie bei einer Trauerfeier standen da beim Steuerrad der Kapitän, seine Offiziere und dieser Richeford, der, als er Schmaltz entdeckte, lauthals losprustete.

– Entschuldigung. Aber es … ist alles … so furchtbar komisch. Er zeigte auf den Gouverneur und krümmte sich vor Lachen.

– Idiot!

Schmaltz wusste nicht, was an ihm lustig war. Er wunderte sich über das Durcheinander aus Segeltuch, Schnüren und Stangen. Was war los? Wieder so eine Art Äquatortaufe? Irgendein Ritual, das er nicht kannte? Wann ging es weiter? Eine Pause war nicht vorgesehen.

Da kam Maiwetter angerannt. *Hochwürden!* Auch sein Anblick löste in Richeford ein Prusten aus, das er diesmal aber als Niesen tarnen konnte.

– Die Argus und die Echo werden kommen, schrie der Missionar. Sie müssen kommen und uns helfen. Wir sind tapfer, aber ohne Hilfe … Gott wird uns die Argus schicken …

– Was? Wieso? Der Gouverneur verstand nun überhaupt nichts mehr.

Der Kapitän war sprachlos und nicht fähig, irgendeinen Befehl zu geben. Er war wie aus sich herausgetreten, ahnte, wie es sein würde, wenn er nicht mehr war und die Welt dennoch schamlos weiterexistierte. Er ahnte den Tod, das, was eine Seele fühlte, wenn sie aus dem toten Körper stieg. Als er aber Schmaltz sah, diese buschigen Brauen, die das ganze Gouverneursgesicht, nein, das ganze Schiff zuzuwuchern schienen, dazu die Orden, *wieso hat der seine Blechsterne angelegt?*, rieb er sich heftig seine Nase und schrie:

– Sie! Sie sind an allem schuld. Nur weil Sie so gedrängt haben, wollten wir den schnellsten Weg finden. Nur wegen Ihrer gottverdammten Ungeduld haben wir die Argus und die Echo verloren. Nur damit Ihr Arsch zwei Tage früher auf dem weichen Gouverneursstuhl sitzt. *Hugo! So kennen wir dich gar nicht?*

– Sie! Schmaltz rang um Luft. Ich werde das dem Ministerium melden.

– Wir´ sitzen fest, aber das Schiff ist nicht beschädigt, also geht diese Sache das Ministerium nichts an. Aber bitte, wenn Sie glauben, melden Sie. Nur zu. Schreiben Sie eine Depesche, schicken Sie einen Kurier!

Richeford hielt sich die Hand vor den Mund und gab glucksende Geräusche von sich.

– Aber sie werden uns doch finden, wiederholte der Missionar. Sie müssen uns finden. Man hat sich zwar schwer versündigt, er strich über sein geschorenes Haupt und dachte an den ambrosischen Geruch der Marie-Zaïde, aber ich habe verziehen.

– Beten Sie! Sie Unglücksengel. Pfarrer an Bord bringen Unglück. Und Sie? Chaumareys' Stimme war aggressiv wie überhaupt noch nie. Jetzt fragen Sie, was los ist? Was soll los sein? Wir sitzen fest, das ist los. Verdammung! Alea iacta est. Wir sehen uns einer banalen Wirklichkeit gegenüber, die die ganze Seefahrt betrifft, nämlich der, dass ein Schiff untergehen kann. Und du, nun zu Richeford gewandt, lach nicht so vertrottelt. Was ist los mit dir? Hast du Spaß an dem, was grad passiert?

– Entschuldigung. Ich kann nichts dafür. Toni hatte einen roten Kopf. *Aufgeplatzte Bratwurst!*

– Wir werden sinken? Nein? Mein Gott. Der Missionar bekreuzigte sich. Wir sind verloren. Gütiger Gott im Himmel … Barmherziger …

– Tatsächlich? Die Lippen des Gouverneurs waren verkniffen, seine Augenbrauen wirkten noch buschiger als sonst.

– Meine Karriere ist auf Grund gelaufen. Alles aus. Meine glänzenden Aussichten. Ich … Der Kapitän, eben noch voller Zorn, war nun kurz davor, einen Heulkrampf zu bekommen. Alles aus. Vorbei. *Siehst du jetzt, Onkel Louis, dass ich ungeeignet bin? Ach, wäre ich doch nur im Bett geblieben.* Ihm war, als stünde er vor dem Nichts. *Alles verloren!* Natürlich hatte er von solchen Gefühlen schon gehört, aber er hatte sie noch nie empfunden. Selbst während der Revolution, als er sein Gut aufgeben musste, war er nicht so verzweifelt gewesen wie jetzt. Damals war er jung gewesen, und jeder kannte seinen Onkel. Nun stand ihm Wasser in den Augen, und er hatte große Lust, sich auf den Boden zu werfen und hemmungslos zu weinen. Am liebsten hätte er nach seiner Mutter gerufen, aber er beherrschte sich.

– Vielleicht sollten wir uns erst einmal alle beruhigen. Das kam aus Lapeyrère, dem Schweiger. Alle waren erstaunt, dass dieser Dritte Offizier überhaupt sprechen konnte.

– Beruhigen?

– Zehnmal langsam aus- und einatmen, das ist meine Meinung.

– Blödsinn! Wir müssen das Schiff wieder flottkriegen, schrie Reynaud. Warpen!

– Genau! Warpen, gluckste Richeford. *Was bedeutet das?*

Der Erste befahl, den Galgen auszuschwingen, die Schaluppe ins Wasser zu lassen und einen Anker zu fieren, aber auf dem Schiff herrschte Chaos. Zwischen den herumliegenden Segeln und Pfosten standen Soldaten und Passagiere, die alle wissen wollten, was eigentlich los war.

– Der Franzose zeigt in solchen Augenblicken seine wahre Größe, rief ein kleiner gutgenährter Oberfeldwebel namens Charlot. Seine Einzigartigkeit! Seinen Heldenmut! Wir werden

keine gepflegten Gärten haben, keinen auf Millimeter gestutz-
ten Rasen, aber wir haben unseren Charakter! Franzosen!

– Was hat der geschrei? Das kam von der kleinen Laura.

Überall Seile, Taue, Rahen, Stengen, Trossen. Überall Segeltuch. Die meisten Menschen waren weiß wie Spargel und hatten Todesangst, andere verfielen in Agonie, wieder andere
versuchten zu beruhigen, aber alle warteten auf Führung, auf
Befehle, auf einen, der sagte, was zu tun war. Alle? Nein, nicht
die Schwarzen, die tanzten, kreischten, wickelten sich Segeltuch um die Lenden und bauten kleine Zelte. *Wenn die Sache
ausgestanden ist, werden sie dafür ausgepeitscht.* Die Seeleute,
einige von ihnen hatten so etwas bereits erlebt, waren im Gedränge eingeklemmt, boxten sich durch.

– Schickt die Passagiere und Soldaten unter Deck! Die stehen nur im Weg. Endlich war die Persenning herunten, konnte
man das kleine Boot zu Wasser lassen.

– Sinken wir? Wie provinziell! Wie vulgär! Das war Reine
Schmaltz, die Wachtel. Was wird aus meinen Kleidern? Sie
machte ein beleidigtes Gesicht, und in ihrer Stimme lag ein
Hauch von Hysterie. Sechsundzwanzig Reisekleider, vierundzwanzig mit Gold- und Silberfäden durchwirkte Tüllkleider,
achtzehn Seidenkleider, zwei Samtroben, sieben Wollkleider,
dazu vierundzwanzig Hauben, acht Perücken und zwölf Hüte!
Nicht zu reden von den Halstüchern, den seidenen Unter-
röcken und den Schuhen. Vierzehn Paar hohe Schnürschuhe,
zwanzig Paar Lederschuhe mit Absätzen, davon zwei aus
Schlangenleder, siebzehn Paar Stiefel, fünf Holzpantinen, Gamaschen …

– Nein, mein Täubchen! Wir sinken natürlich nicht. Aber
wir werden zu spät in Saint-Louis eintreffen. Das kam von ihrem Mann, der wie ein verfolgtes, waidwundes Tier herumlief,

es einfach nicht fassen konnte, was geschehen war. Gestrandet! Auf Grund gelaufen! Ausgelacht! Beleidigt! Vor allem aber die Verzögerung! Und er war schuld, da hatte der Kapitän völlig recht, aber nicht wegen der Ermahnungen zur Eile, sondern weil er seiner Frau den Tod gewünscht hatte. Das hatte ihm Gott (oder wer immer dafür zuständig war) nicht verziehen.

Passagiere und Soldaten wurden an die Pumpen beordert, um das eingedrungene Wasser aus dem Schiffsbauch abzulenzen. Wie große einarmige Pfeffermühlen sahen diese Dinger aus, mit Löwenfratzen an den Griffen. Das verzweifelte Auf und Ab der Arme erinnerte an Selbstbefriedigung. Unablässig quietschten die Kolben, kam Wasser aus den Schnäbeln, das in Eimern aufgefangen wurde, um zurück ins Meer gegossen zu werden.

– Wir brauchen mehr Pützen! Mehr Pützen!

Die reinste Sisyphusarbeit. *Selbstbefriedigung, ich sag's ja.* Was man oben über Bord leerte, drang unten wieder ein, aber die Passagiere und Soldaten waren froh, etwas tun zu können, etwas, das sie davon abhielt nachzudenken. Sie rissen sich die Kübel und Pumpengriffe aus der Hand, brüllten und stöhnten. Nur Kummer stand daneben und machte sich Notizen.

– Ich dreh durch, sagte Corréard mit gelangweilter Stimme. Er betrachtete die Szenerie verständnislos und auch ein wenig verächtlich.

– Haben Sie denn keine Angst?, fragte Maiwetter, der neben ihm stand und leise betete.

– Angst? Wovor? Sie vielleicht? Verkünden Sie nicht ständig, Hochwürden, nach dem Tod erwartet uns das Paradies? Corréard lächelte zynisch.

– Nach dem Jüngsten Gericht, sagte der Missionar. Aber wer weiß, was bis dahin passiert? Zwischen dem Tod und dem

Jüngsten Tag liegt eine halbe Ewigkeit, und vielleicht heißt es da tatsächlich ausharren im Reich von diesem Davy Jones, von dem die Matrosen alle reden.

– Sie meinen diesen Gentleman mit Krabbenscheren und Saugnäpfen im Gesicht? Diese aus Millionen Blutegeln bestehende Kreatur? Es heißt, seine Haare sind Muränen, er hat einen Haifischmund mit tausend spitzen Zähnen und hinten einen langen Rattenschwanz. Glauben Sie an den?

– Natürlich nicht. Aber … wenn die Argus oder die Echo kämen, wär mir leichter.

Viktor hatte Clutterbucket und sein Messer einfach stehengelassen, war in die Kabine gelaufen, um Savigny zu berichten, was passiert war. »Das Schiff … auf Grund gelaufen. Der Kapitän hat den Gouverneur angeschrien. Leute stehen an den Pumpen. Und alle reden jetzt von Davy Jones …« Der Schiffsarzt ließ sich davon nicht aus der Ruhe bringen, ja, er hielt es nicht einmal für nötig, seine Lektüre zu unterbrechen. Er saß seelenruhig an jenem Tisch, an dem vor ein paar Tagen die Kimmelblatt-Fontäne hochgegangen war, und las.

– Wollen Sie denn gar nicht nachsehen?

– Wozu? Die Matrosen bekommen das schon wieder flott. Wahrscheinlich werfen sie Anker und ziehen uns damit raus.

– Und wenn wir ein Leck haben?

– Ein Leck? Ach, machte Savigny eine beschwichtigende Geste, dann binden sie eine Persenning um den Rumpf … das machen die. Oder sie flicken es … Du musst dir jedenfalls keine Sorgen machen. Die Küste ist nah. Uns kann nichts passieren.

Keine Sorgen machen? Viktor fiel der Traum ein, den er in der ersten Nacht an Bord gehabt hatte. Da war er von einem nur aus Würmern und Maden bestehenden Monster verfolgt worden. Zuerst hatte er geglaubt, es sei ein toter Seemann mit riesigen Geschwülsten, faulen Zähnen und Piratenhut, als es ihm aber nahe kam, sah er, in dieser Schreckensfratze herrschte ein grausiges Gewurle und Gekrabbel. Maden! Der Atem stank nach Verfaultem, und auch wenn dieses Ungeheuer nichts gesagt hatte, wusste Viktor jetzt, dieses Wurm- und Madenmonster war nicht etwa Kukuruz-Kombüschenschreck-Maiskolben, sondern Davy Jones, der am Grund des Meeres hauste und sie alle holen würde.

Keine Sorgen machen? Gaines hätte ihn fast über Bord geworfen, als gespreizter Adler wäre er beinahe krepiert, und eben erst das Messerattentat von Ham-mir-uns-Clutterbucket, da sollte er sich keine Sorgen machen? Er war als verträumter Phantast auf dieses Schiff gekommen, als einer, der auf ein Abenteuer gehofft hatte, doch die raue Wirklichkeit hatte ihm alle Romantik und allen Heldenmut ausgetrieben. Da sollte er sich keine Sorgen machen?

Inzwischen hatte das Schiff eine leichte Schräglage bekommen, was das Gehen nicht gerade erleichterte. Immer wieder rutschte jemand aus, ruderte mit den Armen, fing sich wieder oder fiel.

Wie Savigny gesagt hatte, wollte man das Schiff jetzt warpen, also am Anker herausziehen. Matrosen versuchten den großen geschmiedeten Eisenprügel in die vor dem Bug herumlavierende Schaluppe zu senken – bei dem heftiger gewordenen Wellengang kein leichtes Unterfangen. Ständig wurde das kleine Boot ein paar Meter versetzt. Hatte sich denn alles gegen sie verschworen? Espiaux, der die Schaluppe befehligte, musste gegen die Strömung kämpfen. »Pullt, Männer! Pullt! Weiter Steuerbord. Steuerbord!« Endlich kamen sie dem Anker so nahe, dass sich ein Matrose daran klammern und die

Schaluppe hinziehen konnte. Es war ein seltsames Bild, das der Seemann da zwischen Anker und Beiboot abgab. In einem Zeichentrickfilm à la Walt Disney würde es ihn OINK jetzt dehnen wie ein Gummiband, dann würde es ihn eindrehen, RARARA bis die Schaluppe davongezogen, er zurückgeschleudert wurde und DOING am Anker klebte wie ein zusammengestauchtes Akkordeon. HUHUHUH. So schlimm war es aber nicht.

– Wir haben ihn! Fieren! Doch kaum war der tonnenschwere Anker in dem kleinen Boot, senkte sich die Nussschale so sehr, dass Wasser übers Dollbord lief. Die Planken knirschten, und Espiaux sah entsetzt, wie es das Rettungsboot nach unten drückte.

– Stopp! Sofort aufhören! Wieder hoch. Hat keinen Sinn, zu schwer, rief man den Leuten an den Spillspaken zu. Hievt ihn wieder rauf.

– Was machen wir denn nun?

– Wir sind verloren. Der Kapitän sah ins Meer, wo eine kleine Brise Wellen vor sich hertrieb. Verloren, schrie es in seinem Kopf. Verloren. Wir sitzen hier fest wie ein Schröpfglas auf der Haut, können nur warten, bis …

– Ein zweites Boot, dann wird es funktionieren. Toni machte einen hilflosen Eindruck. Das war nicht mehr der starke, lebenslustige Richeford, wie man ihn kannte. Auch nicht der, der grundlos lachte. Er ließ die Arme kraftlos baumeln, seine Augen schienen verändert, wie von innen beschlagen, und die braunen Zahnstummel hinter den Rotweinlippen wirkten trostlos – Ruinen eines Lebens.

– Zwei Boote würden kentern. Wir müssen, so wie man das gewöhnlich macht, Fässer verwenden, sagte Reynaud herablassend. Er hatte so etwas bereits erlebt, und damals war es gutgegangen. Aber verdiente dieser Kapitän die Hilfe? Nein. Und sein aufgeplusterter Freund? *Nichtsnutzige Adelige, die nach Napoleons Vertreibung mit weißen Kokarden dem gichtkranken König zugejubelt haben! Ihre Ansprüche gründeten darauf, dass sie während der Revolutionszeit alles getan hatten, um das alte Regime wieder einzuführen. Oder sie beriefen sich darauf, eben nichts getan zu haben ...* Aber es ging nicht nur um diese Dolme, sondern auch um die Passagiere, vor allem aber ging es um Arétée. Das Mädchen lehnte an der Balustrade und, er spürte es, beobachtete ihn unablässig. Was sie wohl dachte? Ob sie Angst hatte? Wenn er sie ansah, huschte ein Lächeln über ihr Gesicht. Kurz hatte sogar ihre Hand gezuckt, wahrscheinlich um ihm zuzuwinken, aber dann hatte sie es sich anders überlegt, die Hand versteckt.

– Was geschieht da?, fragte ein besorgter Kummer. Wieder so eine Art Äquatortaufe? Oder bauen die ein Trojanisches Pferd? Tatsächlich hatte man begonnen, durch die geöffnete Ladeluke große leere Fässer an Deck zu hieven.

– Ich fürchte, diesmal ist es ernst. Sie versuchen den Anker ins tiefere Wasser zu schleppen, um uns dann von der Sandbank wegzuziehen. Warpen nennt man das.

– Mit Fässern?

– Die Rettungsboote tragen den Anker nicht.

– Na, das kann unterhaltsam werden.

Nun wurden die Fässer in die See geworfen, von denen ein paar gleich abtrieben. *He!* Hosea Thomas, der in der Schaluppe saß, sprang ins Wasser und griff nach zweien, die vom nun noch stärker gewordenen Wellengang auf und ab gehoben wurden. Andere folgten seinem Beispiel.

– William Shakespeare! Weg! Der Papagei setzte sich zuerst auf Thomas' geteerten Hut, dann auf ein Fass. Hosea kämpfte mit den Elementen, schluckte Wasser, doch er schaffte es, die

Fässer zur Schaluppe zu bugsieren. Andere trieben weg, obwohl ihnen vom Deck aus Kommandos zugerufen wurden.

– Schnüre! Taue! Werft Taue runter.

Es gelang, die Fässer zu verbinden. Wobei es viel Geschick erforderte, schwimmend und vom Boot aus das Seil um die sich ständig drehenden Tonnen zu wickeln und so zu verknoten, dass sie nicht wieder herausrutschten. *Warum haben sie die Fässer nicht an Bord verknüpft? Idioten!* Hosea und zwei weitere Matrosen kämpften im Wasser, angefeuert von den Passagieren, eine Stunde lang, bis sie sechs Fässer zu einem kleinen Floß verzurrt hatten. Auf der Medusa wurde applaudiert, und William Shakespeare, auf dem Dollbord der Schaluppe sitzend, krächzte:

– Gottverdammte Scheiße. Aufgeien.

Inzwischen, *viermal geglast*, war es 18 Uhr. Noch eine gute Stunde bis zum Sonnenuntergang.

– Jetzt können wir's riskieren. Lasst den Anker runter, befahl Espiaux. *Die Zeit ist viel zu knapp, doch müssen wir es wagen.*

Der Wellengang war stärker geworden, aber es gelang tatsächlich, die schaukelnde Fasskonstruktion unter den Anker zu bekommen. Immer wenn das Vehikel gegen die Bordwand stieß, gab es einen dumpfen hohlen Ton. Der Anker wurde gefiert und lag nun auf dem kleinen Floß aus Fässern, das sich sofort so tief senkte, dass von den Tonnen nur noch die oberen Rundungen zu sehen waren. Von Bord aus konnte man meinen, der Anker schwämme ganz von selbst. Die durchnässten Männer in der Schaluppe legten sich in die Riemen und kamen trotzdem nur mühsam vorwärts. Das Floß samt Anker hing daran wie ein schwerer Hemmschuh.

– Pullt! Pullt!, schrie Espiaux.

– Pullt, schrie der Papagei.

Sie ruderten mit aller Kraft und schafften es tatsächlich, vierzig, fünfzig Meter Abstand von der Medusa zu gewinnen. Nach einer knappen Stunde waren sie mit ihrer Kraft am Ende, hatten aber den Anker siebzig Meter weit gezogen. Der Wellengang war nun so stark, dass es unmöglich schien, den tonnenschweren Anker zu versenken. Wie sollte man die Fässer unter ihm entfernen? Boot und Floß wurden gehoben und gesenkt. Obwohl sie ruderten, schienen sie kaum vom Fleck zu kommen. Vom Schiff aus sah man kleine dunkle Silhouetten, die auftauchten und hinter Wellenkämmen bald wieder versanken. Chaumareys blickte gespannt hinaus. Gab es Hoffnung?

– Schnell, ein Messer, schrie Espiaux in der Schaluppe, sonst treiben wir zurück. Ein Matrose sprang ins Wasser, schwamm, nein, hantelte sich zur Faßkonstruktion, hielt sich daran fest und schnitt die Verzurrung auf. Nichts rührte sich.

– Schneller! Mach!

Aber wo? Überall Seile, drei Finger dick. Erst nach dem sechsten Schnitt sprangen die ins Wasser gedrückten Fässer an die Oberfläche, mit einer derartigen Wucht, dass sie dem Matrosen, der eben noch gelächelt hatte, mit einem schweren Uppercut den Kiefer zertrümmerten. Der Anker stand einen Augenblick auf dem Wasser, so als wollte er die Auswirkung des Kinnhakens sehen, dann besann er sich der Schwerkraft und versank.

– Jetzt betet, dass er greift.

Während sich die finsteren und stummen Matrosen um den schrecklich aussehenden Kieferbruch kümmerten, der Junge spuckte Blut und Zähne, schimpfte aber gleichzeitig auf den unfähigen Kapitän, zog eine dunkle Wolkenfront auf. Die Schaluppe ließ sich zurück zum Schiff treiben, wo Reynaud den Männern am Ankerspill den Befehl zum Dichtholen gab. Das

Spill war ein mit Eisenringen beschlagener hölzerner Zylinder, die Spillspaken waren fast zwei Meter lang, und weil sie es so gewohnt waren, sangen die kurbelnden Matrosen:

– Als ich an einem Sommertag am Waldesrand im Grabe lag, da sah ich von fern ein Mädchen stehen, sie war so jung und wunderschön.

Es dämmerte, und die Ankertrosse am Bug des Schiffes spannte sich. Man hörte, wie die Männer an der Winde angefeuert wurden. Holt an, Leute. Hauruck!

Alle hofften, das Schiff könne sich bewegen, langsam vorwärts gleiten, sich befreien. *Mach schon! Bitte! Herr im Himmel, hilf uns!* Alle blickten gespannt zur Ankertrosse, die bald straff gespannt war. Dort, wo sie oberhalb des Wassers war, pressten sich Tropfen heraus – wie aus einem Handtuch, wenn es ausgewrungen wird. Ein Knacksen war zu hören. Hoffentlich hält die Trosse der Belastung stand.

Der Kapitän wollte gar nicht hinsehen, aber wie eine Zunge, die immer wieder ein Loch im Zahn befühlt, tat er es doch. Er presste die Lippen aufeinander und versuchte einen klaren, positiven Gedanken zu fassen, aber sein Kopf war leer.

– Doch als das Mädchen mich erblickt, da-ha lief sie in den Wald zurück, sangen die Männer am Spill. *Zwanzig Matrosen, schwitzend, singend, in die Spillspaken gestemmt. Sollten die es schaffen, das tonnenschwere Schiff aus dem Sand zu ziehen? Kann man den Gesetzen der Mechanik trauen? Hebelwirkung? Gesetz der Massenträgheit? Newton'sche Axiome?*

Dann gab es einen Ruck, fiel die Spannung. Geschafft! Chaumareys machte einen Seufzer der Erleichterung. Maiwetter entkam ein »Halleluja«, und der zynische Corréard flüsterte leise »Bravo«. Sogar Reynaud ballte die Faust und machte ein Gesicht, das zeigte, welch toller Hecht er war.

Aber? … Nein, nicht das Schiff bewegte sich, sondern der Anker, der nun zurück an Bord gezogen wurde. Seine großen Fänge hatten nicht gegriffen. *Versager!* Alles aus! Umsonst! Flüche waren zu hören. Hoffnung schlug in Verzweiflung um. Chaumareys war wie erstarrt, und der Erste schüttelte enttäuscht den Kopf.

– Kein Massel, sagte Kimmelblatt, und Pampanini ergänzte:

– Porca miseria. Heiliger Antonio!

An Bord herrschte ein sagenhaftes Durcheinander. Alle hatten instinktiv mitgekriegt, dass etwas schiefgegangen war. Frauen und Kinder schrien. Soldaten traten wütend gegen das Schanzkleid, und Maiwetter betete – so unverschämt laut, dass es alle hören mussten. Nur der kleine rundliche Oberfeldwebel Charlot hatte den Mastgarten der Fock erklommen und sagte mit ernster Stimme voller Pathos:

– Die Franzosen, meine Herrschaften, die Franzosen sind tapfer, wenn sie dem Tod ins Auge sehen, die singen ihre Hymne und verzweifeln nicht. Nicht die Franzosen. Wir sind ein stolzes Volk. Ein großes Volk.

Ja, die Franzosen vielleicht. Aber was ist mit den Smörebrödfressern, Polaken, Itakern, Darkies, Schlitzaugen, Dutchies …?

Adelaïde Picard jammerte:

– Das haben wir notwendig gehabt. Alles wegen diesem Spinner, Baumwollpflanzungen?, Senegal! … Oh, wie ich ihn hasse … Warum müssen wir diese Reise machen? Noch dazu auf einem Unglücksschiff? Ach, wären wir doch auf der Argus geblieben … Sie schien ganz vergessen zu haben, dass sie es gewesen war, die den Schiffswechsel betrieben hatte. Jetzt knöpfte sie ihre Bluse auf, nahm Gustavus und dockte ihn sich an die Brust, wo das kleine Geschöpf sofort zu saugen anfing.

– Trinkt es gut?

– Ein Säufer, ganz der Vater.

Manche beteten, andere jammerten oder beschimpften Richeford und den Kapitän, der noch immer erstarrt und bleich wie ein Glas Milch beim Steuerruder stand. Wenigstens war das Schiff nicht gebrochen, und auch das eingedrungene Wasser schien sich in Grenzen zu halten. *Für wie lange? Sophie?* *Eine sich selbst erfüllende Prophezeiung, alles, was schiefgehen kann, geht schief.* Ein starker Wind peitschte durch die Luft, am Horizont leuchteten Blitze, und Reynaud hatte nur einen Wunsch, die Gouverneurstochter zu umarmen. Doch Arétée war nicht in seiner Nähe. Sie trug ein schlichtes weißes Kleid und stand neben ihrer Mutter, die aussah wie eine Figur aus einer italienischen Komödie: Puffärmel in der Größe von Unterhosen, überall kleine Bäusche, Spitzen und Wattierungen. Sie betrachtete die mit Soldaten schäkernden Lafitte-Schwestern, hob das Kinn und sagte:

– Provinziell … unmöglich. Dann drehte sie sich zu ihrer Tochter, musterte sie von oben bis unten und meinte völlig beiläufig:

– Hast du eine Neigung für ihn, die du glaubst, nicht unterdrücken zu können?

– Wie? Arétée errötete.

– Du hast kein Talent, dich zu verstellen, mein Kind. Die Liebe ist eine Krankheit, die die Zersetzung des Blutes zur Folge hat. Unheilbar! Die Gouverneurin sprach ziemlich blasiert, aber bestimmt.

– Ich … Arétée war schockgefroren. Woher …?

– Du glaubst, du bist verliebt. Aber ist dieser Offizier ein Mann von Stande? Reynaud? Klingt wie ein Kutscher.

– Mama! Bitte! Sie sprach dieses Mama so empört aus, dass sich die zweite Silbe in ein o hineinmodulierte, so dass es sich fast wie »Marmont« anhörte, Auguste-Frédéric-Louis Viesse de Marmont, Herzog von Ragusa, dem heutigen Dubrovnik, Marschall Napoleons und Verteidiger von Paris anno 1814.

– Besitzt er ein Stadthaus? Ein Landhaus? Personal? Dienstboten? Stallungen? Das ist alles unerlässlich, um das Leben einer Dame führen zu können.

– Ich … Arétée wäre am liebsten vor Scham versunken.

– Wenn die Liebe nachlässt, wirst du vielleicht merken, er ist hässlich, völlig dumm und unliebenswürdig … und wenn du dann keinen Reichtum hast, der dich tröstet … Du weißt, ich habe auf die Vorrechte der Geburt niemals großen Wert gelegt, aber … Reine Schmaltz machte ein lange Pause, bevor sie sagte:

– Du bist keine Kreolin, du hast es nicht notwendig, dich einer subalternen Person an den Hals zu werfen.

– Mama! Wieder klang es wie »Marmont« … Madame! Sie sprechen vom Ersten Offizier. Außerdem gibt es gerade andere Probleme.

– Pff! Reine Schmaltz rümpfte die Nase. Wenn du diesen albernen Schiffbruch meinst, so ist das lächerlich. Nicht interessanter als der Unterschied zwischen einer Berline, einem Landauer und einem Ochsenkarren.

Das Deck war wieder frei, man hatte die Segel eingerollt und die Rahen und Stengen verstaut.

– Wir müssen das Schiff so leicht wie möglich machen. Reynaud plusterte sich auf, *toller Hecht, Blick zu Arétée, keine Reaktion*, und sprach mit einer bedeutungsschwangeren Stimme. Am besten, wir rollen die achtundzwanzig Achtzehnpfünder über Bord. Die Kanonen sind jetzt sinnlos. Oder sollen wir den Sand beschießen?

Wäre dieser Vorschlag von jemand anderem gekommen,

etwa von Richeford, Chaumareys hätte freudig zugestimmt. Doch da er von Reynaud stammte, lehnte er brüsk ab.

– Des Königs Kanonen über Bord werfen? Das wäre Hochverrat! Niemals!

– Und wenn das Schiff untergeht? Ist es dann auch Hochverrat? Der Erste konnte es nicht fassen. Glauben Sie, der König kommt vorbei, und wir müssen Salut schießen?

– Meinetwegen, murmelte der Kapitän, wenn wir Gewicht verlieren müssen, werfen wir Mehlfässer ins Meer.

– Das kommt nicht in Frage. Mehlfässer? Schmaltz war erbost, dass das Schicksal nicht mehr Respekt vor seinen Orden zeigte. Aber Mehlfässer ins Meer werfen? Undenkbar!

– Was in der Kolonie am meisten benötigt wird, mein Herr, ist Mehl. Das können wir nicht über Bord werfen. Ausgeschlossen. Oder sollen wir vielleicht Rinde vom Affenbrotbaum essen? Und kommen Sie nicht auf die Idee, Luise oder die Kleiderkisten meiner Frau anzurühren.

Reynaud verdrehte die Augen und blickte zu Arétée, die mit den Achseln zuckte und verlegen lächelte. Auch ihre Mutter sah ihn an, allerdings abfällig, als ob er Aussatz hätte.

Inzwischen schlugen die schweren Wellen den Schiffsrumpf immer tiefer in den Sand. Erste Regentropfen fielen, und die meisten Passagiere und Soldaten flüchteten unter Deck, wo sie zusammengekauert saßen und angstvoll dem Ächzen und Knarzen der Bordwand lauschten. Um Panik zu verhindern, hatte man ein großes Weinfass angezapft.

– Das Schiff wird zerspringen, und wir werden ins Meer gespült, schrie der Kanonier Tourtade. Wir sind verloren. Davy reibt sich schon die Hände, der frisst uns ohne Senf … Da gab ihm ein Vorarbeiter namens Lavillette eine Ohrfeige und meinte, er solle nicht so blöd daherreden. Die kleinen Kinder

der Picards jammerten unentwegt. Nun kam kein »geriecht« oder »gesprecht«, kein »zwei plus drei ist fünf«, nur ein heller Klageton.

– Beruhigen Sie die Fratzen. Hier wird man ja wahnsinnig.

Da zupfte der kleine Alphonse Fleury am Rock Picards und sagte:

– Wenn ich in den Himmel komme, nehme ich mein Segelschiff mit. Und da ihn sein Onkel nicht beachtete, ergänzte er: Kann man vom Himmel etwas herunterschmeißen? Wenn du zuerst in den Himmel kommst, Onkel Charles, reservierst du uns dann eine Wolke, auf der auch für mein Segelschiff Platz ist?

– Schweig, fauchte Picard. Er konnte es nicht leiden, wenn jemand, und sei es nur ein Kind, vom Sterben redete.

– Warum? Was darf ich sagen? Dreimal neun ist Donnerstag?

– Sei still.

Manche waren kurz vor einem Nervenzusammenbruch, andere betranken sich.

– Wir sind hier völlig hilflos in einer kleinen Nussschale mitten auf dem Meer. Wir sind verloren.

– So schlimm wird es nicht werden.

– De Missionar hat gesnaket, de Argus o de Echo ken uns find. Das kam von dem Asiaten Tscha-Tscha, dem niemand zu widersprechen wagte. Seine dicken Lippen waren leicht geöffnet, und mit der Rübenstrunkfrisur, einer Glatze, die nur am Haupt ein Büschel langer krauser Haare stehen ließ, sah er furchterregend aus. Dazu Wülste im Nacken, ein sogenanntes Saugenick, und dicke Oberarme mit Bizepsmuskeln in Honigmelonengröße. *Die Argus oder die Echo werden uns finden?* Die meisten ahnten, die Korvette und die Brigg waren viel weiter westlich unterwegs, deren Kapitäne waren nicht so bescheuert, eine Begegnung mit der Sandbank zu riskieren.

– Haben Sie keine Angst? Wir sind gestrandet! Viktor stand in der Sanitätsabteilung und sah dem Doktor zu, wie er in einem Anatomiebuch blätterte und Schädelabbildungen studierte. Drei Öllampen standen auf dem Tisch, und trotzdem war es nicht besonders hell.

– Angst? Weshalb denn, brummte Savigny. Die Seeleute wissen, was zu tun ist. Eine völlig harmlose Reise. Ein kleiner Zwischenfall. Soll ich vielleicht ein Te Deum beten? Da ist es besser, ich kümmere mich um den Kieferbruch. Tatsächlich war der Matrose bereits verbunden und mit Rum und getrockneten Nelken ruhiggestellt. Morgen würde man weitersehen. Sofern es ein Morgen gab.

– Der Versuch, uns mit dem Anker freizuziehen, ist gescheitert.

– Na wenn schon, meinte Savigny völlig gleichgültig. Bestimmt kommt bald die Flut und wird uns heben.

– Hosea Thomas sagt, wir sind während der Flut gestrandet. Wenn die Ebbe kommt, werden wir noch tiefer versinken.

– Dann wird uns ein anderes Schiff retten, huschte ein Lächeln über Savignys Lippen. Mach dir keine Sorgen. Dein Hosea kann bald das Wort »Stoizismus« in sein Büchlein schreiben.

– Ich soll mir keine Sorgen machen? Wir sind hier mitten auf dem Meer … rundherum nur Wasser, schreckliches, unendliches, tiefes Wasser … Hosea Thomas meint, es gibt nicht genügend Rettungsboote. Viktor runzelte die Stirn, schüttelte den Kopf und blickte vielsagend zum Glas mit dem eingelegten Gehirn. Prust hat sich wahrscheinlich auch keine Sorgen gemacht.

Am Rande
des Zusammenbruchs

Die Dämmerung war beängstigend und großartig zugleich. Blitze erhellten den Himmel, und riesige Wolkentürme hingen in der Luft. Hatte sich das Schicksal ein letztes großes Schauspiel für die Stunde ihres Untergangs ausgedacht? Sollte die alles umschlingende Dunkelheit für immer sein? Da standen der Kapitän, die Offiziere, Richeford und Schmaltz, der überlegte, was das bedeutete. Gestrandet! Er fürchtete nicht um sein Leben, nicht um das seiner Familie, sondern um sein Gouverneursamt. Was würde man in Saint-Louis denken, wenn er so spät eintraf? Was würden die Bohnenköpfe sagen? Allein die Gedanken daran machten ihn derart nervös, dass sich seine Augenbrauen aufdrehten.

– Das ist unerträglich. Er zerrte an den Knöpfen seines blauen Fracks und war kurz davor, sie abzureißen.

– Heute können wir nichts mehr tun, sagte Reynaud. *Hoffentlich hat Arétée nicht die Ungeduld ihres Vaters geerbt.* Beten wir zu Gott, dass das Schiff in der Nacht nicht auseinanderbricht.

– Beten? Und wenn das nicht hilft? Werden wir dann …? Der Gouverneur wagte es nicht auszusprechen. Zum ersten Mal ahnte er eine fürchterliche Möglichkeit, er könnte sterben. Nicht irgendwann in vielen Jahren, nein, jetzt und hier.

– Morgen, Espiaux strich sich durch sein lockiges Haar …

– Morgen? Schmaltz sah ihn entsetzt an.

– Morgen wiederholen wir das Warpen. Hoffen wir, der Anker beißt.

– Hoffen? Ja, wir müssen hoffen … Nein, Schmaltz fing sich wieder und verkündete, immer noch mit seinen Knöpfen spielend: Ich bin Vertreter des Königs, seiner allerchristlichsten Majestät, ich muss nicht hoffen. Man hat dafür zu sorgen … Das verlange ich.

– Wenn am Meeresgrund nur Sand liegt, können wir für gar nichts sorgen. Da können Sie verlangen, was Sie wollen. Espiaux starrte durch ihn hindurch. Vor zwei, drei Stunden war er noch voller Entschlossenheit gewesen, aber der gescheiterte Versuch hatte ihn entmutigt, jetzt sah er durchweicht aus. Sein glattes Alain-Delon-Gesicht war wie verfallen. Was, wenn die Fänge des Ankers auch morgen wieder ins Leere griffen oder nur loses Gestein trafen? Was, wenn auch der zweite Versuch scheiterte?

– Das schmeckt nach Ungehorsam, verzog Schmaltz sein trauriges Gesicht. Ich verlange … Es ist mein Recht!

– Dann wenden Sie sich an den Anker, erklären Sie dem Meeresgrund Ihr Recht. Sie können ihnen ja mit Ihrer Guillotine drohen.

– Sie! Ein Wort noch, und ich fordere Genugtuung.

– Meine Herren, sagte Richeford beschwichtigend, danken wir Gott, dass es nicht schlimmer gekommen ist. Wir haben es gut erwischt, das Schiff ist heil geblieben, und abgesehen von einem zertrümmerten Kiefer und ein paar leeren Fässern sind keine Verluste zu beklagen. Unsere Aussichten stehen nicht schlecht … Alle sahen ihn verdutzt an. War der komplett wahnsinnig? Schmaltz seufzte, und Espiaux schüttelte den Kopf.

– Wir haben Glück gehabt, es ist uns … Richeford kramte nach Worten, als ihn der Erste unterbrach.

– Kusch! Sie halten jetzt Ihr Maul. Reynaud war gereizter, als er sich eingestehen wollte. Wem verdanken wir denn das Schlamassel. Er, der zwei Köpfe kleiner war, *aber ein toller Hecht*, stellte sich vor diesen Dilettanten und brüllte: Wer hat sich nicht vom Kurs abbringen lassen, obwohl wir ihn gewarnt haben? Der erfahrene Monsieur Richeford! Wer hat uns in diese fatale Lage gebracht? Sie, mein werter Herr! Wer hat behauptet, wir hätten Cap Blanc passiert? Ich?

– Tsstss, schüttelte Richeford den Kopf. Wer wird denn gleich so kleinlich sein. Ich schlage vor, wir essen etwas. Wir müssen etwas essen. Es wird uns beruhigen. Und dabei können wir alles besprechen. Am besten in der Kapitänsmesse.

– Essen? Wie können Sie an Essen denken? Reynaud war außer sich, er hatte eine heftige Wut und das Verlangen, diesen Richeford über Bord zu werfen. Wer trägt die Verantwortung für das Desaster?, schrie er. Der Kapitän soll die Führung des Schiffes abgeben. Er ist unfähig!

Unfähig? Dieses Wort bohrte sich in Chaumareys. Er wusste, es war die Wahrheit, aber von dieser Wahrheit wollte er nichts wissen. Ein Unglück, schlechte Seekarten, Pech, vielleicht ein Fluch, aber unfähig? Er? Ein Neffe des Generalleutnants? Schon andere Kapitäne waren auf Grund gelaufen. Waren die auch alle unfähig gewesen? Und es würden noch weitere Kapitäne kentern. Alle unfähig? Uns Heutigen fallen da zuerst die Titanic und die Costa Concordia ein, die vielen gesunkenen Fähren in der Ägäis und in Asien. Ständig geht ein Kahn zu Bruch. Hunderttausende sind schon ertrunken. Alle wegen der Unfähigkeit ihrer Kapitäne? Warum also sollte Chaumareys unfähiger sein als andere? Unfähig? Er musste diesen vorlauten Offizier in die Schranken weisen. Aber wie? Doch bevor er etwas sagen konnte, warf schon Richeford, der gute Toni, seinen Kopf zurück, sah Reynaud verächtlich an und sagte:

– Wenn Sie meutern, lasse ich Sie arretieren.

Oh, dieser gute Richeford. So etwas konnte nur jemand sagen, den man von Kindheit an kannte. Nein, der war kein Scharlatan. Gut, er hatte sich vielleicht unter Umständen im Kurs geirrt, er hatte eventuell gemeint, Cap Blanc passiert zu haben. Aber warum? Doch nur, weil er provoziert worden war. Provoziert und getäuscht. Schuld waren diese Offiziere, diese Besserwisser. *Liberale Aufwiegler! Diese Träumer, die die Menschheit aufwiegeln, gegen die Aristokratie hetzen und die Gesellschaft zerstören.*

Gouverneur Schmaltz riss einen Knopf ab, betrachtete ihn irritiert und warf ihn über Bord.

Wenig später saßen alle in der Kapitänskajüte: Chaumareys, Richeford, Schmaltz, die Offiziere Reynaud, Espiaux und Lapeyrère sowie einige Marineleutnants. Trotz des gelben Lichts erschienen manche bleich. Sie blickten in die bedrohliche, von Blitzen zerrissene Dunkelheit hinter dem großen Heckfenster und fühlten etwas Beängstigendes, etwas, das da draußen auf sie lauerte. Andere, nämlich Richeford und Reynaud, tranken Bordeaux und bedienten sich vom kalten Braten, den Gaines auf den schiefen Tisch gestellt hatte. In der Kombüse war die Arbeit weitergegangen, als wäre nichts geschehen. Der Maiskolben und sein Küchenjunge hatten einfach weitergemacht wie immer. Auch der Schiffszimmerer, der Kalfaterer und der Segelmacher klammerten sich an die Normalität der Arbeit. Solange sie etwas zu tun hatten, dachten sie, konnte ihnen nichts geschehen.

Für die Schiffsführung galt das freilich nicht. Da saßen sie also, sahen sich verlegen oder mit hasserfüllten Blicken an und schwiegen. Hätten nicht die Wellen unablässig gegen die Bordwand geschlagen, Chaumareys' Magenglucksen wäre das einzige Geräusch gewesen.

– Nun, meine Herren, durchbrach Schmaltz die Stille, was gedenken Sie zu tun? Wann erreichen wir Saint-Louis?

– Das Leck im Schiff ist nicht groß, noch werden die Leute an den Pumpen damit fertig. Nur, was ist, wenn es größer wird?

– Das Schiff hat Schlagseite. Was, wenn es kippt?

– Wie viele Leute bringen wir in den Rettungsbooten unter? Chaumareys hielt den Blicken von Reynaud und Espiaux nicht stand, seine Hände zitterten. Es fiel ihm schwer, sein Glas zu halten.

– Vielleicht zweihundert? Zweihunderfünfzig? Espiaux sah den Kapitän verächtlich an und zählte, wie man es mit einem Volksschulkind machte, die sechs Rettungsboote auf und rechnete. Kapitänsboot, Barkasse, Beiboot (die Schaluppe), Hafenboot, Jolle, Pinasse. Der Zweite kannte sogar ihre Namen – irgendjemand hatte sich den Spaß erlaubt, sie nach Orgelregistern zu benennen: *Amorosa, Bombarde, Cremona, Dolce, Euphonia* und *Fugara*.

– Wie weit sind wir von der Küste entfernt?

– Nach unseren Berechnungen zweihundert Meilen, da wir aber augenscheinlich auf der Arguin-Sandbank liegen, schätze ich die Küste in einer Entfernung von höchstens achtzig Meilen. Richeford war aufgestanden und hatte eine Seekarte auf den Tisch gelegt – da waren Cap Blanc, Teneriffa und die Kapverdischen Inseln eingezeichnet. Damit sich das Papier nicht wieder einrollte, stellte er Weingläser darauf, die Ränder hinterließen. Er hielt einen Zirkel wie ein Dirigent den Taktstock, fuchtelte damit herum und unterbrach sein Tun, das von allen abschätzig beobachtet wurde, mit einem gelegentlichen »Hier ist Gorée« oder »Da sind wir«.

– Wir könnten ein paar Männer nach Saint-Louis schicken, damit sie Hilfe holen. Reynaud roch an seinen Fingern, so als ob er prüfen wollte, ob sie stanken. Dabei hätte er sie am liebsten Richeford ins Gesicht geschlagen, in diese mit dicker Fleischschicht überzogene Rotweinsäufervisage, dessen Ego den Sonnenkönig hätte zusammenzucken lassen.

– Und wenn das Schiff inzwischen auseinanderbricht? Chaumareys war über seine hohe, fast quietschende Stimme erschrocken. Er bemühte sich, ein lateinisches Zitat anzuhängen, doch ihm fiel keines ein. Sein Kopf war immer noch wie ausgeräuchert, mit einem einzigen, nebeligen Gefühl durchströmt: Angst.

– Was passiert, wenn sie an einem falschen Ort an Land gehen? Toni lächelte. Vergessen Sie nicht, an der Küste wohnen Mauren, die alles versklaven, was ihnen in die Hände fällt. Im Landesinneren gibt es wilde Negervölker. Menschenfresser. Aber vielleicht will der Herr Reynaud ja auf dem Sklavenmarkt in Timbuktu oder in einem Kochtopf in Tichit landen?

Sklavenmarkt? Dieses Wort bohrte sich wie ein Messer in den Ersten Offizier. Für einen Augenblick sah er sich selbst mit einer schweren Kette um den Hals. Und Arétée? Vielleicht auch ihre Mutter? – Bei dem Gedanken huschte ein Lächeln über sein Gesicht. Wie die ihn angesehen hatte! Wie einen Aussätzigen.

– Wir werden morgen, räusperte sich Espiaux, wenn hoffentlich das Wetter besser ist, den Versuch mit dem Anker wiederholen.

– Haben wir genügend leere Fässer?

– Notfalls opfern wir Wasser und Wein.

– Der gute Bordeaux! Das wäre ein gottloses Verbrechen, versuchte Richeford einen Scherz. Doch niemand lachte.

– Und wenn der Anker wieder ins Leere greift? Chaumareys dachte an den ersten Versuch.

– Dann müssen wir es eben noch einmal versuchen. Und notfalls noch einmal.

– Oder das Schiff aufgeben. Reynaud konnte ein leichtes Grinsen nicht unterdrücken.

– Aufgeben? Der Kapitän spürte, wie seine Gedärme rebellierten. Das Schiff verlassen? Vielleicht, um tagelang in einem Boot an Land gerudert zu werden, ohne Lokus! Das ließe sich dann nicht mehr verheimlichen. Nicht nur das Marineministerium, ganz Frankreich würde ihn zerfleischen. Leute, deren wichtigste Sorgen ihrer Garderobe und der Inneneinrichtung galten, der Frage, ob Plissees und Schleifen gerade schick waren, Eierstabornamente zu goldenen Stoffpaneelen passten, würden sich über diesen unfähigen Kapitän das Maul zerreißen. *Ach wäre ich doch nur beim Zoll geblieben. Dieser aufgeplusterte Offizier ... was bildet der sich ein? Aufgeben? Mein Schiff?*

– Ich meine, sagte Gouverneur Schmaltz mit fester Stimme, wir sollten ein Floß bauen.

– Ein Floß? Alle sahen ihn an, als hätte er soeben die Ankunft Christi verkündet und erklärt, der Erlöser sitze bereits am Nebentisch und löffle eine Einbrennsuppe.

– Jawohl, ein Floß. Was sehen Sie mich so an? Die Masten müssen ohnehin gekappt werden. Stengen und Bretter sind genug da. Ein Floß, meine Herrschaften! Darauf können wir die Ladung stellen. Vielleicht wird das Schiff dann leichter, hebt sich, und wir kriegen es frei.

– Brillant, klatschte Richeford in die Hände. Oder wir ziehen darauf diejenigen, die nicht in die Rettungsboote passen, an Land. Das ist die Idee! Ein Floß!

Ein Floß? Warum ein Floß? Wir müssen doch das Schiff retten.

– Als große Gruppe müssten wir keine Angst vor Mauren haben. Und wir wären eher in Saint-Louis. Schmaltz blickte in die Runde, aber die Offiziere und Leutnants blieben skeptisch. Es ging ihnen gegen die Natur, das Schiff vorschnell aufzugeben.

– So ein Floß können wir nicht ziehen, sagte Espiaux. Schon der Anker war kaum zu bewegen.

– Wenn wir das Schiff tatsächlich aufgeben müssen, brummte Reynaud, bin ich dafür, die Menschen der Reihe nach an Land zu bringen. Ein Floß? Wir sind Franzosen! Ein Kulturvolk! Flöße sind etwas für Steinzeitmenschen!

– Oder für Dutchies.

– Und Sie wollen die Leute der Reihe nach an Land bringen? Richeford bekam große Augen und lächelte. Dann will ich bei der ersten Tranche sein. Glauben Sie im Ernst, die Rettungsboote schaffen es, die Medusa wiederzufinden? Oder wollen Sie Brotkrümel streuen wie Hänsel und Gretel?

– Nur Hänsel. Gretel hat nichts gestreut. Diese Feststellung stammte von Lapeyrère, dem Schweiger.

– Ich … Reynaud verschränkte die Arme und biss sich auf die Unterlippe. Ich … *Was Arétée wohl macht? Ob sie an Deck ist?*

– Wir sind hundert Meilen vor der Küste. Richeford markierte ihre Position mit einem Weinglas auf der Karte und fuhr mit kleinen Brotstücken darauf herum. Wenn die Boote beim Versuch zurückzukommen abgetrieben werden, können die Zurückgelassenen lange warten.

– Wir werden in Saint-Louis einen Suchtrupp zusammenstellen. Solange das Schiff nicht auseinanderbricht … Espiaux konnte nicht glauben, dass diese Dilettanten nun auch noch die Rettung leiten wollten. *Wer hat denn das Schiff in die Scheiße geritten? Ein Floß? Warum nicht gleich einen Heißluftballon?*

– Ich bleibe nicht zurück, tippte sich Richeford auf die Brust. Ich nicht.

– Mir gefällt die Idee mit dem Floß, murmelte Chaumareys, der die ganze Zeit schweigsam dagesessen war. Andererseits ... Er zitterte, die Gedärme glucksten, und sein Blick war starr. *Hilf mir, Onkel Louis. Was soll ich tun?*

– Wir müssen Listen für die Ausbootung erstellen, aber geheim, flüsterte Schmaltz. Wenn herauskommt, dass manche keinen Platz in einem der Rettungsboote haben, werden sie meutern.

– Gute Nacht, meine Herren. Reynaud erhob sich und ging in seine Koje. Sein Kopf war rot wie eine Kirsche, und man sah ihm an, ein falsches Wort, und er explodierte. Ein Floß? Er konnte es nicht fassen, mit welchen Schwachköpfen er es hier zu tun hatte. Anstatt Kanonen und Mehl ins Wasser zu werfen, um dann zu versuchen, das Schiff mit dem Anker aus dem Sand zu ziehen, dachten die daran, es aufzugeben. Ein Floß? Lächerlich! Auf so etwas konnten nur Landratten kommen. Ein Zöllner, ein Hochstapler und dieser Gouverneur. Aber am meisten ärgerte er sich über seine eigene Untätigkeit. Er hätte diesen Kapitän längst absetzen und selbst das Kommando übernehmen müssen. Noch wäre Zeit dazu. War es denn nicht schon zur Genüge bewiesen, dass dieser Chaumareys nicht in der Lage war, das Schiff zu führen? Die verunglückten Landemanöver bei Madeira und Teneriffa, der über Bord gegangene Schiffsjunge, die Sandbank. Aber Reynaud wusste, an Land würden sich die Dinge anders darstellen. An Land würde das, was jetzt eindeutig schien, kein Gewicht haben. Der Kapitän hatte einflussreiche Fürsprecher, und das, was nun eine Absetzung scheinbar rechtfertigte, galt vor einem Marinegericht nicht viel. Man würde ihn der Meuterei anklagen, für schuldig befinden und ihn dann um einen Kopf kürzer machen. Der apathische, scheinbar willenlose Kapitän wäre an Land wieder auf seinen Ruf bedacht, würde alles unternehmen, um sich reinzuwaschen. Die royalistisch gesinnten Gerichte würden den Offizieren politische Motive unterstellen, bald wäre von Verrat die Rede, von einer liberalen Gesinnung … Nein, das stand nicht dafür.

Espiaux, Lapeyrère und die Leutnants waren von diesem plötzlichen Aufbruch ihres Ersten Offiziers überrascht, taten es ihm aber, quasi einem Gehorsamsreflex folgend, gleich. Mit ihnen erhob sich auch der Gouverneur, sagte, er müsse seinen Sekretär informieren, und ging. Zurück blieben Richeford und der Kapitän.

– Ich bin am Ende, seufzte Chaumareys. Es ist aus. Er trank vom Wein, der viel zu warm war, und wischte sich die stehengebliebenen Tröpfchen von der Oberlippe. Aus! Alle seine Albträume waren wahr geworden. Gestrandet! Alles verloren! Sie würden versuchen müssen, in den Rettungsbooten an Land zu kommen. Und wenn sie dabei in einen Sturm gerieten? Wenn er aufs Klo musste? Wer würde ihn stauben? Und an der Küste warteten die Berber und die Menschenfresser. Entsetzlich. Erst jetzt begriff er die Tragweite dieser Katastrophe. Bislang hatte er wie ferngesteuert funktioniert, aber nun fühlte sich sein ganzer Körper komisch an. Angst stieg in ihm hoch, füllte alles aus und schnürte ihm die Kehle zu.

– Kopf hoch, alter Knabe. Toni schenkte sich Wein ein und war guter Stimmung. Haben wir später etwas zu erzählen.

– Später? Es gibt kein Später. Das Schiff ist verloren. Und wir mit ihm. Chaumareys war ein Abbild erstarrter Panik.

– Blödsinn. Richeford fuhr mit den Brotkrümeln über die Karte, lachte. Schau, das Schicksal hat uns eine kleine Aufregung beschert, mehr nicht. Morgen wiederholen wir die Aktion mit dem Anker, und du wirst sehen, morgen klappt es. Wir werden zwar ein paar Wein- und Wasserfässer opfern müssen, was eine Sünde ist …

– Und wenn es schiefgeht? Wenn der Anker wieder nicht greift?

– Dann müssen wir das Schiff aufgeben.

– Das Schiff aufgeben? Chaumareys sah seinen Freund mit traurigen Augen an. Alles an diesem Richeford verriet Lüsternheit und Dummheit, Vulgarität und Schamlosigleit. Diese Glatze und die Rotweinlippen, der lächerliche Kapitänshut! War das sein Freund? Sein Jugendkamerad, an den er sich nicht erinnern konnte? Er hatte sich um den Finger wickeln lassen, einem Scharlatan geglaubt. Und nicht einmal jetzt, da er allen Grund dazu hatte, sprang er ihm an die Gurgel.

Richeford ahnte, was Hugo dachte. Er trank sein Weinglas aus, nahm die Flasche, »nüchtern sterbe ich nicht«, und wünschte dem Kapitän eine gute Nacht. »Hupf lee ins Soufflee!« Der reagierte nicht, sah ihn nur mit einem großen und entsetzten Blick an, der an eine Katzenmutter erinnerte, der man soeben alle Jungen erschlagen hatte.

Die Wellen schlugen heftig gegen die Bordwand, es regnete stark, und trotzdem fiel Chaumareys vor Erschöpfung sofort in einen tiefen Schlaf. Seine letzten klaren Gedanken galten Emeraude, seiner Tochter, die bei ihrer Mutter lebte: Tut mir leid, mein Schatz. Ich habe mir das auch alles anders vorgestellt. Wahrscheinlich habe ich nicht nur als Kapitän versagt, sondern ebenso als Vater … Ich hätte mich mehr kümmern müssen … aber meine Frau war nach der Geburt nicht mehr die, mit der ich ein Kind haben wollte … Was ist Liebe anderes als Trauer? … Ich …

Im Zwischendeck machten währenddessen Gerüchte die Runde. Die einen sprachen von einer Verschwörung, davon, dass sie alle geopfert werden sollen. Andere behaupteten, das Schiff würde jeden Moment entzweibrechen. Wieder andere meinten, nur der Kapitän und seine Getreuen würden sich retten. Aber alle hatten Angst um ihre Habseligkeiten. Picard presste seine Tasche mit den Goldbarren an die Brust und fürchtete um seine Güter im Laderaum, seine Frau beschimpfte ihn und meinte, er denke überhaupt nicht an die Kinder, er wäre schuld am Schiffswechsel. Sobald er widersprach, keifte sie nur noch lauter. Die Soldaten durchwühlten ihre Tornister, um Geld und Papiere einzustecken, die Kinder kreischten, und der kleine Alphonse wollte wissen, ob man auch vor der Geburt im Himmel war, man also damit rechnen dürfe, nach dem Tod wieder dorthin zu kommen.

Am gelassensten von allen, Savigny einmal ausgenommen, war Reine Schmaltz. Sie war die Frau des Gouverneurs und sich sicher, dass ihr nichts geschehen konnte. Sie empfand es als unwürdig, sich mit dieser Angelegenheit auch nur zu beschäftigen.

Seeteufel

Am nächsten Morgen, es war der 3. Juli, waren alle froh, dass Mama Medusa heil geblieben war. Es regnete noch immer leicht, aber die Wolken waren heller und glichen einem Brief, den man über eine Kerze hielt.

An Deck herrschte schon bei Sonnenaufgang ein heilloses Durcheinander. Niemand dachte an Exerzieren oder Deckschrubben, an Strammstehen oder das »Gebetbuch«. Die Schiffszimmerleute waren unter Anleitung von Peristil »Pfirsichkinn« Rabarousse, heute kein Klabautermann, dabei, ein Floß zu zimmern. Der Plan stammte von Richeford, der genau skizziert hatte, wo welche Stenge und Rahe zu liegen hatte. Zuerst mussten die unteren Stengen und Rahen von den Masten herunter. Kaum zu begreifen, wie sie es schafften, diese tonnenschweren Pfosten zu bewegen. Matrosen kletterten leichtfüßig die Webleinen hinauf, schwangen sich über die Saling, kraxelten zu den Mastaufsätzen, schlugen mit Holzhämmern Stifte heraus, lösten Bändsel und Zeisinge, die Ketten um das Eselshaupt, ließen die riesigen Segel auf das Deck fallen, wo sie zusammengefaltet wurden. Alles das geschah wie von einer peniblen Choreografie geplant. Seile und Taue wurden eingewickelt. Außerdem begann man Taljen, Flaschenzüge, zu montieren. Mit einem ausgeklügelten System von Seilen, Winden und eben diesen Taljen, die über Masten und den Bugspriet liefen, gelang es, eine nach der anderen, die Spieren und Rahen aus der Verankerung zu ziehen und zu fieren. Man merkte kaum, wie anstrengend diese Arbeit war, die sorgfältig und schnell geschah. An Deck wurden die zwanzig Meter langen

Rahen erst von den geteerten Fußpferden befreit und dann mit Stengen und Brettern verbunden.

Espiaux, als er sah, wie eine Rahe zersägt wurde, war außer sich:

– Seid ihr wahnsinnig? Wieso wird das Schiff zerlegt? Wer hat das angeordnet?

Die Schiffszimmerer murrten nur.

Der Zweite lief den Niedergang hinab zur Kapitänskajüte und hörte Schnarchgeräusche. *Wie kann der jetzt noch schlafen? Wo ist Reynaud?* Er lief zurück an Deck, packte Rabarousse, das Pfirsichkinn, und schrie ihn an:

– Was macht ihr da? Seid ihr verrückt?

– Ein Floß, antwortete Peristil in aller Ruhe und knackte mit den Fingern.

– Jetzt? Wer hat das befohlen?

– Richeford!

– Richeford? Wer sonst!? *Die Bratwurst!* Espiaux stampfte auf. *Wer hat die Medusa in den Sand gesetzt? Und wer verhindert, sie wieder flottzukriegen? Richeford!* Und wenn das Warpen funktioniert? Dann muss alles wieder rückgängig gemacht werden. Dann müssen Sie …

– Habe ich auch gedacht, murmelte Peristil. Aber Richeford meint, durch das Floß wird das Schiff leichter, wir können Teile der Ladung darauf stellen. Und wenn das Warpen funktioniert, reichen Großsegel, Besan und Klüver, um uns nach Saint-Louis zu bringen.

– So? Meint er das, der Herr Richeford? Espiaux war fassungslos, dass dieser Wichtigtuer immer noch etwas zu bestellen hatte. Und was war mit dem Warpen? Die Frage des Tages sollte sein, ziehen wir uns am Anker raus, kommen wir frei?

Tatsächlich hatten Hosea Thomas und ein paar andere

längst Wein- und Wasserfässer ausgeleert, um sie zusammen-
zubinden – diesmal an Deck. Wieso hatten sie das nicht auch
gestern so gemacht? Es wurde also gleichzeitig an zwei Flö-
ßen gebaut, an einem großen für Teile der Ladung und an einem kleinen für das Warpen. Verrückt. Das war so, als ob einer
von Noahs Söhnen ein eigenes Schiff gebaut hätte, um mit der
Arche seines Vaters zu konkurrieren.

Den Passagieren war's egal. Sie hatten, einem niederen Instinkt folgend, damit begonnen, ihre Habseligkeiten an Deck
zu bringen. Überall wurden Bündel, Taschen und kleine Kisten
abgestellt. Tscha-Tscha, der Riese mit der Rübenstrunkfrisur,
machte sich daran zu schaffen. Er wühlte in Koffern und See-
säcken, zerrte Hemden und Hosen hervor und lachte. »Fuul
Dank fuar di Klok, fuul Dank fuar di Skuur.« Auf seinem
Rücken saß eine der Lafitte-Schwestern und kreischte:

– Gib die Uhr zurück! Lass die Schuhe los!

Andere klammerten an seinen Beinen und flehten, ihre
Habseligkeiten nicht anzurühren, doch der grunzende Asiate
mit dem friesischen Mundwerk schien völlig unbeeindruckt
und wühlte wie ein neugieriger Bär darin herum. »Hat wiar
net, dat ik di keen liirt hoo.« Pampanini, der kleine glupschäugige Genuese, war offenbar wahnsinnig geworden, er rief
Heilige an und warf alles, was ihm in die Hände kam, über
Bord, so dass die Medusa bald von schwimmendem Gerümpel
umsäumt wurde. Kimmelblatt versuchte ihn zurückzuhalten.

– Zu viel Chuzpe, Goi. Ist heute Chanukka oder was? Doch
der Italiener war wie von Sinnen.

Corréard, Kummer und noch ein paar standen wichtig-
tuerisch bei den Rettungsbooten, überprüften die Planken und
nahmen kleinere Ausbesserungen vor, hofften wahrscheinlich,
sich so einen Platz darin zu sichern.

– Da passen fünfzig Menschen rein, sinnierte Kummer.

– Wenn wir hier heil rauskommen, sollten wir alle eine Wallfahrt machen, meinte Maiwetter. Ich schlage vor zur heiligen Devota. Wenn wir alle diesen Bußgang geloben, wird uns nichts geschehen.

– Bin dabei.

– Ich auch, wenn's hilft.

– Und wir sollten geloben, sagte Jean-Pierre begeistert, unserer lieben Muttergottes in Saint-Louis eine Kirche der Dankbarkeit zu bauen. Daraufhin sahen ihn alle misstrauisch an. *Na ja, man kann auch übertreiben, eine Messe reicht doch.*

Gegen zehn Uhr vormittags war die Fasskonstruktion so weit, dass sie ins Wasser gehebelt und unter den Bugspriet gebracht werden konnte. Wieder saß Espiaux in der Schaluppe, um das Niederlassen des Ankers zu überwachen. Wieder drückte sein tonnenschweres Gewicht die verspundeten Fässer bis unter die Wasseroberfläche, kostete es alle Kraft, das seltsame Vehikel westwärts zu schleppen. Hätten Außerirdische oder Eingeborene die Szene beobachtet, wären sie vielleicht auf den Gedanken gekommen, das Ganze für eine kultische Handlung zu halten. Da thronte dieser geschmiedete, von Tausenden Hammerschlägen deformierte, mit schwarzer Ölfarbe lackierte Anker auf dem Wasser. Wie ein Gott? Oder ein Opfer? Aber Außerirdische oder Eingeborene waren nicht zugegen, zumindest wissen wir nichts davon. Nur die Passagiere hielten sich am Schanzkleid fest und blickten gespannt in die von weißen Wellenkämmen gemusterte, formlose graue Masse, durch die das Boot den Anker schleppte. Wie am Vortag lagen seine Schaufeln auf dem Floß, ragte der um neunzig Grad versetzte, über das Heck hinausreichende Ankerstock in die Höhe. Wieder hatte niemand daran gedacht, den Anker, so wie man das normalerweise macht, unterhalb der Fasskonstruktion zu befestigen – mit Balken und Ketten, damit das Vehikel nicht die Chance bekam, seine Last abzuwerfen. Wieder hatte man Glück, dass das nicht passierte.

– Erst vor einem Jahr wurde in der Wüste ein Pater einer Dorfgemeischaft vorgesetzt und verspeist. Corréard zeigte Richtung Osten. Sein sonst nur ansatzweise zu ahnender Buckel war deutlich hervorgetreten.

– Und Sie werden bald vitando sein, lebenslänglich exkommuniziert. Maiwetter sah ins offene Meer hinaus, hielt seinen Kopf leicht schräg und ergänzte:

– Manche denken beim Anblick des Meeres an eine graue Vorzeit, andere an die Unendlichkeit, ich aber erahne Gott, den Barmherzigen, der uns helfen wird.

Gott? Die Frage seiner Existenz hing in der Luft – *Wie kann er diese Havarie zulassen? Warum greift er nicht ein?* –, aber weder Maiwetter noch Corréard wussten eine Antwort.

Der Regenvorhang war dunkler geworden, und die Männer in der Schaluppe mussten nicht nur rudern, sondern auch Wasser schöpfen. Als sie zirka achtzig Meter zurückgelegt hatten, war von der Medusa nur noch ein grauer Schatten zu sehen. Diesmal nahm man eine Harpune, um die Seile zu zerschneiden, diesmal wurde kein Kiefer zertrümmert, als die Fässer auseinandersprangen und der Anker sank. Aber war die Stelle richtig? Würden die Fänge diesmal greifen, sich das Schiff daran herausziehen lassen? Espiaux blickte in die graue See, gewann aber keine Vorstellung, wie der Meeresboden beschaffen war. Sie hatten nur noch eine Stunde Flut, danach war es aussichtslos. Die Männer am Spill kurbelten, »Als ich an einem Sommertag im Grabe lag …«, und die Ankertrosse spannte sich.

– Halt, wartet, rief Richeford, Zigarre im Mund, lächerlichen Kapitänshut auf dem Kopf und Weinflasche in der Hand. Erst müssen wir das Floß ins Wasser bringen. Und stellt auch gleich ein paar Fässer darauf. Je leichter wir sind, desto besser.

– Um das Floß über Bord zu bringen, müssen wir Wanten kappen.

– Dann haut sie durch. Richeford genoss die Situation. Von Reynaud war nichts zu sehen, Chaumareys war in seiner Kajüte und ließ sich pudern, Espiaux saß in der Schaluppe, und der Dritte, dieser Lapeyrère, blieb stumm. Also war er es wieder, Antoine Richeford, der das Kommando führte.

– Oberhalb der Püttings. Passt auf die Blöcke und die Jungfern auf.

Das Floß war mit Querbrettern vernagelt und wog mehrere Tonnen. Sieben Meter breit und zwanzig lang, passte es genau zwischen Fock- und Großmast. Was für ein Ungetüm! Es sah aus wie die gigantische Bastelarbeit eines siebenjährigen Riesenkindes, ein Stück Palisade von einem Negerkraal. *Wie sollen wir das über die Bordwand bringen?* Achtzig Mann stellten sich herum und versuchten es zu heben, doch das hölzerne Monstrum bewegte sich nicht einen Zentimeter. Schwer und träge lag es da wie ein zweites Deck. Wieso war niemand auf die Idee gekommen, es auf Rollen zu errichten?

– Mehr Männer! Hebel! Befestigt Taljen am Mast und lasst das Seil über den Bug laufen! Ein zweites über den Galgen … So wurde es mit einem System aus Flaschenzügen hochgestemmt, ließen sich Balken darunter schieben. Dann rollte und schob man das schwerfällige Ding mühsam zum Schanzkleid, wo man es so lange anhob und mit Keilen wie Hebeln, Zangen und Hämmern traktierte, bis es auf der Verschanzung lag, die unter dieser Last verdächtig knarzte. Hinten schoben Männer, andere stützten mit Stangen ab. Das schöne Deck, dachte der Kalfaterer, zerfurcht wie die Stirn eines Hundertjährigen. An manchen Stellen hatte das Unding die Fugen richtiggehend aufgerissen. Am liebsten hätte er gleich Werg hineingestopft.

Langsam schob sich das träge Floß über die Bordwand – wie die Zugbrücke einer Burg. Niemand kam auf die Idee, es zu taufen oder eine Ansprache zu halten. Es war einfach nur ein notdürftig zusammengeflicktes Vehikel, die Konkretisierung der Schnapsidee eines Gouverneurs, geplant von einem Dilettanten, lieblos gezeugt von Männern unter Zeitdruck.

Rabarousse, der Geburtshelfer, zitterte, als diese riesige Ebene auf der Schiffswand balancierte und das Schanzkleid stöhnte. *Pressen! Pressen!* Hoffentlich kippt die Medusa nicht. Da gab es einen Ruck, neigte sich das Schiff ein Stück und, *Sturzgeburt,* rutschte das Floß fast wie von selbst über die Verschanzung. Es glitt leicht nach vor, riss ein paar Belegnägel aus ihrer Verankerung, kippte, drückte die Leiste mit den Jungfern (große Blöcke mit drei Löchern, um die Wanten zu spannen) aus der Schiffswand, fiel. Langsam. Wie eine Spachtel tauchte es ins Wasser, zerschnitt eine Welle, versank, berührte kurz den Meeresboden, um gleich wieder hochzukommen, gegen die Bordwand zu schlagen und bald darauf neben dem Schiff zu liegen – was für ein Kretin? Eine verfallene Hundehütte neben einer Villa, ein kleiner Köter neben seiner Herrin – das war Mama Medusas Balg.

– Na bitte, klatschte Schmaltz in die Hände, um sich sofort wieder in seine Kajüte zu verziehen. Er war von Kopf bis Fuß durchnässt, Schweiß rann an ihm herab. Dabei hatte er nur zugesehen und die Leute angefeuert.

Wie erging es da erst den Matrosen und Soldaten, die nun das Floß auch noch mit Wein-, Wasser-, Mehl- und Pökelfleischfässern beladen mussten! Zwei Matrosen kletterten das Fallreep hinunter und sprangen auf das Floß, während an Bord Kommandos zu hören waren.

– Fieren! Schwenken! Einholen!

Da jedes Fass einzeln in ein Netz gehoben und dann mit dem Ladebaum zu Wasser gebracht werden musste, dauerte die Prozedur. Viktor, der das alles beobachtete, fühlte sich nutzlos. War das die große Zeit, nach der er sich gesehnt hatte? Als es darum gegangen war, das Floß zu bewegen, hatte man ihn weggedrängt. Er war nicht so kräftig wie die Matrosen und Soldaten, fast ein Schwächling, keiner, der hier irgendwas bewegen konnte. Zu dünne Arme. Alles, was er konnte, war, nicht im Weg zu stehen. Nun lehnte er beim Großmast und blätterte in einem Buch, das verloren an Deck gelegen war: »Sinnvolles Wissen für Auswanderer«. Da ging es um Siedlungsprojekte und den richtigen Umgang mit Einheimischen: »Fraternisieren Sie sich nicht!« *Fraternisieren? Auch so ein Wort für Hosea Thomas.* Verhalten bei Seuchen: »Ändern Sie auf keinen Fall Ihre Gewohnheiten, gehen Sie unter Menschen, auf Märkte, ins Theater …«

Als man endlich zwölf Fässer auf dem Floß hatte, war von der hölzernen Konstruktion nicht mehr viel zu sehen, das Gewicht der Ladung drückte es ins Wasser.

Nun wurde am Ankerspill geholt. Nicht nur die armdicke Ankertrosse war zum Zerreißen gespannt, auch die Nerven aller Zuseher, sofern sie verstanden, was geschah. Charlotte und Caroline Picard trotzten dem Sommerregen und sahen der immer straffer werdenden Trosse zu, die sich ächzend langsam aus dem Wasser hob. Matrosen und Soldaten drängten sich um die Mädchen und machten zweideutige Scherze. Einigen war diese Reiseunterbrechung gar nicht unlieb. Andere hörten gespannt, wie es knackste. Das Schiff? Die Trosse? Oder der Kiefer des Kapitäns? Nein, Chaumareys stand regungslos am Achterdeck und sah so gleichgültig drein wie ein zum Tode verurteilter Stoiker vor seiner Exekution. Er war frisch gepudert, und doch war sein Gesicht verschmiert. Jetzt musste er dafür bezahlen, dass er seine Zollstation verlassen hatte, bezahlen für die Anmaßung, die Intrigen, seinen Größenwahn.

Reynaud, auch er war nun an Deck, lief herum und brüllte Befehle. *Toller Hecht.* Richeford nahm sie zurück, befahl das Gegenteil. Arétée stand neben ihrer Mutter, die völlig ungerührt war:

– Nichts darf die Toilette einer Dame stören. Nicht einmal ein Offizier. Der ruhige Tonfall ihrer Stimme überdeckte die Gehässigkeit. Sie hatte für ihre Tochter etwas anderes im Sinn als diesen Reynaud. *Vielleicht einen Herzog, Grafen oder Baron, aber sicher keinen Stallburschen in Uniform.*

Und Arétée? Nicht einmal in ihrem tiefsten Inneren hätte sie geglaubt, dass so etwas möglich war, aber sie dachte die ganze Zeit an diesen Offizier, an seine eingedepschte Nase und sein hartes Kinn. Seine feste Stimme und die blauen Augen – das alles war wie ein wärmender Mantel in einer kalten Nacht. War sie verliebt?

Die Trosse war zum Zerreißen gespannt, Wassertropfen wurden herausgepresst, doch nichts bewegte sich. Die zwanzig Männer an der Ankerwinde, man hatte die Spillspaken mit Metallrohren verstärkt, schwitzten, sangen und keuchten. *Hauruck! Hau-ruck!* Doch sosehr sie sich auch anstrengten, drückten und pressten, es bewegte sich nichts mehr. Hau-ruck. Den meisten tanzten dunkle Flecken vor den Augen. Nicht wenige standen kurz vor einer Ohnmacht, doch die Winde kam nicht weiter. Es war, als wären sowohl das Schiff als auch der Anker starrköpfig, nicht bereit, auch nur einen Millimeter nachzugeben. Die verschwitzten Männer hatten rote Köpfe, auf ihren Hälsen wölbten sich dicke blaue Adern, doch ohne Wirkung. Nichts ging mehr. Sperrklinken am Fuß der Winde, die das Zurücklaufen verhinderten, hielten unermesslichen Kräften stand. Hau-Ruck! Die roten Köpfe waren kurz davor zu explodieren.

– Ich weiß nicht, ob sich dieses Schauspiel für eine Dame schickt. Es ist vulgär! Reine hob ihr Kinn aus dem weichen Bindegewebebett, das ihren Hals darstellte. Vulgär!

Da, die Wolken hatten sich gelockert, und die Sonne stach mit spitzen Stäben durch, als wollte auch sie sehen, was hier so vulgär war. Plötzlich gab es einen Ruck, der allen in die Glieder fuhr. *Uuuups.* Als hätte die Hand eines Riesen nach dem Schiff gegriffen, wurde der Rumpf der Medusa um gut einen Meter gedreht; gleich dem Zeiger einer Rathausuhr ging das Schiff zur nächsten Ziffer. *Bravo! Es bewegt sich! Weiter!* Manche atmeten erleichtert auf. Die Medusa ächzte und knarzte, doch sie rührte sich. Wie ein Ochse war das Schiff, ein Ochse, der einen schwer beladenen Wagen ziehen musste, im Schlamm feststeckte, aber unablässig mit einem spitzen Stock traktiert wurde. Hin- und hergerissen zwischen vergeblicher Anstrengung und Schmerzen im Bauch, zwischen Resignation und letztem Willen. Doch nun war Bewegung in der Sache, das Moment der Trägheit überwunden. Tatsächlich, es ging vorwärts Richtung Anker. Langsam, aber doch. Jawohl! Noch traute sich niemand zu jubeln, aber ein Schrei der Freude steckte schon in mancher Kehle, es war die unerhörte Überwindung aller Gesetze, da, nach wenigen Metern schon, begann das Schiff wieder zu schwimmen, langsam, doch es bewegte sich und … schwamm! Jawohl, man konnte es deutlich spüren, es hatte sich aufgerichtet, schaukelte etwas, und tatsächlich … schwamm. O Wunder! Nun gab es kein Halten mehr. Hurra! Bravo! Hüte wurden in die Luft geworfen, manche umarmten, küssten sich. Der Kiel war wieder frei, nichts bremste mehr. Sechzig Meter wurde das Schiff bewegt, bis es fast beim Anker war. Chaumareys, immer noch mit unbewegtem Gesicht, das von der zerlaufenen Schminke in ein Aquarellbild verwandelt worden war, ballte die Faust. Richeford klopfte ihm auf die Schulter, umarmte und küsste ihn. Die Erregung hatte ihn so heftig übermannt, dass er sich anhörte wie im Delirium. Seine Stimme gickste, als er schrie:

– Geschafft! Wir haben es geschafft, Hugo. Wir sind frei! Frei! Na, wie habe ich das gemacht? Na, bist du stolz auf mich? *Du?*

Auch die Gesichter der Passagiere entspannten sich, viele lachten. Nun wurde alles gut. Es war ein schreckliches Erlebnis, aber man hatte es mit schier übermenschlicher Anstrengung gemeistert. Die Männer aus der Schaluppe kamen zurück an Bord, wurden beglückwünscht und umarmt. Geschafft!

Arétée strahlte Reynaud an, der grinste zurück, und selbst Reine, *es ist alles eine Frage der Etikette*, konnte sich ein Lächeln nicht verkneifen.

Jetzt noch Segel setzen und dann nichts wie weg. Aber wo waren denn die Stengen, wo die Rahen? Reynaud blickte hoch und konnte nicht begreifen, was er sah. Von den fein gegliederten Masten, diesen nach der Fibonacci-Reihe konstruierten Bäumen, waren nur noch Stümpfe übrig. Es erging ihm, dem Ersten, wie einem Bankräuber, dem man die Reifen seines Fluchtautos gestohlen hatte, der einen auf Ziegelsteinen aufgebockten Wagen mit nackten Radlagern sah, während im Hintergrund die Polizei auftauchte. Und die Segel? Wieso waren alle Tücher eingerollt? Wer hat das angeschafft? *Der gehört zwischen zwei Straßenkötern aufgehängt.*

– Schnell, brüllte Reynaud, wir dürfen keine Zeit verlieren. Setzt, was ihr habt, und dann hart am Wind mit Kurs Nordwest. Beeilung!

Doch bevor auch nur ein Matrose in den Wanten war, erklang ein Donnergrollen, dumpf und drohend, als wären die Elemente erzürnt über diesen frechen Fluchtversuch. Oder hatte eine höhere Macht mit ihnen gespielt? *Gott? Oder doch Außerirdische?* Als alle bang zum Himmel sahen und *keine Magnum-Champagnerflasche, nein,* eine schwarze Wolkenfront erblickten, traf ein großer Brecher, der sich unbemerkt angeschlichen hatte, das Schiff, warf es in Schräglage und schob es vor sich her wie ein Schneepflug den Schnee. Dann, nach wenigen Metern schon, gab es einen Ruck, wurde die Bewegung jäh gebremst, das Schiff zurückgerissen, um neunzig Grad gedreht, und während sich noch manche stützten, um nicht umzufallen, andere schon lagen, schrien – »Charliiie!«, »Hilfe!« –, erklang ein ungeheuer lauter Knall, lauter als ein Kanonenschuss, ein Knall, der alles übertönte. *Kein Champagnerkorken.* Die steif gespannte Ankertrosse, der die Belastung jetzt zu viel geworden war, war gerissen. *Ein Salut für Davy Jones.* Im nächsten Moment schnalzte das verbliebene Stück Trosse gegen das Schiff, schlug eine faustgroße Schramme in die Bordwand, doch das spielte keine Rolle. Viel entscheidender: Jetzt war die Medusa ohne Halt, trieb der Brecher das schräggestellte Schiff wie ein Stück Holz davon, zurück zur Sandbank.

– Werft den Anker, schrie Reynaud. Lasst fallen Anker! Aber mitten in den Schrei traf ein nächster Brecher die Breitseite des Rumpfes, wurde, noch bevor der zweite Anker zu Wasser gelassen werden konnte, das Schiff an seine alte Stelle zurückgeworfen, diesmal aber wuchtiger und endgültiger als beim ersten Mal. Man konnte fühlen, wie sich das tonnenschwere Gefährt in den Sand bohrte, ein Ruckeln und Schleifen war zu hören, fuhr allen in die Glieder.

– Charliiie!

Für einen Augenblick schien die Zeit den Atem anzuhalten. Dann wurde es heftig. Alles flog durcheinander, eine Kanone riss sich los, rutschte quer über das Deck, donnerte in einen dort hingefallenen Hühnerkäfig, drückte nicht nur die hölzernen Gitterstäbe ein, zerquetschte auch das Huhn. Menschen fielen ineinander, »Schweinerei!«, boxten um sich und schrien. Koffer und Seesäcke purzelten herum. Die verbliebenen Hühner gackerten, und das angebundene Schwein Blücher, diese Tier gewordene Nemesis Napoleons, benannt nach dem Feldmarschall Gebhard Leberecht von Blücher, erlebte sein eigenes Waterloo, verfing sich in der Leine, rutschte aus und wurde erdrosselt. Eine Weile oinkte und zappelte es noch, aber bald hing es mit seltsam zufriedenem Blick leblos am Strick. *Schweinehimmel.* Niemand kümmerte sich um die arme Sau. Alle klammerten sich irgendwo fest, erwarteten den nächsten Brecher, der das Schiff endgültig vernichten würde. Maiwetter betete: »Heilige Devota, ich verspreche eine Wallfahrt, auf den Knien rutsche ich nach Korsika, wenn du uns verschonst …« Corréard meinte »Ich dreh durch!«, die Lafitte-Schwestern kreischten, und Viktor dachte, jetzt ist's aus, jetzt holt mich der und jener. *Schluss mit Auswandern!* Selbst Savigny, immer noch lesend, blickte auf und wartete gespannt. Doch das Meer blieb seltsam still, und auch die Medusa rührte sich nicht mehr.

Diesmal läutete keine Glocke. Diesmal war die Stille unheilvoller. Die Leute sahen einander an, blickten in Gesichter, die innerhalb von zwei Minuten um zwanzig Jahre gealtert waren. Entsetzen stand darin, Hilflosigkeit und Angst.

Das Schiff saß fest. Sein Holz knackte, brechende Spanten waren zu hören, und auch die anderen Geräusche ließen nichts Gutes erahnen. Es klang, als würde die Medusa jeden Moment auseinanderbrechen.

– An die Pumpen! Das Unterdeck läuft voll.

– Alle Boote klarmachen!

Auch wenn es niemand aussprach, stand in hundert Köpfen die bange Frage: Wie lange werden wir uns halten?

– Jetzt ist es aus, das ist das Ende, sagte ein niedergeschmetterter Kapitän mit ehrfürchtig leiser Stimme. Non facit saltus, große Sprünge macht das Schiff nicht mehr. Ich wusste es. Wir sind verflucht. Er war ein Schatten seiner selbst. Zum ersten Mal seit Antritt der Reise war seine rote Erdbeernase weiß wie eine geschälte Kartoffel. In seinen verkniffenen Augen stand Angst. Nun würde es nichts werden mit der Einladung nach Versailles, nichts mit den Marquisen und Madmoiselles – wahrscheinlich würde er nicht einmal seine Emeraude wiedersehen. Man würde ihn für die Ladung haftbar machen, seine Güter konfiszieren und ihn einsperren. Sofern er das alles überlebte. Er schwitzte von der Stirn bis zu den Zehen, die Lidstriche waren ebenso verwischt wie der Lippenstift, der nun auf den Zähnen klebte. Er sah entsetzlich aus. Die Beine zitterten, und in seinen Gedärmen war die Hölle los. *Wie lange werden wir uns halten?*

– Was denn? Was soll ich denn tun, fuhr er den Schiffsjungen Leon an und gab ihm eine Ohrfeige. Leon de Palm sah ihn nur trotzig an.

– Tut mir leid, wollte ich nicht, murmelte Chaumareys. Aber da hatte sich in den Augen des Jungen schon Wasser gebildet, und der Kapitän wusste nicht, ob es wegen der Ungerechtigkeit oder des Desasters war.

Da riss der Rumpf, gab es einen Ruck und einen Stoß, strömte noch mehr Wasser ein. Dann ein Knacken. Der Kiel brach auseinander, die hintere Glasfront der Kapitänskajüte wurde eingedrückt und überflutet. Das schöne Mobiliar im Louis-quatorze-Stil, die Porzellantassen aus Meißen, Bleikristallgläser aus Böhmen, spanische Kandelaber, Vorhänge samt Posamenten, alles wurde herumgewirbelt. Es war der 3. Juli 1816, 17 Uhr, die Medusa lag auf Grund, und Hosea Thomas, der als Einziger immer noch in der Schaluppe saß, nahm seinen geteerten flachen Hut, biss hinein und murmelte:

– Ich sag's ja, Pfarrer und Frauen an Bord bringen Unglück.

– Unglück, wiederholte William Shakespeare.

Die Schaluppe war ebenso wie das Floß hinter dem Schiff hergetrieben worden – Hosea hatte Glück gehabt, dass er nicht gekentert war.

Allen war plötzlich bewusst, es war aus, sie waren verloren, würden mit dem Schiff nicht mehr an Land kommen. Hundert Meilen von der Küste entfernt hatten sie nur noch ein Wrack, das jeden Moment auseinanderfallen konnte. Die Medusa war in einem schrecklichen, in einem erbarmungswürdigen Zustand: Der Bugspriet war geknickt, von den Salings hingen Wanten, am Rumpf standen Planken weg, Teile der Verschanzung waren eingedepscht, sogar die große Laterne auf dem Hintersteven hing nur noch an einer dünnen Kette.

– Sie! Sie führen uns in den Tod, packte Schmaltz den Kapitän, der es geschehen ließ. Sie sind schuld, wenn wir zu spät nach Saint-Louis kommen. Sie sind schuld, wenn mein Ruf ruiniert ist. Der Gouverneur schnaubte, rief nach Luise. *Luise? Heißt seine Tochter denn nicht Arétée?*

Chaumareys hätte sich am liebsten irgendwo verkrochen, aber da er nicht wusste, wo, ohrfeigte er, kaum hatte Schmaltz ihn losgelassen, nochmals Leon, dem daraufhin Tränen die roten Backen runterkullerten. Der Junge blickte verstört zum Kapitän hoch, dessen Gesicht die Züge eines Wahnsinnigen trug.

Für einen Augenblick herrschte völliges Chaos, liefen manche zu den Rettungsbooten, andere zur Verschanzung, um ins Wasser zu springen. Der kleine, dicke Pampanini brach voller Zorn die Hühnerkäfige auf, berief sich auf den heiligen Martin und ließ die Hennen frei. Tourtade, der Geschützmeister, versuchte die losgerissene Kanone zurück an ihren Platz zu schieben, natürlich erfolglos, packte das zerquetschte Huhn, schlug das schwer ramponierte Tier gegen die Bordwand und quietschte:

– Du bist schuld, du blöde Henne. Du allein.

Der Vorarbeiter Lavillette drang in die Kombüse ein, schlug den Scho-geht-dasch-aber-nicht-Smutje nieder und schlang wie von Sinnen Pökelfleisch in sich hinein. Reynaud stand am Achterdeck und brüllte wie am Spieß:

– Ruhe! Alle zurück an ihre Plätze. Passagiere ins Zwischendeck! Alles wird gut, doch niemand beachtete ihn. *Wie lange werden wir uns halten?* Die jungen Leutnants, wir erinnern uns an die fünf Knilche, an den Stotterer, den Schleimer und den Backenbart, waren völlig überfordert, und auch wenn einige ihre Mannschaften antreten ließen, fand sich niemand, der gehorchte. Es war ein unbeschreibliches Durcheinander. Menschen liefen aufgescheucht umher, jeder hielt irgendetwas in der Hand, das er retten wollte oder das ihn retten sollte. Schmaltz drohte, den Kapitän zu erschießen, der ohrfeigte den Moses, und andere schlugen aufeinander ein.

– Ich dreh durch, murmelte Corréard und machte nun einen noch runderen Rücken als zuvor. Und Oberfeldfwebel Charlot verkündete:

– Jetzt können wir Franzosen zeigen, was für ein stolzes und überlegenes Volk wir sind. Andere würden jetzt in Panik verfallen, nicht aber wir Franzosen. Wir sind die Grande Nation …

Wieder andere standen nur apathisch herum und empfanden so etwas wie süße Erregung.

– Charliiie!

Die Picard-Kinder klammerten sich an ihre Mutter, Gustavus wollte »gebust« werden, und Alphonse verkündete, er wolle nicht sterben, sondern hundert und zwei Jahre alt werden, während Caroline und Charlotte, wahrscheinlich weil sie dachten, das Schiff würde jeden Moment sinken, in die unteren Wanten des Großmastes kletterten. Sie mussten aufpassen, weil von der Saling die oberen Wanten herunterhingen wie die Strumpfbandhalter einer derangierten Frau.

Anders die Lafitte-Schwestern, die wie Pflanzen in der Stunde ihres Todes noch einmal aufblühten, sich den erstbesten Soldaten in die Arme warfen. Und wenn die armen Bürschchen das nicht wollten, umklammerten sie sie wie Riesenspinnen ihre Opfer. Sie machten es ganz offen, hoben ihre Röcke, hofften auf die aphrodisierende Wirkung ihrer Ausdünstung und pressten sich samt ihrer fülligen Gesäße an die Kerle. »Her da, Bürschchen!« Ungeheuerlich! Diese kleinäugigen, trockenhäutigen Weiber waren so sehr von ihrer promiskuitiven Stimmung übermannt – auch hier passt das Wort –, dass sie ihre stämmigen Körper um verdutzte Knaben schlangen. Doch bevor im Schritt etwas einreiten oder jemand einschreiten konnte, gab es einen Knall, fuhr ein Blitz vom Himmel und begann es heftig zu regnen. *Wieder kein Champagnerkorken.* Es war, als leerte man ein Meer über ihnen aus. Auch das noch.

– Was hab ich dir getan, mein Gott, sah ein käsiger, stoppelglatziger Maiwetter zum Himmel. Was?

Überall lagen Gepäckstücke herum, versperrten den Weg. Aufgeregte Menschen. *Werden wir uns halten?* Alle flüchteten ins Zwischendeck, das noch trocken war, wo sie sich aneinander kauerten. Draußen trommelte der Regen wie eine Geschützsalve aufs Deck, Donnergrollen war zu hören, und die Nässe schien von überall her einzudringen. Unter ihnen plätscherte das eingedrungene Wasser. *Was ist mit der Ladung? Was, wenn sich das Getreide aufbläht? Wird dann der Schiffsbauch explodieren?* Dazu Gerüche – die physischen Auswirkungen der Angst, Gerüche aus verschlungenen Gedärmen.

– Verloren! Wir sind verloren, brüllte einer.

– Das ist trefe. Menachim Kimmelblatt fährt ins Tal Ge-Hinnom … und die Goi kemmen ins Höllenfeuer, wo sie der Moloch frisst.

– Das ist die Apokalypse, verkündete Maiwetter. Das Weltgericht.

– Charliiie!

– Ruhe, sagte Espiaux. Keine Panik. Es gibt genügend Rettungsboote, die uns alle sicher an Land bringen. Niemandem wird etwas geschehen.

– Das ist nicht wahr, flüsterte ein Leichtmatrose mit roter Jakobinermütze: Corneille Coste, genannt Coco. Ein Mensch mit fliehender Stirn, Erbgut der Neandertaler, und abstehenden Ohren. *Kanaille!* Es gibt nicht genügend Rettungsboote. Ihr wisst das ganz genau. Die werden uns zurücklassen. Versteht ihr, das Schiff ist wie ein großer in den Sand gesetzter Sarg. Und wir Idioten schaufeln unser Grab. Wir sind wie

Bäume im Wald, die, wenn die Axt kommt, sagen: Seht, der Stiel ist einer von uns.

– Was willst du tun?

– Heute Nacht, wenn alles schläft, flüsterte Coco, machen wir uns mit den Rettungsbooten aus dem Staub. Oder glaubt ihr, die Herren Offiziere sind an unserer Rettung interessiert? Glaubt ihr, die kümmern sich um uns? Die denken nur an ihre eigenen Gesäße. Für die sind wir Menschen zweiter Klasse. Ungeziefer! Kakerlaken! Wenn von uns einer einen Offizier schlägt, was geschieht? Er wird aufgehängt! Schaut man einen schief an, was ist? Die Katze! Bei einem falschen Wort schneidet man uns die Zunge raus. Der Pockennarbige gab ein zustimmendes Grunzen von sich.

– »Gottgegeben« und »natürliche Ordnung« nennen sie das, Coco war in Rage. Die glauben, es stünde schlecht um die Welt, wenn es keine Leibstrafen mehr gäbe. Und umgekehrt? Wenn uns von denen einer so lange schikaniert, bis wir von den Rahen fallen? Wenn von denen einer seinen Grobianismus übertreibt, einem von uns die Wange an den Mast nagelt, was passiert? Wenn es hoch kommt, wird ihm ein Knopf abgerissen. Versteht ihr? Für die sind wir Hosenknöpfe! Und ihr glaubt, die wollen uns retten? Platz für alle? Ja, für alle von ihnen! Und wir? Die wollen uns hier verrecken lassen, während sie selbst ihre Etepetete-Ärsche in Sicherheit bringen. Deshalb machen wir uns heute Nacht mit den Rettungsbooten aus dem Staub. Also, wie sieht's aus, wer ist dabei?

Zustimmendes Gemurre.

– Und dann? Hosea schob sich seinen flachen schwarzen Hut aus dem Gesicht und steckte die Hände unter sein gestreiftes T-Shirt.

– Und dann?, wiederholte der Papagei auf seiner Schulter.

Ja, und dann? Niemand schien darauf eine Antwort zu haben. Also sagte Hosea in die Stille:

– Was machen wir an Land, was, sofern wir es bis dahin schaffen? Selbst wenn wir nicht den Mauren in die Hände fallen oder als Sonntagsbraten eines Negerkönigs enden, selbst wenn wir uns bis Saint-Louis durchschlagen? Was sollen wir dann sagen? Dass wir uns davongestohlen und alle anderen hilflos zurückgelassen haben? Sollen wir? Man wird uns aufknüpfen. Wird man.

Cocos Antwort war ein wütendes Schnauben.

– Ich weiß nur, für uns geht es auf Leben und Tod, und es wird ein scharfes Rennen.

– Willst du als Fischfutter enden? Willst du?

– Wir müssen lügen, stammelte Coco. Wir sagen, das Schiff ist untergegangen, und wir konnten uns retten …

Sie flüsterten, und die meisten Matrosen dachten wie Corneille Coste. Sie wollten die Nacht abwarten, sich dann an Deck schleichen und mit den Rettungsbooten fliehen.

– Und die Frauen?

– Die Lafitte-Schwestern kommen mit.

– Die Picard-Schwestern auch.

– Frauen? Seid ihr wahnsinnig? Wollt ihr, dass man uns verpfeift?

Obwohl diese Gespräche nur gehaucht worden waren, hatte doch einer davon etwas mitbekommen, einer, für dessen Ohren diese Unterhaltung nicht bestimmt gewesen war: Jean Griffon du Bellay, der Sekretär des Gouverneurs. Ein unterwürfiger, unauffälliger Mensch mit rotblondem Haar und einem so durchschnittlichen Gesicht, dass man sich kaum daran erinnern konnte. Alles, was haften blieb, waren seine Sommersprossen, sein eidechsisches Lächeln sowie die Assoziationen mit dem namensgleichen Renaissancedichter (Joachim du Bellay) und dem irischen Cremelikör (Baileys). Obwohl Griffon witzig, belesen und mit brillanter, fast furchterregender Intelligenz gesegnet war, vergaß man ihn – auch wir haben ihn bisher übersehen. Und die, die ihn nicht vergaßen, gingen ihm aus dem Weg.

Dieser Griffon hatte eine Art, einen zu verunsichern. Sein Gesicht zeigte keine Mimik, und die Augen waren starr, außerdem wirkte er hochnäsig, ja, eingebildet. Als Anhängsel des Gouverneurs gehörte er nirgendwo dazu. Zudem war vielen noch seine Rolle beim Beladen des Schiffes mit der Guillotine (Luise) gegenwärtig. Wie hatte er sich da doch aufgeführt.

Ein Schafott war an Bord? Ja, wir erinnern uns, Gouverneur Schmaltz hatte darauf bestanden, diese sinnreiche Holzkonstruktion mit in den Senegal zu nehmen, weil, so der Gouverneur, die Luise jede Polizei ersetzte. »Die flößt mehr Respekt ein als ein Orden auf der Brust. Nicht einmal der Elefantenorden aus Dänemark oder das Blaue Band des Ordens vom Heiligen Geist hat diese Wirkung.« Alle ahnten, eine seiner ersten Amtshandlungen in Saint-Louis würde sein, sie am Marktplatz aufzustellen, um den Erstbesten damit zu enthaupten. Ein Podium würde er ihr bauen lassen, eine Holztribüne für Damen und Honoratioren, um sich selbst zu feiern … Limonadenverkäufer würden kommen, fahrende Händler, und er, Schmaltz selbst, würde eine Rede auf Justitia halten … Aber auf einem Schiff? Auch wenn diese Luise irgendwo im Unterdeck verstaut war, irgendwo zwischen Rosshaaren, Vogeldünger und gesalzenen Häuten, irgendwo zwischen Knochenkohle, Kanariensamen und Schweineborsten, wussten alle, sie war da. *So eine Todesmaschine an Bord bringt Unglück. Wer erfindet so ein*

*Unding? Welch perverse Phantasie gebiert so einen Auswurf, um
ihn mit dem Schlagwort der Égalité zu rechtfertigen? …* Égalité,
wie beim Tennis, nur dass dieser Einstand ein einziges Ergebnis kennt, nämlich einen armen Teufel, der es bald ausgestanden hat.

Und Griffon du Bellay, der niemals lächelnde Knabe mit den
Sommersprossen und dem altklugen Gesicht, wurde damit
assoziiert. Also ging man ihm aus dem Weg.

Das Schiff war seit zwei Wochen unterwegs, und der Sekretär hatte keine einzige Freundschaft geschlossen. Keine einzige! Während andere, die einander an Land nicht beachtet
hätten, sich auf dem Schiff ewige Verbundenheit schworen,
weil das Leben an Bord die Menschen veränderte, zusammen-
schweißte, hatte Griffon keinerlei Kontakte knüpfen können.
Wenn er bei den Mahlzeiten etwas Kluges von sich gab, wurde
er mit Missachtung gestraft. Wollte er etwas erzählen, fiel man
ihm ins Wort. Und setzte er zu einem Witz an … Na, wir können es uns denken. Nur ab und zu unterhielt er sich mit Kummer über spekulative Geografie, auch Alexandre Corréard, der
Geologe, gab sich manchmal für ein Gespräch über Atheismus
her, wobei sein unentwegtes emotionsloses Ich-dreh-durch
ganz schön nervte. Hin und wieder hatte Griffon auch Savignys
Ausführungen über den Mesmerismus gelauscht, um sie als
Unfug abzutun. Im großen Ganzen aber blieb er ein verspon-
nener Einzelgänger, einer, der sich um den Gouverneur und
dessen Familie kümmerte, sonst aber nichts zu tun hatte. Er
war sich zu gut, um den Matrosen beim Brassen der Segel zu
helfen, wich aus, wenn es darum ging, irgendjemandem bei einer Arbeit zur Hand zu gehen, hatte auch dem Bau der Flöße
aus sicherer Entfernung zugesehen. Seine kühle Art hielt alle
auf Distanz, seine messerscharfe Intelligenz verunsicherte.

Interessanterweise wich auch Schmaltz ihm aus, darum haben wir ihn auch noch nie an seiner Seite gesehen. Der Gouverneur hatte diesen Sekretär nur aus Gefälligkeit wegen einer alten Verpflichtung angestellt, den Entschluss aber schon bereut. Wenn Griffon sich andiente – oder eigentlich anschleimte, bekam er stets zu hören: »Tun Sie mir einen Gefallen, Bellay, und bleiben Sie auf dem Vorderschiff.« Auch Reine, die ihn für einen Arschkriecher hielt, und Arétée, für die der Sekretär einfach zur unergründlichen Geschäftswelt ihres Vaters gehörte, beachteten ihn nicht. Dabei war auf diese Gouverneurstochter Griffons Sehnsucht und Hoffen projiziert. Doch der Engel mit dem Blutschwamm ignorierte ihn.

Wieso wurde ausgerechnet er mit dem Wissen um den Fluchtplan belastet? Griffon wusste, was es hieß, wenn die Matrosen mit den Rettungsbooten flohen: Dann waren alle anderen verloren, war, wie er zu sagen pflegte, der Käse gegessen, die Messe gelesen, die Kuh vom Eis. Nun war er aber raffiniert genug, mit dieser Information nicht zum Gouverneur zu rennen, stattdessen ließ er, der es liebte, sich in Phrasen auszudrücken, geschickt ein paar Bemerkungen den Soldaten gegenüber fallen:

– Wenn die Bohnen alle sind, ist sich jeder selbst der Nächste … auch die Seeleute, besonders die.

Unter den Soldaten breitete sich das Gerücht wie ein Lauffeuer aus.

– Habt ihr gehört, die Matrosen wollen türmen und uns hier krepieren lassen?

– Mööönsch, stampfte Tscha-Tscha auf den Boden.

Leutnant Anglas, der Choleriker mit Backenbart, war außer sich. So etwas Ungeheuerliches, Unpatriotisches war ihm überhaupt noch nie untergekommen. Diese Verräter wollen mit den Booten an Land rudern und uns zurücklassen? Nicht mit uns! *Auspeitschen! Alle! Wie den Prust! Nein! Geht nicht!*

– Das sind keine Franzosen, war Oberfeldfwebel Charlot empört. Ich spreche ihnen das Recht ab, sich so zu nennen. Diese Deserteure!

– Alle Mann an Deck! Bewacht die Rettungsboote!, befahl Clairet, der Pickelige.

Die Soldaten stürmten zu ihren Tornistern, holten Bajonette und marschierten trotz strömenden Regens über das schiefe Deck, als stapften sie auf einem Schlachtfeld über Leichen. Ihre Gesichter waren wild entschlossen, die im Wasser treibenden, irgendwie an Seerosen erinnernden Boote zu verteidigen. Ein paar Matrosen zückten Messer, doch angesichts der Übermacht steckten sogar die Verwegensten zurück. Selbst Coco resignierte. *Nichts zu machen.*

– Alle Fallreeps sind gesperrt, verkündete Anglas mit hysterischer, sich überschlagender Stimme. Jeder, der die Fregatte verlassen will, wird ohne Vorwarnung erschossen. Ohne Vorwarnung! Er kraulte seinen Backenbart, und seine Augen flackerten. *Schaut aus wie ein junger russischer Dichter kurz vor dem Duell.*

Es regnete noch immer und dämmerte bereits, da riss das Floß sich los, trieben die bis zum untersten Eisenring im Wasser stehenden Fässer ab.

– Das Floß! Das Floß!

– Seht ihr nicht, das Floß, schrien Matrosen und stürzten zum Fallreep, wo Soldaten mit unbewegter Miene standen.

– Was schert uns dieses blöde Floß? Anglas hat befohlen …

– So macht Platz. Wir müssen …

– Sterben müsst ihr. Ein Schritt weiter, und wir schießen.

Erst als Leutnant Lozach, der Stotterer, den Befehl gab, die, die Scha-, Scha-, Schaluppe zu, zu besetzen, um das, das Flo-, Floß zu retten, ließ man sie gewähren. Also wurden acht Matrosen in die Schaluppe geschickt. Unter ihnen Corneille Coco Coste und Hosea Thomas, der eine mit der roten Jakobinermütze, der andere mit dem flachen, geteerten Hut und dem Papagei auf der Schulter, der unentwegt »Guten Tag« sagte.

– Stopf dem Vieh das Maul, sonst dreh ich ihm den Kragen um.

– Versuch es doch.

– Holt an!

Sie ruderten eine Weile und hatten das Floß schon fast erreicht, als Coco mit verschlagenem Tonfall meinte:

– Das ist die Gelegenheit, Leute. Lasst uns abhauen. Wir müssen nur nach Osten.

– Man wird auf uns schießen, meinte einer der Matrosen.

– Schießen, wiederholte William Shakespeare. Groß- und Focksegel aufgeien.

– Das ist unsere Chance, beharrte Coco. Wenn wir zurückkehren, werden wir keinen Platz in einem Rettungsboot bekommen. Man wird uns zurücklassen. Auf einem Schiff, das jeden Moment auseinanderbricht. Wollt ihr das? Denkt an eure Mütter, Frauen, Kinder!

– Guten Tag, ergänzte William Shakespeare.

– Die Schaluppe fasst sechzig Menschen, fasst sie, brummte Hosea. Wenn wir uns jetzt davonmachen, ist das vielfacher Mord, ist es. Außerdem wissen wir nicht, wie weit es zur Küste ist.

– Wir können sagen, wir sind abgetrieben worden. Oder …

– Wenn wir nicht verdursten, stellt man uns vor ein Kriegsgericht.

– Dann haben wir keine Chance?

– Ich wäre bereit, wäre ich, mit Stolz habe ich nichts am Hut. Aber ich habe gelernt, geh nie in einen Kampf, wenn du weißt, du verlierst. Das wäre Selbstmord, wäre es. Hosea Thomas band das Tau des Floßes an der Schaluppe fest und gab das Zeichen zurückzurudern.

– Holt an!

– Selbstmord, wiederholte William Shakespeare. Coco schüttelte den Kopf.

– Ihr werdet sehen, was ihr davon habt.

An Bord war seit dem Auftauchen der bewaffneten Soldaten selbst den letzten Optimisten klar, wie ernst die Sache stand. Seit die Truppen mit schweren Schritten über das Deck stapften, hatten alle ein ungutes Gefühl. Nicht nur, dass das Schiff jeden Moment auseinanderbrechen konnte, man bewachte es auch noch. Wer hatte das Kommando? Wo war der Kapitän?

Chaumareys klammerte sich sprachlos an das Steuerrad, was angesichts des gebrochenen Ruderblatts völlig unsinnig war. Regen lief über sein Gesicht. Sein Mund öffnete sich wie bei einem Fisch am Trockenen, nichts kam heraus. Auch Richeford, der daneben stand, war antriebslos, sein breiter, immer nach oben gezogener Mund wirkte nun wie ein kleiner dünner Schlitz. Beide sahen drein, als hätten sie den Leviathan gesehen. Verstört. An den Schwänzen aufhängen müsste man diese Halunken, dachten die übers Deck stolpernden Passagiere. Kaum hatte der Regen nachgelassen, waren sie nach oben gequollen – wie Schnecken nach einem Gewitter. Ihre zusammengepressten Herzen schmerzten, ein schwerer Kerl saß auf ihrer Brust und flüsterte unentwegt: *Es ist aus! Es ist aus! Wir sind verloren!* Sie klammerten sich an Taschen oder Bündel, die sie erst aufs Vorderdeck schleppten, dann nicht im Regen stehen lassen wollten, wieder hinuntertrugen. Die Frauen hatten all ihren Schmuck angelegt, eine trug gleich drei Perücken übereinander. *Die sind teuer!* Gislaine Lafitte balancierte mit einer Kiste voll eierfarbenem Porzellan. *Fürs Kaufhaus!* Ein Unteroffizier griff nach ihrer Schwester Francine, zerriss die Edelsteinkette, die um ihren Hals baumelte, stürzte sich auf die herumkullernden Steine und verschlang, so viele er erwischen konnte. Wie ein Halbverhungerter stopfte er sie sich ins Maul und würgte sie hinunter.

– Wenn ich scheiße, bin ich reich.

– Die werden dir den Darm aufschlitzen, du Esel, sagte Oberfeldwebel Charlot. So etwas macht kein Franzose.

Francine schrie wie am Spieß, während Germaine damit begonnen hatte, die Umstehenden zu ohrfeigen.

– So macht doch was! Macht was!

Manche verfielen in Selbstmitleid, und andere lachten wie verrückt, als sie hörten, dass bei der Ausbootung kein Gepäck erlaubt war. *Kein Gepäck? Nicht einmal ein kleines Bündel? Und was ist mit der Ladung? Chinarinde, Korinthen, Terpentin? Rapssamen, Speck, Petroleum. Was ist mit all der wertvollen Fracht? Divi-Divi aus der Südsee – mit Tannin zur Herstellung von Tinte. Natron, Vaseline, Weinessig, Bienenwachs, Zichorie? Kleie, Sirup, Walnussholz? Was ist mit all den wunderbaren Dingen, die es in Afrika nicht gibt?* Dann gab es welche, die sich komplett verrückt benahmen und all ihr Geld ins Wasser warfen. Kimmelblatt öffnete seinen Tornister und wollte seine Habseligkeiten verschenken.

– Kommt, ihr Goi, und nehmt euch etwas aus dem Fundus Kimmelblatt. Hemden! Leinenjacken. Geteerte Gamaschen. Eine Thora-Rolle. Kommt, greift zu! Heut habt ihr Massel … Der Kimmelblatt fährt in das Tal Ge-Hinnom, da braucht er diesen Tinnef nicht … Er fand keine Abnehmer. Nur Savigny hatte Interesse an dem kleinen runzeligen Schrumpfkopf.

– Der stammt aus Neu-Holland, von einem …

– So möchte ich auch enden, als kleiner eingedampfter Kopf in einem Anatomiemuseum. Der Arzt dachte an Montpellier, an all die rachitischen Skelette, eingelegten Wasserköpfe und Wachsmoulagen von Geschlechtskrankheiten, Kopftumoren oder anderen Scheußlichkeiten, die dort den Studenten als Lehrmittel dienten. Es gab luftgetrocknete Leichen und in Alkohol eingelegte Embryos, aber Schrumpfköpfe gab es noch nicht. *Wie die wohl hergestellt werden? Jemand muss in einen abgetrennten Kopf greifen, das Hirn herausschaben, den Schädel zertrümmern, die einzelnen Knochenteile entfernen, um dann die Haut in heißer Erde … oder über Wasserdampf …?*

Jean-Pierre Maiwetter hatte seine Soutane angelegt, zwei Koffer in der Hand und schrie unentwegt:

– Aber die Bibeln und Kreuze müssen mit. Die Bibeln! Das sind unsere einzigen Waffen! Ihr werdet nicht so gottlos sein und sie zurücklassen. Tscha-Tscha grinste und trat gegen einen Koffer, der sprang auf, und da kullerte »Mööönsch!« alles Mögliche heraus, Monstranzen, Speckschwarten, Hemden, nur keine Bibeln. Oder doch? Tscha-Tscha hob ein Buch mit Goldschnitt auf, sah Stiche von erotischen Szenen, drei nackte üppige Weiber, die auf einem Chevalier saßen, drei Männer, die in die Körperöffnungen einer Comtesse rammelten, eine genossenschaftliche Fellatio … Der Asiate sah Hochwürden an und grinste. »Bibel?« Maiwetter zuckte mit den Achseln, als wollte er sagen, ich weiß auch nicht, wie das Zeug da hineingekommen ist.

Die Picards waren erstaunlich ruhig. Gut, sie verloren ihr Leinzeug, ihre Waren, die Wein-, Mehl- und Melassefässer, aber zumindest das Gold und die Manuskripte würden ihnen bleiben. Außerdem hatten sie die Pflanzungen in Afrika. *Baumwolle!* Und, die Hauptsache, sie lebten. Der Notar war verzweifelt, aber jetzt war es Adelaïde, die ihn beruhigte. Kein »Charliiie!« zerschnitt den Raum, jetzt war sie eine protestantisch nüchterne Adelheide, die ihren Mann tröstete, ihm einzureden versuchte, dass alles gutgehen würde. Sie presste ihr Kinn gegen sein Schlüsselbein, legte sich seine Hand auf ihren Rücken und war zum ersten Mal wieder so wie zu jener Zeit, als sie sich kennengelernt hatten, lieb und anschmiegsam. Seit der Geburt Lauras war sie ihm nicht mehr so weich und zärtlich erschienen, hatte sie ihm nicht mehr ihren Kern gezeigt, sich stattdessen in einer harten Kruste von Neurosen und Nörgeleien versteckt. *Vielleicht sollten wir öfter so eine Katastrophe erleben?*

Hosea schleppte seine Schiffskiste an Deck. »Gottes Lohn« war darauf eingebrannt.

Der Schiffsjunge Leon und ein paar andere betranken sich mit Wein und Likör aus der Offiziersmesse.

– Der ist für die erste Ohrfeige, hob Leon sein Glas. Und den hab ich mir mit der zweiten verdient. Und jetzt die Zinsen. Er hatte schon einen ziemlichen Zungenschlag, als sich ein paar Matrosen über den Cognac hermachten und Seemannslieder sangen.

Die meisten aber waren nüchtern wie noch nie in ihrem Leben, wussten, dass sie morgen einen Platz in einem der Boote ergattern mussten. Niemand hatte zu den Leuten gesprochen, niemand hatte etwas verlautbart, und dennoch wussten alle, morgen früh musste die Ausbootung stattfinden, wollte man versuchen, mit den Booten die Küste zu erreichen.

Viktor stand hinten am Heck und sah der Möwe zu, die um

die abgeknickte Laterne kreiste. War das ein Siegestanz? Gab sie Signale? Von all den Möwen, die das Schiff in Rochefort begleitet hatten, war nur mehr diese eine übrig, um dem Unglücksschiff Geleit zu geben. Jetzt saß sie auf dem Schanzkleid und sah Viktor an. Hatte er Angst? Nein, Unglück und Tod waren Dinge, die ihn heute nicht betrafen. Seltsamerweise glaubte er nicht an die Möglichkeit seines Sterbens – und selbst wenn er daran glaubte, blieb sie ihm gleichgültig. Er war im Sanitätsverschlag gewesen, hatte eine Seite aus Savignys Anatomiebuch herausgerissen, eine ganz unbedeutende über Missbildungen, und einen kurzen Brief darauf geschrieben: »An Richter Theodor Aisen, Limoges. Lieber Vater, wenn du diese Zeilen liest, bin ich wahrscheinlich vor der Küste Afrikas ertrunken. Ich hätte euch gern noch einmal gesehen, gerne noch einmal Spritzkuchen gegessen, euch gerne davon erzählt, wie wir Schiffbruch erlitten haben, doch ich bereue nichts, ich …« Er steckte das zusammengerollte Blatt in eine Flasche, stoppelte sie zu, warf sie ins Meer.

– Na, ist dir der Stoff ausgegangen? Moses und ein anderer Junge hatten das Flaschenwerfen gesehen und ihre (völlig falschen) Schlüsse gezogen: Mach dir nichts daraus. Wir haben genug zu saufen. Sie boten ihm Likör an, und er trank.

– Beerenlikör ist gesund, lallte Leon, warf eine leere Flasche gegen die Laterne und verfehlte sie. Die Möwe scheuchte hoch, und wenig später war ein klatschendes Geräusch zu hören, das die Flasche beim Aufprall auf dem Wasser machte. *Gut, dass die Flaschenpost sie nicht getroffen hat.* Es dauerte nicht lange, und Leon erzählte von seiner ersten Schifffahrt auf einem Handelsschoner, der Salzkraut geladen hatte, zur Herstellung von Soda, davon, wie er das erste Mal auf den Großmasttopp klettern musste:

– In den Webleinen geht es noch, wenn du zur Saling über-steigst, wird es gefährlicher, auch an den oberen Wanten kannst du dich festhalten, aber wenn du dann weiterkletterst und merkst, wie sich der Mast biegt, du hin- und herschaukelst … Unten werden die Menschen immer kleiner, aber du darfst nicht runterschauen, darfst du nicht, nein, nicht beim ersten Mal, schau lieber in die Ferne, die gigantische Aussicht … Du kletterst weiter, ohne dich umzudrehen, auf einmal, Leon fasste mit beiden Händen Viktors Schulter, greift dich der Wind an, drückt und beutelt dich, weil ganz oben über der Saling, da lau-ern böse Wesen, die den Tod austeilen. Da brütet der Geist der Takelage, das ist ein schnabelköpfiges Weib, zänkisch, mit sol-chen Zähnen, messerscharfen Krallen, Brüsten spitz wie Trich-ter. Und dieses vogelköpfige Wesen will nur eins, dich runter-stoßen. Es will, dass du an Deck zerschellst. Hundertfünfzig Fuß Höhe! Der Mast biegt sich wie ein Haselnussstecken, der Wind pfeift wie Flaschenteufelchen, und das Vogelwesen hackt nach dir. Ein falscher Tritt, eine Unaufmerksamkeit, und du bist verloren.

Während Leon so erzählte, fühlte sich Viktor immer woh-ler. Er hatte den Likör beinahe ausgetrunken, als sich ein war-mes Gefühl in ihm auszubreiten begann. Ein Lächeln pflanzte sich in sein Gesicht. Plötzlich musste er über alles lachen, über die Medusa, den blödsinnigen Versuch, sie freizubekom-men, mit Anker und Fässern … *Warpen? Was für ein lustiges Wort? … Ich habe auch ein Familienwarpen … und im Teich da schwimmen die Warpen … wenn sie nicht in der Warpenkam-mer stehen …* Die Vorstellung, mit kleinen Booten an Land zu rudern … Alles erschien ihm völlig absurd, sogar die patrouil-lierenden Soldaten um die Fallreeps. Sollte jemand ins Wasser springen und versuchen, in ein Boot zu steigen, so lautete ihr

Befehl, mussten sie schießen. *Ist doch lustig, oder? Bekommen nur nichts zu trinken, diese armen Teufel.*

– He, ihr da!

– Pst! Bist du verrückt?

Aber Viktor war nicht verrückt, nur stockbesoffen.

In der dunklen Nacht war nicht viel mehr zu sehen als in einem Kohlesack. Das Licht einer Öllampe flackerte, da und dort war eine pulsierende rote Pfeifenglut. Man hörte, wie die Rettungsboote gegen den Schiffsrumpf schlugen, wie sich Wellen daran brachen. Manchmal, wenn das Floß gegen die Bordwand schlug, gab es ein dumpfes Pochen – so als klopfe jemand an. Die Passagiere und Matrosen hatten sich alle irgendwo verkrochen, manche in Hängematten, die meisten am schrägen Boden, stabile Seitenlage. Die Dunkelheit schien sie voneinander zu isolieren. Obwohl sie die Geräusche des Schiffes intensiv empfanden, bei jedem Knacksen zusammenzuckten, fühlten sie sich alle einsam. Die einen stützten sich mit den Füßen an der Bordwand ab, andere waren ins Eck oder zum Nebenmann gerollt. So versuchten sie zu schlafen, was den wenigsten gelang. Viel zu unruhig wälzten sie sich herum, rutschten, lauschten den Geräuschen des Schiffes.

Oben an Deck, Viktor sah nur ihre Schatten, lehnten zwei Soldaten, rauchten.

– Würdest du schießen?, fragte der schwarze Joseph.

– Klar, sagte Tscha-Tscha, ohne zu zögern. Ik muut. Ik skel di fan Davy grööt – and Schuut!

– Und wenn er stirbt? Er ist doch ein Mensch. In der Bibel steht, du sollst nicht töten.

– And ik haan de Befehl – Befehl han türer than de Bibel.

Viktor hörte dieses Gespräch schon sehr verzerrt. Er saß mit Leon und einem anderen Schiffsjungen namens Arnaud unter dem Großmast und trank Likör. Er wusste, dass er nicht mehr gerade stehen konnte, und auch die Worte aus seinem Mund kamen sehr verdreht.

– Leon, umarmte er den Moses, du bist ein Freund. Da kannst du mir doch eine Frage beantworten.

– Klar, Mensch. Kann ich. Sie fassten sich gegenseitig an den Unterarmen und blickten sich lange an.

– Dann sag mir, wer ist dieser Davy Jones, von dem hier alle sprechen.

– Davy Jones?

– Sag jetzt nicht, das werde ich schon sehen!

– Na schön, lallte Leon. Es heißt, er hat sieben rote Augen und einen Mund, groß wie ein Scheunentor.

– Vogelscheuche auf Urlaub, ergänzte Arnaud.

– Drei Reihen spitzer Zähne und dann noch eine riesige violette Zunge. Auf jeden Fall ist seine Haut ganz schuppig wie bei einer Kröte. Andere sagen, seine acht Köpfe sind behaart, und sein Körper sieht aus wie eine blutgefüllte Zecke. Manche meinen, er gleiche einer großen Raupe mit sich windendem, grauem Körper so wie bei einer Languste, aber mit großem orangefarbenen Kopf, hervorquellenden Augen wie Tomaten, kleinen Rattenbeinchen, aber Krallen lang wie Mistgabeln. Wieder andere sagen, er ist wie eine große fette Spinne …

– Vogelscheuche auf Urlaub!

– Vielleicht ist er aber auch wie Glas, das bricht, aber im Kopf, verstehst du? Davy Jones, das ist die gerechteste Sache der Welt, da kann sich keiner freikaufen.

Vive la France

Wenn alles drei Aggregatzustände hat, warum dann nicht auch die Tage? Vielleicht kann die Zeit gefrieren und verdampfen? Das Chaos wirkt sich jedenfalls aufs Datum aus. Denn irgendwie haben wir in dem Durcheinander des letzten Kapitels einen Tag verloren. Hat sich verflüchtigt wie ein Gas. Ist einfach über Bord gegangen und davongeschwommen. Oder abgesoffen? Vielleicht stimmen die Berichte der Überlebenden nicht überein? Während nämlich die einen steif und fest behaupten, man sei am 2. Juli auf Grund gelaufen, gibt es andere, die den 5. Juli als den Tag der Ausbootung beschwören. Vielleicht fanden der Bau des Floßes und das zweite Warpen an zwei verschiedenen Tagen statt, wurden aber in der Erinnerung auf einen konzentriert? Oder hatte man die Medusa erst am 3. Juli in den Sand gesetzt?

Wie auch immer, sicher ist nur, dass am nächsten Morgen, man ist sich einig, es war Freitag, der 5. Juli, bereits um vier Uhr früh ein Gepolter einsetzte. Viktor, er hatte an Deck geschlafen, fühlte sich elend. Seine Kehle brannte, und in seinem Kopf saß ein kleiner Trommler, der unermüdlich schlug. Er hatte, jetzt wusste er es wieder, von Gaines geträumt, von maisgelben Zähnen, einer tintenfischkopfgroßen Blase im Gesicht. Tock, tock, tock. Jetzt hab ich disch! ... Schrecklich.

Mittlerweile waren die Regenwolken einer sternenklaren Nacht gewichen. An Deck standen Matrosen und rauchten – in der morgendlichen Kälte roch der mit Tee und getrockneten Abfällen verschnittene Tabak noch schärfer. Einer sang:

– Sie stahl mir das Geld und die Kleidung, das Herz, nur den harten Schanker ließ sie bei mir. Sie nahm mir die Schuhe, die Kette, das Herz, und doch ist sie immer noch hier …

Wenn die Matrosen auf eine Nachlässigkeit oder gar ein Einnicken der Soldaten gewartet hatten, so war es vergeblich gewesen, denn immer noch wurden die Fallreeps streng bewacht. Coco blickte sehnsüchtig zu den Rettungsbooten, die wie kleine Inseln um das havarierte Schiff trieben. Auch das Floß hing noch am Heck – großteils unter Wasser, und die darauf stehenden Fässer schienen von selbst zu schwimmen.

Wie sollen diese Nussschalen vierhundert Menschen retten? Keiner, der da hinunterblickte in die spiegelglatte See, hatte ein gutes Gefühl. Sechs mehr oder weniger kleine Boote, wie man sie vom Hafen kannte, wenn sie im Winter aufgebockt am Pier oder an den Stegen lagen, groß genug, um Fischern bei ihren küstennahen Streifzügen zu dienen. Aber um damit hundert Seemeilen oder mehr auf dem offenen Atlantik zurückzulegen, Stürmen zu trotzen, Brandungen zu überwinden?

Mit der Dämmerung erschienen erste Passagiere. Sie trugen Köfferchen, Pakete, Hutschachteln und Schuhe, die Frauen hatten mehrere Kleider übereinander angezogen, waren mit Perlenketten, Ohrringen und Armbandreifen vollgehängt. Seltsame Gestalten, aber jeder schaut halt zuerst auf das Eigene. So waren sie vollgepackt wie bei einem Sommerschlussverkauf und stellten sich zu den Soldaten, wo sie die Freigabe des Fallreeps erwarteten.

– Was wollt ihr? Zurück, noch ist es nicht so weit, versuchte Anglas sie zu zerstreuen. Seine schrille Stimme bohrte sich in Viktors müden Kopf. *Wieso brüllt der so? Halt dein Maul!* Er fühlte etwas Weiches neben sich, bohrte sein Gesicht hinein und wollte weiterschlafen. In seinem inneren Auge erschien das Mohnblumenmädchen, engelhaftes Lächeln … Sie war kalt. Jetzt sah er Arétée … Auch sie fühlte sich an wie ein feuchter Polsterüberzug aus Leder. Er streichelte ihr Gesicht, ließ seine Hand ein Stückchen abwärts gleiten, war verwundert über diesen großen Schenkel, erwischte etwas Nibbeliges, den Blutschwamm?, nein, eher ihre Brust, die er jetzt sanft umstrich, schon sammelte sich Speichel in seinem Mund, wollte er daran saugen, machte schmatzende Geräusche, einen zischenden Halbschlafton, ffftfft, wunderte sich noch, dass Arétée irgendwie fleischlich roch, das musste ihr Verlangen sein, kein Zweifel, ihr Fleisch war spitz auf ihn, ffffftffft, so wälzte er sich auf den Körper, viel massiger als gedacht, umfasste ihn, versank darin wie in einer Tuchent, küsste, öffnete kurz die Augen, nur um zu sehen, ob ihre geschlossen waren, und sah: Blücher! Das tote Schwein! Die Beine gespreizt, zufriedenes Schweinegrinsen in der Schnauze. Sauerei!

– Wrrrr, stieß er das tote Tier zur Seite und hätte sich am liebsten auch auf St. Helena verbannt.

Pampanini riss Ghislaine Lafitte eine Hutschachtel aus der Hand und warf sie ins Meer, »brauchst du nicht mehr, Fötzchen. Beim heiligen Severin. Dannazione! Maledizione!«, woraufhin die jüngste und hübscheste der drei Schwestern fast verrückt wurde. Reichte es denn nicht, dass sie all ihre Güter verloren, die Fässer mit Salz, Melasse, Mehl und Wein, die Kaffee- und Teevorräte, das Lampenöl, die Stoffe, Seifen, Soda, Harze, all das, womit sie in Saint-Louis ein Kaufhaus gründen wollten? (Zu allem Überdruss waren sie nicht einmal versichert.) Musste man sie auch noch schikanieren?

– Den harten Schanker habe ich von ihr, sang der Matrose mit hoher melancholischer Stimme. Ghislaine brüllte wie am Spieß, so markerschütternd, dass man sie in Paris sofort in das Irrenhaus von Charenton eingeliefert hätte, und Viktor, noch immer mit dem Schweinekörper kämpfend, überlegte, was der harte Schanker war. Irgendeine Form der Syphilis, Savigny hatte ihm davon erzählt. *Sollte Hosea in sein Büchlein schreiben.*

– Kein Gepäck, befahl Anglas. Niemand kann Gepäck mitnehmen. Am besten, Sie lassen die Sachen hier, damit sie später an Land gebracht werden.

– Das ist alles nicht wahr, nur ein Albtraum, mach dir keine Sorgen, wurde die jüngste Lafitte von ihren Schwestern beruhigt. Reiß dich zusammen.

– Aber mein Hut! Mein teurer neuer Hut!

Auch Kummer beschwerte sich, seine Manuskripte seien von unschätzbarem Wert, müssten unbedingt mitgenommen werden. Vor allem seine Studien über Orchideen! Eine Verfeinerung der Systematiken von Linné und Jussieu! Wie sonst sollte er neue Orchideenarten finden, für die in Europa bis zu vierhundert Franc pro Pflanze bezahlt wurden? Die Orchidee würde einmal das sein, was einst die Tulpe war. Es würde Orchideenbörsen geben. Die Menschen der Zukunft würden nicht mehr mit Geld zahlen, sondern mit Orchideen!

– Und Sie wollen diese Entwicklung verhindern? Sie wollen der Menschheit das sagenhafte Blumengeld versagen? Sie Fortschrittsfeind! Sie verstehen es zu missfallen … Er brüllte einen jungen Soldaten an, der ein verständnisloses, völlig gleichgültiges Gesicht machte.

– Schau mich wenigstens an, wenn ich mit dir rede, brüllte Kummer, der jetzt dazu übergegangen war, den Burschen zu duzen. Bei welcher Aushebung hat man denn dich erwischt? Bei einem Kindergeburtstag!

Keine Reaktion.

Gerade als auch andere Passagiere anfingen, ihrer Empörung über das Gepäcksverbot Luft zu machen, erschienen Reynaud und Espiaux, die Filmvisagen. Beide waren unrasiert, hatten schlaftrunkene, gehetzt wirkende Gesichter. Auch die Leutnants und Fähnriche waren jetzt da und versuchten die aufgebrachte Menge zu beruhigen. Deeskalieren würde man das heute nennen, aber 1816 war noch niemand psychologisch geschult, also wurde getreten und geschubst, geschoben, gebrüllt, beleidigt und gespuckt.

– Wir haben ein Recht, wir fordern, verlangen, schrien einige.

– Verschwindet, drohten die Soldaten mit ihren Musketen.

– Keine Panik, Leute. Das kam von Espiaux. Es liegt absolut kein Grund zur Besorgnis vor. Wenn alles gutgeht, erreichen wir heute Abend Senegal. In den Rettungsbooten ist für alle Platz. Jeder wird zugewiesen. Nur die Ruhe.

– Und das Gepäck? Was ist mit unseren Sachen?

– Wird später abgeholt. Der Kapitän hat versprochen … Wo war der Kapitän? Wo war die Liste für die Ausbootung?

Reynaud befahl dem Dritten Offizier Lapeyrère, das war der, aus dem keiner schlau wurde, der das Maul nicht aufbrachte, vierzehn Ruderer für die Bombarde, das Gouverneursboot, zu suchen. Aber keine Betrunkenen, fügte Reynaud hinzu. Gute Ruderer, keine Kohlstecher oder Aalhacker!

– Vierzehn? Die Schaluppe könnte mehr fassen.

– Ruhe. Sie reden nur, wenn Sie gefragt werden. Sie sagen sonst ja auch nichts! Da werden Sie ausgerechnet heute damit anfangen. Es war keine Bösartigkeit in seiner Stimme, aber Reynaud klammerte sich an die letzten Reste von Ordnung und Disziplin. Gerade jetzt waren diese Werte aufrechtzuerhalten. Er sah verzweifelte, ängstliche Gesichter und dachte, wie kann man nur so an seinem kümmerlichen Dasein hängen? Wie kann man nur glauben, unersetzlich zu sein? Wer aber in welches Boot kam, wusste er nicht. Nachdem er erfahren hatte, selbst im Gouverneursboot zu sitzen, gemeinsam mit Arétée, war Reynaud wie weggetreten gewesen. Gut, es würde keine Butterfahrt werden, aber die Bombarde war das sicherste der Boote, und die zu erwartende Nähe zu Arétée verlieh ihm ein unsagbares Hochgefühl. Drei Tage waren seit jener denkwürdigen sternenklaren Nacht vergangen, als er ihr den Offiziersmantel um die Schultern gelegt hatte, drei Tage, in denen die Medusa gestrandet und alle Rettungsversuche gescheitert waren. Drei Tage, während derer sie nichts anderes getan hatten, als aneinander zu denken. Gesprochen hatten sie in dieser Zeit kein Wort miteinander.

Jetzt ließ er ein kleines Fass Wasser, mehrere Flaschen Bordeaux, Burgunder und Malvasier sowie eine Kiste Schiffszwieback an Bord der Schaluppe bringen, das sollte reichen. Am Abend waren sie bestimmt an Land. Er wollte sich gerade eine Pfeife anzünden, da sah er Savigny und stürmte auf ihn zu.

– Und, mein Herr, was sagen Ihre Prinzipien jetzt? Noch ist es nicht zu spät. Sie haben, wie ich gehört habe, leider nur einen Platz auf dem Floß bekommen, Reynaud lächelte.

Savigny sagte nichts, sah ihn nur durchdringend an.

– Wenn ich mich verwenden würde, könnte man Sie noch in der Schaluppe unterbringen.

– Ich kann nicht gegen meine Überzeugung handeln, sagte Savigny mit tonloser Stimme.

– Aber das müssen Sie doch nicht. Ist die geistige Verwirrung unseres Kapitäns denn noch immer nicht hinlänglich bewiesen?

– Damit würde ich ihn freisprechen von aller Schuld! Nur, damit Sie für ein paar Stunden Kapitän sind?

– Und für einen Platz in einem Rettungsboot. Die meisten

wissen nicht, was es heißt, auf das Floß zu gehen. Na, sie werden es früh genug erleben. Aber Sie mit Ihrer Intelligenz, Sie wissen, was das bedeutet. Vielleicht geht ja alles gut, ich hoffe es, aber vielleicht auch nicht.

Savigny sagte nichts darauf, musterte aber den Offizier und machte ein Gesicht, als hätte er ihn durchschaut. Schweigend ging er weg.

– Idiot, rief Reynaud ihm nach. Das werden Sie bereuen.

Als die Passagiere sahen, wie die Boote beladen wurden, aber außer ein paar Ruderern niemand zustieg, beruhigten sie sich.

– Seht ihr, sagte Leutnant Dupont, die Schiffsführung hat alles prächtig organisiert.

– Vive la France! Oberfeldwebel Charlot hatte sich eine französische Fahne umgehängt, nein, keine Trikolore, sondern eine weiße, bestickt mit goldenen Lilien. Jetzt glich er einem Leichtathleten, der gerade eine olympische Medaille gewonnen hatte und nun seine Ehrenrunde drehte. Auch Charlot lief im Kreis und rief unentwegt:

– Ich bin stolz, Franzose zu sein. Franzosen sind die Besten. Wir Franzosen …

Im gleichen Moment kratzte ein erster Sonnenstrahl den Horizont, hüllte alles in rotes Blutorangenlicht und gab den dunklen Gestalten farbige Umrisse. Ein herrliches Spektakel.

Espiaux war dem Beiboot Cremona zugewiesen, ein ruderloses Boot, das nur ein Segel hatte. Im Gegensatz zu Reynaud, der ständig an die Gouverneurstochter und die Möglichkeit dachte, doch noch Kapitän zu werden, sich sonst aber um nichts kümmerte, empfand Espiaux Verantwortung. Schon seit dem zweiten Ausbringen des Ankers spürte er, wie sehr er mit der Aufgabe wuchs. Während der Kapitän verzagte und sich

Reynaud in Dienstplänen, Vorschriften und Träumereien vergrub, strotzte der Zweite Offizier vor Tatendrang. Am liebsten hätte er jeden Passagier persönlich an Land gerudert. Als er über das Fallreep in das Beiboot stieg, strich er über die Bordwand der Medusa und flüsterte:

– Keine Angst, altes Fräulein. Ich hole dich hier heraus. Dann stieg er in die Cremona und wartete auf die ihm zugeteilten Männer.

Das sogenannte Senegalboot Dolce, das für die Hafenmeisterei in Saint-Louis bestimmt war, bekam Leutnant Maudet, ein trübsinniger Lockenkopf. Warum nicht Richeford? Für den Hafenmeister in spe war diese Nussschale doch eigentlich bestimmt. Hoffte er auf einen Platz im größeren Kommandantenboot? Nein, Toni hatte sich für die Jolle Euphonia, das kleinste und unsicherste aller Rettungsboote entschieden. Warum? War ihm die Nähe des weinerlichen Kapitäns unheimlich? Fürchtete er einen Tobsuchtsanfall Hugos, oder hatte er Angst vor sich selbst, Angst, in einer schwachen Stunde eine Lebensbeichte abzulegen?

Nun erschienen auch der gepuderte Kapitän und die Familie Schmaltz. Wie bei einem Trauerzug schritten sie hinter Matrosen her, die sich mit Kisten abschleppten.

– Vorsichtig. Passt auf. Langsam.

Das Ehepaar Schmaltz sah aus, als käme es von einer Krönungszeremonie. Der künftige Gouverneur von Saint-Louis trug eine weiße Kniebundhose aus Seide, eine mit Silberfäden bestickte Weste aus demselben Material und darüber einen dunkelblauen Samtmantel mit Goldbordüren. Reine, so klein, dass sie sich auf die Zehenspitzen stellen musste, um ihrem Mann etwas ins Ohr zu flüstern, war in einen Hermelinmantel gehüllt. *Etikette!* Weiße Perücken, lang wie Bettvorleger, zierten ihre Schmaltz-Köpfe, und an den Schuhen glänzten goldene Gamaschen. Selbst Arétée hatte ihr schönstes Ballkleid angelegt.

Sind die verrückt? Was glauben die? Die sind im falschen Stück, dachte Viktor, der Mühe hatte, die Augen offen zu halten. Jetzt pochte es in seinem Kopf, und unter seiner Haut vibrierte es. *Schönes Mädchen. Das Kleid betont ihre Figur, sicher unangenehm. Die wird schauen, wenn sie darin stundenlang im Rettungsboot ... Nur der Blutschwamm ... völlig überschminkt ...*

– Wo ist Griffon? Ich habe ihm befohlen ... Eine tiefe senkrechte Falte bildete sich zwischen Schmaltz' Augenbrauen.

– Hier, mein Gouverneur, tauchte Jean Griffon du Bellay aus der Luke auf, machte einen Bückling und kommandierte Soldaten, die ein in Decken gehülltes Gestell an Bord hievten. Es sah aus wie die Tragbahre eines Riesen, war aber, richtig, die Luise.

– Wohin mit ihr, mein Gouverneur? Griffon war unangenehm unterwürfig. Seine Worte kamen herausgezischt wie eine Eidechsenzunge. Jedes einzelne war so intoniert, dass man dachte, es verbeuge sich,

– Zum Vordeck. Aber sachte.

– Was bedeutet das? Sie wollen doch nicht etwa dieses Ungetüm mit an Bord nehmen? Reynaud, der um seinen Platz neben Arétée fürchtete, war irritiert. Was wollen Sie damit? Das Wasser und die Sonnenstrahlen köpfen? Wenn es um ihn ging, war der Erste sogar zur Empathie fähig. Er stürzte zu dem Gestell, schlug die Decke zurück und las auf dem Brett mit dem halbrunden Ausschnitt, jenem, mit dem der Kopf des Delinquenten fixiert wurde, ein mit verzierten Buchstaben geschriebenes Motto: Leiden und Hoffen.

– Hände weg! Das ist die Gerichtsbarkeit Frankreichs.

Schmaltz strich über das türkis lackierte Holz, schlug die Decke zurück und sah den Ersten Offizier herablassend an. Es war, als würden seine Augenbrauen aus dem gepuderten Gesicht hervorschießen und den Offizier überwuchern wie die Dornenhecken das Dornröschenschloss.

– Statt diesem Gestell können wir zwanzig Menschen mehr ins Boot nehmen.

– Monsieur Reynaud, Sie fangen an, mich zu langweilen.

– Aber dieses Gerät ... diese angebliche Gerichtsbarkeit ... diese Tötungsmaschine ...

– Ich wünsche nicht, das Gespräch noch länger fortzusetzen. Schmaltz wandte sich abrupt um und putzte sich die Nase. Reine sagte etwas von fehlendem Esprit und Stallburschenbenehmen. Und Arétée? Sah verlegen zu Boden. *Hatte er sich alles eingebildet? War sie gar nicht ...? Schrecklicher Gedanke. Leiden und Hoffen.*

Chaumareys, der die Aufregung in seinen Eingeweiden spürte, übergab dem entgeisterten Offizier, der mit offenem Mund dastand, die handgeschriebene Liste. Reynaud verbiss sich einen Einwand, ging zum Fallreep, drängte Soldaten zur Seite und hatte Mühe, die unleserlich hingekrakelten, manchmal durchgestrichenen Namen zu entziffern. Zuerst war das Hafenboot an der Reihe, das von diesem Lockenkopf kommandiert werden sollte.

– Maudet!

– Hier!

Ach, der saß bereits in der Dolce und winkte. Acht Matrosen wurden für die Ruder bestimmt, sechzehn weitere Personen aufgerufen, unter ihnen die Lafitte-Schwestern, wobei Ghislaine noch immer ihrer Hutschachtel nachweinte. Vom Schanzkleid bis zum Boot waren es fünf Meter, aber niemand hatte Zeit, sich mit Gedanken an Höhenangst aufzuhalten, der austerngrauen, lauernden See zu misstrauen. Jeder der Aufgerufenen wurde mehr oder weniger sanft auf das Fallreep bugsiert, musste mit den Füßen die schmalen Holzsprossen ertasten, sich am gedrehten Hanfseil festhalten und darauf hoffen, dass ihm die Matrosen im Boot behilflich waren.

– Los! Vorwärts! Weiter!

Während die einen dachten, Gott sei Dank muss ich nicht in diese Nussschale, meinten andere, immer noch besser als das Floß. Jetzt wurden fünfzehn Namen für die Jolle Euphonia aufgerufen, unter ihnen Richeford, der Reynaud sogleich in höchsten Tönen lobte, ihm für alles dankte und ihm eine gute Reise wünschte. Zum Abschluss drückte er ihm grinsend einen Fünfer Trinkgeld in die Hand.

– Hier, kaufen Sie sich etwas Schönes.

Aber das ist doch? Was fällt dem ein? Der Erste Offizier war sprachlos. *Das war ... eine Beleidigung! Man müsste diesen Hochstapler zum Duell auffordern, Genugtuung verlangen.*

Währenddessen weigerte sich Frau Schmaltz, über ein Fallreep in das Boot zu steigen.

– Das Wichtigste ist der Benimm, merken Sie sich das, mein Herr. Gerade in außergewöhnlichen Zeiten zeigt sich der Wert unserer Kultur. Ich bestehe darauf, in einem Stuhl auf die Schaluppe gehievt zu werden. Schließlich bin ich eine Dame! Ich repräsentiere Frankreich. Und vergessen Sie die Kisten nicht.

– Und Luise!, ergänzte der Gouverneur und sah zur Guillotine.

– Was ist in den Kisten?, fragte der Kapitän mit seinem letzten Funken Selbstachtung.

– Die höchsten Güter unserer Nation! Kleider! Die Wachtel rümpfte die Nase. Sechsundzwanzig Reisekleider, vierundzwanzig mit Gold- und Silberfäden durchwirkte Tüllkleider, achtzehn Seidenkleider, zwei Samtroben, sieben Wollkleider …

– Und Sie halten das für notwendig? Hat Sie denn niemand orientiert? Ich mache Sie darauf aufmerksam, dass wegen dieser »Kleider«, er sprach es ziemlich verächtlich aus, Menschen an Bord zurückbleiben müssen. Menschen, die vielleicht … Chaumareys wagte es nicht, den Satz zu Ende zu sprechen.

– Ich habe zu Repräsentationszwecken Kleider anfertigen lassen, die die Zarentöchter beschämen würden. Und Sie werden mit Ihrer komischen Katastrophe nicht einer offiziellen Vertreterin Frankreichs die Würde nehmen. Das ist keine Laune, sondern Pflicht gegenüber der Staatsraison, und damit basta. Merken Sie sich das! Hier geht es um Frankreich!

– Wie Sie wünschen, verbeugte sich der Kapitän und dachte: dumme Pute.

– Vive la France!, rief Oberfeldwebel Charlot, der die Szene beobachtet und »Frankreich« verstanden hatte. Er rief diesen Schlachtruf allen zu, die ihm ihre Aufmerksamkeit schenkten. Vive la France! Die meisten lächelten daraufhin verlegen, ein paar salutierten, die meisten aber dachten: Ach, leck mich.

Noch ging es an Bord halbwegs zivilisiert zu. Die Passagiere fügten sich wie willenlose Schafe den Kommandos, und die Soldaten unterstanden den Befehlen ihrer Hauptleute. Außerdem waren noch gar nicht alle wach. So schlief etwa die ganze achtköpfige Familie Picard, die erst spät Ruhe gefunden hatte und nun eine vielstimmige Symphonie von Schnarch- und Grunzgeräuschen von sich gab. Auch die betrunkenen Soldaten kullerten halbtot irgendwo herum.

Die See war ruhig, kein Lüftchen regte sich. Am Horizont, dort, wo der Senegal sein musste, stieg ein roter Feuerball, die Sonne, langsam hoch, setzte die Kimme in Brand und überzog ganze Flächen mit Gold. Die Wellen glitzerten, als ob ein göttlicher Sämann Münzen ausgestreut hätte. Ein phantastisches, aber gänzlich unbeobachtetes Schauspiel.

Als Nächstes kam Espiaux' Beiboot Cremona an die Reihe. Hierfür waren ein Hauptmann und seine sechsunddreißig Soldaten bestimmt. Gleichzeitig wurde die Kommandantenpinasse Amorosa für Chaumareys zum Fallreep gerudert. Oberleutnant Chaudière, der mit dem Silberblick, der bei der Äquatortaufe den Neptun gegeben hatte, saß darin und rief:

– Kommen Sie, Kapitän! Und als Chaumareys sah, wie sich die Boote langsam füllten, bekam er Angst, zurückbleiben zu müssen, Angst, die Medusa könnte plötzlich bersten. Seit Stunden geisterte ein Wort durch seinen Kopf: Verantwortung. Aber war es seine Schuld, dass man auf Grund gelaufen war? *Unfähig?* Die Seekarten waren alt und ungenau. Die republikanisch gesinnten Offiziere hatten ihn auflaufen lassen. Dazu der dilettantische Richeford, diese Naturkatastrophe. Schicksal. Pech. Das Unglück hatte viele Ursachen, aber sicher nicht ihn, Hugues Duroy de Chaumareys. Wenn er sich später dafür würde verantworten müssen, nicht als Letzter von Bord gegangen zu sein, was doch alleroberste Kapitänspflicht war, könnte er sagen, er hätte die Ausbootung von der Pinasse aus besser kontrollieren können. Also kletterte er das Fallreep hinab, ließ sich von Oberleutnant Chaudière, *wo schaut der hin?*, die Hand reichen und stieg in das kleine Boot, in dem bald achtundzwanzig Menschen saßen. Durchwegs ernste Gesichter, verkapselte Gemüter, die diese Nähe aber nicht wie er, der Kapitän, als Zumutung empfanden, sondern einfach als Teil einer nicht ganz glatt verlaufenden Reise.

Als die Leute an Bord sahen, wie der Kapitän das Schiff verließ, während man gleichzeitig vorne beim Bug Gouverneur

Schmaltz in einem Stuhl mit Sicherheitskette auf die Bombarde hievte, kam Panik auf. Insbesondere die Soldaten achteten nicht mehr auf Befehle, hatten plötzlich das untrügliche Gefühl, hier in der Falle zu sitzen. Sie brüllten:

– He, was ist mit uns? Wollt ihr uns zurücklassen?

Manche ließen sich an Tauen hinab, andere sprangen ins Wasser, und wieder andere steckten Reynaud Geld oder Tabak zu:

– Ist alles, was ich habe, aber dafür will ich in ein Boot.

Reynaud nahm die kleinen Bestechungsgeschenke, bekam aber plötzlich selbst Angst um seinen Platz im Gouverneursboot. *Arétée! Auch wenn alles eingebildet war, muss ich ...* Also übergab er die Liste an Coudein, den hustenden Leutnant mit dem verletzten Schienbein und den Uis, und lief zum Bug.

– He! Was ist? Wir haben bezahlt! Die Schmiergeldzahler waren perplex.

Aber da war Reynaud längst über den Vordersteven zum abgeknickten Bugspriet geklettert. *Alles verdreckt! Man sollte dem Galionsinspektor die Nase darin reiben.* Nun versuchte er sich an einem Seil in die Schaluppe zu lassen. Gleichzeitig hantierten Soldaten mit der an zwei Seilen hängenden Guillotine.

– Sind Sie verrückt, Mann? Passen Sie auf.

Reynaud sah Arétée, lächelte, und? ... ja! Sie lächelte zurück ... erreichte mit den Füßen die Schaluppe, hielt sich kurz an der Guillotine fest, die daraufhin ins Pendeln kam, aus einer Schlinge rutschte, kippte, und nun auch noch aus der anderen Schlinge, und ... – Luise! Nein, schrie der Gouverneur, doch es geschah – mit sanftem Platsch ins Meer rauschte. Kurz darauf tauchte die Decke auf und trieb im Wasser, aber von der Tötungsmaschine selbst war nichts mehr zu sehen.

– Das, das werden Sie bereuen, Sie Ausbund an Dummheit

und Ignoranz! Das kostet Sie den Kopf! *Nur womit?* Schmaltz war außer sich, seine Pupillen funkelten vor Wut, die Brauen sträubten sich. *Richtige Gebüsche!* Reynaud lächelte verlegen, bekam einen roten Kopf und stammelte:

– Tut mir leid. Ich …

– Davon haben wir nichts. Sie haben soeben die Justiz Frankreichs blamiert. Das fordert …

– Das hat er nicht absichtlich getan, versuchte Arétée ihren Vater zu beruhigen.

– Du sei still, du … Oder glaubst du, ich sehe nicht, was hier gespielt wird?

– Plumpe Vertraulichkeiten, ergänzte Reine … mit einem Stallburschen! Wenn das so weitergeht, wird sich unser Fräulein Tochter noch in eine Kurtisane verwandeln.

Arétée schwieg. Sie hielt sich tapfer. Obwohl sie vor Nervosität an ihrem Taschentuch kaute, behielt sie die Beherrschung.

– Die schöne Guillotine! Ach, Luise! Du Schöne! Der Gouverneur verfiel in ein Lamento, das man für ein erstes Anzeichen eines beginnenden Alterswahnsinns hätte halten können. »Luise! Liebste!« Er beugte sich über das Dollbord, als wollte er ins Wasser springen, griff nach der treibenden Decke und konnte nicht begreifen, dass sein kleiner Liebling, sein Luischen, das darin eingehüllt gewesen war, nun irgendwo am Meeresgrund zur Belustigung der Fische diente. Er hatte Tränen in den Augen und sah so verzweifelt drein wie ein Vater, der sein Kind verloren hat.

– Julien, herrschte seine Frau ihn an. Jetzt ist es genug. Sei nicht vulgär.

– Aber das schöne Schafott. Angefertigt von einem Meister aus Lyon mit Rückstellhebel und spezieller Laufschiene, das Messer war eine Spezialanfertigung aus Auxerre mit Stahl aus Österreich, das Gestell aus skandinavischem Eschenholz, die Halskrause aus Buche, zusammenklappbar … ein Kunstwerk! Aber das verstehst du nicht … Alles wegen dem! Er funkelte Reynaud an, der am Ruder saß und so tat, als ginge ihn das alles gar nichts an. Der Offizier gab sich zugeknöpft, obwohl er vor Glück zitterte, ja, vor lauter Glückseligkeit fast vergaß zu atmen. Natürlich lag das nur an Arétée, die neben ihm saß. Er bildete sich ein, ihr kastanienbraunes Haar zu riechen, ihren Atem, ja, ihre ganze engelhafte Essenz. Neben so einem Zauberwesen war jede Katastrophe lächerlich. Auch wenn sie ihn nicht ansah, mit einem Kamm aus Schildpatt spielte, spürte er ihr Knie, das immer wieder gegen seines stieß. O welche Wonne. Reynaud war wie von Sinnen, bemerkte nicht einmal ihre Mutter, diese alte Megäre, die die Nase rümpfte und ihn ansah, als wäre er irgendein frecher Parvenü.

Inzwischen näherten sich schwimmende Matrosen und Soldaten dem Kommandantenboot, versuchten sich am Dollbord der Amorosa hochzuziehen.

– Weg da! Oberleutnant Chaudière, *gar nicht liebenswürdig*, stieß sie mit einem Ruder weg. Beiläufig, wie man Maikäfer von einem Tisch wischt.

– Verschwindet! Wir können euch nicht ins Boot nehmen, sonst kentern wir.

– Bitte. Mitleiderregende Augen blicken ihn an, aber die ließen den Mann mit dem Silberblick kalt. Er war schon als Neptun unbarmherzig gewesen:

– Verschwindet, sonst brenn ich euch eine aufs Fell.

Der Kapitän sah zu und schwieg. Er sah die entsetzten, angsterfüllten Blicke der Schwimmenden, die Todesangst, auch wusste er, dass in seinem Boot noch Platz war, doch er sagte nichts. Pech, Schicksal, besondere Umstände, das Unglück hatte viele Ursachen, nur nicht ihn. *Ich habe mir nichts vorzuwerfen, ein reines Gewissen, ich bin Neffe eines Generalleutnants der Marine. Alles, was ich getan habe, dient dem Wohl der Passagiere.* Er versuchte sich einzureden, das Richtige gemacht zu haben. Sie erlebten eine Katastrophe, und da gab es keine Frage nach richtig oder falsch, da gab es nur fressen oder gefressen werden. Was fiel diesen Leuten bloß ein? Wollten einfach in sein Boot kommen mit dem fadenscheinigen Argument, sonst zu ertrinken. Was für eine groteske Unbescheidenheit!

– Zur Fugara! In der Pinasse ist noch Platz!, schrien die Schwimmenden. In diesem sechsten Gefährt, einem kleinen Beiboot, *mehr ein Salbentopf*, führte der Dritte Offizier, Lapeyrère, schweigsam wie ein Trappistenmönch, das Kommando, weigerte sich aber ebenso wie Oberleutnant Chaudière, noch jemanden aufzunehmen. Dreißig Menschen hatten es zu ihm an Bord geschafft, vor allem Soldaten und ein paar Arbeiter der Kolonialgesellschaft. Mehr geht nicht!

– Bastard! Davy soll dich holen, riefen die Schwimmenden. Alle Leute in den Booten sahen zu, wie sie verzweifel hin und her schwammen, wie Hunde in einem Hafenbecken, die nirgendwo ans Ufer konnten.

– Und wir? Was ist mit uns? Sollen wir hier stinkig werden wie ein Käse?, schrien zehn Arbeiter, die noch an Deck waren und mit ihrem Werkzeug winkten. Wir müssen auch auf dieses Beiboot. Es hat geheißen, wir sollen zusammenbleiben. Nicht trennen, hat es geheißen. Lavillette, der Vorarbeiter mit dem Goldzahn, der gestern die Kombüse geplündert hatte, stand auf einem Fass und brüllte:

– Wir sind Arbeiter der königlichen Kolonialgesellschaft von Aquitanien. Wir haben ein Recht auf eine sichere Überfahrt. Wenn uns etwas zustößt, wird Sie die Kolonialgesellschaft klagen. Und Sie auch. Und Sie! Sie wird euch alle verklagen. Alle! Seine Argumente waren völlig widersinnig, aber andere fielen ihm nicht ein.

– Ruih! Immer mit der Ruih, versuchte sich Coudein Gehör zu verschaffen. Verzweifelt sah er auf die Liste und dann in die Boote.

Da stimmt überhaupt nichts. Sein Blick pendelte hin und her und wurde immer unruhiger. Nichts passte. Da saßen Menschen in der Pinasse, wohin sie nicht gehörten. Andere waren der Jolle oder dem Senegalboot zugewiesen, die beide voll waren. Manche schwammen im Wasser, wurden aber von jedem Boot zurückgestoßen. Außerdem begannen sich die Kommandantenpinasse und die Schaluppe, Amorosa und Bombarde, schon von der Medusa zu entfernen. *Die wollen doch nicht abschmieren?*

Noch waren zweihundert Menschen an Bord, die mit wachsender Angst zugesehen hatten, wie die Boote voller und voller geworden waren. Zweihundert Menschen, die darauf gewartet hatten, aufgerufen zu werden. Aber niemand nannte ihren Namen. Niemand half ihnen. So standen diese Vergessenen, diese Nichtaufgerufenen an der Verschanzung, auf dem Mastgarten, am Achterdeck – und ihre Gesichter wurden immer länger. Manche kletterten in die Wanten, hinauf zur Saling, winkten. Bis jemand schrie:

– Ihr da, ihr alle geht aufs Floß.

– Aufs Floß?

– Vive la France!, schrie Oberfeldwebel Charlot. Franzosen auf das Floß.

– Habt keine Angst, wir nehmen es ins Schlepptau und ziehen euch an Land. Dieses Floß, zwanzig Meter lang, sieben

Meter breit, war komplett von Wasser überspült. Die massiven Mastteile, Rahen, Stengen und Spieren, aus denen es gezimmert war, besaßen wenig Tragkraft, nur der erhöhte Bug ragte aus dem Wasser. Vertaut an der Medusa, hatte es die ganze Nacht wie der Schlägel eines archaischen Instruments gegen den Schiffsrumpf geschlagen. Nun hielten Matrosen das Fallreep und winkten den Menschen an Deck, herunterzukommen.

– Na, kommt schon. Ja, ihr da. Alle! Kommt!

Da kletterte der Soldat Kimmelblatt in die Wanten, drehte sich wie ein Schauspieler zu seinem Publikum und brüllte mit großer dramatischer Geste:

– Ist der Jiddn Kimmelblatt meschugge! Auf diesen Tinnef geht er nicht. Floß? Das ist nicht koscher! Das ist trefe! Da ich nicht an euren Gott glaube, ihr Goi, glaube ich auch nicht, dass dieses Floß je Land erreicht. Das geht kapores. Wenn der Kommandant so fest an seinen Goi-Gott und den König glaubt, soll er sich selbst von diesem Schamass nach Saint-Louis bringen lassen. Ich nicht! Ein Menachim Kimmelblatt lässt sich nicht beseibeln. Niemals! Nicht koscher. Floß? Ein Witz ist das! Aber kein jiddischer!

Eine kleine Menge klatschte Beifall.

Chaumareys selbst tat so, als hätte er nichts gehört. Er traute der Gnade Gottes nicht, verkroch sich in seinen Gedanken, hoffte, nicht aufs Klo zu müssen. Es war Richeford, der in seiner Jolle aufstand, den lächerlichen Kapitänshut schwenkte, die Zigarre aus dem Mund nahm und Richtung Medusa rief:

– Coudein, Sie übernehmen das Kommando des Floßes.

Ich? Mit meinem kaputten Schienbein? Auch Coudein tat so, als hätte er nichts gehört. *O du klägliches Stück Mensch.* Er sah verlegen auf die Liste, konnte aber seinen eigenen Namen nirgendwo entdecken. *Ich? Aufs Floß? Das täte dir so passen, dui gemeiner Kerl.*

– Coudein, hören Sie nicht. Sie übernehmen das Kommando! Das kam diesmal vom Kapitän.

Da salutierte Leutnant Coudein, hustete und sah wieder in die Liste. Er kannte sich nicht aus, sah zum Kapitän, zu den Soldaten an Bord und zeigte schließlich auf die Offiziersanwärter der Zweiten Kompanie, auf Dupont, Lheureux, Lozach, Anglas de Praviel und den pickeligen Clairet:

– Ihr uind eure Leute kommt mit mir. Aufs Floß! Dann kletterte er mit seinem verletzten Bein das Fallreep hinunter, uiui, jeder Schritt tat weh. Wie er den Sprung von der Strickleiter schaffte, wusste er selbst nicht, doch es ging. Auf dem Floß stand er bis zum Knie im Wasser. Er spürte, wie es langsam über die Stulpen seiner Stiefel lief, die Zehen erreichte und leicht kitzelte. Als Salzwasser auf die halb verheilte Wunde kam, hätte er vor Schmerzen schreien mögen, doch er biss die Zähne aufeinander, stieß ein Grunzen aus. Beängstigend. Oberfähnrich Jean Daniel Coudein, dreiundzwanzig Jahre alt und Bonapartist, hatte sein erstes Kommando übertragen bekommen. Ein Floß! So hatte er sich seine Karriere nicht vorgestellt, Befehlshaber auf einem Bretterhaufen – trotzdem war er auch ein kleines, nur ein ganz kleines bisschen stolz. Sein dunkelblondes Haar, glatt und lang gewachsen, glänzte vor Freude. Und seine knarzende Stimme überschlug sich und erreichte die Tonlage einer quietschenden Tür. Kaum unten, begann er schon zu kommandieren.

– Alle Mann zui mir. Kommt, bevor das Schiff zerfällt. Im selben Moment schlug ein Brecher gegen die Medusa, die sich daraufhin ein Stückchen weiter neigte. Sofort schwangen sich welche von Bord, sprangen ins Wasser oder seilten sich ab.

Na bitte, so etwas heißt man Autorität. Coudein plusterte sich auf.

– Mir ist alles recht, murmelte Dupont, Hauptsache, ich schlage mir nirgends mehr den Kopf an. Es ist bestimmt eine vorzügliche Entscheidung der Schiffsführung, die so ihre Souveränität beweist, besser wäre es vielleicht …

Es waren noch keine fünfzig Mann auf dem Floß, als es schon so tief gesunken war, dass die Leute bis zu den Oberschenkeln im Wasser standen. Jede Welle schwappte über ihre Hüften, leckte ihre Genitalien, was sie zusammenzucken ließ.

– Wir werden untergehen.

– Nicht, solange ich, Leutnant Coudein, das Sagen hab.

– Ich kann nicht schwimmen.

– Das ist verrückt, komplett verrückt, so etwas kann nicht funktionieren. Lächerlich. Los, zurück aufs Schiff, waren murrende Stimmen zu vernehmen.

– Wer meutert, wird erschossen.

– He, ihr da in den Booten. Seht ihr das? Schaut uns an! Uns steht das Wasser bis zum Nabel! Aber die Menschen in den Booten taten unbeteiligt, sahen zu Boden oder in den Horizont. *Die sollen sich mal nicht so aufführen wegen dem bisschen Wasser, sind ja nicht aus Zucker.*

– Die Mehlfässer! Werft die Fässer über Bord, befahl ein hustender Coudein.

– Eine weise Entscheidung, merkte Dupont an.

– Ha-, ha-, halt deine Fresse! Das kam von Lozach, dem Duponts Schleimerei schon lange auf die Nerven ging.

Kaum waren die schweren Lasten ins Meer gerollt, wo sie unverzüglich untergingen, *damit Davy Jones Kekse backen kann*, stand ihnen das Wasser nur noch bis zu den Knöcheln. Jetzt wurde auch Viktor, der blödsinnig grinsend herumgewackelt war und von Savigny ein Glas mit dem eingelegten Hirn Prusts in die Hand gedrückt bekommen hatte, zum Fallreep gedrängt.

– Na, alter Prust, jetzt siehst du doch noch etwas von der Welt, lallte Viktor, als er auf das Floß stieg. Er fühlte sich benommen, und alles erschien ihm wie in Trance. Lauter Farbflecken, Geräuschpatzen. Zu betrunken, um Angst zu haben. Irgendwie kapierte er, das geschah alles tatsächlich, gleichzeitig konnte er nicht glauben, dass ihm das zustieß, so unwirklich kam es ihm vor.

– He, Doktorchen, schrie einer, komm, oder glaubst du, du hast etwas Besseres verdient, bist ein mittelmäßiger Arzt, ein lausiger Chirurg.

– Aber Zähne ziehen kann er.

Der Schiffsarzt verstand nicht, was geschah. Pure Unvernuft! Sah so die Rettung aus? Warum kam kein Schiff? Wäre es nicht besser, auf der Medusa zu bleiben? Sollte er sich Reynauds Willen fügen, den Kapitän für unzurechnungsfähig erklären? Nein, dafür war es nun zu spät. Gleichzeitig spürte er etwas wie Abenteuerlust. Auf einem Floß im Meer? Das war ein einzigartiges Experiment, eine phantastische Chance für die Wissenschaft! Er umklammerte das Buch mit seinen Aufzeichnungen und stieg das Fallreep hinab. Auf dem Floß wurde ihm das Manuskript mit »Kein Gepäck!« sofort aus der Hand geschlagen und ins Meer geworfen, wo seine gesammelten Aufzeichnungen kurz auf dem Wasser trieben, dann aber untergingen. So hatte er sich das Experiment nicht vorgestellt. Savigny hätte am liebsten zu weinen angefangen. Seine Studien! Versunken! Zumindest hielt Viktor noch das Glas mit dem eingelegten Hirn fest an seiner Brust.

– Kannst du dich noch an das Fass mit dem eingelegten Furzkopf-Kapitän erinnern? Kannst du? Hosea Thomas klopfte auf das Glas. Natürlich haben wir den Rum getrunken! Haben wir. Schmeckte ölig mit leicht bitterem Nachgeschmack, schmeckte er. Leichenbowle.

Es waren jetzt zirka hundert Menschen auf dem Floß, und das Wasser stand ihnen bis über die Knie. Inzwischen hatte man die Boote so miteinander vertaut, dass sich zuvorderst das Beiboot Amorosa mit dem geschminkten Kapitän befand. Achtundzwanzig Menschen saßen darin. Die Ruderer waren zufrieden, hier einen Platz zu haben. Jeder fürchtete, ausgetauscht zu werden, auf das Floß zu müssen. Immer wenn auf dem Schiff einer schrie, er sei auch noch da, zuckten sie zusammen.

Dahinter kam das Hafenboot Dolce mit Leutnant Maudet, in dem fünfundzwanzig Leute saßen. Ihm folgte die Pinasse Fugara mit Lapeyrère und die Schaluppe Bombarde mit der Gouverneursfamilie und Reynaud. Diese vier Boote bildeten eine Kette, an deren Ende wie ein schweres Amulett das Floß hing, auf dem die Leute nun schon wieder bis zur Hüfte im Wasser standen. Zudem gab es außerhalb der Kette die kleine Euphonia mit fünfzehn Leuten (Richeford) und die große Cremona unter dem Kommando von Espiaux.

– Beeilung, rief Schmaltz. Wie lange dauert das? Wir haben keine Zeit mehr.

– Gouverneur, Monsieur le Gouverneur, schrie Griffon du Bellay, was wird aus mir? Erlauben Sie mir festzustellen, ich bin noch hier. Wo wollen Sie denn hin? Kommen Sie zurück! Rom ist nicht an einem Tag erbaut worden. Der Sekretär stand auf dem Schiff und winkte. Monsieur le Gouverneur, ich mache mir Sorgen um Ihr Seelenheil. Wer keine Freunde hat, lebt nur die Hälfte … Sogar jetzt fielen ihm nur abgedroschene Redewendungen ein. Doch ganz egal, was er auch brüllte, Schmaltz tat so, als hörte er ihn nicht. *Der und Seelenheil? Pah! Ein Trick!* Seine Frau sah kurz hin, wendete den Blick gleich wieder ab. *Pfui!* Sie mochte diesen reptilischen Menschen nicht, er war ihr unheimlich. Alles, was er sagte, war eine Mischung aus Unterwürfigkeit, Zynismus und Berechnung.

– Gouverneur, Monsieur Gouverneur! Hier! Ich! Nichts ist ansteckender als ein schlechtes Beispiel! Doch niemand reagierte. *Wieso? Wahrscheinlich ist der Gouverneur nicht ganz bei sich.* Da entschied Griffons scharfer Verstand, auf das Floß zu steigen. Von dort würde er dann schon irgendwie ins Boot des Gouverneurs kommen.

Die See funkelte in der Vormittagssonne wie ein Meer aus Edelsteinen, die gesäten Goldmünzen waren alle aufgegangen und hatten sich zu blühenden Glitzerwäldern ausgewachsen. *Aber die Menschen da sind grobe Klumpen.* Als Alexandre Corréard zu den Booten blickte, musste er die Augen zusammenkneifen. *Ich dreh durch.* Zehn seiner Arbeiter umringten ihn. Die meisten hielten Werkzeug in der Hand und hatten breite Ledergürtel umgebunden, in denen ihre größten Schätze, nämlich Hammer, Lot und Messer steckten.

– Auf welches Boot müssen wir, Herr Ingenieur?

– Sind alle voll.

– Auf das Floß mit euch, rief ein Soldat.

– Auf das Floß? Wir?

– Für den Ingenieur ist ein Platz in der Schaluppe reserviert.

– Ach, so ist das? Wenn das so ist, bleibe ich bei meinen Arbeitern, sagte Corréard trotzig und stieg mit ihnen auf das Floß, auf dem sich nun fast hundertfünfzig Menschen drängten. Der Geologe sah die schwarze Marketenderin Marie-Zaïde, jetzt war ihr nicht mehr nach Äquatortaufe zumute, ihren Mann Joseph, den Schiffsarzt, Griffon, Viktor, Hosea,

Tscha-Tscha, ein paar Matrosen, jede Menge Soldaten, sogar Kimmelblatt, *was war jetzt mit »ich lass mich nicht beseibeln«?*, dazu den Smutje samt dem fetten Gehilfen. *Zumindest für das leibliche Wohl ist also gesorgt.* Sie alle klammerten sich aneinander oder hielten sich zumindest an den Händen. Am Rand saß der Schiffsjunge Leon de Palm, dem das Wasser bis zum Hals stand. Der Moses war so verkatert, dass er, hätte ihn der Pockennarbige nicht gehalten, ohne weiteres ins Wasser gerutscht wäre.

– Ich sag's ja, murmelte Hosea, Weiber und Pfaffen bringen Unglück. Den Bootsnamen zu ändern, an einem Freitag auszulaufen und Grünes an Bord bringen Pech.

– Wo ist eigentlich William Shakespeare?

– William Shakespeare? Hosea griff sich an die Schulter, doch der Papagei war nicht da.

Lang lebe der König

Abfahrt, brüllte der Gouverneur. Beeilung! Da stand Oberleutnant Anglas de Praviel noch auf dem Fallreep. Als er auf das Floß sprang und nur Platz am Rand der Menschenmenge hatte, geriet er in Wut. Ein Oberleutnant hat einen besseren Platz verdient. *Wer hat die Rettungsboote verteidigt? Die ganze Nacht gewacht? Wer hat den schönsten Backenbart? Und wo sind die anderen Leutnants? Der Stotterer, der Pickelige, der Schleimer und der Naive? Stehen natürlich alle in der Mitte dieses unsäglichen Gefährts!* Er drängte ein paar Soldaten zur Seite, aber man stieß ihn brüsk zurück. *Macht Platz! Man müsste euch auspeitschen, Gesindel. Wisst ihr nicht, wer ich bin?*

Vorne in den Booten legten sich die Ruderer in die Riemen, und als sich die wie an einer Perlenschnur aufgereihten Gefährte in Bewegung setzten, es am Floß einen kleinen Ruck machte, Anglas in die Gesichter der Soldaten blickte, die er jahrelang schikaniert hatte, überkam ihn ein mulmiges Gefühl. Man hatte ihm die Auspeitschung Prusts noch nicht verziehen, würde ihn, jetzt ahnte er es, bei der ersten Gelegenheit ins Wasser stoßen. *Diese Leute sind undankbar. Statt zugetan zu sein für die Disziplin, die sie mir verdanken, sind sie nachtragend.*

Ohne lang zu überlegen sprang Anglas vom Floß und schwamm zurück zur Medusa. Während er das Fallreep hochkletterte, warf jemand ein Segel auf das Floß. Auch ein Sack mit Schiffszwieback flog in dieselbe Richtung, landete im Wasser, wurde herausgefischt.

An Deck sah der Backenbart etwas Ungeheuerliches, es waren nämlich noch sechzig, siebzig Leute auf der Medusa. Darunter die Picards, die erst jetzt erwacht waren und verzweifelt mit den Händen fuchtelten.

– He, kommt zurück. Wir haben für die Überfahrt bezahlt. Wir haben ein Recht …

Ein Recht? In dieser Situation hat niemand mehr ein Recht auf irgendwas.

Adelaïde beschimpfte ihren Mann:

– Das hast du jetzt davon. Afrika? Als wäre man nicht jahrhundertelang sehr gut ohne diesen Kontinent ausgekommen. Was hat der zivilisierte Mensch auch im Urwald verloren? Und was auf dem Meer? Der Mensch hat hier nichts zu suchen! Und Kinder am allerwenigsten. Aber Charles Picard glaubt, diese Naturgesetze gelten für ihn nicht. Meine Mutter hat mich gewarnt vor dir, Charles Picard.

– Halt dein Schandmaul, Nörglerin, das ist alles, was du kannst, nörgeln, entgegnete der Notar. Warum ich nur so blöd gewesen bin, noch einmal zu heiraten. Ich war chatte fouettée.

– Was bist du gleich so aggressiv?

– Ich? Du benimmst dich wie Xanthippe, aber wahrscheinlich weißt du nicht einmal, wer das ist.

– Und ob ich das weiß, die Frau von Aristoteles!

Da konnte Picard ein Lächeln nicht unterdrücken.

Nach diesem ehrlichen Austausch ehelicher Empfindungen sahen sie sich ernüchtert an. Laura sagte etwas von »geschreiet«, und Charles junior verkündete:

– Drei plus fünf ist acht.

Charlotte und Caroline riefen Arétée, mit der sie Freundschaft geschlossen hatten. Sie versuchten sich bei ihr bemerkbar zu machen, aber die Gouverneurstochter? War sie abgelenkt von Reynaud, spielte sie mit einem Kamm, oder tat sie nur so, als hörte sie die Rufe nicht? Hatte sie Angst, während der Bootsfahrt den Puder zu verlieren, womit jeder Mensch im Boot ihr Feuermal sehen könnte? Jedenfalls reagierte sie nicht auf die Rufe der Picard-Töchter.

He Arétée, schau her, du Gans. Jetzt tu nicht so, als würdest du nichts hören. Wenn du nicht sofort dein Köpfchen zu uns drehst, erzählen wir jedem, was du für einen kolossalen Blutschwamm hast.

Keine Reaktion. Da wurde Charlotte und Caroline klar, dass man sie im Stich gelassen hatte. Nein, versuchten sie sich zu beruhigen, man holt nur Hilfe. Man will ihnen nur die unbequeme Fahrt in einem kleinen Rettungsboot ersparen. Aber warum brüllt ihr Vater so? Ein verzweifelter, aufgebrachter Picard rief den Leuten in der Jolle zu, sie auf der Stelle zum Beiboot zu bringen. Er fuchtelte mit seinem Strohhut, und seine Haare schienen nicht mehr grau, sondern weiß.

– Wir haben keinen Platz, antwortete Richeford mit Zigarrenraucherstimme.

– Ich appelliere an Ihr Herz. Eine achtköpfige Familie, drei Kleinkinder und ein Baby! Sie können uns hier nicht zurücklassen! Sie müssen uns mitnehmen! Seien Sie ein Mensch.

– Es geht nicht. Sie sehen ja, wir sind voll. Der Glatzkopf mit dem Piratenhut kaute am Ende einer Havanna, zündet sie an, blies eine Rauchwolke aus und lächelte. Eine Familie auf einem Schiffswrack zurückzulassen verletzte die Grundsätze, nach denen Antoine Richeford sein Leben ausgerichtet hatte, nicht im Geringsten.

– Ich werde mich in Saint-Louis über die Schiffsführung beschweren, tobte Picard. Ich werde beim Ministerium eine Eingabe machen, wenn es sein muss, auch beim König …

– So ein Unsinn, murmelte Dupont, der wie die anderen auf dem Floß alles mitbekam. Der Streit wurde ja gewissermaßen über ihren Köpfen ausgetragen. Die Schiffsführung ist exzellent.

– Ich diene dem König und gehorche den Befehlen des Kapitäns, mein Herr. Toni zog an seiner Zigarre. Am liebsten hätte er die kleine Jolle ganz in Rauch gehüllt.

– Vive la France, ergänzte Charlot, der auch aufs Floß gestiegen war.

– Wer hat denn diesen Kurs gewählt? Picard war verzweifelt. Und wer hat Sie gewarnt? So retten Sie wenigstens die Frauen und die Kinder!

– Nein, kam aus der Rauchwolke zurück.

– Unternimm etwas, Charles, schaltete sich nun auch Adelaïde ein. Sollen wir untergehen, weil du so ein Versager bist? Kannst du nicht endlich einmal etwas richtig machen?

– Wie denn? Was denn? Adelheide! Beruhige dich!

– Ich bin ganz ruhig, aber schau dir deine Kinder an. Willst du sie ertrinken sehen? Du hättest sie nicht mitnehmen dürfen, uns zu Hause lassen müssen. Du hättest mich gar nie heiraten und auch keine Kinder in die Welt setzen dürfen, wenn du dann keine Verantwortung übernehmen kannst. Du schwacher Mensch.

So? Ich ein schwacher Mensch? Das werden wir ja sehen. Da entriss der völlig außer Rand und Band geratene Picard einem betrunkenen Soldaten die Muskete, *na, wer ist nun schwach?*, zielte und war selbst am meisten überrascht, als sich ein Schuss löste, knapp neben der Jolle einschlug. *Und? War das jetzt schwach?*

– Der nächste Schuss gilt Ihnen, Richeford, schrie Picard, der nun in Panik war. Seine weißen Haare standen ihm zu Berge. *Schwacher Mensch?* Er sah sie schon alle ertrinken, und schuld war seine Frau, die Regierung, die sich diesen Schiffswechsel eingebildet hatte. *Wer wollte denn um jeden Preis auf die Medusa? Das hat sie jetzt davon, dieses zänkische, neurotische Weib. Diese Xanthippe! ... Frau von Aristoteles? Lächerlich! ... Wären wir doch auf der Brigg geblieben ... Nein, sie will auf die Fregatte, weil die angeblich sicherer und schneller ist ... Jeden Tag schickt sie mich zum Kapitän ... Na, das hat sie jetzt davon.*

– Wenn wir kentern, sind Sie schuld, brüllte der designierte Hafenmeister und ließ die Euphonia zum Schiff rudern. *Unmöglich, diese Leute, lassen einen nicht einmal in Ruhe eine Havanna rauchen.* Die Picards kletterten aufs Fallreep, wobei jeder Erwachsene ein Kleinkind in Händen hielt. Picard hatte sich seine Tasche mit den Goldbarren an die Hüfte geschnallt. Beeilung.

– Was ist, fragte Alphonse, wenn es den lieben Gott gar nicht gibt? Niemand antwortete, und die drei Kleinkinder klammerten sich mit aller Kraft an die Erwachsenen. Nur Gustavus lag völlig gleichgültig in den Armen seiner Mutter.

Sobald die achtköpfige Familie in der Jolle war, die nun tatsächlich knapp vorm Überlaufen war, stieß man sich mit den Rudern von der Bordwand ab. Zwei Soldaten, die ihnen nachgeklettert waren, sprangen ins Meer und versuchten, das Boot schwimmend zu erreichen.

– Weg da, sonst kentern wir, rief Richeford. Laura hustete, und Adelaïde verzog ihr Gesicht, blickte angeekelt auf die Zigarre und schwenkte den Unterarm vor ihrem Gesicht.

– Ekelhafter Gestank!

Ein Ruderer entriss Picard die Tasche und warf damit nach den Schwimmern.

– Kein Gepäck!

– Nein! Das!

Zu spät. Die Tasche! Eine kleine Luftblase stieg hoch, und

das Gold versank. Nun hatten sie alles verloren. Picard war wie betäubt, eine Welle des Entsetzens brauste über ihn hinweg. Alles, was er besaß, war in dieser Tasche, sämtliche Dokumente, Papiere, die Besitzurkunden der Plantagen, das Gold.

– Jetzt ist alles weg, murmelte er.

– Alles nicht. Seine Frau gab ihm einen Kuss. *Launenhaftes Wesen.* Doch Charles Picard war wie weggetreten. Selbst die Entschuldigungen von den Leuten auf dem Beiboot, zu dem man sie brachte, schien er nicht wahrzunehmen.

– Wir haben Sie nicht gehört, beteuerte Lapeyrère, während er Picards Frau und den Kleinkindern half, an Bord der Fugara zu kommen. Wenn wir gewusst hätten, dass Sie noch an Bord sind … wir wären selbstverständlich sofort …

– Lügner! Adelaïde glaubte ihm kein Wort. Sie hatte den Geschmack der Zigarre auf der Zunge und wollte »Charliiie!« schreien, aber der Anblick ihres völlig niedergeschlagenen Mannes hielt sie davon ab.

– Mein Schiff, ich habe mein Schiff vergessen, brüllte Alphonse. Wir müssen zurück.

– Bist du ruhig, hielt ihm Charlotte den Mund zu, und Caroline begann zu singen: »Auprès de ma blonde. Qu'il fait bon, fait bon, fait bon …«

– Jetzt aber los, befahl der Gouverneur, Reine rümpfte die Nase, und die Blicke von Arétée und Reynaud trafen sich.

So hätte sich die mit zirka dreihundertvierzig Menschen besetzte Rettungsboot-Kolonne in Bewegung gesetzt, wenn nicht noch einer auf der Medusa gewesen wäre, der sich nicht damit abfinden wollte, einer, der wütend gegen Kanonen trat, lauthals fluchte, alle zum Henker wünschte, in seiner Verzweiflung die verwirrte Ziege Montesquieu nach Backbord zerrte und dort das laut blökende Tier (Mähmmähh und keine Spur von

Gewaltenteilung) über die Verschanzung warf: Anglas. Eine große irrationale Welle der Verzweiflung. Ein Verrückter.

– Glaubt ihr, ich bin ein Tier? Glaubt ihr, einen Anglas kann man verrotten lassen? Sein langes nasses Haar hing ihm wirr vom Kopf, der Backenbart war zerzaust, die Augen zitterten, und seine Lippen bebten. Er war völlig außer sich, ein aus seinen Ufern getretener Fluss, der bereit war, alles wegzuschwemmen.

Es war nicht Angst, hier auf dem Schiff zu sterben. Es war Eitelkeit und Zorn, keinen besseren Platz gekriegt zu haben. Wut! Anglas ergriff die Muskete eines betrunkenen Soldaten, fuchtelte damit herum, zielte schließlich auf das Boot des Gouverneurs und schrie:

– Kommt sofort zurück! Zurück, sage ich. Die Musikkapelle hier muss euch erst den Marsch blasen, ihr Gesäßwarzen. Bastarde!

Reynaud schützte mit seinem breiten Körper sofort Arétée, und Reine schüttelte den Kopf:

– Wie gewöhnlich. Ein schrecklicher Mensch mit unmöglichen Manieren.

Man hielt diesen Anglas für wahnsinnig. *Ein Fall für das Irrenhaus von Charenton. Der könnte bei Marquis de Sade auftreten, wenn der noch lebte.* Im nächsten Moment wollte er sich selbst erschießen, er hielt sich die Muskete an die Brust, machte ein zum Heldentod bereites Märtyrergesicht, erreichte aber erst den Abzug nicht, und wurde dann von einem Soldaten zurückgehalten.

– Bringt doch nichts, lallte der. Bringt alles nichts.

– Dann gehe ich zu Fuß an Land! Anglas' Augen rotierten. Jawohl! Zu Fuß!

Doch auch davor hielt man ihn zurück. Einer spuckte ihm

ins Gesicht. Ein anderer erinnerte an Prust. Ein Nächster hatte plötzlich ein Messer in der Hand und kam langsam auf ihn zu.

– Na, Herr Leutnant? Sind wir in einer Verlegenheit?

– Pfffrr, machte Anglas und sprang einfach ins Wasser. *Übers Schanzkleid. Fünf Meter.* Ein paar Soldaten, die zuerst an Bord bleiben wollten, denen nun aber die Aussichtslosigkeit dieses Vorhabens klar wurde, taten es ihm nach. Im Wasser schwamm die Ziege auf den Leutnant zu, trat ihm ihre Paarhufe gegen die Brust, blökte und blickte ihn mit ihren rechteckigen Pupillen in den honiggelben Augen verzweifelt an. Warum hast du mir das angetan?, stand groß in ihrem Ziegenhirn. Warum? Was hast du gegen mich?

Da machte es einen Ruck, und der Schiffsrumpf bewegte sich, so dass das Deck der Medusa nun gar um dreißig Grad geneigt war. Die verbliebenen Hühner gackerten in ihren Käfigen, und sogar durch das tote Schwein Blücher ging ein Ruck. Der Mast, oder das, was von ihm übrig war, hing bedrohlich durch und schien jeden Augenblick zu brechen. Jetzt begriffen auch die letzten Verwegenen auf der Medusa, abgesehen von den bewusstlos Betrunkenen, wie ernst die Lage war, wie aussichtslos. Sofort hob ein Gejammer und Gezeter an:

– Nehmt uns mit. Lasst uns nicht zurück. Ihr müsst … Ihr habt die Pflicht …

Soldaten luden ihre Musketen und Terzerole, zielten auf die Boote, wollten schießen. Einer machte sich sogar an einer Drehbrasse zu schaffen:

– De knall i weg! De Säu! .

Es waren Degradierte, Deserteure, verurteilte Verbrecher, ehemalige Galeerensträflinge, die sich betrogen und belogen fühlten.

– Die Besseren richten es sich. Und wir? Uns lässt man zurück! Wir sind nichts wert. Wenn man das Gerechtigkeit nennt, dann brauchen wir diese Gerechtigkeit nicht.

– De moch i hin!

– Sollen verrecken, diese durchlauchtige Bagage, sagte einer, zielte auf das Boot des Gouverneurs und wollte schießen. Verrecken! Alle miteinander! Bevor er abdrückte, gab es einen dumpfen Knall, verrutschten im Frachtraum Fässer und Ballen, Kohlen und Säcke, neigte sich das Schiff noch mehr – nun waren es 45 Grad. Alle kreischten, fielen und rappelten sich wieder hoch zu einem großen Händereichen.

– Lasst uns schwören, sagte ein Soldat, entweder wir werden alle gerettet, oder wir gehen gemeinsam unter. Ein anderer begann zaghaft ein Lied zu summen, einzelne Wörter ertönten schwach. *Enfants. Patrie.* Bald fielen andere ein, und schließlich brüllte man lautstark die Marseillaise: Allons enfants de la Patrie … Der Tag des Ruhmes ist gekommen. Gegen uns Tyrannei …

Republikaner! Anarchisten, um die nicht schade ist, Gesindel, dachte Schmaltz. Seine Frau schlug, typische Übersprungshandlung, dem neben ihr sitzenden Matrosen die Meerschaumpfeife aus der Hand.

– Ich finde es empörend, wenn jemand raucht in so einer Situation. Man kann sich doch beherrschen. Das darf ich doch verlangen!

Der Seemann machte ein verblüfftes Gesicht, und der Gouverneur brüllte:

– Wann geht es endlich weiter. Wann? Seine Augenbrauen waren noch wilder als sonst, als wollten sie ans Ufer wachsen.

Im nächsten Moment hörte man inmitten der Marseillaise ein unheimliches Klopfen, regelmäßig wie der Herzschlag. Chaumareys blickte gespannt zur Medusa, von wo das Klopfen kam. *Was geht da vor?* Er wollte sich davonschleichen wie von einer Schlafenden, die man nicht wecken wollte. Aber nun gab sie Geräusche von sich. Keinen Summton, wie man ihn im Halbschlaf macht, kein Fffft, sondern ein Pochen. Kawumm … kawumm … kawumm. War es das Herz des Schiffes? Dann fiel mit einem Rumms und Knack der Großmast, knickte einfach um, und der Kapitän fühlte einen Hauch von Wehmut, wie ihn ein Mann spürt, der nach vierzig Jahren seine völlig heruntergekommene, derangierte Jugendliebe wiedersieht. *Nichts mehr mit davonschleichen.* Trotz allem war er beim Anblick des Schiffes innerlich gerührt. Es war sein Schiff, dem er Treue geschworen hatte, und das nun hilflos wie eine auf dem Rücken liegende Schildkröte im Sand saß.

– Wie viele sind noch an Bord? Vierzig? Sechzig? *Kann man die zurücklassen? Gut, es sind Republikaner, Liberale, aber was sagt das Gewissen? Egal. Aber man muss an später denken, an das Seegericht. Wichtig ist, dass mir nichts vorzuwerfen ist. Was würde Onkel Louis jetzt tun?*

Der Kapitän ließ zum Beiboot rudern und befahl Espiaux, dem aufgeregten, empathischen Espiaux, dem Einzigen, der dafür empfänglich war, die Leute aufzunehmen.

– Nein, brüllte der Gouverneur!

– Es sind, sagte Chaumareys, höchstens zwanzig Menschen. Bei Espiaux haben die noch Platz.

– Ohne Ruder? Das Alain-Delon-Gesicht wirkte ratlos. Der Wind ist zu stark, um hinzukommen. Wir müssen kreuzen und uns dann zurückfallen lassen. Das dauert Stunden.

– Geht nicht, mischte Schmaltz sich ein. Unmöglich!

– Lassen Sie sich etwas einfallen! Und Sie halten den Mund, Monsieur le Gouverneur. Hier geht es um mein Kapitänspatent.

Einfallen? Was denn? Der ist gut. Espiaux überlegte, dann rief er zu Lapeyrère, dem Trappistenmönch, er müsse zum Wrack rudern, um dort eine Leine anzubringen.

– Ich bin untröstlich, gab der Dritte Offizier zurück, aber das geht nicht.

– Warum nicht?

– Kann es nicht riskieren. Was ist, wenn mir Leute ins Boot springen?

– Das müssen Sie wagen.

– Und wenn wir kentern? Geht nicht.

– Ich habe keine Riemen, sagte Espiaux. Das ist ein Befehl. Wenn Sie ihn nicht ausführen, wird man Ihren Hals bald ziemlich lang sehen.

So löste Lapeyrère murrend die Leinen, die die Fugara vorne mit der Dolce und hinten mit der Bombarde verbanden, und ließ rudern ... vorbei am Floß zum Wrack.

– Auprès de ma blonde. Qu'il fait bon dormir! ... Caroline unterbrach ihr Lied. Beide Picard-Töchter schrien, weil sie glaubten, man wolle sie zurück zum Schiff bringen.

– Was hat der Mann gesäget, wollte Laura wissen. Adelaïde schüttelte den Kopf, und Picard, der die ganze Zeit das Gesicht in den Händen vergraben hatte, glaubte, man rudere zurück, um nach seiner Tasche zu suchen.

– Hier! Da muss sie sein. Hier. Als man ihn aber nicht beachtete, sondern einfach weiterruderte, war er fassungslos. Alles wie in einem schlechten Traum!

Bei der Medusa brüllten alle Picards mehr oder weniger hysterisch, sahen aber verständnislos zu, wie dort nur eine Leine befestigt wurde. Was jetzt? Wollte man das Wrack ziehen? Wieso sagte dieser Offizier nichts? *Schweigsam wie Kohl!* Nein, man ließ sich zurück zur Cremona treiben, warf Espiaux wortlos, wie es Lapeyrères Art war, die Leine zu und ruderte zurück zum Platz zwischen Hafenboot und Schaluppe. *Und wozu das Ganze? Wieso hat man nicht nach der Tasche gesucht?*

Espiaux wusste nichts von einer Tasche. Er ließ an dieser überbrachten Leine sein Beiboot zum Schiff schleppen, was einem seltsamen Tauziehen glich. Er feuerte die Männer an, legte sich auch selbst ins Zeug.

Die Menschen auf dem Floß betrachteten dieses Treiben ebenso gespannt wie die auf der Medusa. Alle hofften irgendwie auf ein Wunder. Aber Espiaux war nur ein Zweiter Offizier, kein Heiland. Er kletterte das Fallreep hoch und sah als Erstes Blücher, das erdrosselte Schwein. Es sah erbärmlich aus, ein langer Schleimfaden hing aus seiner Schnauze. Dann sah er einen völlig durchnässten Anglas, der wütend herumlief. Sein vorspringendes Kinn glich einem Rammbock, am Hals hüpfte der Adamsapfel auf und ab. Der Wüterich hatte den Wahnsinn in den Augen, und sein Backenbart glich einer Drahtbürste. Beim Anblick Espiaux' hielt er inne, umfasste seine Muskete, zielte auf den Zweiten, der erstarrte.

– Was soll das bringen? Glauben Sie, mein Herr, wir haben deshalb die Leine angebracht und uns hergezogen, damit Sie mich aus sicherer Nähe erschießen können?

Anglas ließ die Waffe sinken, sagte, »Ich nehme an, Sie sind stolz auf sich, Monsieur?« Dann fiel er ihm um den Hals und dankte überschwänglich.

– Sie haben mich gerettet, Sie Arschloch. Mein Leben … Ich stehe in Ihrer Schuld.

Ein Betrunkener begann ein Trinklied anzustimmen, und Espiaux befahl allen, unverzüglich auf sein Boot zu gehen.

Ein paar weigerten sich, andere waren zu besoffen, und manche hatten sich irgendwo verkrochen. Gut, dachte der Zweite, zwingen kann ich keinen. Er ging zum Heck, hisste die französische Flagge, ein mit goldenen Lilien besticktes Tuch. *Warum macht er das? Warum hisst er nicht die Trikolore? Es sind doch beide Fahnen an Bord, weil sich das Ministerium nicht entscheiden konnte ... Warum nur die Lilien? Will er zeigen, dass die Royalisten auf Grund gelaufen sind, Schiffbruch erlitten haben?* Espiaux sah sich noch einmal um, half einem Betrunkenen und hievte ihn zum Fallreep, schrie in das Zwischendeck und in die Niedergänge »Die Boote legen ab! Letzte Gelegenheit!« Er wollte einem anderen Besoffenen auf die Beine helfen, doch der stieß ihn weg:

– Verschwinde.

– Gut, ich habe meine Pflicht getan. Espiaux stieg in das Beiboot und machte das Zeichen abzulegen.

So hätte ich handeln müssen, dachte der Kapitän. So und nicht anders. Dieser Espiaux hat das, was man Courage nennt. *Und ich? Unfähig?* Die Ruderer in seinem Boot sahen ihn gespannt an, und als Chaumareys nickte, begannen sie mit kräftigen Schlägen, das Wasser zu pflügen. Der Kapitän fühlte, wie sich in seinem Gehirn ein schrecklicher Gedanke formte: Katastrophe! Alles, was sich hier ereignete, war eine einzige riesige Katastrophe. Und wer war schuld? Wen würde das Marineministerium tadeln? Vielleicht den einfachen Passagier Richefort? Oder die Offiziere? Oder ... Um sich abzulenken, zählte er die Menschen in seiner Pinasse. Er war derart durcheinander, dass er immer wieder auf ein anderes Ergebnis kam. Einmal waren es einunddreißig, dann wieder siebenundzwanzig, nur auf achtundzwanzig, das richtige Ergebnis, kam er nie.

Die Leine zum Hafenboot von Maudet, worin fünfundzwanzig saßen, war jetzt straff gespannt. Dahinter, wieder mit einem Seil verbunden, kam die Pinasse mit Lapeyrère und der Familie Picard, zweiundvierzig. Ihr folgte die Schaluppe mit

Reynaud und der Gouverneursfamilie, achtunddreißig. Von dort rief Reynaud zum angehängten Floß, nicht weil er ein Gemetzel fürchtete, sondern weil er Angst hatte, sie könnten auf ihn oder, noch schlimmer, auf Arétée schießen:

– Werft eure Waffen weg, nur die Offiziersanwärter behalten ihre Waffen. Tatsächlich flogen ein paar Musketen ins Meer.

Neben dieser Bootskette, an deren Ende das schwere, mit hundertsiebenundvierzig, bis zur Hüfte im Wasser stehenden Menschen beladene Floß hing, gab es das Beiboot mit Espiaux, in dem sechsundachtzig Leute waren, und die kleine, in Pfeifenrauch gehüllte Jolle mit fünfzehn.

Aber niemand kam auf den naheliegenden Gedanken, diese Summen zu addieren. Dann wäre herausgekommen, dass sich noch siebzehn Menschen an Bord der Medusa befinden mussten. Siebzehn, die darauf vertrauten, dass die alte Dame nicht gleich auseinanderbrach.

Die Luft war sommerlich, der Wind lau, und es roch nach Salz und Jod, aber niemand achtete darauf. Die meisten waren mit sich selbst beschäftigt, trauerten ihren verlorenen Habseligkeiten nach, hatten Angst, beteten oder suchten einen Schuldigen. Bis auf die Gouverneurs-Schaluppe und das Boot mit dem Kapitän waren alle Gefährte heillos überfüllt.

Auf dem Floß drängten sich alle um die Mitte, wo Coudein auf einem Fass saß, damit sein verwundetes Bein trocken blieb. Neben dem nassen Leinensack voll teigigem Schiffszwieback hatten sie sechs Wein- und zwei Wasserfässer. Niemand scherte sich darum. Man hatte ihnen gesagt, die Küste sei nicht weit, was man glaubte, denn wer hat schon von Sandbänken mitten auf dem Meer gehört? *Die können doch nur in Küstennähe sein.* Obwohl sie sich aneinanderdrängten und den Schweiß ihrer Nebenleute rochen, war die Stimmung ausgelassen. Einer sang:

– Ja, Afrika, das ist wunderbar.

Viktor stand neben Savigny. Wasser bis zur Hüfte. Beide schwiegen. Viktor hatte Gaines und Clutterbucket gesehen, versuchte ihren Blicken auszuweichen, sah dennoch, wie von einer unsichtbaren Kraft getrieben, immer wieder hin. Als der Smutje ihn entdeckte, grinste er sein dreckiges Maiskolbengrinsen und zeigte ihm mit beiden Händen, wie er ihm den Hals umdrehen würde. *O Gott! Hoffentlich erreichen wir bald Land.* Viktor sah den mächtigen Asiaten Tscha-Tscha, den Matrosen Coco mit Neandertalerstirn, den fetten Sanitätshelfer François, den Soldaten Kimmelblatt, immer noch mit rotem Fez, Pampanini (fluchend) und Hosea Thomas. Aber wo war sein Papagei? Und er sah die havarierte Medusa, dachte an den Schiffsfriedhof, durch den er in Rochefort gestreunt war, an die aufgerissenen Planken, die verfaulten Spanten, gebrochenen Kiele, an die mit kalkig poröser Schicht, sah wie Möwenscheiße aus, überzogenen Unterböden, an das faulig braune Brackwasser, das in diesen ausrangierten Schiffen stand. Der Medusa blieb dieses Ausgedinge, dieses Ausbeinen wohl erspart.

Vorne am Floß versuchte Griffon du Bellay auf sich aufmerksam zu machen.

– Gouverneur, Monsieur Gouverneur! Ich will ja nicht das Meer austrinken! Es war überhaupt nicht seine Art, sich derart zu exponieren, aber angesichts der Lage …

Doch bevor aus der Schaluppe eine Reaktion kam, hatte er auch schon einen Schlag versetzt bekommen.

– Ruhe! Phrasenschwein!

– Aber, der Gouverneur hat mir sein Wort gegeben … Die Eidechse zischte.

– Das ist jetzt nichts mehr wert, du Saufutter, Scheißbutten, Hirndübler.

– Ich … Ein verächtlicher Zug umspielte Griffons Mund. Er hätte Lust gehabt, sich aus Protest gegen diese Unverschämtheit auszuziehen und vom Floß zu springen. Da fiel sein Blick auf die Ziege, die vielleicht zwanzig Meter neben ihnen schwamm und schon recht verzweifelt wirkte. *Armer Montesquieu.*

Kaum jemand auf dem Floß merkte es, aber sie trieben ab. So sehr sich die Ruderer in den Booten auch bemühten, das Floß kam kaum vom Fleck. Es war eine einmalige Situation, ein Katarakt an Katastrophen, denn jetzt hatten sie auch noch Wind und Strömung gegen sich.

Und zu allem Überfluss lief nun auch noch Espiaux' Beiboot aus dem Ruder, drohte gegen die gespannte Schleppleine zu treiben, jenes Tau, das das Gouverneursboot mit dem Floß verband.

– Achtung! Scharf Steuerbord! So lenk doch! Lenk!

– Reagiert nicht.

– Vorsicht!

– Die Strömung ist zu stark.

– Ich muss die Leine kappen, schrie Reynaud, sonst kentern wir.

– Nein! Auf keinen Fall!

Da gelang es Espiaux gerade noch, das Boot herumzureißen. Im selben Augenblick löste sich die Leine, die Lapeyrères Pinasse mit dem Gouverneursboot verband. Oder wurde sie absichtlich gelöst? *Diesem Schweiger war alles zuzutrauen.* Niemand sagte etwas. Es war, als hätte sich die pathologische Wortkargheit des Dritten Offiziers auf sein ganzes Boot übertragen. Alle sahen zu, wie die Schleppleine langsam unterging. Nun waren die ersten drei Boote von der schweren Last befreit, bewegten sie sich zügig ostwärts.

– He! Was fällt euch ein? Kommt zurück!

Keine Reaktion. Damit wurde das Floß nur noch vom Gouverneursboot gezogen. Aber sosehr die vierzehn Ruderer auch dagegen kämpften, das Floß zog sie zurück aufs Meer. Was zuerst hilfreich gewesen, weil dadurch ein Zusammenstoß mit Espiaux verhindert worden war, stellte nun ein gänzlich anderes Problem dar: Ein Hund kann keinen Elefanten ziehen. Nicht die Schaluppe zog das Floß, nein, sie wurde aller Anstrengung zum Trotz selbst gezogen, aber in die falsche Richtung.

– Kappen Sie die Leine, sagte Schmaltz.

– Dann treibt das Floß völlig hilflos auf dem Meer. Hundertfünfzig Mann! Tausend Gedanken liefen dem Ersten durch den Kopf, der rot war wie ein Ziegelstein. *Wenn doch dieser Idiot von Schiffsarzt nachgegeben hätte, jetzt ist er selber auf diesem Floß! Ob er die Bestechung anzeigen wird? Ob er dem Marineministerium schreiben wird, wozu man ihn verführen wollte?* Reynaud sah zu Arétée, deren schüchterner Blick ihn verunsicherte. Eine Mischung aus Kind und Frau, wobei die, die sie einmal werden würde, neben ihr saß: eine kleine, von Fettwülsten und Falten entstellte Wachtel. *Aber was denkt Arétée? Wie kann ich ihr meine Courage zeigen?* Ihr braunes Haar war nass, und mit den Locken im Gesicht sah sie wie Medusa aus – vor ihrer Verwandlung.

– Wenn ich etwas nicht leiden kann, dann Trägheit. Ich könnte schon längst beim Nachtisch in Saint-Louis sitzen. Der Gouverneur, *alter Kranich, finsteres Gesicht,* bestand darauf, die Leine zu lösen. Reine stimmte zu, »weil das hat doch keinen Sinn mit diesem Volk, wie man diese paar Elenden zu nennen beliebt«. Reynaud?! *Vielleicht ist es besser so, sicher, dass dieser Schiffsarzt niemandem mehr schreibt.* Reynaud gehorchte, löste den Knoten und sah zu, wie das Seil langsam versank.

– Und jetzt?

– Wir verlassen sie.

– Dann sind sie verloren. *Das ist Mord! Hundertfacher Mord!*

– Jetzt übertreiben Sie nicht so impertinent. Wir werden ihnen Hilfe schicken. Zuerst geht es darum, möglichst schnell nach Saint-Louis zu kommen, sonst wird der Kaffee kalt.

Hilfe schicken? Reynaud wusste, wenn sie wegruderten, kam das für die Menschen auf dem Floß einem Todesurteil gleich. *Dass es einmal so weit kommen würde?* Es war, als würde man in einer Schlacht eine Kompanie dem Feind opfern. So etwas kam vor. Und Arétée? Sie war darauf bedacht, dass ihr Haar das Feuermal bedeckte.

Auf dem Floß war es Griffon, der sah, wie die Leine an Spannung verlor, die Schaluppe sich entfernte. Was hatte das zu bedeuten? Sein Gouverneur würde ihn doch nicht verlassen?

– Monsieur! Ihr Seelenheil! … Er suchte nach einer wirkungsvollen Phrase, doch es fiel ihm keine ein.

Auch Espiaux sah es und gab Befehl, zum Floß zu segeln.

– Wenn wir die Schleppleine übernehmen wollen, müssen wir so nahe an sie heransegeln, dass Menschen auf unser Boot springen können, sagte der Matrose am Ruder.

– Wenn wir die Leine aufnehmen, folgen die anderen Boote unserem Beispiel, hielt Espiaux dagegen.

– Das würde das Kentern des Bootes und unser aller Tod bedeuten.

– Wenn wir davonsegeln, bedeutet das den Tod für alle auf dem Floß. Ich appelliere an Ihr Mitgefühl.

Aber Espiaux konnte appellieren so viel er wollte, die Passagiere und Soldaten waren dagegen. Die Angst war größer als die Nächstenliebe.

– Gut, aber wir wollen tapfer sein. Wir müssen uns wie Menschen benehmen. Espiaux gab sich noch nicht geschlagen, versuchte die Leute umzustimmen, rang um Argumente. Stellt euch vor, ihr wärt auf dem Floß. Es ist ein Gebot der christlichen Nächstenliebe … Wir können sie doch nicht so einfach ihrem Schicksal überlassen.

– Aber es bringt auch nichts, wenn wir alle draufgehen.

– Richtig! Wir müssen auf uns selbst sehen. Die haben halt Pech gehabt.

Da rief jemand auf einem der ersten drei Boote, die nun schon hundert Meter weiter vorne waren:

– Lang lebe der König!

Sofort wurden die Rufe auf den anderen Booten erwidert:

– Lang lebe der König! Seine allerchristlichste Majestät! Vivat Ludwig!

Auf dem Floß glaubte man, die Boote hätten ein Schiff gesehen und würden darauf zusteuern. So konnte man sich das Leinenkappen und Davonrudern erklären. Plötzlich war man voller Hoffnung. Die vorderen Boote hatten ein Schiff gesichtet! Rettung war nahe!

– Lang lebe der König!, brüllten nun auch alle auf dem Floß. Lang lebe Frankreich!

Was schreien die denn so? Die sind verrückt! Für Espiaux war diese Szene völlig absurd, als würden zum Tode Verurteilte ihr Gericht hochleben lassen.

Der Wind hatte zugenommen, trieb die Boote schnell davon.

– Der Passat ist für ein Rettuingsschiff ungünstig, sagte Coudein, der auf seinem Fass aufgestanden war und die wegrudernden Rettungsboote nur noch als kleine Punkte sah. Wir müssen geduildig sein. Das Rettuingsschiff wird wahrscheinlich kreuzen. Vielleicht ist es ein kleines Schiff … Oder es hat uimgedreht, uim weitere Hilfe zui holen? Bestimmt, so muiss es sein. Ihr glaubt doch nicht, dass man uins im Stich lässt? Da kennt ihr die Seefahrer schlecht. Das sind Ehrenmenschen!

– Franzosen!, brüllte Charlot.

Alle suchten gespannt den Horizont ab. Es war inzwischen früher Nachmittag, die Sonne brannte vom Himmel, und die an der Hitze Leidenden waren froh, zumindest mit den Beinen im kühlen Nass zu stehen. Immer noch umklammerten sich hundertsiebenundvierzig Menschen, Schiffsjungen, Männer und eine Frau, die Marketenderin Marie-Zaïde, die ihre blaue Uniform anhatte – mit goldbesticktem Stehkragen. Sie alle hielten sich umschlungen und versuchten mit den Knien die leichten Wellenbewegungen auszugleichen. Verschiedenste Sprachen waren zu hören, Polnisch, Italienisch, Plattdeutsch, Wolof. *Kurva! Stronzo! Büxenschieter! Googu Gat!* Kleine Gruppen hatten sich gebildet. Die meisten bramarbasierten von Frauen, die sie gar nie gehabt hatten, auch Schlachten und Speisefolgen waren beliebte Themen.

Als aber in der einsetzenden Dämmerung immer noch kein Schiff gekommen und von den Rettungsbooten keines mehr zu sehen war, wusste man Bescheid. Man hatte sie verlassen, ausgesetzt, verdammt. Fassungsloses Entsetzen machte sich breit. *Kürbisplutzer, Hirnzuzler!* Die Welt schien zu zerbröckeln. Man hatte sie verraten, feige im Stich gelassen. Jetzt standen sie zu hundertsiebenundvierzigst auf dieser durchlässigen Bretterkonstruktion mitten im Meer. Es war wie auf einem Jahrmarkt, wenn man sich bei den Schaubuden irgendwelchen Monstrositäten aussetzte, man sich ein leichtes Gruseln holte bei der Frau mit vier Beinen, dem Wolfsmenschen, siamesischen Zwillingen oder bei dem Mädchen mit den verkehrten Kniegelenken. Nur dass hier kein Schausteller kam, der sagte, die Zeit ist um. Hier war sie endlos.

Corréard dachte, das hast du jetzt davon. Wegen zehn deiner Arbeiter hattest du großspurig erklärt, deine Leute müssten beisammenbleiben und du gehörtest auch zu ihnen. Das hast du jetzt davon. Statt bequem in einem Rettungsboot zu sitzen, stehst du im Wasser und wartest auf ein Wunder.

Wie Corréard hatten die meisten Offiziersanwärter entschieden, bei ihren Untergebenen zu bleiben. Jetzt schworen sie Rache. Das, was dieser Chaumareys und seine Offiziere hier mit ihnen machten, war Folter, wenn nicht Mord. *Wasser bis zur Hüfte.* Nur der kleine, dicke Charlot meinte:

– Franzosen sind tapfer und verzweifeln nicht, nicht die Franzosen, das mutigste Volk der Welt.

Da brüllte einer ganz hysterisch:

– Sterben werden wir! Alle! Wir werden alle sterben. Und ich will nicht, nein, ich will nicht sterben. Versaufen werden wir! Noch diese Nacht, aber ich will nicht versaufen.

– Ruhe!, schrien andere. Stopft ihm das Maul.

Doch der Hysterische war nicht zu bändigen, kreischte immer weiter:

– Wir sind verloren! Es ist aus! Wir sterben! Aua. Und wenn ihr mich auch schlagt, wir kratzen trotzdem ab. Versaufen werden wir.

Da man das nicht hören wollte, stieß man ihn ins Meer, wo er erst weiterschrie, dann merkte, dass er gar nicht schwimmen konnte, unterging, Wasser schluckte, strampelte und bald versank. Auch von der Ziege war nichts mehr zu sehen. Diese beiden werden nicht die einzigen Opfer bleiben, dachte Savigny und murmelte:

– Ich bestätige es, der Kapitän ist wahnsinnig, geistig verwirrt. Ich gebe es zu.

Auf Bäumen

*S*chönes Schlamassel! Gar nicht koscher! Soll ich euch einen Witz erzählen, fragte Kimmelblatt. Da niemand reagierte, rückte er an seinem Fez und begann:

– Der Grien, ein Jid, liegt im Sterben, und seine Sarah will ihn trösten. Sagt er zu ihr: »Hast du kein schöneres Kleid, Sarahlein? Etwas Festliches.« Zieht sie sich ihren schönsten Fetzen an und will ihn wieder trösten. Sagt der Grien: »Sarah, schau deine Frisur. Kannst dir nicht die Haare machen? Musst du Scheitel tragen? Mach dir Korkenzieherlocken …« Macht sie sich die Haare, kommt zurück und will seine Hand halten, meint der Grien: »Du hast doch Schmuck, Sarahlein. Leg eine Kette an, Ohrringe.« Darauf sie: »Sag einmal, Grien, was ist los? Du liegst im Sterben, ich will dich trösten, und du schickst mich immer weg. Warum?« »Ja, weißt du«, sagt er, »der Tod wird kommen. Vielleicht gefällst du ihm besser.«

Ein paar lachten. Andere fanden das gar nicht lustig, meinten, sie wären nicht in der Situation, um über den Tod zu lachen. Einer brüllte, dieser Jude solle sein dreckiges mosaisches Maul halten, sonst würde er von Bord fliegen. Denn die Juden seien überhaupt an allem schuld. *Dann gibt es gefillten Fisch.* Dessen ungeachtet erzählte Kimmelblatt, *diese humorlosen Goi,* weiter Witze. Vom Rabbi, der mit dem Papst stritt, oder vom Mann, der nicht wusste, ob er seinen Hahn oder seine Henne schlachten solle.

– Schlachte die Henne, sagte der Rabbi … Aber dann kränkt sich der Hahn … Na, soll er.

In der Mitte des Floßes saß Coudein, der neu ernannte Kommandant, auf einem Fass. Um ihn herum die Truppenleutnants Dupont, Lo-, Lo-, Lozach, der pickelige Clairet und der immer glücklich wirkende Lheureux, der Zweite Schiffsarzt Savigny sowie der Geologe Corréard. Es waren die Ranghöheren, die von den Matrosen und Soldaten normalerweise nicht berührt werden durften. Jetzt aber, da das Floß im leichten Wellengang auf und ab gehoben wurde, sie dastanden wie die Haare einer Bürste, ihnen das Wasser bis über die Knie reichte, war es nicht möglich, auf solche Formalitäten zu achten.

– Die duirchlauchtigsten Herren, diese blaublütigen Beutelratten, haben uins weder Kompass noch Karte, noch einen Anker gelassen, sinnierte Coudein. Es geht mich ja nichts an, aber so, wie es aussieht, treiben wir hier hilflos, bis wir ... *Da nützt nicht einmal ein Kommandant, der ein Vorbild an Mut und Willenskraft ...*

– Mein Vorarbeiter hat einen Kompass, fiel Corréard ein. He, Lavillette, dein Taschenkompass. Reich ihn mal dem Kommandanten.

– Welchem Kommandanten?

– Diesem hier. Corréard zeigte auf Coudein.

– Das soll ein Kommandant sein? Diese Hühnerbrust? Ui! Na, mich geht das ja nichts an ... Der Goldzahn des Vorarbeiters blitzte ebenso in der Sonne wie der münzgroße Kompass, den er weiterreichte. Das Instrument wanderte von Hand zu Hand, bis es schließlich bei Coudein war. Der Leutnant hatte noch keinen Blick darauf geworfen, als hinten einer schubste, jemand umfiel, vornüberkippte, auf den Nächsten, dieser Richtung Fass, sich auf Coudeins Bein stützend, die Wunde traf. Der Leutnant schrie vor Schmerz »Ui« und ließ den Kompass aus der Hand gleiten, der auf das Fass fiel, einmal hopste, kurz zu liegen kam, kippte und schließlich doch ins Wasser kollerte.

Einen Moment lang schwamm das gute Stück, dann, seine Einfassung war zu schwer, ging es unter. *Gibt's doch nicht. Verdammt ...* Einige bückten sich, doch der kleine Kompass blieb verschwunden.

– Bravo, verdrehte Corréard ungläubig die Augen. Jetzt wissen die Fische, wo der Nordpol ist.

– Hätte sowieso nicht viel genuitzt, zuckte Coudein mit den Achseln. Müssen wir halt ohne Kompass ...

– Was halten Sie ihn denn nicht fest? Panik, Wut und Verzweiflung durchzuckten Corréard.

– Ein Rabbi geht zu einem Fleischhauer und zeigt auf eine Blutwurst, hob und senkte sich Kimmelblatts modulierte, fast psalmodierende Stimme aufs Neue. Aber Rabbi, das ist eine Blutwurst, die ist nicht koscher ...

– Ruhe! Halt deine Judenfresse!

– Habe ich Sie gefragt, wie der Fisch heißt? Niemand lachte.

Die Sonne, die den ganzen Tag unbarmherzig auf sie eingeprügelt hatte, war zu einem großen roten Ball geworden. Sah aus, als hätte jemand den Himmel und das Meer mit Blut bespritzt. Eine leichte Brise umwehte ihre heißen Köpfe, und Savigny dachte, das wäre genau die richtige Stimmung, um in einer Hafenkneipe in La Rochelle einen Kohleintopf mit Kuhfüßen zu essen und einen Schoppen Wein dazu. Woher kam diese plötzliche Lust auf Kohl? Immer noch standen hundertsechsundvierzig Menschen bis zur Hüfte im Wasser. Noch umarmten sie sich, um nicht über Bord zu gehen. Sie glichen einer Gruppe brütender Pinguine in der Antarktis – nur mussten sie sich nicht vor Wind und Kälte schützen, sondern vor dem Meer, das sie umgab und ruhig auf seine Beute lauerte. Bis jetzt hatten sie es gleichmütig ertragen, mannhaft, stoisch, irgendwie hatte ihnen dieses zu einem einzigen Klumpen zusammen-

gedrängte Fleisch, diese Nestwärme sogar gefallen. Hundertsechsundvierzig pochende Herzen, Augenpaare, Nervensys-
teme, unter Anspannung arbeitende Gehirne, sich reckende
Hälse. Tonnen an Fleisch, Knochen und Hunderte Liter langsam fließenden Blutes. Nun, da die Nacht zu ahnen war, hörte
man Flüche.

– Wenn ich den Kapitän erwische, reiße ich ihm die Därme
raus und häng ihn daran auf. Diese gottverfluchte Sau!

– Und seine Offiziere! Die Eier sollen ihnen in den Säcken
faulen, die Ärsche sollen ihnen zuwachsen!

– Und warum ist der Priester nicht bei uns? Jean-Pierre,
schrie einer mit tuntiger Stimme. Jean-Pierre – komm her!
Dann stopf ich dir meine Bibel in den Hintern. Alle lachten.

– Verrückt, sagte Savigny. Der Kapitän ist verrückt. He, Reynaud, hörst du mich? Ich sage, Chaumareys spinnt! Ich unter-
schreibe es. Hörst du! Alles, was du willst. Verrückt! … Der
Schiffsarzt war so wütend, dass er kaum klar denken konnte.
*Historisches Experiment? Sie bestehen darauf, mich auf die Probe
zu stellen. Gut, können sie haben …*

Die meisten hatten seit gestern Abend nichts gegessen und
seit Stunden nichts getrunken. Ihre Münder waren klebrig wie
Spinnennetze. Weißer trockener Speichel stand in den Mund-
ecken und auf den Lippen. Hinter den geröteten Gesichtern
hatten sich Hitze und Übelkeit aufgestaut. *Zu viel Sonnenexposition.*

– Wie viel Proviant haben wir? Savigny blickte in die Runde
der Hauptleute. Da war der hustende Coudein mit seiner
Schienbeinverletzung, ein schwacher Charakter, aber stolz auf
seinen Aufstieg. *Floßkommandant? Lächerlich und nutzlos!*
»Nuitzlos!« Der schlaksige Schleimer Dupont, *na, ist die Schiffsführung immer noch so großartig?*, Lozach, der Sto-, Stotterer,

ein dumm-glücklicher Lheureux und der pickelige Clairet – keinem von diesen Milchgesichtern war die Führung des Floßes zuzutrauen. Griffon du Bellay, der Sekretär des Gouverneurs, der sich mittlerweile zu den Leutnants durchgekämpft hatte, besaß zwar eine kühl berechnende Intelligenz, aber keinerlei Autorität. Am ehesten war es noch Corréard und seinem Vorarbeiter, dem Goldzahn, zuzutrauen, mit dieser wilden Horde von Matrosen und Soldaten fertigzuwerden. Vielleicht noch Rabarousse, der Schiffszimmerer mit dem Pfirsichkinn, und Cousserolle, der Segelmacher? Denn in der Nacht, das spürte Savigny, würden diese Männer, Verbrecher, Söldner, Kriegstraumatisierte, alle Hemmungen fallenlassen, würde ein gnadenloser Überlebenskampf beginnen. *In jedem Menschen wohnt eine Bestie, ein zweites Ich, rücksichtslos, brutal und ohne Hemmungen. Sobald im Schutz der Dunkelheit Moral und Konventionen abfallen, kommt das tierisch Archaische heraus, die zweite Seele in der Brust, das nur vom Instinkt getriebene Ungeheuer. Und dann geht es Mann gegen Mann.*

– Einen Sack mit nassem Zwieback. Coudein hielt einen Stoffbeutel hoch. Drei Fässer Wein und eines mit Süißwasser. Das ist alles, was wir haben.

Und das eingelegte Hirn, dachte Savigny und sah zu Viktor, der inmitten der teigigen Menschenmenge stand, das Glas mit der grauen Masse hielt und darauf bedacht war, dem Smutje fernzubleiben. *Daneben der Matrose? Aber wo ist sein Papagei? Hat wahrscheinlich geahnt, das Vieh, dass es hier bald gefressen werden wird.*

Corréard stieg auf Coudeins Fass, betrachtete seine aufgedunsenen Füße mit der eingeschrumpelten Haut. *Ich dreh durch. Wenn das so weitergeht, wird sich das Fleisch bald von den Knochen lösen.* Er begann die Männer auf dem Floß zu zäh-

len. Zuerst kam er auf hundertvierzig, dann auf hundertein-
undfünfzig. Als er durchzählen ließ, waren es hundertzwei-
undsechzig, weil sich ein paar zweimal meldeten. Jeder bekam
nun einen Löffel Schiffszwiebackbrei, der nach versalzener
Mehlsuppe schmeckte, und einen Becher Wein.

– Die französische Küche ist die größte kulturelle Leistung
der Menschheit, sagte Corréard verächtlich.

– Vivat, ergänzte Charlot.

Manche schlangen ihre Ration wild hinunter, andere versuchten, den kleisterartigen Brei möglichst lange im Mund zu
behalten, so lange zu drehen und herumzuschieben, bis ihm
aller Geschmack entzogen war.

– Und was gibt es zur Hauptspeise?, brüllte einer. Alle lachten.

– Ihr kennt die Regel: Wenn der Kapitän ein Geizhals ist,
darf die Mannschaft die Galionsfigur absägen. Gelächter.

Zuerst hatte die Essensausgabe alle in Hochstimmung versetzt, aber bald begann eine nervöse Unruhe, die zu Rangeleien
führte. *Na bitte, geht schon los.* Einige versuchten, ihre verschrumpelten Füße aus dem Salzwasser herauszukriegen. Sie
sprangen auf einen Nebenmann, der sich das meist nicht gefallen ließ und die ungebetene Last abschüttelte. Was anfangs
einer verspielten Tollerei glich, war bald ein wildes Köpfe-
reißen, Beißen, Schreien. Da wurde gestoßen und geboxt, wurden Arme auf den Rücken gedreht und hochgerissen, gegen
Beine wurde getreten, gezwickt und gespuckt.

– Männer, brüllte Savigny, der nun auch auf ein Fass gestiegen war. Hört mir zu. Er wusste selbst nicht, was ihn dazu trieb.
Er dachte an Josephine, die gebettelt hatte, er möge daheim-
bleiben. Sie hatte geweint, und später war sie auf dem Pier gesessen. Monate war das jetzt her, Jahre. Jetzt, da er auf dem Fass

stand, war sie nicht mehr als eine blasse Erinnerung. Rochefort? Die Île-d'Aix? Montpellier? Arsenal und Anatomietheater, Wachsmoulagen? Professor Broussonnet? Alles das war Lichtjahre entfernt und völlig unbedeutend.

– Männer! Man hat uns unserem Schicksal überlassen, und wir wissen nicht, weshalb. Was geschehen ist, ist geschehen und lässt sich wohl nicht ändern. Aber das ist kein Grund zu verzweifeln. Wir werden dem Schicksal die Stirn bieten und alle gerettet werden, alle, wenn wir nur vernünftig bleiben, wenn wir zusammenhalten. *Vernünftig? Was war hier vernünftig? Ausgesetzt! Mitten auf dem Meer!* Wenn wir eine Gemeinschaft bilden, unsere verschiedenen Herkünfte, Rassen und auch Religionen vergessen …

– Lang lebe Frankreich, schrie Charlot. La Grande Nation!

Savigny, ohne darauf einzugehen, setzte fort:

– Wenn wir alle Standesunterschiede vergessen … *Wieso die Standesunterschiede? Sollen sich die Hauptleute mit diesem Pöbel gemein machen? Das sind verurteilte Verbrecher! Ungebildete! Visagen!* Wenn wir all das beiseitelassen und auf unsere Kreativität vertrauen, können wir es schaffen und … überleben. Er machte eine rhethorische Pause, aber niemand applaudierte. Keine Reaktion. Die meisten hielten diese Rede für eine Finte, die die Unfähigkeit der Schiffsführung kaschieren sollte. Um die Stille zu füllen, schlug der Arzt vor, einen Mast zu errichten:

– Ein Symbol unseres Willens! Damit man uns sieht. Holt das gekappte Schlepptau ein. Sammelt alle Seile. Hat jemand eine Axt?

Niemand reagierte. Immer noch diese unerträgliche Stille. Viele hatten ihre Hemden oder Uniformen ausgezogen. Kleine Salzkrusten bildeten weiße Kreise auf der nackten Haut, Salz, das in den Augen, auf den Lippen und in Wunden brannte.

– Eine Axt, schrie Savigny. Hat keiner eine Axt?

– Hier ist eine. Aber woraus machen wir den Mast?

– Aus der Kapitänskajüte, schrie Lavillette und erntete Gelächter.

Das Floß, ein Gitter mit faustdicken Zwischenräumen, bestand aus Stengen, Rahen und dem Klüverbaum. Die Ränder waren durch zusammengeschnürte Stangen erhöht – die Karikatur eines Schanzkleides. Außerdem gab es vorne zwei schräg verzurrte Latten, die einen Bug markieren sollten. Sinnlos, aber einen Meter höher als der Rest. Niemand wusste, warum sich keiner die Mühe gemacht hatte, die seitlich überstehenden Enden abzuschneiden. So sah das Ganze aus wie eine Mischung aus Kinderzeichnung und löchrigem Gebiss.

Nun nahm man unter Anleitung von Lavillette, der sich durch die Massen kämpfte und die Arbeiten koordinierte, zwei der seitlichen Stengen, verschnürte sie zu einem Kreuz, spitzte das untere Ende an und steckte es ziemlich in der Floßmitte in einen dieser Zwischenräume, fand sogar kleine Blöcke, um das Ganze zu verkeilen. Dann band man das Segel fest und verschnürte diesen Mast mit den Ecken des Floßes. Nur wenige halfen mit. Die meisten sahen den Arbeiten teilnahmslos zu, andere behinderten sie sogar.

– Hat doch keinen Sinn.

– Hast du nicht gehört, was der Doktor gesagt hat? Zusammenhalten müssen wir.

– Halt's doch selbst zusammen!

Die Sonne war nun nur noch ein Halbkreis am Horizont, und das Wasser unter ihnen glich einem schwarzen, bedrohlichen Teppich. Ein Wimmern war zu hören, die Marketenderin Marie-Zaïde, einzige Frau an Bord, schrie hell auf und versetzte einem Soldaten eine klatschende Ohrfeige. Ein Gezeter in Wolof, dieser unverständlichen Schwarzensprache, folgte. Etwas später fiel jemand ins Wasser. Und als ob das ein Signal gewesen wäre, begann hinten ein Gedränge und Geschubse, wurde gestoßen und geschoben, geschrien und gekeift. Bald platschte das Wasser mehrmals auf.

Savigny konnte nicht erkennen, ob es den Schatten, die nun um das Floß trieben, gelang, wieder zurückzuklettern, oder nicht. Er brüllte »Ruhe! Bleibt vernünftig!«, doch überall herrschte ein derartiges Gezeter und Gekreische, dass man ihn nicht verstand. *Na bitte, geht schon los!*

Das ist der Abschaum der Gesellschaft, dachte Griffon du Balley. Die Hefe, der Bodensatz. Entlassene Sträflinge, Söldner, Männer mit der eingebrannten Lilie auf der Schulter. Sollen die sich ruhig gegenseitig über Bord werfen. Er konnte nicht begreifen, wie ihn der Gouverneur so im Stich lassen konnte. Wahrscheinlich wähnte er ihn in einem der Rettungsboote. Ja, bestimmt, anders war das nicht erklärbar. Man hat versäumt, dem Gouverneur Mitteilung zu machen …

Inzwischen war das Wimmern lauter geworden, drängte man Savigny zu dem Pulveraffen Arnaud, das war einer jener Jungen, die im Kampf den Geschützmeister mit Pulver, Lunten und Kanonenkugeln versorgen mussten. Gestern Abend hatte er Likör getrunken, bei den Erzählungen Leons gelacht und die Erwähnung Davy Jones' mit einem »Huhuuuhuu« kommentiert. Jetzt war sein Fuß in einen Zwischenraum geraten. Die wogende Masse hatte ihn dann umgedrückt, so dass sein Unterschenkel oberhalb des Knöchels, da, wo die Wade ansetzte, gebrochen war und in einem unmöglichen Winkel wegstand. Sah entsetzlich aus.

Er schrie nach seiner Mama und dass er nach Hause wolle, er genug habe. Irgendwie schien dieser zwölfjährige Junge alle anzurühren. Man versuchte ihn herauszuziehen, was nicht gelang.

Ein schwarzer Soldat, Jean-Charles, der Moslem, schlug mit einer Axt auf die Latten, um ihn zu befreien.

– Bist du wahnsinnig? Savigny drängte ihn weg. Sollen wir alle absaufen?

– Aber Arnaud. Er wird … Bein muss geschient werden.

– Wenn du das Floß zerschlägst, werden wir alle untergehen. Dann kannst du Tintenfische schienen.

– Was sollen wir tun?

Savigny zeichnete mit dem Zeigefinger eine Linie in den abgeknickten Unterschenkel, blickte dem Schwarzen ins Gesicht und dann zur Axt.

– Nein, brüllte der Junge. Bitte nicht. Doch da hatte man ihn von hinten schon umfasst und ihm einen Pfeifenstiel in den Mund gepresst.

– Beiß zu.

Der Knabe wimmerte und zitterte, als man ihn hinlegte, sein Unterschenkel knackste. Der Schwarze kniete sich daneben, hob die Axt und machte einen Probeschlag, dann sah er noch einmal zu Savigny, der nickte. Jean-Charles zögerte, murmelte »Allahu Akbar«.

– Kannst du das?

– Ich war Krieg, habe Mann gegen Mann sieben umgebracht, Massa, und einem Bein zerschossen.

Er wartete, bis eine Welle das Floß hob, sich das kniehohe Wasser bis zum Knöchel senkte, dann sauste das Beil gegen das Bein. Es traf etwas zu weit oben, nur knapp unterhalb der Kniescheibe, doch es war ein glatter Schnitt, der anfangs gar nicht blutete. Der Schwarze blies sich auf und hob stolz den Kopf.

– Na, wie haben ich gemacht?

Alle sahen in das rote Fleisch, in dessen Mitte wie ein Auge der weiße, scharf durchtrennte Knochen lag. Arnaud war in Ohnmacht gefallen, und Savigny, der das Bein abschnürte, dachte, es wäre besser, er würde nie wieder erwachen, denn er hatte keine Chance. *Vielleicht wäre es das Klügste gewesen, ihm das Bein unterhalb des Kopfes zu amputieren? Vielleicht wäre es das Gescheiteste, uns allen gleich den Schädel abzuschlagen?*

Nun war von der Sonne nur noch ein schmaler goldener Strich zu sehen. Der Wind kühlte die erhitzten Leiber und klärte die Gedanken. Irgendjemand begann zu beten, und alle fielen ein. »Vater unser im Himmel, geheiligt werde dein Name. Dein Reich komme. Dein Wille geschehe, wie im Himmel so auf Erden …« Mitten in der Litanei sagte einer, nämlich der Matrose Coco, die Kanaille mit der Neandertalerstirn:

– Ich habe gesehen, wer unsere Flucht verhindert hat. Ich kenne den, dessen Unstern es gefügt hat, unseren Plan zu hören, den, der uns verraten hat.

Bei diesen Worten lief es Griffon kalt über den Rücken, und instinktiv drängte er sich an den Mast.

– Und führe uns nicht in Versuchung, sondern erlöse uns von dem Bösen … Und die Seeleute riefen ihren Schutzpatron an, den heiligen Nikolaus von Myra, während die Soldaten an den Erzengel Michael dachten und die Zimmermänner an den heiligen Joseph. Der Segelmacher versprach sich Beistand vom heiligen Bonifatius, und selbst Gaines, der Koch, dachte kurz an den Patron der Küchenchefs, den heiligen Laurenz. Auch Tscha-Tscha, Kimmelblatt und Jean-Charles beteten zu ihren Göttern. Nur Savigny hielt davon nichts.

Da rief jemand, er sähe Feuer am Horizont. Ein Schiff! Ein Schiff! Sofort hüpften alle wild herum und winkten.

– Na bitte, ich habe es gesagt! Gott ist auf unserer Seite.

– Mööönsch!

– Ein Massel haben wir!

– Wurde auch Zeit! Corréard stieg wieder auf Coudeins Fass, nahm eine der am Mast befestigten Pistolen und schoss in die Luft. Doch der Knall verpuffte, und der kleine leuchtende Punkt am Horizont gab keine Antwort.

– Ein Signalfeuer! Wir brauchen ein Signalfeuer.

– Das Segel! Zündet das Segel an!, rief Lozach, der in der Aufregung vergaß zu stottern.

– Sollen wir verbrennen? Savigny gab ihm eine Ohrfeige. Dann reichte er Corréard den Trinkbecher. Der Geologe wusste, was zu tun war, gab etwas Schießpulver hinein, stopfte ein trockenes Tuch darauf, umwickelte das Gefäß mit einem dünnen Seil und befestigte es an der Mastspitze. Dann hielt er die Steinschlosspistole an das Tuch, spannte den Hahn und drückte ab. *Beeil dich doch.* Es dauerte, bis der Fetzen Feuer fing, dann kam eine lodernde Flamme aus der Mugg: Das Pulver ging hoch, und ein kleiner Feuerstrahl erleuchtete das Floß. Für einen Moment sah man freudestrahlende Augen in den verhärmten Fratzen. Fasziniert wie kleine Kinder blickten alle hoch. Keine Feuerräder und Bouquets explodierender Raketen, kein magisches Lichtermeer, kein von lauten Ohhs und Ahhs und Bravos begleiteter brennender Sternenregen, nur ein rotgelbes Blitzgefunzel, das sich über die stoppeligen Gesichter legte. Genug, um Hoffnung zu wecken.

– Ich dreh durch.

– Lang lebe Frankreich!

– Mööönsch!

– Wenn dort ein Schiff ist, sagte Savigny, hat man uns gesehen.

– Was heißt, wenn dort ein Schiff ist? Was denn sonst? Ein

rotäugiger Fisch? Eine zwielichtige Bar? Dann reserviert mir ein paar Mädels. Natürlich ein Schiff – und es wird uns retten.

– Vielleicht war es ein Stern?

– Blödsinn. Und schon wieder war das Platschen eines ins Wasser fallenden Körpers zu hören. Ein Geräusch, das sich im Laufe der Nacht noch öfter wiederholen sollte.

Miramar

Die grüne See war voller Quallen, Portugiesische Galeeren, Physalia physalis. Ganze Kolonien von rot getupften, silberblau schimmernden Polypen trieben durch das Wasser und erschreckten die Menschen in den Rettungsbooten. Man saß dichtgedrängt beisammen, Knie an Knie und Schulter an Schulter, sogar auf dem Schiffsboden hockten welche. Alle hielten nach der Küste Ausschau, aber alles, was sie sahen, waren diese Ballons im Meer. Was für wundersame Wesen! Schwimmende Pilze? Schirme? Die Seelen der Toten? Das, was Davy Jones übrig ließ? Ein neugieriger Maiwetter, überzeugt von der Gutmütigkeit aller Geschöpfe Gottes, hielt seine Hand ins Wasser und zog sie kurz drauf schreiend zurück.

– Ahhhh! Himmel, Arsch und … Verdammte Biester. Hochwürden begann zu beten, legte einen Bannfluch über diese vermaledeiten Viecher, wie man es früher, bei Missernten mit Heuschrecken, Mäusen und Maikäfern gemacht hatte.

– Ihr werdet alle exkommuniziert!

Außerdem sah man jede Menge schwimmender Schulpe, auf denen kleine Insekten saßen.

– Was ist das, fragte Espiaux.

– Versteinerte Fischzungen! Anglas rollte mit den Augen. Das Meer schneidet uns Grimassen. Seine Stimme klang ruhig, aber geraspelt. Die Erregung der letzten Stunden hatte ihm eine Heiserkeit beschert, und die Wut, dieses russisch Cholerische, man spürte es, war noch immer da.

– Blödsinn, das sind Knochen von Tintenfischen.

In Espiaux' Beiboot, es war das einzige Rettungsboot ohne

Ruder, saßen sechsundachtzig Mann. Man musste ununterbrochen Wasser schöpfen, der Mann am Segel hatte steife Finger, und die Leute mussten sich ständig ducken, damit sie nicht vom hin- und herschwenkenden Baum getroffen wurden. Kein anderer Bootskommandant wünschte diese Cremona in seiner Nähe. Man hatte Sätze wie: »Erschießt die feigen Schweine« gehört und glaubte, Espiaux wollte das aufgegebene Floß rächen, oder Anglas würde sich revanchieren, weil man ihn im Stich gelassen und die vier anderen Leutnants auf das Floß verdonnert hatte. Dabei diskutierte man im Beiboot nur, ob man direkt Land ansteuern oder versuchen sollte, Saint-Louis zu erreichen. Espiaux wusste um die Gefahren in der Wüste, aber Anglas mit seinen rollenden Augen und dem wilden Backenbart war nicht weniger gefährlich. Auch wenn er sich beruhigt hatte, war da noch immer dieser irre Blick. Mit brüchig heiserer Stimme sprach er unentwegt, verglich die Portugiesischen Galeeren mit aufgeblasenen Augäpfeln, Saumägen, und die Schulpe mit Baiser-Schiffchen, um dann unvermittelt in die Luft zu zeigen und zu verkünden:

– Eines Tages wirst du gerädert oder geviertelt!

Niemand wusste, wen er meinte. Und als er plötzlich aufstand, auf die Quallen zeigte und brüllte, soweit es seine Raspelstimme zuließ: »Die ganze Kompanie Karrees bilden! Gefechtsstellung!«, dachten alle, jetzt sei er vollends übergeschnappt. Aber Anglas lächelte nur. Wer wusste, was dem als Nächstes einfiel? Diesem Irren war alles zuzutrauen, und Espiaux hatte längst bereut, ihn an Bord geholt zu haben.

In den anderen Booten herrschte beklommenes Schweigen, als wären alle in Lapeyrères Trappistenorden eingetreten. Nach und nach waren die vergangenen Ereignisse in ihnen aufgetaucht und hatten ihre Gesichter verdüstert. Es war alles so schnell gegangen, kaum einer hatte eine Vorahnung gehabt, und noch immer verstanden die wenigsten, was eigentlich geschehen war. Sie lebten noch, doch zu welchem Preis? Alles verloren. Selbst die Lafitte-Schwestern, diese vulgären, vor Kraft und Geilheit strotzenden Mannweiber, waren nun kümmerliche Häufchen. Alles verloren! Rumfässer, Wolle, Tee und Talg, Pfeffer, Galläpfel und geschlämmter Kalk. Reis, Schönheitscremen, Lotionen, Pomaden, Badesalze, Zuckerhüte und Zichorie. Alles weg. Womit wollten sie jetzt ihr Kaufhaus gründen?

Manche wünschten, Caroline Picard würde »Auprès de ma blonde« singen, aber die Rothaarige streichelte den kleinen Alphonse und machte den Mund nicht auf. Charlotte lief in Gedanken durch die Mohnblumen in Rochefort, Adelaïde, ausnahmsweise keifte sie mal nicht, war um Gustavus besorgt, der leicht fieberte, und Picard versuchte Charles junior und Laura abzulenken.

So verschmolzen die Stunden miteinander wie der Himmel mit dem Meer. Soldaten hatten sich aus den Faschen, mit denen ihre Beine umwickelt gewesen waren, Turbane gemacht, und die Damen – ihre Kleider waren viel zu heiß, aber sie hatten Angst, zu freizügig zu sein – schützten ihren Teint mit Hüten oder Sonnenschirmen.

Auch wenn es niemand aussprach, stand fest, das Zurücklassen des Floßes war eine Schande für Frankreich, eine Schande für die Zivilisation, eine Riesenschweinerei. Je mehr man sich vom Wrack und damit auch vom Floß entfernte, je näher die Küste kam, desto öfter tauchten Gedanken auf wie »Was haben wir getan?« oder »Wie konnten wir die armen Leute zurücklassen, sie sind verloren.« Nur der Gouverneur schien unbeeindruckt. Schmaltz fand es seiner unwürdig, sich von Keksen,

Zwieback und getrockneten Birnenspalten zu ernähren. Er bedauerte den Verlust der Guillotine, die Verspätung, spürte, wie ihm der Teneriffa-Wein zu Kopf stieg, und meinte plötzlich, eine Rede könne weiterhelfen. Als er sich räusperte und aufstehen wollte, hielt ihn aber seine Frau zurück, die um ihren Teint besorgte Wachtel:

– Nicht jetzt, Julien. Das ist nicht comme il faut. Reine fand die ganze Geschichte vulgär … gemeinsam mit zig fremden Menschen in diesem engen Boot … als hätte der Pöbel ihr Boudoir gestürmt. Das war völlig unvereinbar mit ihren Prinzipien. Eine Zumutung!

Arétée, schön wie immer, spürte trotz der unwirklichen Situation Entzücken. Sie genoss die Nähe Reynauds. Der Lino-Ventura-Verschnitt hielt ihre Hand und gab ihr ein Gefühl von Geborgenheit. Mehr als alles andere gefiel ihm ihr holzig balsamischer Geruch – vom Ambrazusatz im Puder. Beide sprachen nichts, aber manchmal huschte ein Lächeln über ihre Gesichter, sträubten sich vor Wonne ihre Nackenhärchen. Reynaud verstand selbst nicht, wieso er nicht mehr wütend war, böse auf Chaumareys und Richeford, die sie in diese missliche Lage gebracht hatten. Noch vor ein paar Stunden hätte er sie am liebsten so vermöbelt, dass sie zwei Wochen lang nicht mehr hätten sitzen können, aber jetzt war er ihnen fast dankbar, ihn in dieses Rettungsboot gebracht zu haben, neben Arétée.

Schmaltz schien nichts zu bemerken, aber Reine entgingen diese töchterlichen Anwandlungen nicht. Sie sah die dümmlichen Blicke der Liebenden, *ein Stallbursche!*, und schüttelte ungläubig den Kopf. *Daraus wird nichts, daraus kann gar nichts werden. Aber solange man nicht gerettet ist, ist es vielleicht besser, sie zu lassen.*

Im Boot daneben saß der Kapitän, schweigsam, wie in einer

riesigen Fischblase versiegelt. Seine Schminke war zerlaufen, er sah entsetzlich aus. Trotz der Hitze war ihm so kalt, dass er die Lippen zusammenpressen musste, damit sie nicht zitterten. Er beachtete weder Schmaltz noch Reynaud, noch ein anderes der Boote, sondern dachte seit Stunden an das, was ihm Richeford gestanden hatte:

– Hugo, hatte der gemeint, nun, da wir nicht wissen, ob wir Saint-Louis jemals erreichen, muss ich dir was beichten. Chaumareys wollte gar nichts hören, aber Richeford, dieser begabte Lügner, war unbeirrbar fortgefahren:

– Weißt du, Hugo, ich bin in England gar nicht bei der französischen Exilarmee gewesen, habe an keinen Schlachten teilgenommen, und meine nautische Erfahrung beschränkt sich auf zwei Ärmelkanalüberquerungen, die ich als Passagier mitgemacht habe. Ich habe also bei der Darstellung meiner Fähigkeiten etwas übertrieben. Aber bist du mir deshalb böse? Nein. Du darfst mir nämlich nicht böse sein, Hugo, nicht jetzt in dieser schweren Stunde. Dabei hatte er ihn umarmt und so unschuldig gelächelt, dass ihm Chaumareys tatsächlich nichts nachtragen konnte. Obwohl er spürte, dass auch das nicht die ganze Wahrheit war, hegte er keinen Groll. Richefords Navigation hatte seine ganze Karriere in den Sand gesetzt, trotzdem mochte er ihn irgendwie immer noch, diesen Glatzkopf mit den Rotweinlippen, dieses Naturereignis. Chaumareys' Gedanken kreisten um die Möglichkeit eines plötzlichen Durchfalls, um das Floß, Sophie, das Marineministerium und seine Tochter. Hätte er anders handeln können? War es seine Schuld, dass man das Floß im Stich gelassen hatte? Welche Konsequenzen würde das alles für ihn haben?

Bei Einbruch der Nacht wurde geankert. Kaum hüllte die Nacht sie ein, schrie ein Matrose:

– Geister, ich sehe Geister. Seht ihr sie? Arabische Zauberer haben die See angezündet, und der Himmel brennt. Er brennt! Alles voller Hexen! Sie reiten auf Fischen, haben Seeschlangen im Haar, und ihre Münder sind Muscheln. Das ist Davy Jones' Armee, die uns holen wird … Davy Jones … Man musste ihm den Mund zuhalten, sonst hätte er alle wahnsinnig gemacht.

Die Menschen lehnten Schulter an Schulter. Reynaud umarmte Arétée, roch an ihrem Haar, Amber mit Salz vermischt, und hatte vor Glück Wasser in den Augen. Alle anderen waren müde und hatten Angst, im Tiefschlaf über das Dollbord zu fallen. Das Plätschern des Meeres wirkte einschläfernd. Man dämmerte vor sich hin und träumte von den letzten Tagen, vom grünen Wasser, geangelten Fischen, vom Auflaufen der Medusa, den vergeblichen Versuchen, sie wieder flottzumachen, der Ausbootung, den ungläubigen Gesichtern auf dem Floß, als man die Leine kappte. Sie hatten den ganzen Tag auf See verbracht, und noch immer war von Afrika nichts zu sehen. War man verloren? Gab es diesen Davy Jones, von dem die Matrosen ständig sprachen, wirklich? Wartete dieser Seeteufel nur darauf, ihre Seelen zu verspeisen? Ohne Senf?

Am nächsten Morgen war das Beiboot Cremona allein. Als Espiaux sah, dass die anderen Boote verschwunden waren, bekam er ein mulmiges Gefühl. Dafür entdeckte er etwas anderes Unerhörtes: die Küste. Tatsächlich! Hinter dem steten Donnergrollen rollender Brecher zeichnete sich das Weichbild einer Sanddünenlandschaft ab.

Land!

– Die Brecher sind zu gefährlich, verkündeten die Seeleute. Doch die Mehrheit wollte unbedingt an Land, drohte mit Meuterei. Besonders Anglas hielt es nicht mehr aus, schrie und

tobte und drohte, jeden umzubringen, wenn er nicht augen-
blicklich an Land gebracht wurde. Also gab Espiaux den Befehl, es zu riskieren. *Ohne Ruder? Wenn man ein genügend langes Seil hätte, könnte man ankern, sich daran treiben lassen und,
wie es in den Handbüchern der Seemannschaft empfohlen wird,
gegen die Wellen ziehen.* Aber es gab kein Seil. Man riskierte
es trotzdem und setzte sich dem Tosen aus. Brecher schlugen
in das Heck, der Bug stand einen Meter in der Luft, das Boot
wurde wild herumgeschleudert, »Haaahhaaa«, schrie Anglas,
doch der Mann am Segel gab nicht nach. Man erwischte eine
Welle, setzte sich auf ihren Kamm und ritt über die Brandung,
wie es Björn Dunkerbeck oder ein anderer Weltklassesurfer
nicht besser hätte machen können. Im seichten Wasser sprangen gleich einige hinein, jubelten:

– Gerettet! Land! Nur Espiaux machte ein ernstes Gesicht,
als er verkündete:

– Es sind achtzig, neunzig Meilen bis Saint-Louis. Die Gegend hier wird von Mauren kontrolliert. Außerdem gibt es
wilde Negerstämme … Skorpione, Löwen … Wenn ihr keine
Quelle findet, werdet ihr verdursten … Daher ist es sicherer auf
dem Wasser …

Doch alle Argumente nützten nichts. Dreiundsechzig Menschen hatten ein für alle Mal genug vom Meer. Sie wateten an
Land, einer ungewissen Zukunft entgegen. Zwanzig blieben
zurück, um nach Saint-Louis zu segeln.

Auf dem Wrack der Medusa herrschte eine Stimmung wie in
einem Urlaubsort zu Herbstbeginn, wenn alle Gäste abgereist
waren. Eine vibrierende Stille, in der man den Nachklang ver-
gangener Aufgeregtheit spürte. Aber der Kapitän, die Offiziere,
Leutnants, die Frauen, Kinder, selbst der Säugling, alle waren

weg. An Deck lagen jede Menge Kleider, offene Koffer, Hutschachteln, Seekisten und das kleine Holzschiff von Alphonse Fleury. Ein wirres Durcheinander, das von Menschen zeugte, die nicht mehr hier waren. Eine Atmosphäre wie in Tschernobyl nach dem Reaktorunfall.

Die Medusa selbst steckte im Sand wie ein Frühstücksei im Becher – es war nur eine Frage der Zeit, bis sie zerschlagen wurde. 20° 02' 85" nördlicher Breite und 16° 48' 54" westlicher Länge, genau dort, wo sie fast zweihundert Jahre später gefunden werden sollte. Die Laderäume waren überflutet und die Heckgalerie eingeschlagen. Da, wo einst der Kapitän residiert hatte, herrschte Chaos. Die ziselierten Möbel lagen umgekippt herum, Schranktüren standen offen oder schwangen quietschend hin und her, im kniehohen Wasser trieben Teller, halbleere Flaschen, Seekarten, Perücken und der Umschlag des Briefes von O'Hooleys Mutter. In den Gängen stand Wasser, das polierte pfirsichfarbene Holz würde bald faulen und die Farbe von gekochtem Rindfleisch bekommen. Auch die Kombüse und die Offizierstoiletten waren überflutet – der Kapitän, wenn er das sähe, würde durchdrehen. Nur das Zwischendeck war trocken.

Die Spanten, Deckenbalken und Planken bestanden aus solidem Eichenholz, der Bug hielt dem Wasser stand, und auch die Galionsfigur ragte barbusig aus dem Meer und lachte mit der gleichen Selbstsicherheit wie in Rochefort. In der Breite war das Deck um 45 Grad und in der Länge um 25 Grad geneigt. Am Vordeck hing Blücher, das erdrosselte Schwein. Die meisten der Hühner und Hasen waren noch am Leben und saßen stumm wie Schöffen einer unheimlichen Verhandlung in ihren Käfigen. Ob sie spürten, dass man sie verlassen hatte, ihr Urteil niemanden mehr interessierte?

Jene siebzehn Männer aber, die sich morgens geweigert hatten oder aufgrund ihres Zustandes nicht fähig gewesen waren, eines der Rettungsboote zu besteigen, lagen wie betäubt herum. Zuerst hatten sie die plötzliche Ruhe und Freiheit genossen, vor Freude gesungen, dann, als die Schatten in der Nachmittagssonne länger wurden, sie ihre verzweifelte Lage begriffen, begannen sie wirre Reden zu halten. Der eine phantasierte von einer goldenen Nixe mit einem silbernen Schwanz, der Nächste verkündete ein Apfelkuchenrezept, während sich ein anderer in einer Schlacht wähnte. Man hörte Sätze wie »Mehr Zimt!«, »Frankreichs Standarte ist zerfetzt« oder »Du stinkst nach Fisch, du hübsche Maus«.

Gegen Abend hatten sich die meisten an das höher gelegene, steuerbordseitige Schanzkleid angebunden, aßen Schiffszwieback und Schinken, manche tranken. Verpflegung gab es genug, allerdings musste man sich, wenn man in den dunklen Laderaum hinab wollte, anseilen, um sich im Dunkeln nicht die Knochen zu zerschmettern. Hinzu kam die Angst zu ersticken, jemand könnte das Seil durchschneiden, etwas falle einem auf den Kopf, man träfe eine Seeschlange oder ein anderes Untier. Davy Jones! Unter dem Kiel knirschte der Sand, und alle fürchteten, das Schiff könnte jeden Augenblick bersten. Jedes Brett knackte, jede Bohle seufzte – die Medusa flüsterte: Ich habe euch gewarnt. Leichen, nichts als Leichen. Schädel, die am Meeresgrund verbleichen, Namen, zum aus Listen Streichen, Schicksale. Wollt ihr ihnen gleichen? … Bei Ebbe war das Wasser so seicht, dass der Meeresgrund zu sehen war, bei Flut stand das Deck halb unter Wasser. Niemand sprach etwas.

Der Jude Elie Coutant begann Kerben in den Mast zu schnitzen. Links eine Reihe für die Tage und rechts eine für diejenigen, die verrückt wurden. Der Erste sollte ein Maat namens Pierre Lescoy sein, den, man verzeihe das Wortspiel, der Wahnsinn subkutan treffen sollte. Coutants Aufgabe würde es sein, ihn zu füttern.

Hechtsuppe

Was Savigny am Morgen des 6. Juli aus dem Halbschlaf riss, war ein gedehnter, schier nicht enden wollender Entsetzensschrei. Sein erster Gedanke war das amputierte Bein des Schiffsjungen Arnaud, sein zweiter Griffon du Bellay. *Hat man das Reptil, diese Luisen-Eidechse, abgemurkst?*

Den Schiffsarzt fröstelte. Er musste im Stehen geschlafen haben und erinnerte sich dunkel an fürchterliche Albträume, an Raufhändel, Messerstechereien und Fledermäuse. Er hatte von einem Dachboden voll blutrünstiger Flatterer geträumt, von krachenden Balken und Unmengen spitzzahniger Tiere.

Savigny schlug sich, um wach zu werden, ins Gesicht, spürte eine volle Blase und eine leichte Wärme, die langsam wieder von ihm Besitz ergriff. Am eigenartigsten aber waren seine Beine, die sich kalt und taub anfühlten. *Versulzt.* Als er die Augen öffnete, sah er, dass er bis zu den Knien im Wasser stand. *Immer noch.* Der Himmel war eine einzige graue Fläche mit gelegentlichen Aufhellungen. Er blickte in die verschleierten, *bedeckt wie der Himmel*, Gesichter der Leutnants. Er sah Clairet, der sich gerade einen großen Pickel ausdrückte, den gelben Eiter besah und scheinbar überlegte, ihn zu essen, bevor er ihn sich in die Hose schmierte. Daneben Dupont und Lo-, Lo-, Lozach, der eine ein schlaksig schüchterner Junge, der alles lobte, der andere mit feinen Gesichtszügen, aber scharlachroten Ohren. *Verdauungsstörungen wie der Kapitän?* Dazu Lheureux, ein kräftiger Bursche mit vollen Lippen, derber Nase und einem dümmlichen Gesichtsausdruck. *Verliebt?* Auch Viktor, Hosea und der dickliche, völlig unbrauchbare Sanitätsgehilfe

François waren zu sehen, ein Riese namens Dominique, die schwarze Marketenderin mit der großen Lücke zwischen den beiden Vorderzähnen, ihr Mann, aber keine Spur von Arnaud.

Savigny stieg auf Coudeins Fass, hielt sich am schlafenden Kommandanten dieses Vehikels fest, und merkte gleich, sie waren weniger geworden, standen nicht mehr so dichtgedrängt wie gestern. Hatte die See einige von ihnen über Bord gespült? An den Rändern schlingerte etwas. Fische? Hemden? Nein, jetzt sah er es: Tote! Absurd verdrehte Körper. Vier, acht, nein, zehn Leichen hingen da grotesk im Wasser, hatten sich mit den Füßen im Holzwerk verfangen, wurden mitgeschleift, während ihre Köpfe unter Wasser trieben. Weiße, tote Leiber. Savigny war zu verschlafen, um sich irgendeinen Reim darauf zu machen, er wusste, er sollte erschüttert sein, aber er war es nicht. Dann dachte er unwillkürlich an Ophelia, aber hier waren es zehn Ophelias, und auch der Irrsinn Hamlets war ein zehnfacher. *Die Leichen, das Floß?* Er meinte, das alles könne nicht wahr sein, und doch wusste er, es war so, die zusammengedrängten Männer, die Toten, das Meer … das alles war seine Wirklichkeit. Grausam und erbarmungslos.

Der Entsetzensschrei hing noch immer wie ein langer dünner Faden in der Luft. Der Arzt sprang vom Fass und bugsierte sich durch verschlafene und feindselige Gesichter, drängte den Asiaten Tscha-Tscha zur Seite, »Mööönsch«, den Juden Kimmelblatt, den Schiffszimmerer und Floßbauer Rabarousse … *Ob der weiß, was Peristil bedeutet?* … Der Vorarbeiter Lavillette bahnte Savigny den Weg, um endlich vorne, an der Bugimitation anzukommen, wo zwei junge Männer herzzerreißend schrien.

– Unser Vater! Vater! Sie hielten einen leblosen Bärtigen und schüttelten ihn. In ihren Gesichtern stand Verzweiflung, Angst.

– Man hat ihn umgebracht. Er ist tot! Unser Vater! Tot!
Savigny besah den klatschnassen, nackten Körper. Gesicht und
Arme waren lebkuchenbraun, während der restliche Leib weiß
wie Milch war. *Was war jetzt mit Zusammenhalt, Kreativität?*
Die stumpfen Augen eines Toten. Seltsam schön war das Gesicht,
ohne Anspannung, edle Züge. Der Arzt schleppte den Leblosen
zu den Bugbrettern, dorthin, wo das Floß etwas erhöht war,
legte ihn darauf und fühlte seinen Puls. Nichts. Er ohrfeigte
ihn und beugte sich über Mund und Nase. Und? Kein Lufthauch. Er begann mit einer Mund-zu-Mund-Beatmung, roch
Rotz und Erbrochenes, spürte die Barthaare. *Rau wie Schleif-*
papier? Nein, ein weiches Hundefell. Gleichzeitig bearbeitete er
den Brustkorb, presste das Herz.

– Du gehst nicht weg, Papa. Du bleibst da, brüllte einer der
Söhne. Bleib! Was soll werden ohne dich?

– Sie brechen ihm die Rippen, griff der andere auf Savignys
Schulter.

– Lass ihn, fuhr der Erste seinen Bruder an. Vielleicht holt
er ihn zurück. Bete lieber. Gegrüßet seist du Maria, du bist gebenedeit unter den Weibern, und gebenedeit ist die Frucht dei-
nes Leibes ...

Nach einer Weile riss der vermeintlich Tote die Augen auf,
starrte Savigny und seine Söhne an, wähnte sich wohl kurz im
Himmel, dann schüttelte er den Kopf und fauchte:

– Idioten! Hirnlose Flaschen! Warum habt ihr mich zurück-
geholt? Habe ich euch darum gebeten? Habe ich nicht! Es war
so warm und hell, ich stand bereits an einer Tür ... Lichtge-
stalten kamen auf mich zu, freundliche Wesen ... Es roch nach
Wein und Schafkäse ... Die beiden Söhne, *keine Lichtwesen*,
fielen ihm um den Hals, küssten ihn und dankten der Heiligen Jungfrau – nicht Savigny. Dem Vater, er war keine vierzig,

fehlte die Kraft, die beiden »hirnlosen Flaschen« wegzustoßen. Er ließ alles über sich ergehen. Sein nackter Körper war ausgemergelt und zerschunden.

Einen Augenblick stand der Arzt nur ratlos da. Er dachte gerade an Lazarus, der auch die Grenze überschritten hatte, als ihm jemand die Hand entgegenstreckte. Es war Griffon du Bellay, der eidechsenartige Sekretär des Gouverneurs.

– Doktor, es hat mich gefreut, Ihre Bekanntschaft zu machen, sagte er mit ernstem Gesicht, aber wer keine Freude macht, wenn er kommt, wird Freude machen, wenn er geht. *Wie bitte?* Savigny wusste nicht, was das bedeutete. *Phrasenschwein!* Da stieg Griffon auf die erhöhte Begrenzung des Floßes, drehte sich noch einmal um, hob den Zeigefinger zur Stirn, lächelte sein Reptilienlächeln, sagte etwas von blühendem Flieder und sprang ins Wasser. *Flieder? Wieso Flieder?* Der Chirurg blickte ihm nach, sah, wie der schwarze Rock des Sekretärs in den Fluten verschwand. *Können Reptilien schwimmen? Nein. Wieder einer weniger ...* Im nächsten Moment besann er sich seiner ärztlichen Verpflichtung. *Weil er die Verantwortung für die Gesundheit so vieler Personen hat, ist es die Pflicht eines Schiffsarztes, den Geist seiner Patienten zu beruhigen und aufzumuntern, all ihren Klagen geduldig zuzuhören und sich in jeder Hinsicht bereit zu zeigen, Abhilfe zu schaffen ...* Er sah, dass keiner der Umstehenden reagierte. Also zog er seinen gelben Frackrock aus, stopfte die Flachsperücke in den Ärmel, überreichte das Bündel Lavillette und sprang selbst ins Meer, spürte, wie ihm Wasser in die Nase stieg, in seinen Stirnhöhlen etwas gegen die Schädeldecke drückte. Er öffnete die Augen, fühlte es brennen, griff nach dem Schatten, erwischte ihn und zerrte ihn zurück aufs Floß.

Sie waren noch nicht gerettet, als er Griffon sagen hörte:

– Lassen Sie mich los, Doktor, das hat alles keinen Sinn. Besser ein Ende mit Schrecken als ein Schrecken ohne Ende. Ich will nach Hause, dorthin, wo der Flieder blüht. Das habe ich gern.

Vielleicht, dachte Savigny, wäre es wirklich besser, sich abtreiben zu lassen und zu ersaufen, aber da wurden sie schon von kräftigen Händen gepackt und zurück aufs Floß gezogen.

– Na, Morgengymnastik gemacht? Corréard grinste.

Kaum stand Griffon wieder auf den Planken, sagte er:

– Wir sind verloren. Selbst wenn man uns suchen sollte. Niemand wird uns finden. Niemand! Sehen Sie sich um … dieses sogenannte Floß, diese Maschine. Wenn uns das Meer nicht über Bord spült, wird es so weit kommen, dass wir uns selber auffressen. Und Ihr, er machte einen abfälligen Blick zu Savigny, seht nicht besonders schmackhaft aus. … Unsere Scheiße werden wir lutschen. Aber nicht mit mir!

Im nächsten Moment sprang der Sekretär erneut. Der Schiffsarzt, dem die nasse Kleidung am Körper klebte und das Salz in den Augen brannte, dachte nur: *Idiot. Geh doch zu deinem Flieder und geh doch zu deiner Luise!* Auch Corréard machte keinerlei Anstalten, ihm hinterherzuspringen. *Reisende soll man nicht aufhalten.* Aber da tauchte dieser Spinner wieder auf, hustete und machte die Schwimmbewegungen eines Hundes. Es gelang ihm, das Floß zu erreichen, sich an einer Planke festzuhalten und an Bord zu steigen. Diesmal half ihm keiner. Als er wieder neben Savigny stand, beugte er sich keuchend vor, hielt den Kopf schief und ließ Wasser aus den Ohren tropfen. Dann sah er den Arzt mit seinen stechend blauen Reptilienaugen an und meinte:

– Ich wollte bei den Ersten sein, aber jetzt, da ich den Tod gefühlt habe, will ich überbleiben – und wenn ich Scheiße fressen muss, ich will und ich werde das hier überleben. Schon allein, um vor den Gouverneur hinzutreten und ihm ordentlich die Meinung zu geigen. Schmaltz, werde ich sagen, Sie sind ein fliegenhirniger Kretin! Ein stupides Egoistenschwein!

Savigny wusste nicht, was er davon halten sollte. Er befahl den apathischen Männern, die Leichen, die am Floß hingen, ins Meer zu werfen.

– Wollen Sie sie nicht aufschneiden und filetieren? Es war Kimmelblatt, der ihn anlächelte.

– Arschloch, murmelte Savigny. Du hast nun wohl eine Hirnverstopfung, aber dafür gibt es kein Klistier.

– Mich, wenn ich einmal hin bin, werden Sie doch auseinandernehmen. Sie werden sicher wissen wollen, wie ein Jid innen ausschaut. Kimmelblatt begann den »Kaufmann von Venedig« zu zitieren, aber Savigny drängte ihn weg. Tatsächlich hätte er die Toten gerne seziert, aber hier war daran nicht zu denken. Hier war kein großes Anatomisches Theater wie in Montpellier, hier war ein Labor des Menschlichen. Nicht ein Einziger, nein, sie alle waren wie Lazarus jenseits der Grenze.

In der Mitte des Floßes – mittlerweile hatte sich der Ausdruck »Maschine« durchgesetzt, wahrscheinlich weil man damit der biederen Holzkonstruktion einen Hauch technischer Wunderkraft verleihen wollte –, nahe beim Mast, meinte Corréard, der ihm gefolgt war, mit seiner ihm eigenen Ironie:

– Na, Doktorchen, gehen wir frühstücken? Wir können auf die Place Pigalle gehen, oder in das Café de Foy beim Quai du Louvre, nichts Besonderes, aber Eierkuchen, Pasteten, Käse, Kaffee. Einen Cognac? Oder über die Rue de Vieux Augustins zu den Markthallen? Auf eine Kuttelsuppe! *Tripper?* Und als ihn Savigny verständnislos ansah, fügte er hinzu: Danke, dass Sie sich um den Bretonen gekümmert haben. Er und seine

Söhne sind gute Arbeiter. Kaum hatte der Geologe das gesagt, stieg er auch schon auf das Fass und ließ durchzählen. Diesmal waren es hundertdreiunddreißig, die nun jeder einen Löffel salzigen Schiffszwiebackbrei, der damit zu Ende ging, und einen halben Becher Wasser bekamen.

Savigny strich sich über die Wange und hörte das kratzende Geräusch seiner Bartstoppeln. Er spürte, dieser Corréard gab sich nur zynisch, um niemanden an sich heranzulassen. Irgendetwas lag dem auf der Seele. *Aber ob er damit je herausrückt?*

– Damit ist alles Essbare aufgebraucht, nicht wahr, Doktor. Es war Griffon, der nun wieder seine undurchdringliche Reptilienmiene zeigte. Jeder seiner Sätze war wie eine hervorschnellende Zunge, ein herabsausendes Schafottmesser.

Savigny nickte. Er blickte in den aufgeklarten Morgenhimmel, *keine Wolken mehr,* der eine drückende Mittagshitze versprach. Die See war glatt wie geschmolzenes Glas, und das Floß schaukelte nur leicht, trotzdem standen manche bis zum Knie im Wasser. Wie würde es erst werden, wenn raues Wetter kam?

– Unsere Chancen stünden besser, wenn wir diejenigen, die keine Hoffnung haben, gleich über Bord schmissen. Griffons Augen waren kühl berechnend, als er erst den Doktor, dann Arnaud ansah, der auf einem Fass saß und seinen Beinstumpf betrachtete.

Nun blickte auch Savigny in die großen Augen des Schiffsjungen, die ihn an den leidenden, ausgelieferten Blick eines kotenden Hundes erinnerten. Der abgebundene Unterschenkel glich dem Ende einer ungekochten Bratwurst, und der Arzt wusste, Griffon hatte recht. Arnauds Chancen, die nächsten zwei, drei Tage zu überleben, waren gering, sogar dann, wenn sie gerettet wurden. *Er nimmt nur Platz und Vorräte weg. Man würde ihm viel Leid ersparen, wenn man ihn jetzt gleich … Es wäre besser … Nein, das geht nicht.*

– Das wäre Mord, kläffte er in Richtung Griffon. Mord! Er ging zu dem Jungen, lehnte sich neben ihn, streichelte ihm die Stirn und nahm den kleinen Kopf in seinen Arm. Der Knabe lehnte sich an Savigny und genoss diesen Moment seltener Zärtlichkeit. Wasser stand in seinen Augen.

– Sie müssen mir etwas versprechen, Doktor, sagte er mit dünner Kinderstimme.

Savigny sah ihn fragend an. Natürlich hätte er ihm alles versprochen.

– Wenn Sie diese Reise überleben, berichten Sie meiner Mutter, ihr Arnaud ist wie ein Held gestorben. Wie ein Held! Erzählen Sie ihr nichts davon … Er blickte zu seinem Beinstumpf … Es würde ihr nicht gefallen, dass ich Schmerzen gehabt habe. Sagen Sie ihr, es ging schnell und schmerzlos. Und auch, wie tapfer ich gewesen bin.

Savigny streichelte sein dünnes Haar.

– Nicht, wie schlimm die Schmerzen waren, nicht, dass ich glaubte, mein Kopf würde zerspringen. Und auf keinen Fall, dass ich immer weinen musste.

Der Arzt umfasste seine Schulter. *Für ein Kind schon ziemlich muskulös.* Wenn hier einer einen Orden verdiente, dann dieser Junge.

– Du wirst überleben. Man wird dir eine Prothese machen, und du wirst schneller laufen als alle anderen hier.

– Glauben Sie? Arnaud lächelte. Wissen Sie, was komisch ist? Mich jucken meine Zehen. Die ganze Zeit will ich meine Zehen kratzen, die … Er sah zum leeren Raum unter seinem Beinstumpf und begann zu weinen.

Inzwischen waren die mit der Verteilung der Rationen beauftragten Offiziersanwärter Dupont und Lozach, der Schlaksige und der Stotterer, bei Nummer hundertdreiunddreißig angelangt. Egal, ob die Durstigen es hören wollten oder nicht, bekamen sie Durchhalteparolen vorgesetzt. Hilfe sei unterwegs, die Rettungsboote, bestimmt bereits an Land, vielleicht schon in Saint-Louis, würden bald schon Schiffe schicken. Bestimmt! Eine ganze Flotte sei aufgebrochen, sie zu finden. Es könne sich nur noch um Stunden handeln. Es war vor allem Lozach, der ihnen stotternd Mut machte, während Dupont, von dem man bisher immer nur Lob auf den Kapitän, den Gouverneur und die Schiffsführung gehört hatte, nun begann, sie zu verfluchen:

– Elendes Gesindel. Hat sich aus dem Staub gemacht! Und uns hier zurückgelassen. Das dürfen die nicht. Es gibt Vorschriften!

Die meisten Männer hatten nur noch Fetzen auf der Haut, auf manchen klebten Spuren von Erbrochenem.

– Ihr sollt kein Salzwasser trinken!

Viktor würgte den ausgeteilten Brei hinunter und spülte mit dem Wasser nach. Er träumte nicht mehr und wollte auch nicht mehr träumen. Diese Wirklichkeit war albtraumhaft genug! War das die große Zeit? Manche kauten besonders lange und schlossen dabei die Augen. Wahrscheinlich dachten sie an gefüllten Kalbsbraten, Hechtknödel oder ähnliche Leckereien. Da bekam ein Blondschopf einen Schüttelkrampf, zuckte und gab hässliche Geräusche von sich. Dann wirkte er plötzlich wieder klar, doch sagte er:

– Da ist ja der Milchmann. Habe mich schon gefragt, wo Sie so lange bleiben. Ich freue mich seit Stunden auf frische Milch. Im nächsten Moment breitete er die Arme aus, stieg ins Wasser und versank. Niemand sprang ihm nach, niemand sagte etwas, ja, die meisten wollten nicht einmal sehen, ob er wieder auftauchte oder nicht.

Viktor sah fiebrige Gesichter und den Schiffsjungen Leon, der im Schoß der Marketenderin Marie-Zaïde lag. Trüber Blick und Schaum vorm Mund. Die Schwarze sagte etwas Beruhigendes wie »Nagaref, mangifirek ... Tubab ... Teranga Ndar«, wurde aber von dem wirren Zeug, das von überall erklang, übertönt: »Da kommen Ulaner, Dragoner, Husaren, Gebirgsjäger. Hierher!«, »Napoleon wird uns retten!« Verglichen mit denen ging es Viktor gut. Sein Mund war zwar ausgetrocknet, und in den Gliedern vibrierte eine seltsame Unruhe, aber er hatte keine Schmerzen, und er lebte. Wenn er eine Inventur in seinem Selbst durchführte, kam er zu dem Ergebnis, dass noch alles da war. Die Glieder waren zu spüren, ein etwas überhitzter Kopf, sein Gedächtnis funktionierte, sogar die Gedärme waren grundsätzlich in Ordnung. Doch war da etwas, das ihn beunruhigte, ein schleichendes Entsetzen, das sich durch den Körper kämpfte, alles eroberte, etwas, das auf ihm lastete, ihn fixierte. Was nur? Er blickte sich um, sah Dutzende Augenpaare, verweint, verschleiert, verschlafen. Dann ging sein Blick zum Segel. Der Wind bauschte das Tuch, und Viktor sah am Masttopp etwas sitzen. Die Möwe! Sein Schutzengel!

– He, Vögelchen, kannst du Hilfe holen?, brüllte er zu ihr hinauf. Sei lieb und bring ein Schiff! Flieg mal schnell an Land und gib denen Bescheid.

Auf einmal spürte er eine überschwängliche Freude. Sein Herz klopfte wild, am liebsten hätte er einen Purzelbaum geschlagen. *Das Vögelchen! Jetzt wird alles gut. Rettung naht!* Da war plötzlich etwas um seinen Hals, ein Würgen. Was ...? Das war nicht die Möwe, sondern Clutterbucket, der fette Clutter-bucket, der ihm die Luft abdrückte.

– Jetzt ham mir ihn!

Daneben stand Isaac Gaines und feuerte ihn an.

– Gibsch ihm, diescher Kanaille, wegen der man dich Kiel-holen lasschen hat. Die geplatzte Blase im Gesicht des Kochs sah aus wie der verrutschte Kehllappen eines Truthahns. In sei-nen Augen blitzte Besessenheit, und aus den gespaltenen Lip-pen quollen wüste Beschimpfungen:

– Schweinebauch! Hundschfott! Dreckschkerl! Dem werden wirsch zeigen, wasch Reschpekt ischt. Gibsch ihm, Blitz!

Dieses Gesicht hatte nichts Menschliches, es war die Fratze des Teufels.

O Gott, dachte Viktor und hörte ein entferntes bröckeliges Husten, Coudeins Bronchitis. Er sah nur noch Farbflecken, verschwommene unbeteiligte Gesichter und welche, die den Würger anfeuerten.

– Dieses Bürscherl kenne ich, spuckte einer. Ist einer von denen. Die Leutnants wollen nur ihre Haut retten. Uns wol-len die vernichten. Wir sind Dreck für die! In diesen Stimmen schwang so etwas Böses und Gemeines mit, dass es selbst in der Hölle oder bei Davy Jones nicht schlimmer sein konnte. Vik-tor merkte, wie ihm die Sinne schwanden, wie Bilder von zu Hause auftauchten, der Diener Benoit den Tisch deckte, und die Köchin Margarete das Essen auftrug. *Swoboda, Freiheit. Dvorak, Hofer, Suchy, Süßer, Hrdlicka, Turteltaube, Holub, Pofe-sen, Powidl …* Er sah seine Mutter, seinen Vater, die Kätzchen. Alle Gedanken und Erinnerungen wurden auf einen Sekun-denbruchteil komprimiert, schossen ihm wie eine Flipperkugel durch den Kopf, schlugen wo an und brachten was zum Klin-geln. Das Elternhaus, die umliegenden Wälder, die Schlingen für die Drosseln, Sperlinge und Finken, der gefüllte Markt-platz, der Hundescherer, der mit Eisendraht Geschirr flickte, der Krauthobler, die Küche mit schwarzen geräucherten Balken, eine grölende Rübe-ab-Menschenmenge, Exekution, sein Kopf war schwer, fiel wie der Kätzchensack in die Jauchegrube, während sein Körper von irgendwem gehalten wurde, trieb im Fruchtwasser, *im Jenseits?*, nein, man hatte ihn ins Meer geworfen, ins Wasser, das er so fürchtete. Er sank sofort in die Tiefe, hatte das Gefühl zu ertrinken, in sich selbst, seiner Vergangenheit, in seinem Atem, seinem Blut, in einer großen Zeit … nein, jemand schrie »Hector!«, packte ihn, holte ihn zurück. Hector! Er öffnete die Augen und sah die sogenannte Maschine, die nicht mehr war als ein überdimensionierter Lattenrost, von unten, ein dunkles, kariertes Muster mit abstehenden Strichen unter einem blauen Himmel. Weiße Lichtschwerter. Glänzende Luftblasen, die sich nach oben schraubten. Und unter ihm? Dunkles, undurchsichtiges Wasser! Eine geheimnisvolle Finsternis. *Komm nur her! Komm, wenn du dich traust …* Angst! Da unten hauste Davy Jones mit seinem Blutegelgesicht. *Komm! Nur her mit dir. Nur her.* Er spürte, wie dieses Ungeheuer nach ihm griff, sah ein glitschiges Gesicht, Tentakel eines Tintenfischs. *Nein. Du gibst nicht auf. Reiß dich zusammen.* Hector!

Es war Hosea, der ihn wieder an die Oberfläche zerrte und an Bord bugsierte. Viktor war leichenblass, seine blauen Lippen zitterten, sein Atem raste. Husten. Sein eigener. Sobald er sich wo festklammern und wieder einen Gedanken fassen konnte, wurde er von einem Gefühl der Dankbarkeit überwältigt, so heftig wie ein Magenkrampf.

– Skrotum?

– Was?

– Musst Geduld haben, Hector, musst du, sagte der Matrose.

Wir müssen ausharren, uns ans Leben klammern, müssen wir. Es gibt noch viel zu lesen, gibt es. Außerdem muss ich wissen, was Skrotum bedeutet.

– Danke, murmelte Viktor und streckte ihm die Hand mit verschrumpelten Fingern hin. Husten. Salz in der Nase, in den Augen. Brennen. Ich fürchte, die beiden werden nicht aufgeben, bis sie mich los sind.

– Vorerst hast du Ruhe, klopfte ihm Hosea auf den Rücken und zeigte zum Heck, wo der Koch und sein Kombüsenjunge mit gekrümmten Bäuchen saßen, holte sein nasses Büchlein raus, schrieb mit ungelenker Schrift »Skrotum« hinein und sah Viktor fragend an.

– Skrotum? Wo hast du das her? Skrota, das sind die da, Hodensäcke. Diese Eierköpfe machten mir von Anfang an das Leben schwer. Einmal wollte man mich in der Nacht sogar … na, du weißt schon … berühren.

– Das war ein anderer, war es.

– Ein anderer? Woher weißt du das?

– Weil er es mir gesagt hat, hat er. Hosea strich sich sein sandfarbenes Haar aus dem Gesicht, blickte ins Wasser, als ob dort jemand zu sehen wäre, dann sagte er: Prust.

– Prust? Der unter der Katze gestorben ist? Viktors Bauch krampfte sich zusammen.

Hosea nickte.

– War eine Queen, eine Puppe … Siehst du, alles steht nicht in Büchern, tut es nicht. Da steht nur, wann welcher König kacken gegangen ist, wann sich seine Frau übergeben hat, aber nichts von Männern wie Peter Prust.

– He, Hoschea! Es war Gaines, der rief. Die entblößten Zähne in seiner Hasenscharte sahen noch schrecklicher aus als sonst. Wo ischt eigentlich dein Papagei? Vielleicht hat ihn wer …? Der Smutje hielt seine Fäuste übereinander und drehte sie in entgegengesetzte Richtungen.

Sofort hob sich Hoseas Brust, spannten sich am Hals die Muskelstränge. Er wollte sich auf diese vermaledeite Kombüsenratte stürzen, die ihm ziemlich auf die cojones ging. Viktor hielt ihn zurück.

– Das bringt nichts.

– Bringt nichts? Aber wenn er ihn abgemurkst hat? Armer William Shakespeare. Wenn das stimmt, sitzt der Maiskolben bis zum Hals in der Bredouille. Sitzt er. Was heißt das eigentlich?

Der Genuese Pampanini rannte nervös hin und her wie ein schlafloser Mensch, der nachts durchs Zimmer pendelt:

– Sie haben gestern alles ausgeteilt. Sie hätten warten müssen. Der heilige Martin spricht zwar vom Teilen, aber man kann's auch übertreiben. Cretino! Heute müsste weniger verteilt werden … Wir werden verhungern … porca miseria … Wir werden uns selbst verdauen … faccia di culo!

– Halt dein Maul. Das kam von François, diesem trägen Menschen, der einen Platz auf einem Fass ergattert hatte. Wo war dieser faule Kerl gewesen, als es darum gegangen war, Arnaud das Bein abzubinden? Wo war er gewesen, als man den Bretonen beatmen musste? Wo, als man Viktor ins Wasser geworfen hatte? Wo, als es galt, den toten Prust zu versorgen? Wo während der Kimmelblatt-Behandlung? Jetzt aber war er da, thronte er auf dem Fass, machte schnappige Bemerkungen und faselte etwas von einem Generalstreik, den er ausrufen wolle:

– Wir dürfen uns nicht alles gefallen lassen! Wir haben Rechte! Ich fordere gerechtere Löhne, bessere Arbeitsbedingungen, Pensionen … Wir müssen uns zusammentun, gemein-

sam sind wir stark … Mindestlohn! Ausgleichszulage! Entschädigung! … Es bleibt uns daher gar nichts anderes übrig, als
zu streiken! Soli-dari-tät, begann er zu skandieren. Soli-dari-
tät! Soli-dari-tät! Niemand ging darauf ein, die meisten sahen
diesen feisten Sanitätsgehilfen nur mitleidig an, als ob er komplett den Verstand verloren hätte. *Streik?* Die meisten wussten
gar nicht, was er meinte.

Savignys Mund war staubtrocken, und er hatte das Verlangen, Meerwasser zu trinken. *Wenn der Genuese so weitermacht,
werde ich noch wahnsinnig.* Die meisten Männer lungerten apathisch herum. Manche tuschelten, andere hatten sich ein Spiel
ausgedacht, bei dem es darum ging, Tiere mit bestimmten An-
fangsbuchstaben zu finden:

– Bandwurm.

– Bachstelze.

– Bär.

– Barsch.

– Brathuhn.

– Das ist kein Tier!

– Ist es wohl.

Rings um sie herum war nur Meer. Eine sich hebende und
senkende graublaue, aber gleichgültige Fläche unter einem hellen blauen Himmel. Eine majestätische Pracht, ein unendlicher
blauer Acker mit Silberschlieren. Die Sonne näherte sich dem
Zenit, und ihre reflektierenden Strahlen zwangen jeden, der ins
Wasser schaute, die Augen zusammenzukneifen. Nur der ver-
waschene Horizont ließ nichts Gutes ahnen.

– Soli-dari-tät!, skandierte der dickliche François noch immer.

– Da hinten braut sich was zusammen, eine ganz schöne
Waschküche. Ich glaube, bald schlägt das Wetter um. Es war

Corréard, der mit tiefer Stimme sprach. Und auch wenn der Doktor darauf nicht reagierte, ergänzte er:

– Wenn wir schlechtes Wetter kriegen, werden wir viel Spaß haben.

– Wie weit ist das entfernt?

– Ich habe mir erlaubt auszurechnen, wie weit die Sicht reicht, wenn man eins siebzig groß ist und genau auf Höhe des Meeresspiegels steht. Was schätzen Sie? Keine zwei Seemeilen! Unser Sichtkreis hat also sieben Kilometer oder vier Seemeilen Durchmesser. Er hielt Savigny die offene Handfläche hin und sagte:

– Das ist das Meer vor dem Senegal, und unser Sichtkreis ist so groß wie ein Sandkorn. Selbst wenn man zehn Schiffe losschickt, um uns zu finden, ist die Wahrscheinlichkeit … sogar, wenn man bedenkt, dass die Schiffe jemanden auf dem Toppmast haben, was den Radius natürlich wesentlich vergrößert …

– Man wird gar kein Schiff schicken, sagte Savigny mit leiser Stimme. Corréard sah ihn an, als ob er einen schlechten Scherz gemacht hätte.

– Gar kein Schiff? Aber die müssen. Die werden …

– Die müssen gar nichts, und sie werden auch nicht. Man sieht, Sie waren nicht im Krieg, Corréard. Warum sollte man wegen uns bedeutungslosen Figuren so einen Aufwand treiben?

– Aber das Gebot der Menschlichkeit? Christliche Nächstenliebe. Wir …

– Glauben Sie an Gott?

– An einen alten Mann mit weißem Bart? Oder meinen Sie ein höheres Wesen, das uns beschützt? Corréard lächelte. Ich glaube an die Notwendigkeit einer Moral, an Witz und Sterblichkeit, natürlich an mich selbst. An Poesie! Aber Gott? Ein

Leben nach dem Tod? … Ich weiß nicht … Nein. Allenfalls bin ich Deist.

– Na, sehen Sie. In Saint-Louis sind Limejuicer! Was sollen die für ein Interesse haben, französische Söldner zu retten?

– Engländer! Was kümmern mich die Bohnenköpfe? Aber der Gouverneur … Die Echo und die Argus müssten längst in Saint-Louis sein … Das sind Landsleute. Franzosen!

– Vive la France!, schrie Chlarot.

– Landsleute? Sehen Sie sich um.

Corréard ließ seinen Blick kreisen, sah den Schwarzen Jean-Charles, der gerade Richtung Osten betete, wo er Mekka vermutete. *Wir brauchen Hilfe, keine Gebete.* Daneben der Asiate Tscha-Tscha. *Wenn der sich ein Leopardenkostüm anzieht, kann er im Zirkus auftreten.* Zwei blonde Dänen, Polen, *Säufer*, den Genuesen, *Stronzo*, die schwarze Marketenderin, *was für eine Lücke zwischen den Zähnen*, ihr Mann, ehemalige Galeerensträflinge, Mulatten, Zuhälter, Zuchthäusler, Diebe, und er wusste, was der Doktor meinte. Abgesehen von ein paar jungen Offiziersanwärtern, die sich noch nirgendwo bewährt hatten, war nur Abschaum auf dem Floß, der Bodensatz der Gesellschaft. *Außerdem sollte man sich über die Zugluft beschweren.*

– Bison.

– Biene.

– Borkenkäfer.

– Pudel.

– Den schreibt man mit P!

– Das stimmt nicht.

– Glauben Sie im Ernst, der Kapitän oder der Gouverneur hätten ein Interesse daran, ein seeuntaugliches Floß zu finden, auf dem man hundertfünfzig Mann zurückgelassen hat? Wer weiß, was für Lügengeschichten die erzählen.

– Man hat uns aufgegeben? Man lässt uns hier allein? In der Zugluft? *Wollen die einen Eislaufplatz anlegen?*

– Selbst wenn die einen Suchtrupp losschicken, dauert das Tage. Wissen Sie, wie Saint-Louis gelegen ist? Der Fluss Senegal schneidet wie eine Tangente ins Meer, als ob er es sich im letzten Augenblick noch einmal überlegte, kurz vor der Vereinigung Angst vor dem Ozean bekommen hätte, und das Zusammentreffen so lange wie möglich hinauszögerte. Dazwischen liegt ein langer schmaler Küstenstreifen, die »Langue de Barbarie«, Landzunge der Barbarei. Und Saint-Louis ist eine kleine Insel vierzig Kilometer stromaufwärts im Senegal.

– Wie in Rochefort?

– Nur ist der Senegal sechsmal so breit wie die Charente. Sogar wenn die wen losschicken, um uns zu suchen …

– Wir werden uns verkühlen! Den Tod werden wir uns holen.

– Lassen Sie die Scherze. Unsere einzige Chance ist es, das Ufer zu erreichen.

Die beiden standen am Rand der Maschine und hielten sich an der Besanmaststenge, die die seitliche Begrenzung bildete. Da kam ein junger Soldat, vom Typus her Nordafrikaner, vielleicht auch Syrer oder Türke, jedenfalls mit krausen Locken, die an Schamhaare erinnerten, und fragte mit großem Ernst:

– Doktor, sehen wir heute ein Schiff?

Savigny kam es vor, als hinge das Leben des Burschen an seiner Antwort. Aber was sollte er sagen? *Sehen wir heute ein Schiff?* Er zuckte mit den Achseln, und Corréard ergänzte zynisch:

– Wenn wir beten oder Halluzinogene schlucken.

Der Soldat verzog keine Miene, stieg auf die seitliche Begrenzung, machte das Kreuzeichen, hielt sich die Nase zu und sprang ins Wasser. Wenig später tauchte sein Kopf wieder auf, er drehte sich noch einmal um, fluchte und schwamm davon. Kräftige Armzüge trugen ihn fort, er wurde kleiner und entschwand. *Wieder einer weniger.*

– Zu faul zum Beten, murmelte Corréard. Außerdem sollten wir die Fenster schließen. Finden Sie nicht auch, hier zieht es?

Fast zur selben Zeit schrie der Geschützmeister Tourtade:

– Ein Schiff! Da vorne ist ein Schiff! Wir sind gerettet! Gerettet. Er hatte sich sein Hemd ausgezogen und wild zu winken angefangen.

– Hierher! Hier sind wir! Hier!

Manche warfen ihre Mützen hoch und jubelten, andere waren mit letzter Kraft auf die Fässer geklettert und taten es ihm gleich. Das ganze Floß schwankte vor Freude. Alle schrien und umarmten sich. Savigny war es, als würde sogar der bereits in großer Entfernung schwimmende, zu einem kleinen Punkt geschrumpfte Soldat innehalten und umkehren. Ein Schiff! Auf diesen Augenblick hatte Viktor mehr als dreißig Stunden gewartet, und nun, da er endlich da war, wollte er die Arme hochreißen und schreien, springen wollte er und jubeln, aber er hatte keine Kraft, war wie gelähmt. Hosea klopfte ihm auf die Schulter, lachte.

– Ein Schiff!, brüllten nun alle. Rettung! Hier sind wir! Hierher!

– Ich werde als Erstes einen Liter Milch trinken!

– Und ich will Labskaus mit Spiegeleiern. So eine Portion.

Nachdem sie fünf Minuten lang gefeiert und sich auch wieder Gedanken gestattet hatten, die davor zu schmerzlich gewesen wären, wagte einer zu fragen, wo der Pott denn sei, er sehe nichts. Ja, wo war das Schiff? Niemand konnte etwas sehen.

– Wahrscheinlich liegt das an den Wellen. Es wird hinter der Kimmung sein … bestimmt … Was seht ihr mich so an? Da war ein Schiff. Ich schwöre euch, schrie Tourtade, ich habe es gesehen. Eine Korvette. Oder eine Brigg. Ich habe mich nicht geirrt. Bin ja nicht blöd … Aber je mehr er sich rechtfertigte, desto unglaubwürdiger wurde er. Bald beachtete ihn keiner mehr. Alle wandten sich ab, starrten fassungslos ins Meer. Kein Schiff, dafür eine beängstigende, grauenvoll intensive Stille. Die Freude schlug um in lähmende Lethargie. Eine unsagbare Leere machte sich breit, eine entsetzliche Hoffnungslosigkeit, wie sie ein in eine Erziehungsanstalt abgeschobenes Kind empfindet, dem man sagt, dass die lange ersehnte Mutter nun doch nicht kommt, nie mehr kommt. Eine Traurigkeit, die erst unterbrochen wurde, als drei junge Männer auf die Brüstung stiegen, verkündeten, sie wollten ihren Ankerplatz verlegen, Mast- und Schotbruch wünschten und ins Wasser sprangen.

– Das ist Chuzpe, sagte Kimmelblatt. Mochen diese Bocher kein Geschichtelach, springen einfach in das Wasser und schwimmen nach Jeruschalajim. Typisch goiisch. Vielleicht haben sie Mazzeltow. Vielleicht sein se meschugge. Jetzt, wo es zieht wie Hechtsuppe.

Tatsächlich war statt des Schiffs ein Wind gekommen, der ihnen heftig um die Ohren blies. Am stumpfen Himmel hatte sich ein graues Reiterheer formiert, aufgetürmte Wolkenberge, die bedrohlich nahe waren. Wenig später setzte Regen ein. Fette Tropfen, die von den durstigen, heißen Gesichtern freudig begrüßt wurden. Alle rissen ihre Münder auf, bildeten Schalen mit den Händen und genossen das herabprasselnde Nass. Manche dankten dem Himmel, jubelten. *Verdursten werden wir mal nicht.* Als der Regen aber heftiger wurde, war es, als ob man mit Kartätschen auf sie schösse.

Am bleiernen Horizont blitzte und donnerte es, und auch die Wellen wuchsen.

– Haltet eure Eier fest! Jetzt kommt ein Kuhsturm!

– Und das Skrotum, ergänzte Hosea.

Da öffnete die See ihr Maul und brüllte mit einer gigantischen Zungen- und Pfeifenbatterie einen unerhörten Orgellärm. Das Meer zog sämtliche Register, Windladen taten sich auf, und alle Blasebälge wurden gedrückt, die das Floß wild herumschaukelten. Das Wasser unter ihnen, dieser elementare Organist, war in Wut geraten. Das Gefährt wurde gehoben und gedrückt. Bei solchen Improvisationen jubelte keiner mehr. Crescendo! Jetzt war es zu viel des Guten. Nur Corréard, nass bis auf die Knochen, murmelte:

– Für dasselbe Geld könnte auch die Sonne scheinen.

– Franzosen verzweifeln nicht. Das kam von Charlot, dem kleinen Oberfeldwebel. Franzosen haben Mut! Grande Nation!

– Porca miseria!

– Streik-Ende, verkündete ein erbleichter François, der sich gleich einer fetten Made an sein Fass klammerte. Streik-Ende.

Wie eine tausendköpfige Hydra biss der Sturm die Kämme von den Wellen, spuckte sie aus, griff mit Hunderten Polypenarmen nach dem Floß, wollte es umfassen und hinabziehen. War das die Stunde von Davy Jones? Wurden sie jetzt vom Meer verschluckt, um auf dunklem, kühlem Grunde zu verenden? Wasserberge türmten sich zu Gebirgszügen, die im nächsten Augenblick in sich zusammenkrachten. Alle schrien, mussten sich festhalten, um nicht über Bord zu gehen. *Hilfe! Haltet mich!* Die Maschine kämpfte gegen ungeheure Wassermengen, Kaventsmänner vom Ausmaß ganzer Häuserzüge. Das Floß stellte sich schräg, aber bevor es alle seine Passagiere an die Seite gepresst hatte, kippte es, *huiii*, schon in die Gegenrichtung. Die unter Tausenden Duschen stehende Menschenmenge wurde von einer Seite zur anderen getrieben – Sandkörner in einer sich ständig drehehehenden Eieruhr. Ganze Gruppen wurden wie Zinnsoldaten um- … geworfen, rappelten sich wieder hohohoch. Instinktiv. *Nur nicht liegen bleiben. Huiii.* Klatschnasse Köpfe schnappten nach Luft, hoben und senkten sich mit den Wellen, Arme griffen ins Leere, Hände suchten Halt. *Alles Wasser!* Schläge! Beim Mast, nicht minder nass, drängten sich die Leutnants. Alle anderen rundherum griffen, schnappten, spuckten. An den Rändern flogen welche über Bord, schafften es zurück aufs Floß – oder auch nicht.

Ihre Mägen wurden gehohohoben und im nächsten Moment in die Gedärme oder noch tiefer gedrückt. Niemand schrie jetzt mehr. Ein paar banden sich an den seitlichen Begrenzungen oder am Mast fest. Andere klammerten sich an eines der Fässer oder an den Nebenmann. Ihre Gesichter waren weiß wie Birkenrinde. Leichengesichter. Mit jeder hohen Welle stockte der Atem. *Jetzt ist der Moment gekommen, wo der Aff ins Wasser springt.* Verurteilte waren sie, die mit gesenktem Haupt auf Hiebe warteten. Und die Hiebe kamen. Unerbittlich. Die Wolken und der Regen glichen einem dichten Vorhang, so als ob die Sonne nicht sehen sollte, wie man sie misshandelte. Bald türmten sich die Wellen, hoch wie menschliche Pyramiden im Zirkus, die die manövrierunfähige Maschine schräg stellten, untertauchten, hoben, mit Wasser peitschten. Ein Schiff könnte entgegensteuern, Wellen abreiten, aber mit dem Floß, das einem Sieb glich, einer Gräting, ging das nicht. Nächste Welle. Alles tobte, toste. Ein gigantischer Blitz zerriss den Himmel. Das Donnergrollen folgte keine drei Sekunden später. *Gott im Himmel, mächtiger Organist.* Der Wind kam jetzt in Böen, die nach der zwölfteiligen Skala von Dalrymple, einem

Nachfolger Smeatons und Vorläufer Beauforts, bestimmt Stärke zehn, wenn nicht elf hatten. Welle um Welle baute sich vor ihnen auf, so dass die überhängenden Kämme sie umfassten und das Floß zu überrollen und zu verschlucken drohten. Ein einziger, aus Tausenden Mäulern bestehender Rachen war das Meer. Brüllte. *Vergib mir meine Sünden.* Viktor klammerte sich an die seitliche Begrenzung. Wie Hosea hatte er sich einen Strick um den Bauch geknotet, der ihm jedes Mal, wenn das Floß hart aufschlug, die Gedärme einschnürte. Besser das, als über Bord zu gehen. Er sah, wie es einige erwischte, die kurz darauf im Wasser auftauchten, um Hilfe schrien und versuchten, die Maschine wieder zu erreichen, aber sobald das Gefährt von einer Welle angehohohoben wurde und gleich darauf wie ein irre gewordenes Achterbahngefährt in die Tiefe sauste, waren sie verschwunden.

– Nur keine Angst, schrie Hosea. Sein Gesicht war wie aufgelöst, er presste jede Silbe durch den Wasservorhang. Habe ich schon anderes erlebt, habe ich. Bei Lands End zum Beispiel. Oder bei Tampico, Mexiko, anno 1810. Auch vor den Maskarenischen Inseln. Das waren Unwetter, waren es, dagegen ist das hier nur ein lauwarmer Sommerregen. Warum sich also Sorgen machen? Alles in Ordnung … Auf seinem nassen, gepeitschten Gesicht stand aber: Um Himmels willen, vielleicht kommen wir hier nicht mehr lebend raus. Vielleicht verschluckt uns diese See, bläst uns diese Orgel einen Abschiedsmarsch. *Unser Leben ist keine tote Sardine mehr wert.* Viktor spürte die Gewalt, in seinen Ohren dröhöhöhnte es, und im Bauch war ein schmerzhaftes Ziehen. Der Strick? Die Angst? Eine Riesenwelle nach der anderen bäumte sich auf und warf einen Schatten über sie. Nur durch den mit weißer Gischt bedeckten Wellenkamm schimmerte ein Rest von Licht. Wie lauernde

Raubtiere standen diese Wasserüberhänge über ihnen, bevor sie unbarmherzig zuschlugen. Überall Sturzbäche, reißende Flüsse, Wände aus Wasser. Es gab kein Oben und kein Unten mehr, keinen Horizont, nichts, woran ein Gleichgewichtssinn sich hätte orientieren können. Alles trudelte.

– Keine Angst, wiederholte Hosea. In der Biskaya war es schlimmer, war es. Bei Kap Hoorn geht es ungemütlicher zu.

Viktor aber war unfähig, sich zu bewegen. Kein Muskel schien ihm zu gehorchen. Wie festgenagelt von dem Regen und den Wellen glitt er allmählich in einen traumartigen Zustand, war wieder zu Hause, lag in seinem Bett, während seine Mutter ihn zudeckte, durch sein Haar strich.

– Nimm dich zusammen, riss ihn eine Stimme aus dem Glück. Hosea! Viktor öffnete die Augen, sah seine verschrumpelten Finger und dann einen langen dunklen Schatten. Wieder schlug ein Wellenungeheuer nach der Maschine, wollte sie heheben und umdrehehen, wieder schnappte ein Kiefer. Doch war er schwächer.

Während sich das Unwetter beruhigte, schaffte ein Halbertrunkener es zurück aufs Floß, sackte zusammen, hustete, erbrach Unmengen Salzwasser und ging mit der nächsten Welle wieder über Bord. François, *na, was ist jetzt mit dem Generalstreik?*, umklammerte sein Fass und kotzte.

Im Wendekreis des Todes

Dieser Sturm mochte zwei Stunden gedauert haben, vielleicht auch nur zwanzig Minuten, aber angefühlt hatte er sich wie eine Ewigkeit hoch drei. *Donnerstag!*

Als sich das Meer wieder beruhigt und sich der Himmel zu einem freundlichen Julitag gelichtet hatte, sah ein völlig durchnässter, bis zu den Knochen aufgeweichter Savigny zuerst Coudein, oder vielmehr hörte er ihn husten. Irgendwie hatte der bronchitische Leutnant es geschafft, auf seinem Fass zu bleiben. Auch Arnaud saß noch an seinem Platz, bewegte sich kaum und hatte den starren Blick eines Menschen, der sich aufgegeben hatte. Ein Zombie.

– Wisst ihr, Goi, was der Menachim tun wird, wenn er Massel hat und das hier überlebt? Der Jude stand da wie ein Finanzminister, der im Parlament das Budget verkündet – aber der Sitzungssaal stand unter Wasser, die Männer auf dem Floß waren, obwohl sie verschiedenen Fraktionen angehörten, keine Parlamentarier, sondern kümmerliche, durchnässte Fleischklumpen. Die meisten saßen mit angezogenen Knien, das Wasser bis zum Hals, zitterten.

– Der Kimmelblatt wird sich in ein Beisl setzen und eine ganze gebratene Sau essen, die was er dann gehabt haben wird. Koscher oder nicht. Dazu wird der Jid Kimmelblatt ein schönes Weinderl trinken, und dann wird er in die nächste Puffhütten gehen und mit der erstbesten Schickse eine Mischpoche pudern.

– Wie kannst du so gotteslästerliche Reden führen, Jude. Porco cane. Pampanini spuckte. Bedank dich bei der heiligen

Agathe von Catania und bei unserer lieben Frau von Siena, die nicht weniger Wunder tun als alle Nothelfer zusammen.

– Schmonzes, lachte Kimmelblatt. Loss mich mit deine Goigötter in Ruh, bin a Jid.

– Vai a cagare! Pampanini schlug sich ein Kreuz an die Stirn.

– Mich wundert, dass das Floß noch nicht auseinandergefallen ist.

Da stand ein Soldat auf, strich über seine nasse Kleidung, klopfte sich an die Brust und sagte:

– Keine Angst, ich hole jetzt Hilfe. Macht euch keine Sorgen, Kinder, die Rettung ist schon unterwegs. Bis bald. Haltet durch. Und während ihn alle verdutzt ansahen, hatte er ihnen schon eine Kusshand zugeworfen, war ins Wasser gesprungen und verschwunden. *Wieder einer weniger.* Alle sahen ihm gleichgültig hinterher, bis der Fingerknacker Rabarousse meinte:

– Möchte bloß wissen, wo der Kapitän ist?

– Auf einer Negerhure in Saint-Louis. Der Hugo kümmert sich einen Dreck um uns.

– Pudert a Mischpoche!

– Dann wünsche ich ihm, dass schwarze Tinte aus seinem Stift kommt.

Alle lachten. Corréard spuckte, und Lozach meinte:

– We-, we-, wenn ich den, den in die, die Finger kriege, werfe ich ihn den, den Fi-, Fi-, Fischen zum Fraß vor.

– Die spucken ihn wieder aus, weil sie nichts Faules mögen.

Hauptmann Dupont, jawohl, dieser schlaksig-schüchterne Kerl, war von dem Wort »Hure« fasziniert. Vor lauter Freude hüpfte sein Adamsapfel auf und ab. Es gab noch eine Welt abseits des Floßes, wo es warm, weich und heimelig war, wo Kerzen flackerten und es nach Patschuli roch? Wie zum Beweis packte er Marie-Zaïde, griff ihr halb im Scherz und halb im Ernst an das Gesäß und meinte ganz seriös, im Stile eines Parlamentspräsidenten, der den nächsten Redner auf das Podium bittet:

– Komm her, du dralles Wesen.

Da drehte sich die Marketenderin zu ihm, sah ihn, den lächelnden schlaksigen Dupont, wütend an, *von wegen flackernde Kerzen, Reizwäsche und Patschuli*, packte seinen langen Hals, erwischte das Adamsapfeljojo und schraubte zu.

– Na warte, Käsefresser. Tubab! Aus dir mache ich Mafé!

Dupont, der nicht wusste, dass es sich bei Mafé um ein afrikanisches Fleischgericht mit Erdnusssoße handelte, »Kaffee« verstanden hatte, krächzte wie ein Truthahn, dem man den Hals umdreht, andere sprangen ihm zu Hilfe. *Wie will die denn Kaffee aus ihm machen?* Zwei Soldaten mussten Joseph, Marie-Zaïdes Mann, zurückhalten, der sich wutentbrannt auf den Schlaksigen stürzen wollte und etwas von »Tubab aufschlitzen« und »Kopf abreißen« schrie. Noch nie hatte man den sonst immer lächelnden Joseph mit so einer wutentbrannten, ja, geradezu brodelnden Fratze gesehen, aus der die Wolof-Wörter nur so herauskollerten. Durch Mark und Bein gehende Schreie, die das ganze Floß erschütterten und die Augenblicke endlos dehnten.

– Was ist los mit euch, quietschte Dupont, immer noch im Würgegriff, mit Fistelstimme. Eine, die mit Männern geht. Das ist eine dreckige Negernutte … Aber da wurde er der »Mafé, Tubab Mafé!« schnaubenden Marketenderin, die selbst wie dunkler starker Kaffee war, aus den Händen gerissen.

Wegen so einem triebgesteuerten Semiprimaten wird es zum Krieg kommen, dachte Savigny. *Ausgerechnet Dupont?* Wegen so einer Verrücktheit werden sich alle gegenseitig massakrieren. *Diese Marie-Zaïde ist wirklich ein dralles Wesen, aber gefährlich.* Da verlagerte sich der Schauplatz, brüllte der Matrose Coco. Wir erinnern uns an seine rote Jakobinermütze, seine corneilleischen Fluchtpläne:

– Ich will meine Hängematte haben, meine Hängematte will ich. Sofort! Als Matrose der französischen Marine habe ich ein Recht auf eine Hängematte.

– Genau, stimmte ihm der nun wieder erholte François zu. Vorschrift! Ohne Hängematte gibt es Streik. Generalstreik.

Der Asiate Tscha-Tscha, ein feister gelber Riese, schrie:

– Der Pott ist verfluchet. Et es mal. Alle Davy Jones' Lütte. Und ihr maatet Tscha-Tscha? Aber Tscha-Tscha maat nit. Tscha-Tscha nönt! Naan toonk.

Was ist mit dem los? Sie drehen alle durch. Einer nach dem anderen verliert den Verstand. Jetzt ist der Sturm in ihrem Kopf. Man müsste sie ins Kabelgatt sperren, bis sie sich beruhigen, alle. Aber auf dem Floß? Savigny blickte ins Meer, das nun eine pechschwarze, durchfurchte Fläche war, und spürte, wie ihm die Lider schwer wurden. Er wollte nichts mehr sehen von diesen Seeleuten und Soldaten, von diesen Wahnsinnigen und Irren, nichts mehr hören von Mischpoche, Generalstreik, Tubab, sich in seine eigene kleine Welt zurückziehen, in Ruhe an Josephine denken, an glückliche Stunden im Seziersaal, seinen Professor Broussonnet, der von einer Niere sprechen konnte wie von der Erschaffung der Welt. Montpellier, Rochefort, Paris … Aber immer, wenn es ihm gelang, sich etwas in Erinnerung zu rufen, J-o-s-e-p-h-i-n-e, wurde dieses Bild von irgendwem getrübt, der entweder nach der Mama schrie, betete, seine Sünden aufzählte oder einem eingebildeten Wirt seine Bestellung zubrüllte: Biersuppe, Bratwürstel, gebratene Kaldaunen mit Zwiebeln …

– Hört damit auf, murmelte Savigny mehr zu sich selbst als zu anderen. Hört auf. Dieses Phantasiefressen löst Verdauungssäfte aus, die zu Geschwüren führen.

– Ik dank fuar dit hartlek welkemen. Niemand maat Tscha-Tscha! Niemand nöönt!

Coudein hustete, Arnaud jammerte und streichelte seinen Beinstumpf, der schwarz und gelb war vor eingetrocknetem Blut und Eiter. Manchmal griff er auch ins Wasser unter ihm, so als ob er seine Zehen suchte. Corréard stellte fest, es sei eigenartig, inmitten all des Wassers zu verdursten.

– Dabei könnten wir für dasselbe Geld an Land sitzen und uns mit den Buckeln einer Kameltreiberin verlustieren.

Lauter Wahnsinnige, dachte Savigny. *Sie drehen durch, der Sturm, das Verlassensein, die Aussichtslosigkeit … Das ist zu viel für ein menschliches Gehirn. Zu viel.* Wie konnte er die Leute beruhigen? Mit Vernunft? Mit Gott? Wie würden seine geliebten Aufklärer in so einer Situation reagieren? Voltaire? Rousseau? Diderot?

Da war ein knackendes Geräusch, das sich anhörte, als ob jemand ein großes Schneckenhaus zerträte. Der Fingerknacker? Nein, nicht Rabarousse und auch kein Schneckenhaus, sondern ein Fass. Savigny sah Tscha-Tscha mit einer Axt. »Faarwel Formaak!« Was? Der riesenhafte Asiate hatte ein Weinfass eingeschlagen, und eine zwiebelschalenfarbige Flüssigkeit sprudelte heraus. *Ist der wahnsinnig? Rübenkopf!* Bevor Savigny ein Wort herausbrachte, stürmten alle hin, warfen sich wie Fußballspieler bei einem Torjubel ins Getümmel. Wein! Jetzt ging es wirklich zu wie bei der Eröffnung eines Gratispuffs. Wein! Alle wollten ihren Anteil. Sie hielten Stiefel, Becher, Hüte und Hände in den Strahl, einer sein Hemd, das ihm sofort aus der Hand gerissen wurde. Zwei Münder bissen gleichzeitig hinein, um etwas von dem aufgesogenen Getränk zu erwischen.

– Einmal noch besoffen sein. Ein letzter Rausch.

– Seid ihr wahnsinnig? Wollt ihr krepieren? Es war Clairet, *ein hübscher Bursche, wenn er nicht die Akne hätte*, der mit seiner dünnen Fistelstimme versuchte, die Meute zu beruhigen.

– Platz da, Pickelfresse, wurde er weggeschubst.

Unter den Soldaten, die man aus den Gefängnissen von Toulon, Brest und Rochefort geholt hatte, waren Spanier, Italiener, Portugiesen, Schwarze. Sie sahen nicht ein, warum man ihnen keine Freude gönnen wollte. Wein! In vino vanitas.

– Wir sind ohnehin Davy Jones' Leute.

Der Asiate schwang drohend seine Axt und brüllte:

– Ir muut nu guung. Eens wees en seeker, de Leutnants han uns verroten. Han sie.

– Genau, schrie auch Dominique, der andere Riese. Die Herren Offiziersanwärter warten nur, dass wir versaufen. Unter ihren Uniformen tragen sie Schwimmwesten und hohle Ledergurte mit Dörrobst drin, das sie tagelang über Wasser hält. Ich hab es selbst gesehen.

– Da, das ist ni-, nicht wahr, stieg Lozach, der mit den Fliegerohren, auf ein Fass, zog seine Uniform aus, entblößte seinen unbehaarten weißen Bauch und brüllte: Seht ihr hier irgendwo eine Schwi-, Schwi-, Schwimmweste? Seht ihr nun, da-, da-, dass das nicht stimmt? Dörrobst!? Le-, Le-, Ledergurt!? Das ist Blödsinn … Aber die Wütenden beachteten ihn nicht.

– Sollen mit uns verrecken, brüllte Coco, die Kanaille. Noch einmal geben wir nicht nach. Wir könnten jetzt in den Rettungsbooten sitzen. Wir könnten in Saint-Louis sein! Er war wie die meisten Seeleute halb wahnsinnig vor Schmerzen. Das Salzwasser brannte auf den Innenseiten der Oberschenkel, die vom ständigen Aufentern und Herunterrutschen wund waren. Die Epidermis an diesen Stellen löste sich, das Fleisch war rot und brannte.

– Bevor wir zu Davy gehen, wollen wir genießen, was wir haben. Wein her! In vino vanitas.

– Niemand maat Tscha-Tscha green! Niemand!

– Beruhigt euch, schrie Clairet. Seid vernünftig. Wir werden nie davonkommen, wenn wir nicht zusammenhalten. Denkt doch nach! Ruhe ... Man beachtete ihn nicht.

Ein Tumult entstand. Aus Schubsern wurden Schläge. Schreie platzten in die Atmosphäre, enorme Muskeln spannten sich. Bald prügelte jeder jeden, um an das Weinfass zu kommen, selbst Dupont, den langen Hals noch voller Würgemale, wollte einen Schluck, fuchtelte mit seinem Säbel durch die Luft und schrie:

– Ich schlitze euch die Nasen auf! Ich mach aus euren Därmen Halsbänder!

– Sie müssen einschreiten, klar Schiff machen. Es war der kühle Blick Griffons. Auf Sie wird man hören.

– Ich? Savigny zögerte.

– Die werden alle Fässer zerschlagen, und dann verdursten wir schon morgen.

– Aber warum ich?

– Ich vielleicht? Griffon sah ihn mit unbewegter Miene an. Nein, auf dieses Reptil hörte niemand.

– Ruhe! Beruhigt euch. Der Schiffsarzt hob seine Hände. Seid vernünftig. Ruhe! Wir müssen jetzt zusammenhalten. Er war auf Coudeins Fass gestiegen, aber niemand nahm von ihm Notiz. Und die wenigen, die es doch taten, meinten:

– Schnauze, Feldscher. Für dich sind wir ja doch nur Frösche oder weiße Mäuse.

– Wir gehen so oder so zugrunde wie die Heuschrecken im Herbst, da wollen wir zumindest vorher Wein.

– Vino tinto!

– Genau! Wir sind im Arsch!

– Wein oder Streik!

Inzwischen hatte Gaines, der Koch, der die Zischlaute nun massig produzierte, ein zweites Weinfass eingehauen. Alle stürzten sich darauf. In vino vanitas. Hosea räumte ein paar von ihnen zur Seite, aber Viktor bekam einen Schlag mitten ins Gesicht, verlor kurz die Besinnung. Aus dem Fass schoss Flüssigkeit, zwiebelschalenfarbig, doch jeder, der ihr nahe kam, wurde weggedrängt. Es war ein fürchterliches Durcheinander, in dem sich jeder, so gut er konnte, mit Fußtritten und Schlägen Platz verschaffte. Coco schlug mit seinem Stiefel zu, stieg über Ohnmächtige, kam zum Fass, füllte ihn, den weichen Lederstiefel, mit Wein, setzte ihn an seine Lippen. Mit seiner Jakobinermütze sah er wie ein böser Wichtel aus. Da wurde ihm das Gefäß von Tscha-Tscha aus der Hand gerissen, der sich anschickte, den Inhalt in einem Zug auszusaufen; was er auch tat, bis ihm ein Schlag den Boden unter den Füßen wegzog, so dass er in die Knie ging. »Mööönsch.« So landete der halbvolle Stiefel beim Vorarbeiter Lavillette, dessen Goldzahn sogar beim Trinken blitzte. Er hatte kaum abgesetzt, da überfiel ihn Cousserolle, der Segelmacher. Der »große Löffel« schlug Lavillette mit beiden Fäusten auf den Kopf. Auch Peristil Rabarousse, der Schiffszimmerer und Bootsmann mit dem dicken Haarzopf, langte hin. *Jetzt ist keine Zeit für den Klabautermann, keine Zeit, um Gesichter in ambrosisches Backenfleisch zu drücken.* Er zitterte vor Zorn. Daneben der Pockennarbige mit wütendem Gesichtsausdruck:

– Chrrkn chst chne chnrch.

Alle tranken, alle brüllten, schlugen, fauchten, kämpften. Wie wilde Tiere, die über ihre Beute herfielen. *Wo es kein Brot gibt, gibt es kein Gesetz mehr. Jetzt ist es also so weit, der Mensch zeigt seinen Kern, das, was sich hinter der Schminke der Moral und unter der Haut der Kultur verbirgt, das wilde Tier.*

Da sie seit zwei Tagen außer dem mehligen Brei des ins Wasser gefallenen Schiffszwiebacks nichts gegessen hatten, spürten sie den Alkohol sofort. Die einen sangen »Es ist ein Wein entsprungen, von einem Fässchen zart«, andere prügelten ihre Gefährten völlig enthemmt, und manche versuchten die Maschine zu zertrümmern. *Kein Gesetz mehr. In vino vandalitas.*

– Wie uns die Alten sungen, wohl von berauschter Art.

– Seid ihr wahnsinnig!, brüllte Savigny, reißt euch zusammen. Denkt doch nach! Denkt nach! Die Suchschiffe sind unterwegs. Man findet uns bestimmt … Doch man hörte ihn nicht, seine Grundsätze und Werte stellten sich als unbrauchbar heraus, als sinnlose Kopfgeburten, nur gut, sein intellektuelles Ego zu heben. Praktisch ohne Nutzen.

Clairet und Dupont waren mitten im Getümmel, Coudein kauerte verletzt auf seinem Fass, und von Lo-, Lo-, Lozach und Lheureux war nichts zu sehen.

– Das Floß wird bemerkenswert gut aussehen, wenn es zerschlagen ist, bemerkte Corréard zynisch. Wie riesige ausgeschüttete Zahnstocher, ein Mikadospiel.

So war das Floß führungslos. Schon zerrten einige an den Planken, splitterte die Floßwand, platschten die am Bug überkreuzten Rahen ins Wasser, knallten Bretter. Was für ein Tumult. Lavillette grölte Befehle, aber bei diesem kollektiven Besäufnis gab es keine Vernunft mehr, keine Zukunft, keine Reflexion. Nur Gegenwart und Wahnsinn. Jetzt! Jetzt! Jetzt!

Am wildesten gebärdete sich Tscha-Tscha, der mit seiner Axt auf alles einschlug, was ihm in die Quere kam.

– Niemand maat Tscha-Tscha wark. Wes! Er hatte eben begonnen, auf die Seitenbegrenzung einzuschlagen, als ihm einer dazwischenkam. »Das ist nicht gut, was du da machst. Ist nicht ...« Der Asiate, seine Gesichtsmuskeln zuckten, spaltete ihm mit einem Schlag den Schädel. »Wes! Un gode Reis.« Ein Knacksen war zu hören und ein sanftes Flutschen. Der Mensch mit dem gespaltenen Kopf blieb einfach stehen, das Gesicht hing wie schlaffe Haut an ihm herab, seine Hand griff nach dem Kopf, fuhr ins Leere, mitten in eine Blutfontäne, die da jetzt pulsierte ... wie ein letzter vergeblicher Einwand.

Viktor wusste nicht, was schlimmer war, der Anblick dieses geteilten Schädels, der wie zwei durchtrennte Pfirsichhälften auf den Schultern lag, nur dass darin kein brauner Kern war, sondern eine breiig graue Masse voll kleiner blauer Adern, woraus der Blutgeysir fauchte, oder das Wüten dieses Asiaten, der völlig von Sinnen das Floß bearbeitete. »Un gode Reis.« Da sprang dem Rasenden einer auf den Rücken. Es war, wo immer er auch herkam, Leutnant Lheureux, der Kräftigste, aber auch Tölpelhafteste von den Hauptmännern. Als sich der tobende Asiate umdrehte, voller Hass in seinen kleinen Mandelaugen, »Mööönsch«, rammte ihm, »en garde!«, der schlaksige Dupont, »Jetzt mache ich Kaffee!«, seinen Säbel in die Kehle:

– Sie haben einen wunderbaren Hals, mein Herr. Umso mehr tut es mir leid, dass ein derart vertrottelter Saufschädel darauf sitzt. Pardon, du schlitzäugiger Flachfisch.

Nicht nur die Klinge, nein, der ganze Hauptmann bog sich dabei durch. Tscha-Tscha verdrehte die Augen, als ob ihn etwas irritierte, *Mückenstich?*, dann griff er danach, zog sich mit blutigen Händen die Klinge aus dem Hals, lächelte, wollte etwas sagen, doch aus seinem Mund quoll Blut. Dann kippte er um wie ein gefällter Baum. *Mööönsch. Un gode Reis. Lang lebe Dänemark!* Sofort wurden er und der mit dem gespaltenen Schädel, diese beiden pulsierenden Blutbeutel, über Bord gewälzt, platschten sie ins Wasser. Viktor sah braune Blutspuren im Meer, die sich aus diesen Körpern pumpten. Aber was für eine Wahrheit war das jetzt? Es ging alles viel zu schnell für einen Richtersohn aus einer Kleinstadt. Er hatte nur einen einzigen Gedanken, an den er sich noch klammern konnte: *Ich will nicht sterben. Das ist ein Traum, es muss ein Traum sein.*

Aber selbst im Traum war der Kampf noch nicht zu Ende. Mit Hämmern, Messern, Meißeln, Säbeln und Äxten ging man aufeinander los. Falls dieses Geschehen später einmal jemand analysierte, würde er von zwei Fraktionen sprechen, von den Leutnants und den Revoltierenden, der oberen und unteren Klasse, aber von diesen Lagern war nichts zu sehen, es ging auch nicht um Rasse oder Religion, sondern um Haufen gegen Haufen. Mengenlehre. Niemand wusste, wer auf welcher Seite stand. Jeder schlug und hieb auf jeden ein, so als ob sie allesamt beweisen wollten, dass der Mensch ein wildes Tier, sein Kern ein Ungeheuer ist. Chaotisch, grausam, brutal – ein Niemandsland ohne Anstand und Moral.

Da stürzte Pampanini, der kleine jähzornige Genuese, mit schwingendem Säbel auf Hauptmann Dupont. »Beim heiligen Bonifazius!« Bevor er ihn traf, streckte ihn ein Schuss aus einem doppelläufigen Terzerol, das erstaunlicherweise noch funktionstüchtig war, nieder. Der glupschäugige Italiener klappte zusammen, schlug sich ein Kreuz an die Stirn, sagte »Mama, Maria und Jesus, Gott beschütze Genua! Porca miseria! Putana!«, lächelte, begann sich zu entleeren und fiel um. Es war Coudein, der geschossen hatte. Irgendwie hatte er es trotz seines verletz-

ten Beins geschafft, an die Waffen von der Mastspitze heranzukommen. Als er sich noch darüber freute, riss ihn einer von
seinem Fass herunter und biss ihn in die Nase. Ein erstickter
Laut entrang sich seiner Kehle. Ui! Im selben Augenblick war
»Blitz« Clutterbucket auf, *ich will nicht sterben*, Viktor gesprungen, *ziemlich schwer für einen Traum*, stemmte seine Fersen gegen Aisens Leisten, schlang den Arm um seinen Hals und hämmerte mit der anderen Hand gegen den Kopf. »Ham mir sich!
Ham mir sich! Das ham mir für die Taufe. Und das für den
dänischen Kuss.« Viktor schluchzte mehr, als er schrie, doch
drehte er sich so verzweifelt, bis der Kopf des fetten Burschen
gegen einen anderen stieß. Sogleich hörte das Hämmern auf,
brach Viktor unter seiner Last zusammen, sank auf die Knie
und spürte, wie ihm Ham-mir-Clutterbucket vom Rücken fiel.

– Ge-, gebt ihr auf?, schrie Lozach. Seine Ohren glühten.

Aber die meisten hatten sich schon aufgegeben. Sie kämpften gegen keinen Gegner und auch nicht um den Sieg, sondern
wider das Leben und um den Tod. Lavillette, der zu den Rasenden gehörte, stürzte sich auf einen Gefreiten und schlug ihm
mit einer Axt die Hand ab, die ins Wasser fiel und wie ein selt-
samer fünfgliedriger Fisch darauf schwamm. *Nur ein Traum.
Muss ein Traum sein.* Ein schlaksiger Schmiedegeselle rannte
mit einem Hammer auf Clairet zu. Doch bevor er ihn erreichte,
mähte ihm, der lang und dürr war wie der Tod, Dupont von
hinten die Beine ab.

– Kappt den Mast, schrie Goldzahn Lavillette, der sich gebärdete, als wäre der Geist des toten Tscha-Tscha in ihn gefahren. Kappt den Mast! Zerhaut diese Maschine! Zerhaut sie!

– Wehe euch! Hauptmann Dupont hob drohend seinen
Säbel, bekam von hinten einen Stoß, taumelte, fiel vom Floß,
ruderte hilflos herum und rief um Hilfe. Lozach warf ihm eine

Lei-Lei-Leine zu. Im selben Moment fiel der Mast und traf Clairet, den Pickeligen, der wimmernd zusammensank.

– Werft ihn über Bord, befahl Lavillette mit lauter Stimme. Seine Augen waren verdreht wie bei einem in Panik geratenen Pferd. Schaum stand auf seinen Lippen. Werft alle Leutnants über Bord, die sind ja doch nur gegen uns. Clairet wehrte sich, schlug um sich, doch kräftige Burschen packten ihn und stießen ihn ins Meer. Lo-, Lo-, Lozach sprang hinterher und holte ihn zurück. Kaum war Clairet wieder auf dem Floß, stürzten sich einige auf ihn und brüllten:

– Schneidet ihm den Schwanz ab, damit er in Zukunft im Sitzen pinkeln muss.

Da erschien als Zwischenspiel im Theater der Grausamkeit ein junger hübscher Bursche, der, *was für eine Aura,* wie in Trance tanzte. Er hob die Arme wie eine bauchtanzende Kurtisane, kreiste mit dem Becken. Verrückt, vollkommen verrückt, drängte sich ein Gedanke in Viktors *Ich-will-nicht-sterben-muss-ein-Traum-sein-geht-nicht-anders.* Der Tänzer war gut gebaut, und sein Gesicht mit der geraden Nase und den vollen Lippen glich dem eines jungen Adonis, schöner und strahlender noch als das von Espiaux, dieses längst vergessenen Offiziers, doch der Tanz war androgyn. Mit dem melancholischen Ausdruck, den sein Gesicht annahm, wirkte er feminin. *Das Gratispuff. Jetzt ist's so weit.* Während sich andere gegenseitig die Köpfe spalteten, überall Blut spritzte wie in einem Schlachthof, kreiste der Schönling sein Becken, griff sich mit der einen Hand ans Schambein und winkte mit der anderen verführerisch. Dann zog er sich wie eine Stripteasetänzerin langsam aus, ließ lächelnd den Waffenrock ins Wasser gleiten, die Hose, das Leinenhemd. Jetzt. Jetzt. Jetzt. Zum Schluss riss er sich noch eine Kette samt Kreuz vom Hals und stemmte seine

Hände in das Becken. Nun stand er da, wie man ihn erschaffen hatte, mit kastanienbraunem Gesicht, hängenden Augenlidern und milchbrotweißem Körper. Verführerisch. Eine leuchtende Fackel des Friedens. Oder des Wahnsinns?

Verrückt, dachte Viktor, ein Hundertfünfundsiebziger.

Summen und Singen setzte ein. »… und hat ein Blümlein bracht, mitten im kalten Winter«, und andere Burschen taten es ihm nach, »wohl zu der halben Nacht.« Bald standen sechs, acht nackte Jünglinge am Rand des Floßes, tanzten. Wie Anhänger eines archaischen Kultes posierten sie mit großen Gesten. »Das Röslein, das ich meine …« Sie breiteten die Arme aus, als wollten sie sich mit dem Universum vereinigen. Junge Götter eines grandiosen Schauspiels. *Was für eine Vorstellung!* Das Publikum war irritiert, einen Tanz wie diesen hatten sie noch nie gesehen. Viktor, *es ist sowieso ein Traum*, spürte den Drang, es ihnen gleichzutun. Irgendetwas zwang ihn, sich auszuziehen und mitzumachen. Nun war kein Ich-will-nicht-sterben mehr in ihm. Doch bevor er sie erreichte, wurden diese Priester einer neuen Religion vom Wasser weggewischt. Eine Welle hatte sie erfasst und mitgerissen. Da, wo eben noch der Götzendienst eines unbekannten Kultes stattgefunden hatte, war plötzlich Leere. Stille. Dafür saß Lavillette, dieser makabre Hund, auf einem leeren Weinfass und summte:

– Wenn alle Brünnlein fließen, so muss man trinken.

Am Himmel hingen ein paar ausgefranste Wolken. Es dämmerte, und der schnelle Atem aus Dutzenden Kehlen beruhigte sich.

– Wenn ich mein Schatz nicht rufen darf, tu ich ihm winken.

So unvermittelt, wie die Revolte losgebrochen war, ging sie auch zu Ende. Keiner sagte etwas, nur der Vorarbeiter summte:

– Ja, winken mit den Äugelein und treten auf den Fuß.

Alle anderen standen wie benommen da. Nun, da sich der Aufruhr gelegt hatte, sah man das Entsetzliche. Überall blutverschmierte Leichen und Sterbende – halb lagen sie, halb schwammen sie. Weiße Körper, denen rote Gerinnsel aus dem Fleisch liefen. Verkrampfte Hände, offene Münder, vor Entsetzen aufgerissene Augen. Ein Schlachtfeld, das nasseste der Geschichte. Nur Marie-Zaïde, die Auslöserin dieses Gemetzels, saß immer noch an ihrem Platz – bloß der Oberkörper schaute aus dem Wasser. *Jetzt hat sie den Kaffee.*

– Ja, winken mit den Äugelein und treten auf den Fuß.

Ihr Mann Joseph und der schwarzblaue Jean-Charles, Doudou, waren bei ihr. Sie lachten, doch ihre Augen verrieten Misstrauen, Angst. Sie waren eine viel kleinere Gruppe als die Soldaten, mehr oder weniger unbewaffnet, und es war nur eine Frage der Zeit, bis man ihre Anwesenheit als Provokation empfinden würde.

– Verzeiht uns, verbeugte sich der Riese Dominique vor den Offiziersanwärtern, verzeiht uns, was wir getan haben. Wir waren verrückt, vergaßen uns und allen Respekt. Wir …

Schieb dir deine Entschuldigung in den Arsch.

– Man sollte euch aufhängen oder erschießen. Das kam von Clairet, dem man ein Auge ausgestochen hatte. Erstaunlicherweise war der Schmerz gar nicht so schlimm, ärger war, dass er nie wieder richtig sehen würde.

– Warum bin ich hier, fragte Kimmelblatt, der als Einziger wie irr herumlief. Warum bin ich nicht in meinem Ghetto, sondern hier in diesem Purim-Spiel? Und da er keine Antwort bekam, fragte er gleich noch einmal. Warum bin ich hier? Willst du Reibach machen, Kimmelblatt, gehst du in die Legion. Hat man mich gefragt, magst du im Arrest bleiben, oder wirst du Soldat? Was hätt ich sollen sagen? In der Legion kriegt man eine schöne Kluft, auf die die Ischen abfahren. Musst ein bissel exerzieren, hab ich gedacht, ein bissel marschieren und exekutieren. Aber doch nicht kapores gehen.

Schweigend hatte man die Leichen über Bord geworfen und ihnen zugesehen – sie trieben wie Brotwürfel in der Suppe. In der Mitte, der Mast war ja gekappt und lag quer über dem Floß, stand immer noch das Fass mitsamt Coudein. Rundherum die Leutnants mit Savigny und dem Geologen Corréard. Die Soldaten standen bei den Weinfässern am Heck. Sie hatten die meisten Toten zu beklagen und waren jetzt vielleicht noch vierzig. Dann gab es eine kleine Gruppe von Seeleuten und einige, die nirgendwo dazugehörten, wie Griffon und Viktor. Auch der Krankenpfleger François bildete eine eigene Insel. Groß und dumm stand er da, mit fettem Gesicht und aufgeblähtem Bauch. Erstaunlicherweise ging von diesem faulen Menschen nun die meiste Ruhe aus. Keine Streikdrohung mehr. Ihm zur Seite kauerte Arnaud mit seinem Beinstumpf. Die Augen des Jungen waren so verdreht, dass man nur das Weiße sehen konnte, eingetrocknete Schaumflocken um den Mund und auf der Nase.

– Wie die Tiere, sagte Savigny. Schlimmer. Keine Moral, keine Vernunft.

– Angeblich, meinte Corréard, fressen sich Kaninchen, wenn sie sonst nichts mehr haben, gegenseitig auf. Dabei sind Kaninchen doch liebe Tiere.

– Wenn wir nicht aufpassen, werden wir alle so, mischte sich Griffon ein. Dann wird man uns über Bord werfen.

Savigny ging ein paar Schritte zur Seite. Er hatte keine Lust, mit dem Sekretär zu reden. In Griffons Nähe fühlte er sich unwohl. Sein eidechsisches Wesen machte ihm Angst. Er spürte, wenn nur ein Einziger auf diesem Floß überleben würde, dann wäre es dieser Griffon, einer, der sich aus allem heraus-hielt, einer, der nicht zu durchschauen war. Wenn diese Floß-fahrt wie das Kinderspiel »Reise nach Jerusalem« verlief, dann war es Griffon, der am Ende übrig blieb, auf den letzten Ses-sel kam. Bis jetzt hatte Savigny eine unerschütterliche Sicher-heit gespürt, dass er nicht sterben würde, dass, ganz egal, was immer auch geschah, dieser in einen Hautsack gefüllte Hau-fen aus Fleisch und Knochen, Knorpeln und Adern namens Henri Savigny nicht sterben konnte. Ganz unmöglich! Die an-deren? Ja. Aber das waren nur Komparsen, Laiendarsteller in seinem Leben, Körper, die man zerschneiden konnte. Aber er selbst war unsterblich. Doch nun zweifelte er zum ersten Mal daran, nun spürte er die wirkliche, reelle, tatsächliche Möglich-keit des Todes. Nicht das Kentern und die Ausbootung, nicht der Hunger, ja, nicht einmal der Aufstand hatten ihn an seiner Unsterblichkeit zweifeln lassen, sondern Griffon – diese kalt-blütige Eidechse war ihm überlegen. Sein Denken war so kühl wie Gefrorenes, und Mitgefühl schien der nur als Wort zu ken-nen. Er war so unberechenbar wie eine Katze, und ganz egal, wie das Schicksal ihn in die Luft warf, er landete immer auf den Beinen.

– 's ist eine in der Stube drin, die meine werden muss, summte Lavillette.

Das Meer war ruhig, und der Wind hatte sich gelegt. Der Mond, schon ziemlich voll, war aufgegangen und hüllte alles in ein blau schimmerndes, fast romantisches Licht, das den Din-gen ein anderes, fremdartiges Aussehen gab – farblos waren sie, flach und wie aus Blei gegossen.

– Ju ja, Stube drin, die meine werden muss.

Selbst das im Wasser liegende Segel erinnerte nun nicht mehr an ein Leichentuch, sondern an eine Bettdecke. Es war derselbe Mond, den auch Josephine sah, derselbe Mond, den Chaumareys und Schmaltz sehen mussten. Was aus denen wohl geworden war? Ob sie es an Land geschafft hatten? Auf »Negernutten« in Saint-Louis lagen? Fisch und Rinderbraten aßen? Da setzte plötzlich ein Geschrei ein, das an Katzen erinnerte, denen man auf den Schwanz getreten war. *Was denn nun schon wieder? Griffon?* Nein, es waren hysterisch helle, unwahrscheinlich laute Stimmen. *Die Neger!*

Lavillette und Coco hatten versucht, an das einzig weibliche Wesen heranzukommen, an Marie-Zaïde. *Schon wieder dieses Weib. Wegen der werden sich noch alle umbringen. Was schreit die so? Wenn wir jemals zurück nach Frankreich kommen, gehört die in die Salpeterie.* Sie hatten ihr die Uniform vom Leib gerissen, und nun sah man, dass diese vielleicht fünfunddreißigjährige Marketenderin nicht nur alle weiblichen Attribute besaß, sondern geradezu eine Fruchtbarkeitsgöttin war. Üppige Tropfenbrüste, rundes Becken und schwarzbraun wie, *tatsächlich*, Kaffee – das Mondlicht lag wie Schlagobers darauf. *Wie hatte Dupont gesagt? Ein dralles Wesen.* Ihr Mann Joseph, Jean-Charles und ein Mulatte versuchten sie mit Buschmessern zu verteidigen, aber der Anblick dieser weiblichen Formen hatte auch andere aus der Lethargie gerissen, die sich nun, verwandelt in erregte Lüstlinge, in das Getümmel warfen. Alle waren wild entschlossen, ihr genetisches Material in diesen Körper zu pflanzen, in diesem einzigen Hafen zu landen, der Unsterblichkeit versprach.

Während Coco mit einem Schwarzen focht, war Lavillette auf Marie-Zaïde gesprungen und versuchte sie zu begatten.

– Einen Kuss! Gib mir einen Kuss, du schwarzes Luder, brüllte der Goldzahn ihr ins Ohr. Der Gouverneur ist geflohen, aber vorher hat er mir geflüstert, nimm dir diese dunkle

Schlampe, reite sie zu, besorg es ihr … Ein solches Mädel findst du nicht wohl unterm Sonnenschein.

Der *Charmeur* war erstaunt über die Festigkeit ihres Körpers, in dem er nicht, wie erwartet, in weichem Bindegewebe versank, sondern auf hartes, von Muskelfasern durchzogenes Fleisch stieß. Außerdem ging ein strenger Geruch von dieser Schwarzen aus. *Holziger Tee.* Ambrosia! Doch bevor der Goldzahn das begriff, hatte ihn jemand gepackt und heruntergerissen. Er landete vor Clairet, der zwar nur die Hälfte sah, aber dennoch nicht widerstehen konnte, ihm einen Tritt zu geben.

– Auf die Weiber!

Während die Schwarze zu ihrer Schutzheiligen, der heiligen Afra, betete, entspann sich um sie herum eine wilde Rauferei. Mit Fäusten, Brettern und Säbeln wurde da aufeinander eingedroschen. Einige schwangen wie Netzkämpfer Schnüre oder Hemden. Andere hatten sich mit Dauben oder Eisenreifen eines zersplitterten Fasses bewaffnet. Den Schwarzen waren Offiziersanwärter und Matrosen beigesprungen, die mit letzter Kraft so etwas wie Ordnung und Anstand verteidigen wollten. Vernunft!

Coco glaubte nicht daran. *Alles Betrug!* Der Matrose hatte einen roten Kopf und schrie: »Schäferstunde! Negerpuff!«, woraufhin sich die Angreifer wie eine Welle auf die Verteidiger stürzten. Die stürmenden Soldaten stachen mit Bajonetten, warfen Latten, kratzten oder bissen, während sich die Leutnants mit Säbeln verteidigten. Coudein, mutlos und nervös geworden, zielte mit seinem Terzerol:

– Es geht mich ja nichts an, aber was zui weit geht, geht zui weit. Er war bemüht, seinen Husten zu unterdrücken, was ihm nicht gelang. Da wurde Lo-, Lo-, Lozach gepackt und ans Heck verschleppt.

– Haben wir dich endlich, Anglas, du Bastard. Jetzt wirst du büßen, was du uns in der Garnison angetan hast.

– Anglas? De-, der hat do-, doch einen Ba-, Ba-, Backenba-, ba-, bart. Ich, ich bin Lo-, Lo-, Lozach, schrie der junge Leutnant. Lozach! Aber die Soldaten schienen ihn nicht zu verstehen. Für sie war er Anglas, der nun eine gerechte Abreibung erhielt.

– Willst du wohl zu Boden, du Arschloch, du verdammtes Aas. Man drückte ihn auf die Bretter, ins wadenhohe Wasser, so dass er keine Luft bekam.

Die anderen Anwärter kamen ihm zu Hilfe, befreiten Lozach.

– Da-, Da-, Danke.

Währenddessen waren die Schwarzen ungeschützt, warf jemand die kreischende Marie-Zaïde ins Wasser.

– O heilige Afra, Schutzheilige aller Büßerinnen und Prostituierten, du mit dem Pinienzapfen, enthauptet und verbrannt, beschütze mich.

– Ein solches Mädel findst du nicht wohl unterm Sonnenschein.

Corréard, selbst verwundet, sah, dass weder Joseph noch Jean-Charles reagierten. *Nichtschwimmer!* Da band er sich ein Tau um den Leib und sprang der Ertrinkenden nach.

– Schau einer an, sagte Griffon. Ausgerechnet der zynische Corréard entdeckt sein weiches Herz.

Der Ingenieur tauchte, öffnete die Augen und sah keine Marie-Zaïde. *Nichts, nur eine blaue Brühe. Ich dreh durch.* Für einen kurzen delirierenden Moment war es, als würde ihm Prust entgegenkommen. Der tote Prust hatte sich aus seinem Leinen freigebissen und schwamm nun auf ihn zu. Sein sandfarbenes Haar bewegte sich wie eine Wasserpflanze. An den

Schultern waren die Spuren der Peitschenhiebe zu erkennen. Mit schnellen Zügen kam er näher, sagte: »Es tut gar nicht mehr weh. Hier herunten ist es herrlich kühl.« Er griff nach Corréard, zog ihn in die Tiefe. S-w-o-b-o-d-a! Das war angenehm. Nein! Der Geologe sah das Weiße in Prusts Augen, Blut lief ihm aus der Nase. Jetzt kam Corréard wieder zu sich, entdeckte die Marketenderin, griff nach ihr und zog sie mit letzter Kraft zum Floß. Joseph packte ihre Hand – »Wao wao« –, und der Ingenieur umfasste ein Bein und schob. In dem Moment, als sie wie ein Felsblock zwischen Floß und Meer hing, blickte er in diese ungeheuren Hinterbacken, mit denen Kummer und Maiwetter Bekanntschaft gemacht hatten. Was aus denen wohl geworden war? Für einen Augenblick wollte er mit ihnen tauschen, wollte er auch in diesen drallen warmen Körper kriechen, in dieses dunkelste aller Verliese. War er ihr deshalb nachgesprungen?

– Heilige Afra, in Augsburg hingerichtet, bitte empfiehl mich der Gnade Gottes … leierte Marie-Zaïde. Zusätzlich rief sie ihre schwarzen Götter an: Mame Coumba Castel, Mame Kumba Lama, Mbosse Kumba Djiuene, Mame Columa Bang …

Zurück an Bord, umarmte sie vor Glück Corréard und schenkte ihm ein kleines Amulett, »Krikri«, das sie irgendwo aus ihrem nackten Körper zauberte.

– Krikri schützt vor allem Bösen!

Währenddessen hielt der hustende Coudein das Terzerol in die Höhe, schoss.

– Soldaten! Matrosen! Freunde! Ich weiß, die Boote haben uins verlassen, aber macht euch nichts daraus. Ich habe eben an den Gouverneur geschrieben, er wird bald hier sein.

Obwohl die Kämpfenden beim Wort »Gouverneur« kurz innehielten – wie wenn bei einer Rauferei am Schulhof jemand

»Achtung! Lehrer!« rief –, und obwohl auch der Mulatte zu klatschen anfing, womit er sich ein paar strafende Blicke einfing, ging das Gemetzel sofort unvermindert weiter. Der Riese Dominique, erst bei den Meuterern, dann reuig, und nun wieder aufseiten der Revoltierenden, ein Wütender, irgendwo aus den Tiefen des Floßes aufgetaucht, wurde durch ein Bajonett getötet. Er erstarrte, als sich die Klinge unvermittelt in ihn bohrte, zählte die Sekunden, entleerte sich und fiel dann einfach um. Savigny, hineingezogen in den Kampf, wurde ins Bein und in die Schulter gebissen. Viktor und Hosea verteidigten sich, so gut es ging, wobei Hosea immer wieder sagte:

– Verrückt. Vollkommen verrückt. Ürigens, was bedeutet Nemesis?

Viktor bekam Schläge in den B-au-au-au-ch. In der folgenden Nacht würde er die Schmerzen spüren, aber jetzt fühlte er nur etwas Warmes, das durch seinen Körper lief.

– Anglas! Wir wollen Anglas!, riefen manche. Gebt uns Anglas.

Aber der ist doch gar nicht auf dem Floß, sondern auf der Medusa.

– Lüge! Rückt ihn raus! Die Kanaille soll ersticken.

Nun stürmten mehrere zu Coudein, in dessen Schoß der zwölfjährige Leon Zuflucht gefunden hatte. Warte, wir schreiben einen Brief an den Gouverneur, eine Flaschenpost, wurden beide mitsamt dem Fass ins Wasser geworfen. Es gelang ihnen aber, sich zu retten. Sogar ihr Fass konnten sie zurück an Bord bugsieren.

Corréard wollte ihnen helfen, stolperte über Leichen, ja, jetzt gab es Tote, stieg barfuß in leblose Körper. Es war grauenvoll, diese glitschigen Fleischstücke unter sich zu spüren – als ob man über eine nasse Wiese voll mit toten Fröschen ginge.

Da biss ihn etwas in die Zehen. Corréard schrie auf und trat danach, so fest, dass er vermeinte, ein Tonkrug unter ihm würde zerbersten. War es ein Schädel? Es hatte keinen Zweck, logisch darüber nachzudenken.

Im selben Augenblick rief jemand »Lang lebe der König!«, und der Wahnsinn, so schnell er gekommen war, verflog. Alle beruhigten sich, sahen zum Mond, der wie ein vergessener Lampion in einem fensterlosen Keller leuchtete, und beteten.

Überlebenstraining
für Romantiker

Man sah Vögel und schwimmende Zweige, Dunstschleier und, zumindest schien es so, Rauchsäulen, aber kein Land. Afrika war abgetrieben. Vielleicht hatte es sich wieder mit Indien vereinigt? Oder hinter Neu-Holland versteckt? Wo war dieser verrückte Kontinent?

Obwohl die Damen ihre Schirme aufgespannt hatten und die Ruderer für Fahrtwind sorgten, litten die Leute in den Rettungsbooten an der gnadenlosen Hitze. Die Saharawinde schlugen sie wie ein das Badetuch schwenkender, sadistisch veranlagter Saunameister. Es war, als hätte man unmittelbar vor ihren Gesichtern einen riesigen heißen Backofen geöffnet. Am schlimmsten war es in der Pinasse, wo man Wasser schöpfen musste. Füße, Hosenbeine und Kleidersäume, alles nass. Dazu kam das ständige Gezeter der Picard-Kinder.

– Das Wasser ist schon wieder gesteigen, jammerte Charles junior.

– Das heißt gestogen, verbesserte ihn Laura.

– Mein Kopf, jammerte Alphonse, fühlt sich an, als hätte man ihn in der Mitte durchgeschnitten.

Als, *Afrika! Da vorne!*, die Küste endlich zu sehen war, man am sandigen Meeresgrund geriffelte Flutmarken erkannte, wollten die Leute nur eines: an Land. *Erde, sich die Beine vertreten, Schatten.* Da Lapeyrère nichts tat als zu schweigen, *Trappistenmönch*, drohten sie, das Kommando zu übernehmen. Besonders der Missionar Maiwetter wollte endlich wieder festen Boden unter den Füßen. Seit seiner Äquatortaufe verfluchte er das Meer, so wie er früher als Feldpfarrer die Erde verdammt hatte, in der er so viele Soldaten begraben hatte müssen.

– Sie vertreten hier den Kapitän. Ich aber bin ein Stellvertreter Gottes, und als solcher habe ich das Recht ... Denken Sie an die Kinder!

Lapeyrère schwieg, wie er seit der Abreise geschwiegen hatte. Aus seinem ernsten undurchdringlichen Gesicht wurde niemand schlau. Und ganz egal, wie Maiwetter auch argumentierte, er zeigte keine Reaktion.

– Die Brandung ist zu stark, verkündete ein Matrose. Wir können hier nicht landen.

– Mit Gottes Hilfe werden wir es schaffen. Wir müssen.

Espiaux, der mit seinem Segelboot die Küste schon erreicht, sechzig Leute hatte aussteigen lassen, wieder umgekehrt war und nun auf die Fugara traf, bot an, Passagiere zu übernehmen. Er schrie aus voller Kehle, dass er bereit sei, Leute aufzunehmen, aber die Passagiere der Pinasse misstrauten ihm, dachten, Anglas und seine Männer hätten sich versteckt, würden nur auf eine Gelegenheit warten, um über sie herzufallen, sich zu rächen.

– Bleibt uns fern.

– Warum? Wir haben Platz genug. Anglas und seine Leute sind an Land gegangen.

– Verschwindet, sonst schießen wir. Besser nichts riskieren, dachte man, diesem jähzornigen Backenbart war alles zuzutrauen. Dabei war der tatsächlich längst an Land.

Auch die etwas abseits treibende Jolle krachte in allen Fugen. Das Dollbord der Euphonia begann sich zu lösen, und die kleinen Eisengabeln, in denen die Ruder lagen, hatten sich gelockert. Außerdem musste man auch hier mit Hüten und Stiefeln Wasser schöpfen, um nicht unterzugehen. Die Vorräte waren unbrauchbar geworden, der Schiffszwieback zu einem mehligen Brei verschlammt, und das Fleisch glich grauen Lappen. Trotzdem war die Stimmung gut, was allein an Richeford lag, der unablässig davon schwärmte, wie gut man es getroffen hätte, wie grandios das Meer sei, welch phantastische Wolkenformationen es gebe … Es war ein schier unerschöpfliches Reservoir, aus dem er seine Geschichten schöpfte.

– Als ich mit dem Walfänger im Pazifik untergegangen bin, hatten wir vier Wochen nichts als drei Schildkröten zu essen. Anfangs haben wir ihr Blut getrunken, das Fleisch war schmackhaft wie eine Mischung aus Schwein und Fisch, aber hat schon mal wer an den Krallen einer Schildkröte gesaugt? Natürlich wussten alle, dass er sie nach Strich und Faden belog, aber sie ließen sich gerne belügen.

Nur wenn er eine Pause einlegte, besann man sich der Lage. Während die Schaluppe des Gouverneurs und Chaumareys' Kapitänsboot, Bombarde und Amorosa, zügig nach Saint-Louis unterwegs waren, litt man in den zurückgelassenen Booten. Die Zungen klebten in den Mündern, als hätte man kiloweise Lakritze vertilgt. Einigen schwand das Bewusstsein, andere lutschten bleierne Musketenkugeln oder kauten Leder gegen den Durst. Wie Aasgeier hockten sie beieinander und warteten auf Tote. Gut, dass Richeford ein Dauerredner war:

– In Neu-Holland hatten wir Kängurufleisch. Das erste Känguru, das ein Europäer zu Gesicht bekam, wurde aufgefressen. In Polynesien bekamen wir als Gastgeschenke Schrumpfköpfe, und die Einheimischen waren so freundlich, uns das Essen vorzukauen. Hätten wir das abgelehnt, wären auch wir Schrumpfköpfe geworden. Wisst ihr, wie man diese Dinger herstellt? Zuerst werden die Schädelknochen zertrümmert, dann zieht man sich den Kopf wie einen Handschuh an, holt alles heraus, auch die Zähne – die Eingeborenen machen aus diesen Schädelinnereien Suppe, aus den Zähnen Ketten. Danach füllt man heißen Sand in den Gesichtssack, wodurch er langsam schrumpft. Am schwierigsten sind die Ohren, damit der Knabe dann nicht solche Riesenlauscher hat. Das Sandeinfüllen wird so oft wiederholt, bis das Gesicht Orangengröße hat. Nur die Wimpern und das Haar bleiben lang. Manche verpassen ihnen einen kessen Schnitt … Richefords Zuhörer waren von solchen Geschichten gleichermaßen schockiert wie fasziniert. Was hätten sie wohl über uns gedacht, über zivilisierte Europäer, die zweihundert Jahre später Schrumpfköpfe aus Plastik oder Ziegenleder auf die Rückspiegel ihrer Autos hängen?

– Vor Hawaii, führte Richeford weiter aus, war das Wasser an Bord so brackig, dass ich die Cholera bekam. Sechs Wochen Lazarett, aber hübsche Krankenschwestern … In Hawaii gibt es die Mädchen mit den schönsten Ärschen … Jetzt werden da ein paar kleine Richefords rumlaufen … Oder wie uns die Chinesen als Opiumschmuggler entlarvten. Normalerweise werden die Zollbeamten dafür bezahlt, nicht hinzusehen, aber uns haben sie vier Monate lang in Quarantäne festgehalten. Das Opium haben die Reisfresser selber einkassiert. Als der Erste Offizier dagegen protestierte, wurden dem Jungen alle Gliedmaßen abgetrennt, aber zuvor haben ihm diese schlitzäugigen Gentlemen noch das Geschlecht und die Zunge abgeschnitten. Erinnert ihr euch an den Pockennarbigen? Im Vergleich mit unserem Jungen hat es der noch gut erwischt. Der arme Kerl bat darum, dass wir ihn über die Planke gehen lassen. Haben wir gemacht. Gehen konnte er natürlich nicht, Richefords Stimme stockte, aber über Bord fliegen … Auf der Rückreise, wir hatten eingesalzene Kalbshäute als Fracht, wurden wir gekapert … Die gesamte Mannschaft wurde massakriert. Nur ich, versteckt in einer Kartoffelkiste, habe überlebt. Jetzt war ich ganz allein auf der Brigg. Zu allem Überfluss kam noch ein Sturm auf, aber was für einer! Dreizehn Meter hohe Wellen! Ein Unwetter war das, als wären alle vorangegangenen nur Übungen gewesen. Das Schiff rollte seitwärts, war nahe am Kentern, die Rahen steckten schon im Wasser, richtete sich wieder auf, wurde vom Wind gepackt. Da sah ich, wie das Heck mich überholte, das Schiff sich überschlug. Jetzt, dachte ich, holt dich der und jener, jetzt gehst du ohne Zeug von Bord. Mit gebrochenen Masten lief es weiter und entkam. Der Pott leckte, und ich hatte an den Pumpen hart zu schaffen ... grässlich. Alle Segel waren zerfetzt, das Ruder gebrochen. Es war aus. Da trieb ich zu einer Insel, wo Eingeborene hausten, Kannibalen ... Man verdächtigte mich der Spionage. Auf weißes Pulver musste ich spucken, weil sie sagten, Schuldige könnten nicht spucken ...

Dreister Lügner, dachten alle, und hingen doch gespannt an seinen Lippen, die so abenteuerliche Geschichten erfanden, dass der Baron Münchhausen dagegen ein ehrlicher Anwalt der Wahrheit war.

Human Trash

Ein fischiger, an Algen und Seetang erinnernder Geruch hing in der Luft. Es war Sonntag, der 7. Juli, Tag des Herrn. Der dritte Tag, den sie auf der »Maschine« verbringen würden. Als die Morgensonne den Horizont rot erstrahlen ließ, dort, wo sie Afrika vermuteten, hustete Coudein. Sein Gesicht war mager, voller Falten und Bartstoppeln, die in den hohlen Wangen wie geschnittenes Schilfgras wirkten. Erstaunlich, wie der es schaffte, auf dem Fass zu schlafen. Schlief er überhaupt? Schlief irgendwer? Oder war es das Dämmern eines Flugangstlers (Aviophobikers) bei einem Transatlantikflug?

In Coudeins Schoß kauerte der Schiffsjunge Leon (Moses), dahinter hockten der schlaksige Dupont mit blutverkrusteter Stirn, Lo-, Lo-, Lozach und Clairet – sein ausgestochenes Auge sah entsetzlich aus. Blutkrusten und Wundsekret.

Das Erste, was Savigny beim Aufwachen hörte, war ein friedliches Plätschern. Wie die meisten anderen saß auch er im Wasser, das bis zum Nabel reichte, manchmal bis zur Brust hochschwappte. Da war an eine Morgenerektion nicht einmal zu denken. Er dachte an Josephine, ihre kleinen Brüste mit den dunklen Warzenhöfen, die saftige Fleischfrucht zwischen ihren Beinen … Nichts regte sich. Alles, was er spürte, war ein Beißen im Bauch. In seinen Fingerspitzen kribbelte es, als ob winzig kleine Maulwürfe Gänge durch sein Fleisch grüben. Gänge, die jeden Augenblick in sich zusammenstürzen konnten. Sein Atem roch nach Magensäure, und er spürte ein Brennen in der Kehle, ein Feuer, das sich nach Nahrung verzehrte. Ein einziges Wort prangte groß in seinem Kopf und drängte alles an-

dere beiseite: HUNGER. Es stieß Josephine und das Anatomi-
sche Theater weg, Professor Broussonnet, die Wachsmoulagen
und rachitischen Skelette, Rochefort und die Medusa. Hunger
war die Saat in ihm, die nun aufgegangen war und alles über-
wucherte. Hunger! Aber wo war etwas zu essen? Brot? Kartoffeln? Kuchen? Er biss in seine Jacke, *schmeckt faserig*, riss einen Knopf ab und steckte ihn sich in den Mund. Kitzeln auf
der Zunge. Sofort bildete sich Speichel, der das Wort nur lauter schrie: Hunger! Hier gab es nicht wie in Gefangenschaft vier
für sechs, wenn sechs Männer mit der Ration für vier auskom-
men mussten, hier gab es null für hundert.

Dank der Absorption durch die unteren Gliedmaßen, den
achtundvierzig Stunden, die sie ununterbrochen im Wasser gestanden waren, blieb wenigstens der Durst aus. *Bemerkenswert,
würde man später festhalten müssen.* Aber gab es ein Später?
Nicht ohne Nahrung! HUNGER. Es kribbelte in seinen Fingern, und er fühlte, wie sein Magen begann, sich selbst zu verdauen. Prusts Hirn fiel ihm ein. Gewaschen wäre es genießbar.
Ein flaumiger Fleischkuchen! Aber Hector wird es kaum gerettet haben. Wo war der Bursche überhaupt?

Savigny rappelte sich hoch und versuchte die Lage zu über-
blicken. Überall Körper, die neben-, über-, aneinander lagen.
Leichen? Oder schliefen sie? Die meisten hatten dunkle Schatten im Gesicht, hervortretende Backenknochen, blasse Lippen.
Er entdeckte zwei mit geöffneter Halsschlagader, Blutkrusten,
sehen aus wie Florentiner-Kekse, einem anderen steckte ein
Messer in der Brust. Als Savigny es herauszog, bäumte sich der
Körper auf, streckte die Hände nach ihm … und sank wieder
zurück. *Lazarus-Syndrom.* Der Arzt hörte, wie die Kiefer des Toten zu malmen begannen, er hörte sie knirschen. Unheimlich.
Von wissenschaftlicher Seite aus betrachtet interessant, aber …

– Na, Doktorchen, kochen Sie was aus? *Kochen? Was kann man denn hier kochen?* Das war eine ordentliche Bambule gestern. Sind viele flöten gegangen, aber nicht der Kimmelblatt, der Menachim Kimmelblatt steht noch in der Jauche-Suppe … Kommt der Moische zum Rabbi und sagt angesichts der Hitze, schwil is draußen … Na, lassen Sie ihn rein. Verstehen Sie? Schwil ist draußen!

– Schnauze, Jude. Wenn du wenigstens einen Bierkrug aufhättest statt diesem lächerlichen Fez. Das kam von François, dem fetten Pfleger, der noch schlafen wollte.

– Ich habe nicht das Vergnügen, Sie zu kennen, Sie paniertes Arschloch, rümpfte Kimmelblatt die Nase. Mit Leuten wie Ihnen pflege ich keinen Umgang. Da kam bereits ein Stiefel angeflogen, traf den hinter Kimmelblatt kauernden Bootsmann Rabarousse, der erst mit den Fingern knackte, dann dem Werfer mit der Faust drohte.

– Entschuldigung, murmelte François, schloss die Augen und träumte weiter.

– Antisemitismus ist dort am stärksten, wo es keine Juden gibt. Kimmelblatt stemmte seine Hände in die Hüften und holte tief Luft. Wenn es keinen Antisemitismus gäbe, gäbe es auch keine Juden mehr. Wir sind wie ihr, nur dass unser kleiner Lechaim beschnitten ist …

– Ihr habt Jesus Christus umgebracht. Gottes Sohn! Den habt ihr auf dem Gewissen! Das kam von Oberfeldwebel Charlot, ein kleiner, dicker Mensch, der außer Blähungen noch nichts anderes von sich gegeben hatte, als dass die Franzosen das tapferste Volk der Welt seien und er stolz darauf war, einer der ihren zu sein:

– Vive la France!

– Sehr wohl, eure Wohlbeleibtheit.

– Das Maul soll dir zuwachsen, du jüdische Mückenseele.

– Bin ich a Jid? Na sicher. Und wenn ich das hier überstehe, gehe ich nach Amerika, mache ein Restaurant auf in New York, wo es dann Knische gibt, Beigel, Sabel, Mazzes, all das gute Zeug. Aber eines sage ich euch, ihr Goi: Ohne uns gäbe es keinen Christus! Weil was bedeutet Christus? Der Gekreuzigte!

– Blödsinn, Christus heißt der Gesalbte.

– Und warum heißt dann Kreuz in den meisten slawischen Sprachen Kriz? Wie Kriztus! Na also!

Als Marie-Zaïde aufwachte und merkte, dass die Hand auf ihrer Schulter zu einer Leiche gehörte, stieß sie einen spitzen Schrei aus, der die letzten Dösenden aus ihrem Schlummer riss. Manche meinten, auf der Medusa zu sein, und wollten aus ihrer Hängematte springen, andere murmelten etwas von Gebetbuch, Deckschrubben oder Exerzieren. Karreebilden, Gefechtsstellung, Laden, Anlegen … Allmählich aber stellten alle fest, dass sie auf dem Floß waren. Der Albtraum war Realität, der Hunger, die Leichen, das Wasser ringsherum. Als die Augen aufgingen und dieses schwimmende Schlachtfeld sahen, diese zerlumpten Bastarde, verwandelten sich schlaftrunkene Gesichter in entsetzte Fratzen. Überall Tote mit herausquellenden Gedärmen, gespaltenen Schädeln, durchbohrten Leibern. *Da haben wir den Salat. Eine schwimmende Leichenhalle, ein Totenfloß.* Es sah aus, als hätte man die Leichen einer Schlacht auf diese Bretterkonstruktion gelegt und sie dann irgendwo ins Meer geworfen. Aber gab es Mitleid mit den Toten? Nein, sie alle hatten sich bereits von dem gelöst, was man gemeinhin menschlich nennt. Begriffe wie Schönheit, Glück oder Liebe erschienen wie Wörter aus einer anderen Welt, unendlich weit entfernt. Alles, was in ihren Augen stand, war Sterben und der stumme Schrei nach Leben – oder einem schnellen Tod.

– Pst, zischte Savigny und deutete ins Wasser. Schwarzgrüne Dreiecke kreisten um die Maschine.

– Haie?

– Tortenstücke sind es keine.

Niemand sagte was. Nur die Schwarzen unterhielten sich in Wolof. Die spitzen Laute dieser Sprache ließen an ein Vogelgekreische denken. Obwohl auch sie von Leichen umgeben waren, klangen diese Afrikaner fröhlich – wahrscheinlich wegen der Nähe ihres Heimatkontinents.

– Pst.

Alle blickten gespannt ins Wasser und erahnten in den Schatten die breitkopfigen Tiere mit den kleinen Katzenaugen. Gier, die nur aus Muskeln zu bestehen schien. Gier, der sie zumindest nicht egal waren, die darauf lauerte, sie zu verspeisen. Eine schwimmende Speisekammer, nichts anderes waren sie.

Diese Nacht war langsamer vergangen als jede vorherige. Alles hatte sich mit Verzögerung und Intensität ereignet, der Aufstand, das Gemetzel, das Ins-Wasser-Werfen, Zurückschwimmen. Und nun der Hunger und die Haie! Savigny fühlte die Maulwürfe im ganzen Körper. Bald würden die Gänge einstürzen, würde von ihm nur noch ein Häufchen bleiben. Oder schnellten sich diese Raubfische an Bord und bissen mit ihren fünf Reihen messerscharfer Zähne zu? Aber noch lebte Savigny, noch funktionierte sein Gehirn. *Die Menschen da draußen auf den Kontinenten wissen gar nicht, dass es uns gibt. Und sie werden es auch nie erfahren, dass wir hier als Leichenfloß herumgetrieben sind.* Er befahl, die Toten über Bord zu werfen.

Kaum waren die ersten Körper im Wasser, wurden aus den schwarzgrünen Schatten gefräßige Monster. Man hörte, wie das Wasser plantschte, wie um jedes Stück gekämpft wurde. In den Köpfen formten sich Bilder von Raubkatzen, wilden Bestien, wie sie sich im Kolosseum auf die ersten Christen gestürzt hatten.

– Und was ist mit denen, die sich selbst nicht mehr erheben können? Sollen die nicht auch ins Wasser? Wer schweigt, stimmt zu? … Es war Griffon, der Kaltblütler.

Tatsächlich lagen da röchelnde Verwundete, die so leise hauchten, dass man nichts verstand. Während Savigny darüber nachdachte, *Geschwächte ins Wasser werfen? Bedeutete das nicht das Ende aller Zivilisation?*, stürzten sich drei Soldaten auf den einäugigen Clairet, der gerade zum Heck des Floßes getaumelt war, um zu urinieren. Bevor ihm jemand helfen konnte, hatten ihn die Burschen auf den Bauch gelegt, ihm das Hemd vom Leib gerissen und damit begonnen, die großen Talgpusteln auf seinem Rücken auszudrücken. *Was soll das? Gut, der Anblick dieser Eiterbläschen ist nicht besonders appetitlich, immer hat man Angst, dass etwas aufplatzt, einen anspritzt. Aber so? Wissen die nicht, dass das Ausdrücken von Pickeln Narben hinterlässt? Warum? Die werden sich doch nicht für Dermatologen halten?* Clairet, halb im Wasser liegend, quietschte wie ein Schwein im Haifischbecken, aber kein Offiziersanwärter war imstande, ihm zu helfen. Zu angewidert waren sie von dem, was jetzt geschah. Die Soldaten drückten dem armen Clairet nämlich nicht nur die Eiterpusteln aus, nein, sie schleckten sich nachher genussvoll die dicken Talgpatzen von den Fingern, so als wären sie Kuchenteig. Savigny sah die weiße Haut mit den rotgeränderten Fettaugen, dachte an Madeleines und Marzipankugeln und hatte für einen Moment selbst Lust, so einen Eiterpatzen zu verschlingen. Hunger! Stärker als jede Zivilisation! Hunger! Dann besann er sich und fühlte Ekel.

– Ich habe Hunger, das ist alles, was ich weiß, brüllte einer der Soldaten. Und der hat mehr Pickel, als in Rom Kirchen stehen.

– Schmecken fast wie Mayonnaise!

– Wenn wir nichts essen, sterben wir, rechtfertigte sich ein anderer.

– Lecker! Es heißt schon in der Bibel, lachte Corréard, der die Szene von der Mitte des Floßes aus verfolgt hatte, alles, was sich regt und lebt, sei euch Speise.

– Denken Sie denn gar nicht an Gott, der für uins sein Bluit gegeben uind uins bestimmt nicht verlassen hat? Coudein hustete.

– Gott? Corréard grinste. Ich habe die Werke des Marquis de Sade gelesen, da glaubt man nicht mehr an höhere Wesen.

– Perversitäten! Uinzucht!, erwiderte Coudein. Diesen de Sade wird man bald vergessen haben, während man einen Restif de la Bretonne noch in zweihuindert Jahren lesen wird.

– Restif de la Bretonne? Das ist derselbe Pornograf, mischte sich nun auch Savigny ein, der froh war, von diesen Hungergedanken, den Maulwürfen, Haien und Pickelfressern wegzukommen. Er hatte gerade einer Leiche, *für dich ist die Party vorbei*, die Augen zugedrückt, die daraufhin, »Happi-Happi«, von Hosea und Viktor über Bord geworfen wurde, kurz herumtrieb und von den Raubfischen zerbissen wurde. Savigny sah, wie der Körper zuckte, weniger wurde und bald verschwand. HUNGER. Er hätte den Kleinen fragen sollen, ob das Hirn noch da war, aber nein, der noch beim Aufwachen so logische Gedanke, davon zu essen, erschien ihm jetzt unmöglich.

– Es geht mich ja nichts an, aber Sie kennen wahrscheinlich nuir die »Abenteuer hübscher Frauen« uind die »Anti-Juistine«? Coudein rieb sein verletztes, steifes Bein, hustete und strahlte. Die Gedanken an die Lektüreerlebnisse dieses Restif de la Bretonne brachten ihn zurück in eine normale, heile Welt, wo man auf einem Stuhl mit Lehnen sitzen und lesen konnte. Eine Welt, in der es zu essen gab, Frauen, Betten, Zärtlichkeit …

– Juidenfalls ist der mit seiner Fixierung auf Fuiß und Schuih ein Perversling. Savigny machte sich über Coudeins Ui-Sprache lustig, hob den Fuß einer Leiche, betrachtete das mit Nägeln um den Schuh fixierte Blechband, und ließ ihn wieder fallen, bevor er Hosea und Viktor zunickte, die den Toten packten, wie beim Kinderspiel *Müller-Müller-Sackerl* über Bord warfen und den Haien ein »Happi-Happi« zuriefen.

– Die »Revoluitionsnächte« müssen Sie lesen. Oder »Das Leben meines Vaters«. Coudein war ganz in seinem Element. Für einen Moment vergaß er alles um sich herum.

– Das einzig Gute an Restif, Corréard lachte, war seine Idee für ein Gesetz zur Zwangsverehelichung aller Sechzehnjährigen! Die hätten mit zweiunddreißigjährigen Frauen verheiratet werden sollen. Und nach sechzehn Jahren wären diese matrimonischen Verbindungen automatisch wieder geschieden worden, damit beide Partner wieder Jüngere heiraten können. Verstehen Sie, ein ewig wiederkehrender sechzehnjähriger Ehezyklus.

– Was ist denn matrimonisch? Hosea zückte sein Büchlein, ziemlich wellig von der Feuchtigkeit, und den Bleistift.

– Im schiitischen Islam gibt es die Ehe auf Zeit, sagte Kimmelblatt. Wenn ein Moslem in ein Bordell geht, heiratet er die Schlampe für eine Stunde.

– Ihr Restif de la Bretonne ist ein Nichtskönner.

– Matrimonium ist die Ehe, verkündete Viktor.

– Wenn ich könnte, würde ich Ihnen dafür den Kopf einschlagen, mein Herr. Restif ist ein Genie! Ein uinglaubliches …

Coudein hustete, und Leon wiederholte:

– Ein Genie!

Da musste Corréard lachen:

– In der ganzen Weltliteratur steht nirgendwo, wie man so eine Situation wie diese hier überlebt.

– Aber man lernt zuimindest, gegen die Barbarei zui sein. Andere Ideen zui haben als Fressen uind Saufen uind Ficken!

Tatsächlich fehlte nicht viel, und es wäre wegen einer literarischen Meinungsverschiedenheit zu einer Schlägerei gekommen.

– Aber meine Herren, schämt euch, brüllte der ausgenüchterte Lavillette, der sich an der Beseitigung der Toten beteiligte. Es waren kalte, schwere Körper, die sie einen nach dem anderen, *Müller-Müller-Sackerl*, über Bord warfen. Nicht, ohne ihnen vorher in die Taschen gesehen zu haben. Die Fundstücke waren allerdings bescheiden, zwei Knoblauchknollen, Nüsse, Schnupftabak und etwas Kümmel.

– Damit können wir keinen Kolonialwarenhandel aufziehen, lächelte Corréard zynisch. Und Ihr Gott lässt sowas zu? Coudein hustete. Lozach ließ du-, durchzählen und kam auf achtundsechzig.

– Wir haben ein Fass Wasser und drei Fässer Wein, stellte Griffon fest. Wenn wir die Rationen nicht halbieren, bleiben uns keine acht Tage.

– Und unsere Hausschweine. Corréard zeigte ins Wasser, aber von den Haien war nichts mehr zu sehen.

Savigny sagte nichts. *Acht Tage? Auf dieser Maschine waren acht Tage eine Ewigkeit.* Er hatte Corneille Coste entdeckt, den Matrosen mit der Jakobinermütze, der gestern wie wahnsinnig gewesen war. Auch er war augenscheinlich tot, von käsiger Gesichtsfarbe. Der Chirurg beugte sich über ihn, betrachtete die knubbelige Nase, den offenen Mund, die verwachsenen Zähne. Da riss der Matrose seine Augen auf, packte Savigny am Kragen und schrie. Aber es war ein kraftloser Schrei, nicht zu vergleichen mit dem, den er gestern ausgestoßen hatte.

– Willst du probieren, wie es ist, durch den Hals zu atmen, Doktor?

Coco lachte. Er lachte so lange, dass man dachte, er würde ersticken. Savigny wandte sich erschrocken ab und stieß wieder mit Griffon zusammen, der ihn mit kaltem Blick verfolgte. Der Schiffsarzt verspürte Unbehagen, dieses Lächeln hatte etwas Falsches, diese blauen Augen waren unheimlich. Er wusste, was dieses Reptil wollte, stieß es beiseite, ging demonstrativ zum Weinfass, füllte einen Becher und brachte ihn Arnaud. Dann sah er zu Griffon, in dessen Gesicht ein Das-wird-Ihnen-noch-leidtun stand. Wahrscheinlich hatte er recht. *Aber was soll ich tun? Muss ich den Pulveraffen über Bord werfen? Und was, wenn dann ein Schiff kommt? Als Arzt bin ich verpflichtet, jedem beizustehen, aber …*

– Ich bin nicht tot, hauchte Arnaud, als er am Wein nippte. Wissen Sie, was mir der Bootsmann gesagt hat, als ich angeheuert habe? Gehorch deinen Befehlen, tu immer brav deine Pflicht, dann kann dir nichts Schlimmes geschehen … Und habe ich nicht brav meine Pflicht getan? Habe ich nicht stets gehorcht? Und jetzt? Er sah zu seinem Beinstumpf. Ist das etwa nichts Schlimmes? Womit habe ich das verdient? Ist nicht gerecht … Savigny tätschelte den Kopf des Jungen. *Fieber!* Seine Tapferkeit rührte ihn zutiefst, und als er ihn umarmte, spürte er eine warme Woge in seinem Körper. *Jetzt heißt es, stark zu sein.* Er fühlte, wie ihm Wasser in die Augen stieg, eine große Welle Mitleid auf ihn zurollte, doch die Maulwürfe waren stärker. Dann gab er das Zeichen an Lozach und Dupont, die Rationen auszuteilen.

Von den ursprünglich hundersiebenundvierzig Menschen auf dem Floß lebten noch achtundsechzig oder siebzig. *Weniger als die Hälfte!* Die meisten anderen waren erschlagen worden, freiwillig oder unfreiwillig über Bord gegangen. Alle Leutnants lebten noch. Clairet hatte ein Auge (und die Pickel!) eingebüßt, einige waren verwundet, andere fiebrig. Zumindest war das Wasser nur noch knöcheltief. Doch wenn nicht bald Hilfe kam, würden sie vor Hunger durchdrehen. HUNGER!, brüllte es in allen Köpfen. Die Maulwürfe waren überall und unterhöhlten alles. HUNGER! Jetzt waren sie selbst wie Haie. Man sah einen Soldaten, der sich in den Finger schnitt und daran saugte wie an einer Zitze. »Blut schmeckt wenigstens nicht salzig.« Andere taten es ihm nach.

Die See war still, und auch die Gereiztheit der Leute hatte sich gelegt. Selbst Coco wirkte ruhig, und Lavillette, wie ausgewechselt, hatte sich darangemacht, den Mast wiederaufzurichten.

– Seht mal, rief Hosea. Seht ihr das? Wie dort die Luft flimmert. Alle sahen hin, und glaubten, Land zu riechen.

– Dort ist die Sahara. Da gibt es in den Oasen gebratene Ziegen und Kamelmilch, Couscous und Datteln. Hirse, frisches Wasser, Fladenbrot.

– Hör auf!

Viktor wurde, nachdem er eine Weile in das Flirren der heißen Luft gestarrt hatte, schwarz vor Augen. Er musste sich setzen.

– Hunger!, brüllte Dupont, dessen Herz wahrscheinlich zu schwach war, um noch Blut bis in den Kopf hinaufzupumpen. Er war noch hagerer geworden, seine Augen lagen tief in ihren Höhlen. Sein ganzes Gesicht war ein mit Haut bespannter Totenkopf.

– Und dabei schwimmt unser Mittagessen um uns herum. Corréard zeigte in das Meer, in dem sich Fische tummelten. Nun waren es Delphine, Thunfische und Brassen, die sich an dem wenigen labten, das die Haie übriggelassen hatten. *Bouillabaisse, Fischgulasch, Carpaccio, Innereien, gebratener Fisch … Ich dreh durch.*

Soldaten begannen aus ihren gestanzten Erkennungsmarken Angelhaken zu biegen, die sie ins Wasser hängten. Aber kein Fisch biss an. Nur die Schnüre verfingen sich.

– Verdammte Drecksviecher.

Hosea, der eine kleine, tröstliche Insel inmitten lauter Verrückter bildete, nahm eine Muskete und verbog mit bloßen Händen das Bajonett, wobei sich seine Oberlippe hob und senkte.

– Was wird das, wenn es fertig ist? Viktor hatte eine Gänsehaut.

– Haihaken!

– Das funktioniert?

– Wird sich zeigen. Der Matrose schob seinen geteerten flachen Hut nach oben und lächelte. Im Indischen Ozean hat es geklappt, hat es. Hosea stellte sich an den Rand des Floßes, hielt die Muskete in das Wasser und wartete gespannt.

Tatsächlich tat sich gar nichts, schien diese gebogene Bajonettspitze im Reich der Ichthyosen keinen von den Kiemenatmern zu interessieren. Plötzlich aber schoss eine große graue Masse darauf zu. Viktor sträubten sich die Nackenhaare. Das Floß begann zu schaukeln, Hosea Thomas, davon unberührt, stach zu, fluchte, zog, erwischte etwas, unglaublich, dass er nicht ins Wasser stürzte, seine Muskeln waren bis zum Äußersten gespannt, die Adern am Hals und an den Armen glichen Kabeln, aber auch das Tier, *war es wirklich ein Hai? Fünf offene Kiemenspalten!* (wie Kühlerlamellen eines Sportwagens), zog mit unbändiger Kraft. Drei Burschen packten Hosea, hielten ihn und die Muskete fest. Kurz schien es so, als würde der Fisch das ganze Floß nach unten ziehen, dann sah es so aus, als würden sie ihn an Bord bringen, hatten sie doch schon eine graue Masse an der Oberfläche, schien der Kampf ein glückliches Ende zu nehmen, doch plötzlich ließ etwas aus, fielen alle vier Jäger rücklings auf den Boden. Hosea hielt die Muskete mit dem wieder gerade gebogenen Bajonett in die Höhe, fluchte.

– Verdammt ist es! Verdammt! Wenn nicht irgend so ein Hirnzwerg gestern den Mast gekappt hätte und das Pulver nicht feucht geworden wäre, hätten wir das Viech erschießen können. Dann gäbe es jetzt schöne Steaks.

– Genau, ergänzte Lavillette. Aber irgendein hirnbefreiter Holzkopf …

– Zum Glück ist der Hai nicht an Bord gesprungen. Er hätte uns alle schnabulieren können. Alle, denn wie heißt es so schön, der Appetit kommt mit dem Essen. Das kam von Griffon, dem Phrasenschwein. Aber niemand hatte Angst, zumindest nicht mehr dieselbe Angst wie gestern, vorgestern oder gar vor einer Woche. Alles, was davon noch übrig war, glich einem schalen Nachgeschmack. Angst war ein Gefühl, das nicht mehr zu ihrer Welt gehörte, eine Realität suggerierende Phantasie, die sich nicht mehr einstellte. Wovor sollten sie noch Angst haben? Alle Angst war Realität geworden. Außerdem war klar, sie waren Davy Jones versprochen, und es war nur eine Frage der Zeit, wann er sie holen würde. Aber solange sie noch lebten, wollten sie auch etwas essen. HUNGER!

Savignys Magen verkrampfte sich. Die Medusa, Teneriffa,

Rochefort, Josephine, Professor Broussonnet, das alles lag Jahrzehnte hinter ihm. Er spürte wieder nur dieses eine Wort in sich: Hunger!

– Wenn man mit der Einsamkeit konfrontiert wird, hat man die Möglichkeit, Gott zu fühlen. Griffon suchte immer noch die Nähe des Arztes. Beide starrten ins Meer. Und nachdem sie eine Weile geschwiegen hatten, war es Griffon, der meinte:

– Es breiten sich Gerüchte aus.

– Welche Gerüchte? Der Schiffsarzt sah ihn fragend an.

– Dass wir verhungern werden, keiner überleben wird. Keiner!

– Sie! Gehen Sie weg. Ihre Gegenwart ist mir unangenehm. Warum verfluchen Sie nicht Ihren Gouverneur, der Sie im Stich gelassen hat?

– Schmaltz konnte mich nicht leiden.

– Das verstehe ich … Nein, Entschuldigung. So habe ich das nicht gemeint.

– Er mochte mich nicht, weil ihn mein Name an den Pariser Bürgermeister während der Revolutionszeit erinnert hat, an den Astronomen Bailly.

– Dann kann er mich bestimmt auch nicht leiden, weil ihn mein Name an Berthier de Sauvigny erinnert.

Griffon nickte. Er kannte die Geschichte des Intendanten von Paris, den man in den ersten Revolutionstagen aufgehängt hatte, nachdem man zuerst seinen Schwiegervater, den General Joseph Foullon, geköpft und seinen aufgespießten Schädel vor ihm, Berthier de Sauvigny, hergetragen hatte. Man wollte den Intendanten an einer Laterne aufhängen, hatte aber vergessen, ihm die Arme zu binden. So griff der unglückliche Sauvigny während der Hängung nach dem Strick, wollte sein Gewicht tragen. Da hieb ein Henker in Richtung seiner Hand, traf aber den Strick. Sauvigny konnte sich befreien, dem Henker in die Wange beißen. Er wurde überwältigt. Beim zweiten Versuch, ihn aufzuhängen, riss der Strick. Da wurde er massakriert. *Nur ein Fall von Tausenden.* Siebenundzwanzig Jahre waren seit diesen blutigen Ereignissen nun vergangen, und auch wenn mancher nichts mehr davon wissen wollte und sie jeder anders darstellte, waren sie immer noch präsent. Noch immer konnte man sich nicht sicher sein, ob sich nicht der Schuster, die Hebamme, der Wirt oder die Lavendelverkäuferin, die jetzt so freundlich grinste, an diesen Gräueltaten beteiligt hatten. Ob dieses Grinsen nicht dasselbe war wie damals, als man Schwangeren die Bäuche aufgeschlitzt und ihre Föten den Hunden hingeworfen hatte. Unschuldige waren geköpft worden. Frauen hatten aufgespießte Genitalien wie Trophäen (oder Reliquien einer Religion der Grausamkeit) durch die Gassen getragen; in den Gräben lagen kopflose Körper, und Straßenjungen zogen stöhnende Leiber, denen die Eingeweide heraushingen, durch Paris. Das war die vielgepriesene Revolution, die hochgelobte Absetzung der Tyrannen, das, worauf sich die moderne Welt gründet, die vielgepriesene Wertegemeinschaft. Ein bestialisches Massaker! Die Geistlichen wollten in Verkleidungen fliehen, als Fischweiber, Hundescherer, Kaldaunenhändlerinnen, wurden aber meist erkannt und niedergemetzelt. Sie wollten ihre Henker mit Tausenden Livres oder Louisdors bestechen, damals gab es noch die alte Währung, aber der Mob war unerbittlich, brachte alle um, nahm das Geld. Überall Leichenberge, zerstückelte Leiber, Massakrierte, Gehängte. Schieber, Schwarzhändler und Denunzianten kamen an die Macht. Das war die neue Ordnung. Später dann die Zeit der Guillotinen, Enthauptungen im Minutentakt. Die ganze Republik war ein Kretin, gegründet auf der Vorstellung vom idealen Menschen, den es nicht gibt. Im Gegenteil: Das Volk war nicht bereit für große Ideen, schimpfte auf Robespierre, weil der Wein teurer geworden war, geriet in einen Blutrausch und zeigte seine schrecklichste Fratze – genauso wie gestern auf dem Floß. Brutale unberechenbare Bestien. Kaum waren die Grenzen des Anstands und der Moral überschritten, gab es kein Halten mehr. Keiner traute keinem. Griffon fragte sich, was in Gottes Namen er hier zu suchen hatte und wieso er sich überhaupt auf diese Reise eingelassen hatte.

– Da war nicht die leiseste Vorahnung, sagte er mit brüchiger Stimme. Von wegen übersinnlichem Riecher. Ich war überzeugt, auf dieser Reise könne nichts Schlimmes passieren. Ich hatte Angst vor Afrika, vor Kannibalen, Krankheiten, aber nie vor dieser Schifffahrt.

Savigny sah ihn verständnislos an und dachte, wir werden alle verhungern. Dieser verdammte Hunger. HUNGER! Er hatte das Gefühl, als wären sie darin eingesperrt, als wäre dieses eine Wort ihr Gefängnis. HUNGER. Wir werden alle ausgehöhlt und einfallen wie Wiesen über Bergwerksstollen. Er sah Coste, der am Heck des Schiffes seinen Darm erleichterte. Es war ein kleines schwarzes Stück Ausscheidung, das da aus seinem Hintern fiel. *Sieht aus wie eine tote Maus.* Aber Coco benutzte nicht etwa seine Füße, um den Kot ins Meer zu schieben, wie das alle anderen gemacht hätten, nein, er nahm ihn in die Hand und roch daran. Man konnte sehen, wie er einen Augenblick lang überlegte, davon abzubeißen. Viel fehlte nicht, und er hätte sich vor lauter Hunger die Scheiße in den Mund gestopft. Im letzten Moment überlegte es sich der Neandertaler mit der Jakobinermütze aber anders und warf die Kacke ins Meer.

Da kam Corréard und meinte:

– Na, was ist? Ihr seht beschissen aus. Er lachte. Wo wir es um dasselbe Geld viel besser haben könnten. Hunger? Ich esse momentan auch nicht viel, bin auf Diät. Aber ihr? Er biss in einen Filzhut und meinte:

– Der König ist heute großzügig.

– Wir müssen etwas essen, sonst sterben wir. Griffon sah ihn mit kalten Augen an.

– So? Und was empfiehlt der Herr? Vielleicht das Segel? Oder den Mast? Auch ein Stück Holz kann schmackhaft sein. Gebraten oder überbacken?

– Ein Mensch kann viel tun, wenn sein Leben auf dem Spiel steht.

– Was meinen Sie? Wovon reden Sie?

– Ich denke, wenn man die Augen aufmacht … und nicht befangen ist. Ich meine … Griffon machte eine Pause … vielleicht dieses Zeug, das hier überall herumliegt? Seht ihr nicht die Rippchen und Lenden? Die saftigen Schulterstücke? Bäckchen, Keulen?

Savigny und Corréard dachten erst, jetzt dreht er durch. Halluzinationen. Dann sahen sie es auch. Das Licht um sie herum war weich und gedämpft – ja, sie standen inmitten von Fleischbergen. Stelzen, Rippen, Innereien, Bauchfleisch.

– Er meint, wir sollen die Toten essen. Savignys Gedanken waren immer noch erstaunlich klar. Die Toten? Grauenvoll. Er schob diesen Gedanken sofort beiseite. Dann lieber Scheiße. Andererseits? Es wäre ein Versuch, ein Experiment. Nahrung! Doch sofort schossen ihm Neins durch den Kopf. Nein und nochmals nein. Dafür habe ich kein Talent. Nein. Nein.

– Es ist Fleisch, flüsterte die Eidechse. Körper, deren Seelen längst im Himmel sind. Versteht ihr, Nahrung! Der Starke frisst den Schwachen, ist ein Naturgesetz.

– Die Toten? Sind die koscher? Kimmelblatt sagte das ohne Ironie. Jeder Bauer weiß, man darf kein verendetes Tier essen. Vielleicht ist das, er deutete auf eine Leiche, gesundheitsschädlich? Vielleicht brechen, wenn man das isst, alte Wunden auf? Der Körper färbt sich schwarz, das Zahnfleisch blutet, und der kleine Lechaim steht nicht mehr auf?

– Vom medizinischen Standpunkt aus betrachtet, brummte Savigny, bekommt man allenfalls Verstopfung. Das Schlimmste, was passieren kann, ist, dass die Eingeweide platzen.

– Moment einmal, Corréard, der sich seit Rochefort über alles lustig gemacht hatte, war das Lachen vergangen. Du redest davon, Menschen zu essen? Du meinst tatsächlich, wir sollten … wir könnten Tote essen?

– Es ist ekelhaft. Ich würde es nicht tun. Niemals esse ich einen Goi!

Da wurden sie von einem spitzen Schrei aufgeschreckt. Marie-Zaïde führte einen kleinen Tanz auf, und Joseph, ihr Mann, war aufgesprungen und nahm eine kampfbereite Haltung ein. »Dembalema! Na'nga def?« Was war los? Der Schiffskoch! Isaac Gaines stand breitbeinig da, pfiff anzüglich und rieb seinen ausgestreckten Zeigefinger schnell in der lockeren Faust hin und her.

– Na, Schüsche? Wie wärsch? Es lag etwas Wahnsinniges in seinem Blick, etwas Rasendes, eine Katastrophe. Nachdem er aber registriert hatte, dass er an die Marketenderin nicht herankam, hob er eine Leiche hoch, umarmte sie und vollführte damit ein paar Walzerschritte. Erstaunlich, wie gut der mit seinem Holzfuß tanzen konnte. Die Szene strahlte eine absurde Würde aus.

Idiot, dachte Savigny. Kanalforelle!

– Tubab, schrien die Schwarzen.

– Glauben Sie, wir haben eine Seele? Dann ist dieser Körper ein leerer Kadaver. Die Seele ist, pffft, weg. Nach dem Tod sind wir nur noch eine ausgeräumte Hülle, unbeseeltes Fleisch. Griffon sprach leise und mit wenig Nachdruck.

– Gott ist es egal, ob wir zivilisiert sind oder nicht, ob wir uns wie die Barbaren benehmen oder wie zivilisierte Menschen, weil es ihn nicht gibt. Corréard kratzte seinen Bart. Wir sind der beste Beweis, kein Gott würde so etwas zulassen … und wenn … das heißt, vielleicht gibt es ihn sogar, aber dann betrachtet er uns so wie wir einen Ameisenhaufen.

Ameisen? Ich würde sogar Ameisen essen, dachte Savigny.

– Gott sieht unserem Treiben zu und versucht zu erkennen, ob es gute und böse Ameisen gibt, aber er kann keinen Unterschied sehen. Also vernichtet er alle.

– Das ist goiisches Gerede. Kohl und Tinnef! Ein Kasernik wie ich muss die Speisegesetze nicht befolgen. Und ob der Menachim nun ein Schwein isst oder einen Goi, wird für den Ewigen ein Nebbich sein.

Hunger, dachte Savigny. H U N G E R! Er überlegte, wie es wohl wäre, aus der Leiche, mit der Gaines noch immer tanzte, ein Stück herauszuschneiden, um es sich in den Mund zu schieben. Es war ein bleicher, schlaffer Körper mit blassen Lippen und verdrehten Augen. *Hübsch, schon das ist ein Vergehen.* Doch davon essen? Bereits beim bloßen Gedanken daran spürte er ein Würgen, verkrampfte sich seine Speiseröhre bis hinunter in den Magen. *Das wäre noch grauslicher als die Pickel von Clairet oder die Ausscheidung von Coste.*

– Was passiert mit unserer Unschuld? Wie wird es uns gehen, wenn wir in die Zivilisation zurückkehren?

– Unschuld? Bist du Jungfrau? Corréard grinste wieder. Anscheinend hatte er seinen Humor zurückgewonnen.

Inzwischen hatten sich weitere Pärchen gebildet. Manche Zuseher begannen zu klatschen und zu singen, damit die sechs Tanzpaare, so viele waren es, im Takt blieben. Aus der Vogelperspektive musste dieses Bild der Tanzenden mitten auf dem Meer völlig absurd erscheinen.

– Vielleicht, sagte Savigny, werden wir nie wieder einem Menschen ins Gesicht sehen können, ohne zu denken, so jemanden wie dich habe ich verspeist? Und wenn es sich herumspricht? Dann werden alle in uns Menschenfresser sehen. Anthropophagen! *Obwohl? Den an den Revolutionsgräueln Beteiligten sieht man es auch nicht an.*

– Ein seelenloser Körper ist nur noch Nahrung und sonst nichts. Oder was passiert mit denen, die wir ins Wasser geschmissen haben? Wenn sie nicht in Haifischmägen landen, werden sie vom Salzwasser zersetzt. Fische knabbern sie an, Schnecken und Muscheln setzen sich darauf, gefräßige Wasserschlangen, Würmer, Tintenfische und anderes Getier labt sich daran. Und diejenigen, die man in der Erde verscharrt? Zuerst beginnen Würmer die Weichteile aufzuessen, die Gedärme, Hoden und das Hirn, die Lippen und das Wangenfleisch. Die Augen! Alles wird von kleinen weißen, sich schlängelnden Wesen gefressen.

– Hör auf!

– Die Kannibalen im Pazifik glauben, mit dem Essen der Toten nimmt man deren Seele auf, deren Geist und deren Kraft, glauben die. Hosea hatte die ganze Zeit geschwiegen und den Gesprächen der gelehrten Herren aufmerksam zugehört. Nun zeigte er auf eine seltsame Tätowierung und meinte: Ich habe gesehen, wie Malaien in ihren Prauen auf Menschenjagd gegangen sind, habe ich. Die Opfer haben sie gegrillt wie Schweine.

– Das sind Wilde! Und ich brauche keinen anderen in mir. Viktors Nerven begannen ein Protestgeschrei. Der Unmut erhob sich im Magen, arbeitete sich bis zur Kehle hinauf, weiter in den Kopf. Leichen essen? Fleisch, aus dem vor wenigen Stunden noch Wörter gekommen sind? Vielleicht Gebete? Niemals! Dann noch lieber Maden! Das weiße, vom Pockennarbigen verzehrte Würmchen fiel ihm ein. Wie wunderbar wäre das jetzt. Gemeinsam mit Hosea stand er bei der kleinen Gruppe zwischen dem Mast und Coudeins Fass. Er beobachtete eine Spinne, nicht größer als ein Stecknadelkopf, die dabei war, am Mast ein Netz zu spinnen. Wie kam die hierher? Auf diesem Floß der Verdammten würde sie vergeblich auf Insekten warten, die ihr in die Falle gingen. Er sah ihr zu, wie sie geschickt ihre Kreise zog, sich fallen ließ, mit ihren kleinen Beinchen weiterlief, das Netz verbesserte. Ob sie ahnte, wo sie sich befand? Da wurde sie gepackt und in einen Mund gestopft.

– Besser als nichts, grinste Hosea.

– Jetzt hast du ihren Geist in dir, sagte Viktor.

– Von Spinnen werden wir nicht satt. Griffon hatte einen kühlen, berechnenden Blick.

– Wir müssen eine gewisse Form der Zivilisation wahren, rümpfte Savigny die Nase. Es geht um unsere Selbstachtung. Wir haben Kultur.

– Wir sind Franzosen!

– Und was soll das sein, diese gewisse Form der Zivilisation? Griffon sah ihn mit kalten Augen an. Weil wir Christen sind? In der Bibel steht nirgendwo, dass man seinen Nächsten nicht verspeisen darf. Im Gegenteil: Dies ist mein Fleisch. Nehmet und esset alle davon … Was ist denn die Eucharistie anderes als Kannibalismus?

– Soweit ich mich erinnern kann, wird da zwischen wesensgleich und seinsgleich unterschieden.

– Und Manna, das Gott seinem Volk in der Wüste geschickt hat? Das ist doch die Aufforderung, Leichen zu essen. Es gab immer Fälle von Kannibalismus. Selbst im Islam soll es in Ausnahmesituationen, aber wirklich nur dann, erlaubt sein, menschliche Schenkel zu essen … Griffon stockte. Wenn wir Leichen essen, um zu überleben, sind wir keine schlechten Menschen. Bestimmt nicht.

– Bei den Walfängern, mischte sich Hosea ein, wird es toleriert, solange man sich an die Regeln hält.

– Welche Regeln?

– Es wird ausgelost, wer das Opfer ist und wer es tötet.

– Wir bräuchten gar nicht losen. Griffon drehte demonstrativ seinen Kopf. Wir hätten genug … Vorräte.

– Wenn ich tot wäre, mich würde es nicht stören. Corréard zwickte sich selbst in die Wange, zog daran und ließ wieder los. Ob mich jetzt Würmer fressen, Haie oder sonst wer … Meinetwegen könnt ihr aus mir Eintopf machen. Ich fürchte nur, ich bin ziemlich zäh.

– Wenn wir es tun, werden wir nicht mehr dieselben sein. Wir sind keine Wilden, wir haben die Vernunft, die Aufklärung, Rousseau, Voltaire, Holbach. Wir sind zivilisierte Wesen, wir … Savigny fühlte sich wie ein Fastender in einem Restaurant, ein Veganer bei einer Grillparty.

– Aber eben weil wir die Vernunft haben, beharrte Griffon, wissen wir, dass wir keine Todsünde begehen, sondern nur aus Not handeln.

– Und die Nachwelt? Wie wird man reden über uns?

– Wieso die Nachwelt? Was interessiert den Herrn Savigny plötzlich die Nachwelt?

– Wahrscheinlich will er, dass man einmal Plätze nach ihm benennt, in Paris, Lyon, Berlin.

– Wieso Berlin?

– Keine Ahnung, ist mir nur so eingefallen. Corréard zuckte mit den Achseln.

– Wenn wir nicht bald etwas zu beißen bekommen, stellt sich diese Frage nicht mehr.

– Die künftigen Generationen werden nicht viel besser sein als wir. Auch sie werden die Dinge so sehen wollen, wie sie ihnen nützlich sind. Ihr Urteil über uns wird streng und unerbittlich ausfallen, einen Mangel an Menschlichkeit wird man uns vorwerfen, Barbarei. Oder man wird in uns Helden sehen, uns feiern als Beweis für die Überlegenheit der Franzosen, sofern es ihnen nützt. Griffon blickte zu Charlot, der am Bug stand und immer wieder die Faust gen Himmel reckte. *Wahrscheinlich verkündet er dem Meer die Überlegenheit der gallischen Rasse. Holzkopf!*

– In der Zukunft wird es Maschinen geben, die alle Arbeiten verrichten. Fahrzeuge, die mit Heu und Wasser fahren. Schiffe ohne Segel, andere, die sich unter Wasser fortbewegen. Corréard sprach, was bei ihm selten vorkam, ohne jeden Anflug von Ironie. Vielleicht wird man fliegen. Fabriken werden existieren, die Brot und Fleisch und Walfischbutter produzieren. Man wird mit Menschen sprechen, die Tausende Seemeilen entfernt sind.

– Blödsinn. Hosea neigte den Kopf wie ein Vogel, der einen Feind beäugt, dann bekam er einen Lachanfall. Schiffe ohne Segel? Unter Wasser? So ein Unfug. Er schlug sich vor Freude auf die Schenkel und rang nach Luft.

Während dieses Lachen alles zudeckte und die Maschine mit ihren siebzig Menschen im Takt der gicksenden Laute zitterte, begannen Isaac Gaines und noch ein paar andere kleine Streifen aus einer Leiche zu schneiden und sie voller Gier zu verschlingen. Der Koch brauchte keinen ethischen Diskurs und keine moralische Grundsatzdiskussion, der rammte der Leiche einfach so, weil er Hunger verspürte, das Messer bis ans Heft ins Fleisch, riss es dann unter enormer Kraftanstrengung aufwärts und fuhrwerkte damit herum. Man sah ihm die Mühe an, die er mit seinem stumpfen Messer hatte, aber das Gewissen schien ihn nicht zu plagen. Bald kamen nur noch Kau- und Schmatzgeräusche aus seinem Maiskolbenmund. Er überlegte sogar, ob er den Toten ausweiden sollte; vor dem Gedanken an dampfend grüne Gedärme und herausquellende Kotbrocken schreckte aber sogar er zurück.

Das Meer war ruhig, funkelte tausendfach von der am blauen Himmel stehenden Sonne. Sogar das Floß sah irgendwie romantisch aus. Es war ein Bild malerischer Harmonie, ein Bild wie aus einer Reisebroschüre, wenn da nicht einige begonnen hätten, einen Toten zu verspeisen.

Savigny hätte fast geschrien, tut das nicht, legt es zurück, rührt es nicht an. *Das ist eine Grenze, die ihr nicht überschreiten dürft!* Er starrte wie hypnotisiert auf das Kauen, Würgen und Schmatzen. Es war, als würde die ganze Welt nur noch aus mahlenden Kiefern bestehen, aus knirschenden Backenzähnen, deren krachende, grummelnde, reibende Geräusche sich in alle Hirne bohrten. Beißgeräusche, die den dünnen Faden, der sie noch mit der Zivilisation verband, durchtrennten. Angeführt von Gaines und seinem Kombüsenjungen, diesem fetten Clutterbucket, dem scheinbar vor gar nichts grauste, setzte ein kleiner Ausspeisungsbetrieb ein, an dem sich zwölf, vierzehn Männer beteiligten. Griffon war nicht dabei. Er wiederholte zwar immer wieder den einen Satz, »Das ist keine Sünde,

470

keine Sünde«, brachte es aber nicht fertig, sich zu den Leichen-essern zu gesellen. Er blickte sehnsüchtig hinüber, aber wenn ihm einer winkte oder ihn mit einem Fleischstreifen lockte, hob er abwehrend die Hand. *Besser nicht.*

Gaines schmatzte, und seine Hasenschartenfratze verriet Vergnügen. Nach einer Weile rülpste er. Er war ein Meister-rülpser, hielt sich aber sofort die Hand vor den Mund, als ob er fürchtete, mit diesem Aufstoßen den Odem des Toten oder gar seine Seele zu verlieren. Dann grinste er sein fürchterliches Maiskolbengrinsen.

– Auschgezeichnet!

Keiner der Offiziersanwärter beteiligte sich an dem fruga-len Mahl. Es war wie bei einem Spaß der Truppe, der sie nichts anging, aber stillschweigend geduldet wurde. Sie standen über solchen Scherzen, waren etwas Besseres. Auch wenn in ihren Köpfen alles HUNGER! HUNGER! schrie, sahen sie nicht hin, bissen voller Verzweiflung in Hemden, Hüte oder Lederbän-der – Fett und Schmutz gaben ihnen die Illusion von Nahrung. Ungekochtes, in Salzwasser eingelegtes Menschenfleisch? Gab es etwas Ekelhafteres?

Wer hätte gedacht, dass fünfzig Stunden reichen würden, um Menschen in Kannibalen zu verwandeln? Kolonisten, die den Wilden die europäischen Werte vermitteln sollten, hatten sich in Menschenfresser verwandelt. Hatte dieses Grauen ir-gendeinen Sinn? Fressen nicht auch Katzen ihre eigenen Jun-gen oder Kaninchen bei Nahrungsmittelknappheit ihre Art-genossen? Savigny sah interessiert zu, wie der Smutje dazu übergegangen war, gekonnt dünne Streifen aus dem Fleisch zu schneiden, um sie an der Rahe festzupappen. Der kleine dun-kelhaarige Mann mit der verbrannten Gesichtshälfte tat da-bei geschäftig wie eine Krankenschwester, die einem Patienten

kalte Umschläge verpasste. Wahrscheinlich hoffte er auf Dörr-
fleisch, Beef Jerky oder etwas in der Art. Interessiert nahm der
Schiffsarzt wahr, dass die, die gegessen hatten, bald frischer
und kräftiger erschienen. Der trübe Schleier verschwand aus
ihren Augen, sie bewegten sich schneller, kräftiger. *Des Menschen Wille ist seine Hölle.*

Gaines rülpste noch einmal, strahlte über das breitknochige
Gesicht und brüllte:

– Scholange wir Fleisch haben, verrecken wir nicht.

Ein paar klatschten Beifall und stießen Jubellaute aus, die
sich anhörten wie brunftige Eselsschreie. Ihre Haut war ausge-
dörrt, knallrot. Dazu geschwollene und wunde Beine. Waren
das noch Menschen? Ging irgendeine Veränderung in ihnen
vor? Wuchsen ihnen Hörner, oder erschien der Schriftzug
»Menschenfresser« auf ihrer Stirn? Nein.

Niemand trimmte das Segel, man ließ sich einfach treiben.
Gaines zersäbelte Fleisch, die anderen kauten. Da kam Hauptmann Dupont mit schlaksigen Bewegungen zu Savigny und
sagte mit entsetztem Blick:

– Das … Er zeigte zu den Leichenessern, das muss aufhören, geben Sie den Leuten Wein, damit sie was in den Magen
bekommen. Sie sind der einzig Besonnene, wenn das Ministerium auch sonst versagt hat, so war Ihre Bestellung doch ein
Glücksgriff. Savigny hob die Hand und nickte, Dupont und
Lo-, Lo-, Lozach begannen Wein auszuschenken.

Der Alkohol bewirkte das Gegenteil von dem, was Savigny
erhofft hatte. Jetzt fielen die letzten Hemmungen. Bald stürzten
sich alle auf die Toten. Alle bis auf Savigny, Corréard, Griffon
und die Anwärter. Auch Viktor und Hosea kosteten von den
kleinen Fleischstreifen, die nichts mehr mit dem Menschen zu
tun hatten, von dem sie stammten. Sie schmeckten salzig, wa-

ren zäh und fett. Der Geschmack erinnerte an Fleischpastete, und wenn man die Augen schloss, konnte man sich einbilden, an einer Hartwurst zu kauen. Mit dem Wein bekam man Lust auf mehr.

– Ein bisschen sehr medium, rang sich Corréard, der mit den Händen eine abwehrende Geste machte, ein Lächeln ab. Seine Stimme klang betroffen und schwer, so als ob sie nicht aus ihm, sondern von weit her käme.

Die Satten zerteilten die Leiche. Nackte Soldaten, berauscht vom Wein und diesem Mahl, tanzten. Das Fleisch wurde ausgehauen und verteilt.

– Vielleicht ist es Gottes Wille, dass wir Menschen essen? Vielleicht macht er ein Experiment mit uns. Griffon war noch immer hin- und hergerissen zwischen Abscheu und Hunger. Er blickte zu Savigny, Corréard, Coudein, der den Schiffsjungen Leon streichelte. Niemand von denen schien sich an der Mahlzeit beteiligen zu wollen. Der Schiffsarzt war nervös und gereizt – als hätte ihn der Hunger schon ganz wahnsinnig gemacht. Beim geringsten Anlass begann er zu fluchen.

– Schau nicht so blöd, Grindkopf. Geh mir aus den Augen, du Kohlrabi.

– Wenn die Soldaten alle davon essen, flüsterte Griffon mehr zu sich selbst als zu jemand anderem, werden sie stärker als wir, die wir verzichten.

– Na und, brüllte Savigny beinahe hysterisch. Er wusste, der Sekretär des Gouverneurs hatte recht: Wenn sie nichts aßen, waren sie zu schwach, um sich gegebenenfalls zu verteidigen. Wenn sie überleben wollten, mussten auch sie essen … sonst würden sie über kurz oder lang gegessen werden. Aber nein, zu so etwas würde er sich nicht erniedrigen. *Eher sterbe ich! Auch wenn es außerhalb dieser Maschine nie jemand erfahren*

wird, dass ich ein Mensch geblieben bin, mich geweigert habe,
diesen animalischen Trieben nachzugeben, wird meine Standfes-
tigkeit doch über dieses kleine, aus siebzig Menschen bestehende
Universum hinausreichen und der Welt ein leuchtendes Beispiel
geben.

– Wir sind verpflichtet weiterzuleben, sagte Griffon. Gott
will, dass wir weiterleben. Er hat uns die Toten gegeben. Wenn
er nicht wollte, dass wir weiterleben …

– Sei still, brüllte ein wütender Savigny. Er wusste, er musste
essen, aber das Entsetzen lähmte ihn. Wie ein Ertrinkender an
einen Baumstamm klammerte er sich an Wörter wie »Moral«
und »Zivilisation«. »Kultur«!

Da zerriss das Meer, schoss plötzlich, als ob Gott selbst eingreifen wollte, etwas aus den Wellen. Hagelkörner, nein, Stangen aus dem Wasser? Ein Schwarm fliegender Fische! Die kleinen Tiere, nicht länger als die Spanne zwischen Zeigefinger
und Daumen, sprangen zu Tausenden an Bord und blieben
zappelnd liegen. Für einen Augenblick war es wie ein wunderbarer Traum, der das ganze Floß silbern glitzern ließ. Ein Geschenk des Himmels! Doch schon im nächsten Moment waren
die meisten Fische durch die Zwischenräume zurück ins Meer
geflutscht. Die anderen wurden gepackt.

– Seht ihr, was ich meine, deutete Griffon triumphierend
zum Himmel. Er will, dass wir überleben. Er hat uns zu essen
geschickt. Wir sind sein Volk!

– Ich!, sagte Kimmelblatt. Nur ich bin auserwählt! Ihr seid
Nebbich, Goi.

– Aber Gott will nicht, dass wir Tote essen, sagte Savigny,
sonst hätte er die Fische nicht geschickt. Hatte er wirklich von
Gott gesprochen? Während er noch darüber nachdachte, wurden die weißbauchigen Tiere schon am Schwanz gepackt und

so lange gegen die Bretter geschlagen, bis sie nicht mehr zappelten – und trotzdem gingen ihre Mäuler noch immer auf und zu. Viktor betrachtete die glasigen Augen und winzigen Zähne, dann stopfte er das glitschige Fischlein in den Mund und schlang es hinunter. Das Ergebnis war unbefriedigend. Die meisten anderen taten es ihm gleich, stopften zwei, vier Fischlein in sich hinein und spürten keine Sättigung. Waren ihre Mägen nicht mehr in der Lage, die Fische zu verarbeiten? *Giftig? Hatten die Tiere vielleicht Harnstoffe im Blut, um den Meeresdruck auszugleichen?*

Da sammelte Gaines, dieser Teufelskoch, die restlichen Fische und steckte sie in ein leeres Fass. Bedächtig legte er Menschenfleisch hinzu, stopfte Lumpen und Fetzen hinein und streute Schwarzpulver darauf, weiß der Teufel, wo er das herhatte. Dann ließ er sich das Terzerol geben, und mit dem Steinschloss zündete er das Ganze an. Jeder seiner Handgriffe war sicher und selbstbewusst gewesen, doch als es nun stark qualmte und bald ziemlich verbrannt roch, kamen Zweifel auf. Als dann auch noch das Fass selbst zu brennen anfing, hätte man den Koch beinah gelyncht.

Der aber ließ sich nicht aus der Ruhe bringen. Zuerst löschte er das Feuer, dann schöpfte er mit einer Mugg Asche aus dem angekohlten Fass, und bald darauf kamen Fleisch und Fisch zutage, auch sie mit einer schwarzen Kruste überzogen. Er belud die ausgestreckten Arme Clutterbuckets und befahl, dieses Ergebnis seiner Nouvelle Cuisine den Leutnants anzubieten. Keiner verneinte, weder Lozach, »gi-, gi-, gib her«, noch Dupont, nicht Clairet, Griffon oder Corréard. Auch Savigny wusste, was jetzt kam, sah, wie seine Festung einfach überrannt wurde, der für die Moral zuständige Teil seines Gehirns keinen Widerstand mehr leistete, alle Magennerven ansprangen, die

Speichelproduktion begann … und griff zu. *Vielleicht ist unsere Moral die falsche?* Und als sie von den verkohlten Stücken aßen, sich einer nach dem anderen zwang, es hinunterzuschlucken, hob der Pulvergeschmack manchem den Magen. Die verkohlte Kruste war wie Sand, aber darunter war etwas Zartes, Warmes.

– Na, Hector, wie schmeckt dir das Menü?

Hosea schmatzte, doch Viktor hatte Mühe, das Essen bei sich zu behalten. Schon wenig später lag es ihm als heißer Klumpen im Magen, wie das, was Vögel manchmal ausspuckten, Gewölle, aber glühend.

So schaut es also in der Hölle aus, dachte Savigny. So ist es, wenn der Genius des Bösen die Geister der Finsternis entfesselt. Alles in Ordnung? Nein! Er konnte niemandem in die Augen sehen. *Was mache ich?* Er hatte sich, um einmal wieder, vielleicht ein letztes Mal, einen zivilisierten Moment zu erleben, eine Art Serviette umgebunden. Alle schmatzten, rülpsten, furzten. Für den Schiffsarzt aber wirkte alles sonderbar und fremd – so als wären all diese Geschehnisse weit von ihm entfernt. Sonntag, 7. Juli, Tag des Herrn.

French fries

Die Nacht war sternenklar, und der käsige Mond stand feist und selbstbewusst am Himmel.

– Weil er nie in die Sonne geht, wird er nicht braun. Oder ist er aus Eis, das in der Sonne schmilzt? Von den Picard-Kindern ging es Alphonse, dem aufgeweckten Neffen, noch am besten. Der kleine Gustavus hing an der schlaffen, unergiebigen Brust seiner Mutter und blickte sie hungrig an, zu schwach zum Schreien. Adelaïde summte »Schlaf, Kindlein, schlaf«. Zu ihren Füßen kauerten der kleine Charles junior, kein zwei plus zwei mehr, und Laura. Anfangs waren sie aufgeregt gewesen, *Abenteuer!*, aber seit Stunden rührten sie sich kaum noch. Ihre Augen waren verquollen, eingetrockneter Rotz klebte an den Wangen, ihre Blicke waren vorwurfsvoll. *Warum habt ihr uns in diese Situation gebracht?* Caroline wackelte mit ihren kleinen Fingern, so als ob sie beweisen wollte, dass der Gesangslehrer Monsieur Hulet doch recht gehabt hatte. *Entspannen!* Manchmal streckte sie die Zunge heraus und machte, wie von Madame Olga empfohlen, Chhrrr, aber singen wollte sie nicht. Chhrrr. Charlotte kämpfte mit dem Gefühl, ihre Füße wären Tausende Kilometer von ihr entfernt und liefen durch das Mohnfeld vor der Hafenkommandantur in Rochefort. Auch Picard war benommen. Seiner jungen Frau fehlte die Kraft, ihn vor allen bloßzustellen, wie sie es anfangs getan hatte: »Du hast gesagt, für uns fängt ein neues Leben an? Und was für ein neues Leben ist das jetzt? Ein Drecksleben! Entschuldige dich wenigstens. Sag, ich habe einen Fehler gemacht … Charliiie!« Nun hielt sie den Mund, eine Regierung ohne Befugnisse, aber er sah an ihrem verhärmten, nie lächelnden Gesichtsausdruck, was sie dachte. *Du hast es dir verscherzt, dir vertraue ich nie wieder, nicht, bis der Mond als Camembert vom Himmel fällt.*

Es war windstill *zum Mäusemelken.* Die Fugara war nahe an der Euphonia, so dass sie die ganze Nacht Richefords Lügengeschichten von Freibeutern, Walfängern und Opiumschmugglern gehört hatten. Unglaublich, was der sich alles aus den Fingern saugte. Picard verspürte den Wunsch, ihm die Ohren langzuziehen. *Gut für ihn, dass er in der Jolle sitzt, sonst ...* Vor allem schwadronierte dieser Toni mit seiner von unzähligen Zigarren gebeizten Stimme von den Wüsten-Arabern, die solche Not litten, dass sie von geschlachteten Kamelen auch die Magenflüssigkeit tranken und die Gedärme samt Inhalt fraßen. »Weil sie kein Wasser haben, waschen sie sich mit Sand. Und wenn sich eine Wolke blicken lässt, sehen sie nicht hin, weil sie Angst haben, das Wölkchen könnte beleidigt abdrehen. Wilde sind das! Barbaren! Stehlen ist normal bei denen, und Weiße, die sich nicht beschneiden lassen, werden schlimmer als Vieh behandelt ...« Ziel seiner Reden war es, die Leute dazu zu bringen, nach Saint-Louis zu fahren. Wie das Gouverneurs- und Kapitänsboot sollten sie versuchen, die Mündung des Senegal zu erreichen. Alles, bloß nicht hier an Land gehen.

Es war Montagmorgen, der 8. Juli. Licht ergoss sich über die flache, nur aus Wasser bestehende Welt. Der Ozean wölbte sich nach allen Richtungen um die Erdkugel, und es sah aus wie zu Anbeginn der Geschichte, lange bevor sich die ersten Kontinente bildeten. *Wie ein Knödel. So muss auch Noah in seiner Arche nach der Flut die Welt gesehen haben, nichts als Wasser, Teig. Aber die Küste ist nicht weit. Im Meer treiben Hölzer, Vögel sind zu sehen.*

Die Menschen in den Booten hatten Durst und kaum noch

Wasser, Wein. Der Zwieback war zu Brei zersetzt. Alle waren angespannt und gleichgültig zugleich, in einer Starre aus Müdigkeit und Angst. Heute würde man sagen, im Stand-by-Modus. Einige hatten Seewasser getrunken, heftige Magenkrämpfe bekommen und sich übergeben, was den quälenden Durst nur verstärkt hatte. Das Beiboot, die Pinasse, das Hafenboot und die Jolle, Cremona, Fugara, Dolce und Euphonia, waren jetzt so dicht beisammen, dass man sich leicht verständigen konnte.

– Wir müssen an Land, da werden wir Wasser finden, meinte Pfarrer Maiwetter. Gott wird uns führen. Wir haben der heiligen Devota eine Wallfahrt versprochen, sie wird uns schützen. Ebenso die allerheiligste Jungfrau vom Berg Karmel, die Schutzpatronin aller Seeleute …

– Die Saharabewohner wissen davon nichts, die kennen keine heilige Devota, keine Jungfrau vom Berg Karmel. Sie werden uns versklaven. Oder man verspeist uns zum Abendessen. Ohne Senf! Richeford sah immer noch erstaunlich frisch aus. Der lächerliche Kapitänshut hatte ihn vor einem Sonnenstich bewahrt, seine wulstigen Lippen glänzten, und er lachte viel. Seine großspurigen Reden hatten die Medusa in den Sand gesetzt, aber, daran gab es keinen Zweifel, er kam damit durch. So wie der drauf war, schaffte er es sogar, sich als Retter aufzuspielen.

– Wir müssen auf Gott vertrauen. Er prüft uns, aber die heilige Devota und die allerheiligste Jungfrau werden uns helfen. Maiwetter blickte finster. Er wirkte wie aus Holz geschnitzt, eine Inkarnation des Gekreuzigten. Warum musste Gott gerade ihn so auf die Probe stellen? Zuerst die Massenbeerdigungen toter Soldaten und jetzt diese furchtbare Situation. Reichte denn nicht der Spaß, den man bei der Äquatortaufe mit ihm gehabt hatte? Das ambrosische Verlies. Er war kein Heiliger, zweifelte und wusste, viele Gebote der Kirche dienten nur dem Machterhalt. Obwohl er sich hatte korrumpieren lassen von den Verlockungen der Welt, fühlte er eine tiefe Sehnsucht nach dem reinen Glauben, nach christlicher Liebe und göttlicher Erkenntnis. Das war auch der Grund, warum er sich als Missionar gemeldet hatte. Kein, wie Savigny vermutet hatte, Vergehen. Ein Leben wie der heilige Franziskus, wie ein Bettelmönch! Hingabe! Nächstenliebe! Aber Jean-Pierre ahnte, dass er, zu schwach für ein Leben voller Entbehrungen, es sich auch in Afrika bequem machen würde. Vor Leprakranken grauste ihm, Bettler stießen ihn ab, bei Kranken fürchtete er die Ansteckungsgefahr. Wenn er ehrlich war, mochte er die Menschen nicht, und der Gedanke, mit diesen schwitzenden, hässlichen, zu nichts anderem als dummem Geschwätz fähigen Leuten das Paradies zu teilen, erschreckte ihn. Seit das Schiff auf Grund gelaufen war, hatte er zudem erfahren müssen, dass er alles andere denn heldenmütig war. Im Gegenteil, er war ein Hosenscheißer. Aber wenn auf dieser unsäglichen Reise Kinder stürben, wäre es unverzeihlich. So viele Vaterunser und Ave Marias könnte man dann gar nicht beten.

Da erhoben sich Hände und zeigten gen Osten. Land! Nur ein schmaler Streifen am Horizont. Picard nickte mit verständnislosem Blick, als spräche er mit einem Irren, dann sah er es selbst. Land! Die Rettung! Er wollte schreien, jubeln; sein Mund stand offen, doch Worte kamen nicht heraus. Lauras Augen öffneten sich weit, um sich sofort wieder zu schließen. Ein Lächeln huschte über ihr Gesicht. Caroline machte Chhrrr.

– Denkt daran, erhob Richeford seine Stimme, was die Araber für Leute sind. Die ernähren sich wochenlang nur von Kamelurin. Für die sind wir Ungläubige, nicht mehr wert als eine alte Decke. Wenn wir denen mit der heiligen Devota kommen ...

– Seien Sie ruhig! Sie Prüfung Gottes! Maiwetters Stimme war gereizt. Er sah die halbtoten Picard-Kinder und wusste, wenn die noch länger in den Booten blieben, würden sie sterben.

– Die Brandung lässt keine Landung zu. Das kam von Espiaux, dessen Gesicht faltiger geworden und von einem bläulichen Bartschatten überzogen war. Ein gealterter Alain Delon. Jede früher heimlich aufgestachelte Frau wäre entsetzt gewesen, wenn sie diesen verfallenen Mann jetzt gesehen hätte. Er sah aus wie ein Flugzeugpassagier nach einem Achtzehn-Stunden-Flug: gerädert, fahl, vakuumverpackt.

– Wir müssen! Oder wollt ihr, dass ein Kind stirbt? Wollt ihr das? Picard schrie hysterisch. Tatsächlich war die kleine Laura völlig dehydriert. Ohne Wasser würde sie den Tag nicht überleben.

Andere waren so verzweifelt, dass sie ihren Urin tranken, ihn mit den Händen auffingen und dann schlürften. Erst heimlich, bald ungeniert.

– Du hast aber ein dickes Spatzi, lachte Alphonse. Ist da ganz viel Lulu drin?

Viel? Bei den meisten kam nicht mehr als eine Handvoll dunkelgelber, fast brauner Flüssigkeit heraus. Erst rochen sie daran, dann kosteten sie mit der Zungenspitze, *erinnert an alten Tee oder eine versalzene Zwiebelsuppe*, bald schlürften sie. Aber einem Kind konnte man keinen Urin geben. Niemand wusste, wie sich das auswirkte. Richeford hatte von Schiffbrüchigen erzählt, die ihren Harn getrunken hatten und später an Nierenkoliken gestorben waren. Maiwetter meinte, aus theologischer Sicht gäbe es keine Einwände.

– Irgendwo in der Bibel steht sogar: »Trinke Wasser aus deiner Zisterne und was quillt aus deinem Brunnen.«

– Wir müssen an Land. Sofort! Seht euch Laura an! Picard schüttelte seine kleine Tochter, die er mehr liebte als sich selbst, aber das Mädchen hatte die Augen verdreht und rührte sich kaum noch. Ihr Atem war flach.

– Sie verdurstet! Mein kleines Mädchen! Meine Prinzessin! Das kann ich nicht zulassen. Plötzlich hielt Picard ein Messer in der Hand und drückte es gegen seine Pulsader. *Was hat er vor? Will er sich umbringen? Er schreit: »Blut! Ich geb Laura Blut!« Was? Er will sich aufschneiden, um seiner Tochter sein Blut zu geben.* Das Messer war schon angesetzt, und Picard spürte, wie die metallische Klinge in sein Fleisch drückte, da sagte Espiaux mit schwacher Stimme:

– Hören Sie auf! Sofort! Wir landen!

Maiwetter sprach ein Dankgebet an die heilige Devota, und Richeford brüllte von der Jolle:

– Lassen Sie sich ruhig erpressen, Sie hirnbefreiter Idiot. Wir landen nicht, wir rudern bis Saint-Louis. Dabei war die Jolle von allen Booten am schlechtesten beisammen, leckte und konnte nur durch ständiges Schöpfen vor dem Untergehen bewahrt werden. Über der Wasserlinie lösten sich die Nägel aus den Brettern, und darunter, so war anzunehmen, wurden sie nur vom Wasserdruck gehalten.

– Gut, gehen Sie an Land, rief Richeford trotzig. Ich kann ja mit mutigen Männern weiter nach Saint-Louis segeln. Wer wagt mit mir die Reise? Toni stand auf, taumelte und fiel beinahe aus dem Boot. Niemand meldete sich. Als eine Stunde später alle vier Boote die Brandung überwunden hatten, versuchte er es noch einmal:

– Also? Was ist? Wer rudert mit mir Richtung Saint-Louis?

Nach meinen Berechnungen, und die wage ich exakt zu nennen, sind wir hundert Meilen entfernt. Mit dem Boot können wir das in sechsunddreißig Stunden schaffen, zu Fuß brauchen wir zehn Tage.

Keine Reaktion.

Die Menschen ließen sich ins hüfthohe Wasser gleiten, hatten endlich wieder festen Boden unter sich, taumelten, weil ihr Gleichgewichtssinn noch auf das Schaukeln eingestellt war. Sie wateten ans Ufer, wo außer dem von Felswänden begrenzten Sandstrand nichts war. Nirgendwo ein Baum oder ein Brunnen, aus den Felsen kam kein Wasser, ja, nicht einmal dürre Sträucher oder Vogelnester gab es hier. *Gottverlassene Gegend!*

– Na, was habe ich gesagt, brüllte Richeford. Hier ist nichts. Entweder wir verdursten, oder die Araber nehmen uns gefangen. Aber vielleicht sorgt ja die heilige Devota für ein Wunder und zaubert hier irgendwo eine Eisdiele aus dem Sand? Also, was ist? Wer steigt mit mir in die Pinasse? Keine Reaktion. Nur Picard, der die kleine Laura im Arm hielt, murmelte:

– Sie tun mir leid.

Hundertzehn Menschen standen da am Strand und spürten die aufsteigende Hitze. Sie hatten keine Nahrung, kein Wasser. Wie sollten sie hier überleben?

Am Nachmittag desselben Tages merkten die Menschen in den seetüchtigen Offiziersbooten, Amorosa und Bombarde, eine Verfärbung des Wassers. Als sie noch darüber stritten, ob es sich dabei um die Mündung des Senegal handelte, sahen sie zwei Schiffe. Gerettet! Vor Freude öffneten sie die letzten acht Flaschen Teneriffawein und ließen sie im Kreis gehen. Gerettet! Reynaud, völlig von Gefühlen übermannt, küsste Arétée, die ihrerseits seine Hand fest umschloss und dachte, nie mehr werde ich von deiner Seite weichen. Reine Schmaltz rückte ihre Perücke zurecht, sah ihren Mann an und dachte, wir waren auch einmal verliebt. *Auch wir haben uns einmal geküsst und jeden Augenblick ohne den anderen für einen verlorenen gehalten.* Der Gouverneur zupfte an den Orden und griff nach seiner Pfeife. Der Erste reichte ihm die Tabakdose. *Eine Guillotine. À la Sanson! Gefällt mir.*

Sie erkannten die Korvette Echo sowie die Brigg Argus und waren in bester Stimmung. Beide Schiffe drehten bei und ließen das Fallreep hinunter. Was sich ihnen bot, war ein sonderbares Bild: Die Menschen in den Rettungsbooten waren sturzbetrunken, sangen napoleonische Kriegslieder, machten Witze, schunkelten und lallten. *Was ist mit denen los?* Die Kapitäne, mit jenem der Argus hatten wir bereits das Vergnügen: Léon Parnajon, und jenen der Echo müssen wir zu diesem späten Zeitpunkt der Erzählung nicht mehr kennenlernen, die Kapitäne also hatten das ungute Gefühl, in irgendeine Falle zu tappen. Als sie Chaumareys und Schmaltz erkannten, die Zitronennase und die buschigen Brauen, wussten sie noch weniger, was das zu bedeuten hatte. *Wie kamen die hierher? Was war geschehen? Wieso hält der Erste Offizier die Gouverneurstochter im Arm?*

Man half ihnen an Bord und fragte immer wieder: »Wo ist die Medusa? Warum seid ihr nicht längst in Saint-Louis?« Aber der Gouverneur schwieg, und de Chaumareys stammelte nur unverständliches Zeug:

– Mein Onkel ist ein Trottel! Nur weil er einmal vor der bretonischen Küste eine Seeschlacht gewonnen hat … Das heißt gar nichts … Hat er Portsmouth eingenommen? Oder Plymouth? Onkel Louis war ein Versager! Alles wegen dem. Generalleutnant? Versager! Keine Karten! Der ist schuld! Was mit der Medusa ist? Haben Sie schon einmal ein Pferd gesehen, das ausgerutscht und nicht wieder hochgekommen ist? Dasselbe ist uns passiert, ausgerutscht auf einem nassen Kopfsteinpflaster, in eine Sandkiste gesetzt …

Jonaskinder

Alles, was geschehen soll, geschieht. Zu Hause werden die Schwalben brüten. Anfang Juli sind sie meist schon ausgeschlüpft, kleine blinde Knäuel mit weit aufgerissenen, noch weichen Schnäbeln, um am Leben erhalten zu werden. Ein Leben, das nur darin besteht, sich eine Fettschicht anzufressen, aufzupassen, dass keine Katzen oder sonstigen Räuber kommen, um Mitte September im Schwarm nach Afrika zu fliegen, Tausende Kilometer. Im nächsten Frühjahr werden sie zurückkommen, ein Nest bauen, brüten, den Nachwuchs füttern, damit der alles wiederholt: Nest bauen, brüten, füttern, sich vor Räubern schützen und, sobald das Nest zu klein wird, auf dünnen Ästen schlafen. Das Leben dieser Schwalben ist eine einzige Mühsal. Doch sie leben! Und wir? Kann man das Leben nennen? Kann man das?

Auf dem Floß hatten sich die Dinge schnell entwickelt, zu schnell. Es schien eine Linie zu geben, eine unsichtbare Grenze, und sobald die überschritten war, gab es kein Halten mehr. Alles war nun erlaubt. Dem Leichenschänden waren weitere Metzeleien gefolgt. Das Fleisch-und-Fisch-Gemisch samt Wein, dieser Eintopf à la Gaines, hatte die Leute nicht besänftigt, im Gegenteil. Ein Fingerknacken hatte gereicht, damit sich welche auf den Schiffszimmerer Rabarousse stürzten und ihn niederstreckten. »Das ist für den Klabautermann und das für dieses Floß, das du gebaut hast! Diese Maschine!« Nachdem Peristil keinen Ton mehr von sich gab, seine Finger für immer ausgeknackt hatten, schnitt man ihm den dicken, gefetteten Haarzopf ab und trieb damit obszöne Spiele. Ein anderer wurde erstochen, weil er nicht aufhören wollte, von den Pariser

Nutten zu schwärmen, und einem Nächsten wurde wegen einem Schluckauf der Kopf entzweigehauen. *Damit der Schluckauf rauskann!*

War es der Vollmond, der die Leute durchdrehen ließ, oder lag es daran, dass eine Grenze überschritten worden war? Jedenfalls fanden sich am Morgen zehn Leichen, von denen neun vom Floß gerollt wurden, die zehnte aber, ein hübscher blonder Jüngling, war, auch wenn es niemand auszusprechen wagte, der Nahrungsvorrat.

Für Arnaud, der mit dem Beinstumpf am Rand saß, waren es keine Tage aus Stunden, sondern Tage aus Monaten, Jahren. *Was für ein Tag ist heute? Montag? Mittwoch? Welches Jahr?* Aus unerklärlichen Gründen lebte er noch immer, blickte mit tränenlosen Augen in den Horizont und knabberte an einem Knochen, wahrscheinlich ein Wadenbein.

– Na, Kleiner, gut schaust du aus. Corréard lächelte ironisch, so dass man nicht wusste, empfand er Abscheu oder Mitleid. Du meinst vielleicht, dir geht es schlecht, aber es gibt andere, denen es viel schlechter geht. Er deutete auf den verwirrten Cousserolle, den großen Löffel, der offensichtlich das Gedächtnis verloren hatte, nicht begriff, wo er sich befand und was hier vorging. Jeden fragte der verrückt gewordene Segelmacher seltsame Dinge wie:

– Entschuldigung, mein Herr, können Sie mir vom Wetter erzählen. Es muss geregnet haben, wenn hier so viel Wasser ist. Alles überflutet. Kommt, lasst uns weggehen, hier ist es kalt. In Versailles soll Hofball sein, da wird Quadrille getanzt.

Irgendwann werden wir alle so, wahnsinnig. Irgendwann hören wir alle das Klappern von Pferdehufen und Kirchenglocken läuten, irgendwann ziehen wir uns alle in irgendwelche Falten und Ritzen in uns selbst zurück.

Arnaud, sein Gesicht war greisenhaft, schluchzte, ohne zu weinen: »Ich will nicht sterben, will ich nicht, hab meiner Mutter versprochen, immer brav zu sein, zurückzukommen.« Auch konnte er seinen Darm nicht mehr beherrschen. Griffon starrte mit brennender Intensität auf die braunen Spuren an der Leinenhose. Savigny strich dem Jungen im Vorbeigehen durchs Haar. Er wusste, woran die Eidechse dachte, sagte aber nichts. Der Schiffsarzt war der Einzige, der seinen goldgelben Uniformrock anbehalten hatte. Auch die Flachsperücke saß noch auf seinem Kopf. Alle anderen hatten sich die Kleider längst vom Leib gerissen, so dass sie nur noch Hosen, einen Lendenschurz oder gar nichts trugen. Auch Savigny litt an der Hitze, aber dieser Rock und die Perücke waren ein Symbol seiner Autorität, ein letzter Rest Zivilisation, die ihn an das erinnerten, woran er einmal geglaubt, wofür er gelebt hatte, an eine bessere, gerechtere Welt. Demokratie! Republik! Eine weltumspannende Union der Bürger! Und nun? Was war von diesen Idealen übrig geblieben? Lohnte es sich noch, für diese Welt zu kämpfen, die in nichts besser war als jene auf dem Floß? Einen schrecklichen Gedanken lang ahnte Savigny, dass die zivilisierte Welt und die Floßwelt dieselbe waren, es so oder so kein Entrinnen gab. *Da hast du dir eine schöne Scheiße eingebrockt.*

Der dicke François, nicht der Schlaueste, starrte teilnahmslos in den Himmel. Er war schon immer mehr geglitten und geschlichen als gegangen oder gar geschritten, aber seit er auf dem Floß war, hatten seine Bewegungen etwas Schwerfälliges, Träges. Es schien ihm gleichgültig, ob er lebte oder tot war, Hauptsache, er bekam zu futtern. *Aber was bekommt er denn? Leichenfleisch!* Als er Savigny spürte, blickte er zu ihm hoch, grinste blödsinnig wie ein Katatoniker und meinte:

– Mein Bauch schmerzt, können wir nicht heimgehen?

Nach Hause? Savigny sah ihn mitleidig an. Seit er von dem Totenfleisch gegessen hatte, war kaum ein Wort aus ihm gekommen. Es schien, als mache er, der Arzt, alle anderen dafür verantwortlich, als wollte er sich bei jedem Einzelnen für den Tabubruch rächen. Besonders für Griffon hatte er nur kalte, abstrafende Blicke übrig. Unbehagen erfüllte ihn beim Anblick dieses Reptils. Es hatte mit dem Leichenessen zu tun, mit dem schier unendlichen Ozean und dem fürchterlichen, an faulige Verwesung erinnernden Gestank, der seinem Inneren entströmte, damit, dass diese Leute ihn auf ihr Niveau heruntergezogen hatten. Er, der sich einmal für die Aufhebung der Leibeigenschaft starkgemacht hatte, für die Abschaffung der Gutsherrenrechte, ihre Bauern zu züchtigen, für die Beseitigung des ius primae noctis, die Abschaffung der Folter und gegen die verdummende Natur der Religion, er, der Voltaire und Diderot nachgeeifert hatte, saß nun auf einem Floß unter Barbaren und fraß Tote. *Ob einen das verändert?* Das Schlimmste dabei war nicht der Wunsch nach Reinigung, ein plötzlicher Zwang, sich unentwegt zu waschen und zu gurgeln, das Schlimmste war die Erkenntnis, dass es sich bei diesen marodierenden, massakrierenden Leichenfressern um ganz normale Menschen handelte, um Zimmerer, Geologen, Seeleute, gut, ein paar Lazzaroni waren auch dabei, aber alles in allem waren sie fast ein repräsentativer Querschnitt der Bevölkerung, die, und das war das Erschreckende, nicht nur auf dieser Maschine so handeln würden, wie sie handelten, sondern auch in der sogenannten Zivilisation so agierten. Es fiel nur nicht auf. Was hatte er verbrochen, dass ihm das Scheitern seiner Ideale so unmissverständlich gezeigt wurde? *Das Volk ist ein Hund, der in den Knüppel beißt statt in die Hand.*

Wenn von den Hauptleuten jemand an Rettung glaubte, dann waren es Lo-, Lo-, Lozach, Dupont und der einäugige Clairet. Die Vorstellung, man könnte sie für tot halten und gar nicht nach ihnen suchen, war unerträglich:

– Bestimmt hat man in Saint-Louis schon brennende Kerzen in die Fenster gestellt. Solange diese Flammen nicht erloschen sind, kann uns nichts geschehen. Stellt euch den Jubel vor, wenn wir dort ankommen. Die Menschen werden ans Ufer laufen und uns zuwinken, hübsche Mädchen werden den Verstand verlieren, Ochsen wird man braten, Torten backen …

Auch Kimmelblatt bemühte sich, die Leute zu unterhalten:

– Wie wäre es, Haberer, wenn jeder eine Schmonzette aus seinem Leben erzählte? Los, fangt an, ihr Pisser!

Den meisten fiel nichts ein, nur Corréard kratzte sein Kinn und brummte:

– Ich weiß ja nicht, warum ihr nach Afrika wollt, aber ich bin geflohen. Ja, geflohen! Sechs Jahre war ich mit Trinidad verlobt, und dann meinte sie plötzlich, sie kann mich nicht zum Mann nehmen. Sie weiß nicht, warum, es tut ihr leid, aber ich muss das akzeptieren. Er spuckte aus, doch aus seinem trockenen Mund kam kein Speichel. Ein leises Kichern lag auf seinen Lippen, dann lachte er laut, beinah hysterisch:

– Wegen dieser dummen Schlampe bin ich hier. Versteht ihr? Wenn mir Trinidad nicht den Laufpass gegeben hätte, säße ich jetzt in La Rochelle bei einem Bier und einer Lammkeule. Er blickte in teilnahmslose, stumpfe Gesichter, die ihn ansahen, als ob er Chinesisch gesprochen hätte. Clairet kratzte sich eine Eiterkruste von der Wange, und Hosea blickte zum Himmel, als warte er auf seinen Papagei. Er hatte sein Büchlein in der Hand und damit begonnen, Wörter auszustreichen. Matrimonium? Wird durchgestrichen. Intention? Durchgestrichen.

Admira? Weg damit. Phobie, heterogen, Thorax, somatisch …
alles durchgestrichen! Skrotum? Unbrauchbar.

Von Anfang an war es zu Gruppenbildungen gekommen,
hatten sich neben den Offiziersanwärtern auch die Soldaten,
die Matrosen und Arbeiter zusammengetan. Nun verfestigten
sich die Gefüge, wurden die Fäden, die diese Welt zusammen-
hielten, straffer. *Von wegen Union der Menschen? Nationalisten
waren das! Banden!*

Die Schwarzen, durch die Nähe ihres Erdteils guter Stimmung, summten afrikanische Lieder:

– Jellelelleoje. Xalela bulko di dioylo. Xalela bulko di miser-
lo … Sie hielten sich für unangreifbar, weil sie die Einzigen waren, die im Falle einer Landung die Überlebenden durch die
Wüste führen konnten. Zumindest behaupteten sie das von
sich. Tatsächlich waren sie seit ihrer Kindheit nicht mehr in
Afrika gewesen. Dann gab es die Arbeiter um Lavillette, eine
Gruppe von Matrosen und Soldaten, außerdem hatten sich ein
paar Italiener und Spanier zusammengetan, die die Leutnants
töten wollten, um an die 1500 Franc heranzukommen, die am
Mast befestigt waren. Das eingesammelte Bargeld! Eine Idee
der Schwarzen, weil man sich bei Davy Jones dafür nichts kaufen konnte und es im Falle einer Landung den Gestrandeten
das Überleben erleichtern würde … um damit Tuareg-Führer
zu bezahlen.

– Was ist nun mit den Schmonzetten? Kimmelblatt fuhr mit
dem Daumennagel über die Holzmaserung des Mastes. Hat
keiner von euch Goi etwas erlebt? Was ist, ihr Nebochanten?

Niemand sagte etwas. In ihren Mienen stand das Grauen. Jeden plagten Schmerzen, das Salzwasser ließ ihre nackten Füße
wie alte Lappen aussehen, an den Wunden löste sich die Epidermis, und wegen der Dehydrierung glaubten einige, ihre

Köpfe würden explodieren. Das dickflüssige Blut transportierte viel zu wenig Sauerstoff. Griffon zählte die Tierkreiszeichen und Planeten auf.

– Was machen Sie denn da?

– Damit ich nicht verblöde.

– Das hilft? Savigny hatte ein Stechen in der Brust, und wenn er in die See starrte, konnte er sich alles Mögliche vorstellen: Schiffe und Rettungsboote voller Proviant. Inseln mit Ostbäumen, Schildkröten und Ziegen mit prallen Eutern voll herrlicher Milch. Aber Tierkreiszeichen aufsagen? Dann noch lieber beten, wobei die Gebete, die er da und dort hörte, mehr Verhandlungen waren, ein wildes Feilschen um den Preis der Rettung und des Nicht-mehr-leiden-Müssens. Und was wurde dafür nicht alles geboten? Lebenslange Enthaltsamkeit, Kirchen, Pilgerreisen.

Viktor spürte ein Ziehen in der Seite, und unwillkürlich murmelte er mit Griffon:

– Wassermann, Fisch, Widder, Stier … Er musste daran denken, dass er vor nicht einmal einem Monat in Rochefort am Quai gelegen war. Er konnte sich selbst sehen, wie er sehnsüchtig den Schiffen nachsah, die Matrosen beneidete, vom Leben auf See träumte, von einer großen Zeit. Und jetzt? Was war daraus geworden? Sterben werden wir.

– Was redest du? Hosea steckte sein Büchlein wieder ein. Sie werden nach uns suchen und uns finden.

– Der getürmte Küchenjunge in Rochefort hatte recht. Wir werden alle sterben, das Meer wird unser Grab sein. Wir sitzen in der Falle!

– Blödsinn, nur weil eine Alte vier Wochen lang gefastet und dann wirres Zeug dahergefaselt hat …

– Und warum streichst du deine Fremdwörter aus? Viktor

betrachtete Hosea und dachte, sogar dieser starke Mensch hat ein aufgequollenes Gesicht. Seine Kehle ist geschwollen. *Und ich? Sehe ich auch so entsetzlich aus, wie ich mich fühle?*

Plötzlich ein Schrei! – er bohrte sich in ihre Gehörgänge.

– Schmonzetten will ich hören, Kinder, wiederholte Kimmelblatt, ohne darauf einzugehen. Oder erzählt mir, was ihr macht, wenn ihr diese Sache übersteht. Ich zum Beispiel werde in New York ein Restaurant namens Schalom aufmachen … Aber da rannte, *Grüß Gott*, ein wild gestikulierender Spanier auf die Anwärter zu. Er hatte eine Fassdaube in der Hand und schlug, *Buenos Dias*, auf alles, was ihm in die Quere kam.

– He, noch gibt es keine Knische, und auch die Mazzes und Beigel sind noch nicht so weit.

– Ich bring euch um, schrie der Iberer mit wild verdrehten Augen. Ich bring euch alle um. Hier gibt's zu viel Lametta, zu viele lächerliche Epauletten. Doch bevor er etwas anrichten konnte, wurde er von Lheureux, dem schlaksigen Dupont und Lo-, Lo-, Lozach überwältigt und mit »Adios« ins Meer geworfen.

– Das werdet ihr bereuen, erhob sich nun ein Italiener und schwang eine Axt. Was war mit dem los? Mit verzerrtem Mund und verdrehten Augen bot er das Bild eines gequälten Menschen. Doch bevor man sich auf diesen nächsten Angriff vorbereiten konnte, war der Kerl mit der Axt schon abgedreht, hatte »Buona notte, ihr Furzer« gesagt und »Ich will hier weg, hört ihr mich? Ich will hier weg!« gebrüllt. Dann war er mit zugekniffener Nase ins Meer gesprungen und nicht wieder aufgetaucht. Damit nicht genug. Nun erhoben sich andere Soldaten und gingen schnaubend auf die Leutnants zu, die sich ihrerseits in kampfbereiter Haltung aufstellten.

– Ihr seid erledigt, brüllte ein Spanier. Ergebt euch! Ein anderer lachte das sonderbarste Lachen, das man sich vorstellen kann.

– Kommt nur her, winkte Lheureux. Kommt nur.

– Ko-, ko-, kommt, bekräftigte Lozach.

– Ruhe!, brüllte Savigny. Die beste Form des Zusammenlebens ist die Demokratie. Was immer ihr für ein Anliegen habt, bringt es vor und lasst uns dann darüber abstimmen.

Doch bevor die Anwärter wussten, was geschah, bevor welche das seltsame griechische Wort *Demowas?* in ihrem Kopf wiederholt hatten, waren schon welche zu den Afrikanern gesprungen, hatten Marie-Zaïde gepackt und zum Rand des Floßes getragen. Sie wollten sie, *diese Hexe*, ganz undemokratisch ins Meer werfen, doch die Schwarze wehrte sich, Joseph, Jean-Charles (Doudou) und der Mulatte stürzten sich auf die Entführer, die ihre Beute wild entschlossen verteidigten.

– Aufhören, schrie Savigny. Man kann doch über alles reden.

Reden? Einer der Meuterer drehte sich um und schlug mit seiner Axt zu. *Das ist natürlich auch ein Argument.* Zuerst verfehlte er den Mulatten nur um Haaresbreite, dann spaltete er Joseph den Schädel. Ein Krachen war zu hören, als ob ein Holzscheit bräche, und für einen Moment steckte die Klinge mitten im zerteilten Kopf. Was für ein grauenvolles Bild – ein gespaltener Schädel, außen schwarzblau und innen grau wie eine aufgebrochene Aubergine. Josephs Hände griffen an den Kopf, konnten nicht fassen, was sie da erspürten, griffen nach dem Hirn, das wie ein aufgehender Kuchenteig herausquoll, versuchten es zurückzustopfen. Dann besah er seine Hände, schüttelte er fassungslos den Kopf – mitsamt der darin steckenden Axt –, murmelte mit dem unversehrt gebliebenen Mund »schöne Scheiße, Tubab, Jellelelleoje. Yén wadiouryi deuglu lén ma wakhak yén.

Xaley monminla mom khamoul dara« und kippte um. Von wegen unangreifbar und Führer durch die Wüste.

Als Marie-Zaïde das sah, *der angetraute Mann*, stieß sie einen so entsetzten, durch Mark und Bein fahrenden Schrei aus, dass man sie fallen ließ. Die Marketenderin landete auf einer seitlichen Begrenzung. Für diesen Fall waren selbst ihre mächtigen glutei maximi zu schwach. Ein Geräusch wie von einem Brett, das über einem Knie gebrochen wird. Die Schwarze hatte geweitete Augen, sah zum zerhauenen Schädel ihres Mannes, der sich am Boden wand wie ein zerteilter Wurm, *bis dass der Tod euch scheidet*, dann zu ihrer Hüfte, verlor die Besinnung und glitt ins Meer. Jellelelleoje. War das der Lohn für ihren zwanzigjährigen Dienst in der Armee, dafür, dass sie Berge von Soldatenwäsche bewältigt hatte, ihre Hände vom dauernden Einweichen, Rubbeln und Wringen ganz rau geworden waren, sich von der Seifenlauge und dem kochenden Wasser fast das Fleisch von den Knochen gelöst hatte?

– Besser so, murmelte Griffon. Eine Frau sorgt nur für Unruhe. Wer eine Frau kennt, kennt alle. Wer hundert Frauen kennt, kennt keine. Savigny sah ihn verständnislos an. *Phrasenschwein!* Für einen Moment hatte er den schrecklichen Verdacht, dass es dieser reptilische Sekretär gewesen war, der die Soldaten angestachelt hatte.

Lavillette sprang ihr nach und zog sie zurück an Bord. Die Schwarze war wieder bei Bewusstsein, schrie vor Schmerzen.

– Fasst mich nicht an, Tubab, ihr bringt mich um. Hände weg! Naguref? Dachul! Wao, wao.

Savigny brachte ihr Wein und tastete sie ab.

– Die Hüfte ist gebrochen. Marie-Zaïde schrie.

Während dieser Schrei alle betäubte, taumelte der verwirrte Schiffsjunge Leon hin und her. Er zog Kreise um den Mast, die

495

immer größer wurden, verlangte nach seiner Mutter – man sah ihm an, dass es zu Ende ging. Nicht die schreiende Marketenderin beunruhigte die Menschen, sondern der Anblick dieses sterbenden Kindes. ·

– Verzeih mir, lieber Gott, hauchte Leon, dass ich einmal Käse gestohlen habe. Und verzeih mir, dass ich meiner Schwester Regenwürmer ins Bett gelegt habe. Verzeih mir, dass ich so selten in der Kirche war und einmal die Kollekte gestohlen hab … Vergib mir auch, dass ich dem ehrwürdigen Vater eine Schlange in den Beichstuhl gelegt habe, aber weißt du, sein Mundgeruch in dem kleinen Beichtstuhl …

– Er verzeiht dir, sagte Coudein mit scharfem Ton. Mich geht es zwar nichts an, doch ich bin mir sicher, Gott ist guit uind sieht darüber hinweg.

– Einmal hab ich einer Marienstatue unter den Rock geschaut!

– Auch das wird man verzeihen.

Sofort verfielen alle wieder in eine traurige, alles lähmende Agonie, nur Griffon sagte:

– Es sind noch vierzig Menschen auf der Maschine. Wenn wir nur dreißig wären, würde der Wein noch für vier Tage reichen. Aber da darf man ihn nicht an Sterbende verschenken. Wollen Sie darüber abstimmen lassen?

Savigny schüttelte den Kopf.

Am nächten Morgen, Dienstag, den 9. Juli, sollten nur noch eine Frau, achtundzwanzig Männer und zwei Kinder am Leben sein. *Und zu Hause werden die Schwalben brüten. Oder sind die Kleinen schon geschlüpft? Zu Hause? Das ist dort, wo man keine Leichen frisst.*

Am Rand

Schmaltz und Chaumareys kamen vor den Schwalben nach Afrika. Der Senegalfluss, viel breiter als die Charente und auch nicht von der Stadt Cognac, sondern aus der Wüste Malis kommend, schnitt wie eine exponentiell abnehmende Kurve ins Meer – als ob er im letzten Moment noch einmal Angst bekommen hätte und den Moment des Zusammentreffens möglichst lange hinauszögerte. Über vierzig Kilometer pirschte sich der stolze, selbstsichere, aber angesichts des mächtigen Meeres doch zauderne Fluss an den Ozean heran. Dazwischen nur ein schmaler Küstenstreifen, die sogenannte Lagune der Barbarei. Da, wo die Kurve ansetzte, lag Saint-Louis, von den Einheimischen N'dar genannt. Am Ufer standen Kormorane und, wie Reine sagte, vulgäre Schwäne mit seltsam langen Schnäbeln – Pelikane. In der Luft tummelten sich Seeschwalben, und bald kamen ihnen bunte Pirogen entgegen, auf denen Fischer ihre Netze flickten.

Das Erste, was sie von Saint-Louis sahen, war der Fischmarkt mit riesigen, glitzernden Fischhaufen. Bald darauf kam das prächtige Regierungsgebäude mit seinen dorischen Säulen. Dahinter jedoch, auch das entging ihren neugierigen Augen nicht, standen dürftige Lehmhäuser und Hütten aus Palmblättern.

– Barbaren, rümpfte Reine die Nase, die eines sofort sah, diese Eingeborenen waren ohne Raffinement, ohne Esprit. Arétée hatte sich ihr Schmetterlingshäubchen umgebunden, und Reynaud, dieser unmögliche Mensch, umfasste ihre Schulter und winkte den Fischern.

Saint-Louis war eine langgestreckte Insel, vergleichbar der Île de la Cité in Paris. Nein, etwas größer war Saint-Louis dann doch. Eine rote Straße, alles andere denn die Champs-Élysées, führte durch die einzige Häuserzeile, und überall lungerten Schwarze mit kunstvoll geflochtenen Frisuren, Frauen mit bunten Kleidern und Säuglingen an den Brüsten.

Beim Landungssteg gab es Stände mit Mangos, Bananen, Fleisch, schwarz vor lauter Fliegen, kleinen Holzstäbchen zum Zähneputzen, Maniok, Hirse, Reis. Und überall rannten Ziegen rum.

– Kurzhaarschafe, erklärte Kapitän Parnajon.

Man sah einen Zug nackter Sklaven mit schweren Eisenketten und verschnürten Holzstangen um den Hals. Die eingefetteten Körper glänzten wie nasse Steine, dafür waren ihre muschelgelben Augen stumpf und voller Hass. War die Sklaverei nicht seit 1794 verboten? Nein, seit 1802, da hatte sich der negrophobe Napoleon beeilt, war sie wieder gestattet ... Dreizehn Millionen Sklaven wurden nach Übersee verschleppt, was in Afrika die Bevölkerung um ein Drittel dezimierte, alle regionalen Wirtschaftsbetriebe zerstörte, während mit diesem Kapital in Europa die industrielle Revolution vorangetrieben wurde.

Chaumareys und Schmaltz fürchteten beide, jeder für sich, auch einmal so durch die Straße getrieben zu werden, also sprachen sie lieber von den großen pittoresken Mangrovenbäumen, die am Ufer mannshohe Luftwurzeln schlugen. Gab es hier Krokodile? Elefanten? Nein, bloß Gackerstimmen, Wörter, die nur mit verknoteten Zungen geformt werden konnten. Und »Neger«! Was für ein Getümmel. Ein Schwarzer mit kurzer roter Baumwollhose, Offiziersrock und verbeultem Generalshut, der seltsamerweise gar nicht lächerlich wirkte, hatte ihre Führung übernommen und hielt ihnen die nackten Kinder vom Leib, die unbedingt die helle Haut von Reine und Arétée berühren wollten. Er bahnte ihnen einen Weg durch die Menschenmasse, bis sie vor einem buttermilchigen, ungeschminkten Gesicht standen. Der englische Gouverneur. Ohne die Spur einer Gefühlsregung meinte er:

– Willkommen in N'dar.

Reine musterte den Knaben interessiert und stellte sofort fest, das war ein Mensch ohne jeden Sinn für Galanterie.

Chaumareys und Schmaltz hatten sich seit der Ausbootung nicht angesehen, jeden direkten Blickkontakt vermieden. Fürchteten sie, im jeweils anderen die eigene Schwachheit zu sehen? Trotz der Geschehnisse waren sie einander fremd geblieben. Sie fühlten sich nicht in der Lage, über das Schicksal der Medusa nachzudenken, aber eines war beiden klar, sie würden einiges verschweigen. Jetzt warfen sie sich Blicke zu. Obwohl beide müde waren, nahmen sie die Einladung des Limejuicer an, mit ihm und seiner Gattin zu dinieren.

Auch die Wachtel, die schöne Tochter und ihr Verehrer waren mit von der Partie. Diese fünf wurden von ihrem schwarzen Führer auf einem Eselkarren, *noblesse oblige?*, zu einem Herrenhaus gebracht, das aussah, als wäre es von der englischen Küste hierher verpflanzt worden. Im Vorgarten blühten Orchideen, und an den Wänden hingen Bilder und Gobelins mit Jagdmotiven. Nur die Masken aus Ebenholz und die ausgestopften Tiere passten nicht so recht dazu. Ich hatte ganz vergessen, dachte Chaumareys, wie geschmacklos diese Engländer sind. Auch Reine war empört über die Nonchalance des schwarzen Personals, das rote Hosen und weiße Hemden trug. Man würde sie ehestmöglich mit Samtröcken, Kniebundhosen und Perücken ausstaffieren müssen. Arétée machte die hohe

Luftfeuchtigkeit zu schaffen, die ihren Puder davonrinnen ließ. Gerade als sie im Hof eine Schwarze sahen, die am Boden kniete und mit Sand Geschirr reinigte, erschien der Gouverneur.

Thomas Fiskus Brereton, so hieß der vierunddreißigjährige Brite, hatte seine Uniform angelegt, *ohne Orden und mit offenem Kragen*, und bat sie in den Speisesaal. Er hatte groß auffahren lassen. Aber selbst das Porzellangeschirr und die Silbertabletts konnten nicht darüber hinwegtäuschen, wie absurd hier alles war – *ein Palast im Dschungel mit ein paar dressierten Wilden. Das soll die Speerspitze der Zivilisation sein, der Leuchtturm an Moral und Sitte? Es gibt ja nicht einmal Vorspeisenbesteck. Oder glaubt er, uns fällt nicht auf, dass hier Obstbesteck liegt?*

Es gab kleine getrocknete Muscheln, ein Püree von der Affenbrotbaumfrucht und einheimische Gerichte, die Yassa (Zitronenhuhn mit Zwiebelsoße), Mafé (Fleisch mit Erdnusssoße) oder Djubujen (Reis mit Fisch und Gemüse, Tamarinden) hießen. Auf die Getränke war Brereton besonders stolz: englisches Bier. *Wie ordinär! Gleich bringt er diesen nach Seife schmeckenden britischen Käse ...* Vor allem aber die Erklärung, dass er nicht bereit sei, seine Stellung hier sofort aufzugeben, irritierte Schmaltz.

– Es hat geheißen, Sie kommen mit vierhundert Soldaten, jetzt sehe ich höchstens hundertfünfzig. *Natürlich, es fehlen ja die Leute der Medusa.* Die Negervölker sind gutmütig, sie trommeln und singen Tag und Nacht, aber was, wenn uns die Wüstennomaden angreifen?

Chaumareys und Schmaltz erzählten in knappen Worten vom Schiffbruch und ihrer Rettung, wobei sie es verstanden, sich geradezu heldenmütig darzustellen. Sie erwähnten auch die anderen vier Rettungsboote, nur vom Floß sagten sie nichts. Reine wäre fast etwas herausgerutscht, aber ein scharfer Blick des Kapitäns hatte sie zurechtgewiesen. Über dieses Floß musste ein Mantel des Schweigens gebreitet werden, das war notwendig, um den damit verbundenen Schrecken, die entsetzten Gesichter beim Verlassenwerden, auszulöschen, darin waren sich Chaumareys, Schmaltz und Reynaud einig. Vom Ersten stammte die Idee, der Zweite trug die Verantwortung, und der Dritte hatte die Schleppleine gelöst. Also war klar, dieses Floß musste totgeschwiegen werden. Es existierte nicht. *Und wenn später Gerüchte aufkommen? Dann tun wir sie als Einbildungen und Hirngespinste ab!*

Der Engländer bedauerte, wie er sagte, dieses kleine Missgeschick, gab ihnen den Rat, sich vor den Mücken in Acht zu nehmen, nachts ein Moskitonetz zu verwenden und vorher das Bett nach Skorpionen oder kleinen Schlangen zu durchsuchen.

– Ihhh! Arétée entfuhr ein spitzer Schrei.

– Sie müssen das von der angenehmen Seite sehen, Gnädigste, sagte Brereton, wenn Sie tot sind, frieren Sie nicht mehr.

Alle sahen ihn verdutzt an. Da wandte er sich an seine Frau, lächelte und meinte:

– Wie ich immer sage, hüte dich davor, mit Franzosen über Romantik zu diskutieren. Und der Tod ist doch die Wurzel aller Romantik, nicht? Da auch darauf niemand reagierte, *humorloses Volk*, begann er, um die Stille zu füllen und sich zurück auf sicheres Terrain zu begeben, von den Maßeinheiten zu sprechen, davon, dass sich in diesem französischen Chaos niemand mehr auskenne, zuerst hätte man das Meter und das Kilo eingeführt, vor sechzehn Jahren, wenn er nicht irre, dann sei man aber vor vier Jahren zu den alten Maßen und Gewichten zurückgekehrt, zu Linie, Zoll und Fuß; Pfund, Unze, Prime …

und jetzt herrsche Chaos … Da könne man nur froh sein, dass England diesen Unsinn nicht mitgemacht habe. Er schenkte ihnen Whisky ein und lachte:

– Mit Cognac und Pernod kann ich nicht dienen, aber der hier stammt aus den Highlands. Kann man trinken. Es lässt sich hier gut leben, sobald man sich eingewöhnt hat.

Die Franzosen waren zu müde, sich an der Unterhaltung zu beteiligen. *Man könnte ihn fragen, welche Farben die Halsschleifen in der Bond Street haben, wie man in Paddington die Hosen trägt, aber das ist ein Banause …* So war es der Banause, äh, der Engländer, der von der Erschließung der Kolonie sprach. Eine schwierige Unternehmung, die meisten Neuankömmlinge wurden vom Fieber befallen, manche starben. Wenn man nicht aufpasste, mischten einem die Einheimischen Gift ins Essen oder streuten tödliche Dornen vor die Tür. Außerdem besaßen sie gewisse Zauberkräfte. Und dann die wilden Tiere! Schlangen, Tiger, Spinnen! Krokodile, Warane, sogar Löwen. Am Ende der Regenzeit, also im Oktober, fallen Kokosnüsse von den Palmen, die Neger lungern nur herum, man muss sie erziehen. Ohne uns wären die noch auf den Bäumen … Aber glauben Sie nicht, ein Neger ist ein Neger. Es gibt die Wolof und die Fulbe, zu denen die Serer, das sind die ganz Schwarzen, die Tukulor und die Peul gehören. Aber alle glauben sie an Geister, reden mit ihren Ahnen. Haben Sie diese dicken Affenbrotbäume gesehen? Baobabs – die Einheimischen sagen dazu Gouye. Wissen Sie, was die damit machen? Beerdigen darin ihre Toten, aber nur Griots, das sind diejenigen, die nicht die Erde bearbeiten, Sänger, Geschichtenerzähler, Wahrsager … Bis zu zweihundert Tote in einem Baum. Oder sie benutzen diese Bäume als Gefängnis … Die Frauen bemalen ihre Handinnenflächen und Fußsohlen mit Henna, an den Eselkarren hängen Kuhschwänze, und wenn Sie jemanden fragen, was das bedeutet, sagt er, Zierde, Schmuck. Aber das stimmt nicht, es ist Zauberei, Maraboutage, Abwehr des bösen Blicks … Der Neger lädt Sie ein, gemeinsam mit ihm zu lachen, aber das ist nur Fassade. Eigentlich ist er verstockt. Der Freihandel ist hier nur mit Waffen durchzusetzen, mit exemplarischer Bestrafung … Je länger der Engländer erzählte, desto mehr verging ihnen die Lust auf Afrika. Die einzig gute Nachricht war, dass es ein Abkommen zwischen den Wüstenstämmen und den Bohnenfressern gab, so dass Schiffbrüchige nun nicht mehr in die Wüste verschleppt und versklavt, sondern gegen ein erkleckliches Lösegeld von hundert Franc nach Saint-Louis gebracht wurden. Aber gab es überhaupt weitere Schiffbrüchige, Überlebende? Was war aus den anderen vier Booten geworden? Bestimmt gekentert, abgesoffen, alle verdurstet, tot. *Besser so.*

Auf dem Nachhauseweg sahen sie, dass die Straßen hier alle britische Namen trugen: Fitzroy-Street, Princes' Hill, Victoria Garden oder Kings Road. *Na, das wird sich bald ändern.*

Morgen lasse ich zur Medusa segeln, um die drei Fässer mit den 90 000 Goldfranc zu holen, verkündete Schmaltz.

– Bedauerlich, dass wir das Floß im Stich lassen mussten, flüsterte Chaumareys. Wenn ich daran zurückdenke, kann ich sie noch hören, wie sie den König hochleben lassen haben … Mir ist, als würden sie noch immer »Vivat! Lang lebe Ludwig!« schreien … Glauben Sie, wird man uns dafür zur Verantwortung ziehen?

– Zerbrechen Sie sich nicht den Kopf. Die Leiden dieser Leute sind vorüber, die sind besser dran als wir. Die, wenn ich diesen Limejuicer zitieren darf, frieren nicht mehr. Von denen wird *dans le monde entier* nie jemand erfahren.

Allgegenwärtige Natur! Der rote Sand war fein wie Mehl, die Felsen glichen Götzenbildern. Espiaux' Blick wirkte gehetzt. Er musste mehr als hundert Menschen Richtung Süden führen und hatte keine Ahnung, wo er sich befand. Ein greiser Alain Delon. Dazu die Menschen. Ein erbärmlicher Haufen, die meisten barfuß, mit zerschlissener Kleidung, ohne Kopfbedeckung. Sie gingen auf dem schmalen, mit Muschelschalen und spitzen Steinen übersäten Streifen zwischen Meer und erodierter Felsküste. Rechts brüllte die Brandung, links glichen die Sanddünen hinter den zerklüfteten Felsblöcken versteinerten Wellen. Kein Baum, kein Strauch, nichts. Kein Haus, kein Zaun, kein Zeugnis menschlicher Existenz. Nichts. Nur Sand und Sand und Sand und Sand und wieder Sand. Am zermürbendsten aber war, sie hatten keine Ahnung, wie weit Saint-Louis entfernt lag. Zehn Kilometer? Sechzig oder zweihundert? Den angeblich exakten Berechnungen von Richeford vertraute niemand.

– Das ist eine Prüfung Gottes, jammerte Maiwetter. Eine Prüfung, das habe ich jetzt verstanden. Aber warum?

Immer wieder hatten sie das Gefühl, beobachtet zu werden. Wilde Tiere, Wüstenbewohner oder Einbildungen? Schlimmer als die mögliche Versklavung, schlimmer als die offenen Blasen an den Füßen, der Sand in den Ohren, Augen, schlimmer als alles andere war der Durst. Die Lippen klebten an den Zähnen, ihre Zungen waren festgetrocknet, und sogar die Augenlider und Nasenlöcher schmerzten. Jede Pore ihrer Haut lechzte nach Wasser, Flüssigkeit. Immer wieder scherte einer aus, rannte zum Meer, trank und kam mit zufriedenem Gesicht zurück. Wenig später wälzte er sich auf dem Boden, schrie vor Bauchkrämpfen und übergab sich. Espiaux hatte den Fehler begangen, dem Ersten dieser Unglücksvögel einen Schluck

Rum, von dem er ein Fläschchen besaß, zu vergönnen. Nun, war er überzeugt, wurden diese Trink- und Brechkuren nur wegen des Rums abgehalten.

Von all diesen Gestrandeten sah nur Adelaïde Picard zufrieden aus. Die Regierung fühlte sich bestätigt und keifte wieder unentwegt:

– Wir werden zugrunde gehen. Die Kinder werden eines nach dem anderen krepieren, aber dieser Mann, dieser Charliiie, hat es so gewollt. Komm mit nach Afrika, hat der Idiot gesagt, da haben wir es gut. Du wirst sehen, Afrika gefällt dir. Und wie es mir gefällt. Und wie! Ein Picard gehört in die Picardie, aber nicht nach Afrika! Auf die Pigalle. Von mir aus auch nach London, in die Piccadilly Street … aber niemals in die Wüste!

Picard räusperte sich in einem fort, sagte aber nichts. Er trug die kleine Laura, die sich selbst kaum halten konnte, spürte einen lähmenden Schmerz in der Brust und fühlte sich, man entschuldige das Wortspiel, pikiert. Wo waren sie? Was taten sie hier? Wie weit war es bis Saint-Louis?

– Als ich anno 86 mit einem Handelsschoner gekentert bin, verkündete Richeford, *wo nimmt der nur seinen Speichel her?*, und mich danach ein großer Fisch verschluckt hat, wie Jonas in der Bibel, bin ich an einem ähnlichen Ufer ausgespuckt worden. Aber dort lebten nackte Menschen mit zugespitzten Zähnen und vernarbter Haut. Die ritzten sich mit Scherben Bilder in die Haut, glaubten, nicht ein Gewehrschuss würde töten, sondern der Knall …

– Halten Sie Ihr Maul, Sie Prüfung Gottes. Oder wollen Sie, dass die Kannibalen uns entdecken? Unsere Leber verspeisen? Unser Blut trinken? Maiwetter hatte sich seine Blasen an den Füßen aufgestochen und versucht, die Flüssigkeit zu trinken –

es waren Tropfen, doch auch die gingen verloren. Nun spürte er ein einziges Brennen.

– Gott, warum hast du mich verlassen? Warum?, murmelte er. Willst du mich so zum reinen Glauben führen? Ja, ich weiß, auch Jesus war vierzig Tage in der Wüste und die Israeliten nach der Flucht aus Ägypten vierzig Jahre. Aber wenn du mich versuchen willst, schick mir einen brennenden Dornbusch, lass mich mit dem Teufel disputieren, doch halte mir diesen Dampfplauderer vom Leib.

– Tsstss, machte Richeford. Sie sind nicht Jesus!

– Aber Sie sind eine Prüfung. Dante hat in seinem »Inferno« einen Höllenkreis vergessen, den von Antoine Richeford.

Da entdeckte Espiaux einen dürren Strauch, *ein Zeichen!*, und ließ nach Wasser graben. Man stieß auf eine braune Flüssigkeit, salzig wie das Meer. Ungenießbar! Hier gab es nichts als diesen heißen Sand, viel feiner als daheim, und bizarre Felsformationen, in denen dämonenhafte Fratzen steckten. Die Sonne brannte gnadenlos herab, als ob Tausende Heizer einen mächtigen Himmelsofen befeuerten. Den Leuten war schlecht – zu viel Sonnenexposition. Ein paar Stunden lang hatte sie die Euphorie über ihre Rettung wie von selbst getragen, aber nun verfestigte sich allmählich das Gefühl, dass sie verloren waren. Nichts als Hitze, Sand, Felsen und das Meer – das, womit heute in Reisekatalogen geworben wird. Aber wenn keine Strandbar um die Ecke ist, keine Hotelanlage, nicht einmal ein Eisverkäufer, dann ist dieses Paradies die Hölle. Es war klar, sie würden hier verenden. Manche beneideten jene, die auf der Medusa geblieben waren, oder die, die es schon überstanden hatten. Andere verloren den Mut nicht, banden sich mit Meerwasser getränkte Tücher um den Kopf, aber auch diese Abkühlung währte nur kurz.

– Ein Zeichen, o Herr, flehte Jean-Pierre, sende mir ein Zeichen, so wie du den Israeliten in der Wüste Manna geschickt hast. Ein Zeichen! Tatsächlich fand man wenig später ein junges, aber totes Schaf. Während der Kopf und die Hinterläufe noch einigermaßen zu erkennen waren, nur aus dem aufgequollenen Auge hing ein gelblich brauner Faden, war der Brustkorb aufgerissen. Die braunen Rippenbögen glichen einem mit Rostkuchen überzogenen Käfig, und darinnen waren, nein, keine Organe, sondern jede Menge handtellergroßer, blassgelber Krabben, die das tote Schaf von innen auffraßen. Maiwetter war vom Anblick dieses Bildes wie erstarrt. War dies das erhoffte Zeichen? Krabben, die ein totes Schaf aushöhlten. Würden auch sie so enden? Als Nahrung für Krustentiere? Und wie er noch darüber nachdachte, stürzten sich schon Soldaten auf den Schafskadaver, brachen Rippenbögen aus dem Brustkorb, schleuderten sie aber sofort, angeekelt von dem heftigen Verwesungsgeruch, der sogar die salzige Meeresbrise übertönte, weit von sich. Das Fleisch unter dem weißen, kurzhaarigen Fell des Tieres war schwarz wie Pech. Niemand wagte es, davon zu essen. Manche versuchten eine Krabbe zu erwischen, doch die Viecher vergruben sich entweder blitzschnell im Sand oder nahmen am Strand Gefechtsstellung mit erhobenen Scheren ein und zerstreuten sich, sobald sich jemand näherte. Während die meisten den Krabben hinterherjagten, sprang Maiwetter auf das tote Schaf, zertrampelte die Rippen und schrie wütend:

– Ein Zeichen wollte ich, ein Zeichen, keine Verhöhnung. Ja, ich kenne das Gleichnis vom Hirten, der die Herde im Stich lässt, weil ein Tier verlorengegangen ist ... aber sind denn nicht auch wir vom rechten Weg abgekommen?

Über ihnen kreischten Seeschwalben. Nahrung! Man warf nach ihnen mit Rippenbögen oder Knochen, an denen Fleischfasern klebten, hart wie eine Drahtbürste. Die Vögel mussten den Geschoßen nicht einmal ausweichen. Lächerlich. Ein paar Hungrige entdeckten kleine Löcher im Sand, gruben verzweifelt nach Krabben, konnten aber keine finden, weil die Sandgruben immer wieder gleich in sich zusammenfielen.

– Das ist sinnlos! Hört auf, eure Kräfte zu vergeuden. Espiaux trieb sie zum Weitergehen an. Die Hungrigen sahen ihn verbittert an. Ihre Gesichter waren verbrannt, jede Berührung schmerzte, selbst das Meerwasser, mit dem sie sich kühlten, brannte. Keine Nahrung! Nichts zu trinken. Nur dieser feine, aufgeheizte Sand, in den sie bei jedem Schritt versanken. Kein Haus, kein Zaun, kein Baum … Außer ballonartig aufgeblasenen Fischleichen mit geleeartigen Augen, die sie nicht zu essen wagten, und leeren Muschelschalen war der Strand wie leergefegt. Nicht einmal angeschwemmte Hölzer waren hier zu finden. Nichts! Trotzdem gaben sie nicht auf, weil sie sich den Lebenswillen nicht ausreißen konnten wie ein Haar, weitergehen mussten, egal, wie schwer es ihnen fiel.

– Habe ich es nicht gesagt, verkündete Richeford, die Wüste ist ein Sumpf, man gerät leicht hinein und nie wieder hinaus.

– Ruhe, Sie hautschlechter Kerl.

Nachdem man sich stundenlang vorwärts geschleppt hatte, entdeckte man Büschel von hohem, hartem Gras, grub, diesmal mit dem Mut der Verzweiflung, und stieß auf weißes, nach Schwefel schmeckendes Wasser. Köstlich! *Danke, gütiger Gott. Wie konnte ich nur zweifeln? Danke!* Jeder trank, so viel er konnte. Jeder fühlte, wie sich diese Milchsuppe in seinen Körper saugte, das Vertrocknete aufweichte. Herrlich. Die wenigen, die noch Stiefel trugen, füllten sie an.

Keine zwanzig Minuten später kamen Koliken, *nein danke*, lief das, was man in sich hineingeleert hatte, als dünner brauner Saft wieder heraus. Doch trotz der Bauchkrämpfe ging man weiter. Die Gedärme glucksten, ihre Hintern brannten, und immer wieder sprang einer zur Seite, um mit dem Arsch zu pissen.

– Und dafür soll ich dankbar sein? O Herr, warum musst du mich so prüfen, jammerte Maiwetter. Um mir zu zeigen, dass ich niemals mutig war? Ja, wir haben das Floß zurückgelassen, und ich habe nichts gesagt, ich habe keinen Einspruch erhoben, aber war es nicht vor allem wichtig, dass ich gerettet wurde, einer, der in deinem Namen kämpft …

– Damals in Indien war es schlimmer, verkündete Richeford.

– Halten Sie Ihr Maul! Espiaux war gereizt. Wer hat die Strandung der Medusa zu verantworten?

– Ja, wer denn? Ich vielleicht? Ein einfacher Passagier? Da gibt es zuerst einmal einen Kapitän und seine Offiziere. Richeford lachte. Espiaux trat wütend in den Sand und biss sich in die Zunge. Eine Ahnung stieg ihm in den Kopf, rannte Treppen rauf, durch dunkle Gänge, Dachkammern und präsentierte sich: Dieser vom Weinwurm zerfressene Richeford, der für ihr aller Unglück verantwortlich war, würde unbescholten davonkommen, während man ihn, der als Erster vor der Arguin-Sandbank gewarnt und dann Leute vom Wrack gerettet hatte, vor ein Gericht stellen würde.

Am späten Nachmittag meinte einer der Soldaten, die kleinen Kinder wären, er rang um Worte, hinderlich. Ständig müssten alle warten. Dabei war jeder bemüht, Abstand zur Picard-Gruppe zu halten, um nicht in die Verlegenheit gebracht zu werden, Hilfe verweigern zu müssen oder, noch schlimmer, einen dieser Bälger aufgehalst zu bekommen. Laura und Gustavus wurden von ihren Eltern getragen, Caroline und Charlotte plagten sich mit Alphonse und Charles junior ab. Die Knaben hatten eingetrocknete Kotspuren an den Beinen, ihre Bäuche schmerzten, und trotzdem quälten sie sich murrend vorwärts.

– Wir werden alle zugrunde gehen, behauptete der Soldat. Alle! Zuerst murmelte er es, als aber niemand widersprach, sagte er es lauter, dass dieses falsch verstandene Mitgefühl allen noch das Leben kosten würde. Obwohl niemand reagierte, mehrten sich die bösen Blicke Richtung Alphonse und Charles junior, die sich immer wieder trotzig in den Sand setzten und das Weitergehen verweigerten. Niemand half ihnen, jeder war in seinem eigenen Trott, in einem langsamen, vom Bewusstsein angetriebenen Gehen, das den Körper hinterherschleppte wie einen willenlosen Knochensack.

– Die wären besser auf dem Schiff geblieben!

– Was wollen die in Afrika? Kleine Kinder! Gehören in die Schule! Wenn man so dumm ist, darf man sich nicht wundern. Selbst schuld. Es ist ungeheuerlich, was die von uns verlangen … immer zu warten … Und die Eltern? So etwas muss man sich doch früher überlegen, bevor man solche Bälger in die Welt setzt …

Als es schließlich einer offen aussprach und meinte, es wäre besser, diese Bremsklötze zurückzulassen, sich nicht länger diesem Kindertempo anzupassen, platzte es aus Picard:

– Ihr Unmenschen! Wisst ihr, was ihr seid? Selbstsüchtig und brutal! Er spürte, wie das Blut ihm in den Kopf schoss, wie die Angst alles andere zur Seite drängte, zückte sein Messer und drohte damit, trotz der an ihm hängenden Laura, die von all dem nicht viel mitbekam.

Leutnants zogen ihre Säbel und wurden von Soldaten angefeuert.

– Macht sie kalt.

Kalt? Was ist das? Der Kopf scheint zu explodieren, die Haut

brennt. *Ich möchte auch kalt werden, angehaucht von einer an-*
genehmen, frischen Kühle.

Und als Picard samt Messer und Laura auf die Soldaten zustürmte, wurde er vom fünfjährigen Alphonse zurückgehalten.

– Halt, Onkel! Lieber bleiben wir allein hier zurück, als mit
solchen Franzosen weiterzugehen. Die sind schlimmer als die
Berberitzen. *Berberitzen? Ein Wortspiel auf Berber?* Hosen-
scheißerköpfe und alte Schmierlappen.

Solche Worte aus einem Kindermund trafen die Soldaten in
ihrer Ehre. Jeder blickte beschämt zu Boden. Manche murmelten Entschuldigungen. Einer ging sogar zu der Gruppe und gab
ihnen seinen mit Wasser gefüllten Stiefel. Die brackige, nach
Fußschweiß schmeckende Flüssigkeit war vorzüglich – obwohl
man unweigerlich dachte, die extrahierte Transpiration von
unzähligen Gewaltmärschen zu trinken.

Dem Sonnenstand nach zu urteilen war es sechs Uhr
abends. Espiaux befahl, Gruben auszuheben, die Schatten
spenden sollten. Während sich alle arbeitsfähigen Männer daran beteiligten, diesen sinnlosen Befehl auszuführen, glaubte
Charlotte, einen Löwen zu erblicken. In der Hoffnung auf
Fleisch und Flüssigkeit lief man todesmutig zu dem Tier, das
allerdings wenig Lust hatte, für das Missgeschick dieser Menschen einzustehen, und selbstsüchtig die Flucht antrat. Vergeblich. Es war wohl auch kein Löwe, sondern nur eine Wildkatze.

Mit dem Sonnenuntergang waren die Gruben fertig und somit nutzlos. Die Menschen hatten nichts zu essen, nichts zu
trinken und froren – manche so sehr, dass sie zitterten. *Läuse-
kälte!* Sie fühlten sich im wahrsten Sinne des Wortes ausge-
brannt. Maiwetter betete um ein Zeichen, Richeford sprach von
Dingen, die vor tausend Jahren geschehen waren, und Espiaux
versuchte ihnen Hoffnung zu machen. »Morgen erreichen wir

Saint-Louis!« Trotzdem stahlen sich Kummer und ein gewisser Rogéry, ebenfalls Mitglied der Philanthropischen Gesellschaft von Kap Verde, davon, um die Wüste allein zu durchqueren.

Als sie am nächsten Morgen aufwachten, lag über der See ein dichter Nebel. Kurz kam Hoffnung auf, er würde die drückende Hitze des Tages etwas mildern. Dann erblickten sie Schatten. Zehn, zwölf Männer hatten sie umringt. Die Berberitzen! Dunkle Menschen mit so großen Turbanen, dass sie kaum mehr als die Augen unbedeckt ließen. Dunkle Pupillen, imprägniert mit Ernst. Die Jungen hatten eine samtige Haut, *wie in Kakao gewälzt*, die Alten waren voller Falten – *Orang-Utans*. An den Gürteln hingen silberne Krummsäbel, und in ihren Händen hielten sie zweiläufige, mit Perlen besetzte Musketen.

Die Rettung! Ja, was sagen wir denn da?

– Ein Zeichen, murmelte Maiwetter. Endlich. Für einen Moment gestattete er sich ein paar erfreuliche Gedanken.

– Das freut mich, sprang Picard auf und streckte den stummen Tuareg die Hand entgegen. Mein Name ist Charles Picard, Notar, Besitzer einer Baumwollplantage. Das hier ist meine Familie. Laura, meine Frau, Alphonse, Charles junior, Charlotte … *Wehe, ihr rührt meine Töchter an.* Wir sind vernünftige, zivilisierte Menschen, die darauf vertrauen, die Dinge mit Worten zu regeln, Ihr Erscheinen ist ein großes Glück, wir sind nämlich mit unserem Schiff gekentert und nun kurz davor zu verdursten … was besonders für mich als Vater von fünf Kindern … Weiter kam er nicht, denn die hysterisch kreischenden Wüstenbewohner knüppelten ihn mit den Musketen nieder.

– Dieser Trottel, stöhnte Adelaïde. Alle anderen erstarrten.

Jetzt ist es aus! Die Menschenfresser! Sie werden uns köpfen und verspeisen.

– O mein Gott, warum hast du mich verlassen? Warum hast du so ein Zeichen geschickt. Maiwetter bekreuzigte sich. Heilige Devota, wie kannst du sowas zulassen?

Der sich am Boden windende Picard begann zu schluchzen. Alles, was er bisher unterdrückt hatte, brach aus ihm heraus. *Die Dokumente, die Tasche mit dem Gold ...* Die Berber, Tuareg aus der Region Trarza, für die weinende Männer eine Schande waren, warfen ihm Sand in die Augen, damit sie trockneten.

Niemand verstand etwas von dem hohen schrillen Singsang ihrer Sprache (Tamasheq). Einzelne Wörter wie bismillah, hamet, salam aleikum, sidi, ellenzeg, effendag, jmal und funta waren auszumachen. Und immer wieder der Schrei »kalb annasrani«. Es war etwas Pikantes in diesem Moment, denn einen Augenblick lang hatten manche der Gestrandeten tatsächlich an Rettung geglaubt. Als sie aber den verprügelten Picard sahen, selbst hochgerissen und angebrüllt wurden, wurde ihnen klar, was die Wüstenmenschen wollten.

Jetzt ist es aus! Die essen uns!

– Manchmal denke ich, die heilige Devota ist nicht bei Sinnen. Wie kann sie uns nur in so eine Situation bringen? Was denkt sie sich dabei?

Die Wüstenbewohner schrien:

– Kalb an-nasrani. Allahu akhbar.

– Leistet keinen Widerstand, flüsterte Espiaux. Und verschweigt, wenn ihr ein Handwerk beherrscht, sonst lassen sie euch nie mehr frei. Seid höflich. Zeigt ihnen, wir ergeben uns. Lächelt!

Aber darum ging es den Berbern nicht. Jeder von ihnen zerrte an ein, zwei, drei Menschen, trieb sie zu einem Platz, holte andere hinzu, brüllte sie an. Da begriffen die Europäer, hier ging es nicht um den Austausch von Höflichkeiten, sondern um Besitz. Jeder Tuareg versuchte, sich so viele Menschen wie möglich unter den Nagel zu reißen.

– Die haben ein seltsames Verständnis von Eigentum, erklärte Richeford. Alles, was unbemerkt gestohlen wird, gehört hier rechtmäßig dem Dieb. Ich weiß noch, als ich damals in Bessarabien …

– Halten Sie Ihr Maul! In Espiaux begann es zu zittern, erst in den Beinen, bald im Bauch, bis es schließlich seine Mundwinkel erreichte. Es war nicht die Angst, sondern die Verantwortung, der er sich nicht mehr gewachsen fühlte. Doch die Wüstenmenschen beachteten ihn nicht, niemand beachtete ihn. Es ging zu wie bei einer Plünderung, nur dass das Diebsgut Menschen waren.

– Gütiger Gott, was hast du mit uns vor?

Sobald die Aufteilung vollzogen war, wurden die Schiffbrüchigen wie eine Ziegenherde durch den Sand getrieben. Die Picards waren getrennt worden, bettelten, zusammenbleiben zu dürfen, doch es nützte nichts. Ein Soldat, der flüchten wollte, wurde geprügelt, bis ihm Blut aus den Ohren lief. Weniger das flehentliche Bitten Espiaux', das ignoriert wurde, mehr der Gedanke, dass ein toter Sklave wertlos sei, brachte den Peiniger zur Besinnung. Kalb an-nasrani. War das ihre Rettung? Diese dunklen Augen unter Unmengen Stoff? Oder nur ein Traum?

– Die heilige Devota kann nicht ganz bei Trost sein.

Sie mussten zwei Stunden gehen, gerieten in einen leichten Sandsturm, hatten Sand in den Augen, im Mund, in der Nase, in den Ohren, zwischen den Zehen, in der Arschfalte, im Nabel, im Blut, im Hirn, überall Sand … zwei Stunden, in denen keiner ihrer Führer sprach, bis sie einen Wadi erreichten, Hirtenzelte erblickten, Kamele und Ziegen. Zivilisation! Noch waren sie nicht so tief gesunken, um sich völlig aufzugeben, noch glaubten sie an die Wörter »Rettung« und »Rückkehr«, auch wenn sie vom Sand ziemlich abgeschliffen waren.

Nackte, brüllende Kinder stürzten sich auf sie, zwickten sie, rissen an ihren Haaren, besonders an den blonden, und bewarfen sie mit Sand. *Großer Gott! Ist das die Strafe dafür, dass wir das Floß zurückgelassen haben?* Frauen, die ihr Haar mit Fischöl frisiert und mit Muschelschalen geschmückt hatten, schnitten den Nachwuchsoffizieren Mantelknöpfe ab. *Kalb an-nasrani.* Dem Missionar rissen sie das Kreuz vom Hals und lachten. *Heiliger Petrus!* Diese Menschen rochen herb, holzig und nach starkem Tee, aber rundherum stank es nach Kameldung und Urin, nach faulem Wasser und verrotteten Fischresten. Außer ihren Tieren und dem Kameldung, den sie in Pfeifen aus Ziegenknochen rauchten, schienen diese Wüstennomaden nicht viel zu besitzen. Vielleicht noch kurze Handbesen aus Stroh, mit denen die Frauen ständig vor den Zelten kehrten. Genauso absurd wie dieses Zusammenkehren der Wüste erschien den Europäern auch ihre Situation.

Man verbot ihnen, in die Zelte zu gehen, und machte unmissverständlich klar, was man von ihnen hielt: Kamelscheiße. Wenn einer aufbegehrte, wurde er geschlagen. Wenn einer verzweifelt schrie, dass er vor Hunger und Durst beinahe umkomme, wurde er geprügelt.

– Das Mindeste, was wir erwarten dürfen, ist, dass man uns wie Menschen behandelt, flüsterte Adelaïde. Auch wenn hier überall Wüste ist und …

– Sei bloß still. Picard hielt seine Hand vor ihren Mund. Mit denen kannst du nicht so keifen wie mit mir.

– Wenn man uns nicht bald zu trinken gibt, drehte sie den Kopf weg, werde ich dem Gigl einen Brief schreiben.

– Wer ist denn der Gigl?

– Na, König Ludwig! Ich bin mir sicher, wenn der von einer solchen Unfreundlichkeit erfährt, wird er diesen Kameltreibern den Krieg erklären.

– Seien Sie nicht so naiv, grinste Richeford. Ihr Gigl wird einmal aufstoßen, den Kopf schütteln und »tsstsstss« von sich geben. Mehr nicht.

– Und alles, weil wir das Floß im Stich gelassen haben. Gütiger Gott, verzeih uns …

– Ruhe, Sie Betbruder. Wenn die Kameltreiber spitzbekommen, dass Sie ein Missionar sind, schneidet man ihnen sowieso die Zunge ab.

– Wirklich?

Sie bekamen weder zu essen noch zu trinken. *Hier ist es so heiß, dass man auf dem Boden Eier braten kann.* Ihre Haut hatte sich abgepellt, und auf dem darunterliegenden Fleisch waren Bläschen entstanden. Besonders schlimm war es für Hellhäutige wie Charlotte und Caroline. Gut, dass man damals noch nichts von Melanomen und Karzinomen wusste, von UV-Strahlung und Hautkrebs. Selbst als Picard schüchtern auf seine kranken Kinder hinwies, erntete er nichts als Spott und Hohn. Und dabei warfen sich diese Wüstenbewohner ständig in den Sand und schrien Gebete Richtung Osten.

Irgendwann kam ein Alter mit grauem, krausem Haar und zerfurchtem Gesicht. Mit Peitschenschlägen trieb er einen kohlschwarzen Kamelhirten an, schrie in seiner hysterischen Sprache etwas zu den Schiffbrüchigen, deutete auf den Schwarzen, Richtung Himmel und zu den Gestrandeten, dann hielt er ein Buch in die Höhe und sagte etwas von Allah.

– Er will, dass wir Moslems werden, flüsterte Richeford.

– Niemals, schüttelten ein paar den Kopf.

Da brüllte der Alte noch lauter und zog dem Schwarzen die

Hose runter. Das, was sie jetzt zu Gesicht bekamen, hatten sie noch nie gesehen. Nicht etwa ein langes eselhaftes Geschlecht mit zitronengroßen Hoden, sondern, alle sahen unweigerlich hin, einen völlig mit Nähten verstümmelten Schoß.

Während die Männer sofort wussten, was das bedeutete: *Ein Eunuch!*, waren Caroline und Charlotte, die nur eine sehr vage Vorstellung vom männlichen Geschlecht hatten, sprachlos. Das, was sie sahen, erinnerte an ihre eigene Mumu, wie sie sie nannten – nur war diese hier zerstückelt und geflickt.

Der alte Berber lachte, und der Schwarze zog sich schnell die Hose wieder hoch.

– Wenn wir uns nicht zum Koran bekennen, wird man uns auch so verstümmeln.

Als die Dämmerung hereinbrach, kam ein Tuareg mit einer Ziege im Arm, rief »Bismillah! Bismillah!«, wandte sich nach Osten, schrie etwas und schnitt dem Tier den Kopf ab.

– O mein Gott, entfuhr es Caroline.

– Und diesen Wilden will ich den Geist des katholischen Glaubens bringen? Maiwetter biss sich auf die Lippen. Den Glauben an unseren Erlöser Jesus Christus?

Nachdem man das Blut in einer Holzschale aufgefangen hatte, griff der Tuareg in den Ziegenkörper und holte sehr behutsam Krabben?, nein, Fleisch und Knochen hervor, ohne dabei das Fell zu beschädigen. *Wie ein Schrumpfkopfproduzent.* Dieses achtlos in den Sand geworfene Fleisch war für die Gefangenen ein Festschmaus, gierig verzehrten sie es gleich roh. Sogar den Ziegenkopf kratzten sie mit ihren Händen aus und schlangen den hervorgeholten Brei in sich hinein. Jetzt waren sie die Krabben. Etwas später kam der lachende Berber noch einmal mit grünlichen Schläuchen, die er ihnen hinwarf.

– Was ist das?

– Kameldärme! Wie damals in den Barbareskenstaaten, verkündete Richeford. Ich war ja anno 99 in Marokko, kurz bevor die Pest ausbrach …

Die Schiffbrüchigen schmissen die Därme in ein Feuer und verzehrten sie mitsamt den halbverdauten Füllungen. Nachts, als die Kamele so weit abgekühlt waren, dass sie gemolken werden konnten, kamen Frauen mit Schüsseln voll Kamelmilch. Kalb an-nasrani. Zwei von ihnen hatten derart lange Brüste, dass sie die am Rücken festgebundenen Kleinkinder stillen konnten. Sie steckten einfach den aus dem Stoff heraushängenden Busen durch die Achselhöhle und die Zitze in den Kindermund.

– Die geben Kamelurin zur Milch, sagte Picard. Soll gesund sein.

– Sehr appetitlich! Caroline war kurz davor, sich zu übergeben. Und hätte ihr Vater nicht damit begonnen, von den einzigartigen Fähigkeiten dieser Wüstenschiffe zu schwärmen, die in der Lage waren, die Hitze des Tages für die kalte Nacht zu speichern, sie hätte nichts bei sich behalten.

– Schaut einmal, wie schmutzig ihre Kinder sind. *Verschmierte Münder, verfilztes Haar.* Das machen die, damit sie nicht gestohlen werden.

Tags darauf verwandelte sich die kleine Siedlung in eine Karawane. Schon in der Morgendämmerung wurden die Zelte abgebaut und mit geschickten Handgriffen den einhöckrigen Kamelen umgebunden. Bald darauf ging es durch die Wüste. Die Schwächsten wurden auf Dromedare verfrachtet, wussten aber nicht, wie sie sich an den einen Höcker klammern sollten. Die barbusigen Frauen machten sich darüber lustig und schrien mit ihren schrillen Stimmen in ihrer unbekannten Sprache, die wie ein Klatschen klang. Kalb an-nasrani.

– Was heißt das eigentlich?

– Christenhund! Das kam von Lapeyrère. Der Dritte Offizier hatte seit Tagen nur geschwiegen. Jetzt sahen ihn alle hoffnungsvoll an. Wusste der etwas, was hier von Nutzen war? Barg sein Schweigen ein Geheimnis?

– Sprechen Sie Arabisch?

– Nein, schüttelte der Trappistenmönch den Kopf und war wieder stumm wie zuvor.

– Was heißt bitte, danke, Essen, Durst in der Berberitzensprache?, wurde er bestürmt. Doch von Lapeyrère kam keine Reaktion.

– Sagen Sie uns wenigstens, wie man Guten Tag wünscht, um Hilfe bittet oder … Nichts! Lapeyrère schwieg.

– Danke. War schön, mit Ihnen zu reden.

So ging es tagelang durch flaches Wüstenland, schattenlose Leere, Sandlandschaften und Geröll. Sie bekamen eine Ahnung vom Rausch der Wüste, weshalb es in so einer unwirklichen Landschaft nur einen Gott geben konnte, man hier zum Monotheismus gefunden hatte. Sonst aber gab es nichts weiter als nach Sellerie schmeckende Wurzeln und abends etwas Kamelmilch. Tagsüber hatte es fünfzig Grad im Schatten, nachts kühlte es auf zwanzig Grad ab. Denjenigen, denen man die Stiefel nicht genommen hatte, fielen wegen der Hitze die kleinen Holzstifte aus den Sohlen, woraufhin sie sich regelrecht auflösten.

– Ich bin dafür nicht geboren, jammerte Adelaïde, aber mein Mann, dieses selbstsüchtige Hamsterhirn … Sie hatte einen entzündeten Spinnenbiss am Hintern und konnte nicht reiten.

– Das ist die Strafe dafür, dass wir das Floß zurückgelassen haben. Das kam von einer der Lafitte-Schwestern. Die drei hatten sich seit der Ausbootung völlig ruhig verhalten, trauerten sie doch noch immer ihren Waren hinterher. Jetzt freundeten sie sich allmählich mit dem Gedanken an, ihre künftige Existenz als Haremsdame zu verbringen. Was sonst sollten diese Berberitzen mit ihnen vorhaben? *Die verkaufen uns an einen Sultan in Damaskus oder an einen Großmufti in Timbuktu. Blonde Frauen sind begehrt. Ich habe gehört, dass die Bäder in so einem Harem sehr schön sein sollen ... und erst die Gärten ... Dattelpalmen ...*

– Mit dem Floß hat das nichts zu tun, sondern mit einem schwachen Offizier, der unbedingt an Land musste. Das kam nun von Richeford, dem der Durst, die Hitze und das Gehen nichts auszumachen schienen. Wahrscheinlich hatte er noch so viel Rotwein in sich drin, dass sein Körper diese Abstinenz vorerst gar nicht mitbekam.

Es war eine karge, aber faszinierende Landschaft mit herrlichen Lichtstimmungen. Besonders die Sonnenaufgänge boten ein grandioses Spektakel, das aber von den Gestrandeten mit derselben Gleichgültigkeit hingenommen wurde wie die traurigen Melodien, die die Wüstenbewohner abends ihren primitiven Geigen entlockten. Manchmal erschien ihnen das ausfließende Morgenrot sogar bösartig, empfanden sie die glitzernden Sonnenreflexe auf den Sanddünen als scharfe Glasscherben für die Netzhaut.

– Wo bringen die uns hin?

– Selbstverständlich nach Saint-Louis.

– Uns wird man wohl zu einem Sultan bringen, meinte Francine.

– Darum hat man uns auch den Eunuchen vorgeführt, bekräftigte Germaine.

– Aber warum achtet man nicht mehr auf unseren Teint, fragte Ghislaine.

– Oder nach Timbuktu, was übrigens die Frau mit dem großen Geschlecht bedeutet.

Nach drei Tagen ununterbrochenen Wanderns hatte sich bei einigen das Zahnfleisch schwarz gefärbt, bei anderen rasselte die dehydrierte Lunge. Ihre Augen waren entzündet, und die Schleimhäute sahen aus wie gedörrtes Schneckenfleisch. Der Geist der Wüste kroch in ihre Körper, blies heißen Saharawind durch ihre Köpfe, trocknete sie aus. Alle waren aufs äußerste gereizt. Erstes Stadium der Dehydration. Manche hatten einen pelzigen Mund und eine geschwollene Zunge, so dass sie kaum noch sprechen konnten. Drittes Stadium. Bei der kleinen Laura war das Hörvermögen geschwächt, und wenn sie etwas sagte, war es verworren:

– Wo ist der Himbeerhund? Frisst er Kaninchenaugen?

– Hat sie die Pest?, fragte Alphonse.

– Die Pest gibt es nicht mehr.

– Und wenn man rote Punkte hat?

– Auch dann nicht!

Lauras Gesicht war aschfahl, mit einem leichten Stich ins Violette. Gespenstisch. Und keine Rettung in Sicht. Nur Sandstürme – ein ockerfarbener Schleier am Horizont. Wenn es nicht so trostlos wäre, schön. Ein Spaziergang auf dem Mond könnte romantischer nicht sein. Aber es war kein Spaziergang, sondern ein Gewaltmarsch, ein Wettlauf mit dem Tod.

Einige brachen zusammen, weinten. Sogar die Lafitte-Schwestern waren jetzt überzeugt, dass ihr künftiger Haremsfürst entweder ein rechter Knauser oder ein Unmensch war. *Warum tut man uns das an? Wir werden als dürre Vogelscheuchen ankommen, aber dann darf sich dieser Sultan nicht beschweren, das hat er dann nämlich davon …*

Beinahe jeder hatte die Hoffnung aufgegeben, jemals wieder

die Heimat zu sehen. Frankreich, Europa oder auch nur eine grüne Wiese mit einer Kuh – das alles war unendlich weit entfernt. *Gott hat uns verlassen.* Sie klammerten sich an ihr Leben, nein, das Leben selbst hielt daran fest, doch wie zwischen den ständig hin- und hermahlenden Kamelkiefern wurde alle Erinnerung, jeder Wille zermalmt. Sämtliche Gedanken an ihre Familien waren verdrängt, sie dachten, wenn überhaupt, dann nur an Essen und die abendliche Kamelmilch. Manche schwärmten von dem rohen Ziegenfleisch, andere von der halbverdauten Kamelscheiße. Einige begannen ihre in Fetzen herabhängende Haut zu knabbern, andere phantasierten von Birnenkuchen, Feigen, Zwiebeltorten. Als man kleine, nach Erde schmeckende Schnecken fand, grenzte ihre Freude fast an Irrsinn. Was für ein Festmahl.

Noch immer wusste niemand, die Lafitte-Schwestern ausgenommen, was diese fremden Menschen, diese Achmets, Hameds, Abdullahs, Fatimas, Enzimas und wie sie alle hießen, mit ihnen vorhatten. Diese Berberitzen schnalzten ständig mit der Zunge und amüsierten sich damit, die Wunden der Schiffbrüchigen mit Stöcken zu traktieren. Sie blieben einander fremd. Herren und Sklaven, von denen keiner den anderen als Angehörigen derselben Gattung akzeptierte. Als am vierten Tag Wolken aufzogen und die Europäer jubeln wollten, wurde ihnen das Sprechen verboten. *Heiden!* Ja, es wurde ihnen sogar untersagt, in den Himmel zu blicken.

– Um die Wolken nicht zu vergrämen, erklärte Richeford.

Als es dann tatsächlich einen kurzen, heftigen Regenguss gab, verboten ihnen die Wüstennomaden, den Mund aufzumachen, und verhüllten sich mit Decken. *Spinnen die?*

– Baden ist tabu. Sie haben Angst, ihre Schweißdrüsen zu schädigen. *Kameltreiber!*

Erst als der kurze Schauer vorüber war, begannen sie mit Stofffetzen das Nass vom felsigen Boden zu saugen, um sie später auszuwringen. Die Europäer aber stürzten sich auf jeden Tropfen, leckten Steine ab.

Am schlechtesten ging es der kleinen Laura, die mehr tot als lebendig war. *Bestimmt die Pest!* Nachdem die Wüstenbewohner Picard tagelang bedrängt hatten, sie von ihnen behandeln zu lassen, gab er schließlich nach und stimmte zu. Maiwetter war dagegen:

– Das Mädchen braucht die Sterbesakramente, damit seine Seele gerettet wird. Es von diesen Heiden behandeln zu lassen ist eine Sünde. Beten Sie lieber fünfzig Vaterunser.

– Geben Sie Ruhe, fauchte Picard. Als er aber sah, wie die Nomaden seiner Laura mit einem erhitzten Messer Schnitte in der Kopfhaut zufügten, was das völlig apathische Mädchen tapfer über sich ergehen ließ, kamen ihm Zweifel. Das austretende Blut war dick wie Sirup, aber Picard war zu schwach, um dabei irgendetwas zu empfinden. Obwohl er direkt daneben stand, erschien ihm das Geschehen unendlich weit entfernt. War das seine über alles geliebte Tochter, die er tagelang getragen hatte? Der er nachts mehrmals den Handrücken auf die Stirn gelegt hatte, um zu sehen, ob sie fieberte, was jedes Mal, weil sie entweder kochte oder kalt war, zu einem kleinen Schock geführt hatte. Und jetzt? Warum empfand er nichts? Laura! Die Berber schnitten ihr Muster in den Kopf und spritzten Kamelurin darauf. Und er? Warum krampften sich seine Magennerven nicht zusammen? Warum betrachtete er alles das völlig gleichgültig? Selbst der Priester schien mehr zu empfinden als er. Am nächsten Morgen ging es dem Mädchen aber besser.

– Kauterisation, erklärte der Schiffsarzt Bertoni, der sonst so schweigsam war wie Lapeyrère.

– Kauterasi…? Blödsinn! Weil ich ein Gelübde abgelegt habe, widersprach Maiwetter. Nur deshalb geht es diesem Mädchen besser.

– Ist sie von der Pest geheilt, wollte Alphonse wissen.

Am fünften Tag ihrer Wanderung hatte der Schleier am Horizont plötzlich eine andere Farbe. Sie hörten ein Brüllen und fürchteten ein Erdbeben. Doch es war das Meer. Ein Wiedersehen mit ihrem alten Feind, der ihnen nun wie ein lang vermisster Freund vorkam. Diesmal zeigte sich die See von ihrer besten Seite. Man sah die Argus! Ja, keine Einbildung, da war dieselbe Brigg, die man zuletzt bei Finisterre gesehen hatte. Nun stand dieser Bote einer fernen Welt im Wasser und verkörperte die Rettung. Eine Rückkehr in ihr altes Leben. Die Europäer fielen sich in die Arme, sprangen, schrien, sangen – und wurden von den Tuareg geschlagen. Von der Argus kam keine Reaktion. Konnte es sein, dass das Schicksal sie noch mehr demütigte, das Schiff einfach vorbeifuhr? Erst als man ihr mit Flaggen aus Kleidung Zeichen gab, kam als Reaktion ein Kanonenschuss. *Bravo!* Bald wurde, sie sahen es vom Ufer aus, ein Beiboot zu Wasser gelassen, das aber an der starken Brandung scheiterte. Espiaux wollte durch die Brecher schwimmen, doch die Nomaden hielten ihn zurück. So sah man zwar die Matrosen in dem Beiboot, konnte sich aber nicht mit ihnen verständigen. Ob die auf der Argus wussten, wer sie waren? Zumindest fuhr man mit dem Beiboot nahe an die Brandung und warf kleine Wein-, Wasser- und Mehlfässer ins Wasser, die bald darauf ans Ufer gespült wurden. Dann fuhr zum Entsetzen der Gestrandeten die Brigg davon. Die Wüstenbewohner aber waren verändert, fröhlicher, fast herzlich. Keine Rede mehr von Schlägen oder Kastration. Sie beschafften einen Ochsen von einer nahe gelegenen Siedlung und veranstalteten ein Fest.

Dass inzwischen längst Unterhändler in Saint-Louis gewesen waren, um für jeden Schiffbrüchigen hundert Dollar Lösegeld zu kassieren, ahnten die Gestrandeten nicht. Nun gab es ein Bacchanal, bevor sie am nächsten Tag übergeben wurden. Die Tuareg tanzten, sangen, rauchten, tranken Wein, beteten und rissen den Gefangenen die letzten Kleider vom Leib. Den Blonden und Rothaarigen schnitt man auch die Haare ab. Glücksbringer? Souvenirs? Noch immer waren ihnen diese Wüstenmenschen fremd.

– Gottlose Brut, fluchte der Missionar, bekam aber so wie Espiaux und Richford einen Teller Suppe, worin als Zeichen besonderer Ehrerbietung ein Schafsauge schwamm.

– Es wäre eine Beleidigung, das nicht zu essen, belehrte Richeford. Auch mir wäre ein Glas Rotwein lieber, aber bevor ich mich schlagen lasse … So schluckte sogar der Missionar die in ihrer Konsistenz an einen gekochten Eidotter erinnernde Kugel und bemühte sich zu lächeln.

Als sie am nächsten Tag Saint-Louis erreichten, hob jeder den Kopf und streckte die Brust heraus. Ein Triumphzug. Alle waren bester Laune, nur die Lafitte-Schwestern, geschoren wie Galeerensträflinge, trauerten ein wenig ihrer eingebildeten Haremsdamen-Karriere hinterher.

Jeder war erschienen, jeder, nur nicht Schmaltz und de Chaumareys. Der Gouverneur wie auch der Kapitän fürchteten die bösen Blicke der Geretteten. Sie hatten Angst, jemand könnte mit dem Finger auf sie zeigen und sie des Mordes beschuldigen. So standen vor allem englische Soldaten und Schwarze auf der Straße und sahen sie an wie fremdartige Wesen. Gleichgültigkeit lag in ihrem Blick, aber sie wussten ja nicht, was die Ankömmlinge, es waren Pi mal Daumen exakt hundert Menschen, durchgemacht hatten. Der englische Gouverneur, leger wie immer, hielt eine kleine Rede, die darauf hinauslief, dass er nur ein einziges französisches Wort kenne, was aber mit seinen verschiedenen Betonungsmöglichkeiten völlig genüge, das auszudrücken, was die Passagiere der Medusa erlebt, aber auch was sie ihn gekostet hätten: putain (Hure)!

Die Wüstendurchquerer konnten erst nicht glauben, dass es immer noch Häuser und Bäume gab, rot blühende Sträucher und Menschen, die adrett angezogen waren. Weggeworfene Fische, Mangos, Eidechsen an den Wänden – alles erschien ihnen wie ein unglaublicher Überfluss. Überall, wo sie hinblickten, sahen sie Reichtum und Verschwendung. Nur dass auf allem schwarze Punkte saßen. Grün schimmernde Fliegen. Zu viele, um sie zu verscheuchen.

Picard sah den mattgrauen Senegal, die bunten Pirogen der Fischer und die zweistöckigen Häuser im Kolonialstil mit den hölzernen Fensterläden. Seit seiner Abfahrt vor sieben Jahren hatte sich nicht viel verändert. Aber war er in Hochstimmung? Nein, er verfluchte seine Entscheidung, hierher zurückzukehren.

Die Schiffbrüchigen wurden im Lazarett der Kaserne oder bei Privatpersonen untergebracht, gebadet und mit Öl eingerieben. Man gab ihnen Maniok, Reis, Süßkartoffeln, Hühnerfleisch, was sie wie verrückt in sich hineinstopften, und organisierte eine Kleidersammlung, um sie neu ausstaffieren zu können. Doch waren die Geretteten glücklich? Ihre Füße brannten, und noch tagelang hatten sie das Gefühl, über heißen Sand zu laufen. Abends im Bett hoben und senkten sich die Wände, schaukelte es im Kopf, zuerst vom Schiff, dann vom Dromedar. Es war seltsam: Hatten sie sich zuerst nur nach der Zivilisation gesehnt, so vermissten sie nun die Wüste, die Tuareg, den heimeligen Geruch der Kamelscheiße.

– Aber wenn du denkst, dass ich dafür eine Wallfahrt mache, heilige Devota, dann hast du dich getäuscht. Die Wüstenwanderung war Buße genug. Findest du nicht?

D wie Jones

Als Dienstag, den 9. Juli, die Sonne aufging, waren weitere zehn Leichen auf dem Floß. Aber nicht die Toten erregten Savignys Entsetzen, nicht die abgemagerten, bärtigen Gesichter der Lebenden, sondern die Kinder. Leon und Arnaud. Hier konnte keine Kauterisation helfen. Die beiden lagen halb bewusstlos da und hauchten unzusammenhängende Sätze. Arnaud glaubte, durch Paris zu spazieren, flüsterte etwas von den Tuilerien, Notre-Dame, von der Place de Carrousel und der Pont Saint-Michel mit ihren steinernen Pokalen. Leon kauerte leblos im Schoß Coudeins, der betete. Moses' Puls war verlangsamt, die Augen verdreht. Der Arzt wollte ihm Wein geben, doch Griffons Blick, kalt und scharf wie das Messer einer Guillotine, hielt ihn zurück.

Corréard zählte und kam auf achtundzwanzig Männer, zwei Kinder und eine Frau – Marie-Zaïde, die trotz ihrer gebrochenen Hüfte unzüchtige Angebote machte.

– Schatzi, beschütze mich, und ich gehöre dir, flötete sie mit einem breiten Grinsen, obwohl ihr die unterdrückten Schmerzen anzusehen waren. Was ist? Glaubst, ich habe Draht in der Unterhose? Soll ich dir die Trüffeln reiben? Weder Jean-Charles noch François, *nicht einmal der*, oder Kimmelblatt reagierten. Nur der vollbärtige Cousserolle meinte:

– Die Dame will mir ihr Schloss zeigen? Die Gemächer der Königin? Die Orangerie, die Gemäldegalerie und das Verlies. Aber hat sie denn Himbeersaft für die Glühwürmchen? Da merkte auch die Marketenderin, der Segelmacher hatte den Verstand verloren. *Plemplem! Kein Neptun mehr.*

Savigny blickte diesen amourösen Avancen gelangweilt zu. Wie hatte diese Schwarze einmal gesagt? Europa hat die Uhr, Afrika die Zeit. *Sie muss unerträgliche Schmerzen leiden, und trotzdem glaubt sie noch an Rettung.*

– Was glotzt du so, Doktorchen, fuhr sie ihn an. Ich fress dich nicht. Komm her, und ich nehme ihn in den Mund. Unwillkürlich zog sich ein Grinsen in ein paar Gesichter, aber die Männer waren zu müde, um zu lachen. Savigny tat, als hätte er nichts gehört. *Die nimmt ihn in den Mund? Sie ist reizvoll. Ein schönes Gesicht mit runden Backen. Schwarz wie Kaffee. Ambrosia! Dann noch dieser Haarwulst auf dem Kopf, geflochtene Spinnenbeine … wie ein Hahnenkamm … eine feuchte Darkiemuschi … Darkie sagt man nicht mehr … Irgendwann wird man auch Neger, Mohr oder Bimbo als Beleidigung empfinden …* Aber seltsam, er spürte nicht die geringste Erregung. Irgendwo in seinem Gehirn gab es eine Region, die sich erinnerte, dass da einmal etwas gewesen war. Doch die Wege dorthin waren verschüttet, die Türen verschlossen. War er impotent geworden? *Interessante Beobachtung!* Er konzentrierte sich auf Bilder, die ihn früher erregt hatten, auf die Brüste seines Kindermädchens, das Mädchen aus der Nachbarschaft, dem er heimlich beim Pinkeln zugesehen hatte, die Huren von Rochefort. »Na, Schatzi? Kommst mit, Schatzi? Magst mich lecken, Burschi?« Aber nichts brachte Bewegung in seine Lenden. Sein kleiner Henri hatte sich verkrochen und fühlte sich tot an. Er wollte nicht vor den anderen die Hand auf sein bestes Stück legen, *seltsames Schamgefühl inmitten von Leichen*, aber immer, wenn er wie unabsichtlich anstreifte, war es, als berühre er eine tote Ratte. Zeugungsunfähig? Impotent! Vorbei die Zeit, da kein Astloch vor ihm sicher war. Ein Eunuch! Was war mit seiner Stimme? Ein Glöckerl im Falsett? Er hielt sich die Hand vor den Mund und sprach ein paar Sätze hinein. Alles in Ordnung. Trotzdem, sollte er das hier überleben, würde er den Kapitän auf den Verlust seiner Manneskraft verklagen. *Arme Josephine.*

Plötzlich sprang Coudein auf, schüttelte und ohrfeigte Leon:

– Verdammt, was tuist dui? Moses! Glaubst dui, dich davonschleichen zui können? Was fällt dir ein? Dui gehst einfach? Dui beschissener Feigling! Es geht mich zwar nichts an, aber das fuinktioniert nicht. Moses! Leon! Bleib da! Gott im Himmel! Dageblieben!

Savigny fühlte sich genauso schlaff wie sein kleiner Henri, dennoch rappelte er sich hoch und sah dem Schiffsjungen in die Augen. *Puls? Nein! Atem? Nichts!* So konnte er nur den Tod Leon de Palms feststellen. Coudein sah ihn an, und der Arzt schüttelte den Kopf.

– Nichts mehr zu machen. Vielleicht ist er zur rechten Zeit gestorben … bevor er noch mehr leidet. *Tot! Hat das irgendeinen Sinn? Gibt es daran irgendetwas zu verstehen?*

– Wir sollten ein Gebet sprechen. Niemand hatte die Kraft dazu, nicht einmal Coudein, der aus Verzweiflung lachte. Glucksende Ui-Laute. Er wollte sie unterdrücken, doch es ging nicht. So purzelten die Uiuiuis aus ihm heraus. Ein Gebet?

Man trug den Toten zum Floßrand und durchsuchte, bevor man ihn ins Wasser gleiten ließ, seine Hose: ein kleines Amulett und ein Brief von seiner Mutter. Die Schrift war verwaschen, aber wer sich anstrengte, konnte lesen:

– Bester Leon, geliebter Schatz. Pass gut auf dich auf. Ich empfehle dir, jeden Tag zu beten und dich gut aufzuführen, dann wirst du dich bald einleben und gesund zurückkommen … Du wirst sehen, diese Seereise wird dich kräftigen … Du kommst als Mann zurück …

– Jeden Tag zu beten …, gluckste ein hysterischer Coudein. Sonst sagte niemand etwas, als dieser junge Körper im Meer versank, und doch hatte jeder ein mulmiges Gefühl. Mitleid? Nein, jeder Tote erhöhte die eigene Überlebenschance. Aber dieser zwölfjährige Bursche sollte an einem Fluss sitzen und fischen, auf Bäume klettern und Vogelnester ausnehmen, Beeren sammeln oder mit anderen Knaben eine Steineschlacht machen, anstatt hier an diesem unwirklichen Ort Davy Jones geopfert zu werden. Sein ins Meer gerutschter Leib bäumte sich noch einmal auf, kam zurück an die Oberfläche, als wollte er sagen, das war nicht das Leben, das ich mir vorgestellt hatte. Eine Weile sah man ihn schwimmen, dann trieb ihn die Strömung fort, verschluckte ihn das Meer. Viktor dachte daran, wie dieser Leon die neunschwänzige Katze aus dem roten Sergebeutel genommen hatte, wie er ihn vor der Kapitänskajüte getroffen, später mit ihm Likör getrunken hatte. Das war Jahre her. Jahrzehnte. Mitleid? Nein, auch er war nicht imstande, den toten Jungen zu beweinen. Niemand vergoss nur eine Träne, zu allgegenwärtig war der Tod, zu selbstverständlich, zu banal.

– Schuld ist dieser Jude, schrie der kleine, nicht mehr ganz so dicke Oberfeldwebel. Die Juden zersetzen unser schönes Frankreich, unterwandern alles.

– Du stirbst als Nächstes, nebbicher Goi, antwortete Kimmelblatt in sachlichem Ton.

Jean-Charles, dem die Nähe zur Marketenderin unangenehm war, ging ganz selbstverständlich, als hole er Butter aus der Küche, zu einer Leiche und schnitt ein Stück heraus. Schmatzend meinte er:

– In zweieinhalb Wochen beginnt Ramadan. Wenn ich bis da nicht zugelegt habe, überlebe ich den Fastenmonat nicht.

Alle anderen lagen erschöpft herum, waren in sich selbst verkrochen, in Gedanken und Erinnerungen. *Vielleicht sind wir die letzten Menschen auf der Erde? Vielleicht gibt es niemanden mehr außer uns? Und selbst wenn es da draußen welche gibt, werden wir nie wieder mit ihnen plaudern oder Wein trinken können, immer wird etwas zwischen uns sein, etwas, das die anderen nie verstehen werden.*

Das Wasser stand nur noch ein paar Zentimeter über dem Floß, so dass sie bei ruhigem Seegang selbst im Liegen beinah trocken blieben. Jedem Toten verdankten sie ein paar Millimeter. Jeder Tote war notwendig. Aber das hier? Alles war übersät mit ausgeweideten Leichen, zerschnittenen Gliedmaßen. Gedärmen, abgetrennten Füßen, Köpfen. Es sah aus wie bei Doktor Frankenstein, der übrigens genau in diesen Tagen, angeregt vom klumpfüßigen Lord Byron, am Genfersee von einer gewissen Mary Wollstonecraft Shelley erfunden wurde. Die Geschichte vom zusammengestückelten Toten. Waren nicht auch die Menschen auf der Maschine solche Untoten? Monster, die ein kranker Geist erschaffen hatte? Henri ist tot, dachte der Schiffsarzt. *Aber nicht nur Henri, nein, auch Savigny. Sollten wir gerettet werden, wird ein anderer zurückkommen, nicht mehr Henri Savigny, der ein guter Mensch sein und die Welt verbessern wollte. Dieser Henri Savigny ist irgendwo zwischen all den Leichen und Massakern verlorengegangen.*

Gaines hatte begonnen, den Toten die Leber herauszuschneiden und sie schmatzend zu verspeisen. Sogar Dünndarm hatte er probiert, der, wie er mit Kennermiene verkündete, »schalzig schmeckte«. Diejenigen, die ihren Ekel nicht überwinden konnten, wurden immer noch teilnahmsloser, schwächer. Andere, die früher kräftig gewesen waren, glichen jetzt apathischen Gerippen.

– Ich will nicht sterben, hauchte Arnaud.

– Halte duirch. Hilfe ist uinterwegs. Sie suichen uins. Coudein hustete, und der schlaksige Dupont verteilte Fleischstücke unter den Offiziersanwärtern.

– Esst, sonst verhungert ihr, sagte er mit tiefer Stimme.

– Kann nicht! Will nicht! Das geht mich an, schrie Coudein und schlug Dupont das Fleisch aus der Hand. Doch gleich darauf besann er sich, zitierte Sätze wie »Dies ist mein Fleisch, nehmet alle und esset davon«, und half sogar, mit einem Matrosenmesser – das sind Messer ohne Spitzen, damit sie nicht als Stichwaffen benutzt werden können – Fleisch zu schneiden. Eine schwere Arbeit, sowohl körperlich als auch für die Moral. *Das Hirn muiss an etwas anderes denken, muiss vergessen, dass das einmal ein Mensch gewesen ist.*

Clairet, Lheureux, Lo-, Lo-, Lozach, Savigny, Griffon, sie alle empfanden Ekel, doch sie aßen. Wieder war da dieses Kauen und Mahlen, wie wenn riesige Mühlsteine die Zeit zerrieben. *Vielleicht sind wir alle zusammen, jeder Einzelne, die Lebenden wie die Toten, das Universum, das nichts anderes ist als unser gemeinsamer Gedanke. Vielleicht ist unser Bewusstsein mit dem Weltenraum identisch? Vielleicht ist diese Wahrheit hier nichts anderes als ein Traum, den jemand träumt, der dieses Meer in zweihundert Jahren mit einem Luftschiff überfliegt?*

– Schmeckt wie, wie Kalbs-, Kalbsnieren, stotterte Lozach. Und Coudein meinte:

– Wenn der Mensch Uinheil erfährt, dann nicht als Mensch, sondern als Sünder. Aber jede Not ist ein Gruind, sich reumütig zui zeigen.

– Und sonst geht es Ihnen gut? Erbsünde? Corréard schüttelte den Kopf. Und daran, dass das Wasser aus ist, sind vermutlich Adam und Eva schuld?

– Wie? Kein Wasser mehr?

– Nur noch ein halbes Fass Wein! Das haben wir diesem verrückten Tscha-Tscha zu verdanken.

Weil sie bisher immer im Wasser gewesen waren, hatte sie
der Durst verschont. Nun litten sie bereits am Vormittag, und
während des Nachmittags wurde es unerträglich.

– Es ist besser, nicht, nicht an Du-, Durst zu denken, ihn zu,
zu vergessen, stotterte Lozach.

Savigny lutschte am Stoff seiner Jacke und dachte an Josephine. Nie wieder würde er mit ihr schlafen. Sie fehlte ihm,
und er bereute, sich nicht mehr um sie gekümmert zu haben.
*Hübsches Mädchen, aber ein Spatzenhirn, außergewöhnlich ge-
wöhnlich.* Es war nicht das Sterben an sich, das ihn ängstigte,
auch nicht die Vorstellung, im Meer auf dem Speisezettel von
Fischen und Muscheln, Algen, Blutegeln und anderem Getier
zu landen, anstatt auf dem Seziertisch einer Universität, sondern die Tatsache, hier quasi coram publico zu sterben. Dieser
Körper, der in einem Bett mit Josephine liegen könnte, würde
zum Gaudium dieser letzten Floßpassagiere mit dem Tod rin-
gen – und verlieren. Alle würden seine letzten Stöhner hören,
seine »Josephine«-Schreie.

Und wie er an seine Verlobte dachte, die für ihn fast nichts
mehr bedeutete, weil nur noch dieses Floß Bedeutung hatte,
sah er, wie Lavillette seine gestreifte Hose hinunterließ und
in einen Becher pinkelte. *Was hat der vor? Welchem Schicksal
habe ich es zu verdanken, meine letzten Tage mit solchen Barbaren und Troglodyten verbringen zu müssen?* Der Vorarbeiter
roch daran, hob die Mugg, sagte »Prost«, hielt sich die Nase zu
und trank. Ein paar hatten ihn dabei beobachtet, und der Arzt
wusste, wenn sie nicht verdursten wollten, mussten sie diesem
Beispiel folgen. Aber wozu? Über kurz oder lang würden sie

ja doch verhungern, verdursten oder ins Meer gespült werden. Was spielte es da für eine Rolle, ob sie ein, zwei Tage länger lebten oder nicht? Mussten sie vorher jeden Ekel überwinden, jede Grauslichkeit durchmachen, auch den letzten Rest an Menschlichkeit verlieren? *Menschlichkeit? Alles, was wir uns bewahrt haben, sind Gewohnheiten. Stottern, die Ui-Sprache, Zynismus – und manche nicht einmal das.* Er sah zu Cousserolle, der wie eine Seescheide sein eigenes Gehirn verdaut hatte, aber wahrscheinlich glücklich war. Der Segelmacher grinste debil und meinte plötzlich:

– Dort ist eine Tür, und dahinter liegt ein grünes Tal mit saftigen Wiesen, feuchten Wäldern und Kühen, die frische Milch geben. Wir müssen nur hindurchgehen. Er wollte schnurstracks ins Wasser, stürzte aber über Arnaud, der seinen Platz am Rand aufgegeben hatte und nun mitten auf dem Floß saß.

– He, Vorsicht, schrie Coudein. Behandelt man so ein uinschuildiges Kind?

Arnaud war wie im Delirium. Der lebendige Funke, der einmal in seinen Augen geblitzt hatte, war erloschen. Das Ende seines Beinstummels hatte sich schwarz verfärbt, sein Gesicht war aufgedunsen, und man sah ihm an, er war kurz davor zu sterben.

– Ein was? Savigny blickte in Arnauds Augen und konnte nur eines darin sehen, den Tod.

Bald weißt du, ob etwas dran ist an diesen Geschichten vom Paradies. Bald triffst du Gott, wenn es ihn gibt. Bald treffen wir ihn alle.

– Jetzt weiß ich es, rief Coudein, wir sind alle Sünder, aber dieser Knabe ist ein Heiliger. Seht ihn euch an. Seine Augen! Sein gütiges Wesen! Wir müssen an ihn glauben, dann wird er auch Wuinder tuin.

– Ich kann mich nicht erinnern, jemals gehört zu haben, dass aus einem Pulveraffen ein Heiliger geworden ist. Corréard schüttelte den Kopf.

– Uind ich sage euch, dieser Juinge wird uinser Floß zui einem Ort machen, wohin einmal Fromme und Kranke pilgern, uim für eine wuindersame Heilung zui beten. Dieser Knabe ist von Gott gesandt. Uind wir erleben gerade die gewaltigsten Momente, die einem Christenmenschen widerfahren können … Das waren keine geordneten Sätze, das waren wirre Eruptionen eines Gestörten.

Interessant, dachte Savigny. *Jeder ist auf seine Art verrückt, aber dieser Coudein schlägt jetzt alle!*

In der Zwischenzeit waren andere dem Beispiel Lavillettes gefolgt und hatten ihren Urin getrunken. Charlot hatte seine Mugg erhoben und verkündete:

– Wir Franzosen haben die Verantwortung, für unser Land bereit zu sein. Andere werden sich an uns ein Beispiel nehmen. Man wird unsere Namen eingravieren auf Gedenktafeln. Neben dem Forschungsreisenden Baudin werden wir stehen, neben dem Schauspieler Larive, den Medizinern Guillotin und Venette, dem Schriftsteller Nougaret … Prost.

Auch Viktor hielt einen Becher mit bernsteinfarbener Flüssigkeit in Händen. Er zögerte. Seine Zunge war geschwollen, der Kopf brannte, und er versuchte sich einzureden, dass es sich bei dieser Flüssigkeit um Medizin handelte – Zuckerrettichsaft, wie er ihn als Kind gegen Husten bekommen hatte. Trotzdem konnte er die Hand weder zum Mund führen noch sinken lassen. Der Ekel kämpfte mit dem Willen. *Medizin? Und was ist mit der Stelle daheim im Garten, wo du immer Wasser gelassen hast? Da hat sich das Gras braun gefärbt, ist abgestorben. Gesund?*

– Jetzt mach, sonst trink ich es, trink ich. Das klang hohl und mechanisch. Hosea Thomas hatte viel von seiner Stärke eingebüßt. In seinem zerrissenen gestreiften Hemd und unter seinem zerfetzten flachen Hut, dessen eingerissene Krempe wie das Ende einer Spiralfeder herunterhing, wirkte er nicht mehr unbesiegbar, sondern wie ein alter Mann. In seinem Büchlein hatte er beinahe alle Wörter ausgestrichen, und manchmal blickte er zum Himmel und sprach mit William Shakespeare.

Viktor prüfte den Becher fachmännisch, führte ihn dann an den Mund, glaubte, einen penetranten Geruch wahrzunehmen, kniff sich die Nasenlöcher zu und, *die letzten Tage sind die schlimmsten meines Lebens*, schluckte das Zeug hinunter. Es schmeckte salzig, aber nicht unangenehm. Keine Spur von dem beißenden Geruch, den wir von Pissoirs kennen. Aber auch kein Zuckerrettichsaft. *Eingedickte Rindsuppe.* Viktor sah, wie auch Gaines und Clutterbucket ihre Ausscheidung tranken. Er behielt sie im Auge, weil er von denen nicht gefressen werden wollte, nicht von dieser entstellten Smutje-Fratze und seinem immer noch übergewichtigen Adlatus. Wenn er Fleisch von Leichen aß und seinen eigenen Urin trank, dann nur aus einem Grund, um diese beiden Küchenasseln zu überleben. Bildete er sich das ein, oder benahmen sie sich verdächtig? Sie warfen sich Blicke zu und tuschelten. Hatten die was vor? Viktor war zu müde, um darüber nachzudenken. Irgendwie war sogar das egal.

Als sich mehr oder weniger alle, die noch einigermaßen bei Kräften waren, mit Urin gestärkt hatten, wollte auch Savigny dem Beispiel folgen. Er versuchte Wasser zu lassen, doch es kam nichts. Sein Penis, der schlaffe Henri, hatte die Größe einer Haselnuss, und sosehr er sich auch mühte, konnte er sich nicht mehr als ein paar Tropfen abpressen, die die Farbe von Melasse hatten. Enttäuscht und verzweifelt leerte er sie ins Meer. *Ich bin krank! Leberentzündung! Nierenversagen! Ich sterbe!*

– Gott wird uns nicht im Stich lassen. Es war Griffon.

– Gott? Wenn es ihn tatsächlich gibt, deinen Gott, und er uns beobachtet, sagte Corréard, dann macht er gerade dasselbe Gesicht wie ein Hausherr, dem ein Hund in den Salon kackt.

Savigny warf ihm einen vernichtenden Blick zu. Er war gereizt. Plötzlich sprang er auf und schrie:

– Leute, ich weiß nicht, wie das bei euch ist, aber ich hatte immer größte Hochachtung vor der französischen Küche, aber jetzt meine ich, retten wird uns nur der Harn. Ihr dürft nur nicht die eigene Pisse trinken, sondern müsst zusammentauschen.

Leise. Schritte. Etwas schleicht. Um ihn herum. Als Viktor einen klaren Gedanken fassen kann, fühlt er sich wie auf einer Streckbank. Ziehen. Es ist mitten in der Nacht, und bevor er weiß, was eigentlich los ist, fliegt er durch die Luft. Wie eine Katze wendet er sich um und sieht im Mondenschein Silhouetten, emporgereckte Fäuste. Dann klatscht er aufs Wasser, schluckt, flucht und versinkt.

Normalerweise wäre es ihm ein Leichtes gewesen, wieder zu dem Floß zu schwimmen, allein, es fehlte ihm die Kraft. Der Aufprall hatte in seinem Kopf etwas ausgelöst. Es war, als hätte man einen Hebel umgelegt, der es ihm unmöglich machte, sich zu bewegen. Nun spürte er, wie es ihn in die Tiefe zog. Schwarz und kalt. *Die Jauchegrube!* Aber er hatte sich doch nicht voller Enthusiasmus auf die Reise gemacht, um dann hier sang- und klanglos zu versaufen. *Wer hat das gesagt? Alle versaufen?* Viktor dachte an sein Heimathaus, an die kleinen Kätzchen und die Schwalben, an die Gerichte der tschechischen Köchin, an Svickova, Knedlicky, Powidl, Liwanzen, Kolatschen ... Aber nichts half. Erst das Metzgergesicht von Gaines brachte ihn wieder zu sich. War es diese seelenlose Kreatur, die ihn vom Floß geschmissen hatte? Viktor tauchte auf, schwamm zurück zur Maschine und zog sich hoch. Kaum stand er wieder auf den Brettern, die seine Welt bedeuteten, oder das, was davon übrig war, spürte er einen Stich in seiner Schulter. Etwas Kaltes, Spitzes hatte sich in ihn gebohrt und Schmerz hineingepflanzt. Schmerz, der sich ausbreitete wie Zitronensaft im Wasserglas. Er sah das feixende Kukuruzgrinsen, Gaines, der ihm, jetzt sah er es, ein Bajonett in die Schulter gerammt hatte. Daneben stand Clutterbucket, zwei Messer in der Hand.

– Na, Hector? Schiehscht du nun, dassch wir dasch, wasch wir begonnen haben, auch zu Ende bringen?

– Aber ich … Was habt ihr gegen mich? Hab euch nichts getan.

– Und dasch? Gaines deutete auf seine verbrannte Wange.

– Und das Kielholen? Der dänische Kuss? Wenn du es genau wissen willst, sind mir nur wegen dir auf dieser Maschine.

– Ich …? Viktor sah Weltschmerz, aufgestaute Wut, ungezählte Erniedrigungen. *Wahrscheinlich hoffen diese beiden Gentlemen, dass es ihnen besser geht, wenn sie sich an mir abreagieren?* Er war außerstande, einen zusammenhängenden Satz von sich zu geben. Seine Brust schmerzte, während sein Kopf, das Herz, alles in ihm pochte.

– Aus! Jetzt ham mir sich. Jetzt wern mir sich kennenlernen. Wie ein Tier kam Clutterbucket auf ihn zu, wetzte seine Messer. *Nicht gerade ein Inbegriff an Höflichkeit.* Viktor konnte seinen Blick nicht von dieser feisten Fratze lösen, in der sich eine unerschütterliche Entschlossenheit mit siegessicherem Grinsen paarte. Schmutzige Zähne waren sichtbar – bestimmt klebte Menschenfleisch daran.

– Blitz! Maiskolben! Was ist los? Was wollt ihr?

– Nichtsch ischt losch. Vor allem mit dir wird gleich nichtsch mehr losch schein. Gaines hatte sein Bajonett zurückgezogen und stand nun ebenso kampfbereit wie der Kombüsenjunge. Beide hatten ein breites Lächeln aufgesetzt und sahen unmenschlich aus. *Nicht von dieser Welt.* Da – »Nimm dasch!« – stach der Koch zu, doch Viktor konnte mit der Hand parieren. Er spürte nichts, sah aber Blut. Da kam »Blitz« Clutterbucket auf ihn zugesprungen – »ham mir sich« –, traf ihn mit den Messern. Wieder Schmerzen, diesmal im Oberschenkel. Er sah die blutverschmierte Schürze des Kochs, das Bajonett, mit dem er ansetzte, ihm in den Hals zu stechen.

– Jetzt komm, Hector. Ich werde dich von deiner Angscht befreien. Schau mich an, ich bin dasch Letzte, wasch du schiehscht.

Da hörten sie ein Kichern, drehten sich um und sahen Cousserolle:

– Wer von den Damen tanzt mit mir ein Menuett?

Über den Satz des verrückten Segelmachers waren die Küchenasseln derart irritiert, dass Viktor diesen einen Moment der Unachtsamkeit nutzte, nach der Muskete samt aufgesetztem Bajonett griff, sie Gaines förmlich aus der Hand riss, drehte und dann damit in den Bauch des Kombüsenjungen stach, der einen schwachen Klagelaut, »das ham mir notwendig gehabt«, ausstieß, das wie bei einer Fontäne hervorschießende Blut erst mit den Händen stoppen wollte, dann, nachdem er sah, dass das nicht ging, mit offenem Mund auffing und trank.

– Wern mir gleich ham.

Diese absurde Szene, in der der feiste Bursche wie bei einem Kinderspiel nach etwas schnappte, einem aus ihm selbst kommenden Blutstrahl nämlich, dauerte höchstens ein paar Augenblicke. Dann brach der fette Knabe zusammen, murmelte etwas von O'Hooley und Verzeihung, etwas von ham und wern und Kritzi Kratzi Butterhaxi, zeigte auf Viktor, schüttelte den Kopf und fiel ins Wasser.

– Blitz! Wasch ischt mit dir? Gaines blickte ihm entgeistert nach. Aus seiner Hasenscharte schnaubte es. Dann griff er sich den Segelmacher, hielt ihn, den großen Löffel, wie einen Schild zwischen sich und Viktors Bajonett.

– Das ist ein schöner Tanz, mein Herr, frohlockte Cousserolle.

Im nächsten Moment stieß Gaines ihn weg und lief tock, tock, tock zur anderen Seite, trat auf Schlafende, die fluchten, stolperte, überschlug sich und ... fiel ins Wasser. Es gelang ihm, sich an einer vorstehenden Planke festzuhalten. Viktor stand nun über ihm, bereit, die Hasenscharte zu erstechen.

– Bitte nicht, flehte Gaines. Verschone mich. Ich werde dich auch nie wieder beläschtigen. Lassch unsch Freunde schein. Bitte. Hector. Lassch unsch Frieden schliesschen. Wir schind doch beide ... Esch tut mir leid, wenn ich ungerecht war, aber doch nur, weil du mir gefallen haschst, weil ich dir helfen wollte, weil ich schein wollte wie du ... Weisscht du, dassch ich ein guter Koch geweschen bin, bei Grafen und Baronen, aber immer wenn mich der Hauschherr zu Geschicht bekommen hat, ischt ihm der Appetit vergangen. Wasch kann denn ich dafür, dassch ich scho hässchlich auf die Welt gekommen bin ... Hat mich auch dasch Bein gekoschtet, weil mein Graf gewettet hat, ich schei scho hässchlich, dassch schich jeder Marquis bei meinem Anblick übergibt. Und alsch dasch einmal nicht der Fall war, wurde er wütend, meinte, ich müssche noch hässchlicher werden ...

Die Bestie wurde plötzlich menschlich, gab sich herzlich.

Wäre er neben ihm gestanden, hätte er ihm auf die Schulter geklopft und ihn auf einen Drink eingeladen. Viktor wusste, dass er ihm nicht trauen konnte. Noch vor wenigen Augenblicken hätte ihn dieser Koch ohne mit der Wimper zu zucken umgebracht, und jetzt flehte er um sein Leben. Er sah die verbrannte, rote Gesichtshälfte, die entblößten Vorderzähne, das Zahnfleisch und diese schwarze Höhle mitten im Gesicht, ein Tunnel direkt hinein in diesen Gaines. Eine entstellte Fratze mit mitleiderregendem, verwundetem Blick. Aus der Nähe besehen wirkte dieses Gesicht gar nicht so grobschlächtig, man sah darin den kleinen Jungen, der dieser Gaines einmal gewesen war – ein Kind, von einer Mutter hoffnungsfroh geboren. Oder ist seine alte Dame beim Anblick dieser Visage gleich vor Schock gestorben? Würde er ihn umbringen können? Würde er das schaffen? Einen Menschen töten? ... Da tauchte plötzlich eine schwarze Masse auf. *Ein Boot mitten aus der Dunkelheit?* Ruhig und doch bestimmt schossen Reihen hell funkelnder Zacken hervor, schnappten zu wie eine Eidechse nach einem Insekt, packten und zerrissen Gaines. *Was? Das kann nur ein Traum sein, einer von der verrückten Sorte, in dem es einem normal vorkommt, auf dem Wasser zu spazieren und in Wolken zu schwimmen.* Viktor sah einen breiten, straff gespannten Zahnfleischgürtel, eine keilförmige Nase und zwei kleine schwarze Katzenaugen. War das Davy Jones? Bevor Viktor wusste, was geschah, war Gaines auch schon in der Mitte auseinandergerissen. *Ein Hai! Hat Gaines' untere Hälfte einfach verschluckt. Mitsamt dem Holzbein. Jetzt braucht der keine Zahnstocher mehr.*

Aus Gaines' Unterleib hingen Gedärme: wo früher einmal Fortpflanzungsorgane gewesen waren, baumelten jetzt weiße Schläuche, Fleischfasern. Der Koch schrie auf eine verzweifelte Art, wie man es seit der Abschaffung der Vierteilung nicht mehr gehört hatte. *Ziemlich real für einen Traum.* Entsetzlich! *Ich mag ihn nicht, aber jetzt tut er mir leid. Armer Maiskolben.* Gaines blickte an sich hinab, und seine Augen sprangen fast aus ihren Höhlen. *Dafür gibt es keine Prothesen mehr!* Ein Bild wie das des zerstückelten Königsattentäters Robert François Damiens, der 1757 – nachdem seine Tathand mit brennendem Schwefel verkohlt und seine Brust mit glühenden Zangen malträtiert worden war, man ihm flüssiges Wachs, Pech und Blei in die offenen Wunden gegossen hatte – von sechs Pferden zerrissen worden war, was erst funktionierte, nachdem ihm der Henker Sanson (wir erinnern uns an die Tabakdose) die Arm- und Beinsehnen durchtrennt hatte … Die letzte Vierteilung Frankreichs, von der auch neunundfünfzig Jahre später noch mit einem schauerlichen Prickeln erzählt wurde.

Aber Gaines war nur zweigeteilt, durchgebissen wie Odysseus' Gefährten vom Zyklopen. Eine Weile klammerten sich seine Hände noch verzweifelt ans Floß, krallten sich fest, dann ließen sie los. Bald war von diesem Koch nichts mehr zu sehen. Jetzt erschreckte die Hasenscharte das Getier am Meeresgrund. Viktor war von diesen Bildern überwältigt. Bleich wie ein Fischbauch stand er da und blickte in die schwarze See – es war ein düsterer, trostloser Anblick, eine unbeschreibliche Finsternis. Die Nachtluft strich kalt über seinen schweißnassen Körper, und er konnte nicht begreifen, was geschehen war. *Ein Hai? Ein Traum?* Weißt du jetzt, wer dieser Davy Jones ist? Glaubst du immer noch, er ist ein Sänger in einem Nachtlokal? Für manche ist er ein schwarzer Kohlesack über den Kopf, für andere ein Käfig voll mit kleinen Nagetieren. Er kann aber auch spitze Widerhaken haben, die er langsam in dich bohrt. Er ist ein Maul, das dich zerfetzt, oder ein Wurm, der dein Gehirn zerfrisst. Er ist das, wovor du dich am meisten fürchtest.

Die Trunkenen

Am nächsten Tag, es war der 10. Juli und somit der fünfte Tag auf dem Floß, schneite es. Jawohl! Schnee! Tausende, nein, Millionen dicker, weißer Flocken glitten langsam vom Himmel, tanzten durch die Luft, dämpften alles und verwandelten die Welt in eine wie von Caspar David Friedrich gemalte Eislandschaft. Bald bedeckte eine dicke Schneeauflage die Toten, glich die Maschine einer eingeschneiten Hütte in den Alpen. Gaines und Blitz formten Schneebälle, mit denen sie nach Viktor warfen. Alle anderen jubelten und reckten ihre Arme gen Himmel:

– Schnee! Wahnsinn! Weihnachten! Frieden! Kühlung! Das Meer friert zu, und wir können nach Hause rutschen – einfach so.

Da gingen Viktors Augen auf, und er sah die Maschine, das Meer, die Toten, aber keinen Schnee, nur dieses satte, ungustiöse, feindselige, bösartige Blau. Taubengrau, ultramarin, moosgrün, kobaltblau, kornblumenblau, aubergine, silbern, himmelblau, alle Schattierungen. Kein Schnee! Aber auch kein Gaines, kein Blitz! Ein hohles, stumpfsinniges Gelächter platzte aus ihm heraus. Viktor war über das Verschwinden der beiden Spießgesellen nicht so froh wie erwartet. Seine Augen waren es gewohnt, sie verstohlen anzusehen. Nun, da es keinen Leber essenden Gaines und keinen untersetzten, fetten Clutterbucket mehr gab, suchten sie vergeblich. Fast fehlten ihm diese Küchenasseln, fehlte ihm ein Antrieb, um zu überleben.

Seine eiternden Wunden, der Stich in der Schulter und die Schnitte an den Beinen und am Bauch zeigten, er hatte die Ereignisse der letzten Nacht nicht geträumt. Warum hatte ihm Hosea nicht geholfen? Wo war der überhaupt? Sein fester Händedruck, bei dem man aufschrie? Der sonnenverbrannte Nacken? Sein geteerter flacher Hut, die Angewohnheit, die Verben zu wiederholen? Die behaarten Unterarme? *Liegt da hinten, döst. Na, auf den kann man sich auch nicht mehr verlassen.*

Schon am Vormittag war die Luft wieder heiß und drückend. Tausende Sonnenreflexe auf der vom Wellenspiel leicht gekräuselten Wasseroberfläche. Viktor wusste nicht, ob es die Hitze war, oder Fieber, jedenfalls dämmerte er dahin. Vierundzwanzig Stunden lang geschah alles wie in einer Welt gedämpfter Wirklichkeit. Auch am nächsten Tag bekam er nur verschwommen mit, wie zwei Arbeiter mithilfe eines Röhrchens heimlich aus einem Weinfass tranken. Wurden erwischt! Clairet und Dupont schrien etwas von Parasiten, doch es klang weit entfernt. Die Strafe für eine solche Schandtat war zwei Tage zuvor verkündet worden. *Wer Vorräte stiehlt, wird umgebracht.*

Die Diebe kennen wir: jene bretonischen Brüder, deren Vater am ersten Morgen von Savigny gerettet worden war. Nun standen sie mit gesenkten Häuptern da und schwiegen. Sie hatten muskulöse, gebräunte Oberkörper, ihre Gesichtszüge waren angenehm. Savigny blickte sie fest an, wie eine Mutter, die ihre Kinder beim Lügen ertappt hatte, und sprach von Verantwortung, Gemeinwohl und Überlebenschance. Er stand auf einem Weinfass und hielt strenge Anklage. Viktor vernahm die Wörter »Existenzberechtigung«, »Gier« und »Egoismus«.

– So verhält sich kein Franzose, ergänzte Charlot, schon gar nicht, wenn er einer ist!

Es war eine absurde Gerichtsverhandlung, bei der die vom

Wein berauschten Angeklagten nervös und gezwungen lachten. Übersprungshandlung. Neben Savigny standen Griffon, der sich wie Polizeiminister Fouché gebärdete, und die Offiziersanwärter. Die Soldaten und Matrosen saßen teilnahmslos am Rand, Cousserolle, *der ist nicht mehr allein,* lief wie ein blödsinniger Gerichtsdiener herum und kicherte, die schwarze Marketenderin, weiße Salzkrusten um den Mund, störte mit obszönen Zwischenrufen. »Ich nehm ihn in den Mund! Schmeißt die Kerle über Bord, so vertrottelt, wie die grinsen, müssen sie Pferdeschwänze haben!« Nur der Vater der Angeklagten rang verzweifelt um Mitleid, war bereit, selbst auf der Stelle zu sterben, wenn man seine Söhne verschonte. Er sprach von den Mühen der Erziehung, von seiner Frau, die bald in den Senegal nachkommen wollte, und der es das Herz bräche, wenn ihre Söhne nicht mehr lebten.

– Bitte, habt Erbarmen. Wegen diesem bisschen Wein könnt ihr doch nicht zwei Leben auslöschen. Zwei hoffnungsfrohe, junge Existenzen! Bestraft sie, schlagt sie, aber verschont ihr Leben. Denkt an ihre arme Mutter. Und seht mich an, was gibt es Schlimmeres im Leben eines Mannes, als wenn seine Kinder vor ihm sterben? Das … So herzlos könnt ihr nicht sein. Er blickte in die Gesichter der Leutnants und Soldaten, doch in keinem regte sich etwas. Manche hatten Fieber und verstanden gar nicht, worum es ging. Andere waren abgestumpft, ließen nichts an sich heran. Ihre Körper krümmten sich vor Schmerzen, Glieder zuckten, und sie gaben seltsame Geräusche von sich.

Savigny war im Grunde gegen die Todesstrafe, aber diese Ausnahmesituation forderte eigene Gesetze. Sein Verstand wusste, es war verrückt, die beiden Burschen wegen ein paar Tropfen Wein abzuurteilen. Wie sollte die Menschheit jemals zu einem friedlichen Zusammenleben fähig sein, wenn nicht einmal sie auf dem Floß es schafften? Mussten sie jetzt ein zweites Mal, nämlich moralisch, Schiffbruch erleiden? Gut, ausgemacht war ausgemacht. Alle hatten zugestimmt. Es ging um Abschreckung, um Regeln, Disziplin. Aber töten? Durften sie ihr Gewissen auch mit dieser Schuld belasten? Je länger der Vater um seine Söhne flehte, je verzweifelter er wurde, desto mehr wuchs in Savigny der Wunsch, die beiden zu begnadigen. Zumindest einen. Doch da erhob sich Griffon, das Reptil, und zischte:

– Wir sind verpflichtet, unsere Gesetze einzuhalten, sonst haben wir bald Katzen im Hals. *Phrasenschwein!*

– Haben Sie Ihre Luise mit? Corréard, unter allem Zynismus doch ein Humanist, blickte ihn verächtlich an.

– Es muss ein Exempel statuiert werden, ließ sich Griffon nicht beirren. Hier geht es um das Wohl der Maschine und um unser aller Überlebenschance, die ist wichtiger als das Schicksal Einzelner.

– Vive la France, ergänzte Charlot. Wo wir sind, ist Frankreich!

Es muss ein Exempel statuiert werden? Wie ich diesen Satz hasse. Auch bei Prust musste ein Exempel statuiert werden. Die Feldherren machen nichts anderes, aber Exempel werden immer nur an anderen statuiert, nie an einem selbst! Savigny ekelte. *Statuieren? Was für ein blödes Wort! Da hängt man einen auf oder bindet ihn an einen Pfahl, um ihn zu erschießen – und dann hat man ihn statuiert. Schöne Statuen, Denkmäler des eigenen Versagens.*

– Wir müssen bedenken …, setzte der Schiffsarzt an.

Aber da hatten die meisten schon Griffon beigepflichtet. *Gar nichts müssen wir bedenken.* Hier geht es ums Prinzip. »Unsere

Grundsätze sind das Letzte, was wir haben.« Die beiden Angeklagten kannten ihre Strafe und nahmen sie mit einem Lachen
auf. Fröhlich spazierten sie zum Heck des Floßes, winkten ihrem Vater, der sie verzweifelt ansah, »Wir sehen uns bald wieder, Papi«, und sprangen vergnügt ins Meer.

Savigny spürte, wie ihm unbehaglich wurde. Neben ihm
stand Corréard, wie immer mit einem abfälligen Ich-dreh-
durch-Lächeln. *Wieder zwei weniger.* Daneben Coudein auf
seinem Fass: Er sah aus wie ein Schmerzensmann, hustete und
betete. *Religiöser Wahn.* Clairet mit dem ausgestochenen Auge,
Lozach, Dupont und Lheureux, der sogar jetzt noch glücklich
wirkte. Sie alle lebten noch. Dazu Soldaten und Matrosen, der
irre Segelmacher, der Jude Kimmelblatt mit dem roten Fez,
verwundet und mit Fieber, die Marketenderin, *Hüftbruch, vielleicht beginnende Osteoporose, verschobene Lendenwirbel, havariert,* und der halbtote Arnaud. Überstoppelte, eingefallene Gesichter mit Augen so leer wie der Horizont. Klar abgezeichnete
Rippen, als hätten sie Waschbretter geschluckt. Vierundzwanzig Männer, ein Kind und eine Frau. Kein Tscha-Tscha mehr,
kein Pampanini, kein fingerknackender Rabarousse und auch
kein Maiskolbengrinsen, kein Blitz.

Mindestens acht würden die nächsten zwei, drei Tage nicht
überleben.

– Es sind zehn. Griffon sagte das mit kühler Stimme.

– Zehn?

– Todgeweihte.

– Ich weiß nicht, was Sie meinen.

– Sie wissen es. Wenn wir die Wein-Rationen dieser zehn auf
die Gesunden verteilen, verlängert sich unsere Frist um vier,
fünf Tage.

– Das wäre unmenschlich.

– Unmenschlich ist unsere Situation, unmenschlich war der Kapitän, als er uns auf dieses Floß befohlen hat, der Schiffsbauer, der zu wenige Rettungsboote vorgesehen hat, das Marineministerium. Aber wir? Was bleibt uns übrig? Wir könnten ihnen nur die halbe Ration geben, aber das wäre schlimmer als die andere Möglichkeit.

– Welche andere Möglichkeit? Savigny wusste, was Griffon meinte, aber er wagte es nicht, diese Gedanken an sich heranzulassen.

– Er denkt daran, sie umzubringen. Corréard lächelte. Obwohl diese Bemerkung schrecklich war, klang sie doch beinahe liebevoll. *Umbringen?*

– Ich sehe nur diese beiden Möglichkeiten. Griffon sprach wie ein Lehrer, der eine mathematische Formel erklärte:

– Entweder wir lassen diese zehn langsam verdursten und verlieren dabei selbst die Chance, gerettet zu werden, oder ... *Eine einfache Rechnung, aber mit welchem Ergebnis.*

– Wir können nicht anders, habe ich recht? All die blühenden Leiber, die auf dieser Maschine zugrunde gegangen sind, können doch nicht umsonst gestorben sein. Nur wenn die Stärksten überleben, ergibt das alles einen Sinn.

– Und wie stellen Sie sich das vor? Wer will entscheiden, ob einer lebensfähig ist oder nicht? Wissen Sie, was Nächstenliebe und Erbarmen ist? Sie halten sich doch nicht etwa für Gott? Savigny machte zwischen jedem Halbsatz eine Pause, um nachzudenken.

– Wer noch auf zwei Beinen steht, ist lebensfähig, wer nicht ... Coudein sprang auf und schleppte sich mit schlaffen Beinen zu Arnaud, um ihn hochzuziehen.

– Geht doch. Seht ihr? Geht guit!

– Wir sollten sie ins Wasser werfen, ich meine, sie sterben

ohnehin, und wenn sich dadurch unsere Lebenschancen er-
höhen? Lheureux sagte das mit der ihm eigenen naiven Selbst-
verständlichkeit.

– Wie? Savigny fühlte sich wie in einem Albtraum. Die
schwüle, von Licht und Schattenstreifen zerteilte Luft erschien ihm bleiern, grau und schwer. Als Arzt war er gegenüber
körperlichen Leiden abgestumpft, aber das, was hier geplant
wurde, widersprach so sehr seinen Grundsätzen, dass er sich
fühlte, als hätte man ihm den Boden unter den Füßen weggezogen. War das die Perversion seiner Demokratie? Die Schwachen umbringen, damit die Starken überlebten?

– Lasst mich machen, Massa. Jean-Charles sprang in die
Gruppe der Anwärter.

– Dich? Alle starrten den Schwarzen an.

– Warum nicht, sagte Griffon, bevor er dem Arzt zuflüsterte:

– Wir werden vergessen, dass das je passiert ist.

*Vergessen? Ein Arzt hat die Aufgabe zu helfen und nicht nach-
zuhelfen. Ich sehne mich selber nach dem Tod. Und doch, so nich-
tig das Leben auch erscheint, es ist das Einzige, was wir noch
haben. Was, wenn wir gerettet werden? Wie können wir noch
weiterleben? Die Blicke der Toten werden uns verfolgen. Habe ich
Mitleid mit den Sterbenden? Empathie? Mit diesen Halbtoten?
Nein.*

Da stürzte sich der Mulatte auf Jean-Charles und spuckte
ihm ins Gesicht:

– Du Verräter! Stiefellecker! Die glauben, wir Neger sind
schwarz, weil wir die Pest haben. Die verfüttern uns an Hunde!
Denen willst du Henker machen? Willst auch Marie-Zaïde be-
seitigen? Soll das ihr Lohn sein für zwanzig Jahre Dienst in
Armee? Dein Ernst? Er schrie in einem hellen Singsang und
begann auf Jean-Charles loszugehen. Doch bevor er zu einem

Schlag ausholen konnte, hatte ihm auch schon Coudein von hinten das Bajonett in den Hals gerammt. Die Spitze trat vorne wieder aus, und der Mulatte riss den Mund auf, seine Augen, sahen sie das Blut?, sprangen fast aus ihren Höhlen, bevor er leblos zu Boden sank.

– Der Bruider hätte alle gegen uins aufgebracht. Außerdem war er bewaffnet, sagte Coudein. Gott hat mir geholfen.

– Gott? Was für ein Gott leistet Beihilfe zum Mord?

– Also? Griffon blickte gespannt zu Savigny, dem Hunderte Gedanken durch den Kopf schwirrten. *Sie wollen, dass ich ihrem Morden zustimme. Aber es ist kein Morden, nur eine Säuberung. Die Lebensunwerten werden beseitigt. Eine Überarbeitung der Statistik. Simple Mathematik.* Er blickte zum Reptil und seufzte. Oder war es Nicken?

Was dann geschah, war schrecklich. Jean-Charles und die Leutnants Lozach, Lheureux und Dupont widmeten sich den Fiebrigen, den Eingeklemmten, denen, die nicht mehr bei Besinnung waren oder nicht mehr stehen konnten. Als Erstes aber gingen sie zum Juden.

Kimmelblatt schlug die Augen auf, weil er etwas Spitzes an der Brust spürte.

– Ihr! Seid ihr meschugge? Ist das chochme? Was kann denn ich dafür, dass meine Vorfahren, Leute, mit denen ich nichts zu tun habe, sich nicht couragierter benommen haben, als die überkandidelten Römer euren Erlöser ans Kreuz genagelt haben … Ihr könnt doch nicht einen künftigen Restaurantbesitzer … denkt an die Knische, Mazzes, Beigel … Mit schwacher Stimme wollte er einen Witz erzählen:

– Der Mendel erwischte seine Frau mit seinem Buchhalter.

– Kennen wir.

– Was soll ich machen, fragte er den Rabbi … Doch bevor

Kimmelblatt zur Pointe kam, war er erstochen. Blut schoss aus seinem Körper. Er stöhnte etwas von humorlosem Pack, dem Tal Ge-Hinnom, dem Kinder fressenden Moloch und wurde in die See geworfen.

– Erzähl dem Davy deine Witze. Der rote Fez wurde ihm hinterhergeschmissen.

– Dich habe ich überlebt, du Gesäßwarze.

– Hast du gesehen, wie er sich rauswinden wollte? Ein unzugängliches, rechthaberisches Volk.

Als Nächstes war Cousserolle an der Reihe, der wie ein Irrer kicherte.

– Aber der kann doch noch stehen?

– Hirn kaputt! Wenn der überlebt, wird er auf Ziegen reiten oder öffentliche Reden gegen das Wetter halten.

Als man dem verrückt gewordenen Segelmacher das Bajonett an die Brust setzte, sagte er:

– Sie wollen also den König sehen, meine Herren? Man bringe mir die Sänfte! Was erlauben Sie sich? Das ist abstoßend. Ich werde mich beschweren … *Da wird er bald bei der richtigen Stelle sein.* Ihm folgten zwei fiebernde Soldaten, von denen einer beim Anblick des Exekutionskommandos betete. Er sprach von Frau und Kindern.

– Als wir aus Rochefort ausliefen, lag meine Frau schon in den Wehen. Ich habe ihr versprochen … Doch je mehr er auf Mitleid hoffte, desto fester stießen seine Henker zu. So lange, bis er verstummte.

Ein anderer versuchte aufzustehen.

– Seht ihr! Geht doch! Da schoss ihm der Kreislauf in den Kopf, wurde ihm schwindelig, und fiel er wieder hin. Als er die Bajonettspitze spürte, bat er, man möge seiner Frau mitteilen, wie es ihm ergangen sei.

Während Griffon das Treiben mit kühlem Blick verfolgte, wandte sich Savigny ab. Das Grauen hatte die Oberhand gewonnen. *Aber es ist notwendig.*

– War da nicht einmal von Zusammenhalt die Rede? Hat da nicht einmal jemand gesagt, wir werden alle überleben, wenn wir nur zusammenhalten? Corréard flüsterte:

– Ach, Sie! Zyniker! Savigny schüttelte den Kopf.

Als Nächster war ein Matrose dran, der sich seinen Fuß eingeklemmt hatte. Er sah seine Henker dankbar an, bekreuzigte sich und sagte:

– Macht schnell.

An allen Ecken des Floßes spritzte nun Blut. Es sah aus wie in einem Schlachthof. Nur war das Gemetzel noch keineswegs zu Ende, es folgten zwei weitere Fiebernde, unter ihnen der Pockennarbige, der Viktor damals, als er als gespreizter Adler in den Wanten hing, den Rum gebracht hatte. *Der hat keine Ohren mehr, weil sich irgendein Kapitän eingebildet hatte, ihn bestrafen zu müssen. Auch die Zunge hat man ihm aus dem Maul geschnitten, die Schädelplatte aufgeschnitten. Arme Kreatur! Soll froh sein, dass man ihm ein Ende macht. Aber warum schaut er so verzweifelt? Weil er leben will? Was sagt er denn?* »Chtn ncht, ncht, lsst mch.« *Was soll das heißen? Na, egal.* Nun schritt man zu Marie-Zaïde. Die vier Henker waren von oben bis unten blutverschmiert, sahen aus, als hätte ein verrückter Maler einen Kübel roter Farbe über sie geschüttet.

– Kommt nur her, ihr Wichser, ihr mit euren kleinen dünnen Schwänzen, Impotenzler, Komplexler, keifte die zusammengekauerte Schwarze, deren grandios üppige Kurven zu einem großen schwarzen Haufen verschmolzen waren, aus dem ängstliche, zu allem entschlossene Augen blickten.

– Besonders du, Jean-Charles, mit deinem Trottelnamen.

Stiefellecker! Glaubst du etwa, man nimmt dir diesen Jean-Charles ab? Gib zu, du heißt Hamit, Malick, Mamadu, Aliou, Demba, Bubu, Fallou oder Moussa. *Doudou!* Und das, was du hier machst? Denkst du, das rettet dich? Ndede! Du wirst der Nächste sein. Der Nächs- … Da hieb die zornige Axt in ihren Hals, so wie man einen Baum fällt. Ein Schmatzen war zu hören, und der immer noch sprechende Kopf der Marketenderin hob ab und flog wie in einem asiatischen Slapstick-B-Movie direkt in die Arme von Griffon. *So ist das also mit der Guillotine.* Der Sekretär des Gouverneurs blickte in die dunklen Augen, die ihn erschrocken anstarrten, nein, bereits durch ihn hindurchschauten – in eine andere Welt. *Die Haare sehen wirklich aus wie gekräuselte Spinnenbeine.* Die dunklen breiten Lippen, *wie das Geschlecht eines Tieres*, bewegten sich noch immer. Griffon zitterte, bevor er dieses menschliche Haupt entsetzt von sich stieß.

– Seynabou. Jean-Charles stieß den immer noch aufrecht kauernden, kopflosen Körper um. Marie-Zaïde hieß sie erst in Frankreich. In Afrika war ihr Name Seynabou.

– Fertig?

– Der da noch. Sie zeigten auf Arnaud, der kein Wort sagte. Coudein wollte sie zurückhalten:

– Seid ihr verrückt. Ihr könnt doch nicht einen künftigen Heiligen, uinsere einzige Verbindung zui Gott … den einzig Uinschuildigen!

Doch Lheureux drängte ihn weg, hob den Pulveraffen hoch, küsste seine Stirn, murmelte etwas wie »ich bin klein, mein Herz ist rein« und warf ihn ins Meer. *Sei immer brav, dann wird dir nichts Schlimmes geschehen.*

– Und was ist mit dem? Jean-Charles zeigte auf Viktor, der fieberte und zusammenschreckte. Dupont nickte, doch bevor man bei ihm war, hatte sich ihnen Hosea schon in den Weg gestellt.

– Sei vernünftig, mach Platz! Das ist eine Säuberung.

– Wehe euch! Hosea fauchte.

– Wir machen das für dich. Glaubst du, es fällt uns leicht?

Doch ehe dieses Exekutionskommando den Matrosen zur Seite schaffen konnte, war Viktor schon von selbst ins Wasser gesprungen, das er so fürchtete, schrumpfte alles, was er war, alles, was er wusste, sein Name wie auch seine Erinnerung zu einem winzig kleinen Punkt zusammen, nicht größer als ein Lichtpartikelchen. Hosea wollte ihm nach, aber vier Männer hielten ihn zurück.

– Mach keinen Blödsinn.

– Warum hängst du eigentlich so an dem Jungen?

– Weil … er mich an meinen kleinen Bruder erinnert, hat er.

– Mach dir keine Sorgen, er ist bald an einem besseren Ort. Vielleicht spielt er schon am Abend mit dem lieben Gott Tricktrack.

Die nächsten Stunden saßen die verbliebenen fünfzehn Männer wie benommen auf dem Floß. Waren sie die Stärksten, die Klügsten? Die Auserwählten? Warum gerade sie? Hatten sie den meisten Lebenswillen oder einfach eine Aufgabe gefunden, woran sie sich klammern konnten? So wie Savigny, der eine Dissertation über diese Irrfahrt schreiben wollte.

Die Geräusche an Bord waren auf einmal überdeutlich. Jedes Räuspern, Spucken und Niesen klang wie durch ein Megafon. Nach der Weinausgabe, heute war es mehr als zuletzt, begannen alle Leichenfleisch zu kauen. Die mit Blutkrusten überzogenen Henker wuschen sich, und bis auf einen einzigen Säbel, um notfalls Taue kappen zu können, und ein Fleischmesser, warf man alle Waffen über Bord. Nun, da genug Platz war, wurde unter Anleitung von Lavillette aus dem Segel ein kleines Zelt gemacht. *Schatten! Schaut nicht schön aus, aber wir haben ja auch keine Audienz beim Papst.* Fünfzehn Menschen waren nun auf der Maschine, fünfzehn und zwei Leichen, alle anderen hatte man von Bord geschafft. Zum ersten Mal, seit sie das Floß betreten hatten, fühlten sie sich halbwegs sicher, was dazu führte, dass sie in einen tiefen Schlaf fielen, einen Schlaf, der sich mit Dahindämmern und Dösen abwechselte. Zwischendurch schnitten sie Fleisch von einer Leiche. Selbst die Weinausgaben geschahen ohne Lärm.

Im Traum erschienen die Toten. Savigny meinte, den herben, ambrosischen Geruch dieser Marie-Zaïde wahrzunehmen. *Was für eine Wucht von Weib. Dralles Wesen. Nimmt ihn in den Mund. Henri? Keine Reaktion.*

Zwei Tage später, am 13. Juli, einem Samstag, saß plötzlich ein weißer Schmetterling auf dem Segel. Er faltete die Flügel zusammen, als wollte er beten. Dieser unscheinbare weiße Schmetterling, wahrscheinlich ein Kohlweißling, war nicht nur ihr erster Gast, er bewies auch, dass außerhalb des Floßes noch etwas existierte, eine Welt. Acht Tage lang hatte sich kein einziges Lebewesen am Himmel gezeigt, kein Vogel. Acht Tage lang waren sie ganz allein an diesem gottverlassenen Ort gewesen. Und nun ein Schmetterling!

Lo-, Lo-, Lozach wollte ihn verschlingen, aber Lheureux verteidigte das Tier.

– Ein Zeichen des Himmels. Gott will uns damit sagen, er hat uns nicht vergessen.

Was ist heute für ein Tag? Sonntag?

– Samstag! Wenn wir auf der Medusa wären, würde der Bootsmann heute seine Schlappkiste öffnen. Ich würde diesen Pferdemist erstehen, den der als Tabak verkauft, und vier Tage lang ununterbrochen rauchen, bis mir schlecht ist. Coco spielte mit seiner Jakobinermütze.

– Ich täte mir eines dieser überteuerten schwedischen Messer zulegen. Und ein frisches Hemd, täte ich. Hosea spürte ein seltsames Brennen in der Brust.

Die Letzten

Der nächste Tag war der 14. Juli, Tag der Revolution. Ein Sonntag. In der Nähe von Paris wurde ein gewisser Arthur de Gobineau geboren, späterer Begründer der Rassenlehre und somit ideologischer Wegbereiter des Holocausts, Argumentationsgehilfe zur Verhinderung einer Gleichstellung der Schwarzen. Aber davon wussten die Menschen auf der Maschine selbstverständlich nichts. Nicht einmal Coste schwenkte seine Jakobinermütze. Wie die meisten hatte er kein Zeitempfinden. Da war keine Strecke mehr, die man unendlich oft teilen konnte, sondern eine einzige brachliegende Gegenwart. Die Zeit glich einem unbegrenzten Feld.

Es kamen noch mehr Schmetterlinge, die als Glücksboten gefeiert wurden. Außerdem setzte sich ein Pelikan auf die Maschine. Man versuchte dieses tollpatschig wirkende Tier zu fangen, war aber zu kraftlos und langsam. Sein Kreischen hämmerte sich in die Köpfe. Schrie er wirklich so laut, oder waren sie überempfindlich. Vielleicht war er nur Einbildung? So wie alles Einbildung war? Ihr Leben, Frankreich, das Floß? All die Dinge, die in ihrem bisherigen Leben passiert waren? Die Mädchen, erste Küsse, Obstkuchen, blühende Wiesen, erste Räusche? Vielleicht hatten sie sich alles nur eingebildet? Existierten sie gar nicht? So wie auch die Sonne nicht existierte, Frankreich, Napoleon, der König, dieses gottverdammte Meer und die Zeit. Alles, was sie jetzt noch mit Bestimmtheit sagen konnten, war, dass sie froren und zitterten. Trotz der vierzig Grad war ihnen kalt, weil ihre dehydrierten Körper es nicht mehr schafften, genügend Wärme zu erzeugen.

– Wir werden erfrieren. Das muss ja nicht sein, oder?

Der Pelikan war wieder verschwunden, nicht mehr zu hören, nur das einschläfernde Geräusch der Wellen, die sanft gegen die Bretter schlugen. Keine Brise kräuselte das Wasser. Eine wunderbare Stille war ausgebreitet über allem. Aber was für eine Stille? War sie friedlich, tödlich oder schon das Ende? Windstill war es wie in den Kalmen oder den Rossbreiten. Sollten sie dahin abgetrieben worden sein? Nein, unmöglich! Corréard hielt einen befeuchteten Zeigefinger, *wo nahm er nur den Speichel her?*, in die Höhe, doch es war kein Lüftchen auszumachen. *Jetzt müsste der Moses am Mast kratzen, um den Wind herbeizurufen. Aber den Moses gibt es ja nicht mehr.*

Die Wellen, die über das Floß leckten, brannten in den Wunden, außerdem wurden scharenweise Quallen an Bord gespült. Durchsichtige, versulzte Tiere. Lheureux, dieser große dumme Junge mit dem immer glücklichen Gesichtsausdruck, fasste eine an und schrie vor Schmerz. François, der sich, seit sie ausgesetzt waren, kaum bewegt, aber jedem Sterbenden interessiert zugesehen, ja, jedes Stöhnen richtiggehend aufgesaugt hatte, *warum hatte man diesen nutzlosen Fresser nicht über Bord geworfen?*, stolperte über eine herumliegende Hose und fand darin eine Zitrone. Aus Teneriffa? Er wollte hineinbeißen, sah, ohne dabei den Kopf zu bewegen, nach links und rechts, überlegte es sich anders, teilte sie in fünfzehn kleine Scheiben und nahm sich selbst die dickste. Kaum waren die Zitronenstücke, *saures Prickeln auf den tauben Zungen, angenehme Bitterkeit mit einer wahren Erinnerungsprozession, in der Limonade, Eis, Zitronenkuchen und andere Leckereien aufmarschierten,* verputzt, begann man alle herumliegenden Kleidungsstücke zu durchwühlen. Tatsächlich fanden sich vier Knoblauchzehen und eine kleine Flasche mit Zahnputzwasser. Gerade so viel,

dass jeder ein paar Tropfen auf die Zunge bekam. Dieser Minz-
geschmack war eine himmlische Wohltat, vertrieb den Durst
und erinnerte an ein anderes Leben, das da draußen vielleicht
irgendwo noch existierte: gedeckte Tafeln, Weingläser, aufge-
schüttelte Betten, Eintöpfe, Kopfsteinpflaster, Kutschen, Schul-
kinder, umgegrabene Erde, Milch …

– Ich will nicht mehr ins Wasser sehen, hauchte Dupont. Ich
seh darin die Toten.

– Dann schau in den Himmel.

– Da sehe ich sie auch.

Man erzählte sich Geschichten. Clairet hatte bei Waterloo
gekämpft. Als er von den Leichen erzählte und den zerrissenen Gedärmen, fiel er in eine melancholische Stimmung, als
ob er seiner toten Mutter gedächte. Der ehemalige Sergeant Lavillette war bei den Schlachten in Bautzen, Dresden, Leipzig
und Hanau dabei gewesen.

– Von Aspern habe ich den da, zeigte er seinen Goldzahn.
Auch er schwärmte von Gefechten, Gewaltmärschen, Plünde-
rungen und Weibern.

– Der Krieg war schrecklich, aber er hatte auch sein Gutes …
gebratene Gänse, Branntwein … Leider war es mir nicht beschieden, einen Arm oder ein Bein zu verlieren. Sonst säße
ich jetzt daheim bei Sauerkraut mit Speck und Bier. Bier! Und
wenn es wie Pferdepisse schmeckt! Er bekam ein nervöses Zucken.

Als Lheureux ins Wasser sprang, um sich abzukühlen, entdeckte er an der Unterseite des Floßes eine kleine buttergelbe
Muschel, die er sofort verschlang. Ein paar andere taten es
ihm nach und suchten ebenfalls nach Schalentieren, doch außer einem dünnen moosgrünen Bewuchs war nichts zu finden.
Schmeckte schlammig.

Am Montag war noch immer kein Lufthauch zu spüren. Alles, was der strahlende Himmel für sie übrig hatte, war gleißendes Sonnenlicht, das auf dem Wasser wie Lametta glitzerte. Zum Gänsehautkriegen, aber niemand hatte einen Sinn dafür. Dieser Himmel war ebenso ihr Feind wie das Meer, das ihnen immer wieder, je länger sie hineinstarrten, rettende Schiffe, Inseln oder andere Halluzinationen vorgaukelte. Ständig tauchte an der Kimmung etwas auf, das sich wenig später als Trugbild erwies.

Aus Gewohnheit hielt man Ausschau nach Wellen mit Katzenpfötchen, kleinen Schaumkronen. Auch sie hätten nichts genützt, weil die Maschine manövrierunfähig war. Da man wieder zu den früheren, knapper bemessenen Rationen zurückgekehrt war, stellte sich am Nachmittag brennender Durst ein. Die Zunge lag wie ein toter Fleischklumpen im Mund und schmeckte nach verfaultem Hering.

Um den Genuss der Weinration, eine halbe Tasse für jeden, möglichst in die Länge zu ziehen, trank man durch einen Federkiel. So war man zwei, drei Stunden beschäftigt. Doch irgendwann war auch mit dieser Methode der letzte Tropfen aufgesaugt und kam der Durst zurück. Man hatte sich angewöhnt, den Urin zu sammeln. Nun wurde er verglichen. Einer war braun und stank nach Essig, ein anderer duftete nussig. Der nächste erinnerte an abgestandenes Bier, ein anderer an Rindsuppe. Alle kosteten und tranken. Corréard zog den Mund zusammen und gurgelte wie bei einer Weinverkostung. »Hmm, vulkanischer Boden, jung, fruchtig, sauber im Ansatz, prächtige Struktur, am Gaumen rassig, ein Hauch Pfeffer, Brennnessel, Quitte im Abgang …« Savigny erläuterte, früher hätte Harn als Heilmittel gegolten, besonders Eselsurin.

– In Russland, fiel Lavillette ein, trinkt man die Pisse von

Fliegenpilzberauschten, um selber high zu werden. Es gibt Tatarenstämme, die machen das vor jeder Schlacht.

Wegen der vielen Salze im Harn gerieten die Körper aus dem Gleichgewicht, hatten alle sofort nach dem Trinken das dringende Bedürfnis, erneut zu urinieren. Sie fingen auch diesen Harn auf und tranken ihn etwas später ebenfalls. Wenn man den Ekel erst einmal überwunden hatte, schmeckte es gar nicht so schlecht.

Nur Griffon du Bellay schüttelte den Kopf und trank zehn, zwölf Becher Seewasser. Wenig später übergab er sich mit grässlichen Geräuschen. *Will sich der die Speiseröhre rauskotzen?*

– He, alte Eidechse. Alles in Ordnung?

– Nnnnn. Der Sekretär verfiel in einen apathischen Zustand. Bald war er nicht einmal mehr fähig, die Hand zu heben, geschweige denn zu sprechen. Sterben wollte er, sterben und sonst nichts. Ruhe haben. Endlich Ruhe. Außer einem wässrigen Stöhnen war nichts mehr aus ihm herauszubekommen.

Abends machte eine kleine, aber leere Parfümflasche die Runde. Der Duft nach Rosenwasser weckte Erinnerungen an eine weit zurückliegende Welt. *Was für einen erhabenen Anblick das Meer doch bietet, wenn die Sonne tief steht. Ölig schaut es aus. Als ob man darauf dahingleiten könnte, zurück zu den leichten Damen von Rochefort.*

Dienstag, der 16. Juli. Sie hatten jegliche Hoffnung aufgegeben. Selbst der optimistische Lheureux sagte kaum noch etwas, fand keinen Zipfel Lebenswillen mehr in sich. Savigny? Seine Lider hingen auf Halbmast. Es war nur noch das Leben selbst, das ihn zwang zu atmen, weiterzumachen trotz der Gliederschmerzen, dem Stechen in der Brust, dem Brennen in der

Kehle. Sein Geist hatte sich zurückgezogen, sah die Dinge nur noch wie durch eine milchige Glasscheibe, verschwommen, schemenhaft. Das Leben selbst hielt ihn am Leben, an dieser Qual. Sogar der einst lodernde Hass auf Schmaltz, Chaumareys und die anderen für ihr Unglück Verantwortlichen war nur noch ein blasser Schatten. Selbst als drei sonst Vernünftige – nämlich Coudein, Clairet und Oberfeldwebel Charlot, »Auf Frankreich!« – das Weinfass leertrinken und dann Selbstmord begehen wollten, konnte sich niemand aufraffen, die dafür vorgesehene Strafe einzufordern. Alles war bedeutungslos geworden. Nichts drang mehr an ihr Bewusstsein, das sich irgendwo unter Tausenden Decken vergraben zu haben schien. Sie erblickten Haie, neun Meter lange Tiere, und hatten nicht die geringste Angst. Corréard neckte sie sogar:

– Na, kommt her, ihr kleinen Butzis. Happi-Happi. Kommt zu Papa, lasst euch streicheln.

Die Tiere schwammen eine Weile neben ihnen her, dann verzogen sie sich.

Am Nachmittag, nachdem sie sich mit Wein und Urin gestärkt hatten, glaubte plötzlich der Schwarze Jean-Charles, Land zu sehen. Alle wollten am Horizont einen Küstenstreifen erkennen. Gierig schluckten sie dieses Bild.

– Land, fielen sie einander in die Arme. Land! Gerettet!

– Aber wie sollen wir es erreichen? Das Floß ist manövrierunfähig! Noch nie hatte man so traurige Gesichter gesehen.

– Ich werde hinüberschwimmen.

– Nein, das ist unmöglich. Viel zu weit.

– Ein Kanu! Wir bauen ein Kanu!

Sofort machten sich acht Männer daran, die als seitliche Begrenzung des Floßes dienende Stenge zu lösen. Sie mühten sich mit den Tauen, die sich tief ins Holz geschnitten hatten, und rollten, als sie die Verzurrung endlich entfernt hatten, den Baum ins Wasser. Der Druck auf ihren Unterarmen und Schultern war gewaltig, manche spürten einen Stich im Kreuz, ein Ziehen und Brennen in den Muskeln, doch schließlich schafften sie es. Savigny sah verwundert zu, wie die Matrosen Hosea Thomas und Corneille Coco Coste, der Schwarze Jean-Charles, Goldzahn Lavillette sowie die Offiziersanwärter Lheureux, Lozach, Dupont und Clairet Bretter, die sie als Paddel verwenden wollten, aus dem Boden rissen und versuchten, die Stenge als Kanu zu nutzen. Es schien ihnen nichts auszumachen, dass sie eben noch Haie gesehen hatten. Kaum saßen zwei, drei auf dem Einbaum, fielen sie auch schon ins Wasser, weil sich andere daran festhielten und versuchten, ebenfalls hinaufzukommen. Jeder, der sich hochzog, drehte unweigerlich den Baum und brachte damit die darauf Sitzenden aus dem Gleichgewicht – selbst das gleichzeitige Besteigen aus zwei Richtungen brachte nichts. Und wenn sich einer mit Armen und Beinen festklammerte, wurde der Einbaum so gedreht, dass der Klammeraffe bald darauf im Wasser hing … Es war ein erheiterndes Schauspiel, fast wie ein Kinderspiel, das immer wieder damit endete, dass alle im Wasser landeten. Nach zwei Stunden gaben sechs von ihnen auf und kehrten erschöpft auf das Floß zurück. Nun gelang es Thomas und Coco, auf dem Einbaum ein Stück zu rudern. Doch sosehr sie sich auch mühten, der geteerte Hut und die Jakobinermütze kamen kaum vom Fleck. Als sie hundert Meter vom Floß entfernt waren, bekamen sie es mit der Angst zu tun und kehrten um. Nun empfanden sie mit jeder Faser ihres Körpers, dass sich die Welt auf das Floß und seine Besatzung beschränkte. Diese laienhafte Holzkonstruktion war ein Ungeheuer, *von wegen Maschine*, aber es beherrschte sie. Keine Metapher, kein Symbol, sondern bittere Realität und Ernstfall.

Inzwischen hatte die letzte Leiche, die noch an Bord war, zu stinken angefangen. Vielleicht stank sie schon länger, doch jetzt überzog dieser Verwesungsgeruch, der sie an den eigenen Tod erinnerte, alles.

– Wenn wir dieses faule Fleisch essen, sterben wir.

– Wir sterben sowieso.

Seit Tagen hatte niemand mehr Stuhlgang gehabt, und manche rechneten damit, innerlich zu verfaulen. Lavillette hatte sogar mit einem Stöckchen in seinem After herumgestochert, um den harten Kot herauszuholen, was ihm nicht gelang.

Sie schnitten ein paar Streifen von dem letzten Toten, hängten sie zum Trocknen über ein Tau und warfen die Leiche dann ins Meer. Es war vorbei, sie konnten nur noch auf ihren Tod warten. Den Tod, der sie seit Tagen begleitete, dem alles hier gehörte. *Wie es wohl sein wird, wenn man keine Angst mehr hat? Keine Freuden? Keinen Lebenswillen, nichts?* Coudein betete ein »Vateruinser«, und die anderen schlossen die Augen und spürten, wie ein warmer Frieden sie erfüllte. Alle waren abgetaucht in sich selbst, an einen Ort der Ruhe und Bequemlichkeit.

Nur Savigny entdeckte ein kleines Brett und begann darauf mit Tinte, die er bei einem Toten gefunden hatte, die Geschichte des Floßes zu schreiben: »Als wir, die armen Schiffbrüchigen der Medusa, am 5. Juli dieses Vehikel betraten, waren wir hundertsechsundvierzig Mann und eine Frau. Heute, elf Tage später, sind wir nur noch fünfzehn. Alles, was uns zugestoßen ist, hatte einen Vorteil, einen einzigen, es erleichtert uns das Sterben, das langsame Hinübergleiten in den Tod ...«

Mittlerweile waren die Schiffbrüchigen um Espiaux, Lapeyrère, Maiwetter und die Picards längst gerettet – auch Richeford, der weder Chaumareys noch Schmaltz aus dem Weg ging und sich gegenüber dem englischen Gouverneur als tapferer Held aufspielte. Der Hafenmeister, nicht das geringste Schuldgefühl, trat auf, als hätte er gerade Amerika entdeckt, schmückte seinen Kapitänshut mit gefärbten Federn, besorgte sich einen Rock aus rotem Samt nach der Mode Franz' I., hängte sich goldene Ketten um den Hals und ließ sich in einer Sänfte herumtragen. Ein selbstherrlicher Parvenü.

Wüstennomaden hatten die Gruppe nach Saint-Louis geführt – obwohl die Lafitte-Schwestern auf etwas anderes gehofft hatten – und das Lösegeld kassiert. Die Argus, die den Auftrag hatte, weitere Überlebende an Land zu finden – noch fehlten jene sechzig Menschen, die bei Espiaux' erster Landung ausgestiegen waren –, brach am 17. Juli die Suche ab. Man war auf dem Weg zurück nach Saint-Louis, als der Wind drehte, also beschloss man, sich diesen Umständen zu fügen und zum Wrack der Medusa zu segeln. Am nächsten Tag, genau einen Monat und einen Tag nach der Ausschiffung aus Rochefort, entdeckte man auf offener See das Floß – dreizehn Tage, nachdem man es im Stich gelassen hatte. Die Küste war über hundert Seemeilen entfernt.

Es waren fünfzehn fast nackte Männer, über und über mit Schrunden bedeckt, von der Sonne verbrannt, voller Wunden, die sich beim Anblick der Argus stumm die Hände reichten. Ausgemergelte Gesichter, stachelige Bärte, schwarze Lippen, muschelgelbe Augen, nur fünf konnten sich noch auf den Beinen halten. Zwei fielen dem Kapitän um den Hals und küssten ihn. Ihr Atem roch nach verfaultem Fleisch.

– Dankt nicht mir, sagte der Pfeife rauchende Kapitän Parnajon, wir haben seinen Namen nicht vergessen. Ich habe nur meine Pflicht getan.

Diese Überlebenden, es waren die Heeresleutnants Dupont, Lheureux, Clairet und Lozach, Oberfeldwebel Charlot, der schwarze Soldat Jean-Charles, der Marineoffiziersanwärter Coudein, Schiffsarzt Savigny, Geschützmeister Tourtade, die Seemänner Coste und Thomas, die Angestellten der Kolonialgesellschaft Corréard und Lavillette, der Sekretär des Gouverneurs Griffon du Bellay sowie der Krankenpfleger François, wurden nach Saint-Louis gebracht, wo sie von schweigenden Menschen empfangen wurden. Kein Wort fiel, nicht einmal ein scherzhaftes, als man die fünfzehn ausgemergelten Gestalten sah, von denen die meisten gestützt werden mussten. Sie wurden zum Platz vor dem Rathaus gebracht, wo Schmaltz und Chaumareys warteten, um Ansprachen zu halten. Die beiden waren herausgeputzt wie Pfaue, der Kapitän gepudert, und der designierte Gouverneur hatte alle seine Orden angelegt – würdige Vertreter Frankreichs und des Ancien Régime. *Gerade recht, um ihnen in den Arsch zu treten.* Beide hatten Angst, wichen den Blicken der fünfzehn Überlebenden aus. Während sie sprachen, von Mut und Wille redeten, von Stolz und Größe der Nation, *feige Kriecherei*, begann es in den Bäuchen der Geretteten zu glucksen. Bald spürten sie schneidende Schmerzen und litten sie unter einer explosiven Diarrhö. Es war, als ob sich die steinharte Verstopfung wie der Pfropfen einer Champagnerflasche löste, bevor eine wahrhafte Fontäne aus ihnen schoss, ein perlender Sprühregen kleinster Kotpartikel, ein Feuerwerk von Meteoriten aus dem Darm.

Schmaltz und Chaumareys sprachen von den französischen Tugenden, von Entschlossenheit, göttlicher Gnade, Tapferkeit, davon, dass hier etwas geschehen sei, womit niemand rechnen konnte, etwas, das es so noch nie gegeben hatte: ein Wunder! Überwindung widrigster Verhältnisse! ... Die Überlebenden aber verzogen sich einer nach dem anderen hinter ein Gebüsch. Sogar Charlot meinte:

– Ich scheiß auf Frankreich.

Himmelswasser

Saint-Louis, Handelsstützpunkt und Sehnsuchtsort. Schwarze in bunten Tuniken und Boubous – Origamis aus Unmengen Stoff, von denen man dachte, es müsse irgendwo eine Schnur zum Anziehen geben, damit diese kunstvoll gefaltete Verschlingung so ähnlich wie ein Regenschirm auf wundersame Weise herunter- und in sich zusammenfiele. Frauen mit Bündeln von Brennholz, Töpfen oder sonst was auf dem Kopf. Kurzhaarschafe, Ziegen. Überall Mangos, Bananen, Kokosnüsse. Rot blühende Sträucher, Affenbrotbäume – mit dicken Stämmen, als hätten sie Elefantitis, blühende Karuben- oder Johannisbrotbäume mit riesigen auberginefarbigen Schoten, haufenweise Fische, lachende Gesichter … Aber niemand ahnte etwas von den Krankheiten, die hier lauerten: Tollwut durch einen Hunde- oder Affenbiss, Meningokokken durch Tröpfcheninfektion, das Hepatitis-ABC, Tetanus, Pocken, Malaria, Typhus, Gelbfieber, das West-Nil-Virus, Cholera und viele andere.

Die Stadt hatte damals zehntausend Einwohner: fünfhundert Europäer, sechstausend Freie oder Freigelassene und dreitausendfünfhundert Sklaven. Es gab eine kleine Barockkirche im südlichen Teil der Insel, die erste in Westafrika, eine Moschee im nördlichen Teil, zwei Schulen und eine Kaserne samt Spital – ein großer Säulensaal mit weißgekalkten Wänden, den man nun für die Schiffbrüchigen freimachte. Das Essen, schwer und fett, nichts für schwache Mägen, kam aus der Soldatenküche. Zwei Krankenschwestern setzten ihnen Schröpfgläser an, und ein Arzt verschrieb Trinkkuren. Sonst kümmerte sich kaum jemand um sie. Der Kapitän hatte ebenso Angst vor diesen Überlebenden wie der designierte Gouverneur, der sich lieber mit Gummi arabicum, Baumwolle, Erdnüssen und anderen Rohstoffen beschäftigte, die er diesem Französisch-Westafrika abpressen wollte. Schmaltz wollte Frankreich beweisen, dass die Region mehr hergab als Sklaven für den Zuckeranbau in Santo Domingo. Er dachte an ein Fort im Landesinneren, an Plantagen, Menschenhandel im großen Stil.

Am 22. Juli, vier Tage nach Ankunft der Floßgestalten, wurden die beiden bestens gelaunten Wissenschaftler Kummer und Rogéry von Tuareg nach Saint-Louis gebracht. Beide hatten etwas Tamasheq gelernt und ihre völkerkundlichen Studien vorangetrieben. Am selben Tag erreichte auch die zuallererst an Land gegangene Gruppe um Anglas den Senegal. Auf ihrem vierhundert Kilometer langen Marsch entlang der Küste, damals gab es in der Region Trarza noch einige Salzbecken und Sümpfe mit Büffeln und Gazellen, waren fünf gestorben, vier Soldaten und eine Schwangere. Es hieß, ihr Mann habe sich eine Ader aufgeschnitten und ihr sein Blut zu trinken gegeben, und als auch das sie nicht zu retten vermochte und sie in seinen Armen starb, habe ihr bis zur Besinnungslosigkeit verzweifelter Gatte sein Messer dazu benutzt, der über alles geliebten Frau den Kopf abzuschneiden, um ihn mitzunehmen. Wie eine Monstranz soll er ihn getragen haben … über hundert Kilometer lang bis Saint-Louis, wo ihn die am Ortseingang in Holzverschlägen hausenden Fischer für einen bösen Medizinmann hielten und fast gelyncht hätten.

Die Überlebenden waren wie verdorrt. Auch um sie kümmerte sich niemand, keiner kochte ihnen die Gerichte, von denen sie in der Wüste phantasiert hatten, niemand pflegte ihre verbrannte Haut, und eine psychologische Betreuung, ein Kriseninterventionszentrum oder Ähnliches gab es damals sowieso nicht. Saint-Louis war auf sie nicht neugierig.

All diese Wüstenwanderer hatten Extremstes überstanden, ihre Körper waren an unvorstellbare Grenzen gelangt, und ihre Geister hatten Gott gesehen. Nun, da sie scheinbar gerettet waren, brachen sie zusammen. Sie ließen sich gehen, verloren jeden Halt, fielen in sich zusammen wie Vogelscheuchen, denen man die Holzkreuze herausgezogen hatte. Dazu kamen Enttäuschungen. Die Lafitte-Schwestern, nun spiegelten ihre hängenden Mundwinkel und Falten drei Grade der Frustration, standen vor dem Nichts. *Kein Kaufhaus! Kein Sultan! Kein Palast!* Picard musste feststellen, dass seine Baumwollpflanzungen, die er 1809, als die Engländer den Senegal besetzten, verlassen hatte, verwüstet waren. Laura, »kein geschlafenet«, und Charles junior, »vier plus zwei ist sechs«, lagen im Sterben. Seine Frau war noch unleidlicher, herrischer und verbissener geworden. Charliiie! Auch von den Floß-Überlebenden überstanden fünf die nächsten Wochen nicht. Zuerst starb Clairet, seine leere Augenhöhle hatte sich infiziert und den ganzen Kopf vergiftet, so dass er bald einem einzigen großen Pickel glich. Lo-, Lo-, Lozach bekam Fieber und phantasierte so laut, dass man ihn separieren musste. Zwei Tage später war er tot – ausgestottert. Geschützmeister Tourtade hatte sein Pulver verschossen, vermochte keine Nahrung zu behalten, verlor das Bewusstsein und kam nicht mehr zurück. Jean-Charles wollte den Ramadan einhalten und phantasierte von Joseph, Marie-Zaïde und dem Mulatten. Nichts hielt ihn im Spital. Beim Versuch, Sklaven zu befreien, die zur Verschiffung auf die Insel Gorée gebracht werden sollten, wurde er erschossen. Als Fünfter starb Oberfeldwebel Charlot, der es nicht verwinden konnte, dass die Franzosen doch nicht so großartig waren, wie er gedacht hatte.

Savigny, der anfangs nur müde war und schlafen wollte, was gar nicht so leicht war, quälten ihn doch Bilder der Maschine, hatte sich erstaunlich schnell erholt, verbrachte die meiste Zeit in der Kaserne, saß auf der Terrasse, beobachtete den zähflüssigen Senegalfluss und die flinken Eidechsen, die vom Boden auf Mauern sprangen, sie erklommen, Insekten fingen, um sich dann einfach fallen zu lassen, mit einem Plopp am Boden aufzuschlagen. Er widerstand der Versuchung, eine zu fangen, um ihr den Kopf abzubeißen. Er mied die Stadt. Die wenigen Male, die er sich auf die mit Eukalyptusbäumen und sumpfgelben Platanen gesäumte rote Sandstraße gewagt hatte, war er von bettelnden Kindern und Verkäufern richtiggehend belagert worden. Da saß er lieber am Fluss unter den großen Palmen, die ihn an die Windräder in Rochefort erinnerten, und trank senegalesischen Tee – ziemlich stark, süß und mit einer Schaumkrone.

Er wusste nicht genau, was er erwartet hatte, aber die Gleichgültigkeit der Menschen gegenüber seinem Schicksal deprimierte ihn zutiefst. Anfangs hatten sie noch Fragen gestellt, aber bereits nach ein paar Tagen war seine Geschichte komplett uninteressant geworden. Dreizehn Tage auf einem Floß? Hundertzweiunddreißig Tote? Tragisch. Sicher. Aber wo war denn dieses Floß? Und wo die Toten? Außerdem gab es Wichtigeres: Bald kam die Regenzeit, drohte mit Überschwemmungen. Ein Fischerboot wurde vermisst. Auf der Langue de Barbarie war ein Hirte von einem Löwen angefallen worden. Ein Marabout hatte dazu aufgerufen, an einem Freitag keinen Alkohol mehr zu transportieren …

Die anderen Überlebenden waren entweder unansprechbar oder gingen ihm aus dem Weg. Sie betrachteten sich gegenseitig als Zeugen von Demütigungen und Übertretungen von Schamgrenzen, an die sie nicht erinnert werden wollten.

So saß der junge Doktor also auf der Terrasse und beobachtete die Kormorane und Pelikane, die beim Fliegen den Hals abwinkelten, wodurch es aussah, als hätten sie einen Kropf. In einiger Entfernung wurde ein Schiff beladen, mühten sich Arbeiter mit ihren Lasten über sumpfiges Ufer und lange Holzstege.

– Da sind Sie also. Es war eine bekannte, helle Stimme, und Savigny, *ja, da bin ich also,* wusste, ohne sich umzudrehen, wem sie gehörte. Chaumareys. Der Kapitän sah aus wie immer: gepudertes Gesicht, Perücke, Schnallenschuhe, Kniestrümpfe, Rüschenhemd. Nur auf den schweren Samtrock hatte er angesichts der Hitze verzichtet. Der Kapitän war nicht im Geringsten unsicher oder gar schuldbewusst. Im Gegenteil, er schickte einen schwarzen Laufburschen um Wein, nahm Platz und sah den Doktor ohne jede Verlegenheit an:

– Ich habe gehört, Sie wollen zurück nach Frankreich?

– Meine Verlobte erwartet mich. Savigny hüstelte.

– Was würden Sie dazu sagen, hier das Lazarettspital zu leiten? Sie sind doch Wissenschaftler. Mit der Erforschung der Tropenkrankheiten könnten Sie sich einen Namen machen.

Savigny sagte nichts, blickte ihn aber verächtlich an.

– Sie werden doch nicht nachtragend sein und mir diese Sache mit dem Floß vorhalten? Das war in dubio pro reo der Macht der Umstände geschuldet. Ich hatte keine andere Wahl.

Savigny sagte noch immer nichts, nahm aber einen kräftigen Schluck Wein, den der Diener gebracht hatte.

– Oder wollen Sie es machen wie Napoleon?

– Napoleon? Wieso?

– Der kleine Kerl hätte es weit bringen können, vielleicht zum Ritter vom Bourbonen-Orden oder sogar zum Admiral, Marschall wäre er bestimmt geworden, aber nein, dieser ver rückte Korse zog es vor, sich selbst zum Kaiser zu krönen … So dumm werden Sie nicht sein, oder?

– Was wollen Sie?

– Ich will pars pro toto gar nichts. Es geht das Gerücht, Sie wollen so schamlos sein und die Geschichte mit dem Floß, diese Intimität, an die Öffentlichkeit zwingen.

– Ich würde mich schämen, es nicht zu tun.

– Dann muss ich Sie darauf hinweisen, mein Herr, dass es genügend Meinungen gibt, die meine Rolle bei dieser Geschichte als absolut, ich betone: absolut untadelig bezeugen. Griffon du Bellay, die jungen Leutnants … Ich weiß natürlich nicht, was Sie genau erreichen wollen, aber diese aufklärerischen Diderots und d'Alemberts, diese Holbachs und Voltaires mit ihren gotteslästerlichen Behauptungen und ihrer Vernunft haben auch nur das Chaos der Revolution gebracht. Wollen Sie das? Ein Marquis de Condorcet hat seinen Einsatz für die Gleichheit aller Menschen mit dem Leben bezahlt. Und zu Recht! Menschenrechte? Abschaffung der Sklaverei? So ein Unsinn! Wir haben den sehr fortschrittlichen Code Noir, worin der Grausamkeit der Menschenhändler ein Riegel vorgeschoben wird … Sie sind ein junger Mensch, zu Hoffnungen berechtigt. Da werden Sie doch nicht öffentlich mitteilen, dass Sie Leichen gegessen haben, diese nach allen gesellschaftlichen Maßstäben völlig indiskutable Ernährung … So etwas kann Sie die Karriere kosten. Glauben Sie, auch nur ein Kranker wird sich dann noch von Ihnen behandeln lassen?

Savigny hatte Lust, ihn anzubrüllen, ihm eine Entschuldigung abzuverlangen, ihm von der Abstumpfung zu erzählen, von der tiefen Traurigkeit, von Brotträumen und davon, dass er schon bei den Toten war, seinen Körper von außen gesehen hatte wie einen fremden Gegenstand, aber er war nicht so dumm wie eine Mücke, die erst um das Ohr des Opfers surrte und dabei riskierte, erschlagen zu werden. Nein, er wusste, wenn er tatsächlich eine Dissertation über die Geschehnisse auf dem Floß schreiben wollte, wenn er tatsächlich eine wissenschaftliche Karriere auf diesen erlebten Ungeheuerlichkeiten begründen wollte, dann musste er sich jetzt ruhig verhalten, sonst lief er Gefahr, noch hier im Senegal vergiftet zu werden. Also stand er auf, bemühte sich zu lächeln und sagte:

– Sehr gütig, dass Sie mir so etwas zutrauen, Monsieur le Capitaine, aber ich habe nichts dergleichen vor. Allenfalls denke ich über eine wissenschaftliche Abhandlung zum Thema Dehydration nach.

– So? Chaumareys' Blick maß ihn von Kopf bis Fuß. Dann sind Sie vernünftiger, als ich dachte. Er hob sein Glas, und sie stießen an. Auf das Leben!

Aber ich lebe doch nicht mehr? Lebe ich?

– Auch Corréard denkt über das Angebot nach, hier einen Posten als leitender Beamter einzunehmen. Vernunft ist eben doch, da pflichte sogar ich ausnahmsweise den Aufklärern bei, ein hohes Gut.

Savigny suchte nach Lücken zwischen den Sätzen, in die er hineinkriechen könnte, weg aus dieser unangenehmen Situation. Aber der Kapitän gab ihm keine Gelegenheit dazu, sprach einfach weiter (lückenlos) von seiner Pflicht, seinem Gewissenskonflikt, Ängsten, davon, dass er alles Menschenmögliche getan hätte, von Suchtrupps, *welchen?*, und Gebeten. »Kaum in Saint-Louis, habe ich schon eine Messe für Sie lesen lassen!« Dann sah er den Schiffsarzt bedeutungsschwanger an, als ob das, was er gleich preisgeben würde, die größtmögliche Erkenntnis wäre:

– Ich gebe zu, es ist etwas aus dem Ruder gelaufen. Sie dürfen das nicht als Schuldeingeständnis werten, aber entre nous habe ich das Bedürfnis, Ihnen behilflich zu sein … Savigny wollte nur hinauskriechen, fort aus dieser Situation. *Weg!* Da legte Chaumareys, wie um seinen feigen, degenerierten, verkrüppelten Charakter vorzuführen, fünfhundert Franc und eine goldene Taschenuhr auf den Tisch.

– Vielleicht haben Sie ja Lust zu vergessen? Mutatis mutandis! Genießen Sie das Leben! Es gibt hier am andern Ende der Stadt, Sie müssen nur die Straße runtergehen, eine »Grotte der Kalypso«. Betreibt ein Belgier. Die haben da gebratene Kartoffelstäbe, damit könnten Sie ein Floß bauen … Entschuldigung. Und Mädchen! Negerinnen! Signaren aus dem Süden!

Der Kapitän trank sein Glas aus und erhob sich mit dem törichten Gedanken, der Geschichte damit ein für alle Mal ein Ende gesetzt zu haben.

Sobald von Chaumareys nichts mehr zu sehen war, betrachtete Savigny die Uhr, klappte sie auf. »Lépine« stand auf dem Zifferblatt, der berühmte Uhrmacher von Paris. Dahinter war ein Segelschiff zu sehen. Die Medusa? Und auf der Deckelinnenseite stand in schön verzierter Gravur: »Punkt eins: Das Meer hat immer recht. Punkt zwei: Sollte das Meer einmal nicht recht haben, so tritt sofort Punkt eins in Kraft.«

Er trank den Wein aus, steckte das Geld samt der Uhr ein und ging, diesmal von den bettelnden Kindern unbehelligt, zur Grotte der Kalypso. Dort trank er den teuersten Champagner und aß das exquisiteste Gericht – eine Kombination aus Steak und Tiof (Zackenbarsch), mit einem Bissab-Spinat und einer weiteren Beilage, die der Belgier Pommes frites nannte. Nachdem er den teuersten Cognac getrunken und eine Zigarre geraucht hatte, gab er dem Drängen einer leichtbeschürzten Dame mit dem schönen Namen Moussokoro nach. Makelloses

Gesicht mit erstaunlich kleiner Nase. Brüste wie Zuckerhüte. Zwar puderte er nicht, wie Kimmelblatt das bezeichnet hatte, mit einer Schickse eine Mischpoche, aber er stellte zumindest fest, dass er untenrum noch funktionierte.

Zurück im Speisesaal, ein düsterer Raum mit vielen Polstern, seltsamen Holzstühlen und Masken aus Schwarzafrika, trank er noch einen Cognac und ließ sich von einer Wahrsagerin, einem runzeligen Weib, die das Handlesen beherrschte, eine große Zukunft prophezeien. »Was für eine Erfolgslinie! Großes Glück!« Es war der beste Moment seines Lebens, das, worauf er sich während der dreizehn Tage auf der Maschine gefreut, was ihn am Leben gehalten hatte. Doch war er glücklich? Es wäre nicht richtig, dieses Gefühl, das ihn nun durchflutete, als Enttäuschung zu bezeichnen, aber Glück? Glück war es nicht.

Am 25. August, zweiundfünfzig Tage, nachdem man sie verlassen hatte, wurde die alte, in den Sand gesetzte Dame gefunden. Die Medusa! Sie lag völlig auf Backbord, 45 Grad geneigt, war aber nicht gesunken. Am Heck wehte die von Espiaux gehisste Fahne mit den goldenen Lilien, das Deck stand zur Hälfte unter Wasser, Unrat schwamm darauf, Geschirr, Möbel, leere Käfige, Kleidung, Kot. Die hinteren Teile der Kanonen ragten aus dem Wasser, vom Schwein Blücher war nur noch der Strick übrig, vom Tierkadaver nichts.

Die größte Überraschung aber war, dass drei Männer noch lebten. Ihre Namen waren Coutant, Dalestre und Lescoy. Elie Coutant, wir erinnern uns an seine Kerben, die mittlerweile den halben Großmast bedeckten, hatte sich und die beiden verrückt gewordenen Gesellen mit talgigem Schweinefleisch und Branntwein ernährt. Dalestre und Lescoy waren an Fock- und Besanmast oder dem, was davon übrig war, festgebunden, und der Jude hatte sie, hin- und herpendelnd wie Jesus zwischen den beiden Schächern, hingebungsvoll gepflegt. Mit einem genau geregelten Tagesablauf. Auch wenn die beiden Verrückten gar nichts oder nur Unsinn von sich gaben, war Elie Coutant, sein Name bedeutet so viel wie Selbstkosten, ständig am Sprechen: »Was für ein schöner Tag heute wieder ist. Was meinst du, Lescoy, du frierst? Ein altes Weib friert sogar im Sommer? Warum ziehst du dich nicht wärmer an? Du bist doch so blöd wie ein Ei in der Suppe. Und du findest das komisch? Ich habe noch nie einen solchen Hammel gesehen. Begreifst du überhaupt, was ich dir sage, Dalestre? Du könntest dir ruhig einmal die Zähne putzen. Ja, jetzt lachst du, aber du wirst schon sehen, wenn sie dir ausfallen … Was hältst du von den Wolken? Glaubst du, das Wetter schlägt bald um? …« Er benahm sich wie ein alter Mensch, der nur noch seine Haustiere hatte.

So bildeten diese drei eine lebenserhaltende Symbiose. Ein Vierter, seine Leiche trieb im Wasser, war an Entkräftung gestorben, ein Fünfter, der versucht hatte, in einem Hühnerkäfig an Land zu rudern, war ertrunken, zwölf weitere hatten es mit einem Floß, versorgt mit Wein und Schnaps, versucht und waren nie wieder gesehen worden. Nur das leere, gestrandete Floß wurde gefunden.

Die vom Wrack geborgenen Güter wurden nicht etwa ihren rechtmäßigen Besitzern zurückgegeben, sondern am Markt in Saint-Louis versteigert, darunter auch die Flagge, die Espiaux gesetzt hatte. Aus ihr wurden Tischtücher gemacht, die später in Paris auftauchen sollten. Die angeblich mitgeführten Goldfrancs wurden ebenso wenig gefunden wie der Papagei William Shakespeare.

Doch weiter in der Chronologie: Am 2. September erreichte die nach Frankeich zurückgesegelte Korvette Echo den Hafen Brest. Fünfundfünfzig Überlebende befanden sich an Bord, darunter Espiaux, Maudet, Lapeyrère, und vom Floß: Coudein, Savigny und Hosea Thomas. An Hosea, diesem Fels von Menschen, machten sich erste Anzeichen von Katatonie bemerkbar. Savigny, froh, dem Einflussbereich Chaumareys' entkommen zu sein, war noch nie so einsam wie während dieser Rückfahrt. Als Gesellschaft wählte er sich Tinte und Papier. Um die Zeit totzuschlagen, schrieb er alles auf, vom Kentern der Medusa bis zu den Tagen im Spital.

Diese Aufzeichnungen waren nicht mehr als ein sachlicher Bericht für die Marineführung. Der Arzt rechnete mit keiner Reaktion. Wahrscheinlich würde es so sein wie mit seinen Eingaben bezüglich des täglichen Deckschrubbens und der damit verbundenen Feuchtigkeit. Doch diesmal war es anders. Dank der Indiskretion eines frühen Whistleblowers gelangte die Schrift an den Herausgeber des *Journal des Débats*, der keinen Augenblick zögerte, die Geschichte zu veröffentlichen. Das schlug ein! In den Logen und Salons zerriss man sich die Mäuler, die Stammtische hatten nur noch dieses eine Thema: das Floß der Medusa. Studenten, Waschweiber, Schneider, Ammen, Soldaten und Beamte, alle flüsterten erregt: »Hast du schon gehört …« Die Woge der Entrüstung war gewaltig, da war von einer nationalen Demütigung die Rede, von einer Demoralisierung der patriotischen Seele. Der Minister namens Verstopfung war völlig außer sich und tobte: Landesverrat! Nationale Schande! Savigny wurde befohlen, sich unverzüglich persönlich ins Marineministerium zu begeben, wo man ihn erst einmal vier Stunden warten ließ. Er, etwas naiv, rechnete mit einer Belobigung, einem Orden oder sonst einer Auszeichnung, saß auf einer samtbezogenen Bank im Louis-quatorze-Stil, betrachtete die herumflitzenden Lakaien. *Wieso kommt keiner auf den Gedanken, mir ein zweites Frühstück anzubieten. Gut, dass ich heute schon gegessen habe, Rühreier mit Speck, gebratene Bohnen, Kartoffeln mit Käse überbacken ...* Gedankenverloren sah er all die goldenen Kandelaber und Spiegel, *wie Torten,* die mit Marmor verkleideten Wände, *braun-weiß wie ein Gemisch aus Schoko- und Vanilleeis,* die raffinierten Muster im Parkettboden, *Baumkuchen,* und ahnte, dass sich dieser überbordende Prunk nur der Ausbeutung der Kolonien verdankte. Er dachte an die in Ketten gelegten Sklaven in Saint-Louis, an die verwachsenen Bettler, dünn wie Spinnen, die Blinden mit den weißen Augen, und er dachte auch an Moussokoro, dieses makellos schöne Geschöpf. Bevor er sich darin verlor, erschien ein livrierter Diener, der verkündete:

– Der Minister lässt bitten.

Was heißt das? Er lässt bitten? Er hat mich gebeten ...

Savigny wurde durch eine sechs Meter hohe Tür geschoben und stand in einem prächtigen Saal mit Marmorsäulen, antiken Statuen und riesigen, in Öl verewigten Seeschlachten. Der Raum war ein verspieltes, in glitzerndes Licht getauchtes Spiel von Bögen, Schnörkeln, Zierleisten, Vertäfelungen. Ganz am Ende stand ein Schreibtisch mit vergoldeten Galionsfiguren als Beine. Dahinter hockte ein feister Mensch mit weißer Perücke, der von dem Eindringling keinerlei Notiz zu nehmen schien, in Unterlagen blätterte und manchmal »Soso« und »Hmmhmm« brummte. Der Minister! Nach einer gefühlten Ewigkeit blickte er auf und zeigte sein dick gepudertes, verkarstetes Gesicht. Nachdem er Savigny eindringlich gemustert hatte, sprach er aus einer Wolke schweren Patschuli-Bergamotte-Moschus-

Parfüms heraus von Eskapade, Indiskretion, Niedertracht und Verrat. Er echauffierte sich über den Voyeurismus der einfach gestrickten Menschen, die es liebten, in die Abgründe der Existenz zu blicken. Aber so etwas müsse man nicht füttern. Als Savigny – noch glaubte er, bei diesem Tadel handle es sich um eine rhetorische Figur, die irgendwann in Lob umschlagen müsse – sich halbherzig rechtfertigte, das Wort »Wahrheit« benutzte, bekam dieser eingebildete Mensch einen Lachanfall. Hohl und schallend.

– Wahrheit, Monsieur? Die Wahrheit ist ein Galgen, an dem à la mode immer eine andere Leiche hängt. Wahrheit? Wahrheit ist das, was nützt. Aber jemand wie Sie, ein aufgeblasener Wichtigtuer mit dem Verstand einer Kakerlake, versteht so etwas nicht. *Was war das? Eine Beleidigung. Jetzt wird er es schwer haben, mir noch einen Orden umzuhängen.* Oh, sagen Sie jetzt nicht, Sie sind Arzt. Ein Beruf, den ich aus tiefstem Herzen verachte. Das, was Sie da geschrieben haben, jetzt sprach der Minister mit fester Stimme, ist obszön. Vulgär! Eine Beleidigung! Mag ja sein, dass Ihr Gehirn während dieser Zeit auf dem Floß eingetrocknet ist, sonst wüssten Sie, so etwas behält man für sich. Das kann die ganze Nation ins Unglück stürzen.

– Aber … ich …

– Schweigen Sie! Jetzt rede ich. Um Frankreich besser zu dienen, wäre es von Vorteil, Sie schrieben einen Widerruf.

– Ich … Das kann ich nicht … Savigny spürte, wie der Schweiß in seinen Achselhöhlen und am Rücken zu strömen anfing. Er war völlig verwirrt, in einer Gefühlsgemengelage aus Hunger, Enttäuschung und verletztem Stolz. *Wer trägt denn Schuld an der Malaise, all den Toten? Der unfähige Kapitän? Oder der, der ihn eingesetzt und zu ihm gehalten hat, noch immer zu ihm hält?*

– Schweigen Sie! Eines muss Ihnen klar sein, für Frankreich existieren Sie nicht mehr, bis Sie einen Widerruf geschrieben haben. Sie müssen daher nicht mit einer Wiedereinstellung oder gar Beförderung rechnen. Ihre Wahrheit hat sich abgenützt! Außerdem ergeht noch heute der Bescheid, dass kein Überlebender des Floßes irgendwelche Ansprüche auf Entschädigung hat.

– Ich …

– Genug! Es ist mir zu anstrengend, mich auf diesem Niveau zu unterhalten. Adieu, Monsieur.

– Ich empfehle mich. Savigny machte einen Bückling und schlich hinaus. *Widerruf?* Wäre es nicht seiner Auffassung von Anstand und Benimm konträr entgegengestanden, er hätte sich umgedreht und diesem feisten Kerl ein Brillenhämatom samt einem Grund zur Zahnregulierung verpasst. So aber ging er hinaus, ins erstbeste Restaurant, um die gesamte Speisekarte zweimal rauf und runter zu bestellen.

Gemeinsam mit Corréard, der mit dem nächsten Schiff gekommen war, machte er sich bald daran, seinen Bericht zu überarbeiten, aber nicht im Sinne des Ministers, sondern im Sinne der einzigen Verpflichtung, die er noch für gültig hielt, der Wahrheit. Die Schrift wurde sofort verboten, aber in Raubdrucken verbreitet – so kam auch der junge Maler Géricault dazu. Beide aber, Savigny wie Corréard, sollten dafür keine Anerkennung erfahren. Den Rest ihres Lebens litten sie Angst vor dem Verhungern und horteten Hartkekse.

Ein illegaler Raubdruck vom »Schiffbruch der Fregatte Medusa auf ihrer Fahrt nach dem Senegal« gelangte nach Saint-Louis. Schmaltz und de Chaumareys gerieten in Panik, verfassten einen Gegenbericht, in dem sie die Verfasser dieses Elaborats der

Lüge beschuldigten, ihnen Verfälschung der Ereignisse vorwarfen und behaupteten, ein Unwetter hätte das Abschleppseil gelöst. Nun zeigten sie sich auch im Spital, bearbeiteten die noch lebenden Schiffbrüchigen so lange, bis diese eine Erklärung unterschrieben, die Schmaltz und Chaumareys entlastete.

In Frankreich meldete sich ein Matrose, ein gewisser Quévélec Mathurin, der behauptete, nur Espiaux hätte versucht, die Schleppleine wiederaufzunehmen. Der öffentliche Druck stieg. Journalisten zündelten, oppositionelle Politiker stocherten herum, und irgendwann spürte sogar der Minister Feuer unterm Arsch. Es kam zu einer Verhandlung gegen Chaumareys, der stark geschminkt und mit fleischfarbenen Kniehosen, wattiertem Frack, einer gigantischen Halsschleife (à la Brokkoli) und einem Gehstock von Thomassin (Boulevard Montmartre) erschien. Die Menge johlte, und das *Journal des Débats* schrieb, dass der Prozess wegen »Kapitän Reizdarm« immer wieder unterbrochen werden musste.

Am 3. März 1817 wurde folgendes Urteil verkündet:

»Im Namen seiner allerchristlichsten Majestät, König Ludwigs XVIII., erklären wir den Grafen Hugues Duroy de Chaumareys, gebürtig aus Vars-sur-Roseix, 1763, dreiundfünfzig Jahre alt, Ritter des königlichen Ordens von Ludwig dem Heiligen und Heinrich IV., in den hauptsächlichsten Punkten der Anklage für schuldig und verurteilen ihn erstens mit der Mehrheit von fünf von acht Stimmen zur Tilgung aus der Offiziersliste der Marine und, damit unveränderlich verbunden, zu dauernder Dienstunwürdigkeit. Zweitens, mit der Mehrheit von fünf von acht Stimmen, zu drei Jahren Festungshaft. Und schließlich drittens zur Zahlung der dem Prozess anhängenden Gerichtskosten.«

Damit war er billig davongekommen. Obwohl er nicht als Letzter das Schiff verlassen hatte, wurde keine Todesstrafe über ihn verhängt.

Schmaltz, seine Tätigkeit für den geheimen Nachrichtendienst schützte ihn, wurde noch im selben Jahr mit dem Orden von Saint-Louis ausgezeichnet, seine Tochter heiratete Reynaud, diesen untersetzten impulsiven Menschen, und Richeford, begeistert von seiner eigenen Genialität, führte sich als Hafenmeister auf wie der König von Afrika.

Was bleibt, ist, die Geschichte Viktors zu erzählen. Wir erinnern uns, im Zuge der Säuberung war er, der immer Angst vor Wasser hatte, vom Floß gesprungen – völlig entkräftet von dem nächtlichen Kampf mit Gaines und Clutterbucket, der Begegnung mit dem Hai. Im Wasser war es mehr ein Strampeln und Treiben denn ein Schwimmen, aber er ging nicht unter, zumindest nicht sofort. Das Leben zwang ihn, sich über Wasser zu halten. Hundert Kilometer von der Küste entfernt? Er hatte keine Chance. Zumindest war er nicht allein. Die Möwe begleitete ihn.

– Na, Vögelchen? Wie geht es immer so? Hast du eine Freundin?

Nach zwei, vier Stunden, die Zeit war verbogen, Viktor Aisen völlig entkräftet, begann sein Leben vor ihm abzulaufen. Kindheit, Elternhaus, Kätzchen ... die ganze Prozession zog an ihm vorbei: Pythagoras, Powidl, die Flucht, der Wirt, das Prangerstehen, Rochefort, Hosea ... Aber kann man mit dem Leben einfach abschließen? Beginnt mit dem Tod tatsächlich etwas Neues? Jedenfalls war da ein Zustand völliger Apathie, konnte er sich erstmals vorstellen, dass die Welt auch ohne ihn weiterexistierte ... Er verlor das Gefühl für oben und unten, wichtig und bedeutungslos, Himmel und Meer. Das Licht kam aus allen Richtungen, und alles, was jemals existiert hatte oder existieren würde, war um ihn. Die Zeit: nur noch ein kleiner, stiller Punkt. Alle Worte bedeuteten nichts mehr. Und als er glaubte, es sei so weit, aus, Ende, wurde er gestoßen, hob ihn etwas hoch. Ein großer Fisch? War er doch ein Jonas? Nein, Bretter, *Holz?*, das kleine Floß, das die auf der Medusa Zurückgebliebenen gebaut hatten. Die zwölf Männer, die damit Land erreichen wollten, waren alle über Bord gespült worden, dafür gab es eine festgezurrte Proviantkiste mit Pökelfleisch und Wein. Viktor war zu entkräftet, um sich zu freuen. Er schaffte es gerade noch, sich hinaufzuziehen.

Zwei Tage später geriet das Vehikel in die Brandung, wurde er von Bord geworfen. Im Wasser war's wie in einer Waschmaschine, Schleudergang, schließlich aber wurde der Ohnmächtige an Land gespült, wo er halb im Wasser lag. Die Möwe, immer noch auf Zwieback hoffend, setzte sich neben ihn und schrie.

Da kamen Mauren. Die Wüstenbewohner waren auf dem Weg nach Nouakchott, wo sie drei britische Schiffbrüchige dem dortigen Konsul übergeben wollten – hundert Dollar pro Kopf. Da ein Brite die Strapazen nicht überlebt hatte, die Berber aber den Preis schon ausverhandelt hatten, kam ihnen dieser dritte Europäer sehr zupass. Sie flößten ihm Kamelmilch ein, Fleisch, Couscous, trotzdem bekam er von der Reise nicht viel mit. Als er einmal zu Bewusstsein kam, begann es gerade zu regnen, aber kein Wasser, sondern Sand.

In Nouakchott bekam er zum ersten Mal seit Monaten wieder frisches Brot, das ihn an ein fast vergessenes Gefühl erinnerte. B R O T. Schon mit dem ersten Bissen war er nur noch Nase, Zunge, Gaumen, Bauch. Er würgte so viel in sich hin-

ein, dass alle, die ihn sahen, glaubten, er wolle sich damit aus-
stopfen. Mit einem Handelsschiff ging es nach Marseille, wo er
gar nicht glauben konnte, dass er Europa wiedersah. Das Licht
war anders, die Landschaft, die Häuser, Straßen, aber auch die
Menschen. Beamte mit Schlagstöcken – mit Sand gefüllte Aal-
häute. Nachdem er zwei Stunden bei der Einreisebehörde, *sonderbar stockiger Geruch*, verbracht hatte, verkündete ihm ein
missmutiger Zöllner:

– Einreisen? Ohne Papiere? Was glaubst du, mit wie vielen
»Schiffbrüchigen« ich es hier zu tun bekomme? Eine bessere
Ausrede fällt dir nicht ein? Mich interessieren nur Papiere …
Es kann doch nicht jeder herumziehen, wie es ihm passt, du
musst dich legitimieren, oder … Der Beamte machte eine
Handbewegung, als ob er streunende Katzen verscheuchen
wollte. Aber Viktor war kein Kätzchen, er war nicht ertrunken,
also ließ er sich auch nicht so einfach abwimmeln. Er schickte
eine Depesche an seinen Vater nach Limoges, der zwölf Tage
später tatsächlich höchstpersönlich erschien und zum Erstau-
nen der Vollzugsbeamten den verlorenen Sohn aus dem Gefängnis holte.

– Papa! Viktor sah die winzigen, knotigen Hände seines
Vaters. Von der stattlichen Figur war nicht mehr viel übrig.
Stadtrichter Aisen war nur noch ein müder Abklatsch seiner
selbst. Irgendjemand hatte ihm das Herz gebrochen. Wer? Viktor? Der alte Herr räusperte sich:

– Na, hast du deine Meerjungfrau gefunden?

Meerjungfrau? Da wusste Viktor, er würde seinem Vater
nicht, wie vorgehabt und mehrmals durchgespielt, alles erzählen. *Wie soll er etwas glauben, das unglaublich ist?* Er blickte in
müde alte Augen, in ein faltiges Gesicht, das von einer hohen
Stirn und hängenden Kehllappen in die Länge gezogen wurde,

und wusste, sein Vater würde nichts verstehen. Niemand würde das verstehen.

Beide wollten sich umarmen, blieben aber distanziert. Während der sechstägigen Reise in der Postkutsche sprachen sie fast nichts. Ein Nachbar war verstorben, ein Lehrer verzogen, die Katze hatte Junge gekriegt, der ganze Sommer ein Desaster, nichts als Regen … Mehrmals setzte Viktor an, über das Geschehene zu reden, aber immer wenn er knapp davor war, ihm die Wörter »Medusa« und »Arguin-Sandbank« bereits auf der Zunge lagen, kam von seinem Vater irgendeine Banalität:

– Der Zaun hinter unserem Haus ist eingeknickt. Wir brauchen einen neuen. Glaubst du, ist ein Steinzaun besser? … Ist natürlich teurer, hält dafür länger … Der Handwerker meint, auf lange Sicht gesehen … Oder wir pflanzen eine Hecke, weißt du, Buchsbäume …

Viktor war dieser reale Zaun egal, solange er nicht den imaginären, unsichtbaren Zaun zwischen ihnen überwinden konnte.

Zu Hause gab es ein Fest, aber ohne die ersehnten böhmischen Spezialitäten, weil Margarete, die Köchin, zurück in ihre Heimat gegangen war, es jetzt eine neue Köchin gab. Seine Eltern löcherten ihn, »erzähl doch mal«, aber aus Viktor war nichts herauszubekommen. Er war abwesend, niemand wusste, was er dachte. Wochenlang saß er nur stumm herum oder blieb im Bett und starrte Löcher an die Decke.

Als ihn Monate später sein Vater drängte, ihn in die Stadt zu begleiten, zeigte er keine Reaktion.

– Jetzt komm, du kannst dich nicht für immer einschließen. Du musst hinaus! Unter Leute! Wir gehen in die Brasserie. Vielleicht … Der Vater wollte etwas von Mädchen sagen, verkniff es sich jedoch.

Viktor ging nur mit, weil ihn die neue Köchin dabei ertappt hatte, wie er eines der gemalten Schiffe sehnsüchtig betrachtete, und daraufhin selbst zu erzählen angefangen hatte, dass auch ihr Sohn zur See fahre, sie aber bald besuchen käme … ein talentierter Junge, dem bei der Marine bestimmt eine prächtige Karriere bevorstünde. Als sie ihn das letzte Mal knapp verpasst hatte, sei er gerade unterwegs nach Afrika gewesen, ja, so einer sei ihr Herr Sohn, fahre eben mal nach Afrika oder Neu-Holland, auf die Maskarenischen Inseln oder weiß der Kuckuck wohin. Jonathan sei sein Name, den man sich merken müsse, weil bestimmt einmal Großes aus ihm werden würde, vielleicht ein Kapitän? Jonathan O'Hooley, aber alle nannten ihn nur Hupf, was besser sei als Blue, wegen seiner roten Haare …

Hupf? Viktor schwieg. Er brachte es nicht fertig, einer Mutter das Kind zu nehmen. Generationen später sollte eine Dichterin sagen, die Wahrheit ist dem Menschen zumutbar … Ja. Aber auf den Zeitpunkt kommt es an.

Vor der Brasserie musste der Vater ins Armenspital, um Abschiebungen zu beglaubigen. Viktor hatte keine Lust, dieses muffige Gebäude zu betreten. Sein Vater ging hinein. Zehn Minuten später kam er zurück und sagte:

– Stell dir vor, da drinnen brüllt einer immer »Viktor, Viktor«. Magst du ihn dir ansehen?

Viktor schüttelte nur den Kopf.

– Schade. Der Richter ging wieder zurück. Da kam ein junger Arzt heraus, Jacques Schulze, wir erinnern uns. Er kaute gerade an einem Fingernagel, erste Stufe der Autoanthropophagie, sah Viktor lange an und sagte dann mit seinem Elsässer Akzent:

– Was ist mit dir? Lebst du hinterm Mond?

Ja, wie hinterm Mond, so fühlte Viktor sich tatsächlich.

Fünf Minuten später beugte sich sein Vater aus dem Fenster:

– Magst du ihn nicht doch sehen? Die Worte waren sehr bestimmt und Viktor sah seinen Vater lange an, dann meinte er:

– Frag ihn, ob er William Shakespeare kennt?

– Den Dramatiker? Wieso sollte ein Verrückter Shakespeare kennen?

– Frag ihn.

Kurz darauf kam der Vater wieder heraus:

– Unglaublich! Weißt du, was er gesagt hat? Groß- und Focksegel aufgeien. Als ob Shakespeare so etwas geschrieben hätte …

Viktor dachte an Hoseas semmelblondes Haar, an seinen flachen Hut, das Büchlein mit den Fremdwörtern, die glitzernden Härchen seiner kräftigen Unterarme und die letzten Augenblicke auf dem Floß, schüttelte den Kopf und sagte:

– Nein, das kann nicht sein.

Danksagung

Der vorzüglichste Dank gilt meiner Frau Maxi und meinen Söhnen Nepomuk und Laurenz für Tausende Stunden, die ich an Bord der Medusa, auf dem Floß oder in der Wüste und nicht bei ihnen verbracht habe. Außerdem bin ich dem österreichischen Kulturforum in Paris und besonders den Auslandslektorinnen Kerstin Terler, Nina Kulovics und Irene Stütz zu Dank verpflichtet, die mir eine Reise nach Rochefort ermöglicht haben. Mit einem Ahoi verneige ich mich vor dem Hochseesegler Martin »Tino« Mixan, der mir Landratte die Grundbegriffe historischer Segelschiffe nahegebracht hat. Besonders bedanken möchte ich mich bei der österreichischen Botschafterin in Dakar, Frau Caroline Gudenus, für die herzliche Einladung in den Senegal. Weiters müssen hier Malick Ndao und Mamadu Njaay genannt werden, die mich durch Saint-Louis geführt und mir eine Pirogenfahrt Richtung Wrack der Medusa ausgehandelt haben; Mohammed Preira, der mich bis an die mauretanische Grenze gebracht hat. Außerdem danke ich meinen Schwiegereltern Christine und Oskar Blaha für ihre Lektüreerlebnisse sowie Wickie Loidl für die Beantwortung meiner unzähligen Fragen zur französischen Kulturgeschichte. Eine besondere Erwähnung gilt Karl Steinkogler, dem ich die Idee zum Warnlied der Medusa und eine liebenswert korrekte Überprüfung der historischen Fakten verdanke. Nicht unerwähnt bleiben darf Verena Humer, die mir bei der korrekten Schreibung der französischen Wörter geholfen und einige wertvolle Anregungen beigesteuert hat. Nicht zu vergessen Alexander Kubelka, der mich überhaupt erst auf das

Thema gebracht hat. Mein abschließender Dank aber gilt dem Verlagsleiter von Zsolnay, Herbert Ohrlinger, der dem Projekt von Anfang an das notwendige Vertrauen geschenkt hat. Auch die vielen hilfreichen Verlagsmitarbeiterinnen und -mitarbeiter seien lobend erwähnt.

Franzobel, November 2016